Zu diesem Buch

Ken Keseys Roman «ist von einer poetischen Vergegenwärtigungskraft, die es mit den besten Romanen von Updike und Bellow aufnehmen kann» («Stuttgarter Zeitung»).

«Ein Roman von klassischer Qualität ... Eines der großen Zeugnisse der Beatgeneration» («Norddeutscher Rundfunk»).

«Ein phantasievoller Erzähler ... Sprachwitz und Erfindungsgabe» («Frankfurter Allgemeine Zeitung»).

«Eine dramatische, tief erschütternde Erzählung» («Baseler Nachrichten»).

Dieser Erstlingsroman des in Oregon geborenen Ken Kesey wurde mit einer Auflage von über 4 Millionen Exemplaren ein Welterfolg. Nachdem der Autor lange Zeit der literarischen Szene den Rücken gekehrt hatte, um in einer Kommune zu leben, die sich ausschließlich von Landwirtschaft ernährte, hat er in den letzten Jahren wieder zu schreiben begonnen. In den sechziger Jahren war Ken Kesey einer der Wortführer der Hippie-Bewegung.

Von Ken Kesey liegt ferner vor: «Manchmal ein großes Verlangen» (rororo Nr. 12205).

Nicolaus Schröder, geboren 1958, lebt als freier Journalist in Hamburg.

Ken Kesey

Einer flog über das Kuckucksnest

Das Buch zum Film | Roman

rororo

Rowohlt

Die amerikanische Originalausgabe erschien unter dem Titel
«One flew over the cuckoo's nest» bei The Viking Press, Inc., New York

Deutsch von Hans Hartmann
Mit einem Nachwort von Nicolaus Schröder

Einmalige Sonderausgabe Februar 1995

Veröffentlicht im Rowohlt Taschenbuch Verlag GmbH,
Reinbek bei Hamburg, Dezember 1982

Umschlaggestaltung Walter Hellmann
(Foto: Tobis Filmkunst GmbH & Co. Verleih KG)
Gesamtherstellung Clausen & Bosse, Leck
Printed in Germany
1200-ISBN 3 499 12092 5

Für Vik Lovell, die mir erzählte, es gäbe keine Drachen, und mir dann ihre Brutstätte zeigte.

... einer Ost, einer West,
Einer flog über das Kuckucksnest.

Kinderreim

Erster Teil

Sie sind da draußen.

Schwarze Jungen in weißen Uniformen, die vor mir auf den Beinen sind, um im Flur Sexspiele zu treiben und die Spuren aufzuwischen, ehe ich sie dabei erwischen kann.

Sie sind am Aufwischen, als ich aus dem Schlafsaal komme, alle drei schlechter Laune und voller Haß auf alles, die Tageszeit, ihren Arbeitsplatz, die Leute, die sie bei der Arbeit dauernd um sich herum haben. Solange sie so hassen, ist es besser, sie sehn mich nicht. Lautlos wie Staub schleiche ich mich in meinen Segeltuchschuhen an der Wand entlang, doch sie haben ganz empfindliche Spezialgeräte, die entdecken meine Angst, und alle schauen hoch, alle drei gleichzeitig, und die Augen funkeln aus den schwarzen Gesichtern wie das kalte Gefunkel von Röhren aus der Rückseite eines alten Radios.

«Da kommt er ja, der Häuptling. Der Super-Häuptling, Kumpels. Der alte Besenhäuptling persönlich. Immer ran an den Speck, Besenhäuptling ...»

Drücken mir einen Staubbesen in die Hand und deuten mit einer Kopfbewegung auf die Stelle, die ich heute kehren soll, und ich ziehe ab. Einer klopft mir mit einem Besenstiel hinten auf die Beine, um mir Dampf zu machen.

«Mann, seht bloß, wie der spurt. Ist groß genug, mich glatt in die Pfanne zu hauen, und folgt mir wie so 'n Baby.»

Sie lachen, und dann hör ich, wie sie hinter mir die Köpfe zusammenstecken und murmeln. Gemurmel von schwarzen Maschinen, von Haß und Tod und anderen Geheimnissen der Anstalt. Sie machen sich gar nicht erst die Mühe, leise über ihre Haß-Geheimnisse zu reden, wenn ich in der Nähe bin, sie glauben nämlich, ich sei taubstumm. Alle glauben sie das. Ich bin gewieft genug, sie zum Narren zu halten. Wenn es mir je in diesem dreckigen Leben geholfen hat, Halbindianer zu sein, dann eben damit, daß ich gewieft bin, das hat mir in all den Jahren geholfen. Ich kehre gerade in der Nähe des Eingangs zu unserer Station, da wird von außen ein Schlüssel ins Schloß gesteckt, und ich weiß gleich, daß es die Große Schwester ist, nur bei ihr gibt das Schloß so weich und schnell und bereitwillig dem Schlüssel nach, sie hat schon so lang mit Schlössern zu tun. Sie schlüpft durch die Tür und bringt einen kalten Luftstrom mit sich und schließt die Tür wieder hinter sich zu, und ich sehe, wie ihre Finger über das auf Hochglanz polierte Metall gleiten – ihre Fingerspitzen haben die gleiche Farbe wie ihre Lippen. So ein komisches Orange. Wie die Spitze eines Lötkolbens. So heiß oder so kalt ist diese Farbe, man kann es nicht mal sagen, wenn sie einen damit anfaßt.

Sie trägt ihren geflochtenen Weidenkorb, von der Art, wie ihn der Stamm der Umpquas im August entlang der heißen Landstraßen verkauft, ein Korb in der Form eines Werkzeugkastens mit einem Henkel aus Hanf. Sie hat ihn schon all die Jahre, die ich hier bin. Er ist lose geflochten, und ich kann durchsehen; sie hat keine Puderdose oder Lippenstift oder sonstiges Weiberzeug drin, sie hat den Korb mit tausend Dingen gefüllt, die sie heute im Dienst benützen will – Rädchen und Getriebe, auf Hochglanz polierte Zahnräder, winzige Pillen, die wie Porzellan glitzern, Nadeln, Pinzetten, Uhrmacherzangen, ganze Rollen Kupferdraht ...

Sie nickt mir im Vorbeigehen flüchtig zu. Ich lasse mich vom Besen an die Wand drücken und lächle und versuche, so gut es geht, ihre Geräte zu verwirren, dadurch, daß ich meine Augen vor ihr verberge – sie können nicht so viel über dich rausfinden, wenn du die Augen zuläßt.

In meiner Dunkelheit höre ich, wie ihre Gummiabsätze auf die Fliesen treffen und das Zeug in ihrem Weidenkorb durcheinandergeschüttelt wird, als sie an mir vorbeigeht. Sie hat einen steifen Gang. Als ich die Augen wieder aufmache, ist sie am Ende des Flurs und eben dabei, in den Glaskasten der Schwesternstation zu gehen, wo sie den Rest des Tages damit zubringen wird, an ihrem Pult zu sitzen und aus ihrem Fenster zu schauen und sich über all das Notizen zu machen, was während der nächsten acht Stunden vor ihren

Augen im Tagesraum vor sich geht. In ihrem Gesicht spiegelt sich Vorfreude und Zufriedenheit.

Dann ... entdeckt sie diese schwarzen Jungen. Sie sind immer noch da hinten und flüstern miteinander. Sie haben nicht gehört, daß sie auf die Station kam. Jetzt spüren sie, daß sie sie anstarrt, aber es ist zu spät. Hätten sie sich auch denken können, daß sie nicht so herumstehen und miteinander flüstern durften, wenn sie jeden Augenblick auf die Station kommen konnte. Ihre Köpfe fahren auseinander, ganz verwirrt. Sie duckt sich und geht auf die Gruppe zu, die jetzt am Ende des Korridors gefangen ist. Sie weiß, worüber sie geredet haben, und ich sehe, daß sie ganz außer sich ist vor Wut. Gleich wird sie die schwarzen Scheißkerle in der Luft zerreißen, so wütend ist sie. Sie bläht sich auf, wird immer größer, bis ihr Rücken aus der weißen Uniform platzt, und ihre Arme dehnen und strecken sich, bis sie so lang sind, daß sie die drei damit fünf-, sechsmal umschlingen kann. Sie schaut sich um und dreht dabei ihren riesigen Kopf hin und her. Keiner ist auf, der sie sehen könnte, nur der alte Besen-Bromden, der Halbblutindianer, der sich da hinten hinter seinem Mop versteckt, und der kann sowieso nicht reden und um Hilfe rufen. Und deshalb läßt sie sich so richtig gehen, und ihr aufgemaltes Lächeln verzerrt sich, verwandelt sich in ein offenes Fauchen, und sie bläst sich immer mehr auf, wird so groß wie ein Traktor, so groß, daß ich die ganze Maschinerie in ihr drin riechen kann, so wie man einen Motor riechen kann, der eine zu schwere Ladung ziehen muß. Ich halte die Luft an und denke: Mein Gott, diesmal passiert's! Diesmal haben sie ihren Haß zu groß werden lassen, die Belastung ist zu groß geworden, sie werden sich in Stücke reißen, bevor ihnen überhaupt klar wird, was sie da anstellen!

Doch gerade, als sie ihre überlangen Arme um die schwarzen Jungen schließen will und sie mit ihren Besenstielen auf ihren Unterleib losgehen, strömen alle Patienten aus den Schlafsälen, um dem Spektakel auf den Grund zu gehen, und sie muß sich schnell wieder zurückverwandeln, bevor ihre derzeitige Verfassung ihr tatsächliches Ich in seiner ganzen Häßlichkeit für alle sichtbar macht. Als sich die Patienten erst mal die Augen gerieben haben, um halbwegs sehen zu können, was da vor sich geht, sehen sie nur noch, wie die Oberschwester, lächelnd und ruhig und kalt wie gewöhnlich, den schwarzen Jungen sagt, sie sollten nicht so herumstehen und tratschen, schließlich *ist* es Montag morgen, und es *ist* eine Menge zu tun, am ersten Morgen der Woche ...

«... ein Elend, so ein Montagmorgen, das wißt ihr doch, Jungs ...»

«Klar, Miss Ratched ...»

«... und wir haben eine ganze Anzahl Besprechungen heute morgen, es wäre also nett, falls eure Gespräche nicht *allzu* dringend sind ...»

«Klar, Miss Ratched ...»

Sie bricht ab und nickt einigen der Patienten zu, die jetzt näher gekommen sind und mühsam aus den vom Schlaf geröteten und angeschwollenen Augen sehen. Jedem nickt sie einmal zu. Präzise, automatische Geste. Ihr Gesicht ist glatt, berechnend, eine präzise Spezialanfertigung, wie eine teure Baby-Puppe, Haut wie fleischfarbenes Emaille, eine Mischung von Weiß und Cremefarbe und babyblauen Augen, kleine Nase, kleine rosa Nasenlöcher – alles paßt zusammen, bis auf die Farbe ihrer Lippen und Fingernägel und die Größe ihres Busens. Irgendwie ist bei der Herstellung ein Fehler unterlaufen, als einem in allen anderen Punkten vollkommenen Produkt diese großen fraulichen Brüste gegeben wurden, und man kann deutlich sehen, daß sie deswegen verbittert ist.

Die Männer stehen immer noch da und möchten gerne wissen, weshalb sie auf die schwarzen Jungen losgegangen war, da erinnert sie sich daran, daß sie mich gesehen hat, und sagt: «Und da es tatsächlich Montag ist, Jungs, wollen wir doch die Woche gleich richtig anfangen und zuerst einmal den armen Mr. Bromden rasieren, dann vermeiden wir das starke Gedränge im Rasierraum nach dem Frühstück und damit auch etwas von der – ähem – Unruhe, die er dabei so gerne stiftet, meint ihr nicht?» Bevor sich irgend jemand umdrehen und nach mir suchen kann, verdrücke ich mich schleunigst im Besenschrank und ziehe die Tür zu, daß es ganz dunkel ist, und halte die Luft an. Rasieren vor dem Frühstück, das ist die schlimmste Zeit. Wenn du erst mal was im Magen hast, bist du stärker und erst richtig wach, und die Scheißkerle, die für die Genossenschaft arbeiten, können dir nicht so leicht eine ihrer Maschinen ansetzen statt des elektrischen Rasierapparates. Wenn du dich aber *vor* dem Frühstück rasierst, wie sie das an manchen Tagen bei mir anordnet, morgens um halb sieben in einem Raum mit weißen Wänden ringsum und weißen Waschbecken und mit langen Röhrenlampen an der Decke, damit es auch bestimmt keine Schatten gibt, und um dich herum all diese Gesichter, schreiend hinter Spiegeln gefangen – welche Chance hast du dann gegen eine ihrer Maschinen?

Ich bin im Besenschrank versteckt und höre nach draußen, mein Herz schlägt in der Dunkelheit, und ich versuche, keine Angst zu bekommen, versuche, mit meinen Gedanken anderswo zu sein – versuche, an früher zu denken, an das Dorf und an den großen Columbia-Strom, an die Zeit, ach, als Papa und ich auf Vogeljagd waren, in einem Zedernwäldchen bei The Dalles … Doch wie immer, wenn ich versuche, meine Gedanken in die Vergangenheit zu schikken und mich dort zu verstecken, sickert die Furcht der unmittelbaren Gegenwart in meine Erinnerungen. Ich spüre, daß der kleinste der schwarzen Jungen da draußen den Flur entlangkommt, daß er meiner Furcht nachschnüffelt. Seine aufgerissenen Nasenlöcher sehen aus wie schwarze Ofenlöcher, sein übergroßer Kopf pendelt hin und her, während er schnüffelt, und er schlürft die Furcht der ganzen Station. Jetzt kann er mich riechen, ich hör ihn schnauben. Er weiß nicht, wo ich mich verstecke, aber er riecht mich und geht der Fährte nach. Ich versuche, mich still zu verhalten …

(Papa sagt, ich soll mich still verhalten, sagt, der Hund rieche einen Vogel irgendwo ganz in der Nähe. Wir haben uns von einem Mann in The Dalles einen Hühnerhund ausgeliehen. Die ganzen Dorfhunde sind wertlose Promenadenmischungen, sagt Papa, die fressen sogar Fischabfälle, haben keinerlei Klasse; doch der hier, der hat *Inschtick*! Ich sage überhaupt nichts, aber ich sehe den Vogel jetzt, oben in einer Zwergzeder, ein bewegungsloses graues Federknäuel. Der Hund läuft hier unten im Kreis rum, es riecht so stark, daß er keine eindeutige Fährte mehr findet. Der Vogel ist in Sicherheit, solange er sich nicht rührt. Er hält das ziemlich gut durch, aber der Hund schnüffelt und läuft immerfort im Kreis rum, wird lauter, kommt näher. Dann fliegt der Vogel plötzlich auf, daß die Federn stieben, weg von der Zeder und direkt in den Schrot aus Papas Flinte.)

Der kleinste der schwarzen Jungen und einer der größeren erwischen mich, bevor ich auch nur zehn Schritte vom Besenschrank entfernt bin, und schleppen mich nach hinten in den Rasierraum. Ich wehre mich nicht, bin ganz ruhig. Wenn du schreist, machst du es dir noch noch schwerer. Ich verkneife mir das Schreien. Ich verkneife es, bis sie mir an die Schläfen gehen. Ich weiß nicht, ob es eine ihrer Ersatzmaschinen ist oder der Rasierapparat, bis sie mir das Ding an die Schläfen setzen; da kann ich nicht mehr an mich halten. Es ist nicht mehr Willenssache, wenn es mir an die Schläfen geht. Es ist ein ... *Knopf*, der gedrückt wird, Luftangriff Luftangriff tönt es, es dreht mich dermaßen auf, bis zu einer Lautstärke, so ein Geräusch gibt es gar nicht, hinter einer Glaswand stehen sie und halten sich die Ohren zu, schreien alle auf mich ein, Gesichter drehen sich im Kreis und reden, doch aus den Mündern kommt kein Ton. Mein Laut schluckt alle anderen Laute. Jetzt schalten sie wieder die Nebelmaschine ein, und kalter weißer Schnee wie Magermilch deckt mich zu, so dicht fällt das herunter, daß ich mich vielleicht sogar darin verstecken könnte, wenn sie mich nicht so fest im Griff hätten. Ich seh kaum zehn Zentimeter weit in dem Nebel, und das einzige, was ich durch mein Geheul hören kann, ist das Geschrei der Großen Schwester, die den Flur entlangstürmt und mit ihrem Weidenkorb die Patienten links und rechts zur Seite stößt. Ich hör sie kommen, kann aber trotzdem nicht aufhören zu brüllen. Ich brülle, bis sie da ist. Sie halten mich fest, während sie mir Weidenkorb und alles in den Mund stopft und mit einem Besenstiel runterschiebt.

(Ein Jagdhund bellt da draußen im Nebel, voll Angst irrt er herum, weil er nichts sehen kann. Keine Spuren auf dem Boden außer seinen eigenen, und mit seiner kalten Schnauze aus rotem Gummi schnüffelt er in allen Richtungen und spürt keine Fährte auf, nur die seiner eigenen Angst, Angst, die ihn verbrennt wie heißer Dampf.) Es wird mich genauso verbrennen, wenn ich endlich von alldem erzähle, von der Anstalt, von ihr und den Kumpeln – und von McMurphy. Ich hab so lange geschwiegen, da wird es jetzt aus mir brechen wie eine Sturzflut, und Sie werden glauben, der Kerl, der das erzählt, der heult und tobt, mein *Gott*; Sie werden sagen, das ist so schrecklich, das kann nicht wirklich passiert sein, das ist so schrecklich, das kann nicht die Wahrheit sein! Und doch, bitte. Es fällt mir immer noch schwer, mit klarem Kopf darüber nachzudenken. Es ist jedoch die Wahrheit, auch wenn es gar nicht passiert ist.

Als der Nebel sich so weit lichtet, daß ich etwas sehen kann, sitze ich im Tagesraum. Sie haben mich diesmal nicht in den Schockraum gebracht. Ich weiß noch, daß sie mich aus dem Rasierraum brachten und mich in die Isolierstation steckten. Ich kann mich nicht erinnern, ob ich Frühstück bekam oder nicht. Wahrscheinlich nicht. Ich erinnere mich an andere Vormittage, als ich auf Isolierstation eingesperrt war, da holen die schwarzen Jungen doppelte Portionen von allem – für mich bestimmt, doch sie essen es –, bis alle drei ihr Frühstück bekommen, während ich auf der nach Pisse stinkenden Matratze liege und zuschaue, wie sie mit Toastbrot ihre Spiegeleier aufwischen. Ich rieche das Fett und höre, wie sie das Toastbrot kauen. An anderen Tagen bringen sie mir kalten Maismehlbrei und zwingen mich zum Essen, obwohl das Zeug nicht mal gesalzen ist.

Doch an diesem Morgen kann ich mich einfach nicht erinnern. Sie haben mir so viele von den Dingern, die sie Pillen nennen, einverleibt, daß ich überhaupt nichts weiß, bis ich höre, wie sich die Tür zur Station öffnet. Wenn diese Tür aufgeht, heißt das, daß es mindestens acht Uhr ist, das heißt also, daß ich vielleicht eineinhalb Stunden ohne Besinnung in jener Zelle auf Isolierstation gelegen habe, und in der Zeit sind vielleicht die Techniker hereingekommen und haben auf Anordnung der Großen Schwester alles mögliche installiert, ohne daß ich auch nur die geringste Ahnung davon haben konnte.

Ich höre ein Geräusch an der Stationstür, draußen am Ende des Flurs, wo ich nicht hinsehen kann. Diese Tür geht um acht zum erstenmal auf und geht dann tausendmal am Tag auf und zu, keschesch, *klick*. Jeden Morgen sitzen wir in einer Reihe auf beiden Seiten des Tagesraumes und beschäftigen uns nach dem Frühstück mit Puzzlespielen, warten darauf, daß sich ein Schlüssel im Schloß dreht, um dann zu sehen, was hereinkommt. Es gibt sonst nicht allzuviel, was man tun kann. Manchmal ist es ein junger Assistenzarzt an der Tür, der früh kommt, um zu beobachten, wie wir uns vor der Behandlung verhalten. VB nennen sie das. Manchmal ist es eine Ehefrau, die hier einen Besuch macht, mit hohen Absätzen, die Handtasche fest an den Bauch gedrückt. Manchmal ist es ein Haufen Volksschullehrerinnen, die von dem blöden Public-Relations-Menschen herumgeführt werden, der immer seine nassen

Hände zusammenklatscht und betont, wie überglücklich er sei, daß Kliniken für Geisteskranke alle altmodischen Grausamkeiten abgeschafft haben: «Eine so *heitere* Atmosphäre, meinen Sie nicht auch?» Dann tanzt er um die Lehrerinnen herum, die aus Sicherheitsgründen ganz dicht zusammenstehen, und klatscht dauernd in die Hände. «Ach, wenn ich bloß an früher denke, an den Dreck, das schlechte Essen, ja sogar Brutalität, ach, meine Damen, dann wird mir klar, wie weit wir es mit unserem Feldzug schon gebracht haben!» Wer auch immer durch die Tür kommt, meistens ist es eine Enttäuschung, doch es besteht immer wieder die Chance, daß es diesmal anders ist, und wenn ein Schlüssel ins Schloß gesteckt wird, drehen sich alle Köpfe, als hingen sie an einer Schnur.

An diesem Morgen rasselt das Schloß anders als sonst. Es ist keiner der üblichen Besucher an der Tür. Die Stimme einer Begleitperson ist zu hören, gereizt und ungeduldig, «Neuaufnahme, jemand zur Unterschrift», und die schwarzen Jungen gehen hin.

Neuaufnahme. Alles hört auf, Karten oder Monopoly zu spielen, und schaut zur Tür des Tagesraums. An den meisten Tagen bin ich mit meinem Besen draußen im Flur und sehe, wen sie neu aufnehmen, doch an diesem Morgen, ich hab's Ihnen ja erklärt, hat die Große Schwester tausend Pfund in mich hineingestopft, und ich kann mich auf meinem Stuhl nicht rühren. An den meisten Tagen bin ich der erste, der die Neuaufnahme sieht, beobachte, wie er durch die Tür schlüpft und sich die Wand entlangtastet und verängstigt dasteht, bis die schwarzen Jungen kommen und für ihn unterschreiben und ihn in den Duschraum mitnehmen, wo sie ihn ausziehen und zitternd stehen lassen, bei offener Tür, während sie zu dritt grinsend den Flur entlangrennen und Vaseline suchen. «Wir *brauchen* die Vaseline», sagen sie der Großen Schwester, «für das Thermometer.» Sie schaut vom einen zum andern: «Davon bin ich *überzeugt*», und gibt ihnen eine Dose, da sind mindestens vier Kilo drin, «seht aber zu, daß ihr da drin nicht ewig herumsteht.» Dann sehe ich zwei, vielleicht alle drei von ihnen, da drin, in diesem Duschraum mit der Neuaufnahme, wo sie das Thermometer so lange in der Salbe herumschmieren, bis es mit einer fingerdicken Schicht überzogen ist, wobei sie jubeln: «So wird's richtig, Hosenscheißer, so wird's richtig», und dann machen sie die Tür zu und drehen alle Duschen auf, so daß du nichts mehr hören kannst, außer dem boshaften Zischen des Wassers auf den grünen Fliesen. Ich bin fast jeden Tag draußen, und genau das bekomme ich zu sehen.

Doch diesen Morgen muß ich auf meinem Stuhl sitzen und kann nur zuhören, wie sie ihn hereinbringen. Trotzdem, obwohl ich ihn nicht sehen kann, weiß ich, daß es keine gewöhnliche Neuaufnahme ist. Ich kann nicht hören, daß er sich voller Angst die Wand entlangtastet, und als sie ihm wegen der Dusche Bescheid sagen, gibt er nicht einfach mit einem schwachen kleinen Ja nach, vielmehr antwortet er ihnen laut und bestimmt, er sei, verdammt noch mal, sauber genug, vielen Dank.

«Die haben mich heute morgen im Gerichtsgebäude unter die Dusche gestellt und gestern abend im Gefängnis. Und ich bin sicher, das *schwör* ich, die hätten mir noch im Taxi auf dem Weg hierher die Ohren gewaschen, wenn's da fließend Wasser gegeben hätte. Huh, Mann, man könnt grad meinen, ich muß jedesmal, wenn ich wieder irgendwohin geschickt werde, erst von Kopf bis Fuß geschrubbt werden, und zwar vorher, zwischendrin und nachher. Ich bin schon so weit, daß ich gleich meine Siebensachen zusammenpacke, sobald ich bloß das Geräusch von Wasser höre. Und bleib mir bloß mit diesem Thermometer vom Leib, Freundchen, und laß mich erst mal meine neue Heimat betrachten; ich war schließlich noch nie in so einer psychologischen Anstalt.»

Die Patienten schauen sich in die verdutzten Gesichter und dann wieder zur Tür, von wo immer noch seine Stimme dringt. Man möchte meinen, er redet lauter als notwendig, wo doch die schwarzen Jungen in seiner Nähe sind. Das klingt so, als sei er hoch über ihnen, als rede er von oben auf sie herab, wie einer, der fünfzig Meter hoch durch die Luft segelt und zu denen unten am Boden herunterbrüllt. Er klingt groß. Ich höre ihn den Flur entlangkommen, und er klingt groß, so wie er geht, von Schleichen keine Rede. Er hat Eisen an den Absätzen, und er läßt sie auf dem Boden klappern wie Hufeisen. Er taucht in der Tür auf und bleibt stehen und hängt die Daumen in die Hosentaschen, die Stiefel weit auseinander, und steht da, und alle schauen ihn an.

«Guten *Mor*-gen, Kumpels.»

Über seinem Kopf hängt an einem Faden als Kirmesdekoration eine Fledermaus aus Papier; er greift nach oben und gibt ihr einen kleinen Stoß, so daß sie sich dreht.

«Prächtiges Herbstwetter, was?»

Er redet ein bißchen so, wie Papa früher, mit lauter, lärmender Stimme, aber er sieht nicht aus wie Papa; Papa war ein vollblütiger Columbia-Indianer – ein Häuptling – und hart und glänzend wie ein Gewehrkolben. Dieser Bursche ist rothaarig, mit langen roten Koteletten, und ein Gestrüpp von Haaren schaut unter seiner Mütze hervor, die hätten längst mal geschnitten werden sollen, und er ist so breit, wie Papa groß war, der Kiefer ist breit, und die Schultern und der Brustkorb, und dann dieses breite weiße teuflische Grinsen, er ist hart, aber auf ganz andere Weise als Papa, eher so, wie ein Baseball unter dem abgenutzten Leder hart ist. Über der Nase und dem einen Backenknochen hat er eine Naht, da hat ihm einer ordentlich eins draufgegeben bei einer Schlägerei, und die Fäden sind noch in der Naht drin. Er steht da und wartet, und als niemand Anstalten macht, etwas zu ihm zu sagen, fängt er an zu lachen. Niemand weiß eigentlich, warum er lacht; es spielt sich nichts Komisches ab. Aber es ist anders, als wenn dieser P. R.-Mann lacht, es ist frei und laut, und es kommt aus seinem breiten grinsenden Mund und breitet sich in immer größer werdenden Ringen aus, bis es in der ganzen Station gegen die Wände plätschert. Nicht so wie dieses fette P. R.-Lachen. Das hier klingt echt. Mir wird plötzlich klar, es ist seit Jahren zum erstenmal, daß ich jemanden lachen höre.

Er steht da und schaut uns an, wiegt sich in seinen Stiefeln, und er lacht und lacht. Er legt die Hände über dem Bauch zusammen, ohne die Daumen aus den Taschen zu nehmen. Ich sehe, wie groß und zerschunden seine Hände sind. Jeder einzelne auf der Station, Patienten, Stab und alles, ist wie betäubt von ihm und seinem Gelächter. Keiner reißt sich zusammen, um ihn aufzuhalten oder etwas zu sagen. Er lacht, bis er vorläufig genug davon hat, und er geht weiter, in den Tagesraum. Selbst wenn er nicht lacht, hängt dieses Gelächter über ihm, so wie der Ton über einer großen Glocke hängt, die eben aufgehört hat zu läuten – es spricht aus seinen Augen, aus der Art, wie er lächelt und umherstolziert, wie er redet.

«Ich heiße McMurphy, Kumpels, R. P. McMurphy, und ich bin ein verrückter Spieler.» Er zwinkert mit den Augen und singt ein Stück aus einem Liedchen: «... und seh ich auch nur ein paar Karten, hol ich gleich die ... Moneten ... raus», und lacht schon wieder.

Er geht zu einer der Spielrunden hin, tippt mit einem dicken schweren Finger an einer Karte in der Hand eines Akuten und schaut das Blatt mit zusammengekniffenen Augen an und schüttelt den Kopf.

«Jawohl, deshalb bin ich in diese Anstalt gekommen, um euch Käuzen ein bißchen Spaß und Unterhaltung an den Kartentisch zu bringen. War schließlich keiner mehr da in diesem Pendleton-Arbeitslager, mit dem man seinen Spaß haben konnte, da hab ich die *Versetzung* beantragt, müßt ihr wissen. Brauchte einfach neues Blut. Huii, schaut euch bloß mal an, wie dieser Vogel seine Karten hält, daß sie jeder in einem Kilometer Umkreis erkennen kann; Mann Gottes! ich werd euch Grünhörner erst mal auf Vordermann bringen.»

Cheswick steckt seine Karten zusammen. Der rothaarige Mann hält Cheswick zur Begrüßung die Hand hin.

«Tag, Kumpel; was spielt ihr denn da? Pinokel? Herrgott, kein Wunder, dich stört's nicht, wenn dir andere in die Karten schauen. Habt ihr denn keine normalen Karten? Ist nicht so schlimm, schaut her, ich hab mein eigenes Blatt mitgebracht, auf alle Fälle, da sind nicht nur Bildkarten dabei – seht euch mal die Bilder an, was meint ihr dazu? Lauter verschiedene, zweiundfünfzig Stellungen.»

Cheswick hat sowieso schon Stielaugen, und was er da auf diesen Karten sieht, läßt sie eher noch stärker hervortreten.

«He, immer mit der Ruhe, verschmier sie doch nicht; wir haben 'ne Menge Zeit, wir werden so manches Spielchen damit machen. Ich nehm dazu gern mein eigenes Blatt, weil die anderen Spieler mindestens eine Woche brauchen, bevor sie auch nur so weit sind, daß sie die *Farbe* erkennen ...»

Er trägt Sträflingshosen und -hemd, so von der Sonne gebleicht, daß sie die Farbe verwässerter Milch angenommen haben. Gesicht und Nacken und Arme sehen aus wie ochsenblutfarbenes Leder, so lange hat er auf den Feldern gearbeitet. Er hat eine Motorradmütze, schwarz wie ein Gebetbuch, auf den Haaren sitzen, und über dem Arm trägt er eine Lederjacke, und er hat graue, staubige Stiefel an, schwer genug, einen Mann praktisch mit einem Tritt zu halbieren. Er wendet sich von Cheswick ab und nimmt die Mütze vom Kopf und macht sich daran, mächtige Staubwolken aus seinem Oberschenkel zu klopfen. Einer der schwarzen Jungen umkreist ihn mit dem Thermometer, doch er ist zu schnell für sie; er mischt sich unter die Akuten und beginnt, von einem zum andern zu gehen, bevor der schwarze Junge auch nur einmal gut zielen kann. Seine Art zu reden, mit den Augen zu zwinkern, seine laute Stimme, sein Gang, das alles erinnert mich an einen Autohändler oder einen Versteigerer auf dem Viehmarkt – oder an einen jener Ansager im Zirkus oder auf einem Jahrmarkt, der vor seinen flatternden Fahnen auf der kleinen Bühne steht, in einem gestreiften Hemd mit gelben Knöpfen, und wie ein Magnet die Gesichter auf sich zieht.

«Wie das eben so geht, ich bin da im Sträflingslager ein paarmal in eine Schlägerei reingerutscht, um ganz ehrlich zu sein, und das Gericht hat entschieden, ich sei ein Psychopath. Und glaubt ihr, ich streite mich mit dem Gericht herum? So doof bin ich nun auch wieder nicht, verlaßt euch drauf. Wenn ich bloß von diesen verdammten Erbsenfeldern wegkomme, dürfen die mich für alles halten, wenn es ihnen Spaß macht, ob das nun ein Psychopath ist oder ein tollwütiger Hund oder ein Werwolf, Hauptsache, ich muß nie wieder Unkraut jäten. Ich hab gehört, ein Psychopath sei einer, der zuviel rauft und zuviel vögelt, das stimmt aber doch nicht so ganz, oder? Wo gibt's denn so was, daß einer zuviel zu pimpern kriegt? Tag, Kumpel, wie heißt denn du? Ich heiße McMurphy, und ich wette zwei Dollar, auf der Stelle, daß du nicht weißt, welche Karten du auf der Hand hast, *nicht* hinschauen. Zwei Dollar, wie wär's? Herrgott noch mal, Sam, kannst du keine halbe Minute warten, mich mit deinem verdammten Thermometer aufzuspießen?»

Der neue Mann steht da und schaut sich einen Augenblick um, um sich mit der Anordnung des Tagesraums vertraut zu machen.

Auf der einen Seite des Raumes sitzen jüngere Patienten, die Akute genannt werden, weil die Ärzte glauben, ihre Krankheit sei noch akut genug, daß sie sich heilen lassen, und versuchen in Zweikämpfen, den Unterarm des Gegners zuerst auf den Tisch zu drücken, und unterhalten sich mit Kartentricks, wo man zusammenzählt und abzieht und durchzählt und dann die vorausgesagte Karte bekommt. Billy Bibbit versucht zu lernen, wie man sich eine Zigarette dreht, und Martini geht umher und entdeckt Dinge unter den Tischen und Stühlen. Die Akuten sind dauernd auf den Beinen. Sie erzählen sich

Witze und kichern hinter ihren Fäusten (keiner wagt es jemals, sich gehenzulassen und zu lachen, weil sonst gleich der ganze Stab mit Notizbüchern und einer Menge Fragen auftauchen würde), und sie schreiben Briefe mit gelben, zerkauten Bleistiftstummeln.

Sie spionieren einander nach. Manchmal sagt einer etwas von sich, das er eigentlich nicht hatte herauslassen wollen, und einer seiner Kameraden an dem Tisch, wo es ihm herausgerutscht ist, gähnt und steht auf und geht unauffällig zu dem großen Tagebuch hinüber zur Schwesternstation und schreibt die Information, die er eben gehört hat, auf – von therapeutischem Interesse für die ganze Station: diesem Zweck, so sagt die Große Schwester, diene das Buch, aber ich weiß, sie will nur genügend Beweise sammeln, um einen der Kameraden im Hauptgebäude umschulen lassen zu können, sie will ihn im Kopf überholen lassen und so die Schwierigkeiten beseitigen.

Der Kerl, der die Information ins Tagebuch eingetragen hat, der bekommt im Namenverzeichnis einen Stern hinter seinen Namen und darf am nächsten Tag länger liegenbleiben.

Auf der anderen Seite des Raumes, den Akuten gegenüber, ist der Ausschuß der Erzeugnisse der Genossenschaft, die Chronischen. Die sind nicht in der Klinik, um repariert zu werden, sondern nur, um von der Straße weg zu sein, wo sie den Erzeugnissen einen schlechten Ruf geben würden. Die Chronischen sind auf Lebenszeit drin, das gibt der Stab zu. Die Chronischen sind aufgeteilt in Geher wie mich, die sich noch aus eigener Kraft bewegen können, solange man sie füttert, und Roller und Vegetierer. Im Grunde sind die Chronischen – oder doch die meisten von uns – nichts anderes als Maschinen mit Fehlern im Innern, die sich nicht reparieren lassen, angeborene Fehler oder Fehler, die sich der Bursche zugezogen hat, weil er viele Jahre lang mit dem Kopf gegen eine Wand rannte, so daß er, als ihn die Klinik fand, in irgendeiner einsamen Ecke Rost blutete.

Es gibt aber unter uns Chronischen auch solche, an denen der Stab vor Jahren ein paar Fehler machte, solche, die als Akute eingeliefert wurden und erst später zu den Chronischen kamen. Ellis ist ein Chronischer, der als Akuter gekommen war und dann übel zugerichtet wurde, als sie ihn in jener dreckigen, hirntötenden Folterkammer, die die schwarzen Jungen «Schockschuppen» nennen, zu sehr strapazierten. Jetzt ist er in dem Zustand an die Wand genagelt, in dem sie ihn beim letztenmal vom Tisch hoben, in der gleichen Haltung, die Arme ausgestreckt, mit hohlen Händen, mit dem gleichen Ausdruck des Entsetzens im Gesicht. So ist er an die Wand genagelt, wie eine ausgestopfte Trophäe. Sie ziehen die Nägel raus, wenn es Zeit ist zu essen, oder Zeit, ihn zu Bett zu bringen, oder wenn sie wollen, daß er Platz macht, damit ich die Pfütze aufwischen kann, dort, wo er immer steht. Im alten Bau stand er so lange an einer Stelle, daß die Pisse den Boden und die Balken unter ihm durchfraß und er dauernd zur darunterliegenden Station durchrutschte, wo er den Verantwortlichen beim Überprüfen der Anwesenheitsliste allerhand Kopfzerbrechen bereitete.

Ruckly ist ein weiterer Chronischer, der vor ein paar Jahren als Akuter gekommen war, doch ihn überlasteten sie auf andere Weise: sie machten einen Fehler bei einer ihrer Kopf-Installationen. Er war die ganze Zeit ein solcher Quälgeist, trat nach den schwarzen Jungen und biß die Schwesternschülerinnen in die Beine, da nahmen sie ihn mit, um ihn zu reparieren. Sie schnallten ihn auf jenen Tisch, und das war das letzte, was man auf längere Zeit von ihm zu sehen bekam; er blinzelte, kurz bevor sie die Tür zumachten, und sagte zu den schwarzen Jungen, die vor ihm zurückwichen: «Dafür werdet ihr mir bezahlen, ihr verdammten Teerbabies.»

Und zwei Wochen später brachten sie ihn auf die Station zurück, glatzköpfig, sein Gesicht eine einzige ölige purpurrote Prellung, und dazu zwei kleine Stöpsel, so groß wie ein Knopf, über jedem Auge war einer angenäht. An seinen Augen kann man sehen, wie sie ihn da drüben ausgebrannt hatten; seine Augen sind ganz verraucht und grau und innen leer, wie durchgebrannte Sicherungen. Jetzt tut er den ganzen Tag nichts anderes, als sich eine alte Fotografie vor das ausgebrannte Gesicht zu halten und sie in seinen kalten Fingern hin und her zu wenden, und von der starken Beanspruchung wurde das Bild auf beiden Seiten so grau wie seine Augen, so daß man überhaupt gar nicht mehr sehen kann, was es einmal dargestellt hat.

Der Stab betrachtet Ruckly zwar heute als einen ihrer Mißerfolge, doch bin ich gar nicht so sicher, ob er nicht vielleicht besser dran ist, als wenn die Installation erfolgreich gewesen wäre. Die Installationen, die sie heutzutage machen, haben meistens Erfolg. Die Techniker haben mehr Praxis und Erfahrung. Keine Knopflöcher mehr in der Stirn, es wird überhaupt nicht mehr geschnitten – sie gehen jetzt direkt durch die Augenhöhlen. Manchmal wird einer der Kameraden zu einer Installation hinübergebracht, verläßt die Station bösartig und wütend und die ganze Welt beschimpfend und kommt nach ein paar Wochen mit blauen und geschwollenen Augen zurück, als sei er in einen Boxkampf geraten, und ist das liebenswerteste, netteste, angenehmste Ding, das man sich nur vorstellen kann. Er geht vielleicht sogar in ein, zwei Monaten nach Hause, einen Hut tief über das Gesicht eines Schlafwandlers gezogen, der sich dauernd in einem einfachen glücklichen Traum bewegt. Ein Erfolg, sagen sie, doch ich sage, er ist nur ein weiterer Roboter für die Genossenschaft und wäre als Mißerfolg besser dran, wie Ruckly, der sein Bild befingert und darüber sabbert. Er tut kaum einmal etwas anderes. Der zwergenhafte schwarze Junge bringt ihn von Zeit zu Zeit in Harnisch, wenn er sich über ihn beugt und ihn fragt: «Sag mal, Ruckly, was meinst du denn, was deine kleine Frau heut abend in der Stadt treibt?» Rucklys Kopf kommt hoch. Irgendwo in dem durcheinandergeratenen Getriebe flüstert die Erinnerung. Er läuft rot an, und seine Adern verstopfen sich an einem Ende. Das bläht ihn so auf, daß kaum ein flüsternder Ton aus seiner Kehle kommt. Blasen zwängen sich aus seinen Mundwinkeln, so sehr arbeitet er mit den Kiefern, um etwas zu sagen. Wenn er dann endlich so weit ist, daß er seine paar Worte sagen kann, ist es ein tiefes, ersticktes Geräusch, bei dem du eine Gänsehaut kriegst – «Ich schsch-sch-scheiß auf das Weib! Sch-sch-sch-scheiß auf das Weib!» und verliert vor lauter Anstrengung auf der Stelle die Besinnung.

Ellis und Ruckly sind die jüngsten Chronischen. Oberst Matterson ist der älteste, ein alter, versteinerter Kavallerist aus dem Ersten Krieg, der mit seinem Stock gern die Röcke der vorbeigehenden Schwestern hochhebt oder jedem, der zuhören will, aus der linken Hand irgendwelchen Geschichtsunterricht schüttelt. Er ist der älteste auf der Station, aber nicht der, der schon am längsten hier ist – seine Frau brachte ihn erst vor ein paar Jahren her, als sie schließlich nicht mehr in der Lage war, ihn zu pflegen.

Ich bin derjenige auf der Station, der schon am längsten hier ist, seit dem Zweiten Weltkrieg. So lange wie ich ist noch keiner auf der Station. Keiner von den anderen Patienten. Die Große Schwester ist schon länger hier als ich.

Die Chronischen und die Akuten vermischen sich in der Regel nicht. Jeder bleibt auf seiner Seite des Tagesraumes, so wie das die schwarzen Jungen wollen. Die schwarzen Jungen sagen, auf diese Weise herrscht Ordnung, und sie machen jedermann klar, daß sie möchten, daß es dabei bleibt. Sie bringen uns nach dem Frühstück hierher und schauen sich die Gruppen an und nicken. «So ist's richtig, Herrschaften, so soll's sein. Und jetzt seht zu, daß es dabei bleibt.»

Es ist eigentlich gar nicht notwendig, daß sie etwas sagen, denn die Chronischen rühren sich, außer mir, kaum vom Fleck, und die Akuten sagen, sie bleiben sowieso lieber auf ihrer eigenen Seite, und dafür nennen sie Gründe wie den, daß die Seite der Chronischen übler stinkt als selbst eine schmutzige Windel. Ich weiß aber, daß es nicht so sehr der Gestank ist, der sie von der Seite der Chronischen fernhält, vielmehr möchten sie nicht gern daran erinnert werden, wie es mit *ihnen* eines Tages stehen könnte. Die Große Schwester hat diese Angst erkannt und setzt sie geschickt ein. So weist sie etwa einen Akuten darauf hin, sobald er anfängt trotzig zu werden, es ist besser, Jungs, wenn ihr brave Jungs seid und dem Stab an die Hand geht, der nichts anderes will als euch *heilen*, sonst kann es nämlich passieren, daß ihr euch auf der *anderen* Seite wiederfindet.

(Jeder auf der Station ist stolz darauf, wie die Patienten mitmachen. Wir haben eine kleine Messingplakette, die auf einem Stück Ahornholz befestigt ist, und darauf steht: GLÜCKWUNSCH! VON ALLEN STATIONEN DER KLINIK HAT DIESE HIER DEN GERINGSTEN PERSONALAUFWAND! Es ist eine Auszeichnung fürs Mitmachen. Es hängt an der Wand direkt über dem Tagebuch, ganz genau in der Mitte zwischen den Chronischen und den Akuten.)

Diese rothaarige Neuaufnahme, McMurphy, weiß sofort, daß er kein Chronischer ist. Nachdem er sich den Tagesraum einen Augenblick betrachtet hat, sieht er, daß er auf die Seite der Akuten gehört, und geht direkt darauf zu, grinst und schüttelt jedem, zu dem er kommt, die Hand. Zuerst sehe ich, daß er alle dort drüben unruhig macht, mit seinen ganzen Sprüchen und Witzen und mit der frechen Art, wie er den schwarzen Jungen beschimpft, der ihm immer noch mit einem Thermometer nachrennt, und besonders mit seinem gewaltigen offenen Gelächter. Auf den Skalen der Schalttafel zucken die Zeiger hin und her. Die Akuten sehen verängstigt und unruhig aus, sobald er lacht, so wie Kinder in der Schule, wenn ein widerspenstiges Bürschchen draußen vor dem Klassenzimmer die Lehrerin zu sehr ärgert und sie alle Angst haben, die Lehrerin könnte zurückkommen und sie aus Rache alle nachsitzen lassen. Sie reagieren auf die Meßgeräte auf der Schalttafel und rucken unruhig hin und her. Ich sehe, daß McMurphy merkt, wie er alle unruhig macht, doch er läßt sich dadurch nicht aus der Ruhe bringen.

«Verdammt, was ist das bloß für ein jämmerlicher Verein. So verrückt seht ihr mir gar nicht aus.» Er versucht sie ein bißchen aufzulockern, so wie ein Versteigerer Witze reißt, um die Käufer aufzulockern, bevor das Bieten anfängt. «Wer von euch behauptet, der Verrückteste zu sein? Wer ist der größte Spinner? Wer organisiert die Kartenspiele? Heut ist mein erster Tag, da möchte ich von Anfang an auf den richtigen Mann einen guten Eindruck machen, wenn er mir beweisen kann, daß er der richtige Mann ist. Wer von euch ist denn nun der Oberspinner?»

Er redet direkt mit Billy Bibbit. Er beugt sich über Billy und blickt ihm so eindringlich in die Augen, daß sich Billy gezwungen sieht, herauszustottern, er sei noch nicht der O-O-O-Oberspinner, wenn er auch die Li-Li-Liste der Bewerber anführe.

McMurphy streckt Billy eine große Hand hin, und Billy kann gar nichts anderes tun, als sie zu schütteln. «Na ja, Kumpel», sagt er zu Billy, «es freut mich aufrichtig, daß du oben auf der Li-Liste stehst, aber da ich mit dem Gedanken spiele, den ganzen Laden hier zu übernehmen, mit allem Drum und Dran, da sollte ich wohl mit eurer Nummer eins reden.» Er schaut zu den Akuten hinüber, die teilweise ihre Kartenspiele unterbrochen haben, bedeckt eine Hand mit der anderen und läßt bei dem Anblick alle seine Knöchel knacken. «Weißt du, Kumpel, ich schätze, ich werde so was wie der Spieler-König auf dieser Station sein, im Siebzehnundvier macht mir so schnell keiner was vor. Es ist also besser, wenn du mich zu eurem Führer bringst, damit wir ein für allemal regeln können, wer hier der Boss sein wird.»

Keiner ist sich sicher, ob dieser breitschultrige Mann mit der Narbe und dem unbändigen Grinsen eine Schau abzieht oder tatsächlich verrückt genug ist, auch so zu sein, wie er redet, oder ob beides zutrifft, doch alle haben allmählich einen Mordsspaß daran, sein

Spielchen mitzuspielen. Sie sehen zu, wie er seine große rote Hand auf Billys dünnen Arm legt, und warten auf Billys Antwort. Billy merkt, daß es an ihm liegt, das Schweigen zu brechen, deshalb dreht er sich um und sucht sich einen der Pinokelspieler aus: «Harding», sagt Billy, «ich schätze, das wären da-da-da-dann Sie. Sie sind P-Präsident im Pa-Pa-Patientenrat. Dieser Ma-Mann will mit Ihnen reden.»

Die Akuten grinsen jetzt, nicht mehr so ängstlich, froh, daß sich etwas nicht Alltägliches abspielt. Alle machen sich über Harding lustig, fragen ihn, ob er der Oberspinner sei. Er legt seine Karten auf den Tisch.

Harding ist ein flachbrüstiger, nervöser Mann mit einem Gesicht, daß du manchmal glaubst, du hättest ihn in irgendeinem Film gesehen, ein so attraktives Gesicht ist zu schade für einen einfachen Mann auf der Straße. Er hat breite, dünne Schultern, und er biegt sie nach innen um seinen Brustkorb, wenn er versucht, sich nach innen zu verkriechen. Seine Hände sind so lang und weiß und zierlich, daß ich glaube, sie haben sich gegenseitig aus Seife geschnitzt, und manchmal machen sie sich selbständig und schweben frei vor ihm herum, wie zwei weiße Vögel, bis er sie dabei erwischt und sie schnell zwischen den Knien einfängt; es stört ihn, daß er so hübsche Hände hat.

Er ist Präsident im Patientenrat, weil er ein Stück Papier besitzt, auf dem steht, daß er Hochschulabschluß hat. Das Papier ist eingerahmt und steht auf seinem Nachtkästchen neben einem Bild von einer Frau im Badeanzug, die auch so aussieht, als hättest du sie schon mal im Kino gesehen – sie hat sehr große Brüste, und sie hält das Oberteil ihres Badeanzuges mit den Fingern fest und blickt seitlich in die Kamera. Hinter ihr sieht man Harding auf einem Handtuch sitzen, er sieht mager aus in seiner Badehose, so als warte er darauf, daß irgendein großer Kerl Sand nach ihm kickt. Harding gibt oft damit an, daß er mit so einer Frau verheiratet ist, er sagt, sie sei sexy wie keine zweite auf der Welt, und bei Nacht könne sie nicht genug von ihm bekommen.

Als ihn Billy anspricht, lehnt sich Harding auf dem Stuhl zurück und gibt sich ein gewichtiges Aussehen, spricht zur Decke hinauf, ohne Billy oder McMurphy anzusehen. «Ist dieser ... Herr angemeldet, Mr. Bibbit?»

«Sind Sie angemeldet, Mr. McMurphy? Mr. Harding ist ein vielbeschäftigter Mann, ohne Anmeldung wird niemand bei ihm vorgelassen.»

«Dieser vielbeschäftigte Mr. Harding, ist der der Oberspinner?» Er schaut Billy aus einem Auge an, und Billy nickt sehr heftig mit dem Kopf; Billy kann es kaum fassen, daß er so im Mittelpunkt steht.

«Dann richte dem Oberspinner Harding aus, daß R. P. McMurphy ihn zu sehen wünscht und daß diese Klinik für uns beide nicht groß genug ist. Ich bin es gewöhnt, Chef zu sein. Ich war der beste Raupenschlepperfahrer bei allen Holzfällertrupps im Nordwesten, der beste Glücksspieler seit den Tagen von Korea, sogar der beste Erbsenjäter auf jener Erbsenfarm in Pendleton – drum sag ich mir, wenn ich jetzt ein Spinner werde, dann bin ich auch da ganz klar die Nummer eins. Sag diesem Harding, er soll sich mir entweder stellen wie ein Mann, oder er ist nichts weiter als ein feiges Stinktier und muß bei Sonnenuntergang die Stadt verlassen haben.»

Harding lehnt sich weiter zurück und schiebt die Daumen unter den Rockaufschlag. «Bibbit, sagen Sie diesem kleinen Angeber McMurphy, daß ich mich Punkt zwölf Uhr mittags auf dem Hauptflur mit ihm treffen werde, dann wird diese Angelegenheit ein für allemal geregelt, es lebe die Libido.» Harding versucht, McMurphys schleppende Sprechweise nachzumachen, das klingt komisch bei seiner hohen, japsenden Stimme. «Sie können ihn auch warnen, so fair will ich sein, daß ich nun schon seit fast zwei Jahren Oberspinner auf dieser Station bin und daß ich verrückter bin als irgend jemand sonst auf der ganzen Welt.»

«Mr. Bibbit, Sie sollten diesen Mr. Harding vielleicht warnen, daß ich so verrückt bin, daß ich sogar zugebe, für Eisenhower zu stimmen.»

«Bibbit! Sagen Sie Mr. McMurphy, ich bin so verrückt, ich habe *zweimal* für Eisenhower gestimmt!»

«Da können Sie Mr. Harding gleich antworten –» er legt beide Hände auf den Tisch und beugt sich vor, und seine Stimme ist jetzt ganz leise – «ich bin so verrückt, daß ich vorhabe, im *November* wieder für Eisenhower zu stimmen.»

«Hut ab», sagt Harding, senkt den Kopf und gibt McMurphy die Hand. Ich habe überhaupt keinen Zweifel, daß McMurphy gewonnen hat, weiß allerdings nicht genau, was.

All die anderen Akuten lassen ihre Sachen liegen und kommen langsam näher, um zu sehen, was für ein Typ der Neue ist. So einer war überhaupt noch nie auf der Station. Sie fragen ihn, wo er herkommt und was er beruflich macht, auf eine Art und Weise, wie ich das bei ihnen noch nie gesehen habe. Er sagt, er sei ein fleißiger Mann. Er sagt, er sei umhergezogen und habe bei den Holzfällern im Taglohn gearbeitet, bevor ihn die Armee holte und ihn auf dem Gebiet ausbildete, auf dem er eine natürliche Begabung hatte; so wie sie manche zu Drückebergern ausbilden und andere zu Nichtstuern, sagt er, so haben sie ihn zum Pokerspieler ausgebildet. Danach habe er sich niedergelassen und sich dem Glücksspiel auf allen Ebenen verschrieben. Er spiele Poker und bleibe unverheiratet und lebe, wo und wie er wolle, sofern ihn die Leute in Ruhe lassen, sagt er, «aber ihr wißt ja, wie die Gesellschaft einen fleißigen Mann verfolgt. Von dem Tag an, an dem ich meinen wahren Lebensinhalt entdeckt hatte, wurde ich in so viele Kleinstadtgefängnisse gesperrt, daß ich ein Buch darüber schreiben könnte. Sie sagen, ich sei ein gewohnheitsmäßiger Randalierer. Bloß weil ich gelegentlich in eine Schlägerei gerate. Ist doch Scheiße. Als ich noch ein dummer Holzfäller war und in eine Schlägerei geriet, da hat's ihnen nicht so viel ausgemacht; das ist verständlich, sagen sie, ein Kerl, der schwer arbeitet, muß auch mal Dampf ablassen, sagen sie. Doch wenn du ein Spielchen auf die Beine stellst, da brauchst du bloß mal schief abzuheben, und schon schimpfen sie dich einen gottverdammten Verbrecher. Huiii, diese ewigen Fahrten zum Bau und vom Bau haben eine Zeitlang meinen ganzen Etat durcheinandergebracht.»

Er schüttelt den Kopf und bläst die Backen auf.

«Das war aber nur eine Weile. So langsam lernte ich die Tricks. Um ehrlich zu sein, vor dieser Beleidigung und Körperverletzung, wegen der sie mich nach Pendleton schickten, hatte ich fast ein Jahr lang nicht mehr gebrummt. Deswegen haben sie mich auch erwischt. Ich war aus der Übung; dieser Kerl konnte aufstehen und zu den Bullen laufen, bevor ich aus der Stadt war. Ein ganz übler Kunde ...»

Er lacht wieder und schüttelt jedem die Hände und setzt sich hin, um Kraftproben mit dem Unterarm auszutragen, sobald ihm der schwarze Junge mit dem Thermometer zu nahe kommt, bis er auch den letzten Akuten begrüßt hat. Und als er auch dem letzten von ihnen die Hand geschüttelt hat, kommt er gleich zu den Chronischen herüber, als ob es da gar keinen Unterschied gäbe. Man weiß nicht recht, ob er tatsächlich so freundlich ist oder ob er als Spieler irgendeinen Grund hat, sich mit Leuten bekannt zu machen, oder es jedenfalls zu versuchen, die schon so weit fortgeschritten sind, daß viele von ihnen nicht mal wissen, wie sie heißen.

Er steht da und nimmt Ellis' Hand von der Wand weg und schüttelt sie, als sei er ein Politiker auf Stimmenfang und die Stimme von Ellis sei so gut wie jede andere. «Kumpel», sagt er zu Ellis in feierlichem Ton, «ich heiße R. P. McMurphy, und ich seh es gar nicht gern, wenn ein ausgewachsener Mann in seinem eigenen Wasser herumpatscht. Warum bleibst du nicht trocken?»

Ellis schaut ganz überrascht auf die Pfütze an seinen Füßen. «Aber ja, ich danke Ihnen», sagt er und bewegt sich sogar ein paar Schritte auf die Latrine zu, bevor die Nägel seine Hände wieder zurück an die Wand ziehen.

McMurphy geht die Reihe der Chronischen entlang, schüttelt Oberst Matterson die Hand und Ruckly und dem alten Pete. Er gibt Rollern, Gehern und Vegetierern die Hand, er schüttelt Hände, die er erst den Leuten aus dem Schoß nehmen muß, so wie man tote Vögel aufliest, mechanische Vögel, Wunderwerke aus winzigen Knochen und Drähten, die abgelaufen und heruntergefallen sind. Schüttelt jedem die Hand, an dem er vorbeikommt, außer dem Großen George, dem Wassernarr, der grinst und vor dieser unhygienischen Hand zurückweicht, und so grüßt ihn McMurphy nur mit einer Geste und sagt zu seiner rechten Hand, während er weitergeht: «Hand, woher, glaubst du, weiß dieser alte Knabe, was du schon alles angestellt hast?»

Niemand versteht, worauf er aus ist oder weshalb er so umständlich jeden einzelnen begrüßt, aber es ist besser, als Jigsaw-Puzzles zusammenzulegen. Er sagt immer wieder, es sei notwendig, von Mann zu Mann zu gehen und die Leute kennenzulernen, mit denen er es zu tun haben werde, das gehöre zur Aufgabe eines Spielers. Aber er muß doch wissen, daß er es nicht mit einem achtzigjährigen Lebenslänglichen zu tun haben wird, der mit einer Spielkarte nichts anderes anzufangen wüßte, als sie in den Mund zu stecken und eine Weile darauf herumzukauen. Und doch sieht er so aus, als mache ihm das alles Spaß, als sei er einer von den Leuten, die über ihre Mitmenschen lachen können.

Ich bin der letzte. Immer noch auf den Stuhl in der Ecke geschnallt. McMurphy bleibt vor mir stehen und steckt wieder die Daumen in die Hosentaschen und lehnt sich zurück, um zu lachen, so als sähe er an mir etwas Komischeres als an allen anderen. Auf einmal hatte ich Angst, er könnte lachen, weil er wußte, daß die Art, wie ich dasaß, mit angezogenen Knien und darum geschlungenen Armen, und immer stur geradeaus schaute, als höre ich nichts, nur Theater war.

«Huiii», sagte er, «was haben wir denn hier!»

Ich erinnere mich an diesen Teil ganz genau. Ich erinnere mich daran, wie er ein Auge zumachte und seinen Kopf zurücklegte und an dieser heilenden weinroten Narbe an der Nase entlangschaute und mich auslachte. Zuerst dachte ich, er lache, weil an so einem wie mir ein Indianergesicht und schwarze, ölige Indianerhaare komisch aussahen. Ich dachte, er lache vielleicht, weil ich so schwach aussah. Und ich erinnere mich, daß ich dann dachte, er lache, weil er sich keinen Augenblick von meinem Taubstummenakt täuschen ließ. Wenn ich meine Rolle auch noch so gewieft spielte, er durchschaute mich und lachte und zwinkerte mit den Augen, um mich das wissen zu lassen.

«Und wo fehlt's dir, Großer Häuptling? Du siehst aus wie Sitting Bull beim Sitzstreik.» Er schaute zu den Akuten hinüber, um zu sehen, ob sie vielleicht über seinen Witz lachten; als sie nur kicherten, schaute er wieder mich an und zwinkerte noch einmal mit den Augen. «Wie heißt du, Häuptling?»

Billy Bibbit rief von der anderen Seite herüber. «Er ha-ha-heißt Bromden. Häuptling Bromden. Wir nennen ihn aber alle Häuptling Be-besen, weil ihn das Hilfspersonal die meiste Z-zeit mit Fegen beschäftigt. Er kann wohl sonst nicht vi-viel tun. Er ist taub.» Billy legte das Kinn in die Hände. «Wenn ich ta-taub wäre –» er seufzte – «würde ich mich umbringen.»

McMurphy schaute mich immer noch an. «Wenn er mal ausgewachsen ist, wird er recht groß sein, was? Würd mich interessieren, wie groß er ist.»

«Ich glaube, sie haben ihn einmal ge-ge-gemessen, da war er zwei Meter; aber wenn er auch groß ist, so hat er trotzdem vor seinem eigenen Sch-sch-schatten Angst. Bloß ein ga-ga-großer tauber Indianer.»

«Als ich ihn da sitzen sah, dachte ich *gleich*, er hat was von einem Indianer. Bromden ist aber kein indianischer Name. Zu welchem Stamm gehört er?»

«Ich weiß nicht», sagte Billy, «er war schon d-d-da, als ich k-k-kam.»

«Ich habe vom Arzt erfahren», sagte Harding, «daß er nur ein halber Indianer ist, ein Columbia-Indianer, glaube ich. Das ist ein ausgestorbener Stamm aus dem Columbia-Becken. Der Arzt sagte, sein Vater sei der Anführer des Stammes gewesen, daher auch der Titel dieses Kameraden, ‹Häuptling›. Was den Namen ‹Bromden› angeht, so kann ich den mit meinen mangelhaften Kenntnissen von indianischen Bräuchen leider nicht erklären.»

McMurphy beugte seinen Kopf weit vor, so daß ich ihm ins Gesicht schauen mußte. «Stimmt das? Du bist taub, Häuptling?»

«Er ist ta-ta-taub und stumm.»

McMurphy spitzte die Lippen und schaute mir lange ins Gesicht. Dann richtete er sich wieder auf und streckte mir die Hand hin.

«Ach was, zum Teufel, er kann einem aber die Hand geben, oder? Taub oder nicht. Bei Gott, Häuptling, du bist vielleicht groß, aber du gibst mir die Hand, sonst muß ich das als Beleidigung auffassen. Und ich würde dir nicht empfehlen, den neuen Oberspinner der Klinik zu beleidigen.»

Während er das sagte, schaute er sich nach Harding und Billy um und verzog das Gesicht, doch die Hand hielt er mir immer noch hin, so groß wie ein Suppenteller.

Ich erinnere mich ganz genau, wie diese Hand aussah: Er hatte Ruß unter den Fingernägeln, von einem Job in einer Reparaturwerkstätte; hinter den Knöcheln war ein Anker tätowiert; am Mittelfinger hatte er ein schmutziges Pflaster, das sich an den Rändern losgelöst hatte. Die anderen Knöchel waren mit Narben und Abschürfungen übersät, zum Teil alt, zum Teil neu. Ich erinnere mich auch, daß die Handfläche glatt und hart war vom Umgang mit den Holzstielen der Äxte und Hacken, sie sah nicht aus wie eine Hand, die gewohnt ist, Karten auszuteilen. Die Handfläche war voller Schwielen, und die Schwielen hatten Risse, und der Dreck hatte sich in den Rissen festgesetzt. Eine Straßenkarte seiner Reisen im Westen, rauf und runter. Als diese Handfläche mit meiner Hand zusammentraf, gab es ein schlurfendes Geräusch. Ich erinnere mich, daß die Finger, die sich um meine schlossen, dick und stark waren, und meine Hand begann sich seltsam anzufühlen und schwoll auf einmal an, dort am anderen Ende dieses Steckens, der mein Arm war, so als fließe sein eigenes Blut in meinen Arm. Er wollte bersten vor Blut und Kraft. Er schwoll an, bis er fast so groß war wie seiner, ich erinnere mich ganz genau ...

«Mr. McMurry.»

Es ist die Große Schwester.

«Mr. McMurry, würden Sie bitte einmal herkommen?»

Es ist die Große Schwester. Dieser schwarze Junge mit dem Thermometer war weggegangen, um sie zu holen. Da steht sie und klopft mit dem Thermometer an ihre Armbanduhr, und ihre Augen kreisen, während sie versucht, den neuen Mann zu taxieren. Ihre Lippen formen dieses Dreieck, wie die Lippen einer Puppe, die sich dem falschen Nippel entgegenstrecken.

«Pfleger Williams berichtet mir, Mr. McMurry, daß Sie wegen Ihrer Antrittsdusche Schwierigkeiten machten. Stimmt das? Bitte verstehen Sie mich richtig, ich erkenne durchaus Ihr Bemühen, sich mit den anderen Patienten auf der Station bekannt zu machen, an, aber alles zu seiner Zeit, Mr. McMurry. Ich bedaure, Sie und Mr. Bromden unterbrechen zu müssen, aber Sie verstehen schon: *alle* ... müssen sich an die Vorschriften halten.»

Er legt den Kopf zurück und zwinkert wieder so mit den Augen, um zu sagen, daß sie ihm genausowenig etwas vormachen kann wie ich, daß er sie durchschaut. Einen Moment lang schaut er mit einem Auge zu ihr hoch.

«Ach wissense, gnädiges Fräulein», sagt er, «wissense – ge-*nau* mit den Worten erinnert mich *immer* jemand an die Vorschriften ...»

Er grinst. Ein Lächeln geht zwischen den beiden hin und her, jeder versucht sein Gegenüber einzuschätzen.

«... immer dann, wenn ich ihrer Ansicht nach dabei bin, genau das Gegenteil zu tun.»

Dann läßt er meine Hand los.

In dem Glaskasten hat die Große Schwester ein Paket mit einem ausländischen Absender aufgemacht und saugt jetzt die Flüssigkeit aus den Glaskölbchen in dem Paket, die wie Gras und Milch aussieht, in Injektionsspritzen. Eine der kleinen Schwestern, ein Mädchen mit einem wandernden Auge, das immer voller Besorgnis über die Schulter schaut, während das andere seinen gewohnten Geschäften nachgeht, hebt das kleine Tablett mit den gefüllten Spritzen auf, schafft sie aber nicht sofort weg.

«Was, Miss Ratched, ist Ihr Eindruck von diesem neuen Patienten? Ich meine, er sieht gut aus, alle Achtung, und er ist höflich und all das, doch nach meiner bescheidenen Ansicht spielt er den starken Mann.»

Die Große Schwester testet eine Spritze an ihrer Fingerspitze. «Ich fürchte –» sie stößt die Spritze durch den Gummistöpsel des Glaskolbens und betätigt den Mechanismus – «das ist genau das, was der neue Patient vorhat: der starke Mann zu werden. Leute wie ihn nennen wir ‹Manipulatoren›, Miss Flinn, Leute, die jeden und alles für ihre eigenen Zwecke einspannen.»

«Aha. Aber. Ich meine, in einer Anstalt für Geisteskranke? Was kann er bezwecken?»

«Da gibt es viele Möglichkeiten.» Sie ist ruhig, lächelt, ist ganz in ihrer Arbeit, dem Aufladen der Spritzen, versunken. «Bequemlichkeit und ein leichtes Leben, zum Beispiel; ein Gefühl von Macht und Respekt, vielleicht; finanzielle Vorteile – vielleicht auch all diese Dinge. Manchmal bezweckt ein Manipulator auch nichts anderes als die tatsächliche Zerstörung des Lebens auf der Station, nur um der Zerstörung willen. Es gibt solche Leute in unserer Gesellschaft. Ein Manipulator kann die anderen Patienten beeinflussen und sie so sehr aufhetzen, daß es Monate dauern kann, bevor alles wieder so glatt läuft wie gewohnt. Bei dieser großzügigen Philosophie, wie sie derzeit in Anstalten für Geisteskranke üblich ist, haben sie leichtes Spiel. Noch vor einigen Jahren war das ganz anders. Ich erinnere mich, daß wir vor einigen Jahren einen Mann auf der Station hatten, einen Mr. Taber, einen *unerträglichen* Stations-Manipulator. Eine Zeitlang.» Sie schaut von ihrer Arbeit auf, die halbgefüllte Spritze vor ihrem Gesicht, wie eine kleine Zauberrute. Ihre Augen sind weit weg und von der Erinnerung verklärt. «Mister Tah-berr», sagt sie.

«Aber, ich meine», sagt die andere Schwester, «was in aller Welt *treibt* einen Mann dazu, die Zerstörung der Station herbeizuwünschen, Miss Ratched? Was für einen Grund …?»

Sie schneidet der kleinen Schwester das Wort ab, indem sie die Spritze wieder in den Gummistöpsel des Kolbens stößt, sie füllt und auf das Tablett legt. Ich beobachte, wie ihre Hand nach einer leeren Spritze greift, wie sie vorstößt, darüber schwebt, zupackt.

«Sie scheinen zu vergessen, *Miss* Flinn, daß wir es hier mit einer Irrenanstalt zu tun haben.»

Die Große Schwester ärgert sich gleich gewaltig, wenn irgend etwas ihren Laden daran hindert, so glatt und reibungslos zu laufen wie eine Präzisionsmaschine. Wenn auch nur eine Kleinigkeit nicht vorschriftsmäßig oder nicht in Ordnung ist oder irgendwie im Wege steht, wird sie zu einem kleinen weißen Bündel kalt lächelnder Wut. Dann geht sie umher, mit demselben Puppenlächeln in den Fältchen zwischen Kinn und Nase und mit demselben ruhigen Kreisen ihrer Augen, doch tief in ihrem Innern ist sie hart wie Stahl. Ich weiß das, ich spüre es. Und sie läßt keine Spur nach, bis sie sich um die Störung gekümmert hat – sie nennt das «etwas der Umgebung anpassen».

Unter ihrer Herrschaft ist die Station Drinnen fast vollkommen der Umgebung angepaßt. Sie kann aber nicht dauernd auf der Station bleiben. Sie muß auch einige Zeit Draußen zubringen. Deshalb bemüht sie sich mit einem Auge, auch die Welt Draußen anzupassen. Sie arbeitet Seite an Seite mit Gleichgesinnten, die ich die «Genossenschaft» nenne, eine gewaltige Organisation, die es sich zum Ziel gesetzt hat, das Draußen ebenso gut anzupassen, wie sie, die Große Schwester, das Drinnen angepaßt hat. Und so wurde sie eine echte Veteranin im Anpassen von Dingen. Sie war schon die Große Schwester im alten Bau, als ich vor so langer Zeit von Draußen hereinkam, und sie hatte sich damals schon weiß Gott wie lange der Tätigkeit als Anpasserin verschrieben.

Und ich habe beobachtet, wie sie im Lauf der Jahre immer geschickter wurde. Übung hat sie ausgeglichen und stark gemacht, so daß sie heute eine sichere Gewalt ausüben kann, die sich mit Hilfe von haarfeinen Drähten in alle Richtungen ausbreitet, so fein, daß nur ich sie sehen kann. Ich sehe sie im Zentrum dieses Netzes aus Drähten sitzen, wie ein wachsamer Roboter, von wo sie mit der mechanischen Geschicklichkeit eines Insekts ihr Netzwerk überwacht, in jeder Sekunde weiß sie, welcher Draht wohin läuft und welchen Strom sie schicken muß, um das gewünschte Ergebnis zu erhalten. Während der Grundausbildung arbeitete ich als Elektrikergehilfe, bevor mich die Armee nach Deutschland verfrachtete, und während meines Jahres auf der Uni hatte ich einige Kurse in Elektronik, seither weiß ich, wie sich so was montieren läßt.

Wovon sie träumt dort im Zentrum dieses Drahtnetzes, das ist eine Welt von rationeller Präzision und Sauberkeit, wie eine Taschenuhr mit einer gläsernen Rückseite, ein Ort, an dem sich der Stundenplan durch nichts mehr erschüttern läßt, wo alle Patienten, die nicht Draußen sind, sondern gehorsam auf ihren Funkstrahl reagieren, Chroniker im Rollstuhl sind, mit Katheter-Röhren in jedem Hosenbein, die direkt zu den Abwässerkanälen unter dem Boden führen. Jahr um Jahr versammelt sie den idealen Stab um sich: Ärzte, alle Altersgruppen und Typen, kommen und präsentieren ihr ihre eigenen Vorstellungen davon, wie eine Station geführt werden sollte, manche mit genügend Rückgrat, um sich auf ihre Vorstellungen zu versteifen, und mit ihren Trockeneis-Augen fixiert sie diese Ärzte tagein, tagaus, bis sie sich mit unnatürlichen Kältegefühlen zurückziehen. «Ich sage Ihnen, ich weiß nicht, *was* mit mir los ist», sagen sie dem Kerl, der fürs Personal zuständig ist. «Seit ich mit dieser Frau zusammen auf Station bin, habe ich das Gefühl, als fließe nicht mehr Blut durch meine Adern, sondern Ammoniak. Die ganze Zeit schüttle ich mich vor Kälte, meine Kinder setzen sich nicht mehr auf meinen Schoß, meine Frau schläft nicht mehr mit mir. Ich *bestehe* auf Versetzung – auf die Neurologie, zu den Trinkern, auf Kinderstation, mir ist alles *gleich*!»

Das macht sie jahrelang. Die Ärzte halten es drei Wochen, drei Monate aus. Bis sie sich schließlich für einen entscheidet, einen kleinen Mann mit einer großen breiten Stirn und dicken Pausbacken und senkrechten Falten zwischen den winzigen Augen, so als habe er einmal eine viel zu kleine Brille getragen, so lange hat er sie getragen, daß sein Gesicht zusammengedrückt wurde und in der Mitte Falten aufwarf, deshalb hat er jetzt eine Brille, die an einer Schnur vom Kragenknopf baumelt; sie wackelt auf der purpurroten Nasenwurzel über seiner kleinen Nase, und sie rutscht immer auf die eine oder andere Seite, deshalb neigt er immer den Kopf zur Seite, wenn er etwas sagt, nur damit seine Brille in der Waagerechten bleibt. Das ist ihr Arzt.

Bevor sie ihre drei schwarzen Jungen für den Tagesbetrieb bekommt, vergehen noch mehr Jahre, in denen sie Tausende testet und zurückweist. Sie kommen zu ihr in einer langen schwarzen Schlange von mürrischen, großnasigen Masken, vom ersten Augenblick an voller Haß auf ihre kreidig puppenweiße Farbe. Vielleicht einen Monat lang schätzt sie sie und ihren Haß ab, dann läßt sie sie gehen, weil ihr Haß nicht groß genug ist. Als sie schließlich die drei bekommt, die sie will – sie behält einen nach dem andern, über viele Jahre hinweg, webt sie in ihren Plan und in ihr Netzwerk –, kann sie verflucht sicher sein, daß deren Haß für den Posten groß genug ist.

Den ersten bekommt sie fünf Jahre nach meinem Eintreffen auf der Station, einen krummen sehnigen Zwerg, der so schwarz ist wie kalter Asphalt. Seine Mutter wurde in Georgia vergewaltigt, während sein Papa daneben stand, mit den Zugriemen vom Pflug an den gußeisernen Ofen gebunden, wobei sich seine Schuhe mit Blut füllten. Der Junge beobachtete alles aus einem Versteck im Schrank, fünf Jahre alt, er kniff ein Auge zu, um durch den Schlitz zwischen der Tür und dem Türpfosten zu schauen, und er ist danach keinen Zentimeter mehr gewachsen. Jetzt hängen seine Augenlider lose und dünn in der Gegend, so als habe er eine Fledermaus auf der Nasenwurzel hocken. Augenlider wie dünnes graues Leder, er hebt sie jedesmal ein kleines bißchen an, wenn ein neuer weißer Mann auf die Station kommt, späht kurz unter ihnen hervor und schaut sich den Mann von oben bis unten an und nickt einmal, als habe er sich o ja nun endgültig von etwas überzeugt, das er ohnehin schon wußte. Als er seine Stelle antrat, wollte er einen Strumpf voll Schrotkugeln mitbringen, um die Patienten auf Vordermann zu bringen, doch sie sagte ihm, das mache man heute nicht mehr so, sorgte dafür, daß er das Zeug zu Hause ließ, und brachte ihm ihre eigene Technik bei; brachte ihm bei, seinen Haß nicht zu zeigen, sondern ruhig zu sein und abzuwarten, auf einen kleinen Vorteil zu warten, ein kleines Nachlassen, dann mußt du die Schlinge zuziehen und für gleichmäßigen Druck sorgen. Die ganze Zeit. Das ist die Methode, mit der du sie auf Vordermann bringst, belehrte sie ihn.

Die beiden anderen schwarzen Jungen kamen zwei Jahre danach, sie meldeten sich etwa im Abstand von einem Monat zur Arbeit, und die beiden sahen sich so sehr gleich, daß ich glaube, sie hat von dem, der zuerst kam, eine Kopie anfertigen lassen. Sie sind groß und flink und hager, und in ihre Gesichter ist ein Ausdruck gemeißelt, der sich nie ändert, wie eine steinharte Pfeilspitze. Ihre Augen verjüngen sich zu einem Punkt. Wenn du gegen ihr Haar streifst, dann raspelt es dir glatt die Haut ab.

Und alle sind sie so schwarz wie ein Telefon. Je schwärzer sie sind, das hat sie von der langen schwarzen Schlange gelernt, die vor ihnen kam, desto mehr Zeit werden sie aller Wahrscheinlichkeit nach damit zubringen, zu putzen und zu schrubben und die Station in Ordnung zu halten. Zum Beispiel ist die Uniform bei den drei Jungen immer schneeweiß. Weiß und kalt und gestärkt, wie die der Großen Schwester.

Alle drei tragen gestärkte schneeweiße Hosen und weiße Hemden mit Metallverschluß an der Seite und weiße Schuhe, blankgewichst wie Eis, und die Schuhe haben rote Gummisohlen, beim Auf und Ab auf dem Flur so geräuschlos wie Mäuse. Sie geben keinen Laut von sich, wenn sie unterwegs sind. Sie tauchen überall auf der Station immer dann auf, wenn ein Patient glaubt, ungestört verschnaufen zu können, oder einem Kameraden ein Geheimnis zuflüstern will. Ein Patient ist vielleicht ganz allein in einer Ecke, plötzlich knarrt es, und auf seiner Wange bildet sich Reif, er dreht sich um, und da schwebt eine kalte Maske aus Stein über ihm an der Wand. Er sieht nur das schwarze Gesicht. Keinen Körper. Die Wände sind weiß, wie die weißen Anzüge, so blank poliert wie die Tür eines Kühlschranks, und das schwarze Gesicht und die schwarzen Hände scheinen davor zu schweben wie ein Gespenst.

Nach jahrelangem Training stellen sich alle drei schwarzen Jungen immer mehr auf die Wellenlänge der Großen Schwester ein. Es gelingt ihnen, die direkten Leitungen nach und nach auszuschalten und mit Leitstrahlen zu arbeiten. Sie gibt ihre Anordnungen nicht laut und hinterläßt keine schriftliche Anweisung, die von einer Ehefrau auf Besuch oder einer der Lehrerinnen gefunden werden könnte. Hat sie gar nicht mehr nötig. Auf einer Hochspannungs-Wellenlänge des Hasses halten sie Verbindung, und die schwarzen Jungen führen hier draußen ihre Anordnungen aus, bevor sie sie auch nur erdacht hat.

Nachdem also nun die Schwester ihren Stab beisammen hat, läßt diese fehlerlose Zusammenarbeit die Station funktionieren wie eine Kontrolluhr. Alles, was die Burschen denken und sagen und tun, ist schon Monate vorher ausgearbeitet, auf der Grundlage der kleinen Notizen, die sich die Schwester tagsüber macht. Das wird dann getippt und in die Maschine gefüttert, deren Summen ich durch die Stahltür hinter der Schwesternstation hören kann. Eine Anzahl Karten mit den Anweisungen für den Tagesablauf werden ausgespuckt, in die eine Reihe kleiner viereckiger Löcher gestanzt sind. Am Anfang jedes Tages wird die korrekt datierte AT-Karte in einen Schlitz in der Stahltür gesteckt, und die Wände fangen an zu summen: Um halb sieben gehen im Schlafsaal die Lichter an; die Akuten springen aus dem Bett, so schnell die schwarzen Jungen sie raustreiben können, dann ran an die Arbeit, Böden polieren, Aschenbecher leeren, die Kratzspuren von der Wand entfernen, wo einen Tag vorher einer der alten Knaben einen Kurzschluß hatte und in einem fürchterlichen Kringel von Rauch und Gestank von verbranntem Gummi zu Boden sank. Die Roller schwingen ihre toten schweren Beine aus dem Bett und auf den Boden und warten wie sitzende Statuen darauf, daß jemand einen Stuhl unter sie schiebt. Die Vegetierer pissen ins Bett und lösen damit einen elektrischen Schock und ein Alarmsignal aus, das sie aus dem Bett und auf die Fliesen kippt, wo sie die schwarzen Jungen mit dem Schlauch abspritzen und in die saubere grüne Einheitskleidung stecken können …

Viertel vor sieben summen die Rasierapparate, und die Akuten stellen sich in alphabetischer Reihenfolge vor den Spiegeln auf, A, B, C, D … Die Chronischen, die noch gehen können, so wie ich, gehen nach den Akuten hinein, dann werden die Roller hereingerollt. Die drei alten Knaben, die noch übrig sind, die bereits eine Schicht von gelbem Schimmel auf der faltigen Haut unterm Kinn haben, die werden auf ihren Sesseln im Tagesraum rasiert, mit einem Lederriemen um die Stirn, damit sie sich beim Rasieren nicht hin und her bewegen können.

An manchen Vormittagen – vor allem montags – verstecke ich mich und versuche mich gegen das Tagesprogramm zu wehren. An anderen Tagen glaube ich, es ist gewiefter, mich auf den richtigen Platz zwischen A und C im Alphabet zu stellen und die Prozedur wie alle anderen über mich ergehen zu lassen, ohne die Füße anzuheben – starke Magneten im Boden manövrieren die Belegschaft durch die Station wie niedliche Puppen ...

Um sieben Uhr macht der Speisesaal auf, und nun läuft alles in umgekehrter Reihenfolge ab: erst die Roller, dann die Geher, dann holen die Akuten ihr Tablett, Cornflakes, Schinken mit Ei, Toast – und an diesem Morgen ein halber Pfirsich aus der Dose auf einem grünen ausgefransten Blatt Kopfsalat. Einige der Akuten bringen den Rollern ihr Tablett. Die meisten Roller sind lediglich Chronische mit schlechten Beinen, sie füttern sich selber, doch dann haben wir diese drei, bei denen ist vom Hals abwärts überhaupt nichts los, und vom Hals aufwärts nicht viel. Die nennen wir die Vegetierer. Die schwarzen Jungen schieben sie herein, wenn sich alle anderen gesetzt haben, rollen sie an die Wand und bringen ihnen die gleichen Tabletts mit einem Essen, das richtig schlammig aussieht, und an den Tabletts sind kleine weiße Diätkarten befestigt. Mechanisch Weich steht auf den Diätkarten für diese zahnlosen drei: Eier, Schinken, Toast, Speck, Stück für Stück in der Küche von der Maschine aus rostfreiem Stahl zweiunddreißigmal vorgekaut. Ich kann direkt vor mir sehen, wie sie die gegliederten Lippen zusammenzieht, wie der Schlauch eines Staubsaugers, und einen Klumpen gekauten Schinkens mit dem Geräusch einer Häckselmaschine auf den Teller spuckt.

Die schwarzen Jungen stopfen die gierigen rosaroten Münder der Vegetierer eine Idee schneller, als sie schlucken können, und das Mechanisch Weich wird aus den Mundwinkeln gepreßt und läuft über die kleine Wölbung ihres Kinns hinunter auf das Grün ihrer Kleidung. Die schwarzen Jungen fluchen über die Vegetierer und sorgen mit einer Drehbewegung des Löffels dafür, daß der Mund noch weiter aufgerissen wird, so wie man einen faulen Apfel aushöhlt: «Blastic, dieser alte Furzer, der fällt noch vor meinen Augen auseinander. Ich weiß bald nicht mehr, ob ich ihm noch Schinkenbrei füttere oder Stücke seiner eigenen beschissenen Zunge.» ...

Um halb acht zurück in den Tagesraum. Die Große Schwester schaut aus ihrem Spezial-Glaskasten, immer so blank poliert, daß du ihn nicht mehr sehen kannst, und nickt bei dem Anblick zufrieden, langt nach oben und reißt ein Blatt von ihrem Kalender ab, wieder einen Tag ihrem Ziel näher. Sie drückt auf einen Knopf, um die Dinge in Gang zu bringen. Irgendwo wird eine große Blechtafel geschüttelt, und ich höre das Donnern. Jeder auf seinen Platz. Akute: setzt euch auf eure Seite des Tagesraumes und wartet, bis euch die Karten und Monopoly-Spiele gebracht werden. Chronische: setzt euch auf eure Seite und wartet, bis euch die Puzzles aus der Rotkreuzkiste gebracht werden. Ellis: geh auf deinen Platz an der Wand und nimm die Hände hoch, damit du festgenagelt werden kannst und dir die Pisse die Beine runterläuft. Pete: wackle mit dem Kopf wie eine Puppe. Scanlon: fummle mit deinen knorrigen Händen auf dem Tisch vor dir und bau deine scheinbare Bombe, um damit eine scheinbare Welt in die Luft zu jagen, Harding: fang an zu reden, wedle mit deinen Taubenhänden in der Luft und fang sie dann mit deinen Achselhöhlen ein, weil erwachsene Männer nicht so ihre hübschen Hände zur Schau stellen sollen. Sefelt: fang an zu stöhnen, daß deine Zähne schmerzen und dir das Haar ausfällt. Alle: einatmen ... ausatmen ... in völliger Übereinstimmung; der Puls soll genau in dem Tempo schlagen, das die AT-Karten angeordnet haben. Das Geräusch von aufeinander abgestimmten Zylindern.

Wie ein Zeichentrickfilm, wo die Figuren flach sind und mit schwarzen Linien umrandet, sie bewegen sich ruckartig durch irgendeine blödsinnige Geschichte, die vielleicht wirklich lustig wäre, wenn diese Zeichentrick-Figuren nicht Menschen aus Fleisch und Blut wären ...

Viertel vor acht gehen die schwarzen Jungen die Reihe der Chronischen entlang und befestigen Katheter an denen, die lange genug stillhalten. Katheter sind gebrauchte Kondomes, geköpft und mit Gummibändern um Röhren gewickelt, die in Hosenbeinen nach unten laufen, in einen Plastikbeutel mit der Aufschrift NACH GEBRAUCH WEGWERFEN NICHT WIEDERVERWENDEN, und es gehört zu meinen Aufgaben, ihn am Ende eines jeden Tages auszuwaschen. Die schwarzen Jungen befestigen den Kondom, indem sie ihn über die Haare kleben; alte Katheter-Chronische sind unbehaart wie Babies, vom ständigen Abreißen des Klebstreifens ...

Um acht fangen die Wände erst richtig an zu summen und zu schwirren. Der Lautsprecher in der Decke sagt «Medikamente abholen» und benützt dabei die Stimme der Großen Schwester. Wir schauen zum Glaskasten, wo sie sitzt, aber sie ist nicht mal in der Nähe des Mikrofons; sie ist sogar drei Meter vom Mikrofon entfernt und zeigt einer der kleinen Schwestern, wie man das Tablett mit den Medikamenten säuberlich präpariert, damit die Pillen übersichtlich angeordnet sind. Die Akuten stellen sich in einer Reihe vor der Glastür auf, A, B, C, D, dann die Chronischen, dann die Roller (die Vegetierer kommen später dran, ihr Medikament wird in einen Eßlöffel mit Apfelmus gemischt). Die Kameraden gehen einzeln vorbei und bekommen eine Kapsel in einem Papierbecher – werfen sie nach hinten in den Mund und lassen sich von der kleinen Schwester den Becher mit Wasser füllen und spülen die Kapsel hinunter. Ganz selten einmal fragt vielleicht ein Narr, was es eigentlich ist, was sie ihn da schlucken lassen.

«Moment mal, Schätzchen; was sind denn das für zwei kleine rote Kapseln bei meinen Vitamintabletten?»

Ich kenne ihn. Er ist ein großer meckernder Akuter, der allmählich in den Ruf gerät, ein Unruhestifter zu sein.

«Nur eine Arznei, Mr. Taber, das tut Ihnen gut. Und runter damit, auf geht's.»

«Ich möchte aber wissen, *was* für eine Arznei. Herrgott, daß es Pillen sind, sehe ich selber –»

«Einfach alles runterschlucken, Mr. Taber, na – nur mir zuliebe?» Sie wirft der Großen Schwester einen kurzen Blick zu, um zu sehen, wie ihre Methode mit dem kleinen Flirt dort ankommt, dann schaut sie wieder den Akuten an. Der ist immer noch nicht bereit, etwas zu schlucken, das er nicht kennt, nicht einmal ihr zuliebe.

«Miss, ich will hier keinen Ärger machen. Ich will aber auch nicht etwas schlucken, von dem ich nicht mal weiß, was es ist. Woher soll ich wissen, daß das nicht vielleicht eine dieser komischen Pillen ist, die etwas aus mir machen, das ich gar nicht bin?»

«Bitte regen Sie sich nicht auf, Mr. Taber –»

«Aufregen? Dabei will ich doch bloß *wissen*, Himmel Herrgott –»

Doch jetzt ist die Große Schwester hinzugekommen, hat ihn am Arm gepackt, so daß er bis zur Schulter hinauf gelähmt ist. «Ist schon gut, Miss Flinn», sagt sie. «Wenn sich Mr. Taber wie ein Kind benehmen will, muß man ihn vielleicht auch entsprechend behandeln. Wir haben versucht, höflich und nachsichtig mit ihm umzugehen. Offensichtlich zieht das bei ihm nicht. Feindseligkeit, Feindseligkeit, das ist der Dank. Sie können gehen, Mr. Taber, wenn Sie Ihr Medikament nicht oral einnehmen wollen.»

«Ich wollte doch bloß wissen, Himmel –»

«Sie können gehen.»

Er geht auch, brummend, sobald sie seinen Arm losläßt, und verbringt den Rest des Vormittags in der Latrine und hängt seinen trüben Gedanken nach und wundert sich immer noch, was das wohl für Kapseln waren. Mir gelang es einmal, mit einer von denselben roten Kapseln unter der Zunge zu entkommen, ich tat so, als hätte ich sie geschluckt und knackte sie später im Besenschrank auf. In dem kurzen Augenblick, bevor sich alles in weißen Staub auflöste, sah ich, daß es ein elektronisches Element in Miniaturgröße war, so wie die, die ich damals im Radarkorps der Armee kennengelernt hatte, mikroskopische Drähte und Wicklungen und Transistoren, und dies hier war so gearbeitet, daß es sich bei Berührung mit Luft auflöste ...

Acht Uhr zwanzig werden Karten und Puzzles ausgegeben ...

Acht Uhr fünfundzwanzig erwähnt ein Akuter, daß er immer seiner Schwester beim Baden zugeschaut habe; die drei Kameraden an seinem Tisch purzeln durcheinander, weil jeder der erste sein will, der es ins Tagebuch eintragen darf ...

Um halb acht geht die Tür zur Station auf, und zwei Techniker traben herein, und sie riechen nach billigem Wein. Techniker gehen immer schnell oder traben, weil sie sich immer so weit vorbeugen, daß sie ihre Füße schnell nach vorne bringen müssen, um nicht auf die Nase zu fallen. Sie beugen sich immer vor, und sie riechen immer so, als hätten sie ihre Instrumente in Wein sterilisiert. Sie ziehen die Tür zum Labor hinter sich zu, und ich gehe mit meinem Besen gleich ganz nahe heran und kann trotz des bösartigen ssstztz-ssstztz-ssstz des Schleifsteins ihre Stimmen hören.

«Was gibt's denn heute schon, zu dieser gottlosen Tageszeit?»

«Wir sollen irgendeinem naseweisen Arschloch einen Antineugier-Dauerunterbrecher installieren. Dringender Fall, sagt sie, dabei bin ich nicht mal sicher, daß wir so'n Dingsbums am Lager haben.»

«Vielleicht sollten wir IBM anrufen, die sollen uns schleunigst einen rausschicken; aber laß mich erst mal im Lager nachsehen –»

«He; bring auch gleich eine Flasche von dem Klaren mit, von dem Hochprozentigen, wenn du schon da hinten bist; ich kann allmählich das einfachste Scheißding nicht mehr installieren, wenn ich nicht erst ’n bißchen Zielwasser schlucke. Na ja, scheißegal, besser, als Autos zu reparieren, ist es allemal ...»

Ihre Stimmen klingen für eine echte Unterhaltung zu verkrampft, die Antworten kommen auch viel zu schnell – es klingt eher wie der Dialog in einem Zeichentrickfilm. Ich schiebe meinen Besen davon, bevor ich beim Horchen erwischt werden kann.

Die zwei großen schwarzen Jungen erwischen Taber auf der Latrine und schleppen ihn in den Matratzenraum. Sie geben ihm einen üblen Tritt gegen das Schienbein. Er schreit Zeter und Mordio. Es überrascht mich, wie hilflos er aussieht, als sie ihn festhalten, so als sei er in Bänder aus schwarzem Eisen gewickelt.

Sie werfen ihn mit dem Gesicht nach unten auf die Matratze. Einer setzt sich ihm auf den Kopf, der andere reißt ihm hinten die Hosen auf und schiebt die Kleider zurück, bis Tabers pfirsichfarbener Hintern von dem zerfetzten Salatgrün umrahmt wird. Seine Flüche ersticken in der Matratze, und der schwarze Junge, der auf seinem Kopf sitzt, sagt: «Ganz recht, Mista Taber, ganz recht ...» Die Schwester kommt den Flur herunter, reibt eine lange Spritze mit Vaselin ein, macht die Tür zu, so daß man sie einen Augenblick nicht sehen kann, und kommt dann gleich wieder raus und wischt die Spritze an einem Fetzen aus Tabers Hose ab. Sie hat die Dose mit dem Vaselin im Zimmer gelassen. Bevor der schwarze Junge die Tür hinter ihr zumachen kann, sehe ich, daß der andere immer noch auf Tabers Kopf sitzt und ihn mit einem Kleenex abtupft. Sie sind eine lange Zeit da drin, dann geht die Tür wieder auf, und sie kommen heraus und tragen ihn über den Flur zum Labor hinüber. Sie haben ihm jetzt den Rest der grünen Kleidung vom Leib gerissen, und er ist in ein feuchtes Tuch gewickelt ...

Um neun fragen junge Assistenzärzte mit Leder-Ellbogen die Akuten fünfzig Minuten lang darüber aus, was sie als kleine Jungen gemacht haben. Diese fünfzig Minuten sind für die Große Schwester eine harte Zeit, denn sie mißtraut den Assistenzärzten mit dem Bürstenschnitt. Solange sie da sind, gerät die Maschinerie ins Stokken, und sie schaut finster drein und nimmt sich vor, die Vergangenheit dieser Burschen zu überprüfen, nach Verkehrsübertretungen und ähnlichem ...

Um neun Uhr fünfzig gehen die Assistenzärzte, und die Maschinerie beginnt wieder ihr gleichmäßiges Summen. Die Schwester beobachtet den Tagesraum aus ihrem Glaskasten; die Szene vor ihren Augen nimmt wieder jene stahlblaue Klarheit an, mit den sauberen, geordneten Bewegungen eines Zeichentrickfilms.

Taber wird auf einem Gurney-Bett aus dem Labor gerollt.

«Wir mußten ihm noch eine Spritze geben, als er während der Rückenmark-Punktion unruhig wurde», sagt der Techniker zu ihr. «Was meinen Sie, sollen wir ihn nicht gleich zum Gebäude Eins mitnehmen und ihm eine Ladung EST verpassen, wenn wir schon mal dabei sind – anstatt noch mehr Seconal zu verschwenden?»

«Das scheint mir ein ausgezeichneter Vorschlag. Und anschließend bringen Sie ihn vielleicht am besten zum Elektroenzephalographen, um seinen Kopf zu untersuchen – vielleicht finden wir Hinweise darauf, daß sein Gehirn eine Behandlung braucht.»

Die Techniker traben davon und schieben den Mann auf dem Gurney-Bett vor sich her, wie Figuren aus einem Trickfilm – oder wie Puppen, mechanische Puppen aus dem Kasperletheater, wo man darüber lachen soll, wenn die Puppe erst vom Teufel verprügelt und dann mit dem Kopf voraus von einem grinsenden Krokodil verschluckt wird...

Um zehn Uhr wird die Post heraufgebracht. Manchmal bekommst du den zerrissenen Briefumschlag...

Um halb elf kommt der P. R.-Mann herein, mit einem Damenkränzchen im Gefolge. An der Tür zum Tagesraum klatscht er sich in die fetten Hände. «Ah, Tag, Jungs; nicht unterzukriegen, nicht unterzukriegen ... Schauen Sie sich um, meine Damen; ist das nicht alles sauber, und so hell? Dies hier ist Miss Ratched. Ich habe diese Station ausgewählt, weil es *ihre* Station ist. Sie ist, meine Damen, wie eine gute Mutter. Ich meine nicht vom Alter her, aber die Damen verstehen mich sicher richtig...»

Sein Hemdkragen ist so eng, daß sein Gesicht anschwillt, wenn er lacht, und er lacht fast die ganze Zeit, doch ich hab keine Ahnung, worüber, er lacht so hoch und schnell, so als würde er gern aufhören und kann nicht. Und sein Gesicht ist angeschwollen, so rot und rund wie ein Luftballon, mit einem aufgemalten Gesicht. Er hat keine Haare im Gesicht und so gut wie keine auf dem Kopf; ich glaube, er hat sich mal welche angeklebt, doch sie haben sich immer wieder losgelöst und sind ihm in die Manschette und in die Brusttasche und in den Kragen geraten. Vielleicht trägt er deswegen so enge Hemdkragen, damit die kleinen Härchen draußen bleiben.

Vielleicht lacht er deswegen so viel, weil es ihm nicht gelingt, all die Haare fernzuhalten.

Er macht diese Führungen – ernsthafte Frauen mit sportlichen Jacken, die ihm zunicken, wenn er darauf hinweist, wie sehr in den letzten Jahren alles verbessert worden ist. Er weist auf den Fernseher hin, die großen Ledersessel, die hygienischen Trinkbrunnen; dann gehen sie alle, um in der Schwesternstation Kaffee zu trinken. Manchmal kommt er auch allein und steht nur da in der Mitte des Tagesraumes und klatscht in die Hände (man kann *hören*, daß sie naß sind), klatscht zwei, dreimal, bis sie zusammenkleben, dann hält er sie wie beim Gebet unter einem seiner Kinne zusammen und fängt an, sich zu drehen. Da dreht und dreht er sich mitten im Raum, schaut wie wild und außer sich auf den Fernseher, die neuen Bilder an der Wand, den Trinkbrunnen. Und lacht.

Was er eigentlich sieht, das so lustig ist, verrät er uns nie, und das einzige lustige Ding ist für mich er, wie er da herumwirbelt und wirbelt, wie ein Spielzeug aus Gummi – wenn du ihn umstößt, richtet er sich gleich wieder auf, weil er unten ein Gesicht eingebaut hat, und dreht sich immer weiter. Und nie, nie schaut er uns ins Gesicht...

Zehn Uhr vierzig, fünfundvierzig, fünfzig, Patienten schwirren hin und her zu ihren Terminen im ET oder OT oder PT, oder in seltsamen kleinen Räumen irgendwo, wo die Wände nie gleich groß sind und die Böden schief. Die Geräusche der Maschinerie um dich herum erreichen eine gleichmäßige Dauergeschwindigkeit.

Die Station summt, wie ich einmal eine Baumwollspinnerei summen hörte, als die Footballmannschaft gegen eine Oberschule in Kalifornien spielte. Nach einer guten Saison waren die Förderer des Teams aus der Stadt so stolz und begeistert, daß sie uns den Flug nach Kalifornien bezahlten, wo wir gegen eine Oberschule spielen sollten, die dort unten die Meisterschaft gewonnen hatte. Als wir in der Stadt landeten, mußten wir zuerst einen Industriebetrieb dort besichtigen. Unser Trainer konnte die Leute geschickt überzeugen, daß Sport sehr zur Bildung beitrage, weil es auf den Reisen so viel zu lernen gebe, und so schleuste er die Mannschaft vor jedem Spiel durch Molkereien und Zuckerrübenplantagen und Konservenfabriken. In Kalifornien war es die Baumwollspinnerei. Als wir die Spinnerei betraten, warfen die meisten in der Mannschaft nur einen Blick hinein und gingen dann zum Bus zurück, um auf den Koffern ihre Kartenspiele fortzusetzen, doch ich blieb drin, in einer Ecke, weit weg von den Negermädchen, die in den Gassen zwischen den Maschinen auf und ab liefen. Die Spinnerei versetzte mich in eine Art Traum, all das Summen und Klicken und Klappern von Leuten und Maschinen, das ewige Hin und Her, das irgenwie System hatte. Deshalb blieb ich, als die anderen weggingen, deshalb und auch, weil es mich irgendwie an die Männer meines Stammes erinnerte, die in den letzten Tagen das Dorf verlassen hatten, um im Steinbruch für den neuen Damm zu arbeiten. Das rasende Hin und Her, die von der Routine hypnotisierten Gesichter … ich wollte mit der Mannschaft hinausgehen, konnte aber nicht.

Es war ein Morgen früh im Winter, und ich hatte immer noch die Jacke an, die sie uns nach dem Gewinn der Meisterschaft gegeben hatten – rot und grün und mit Ärmeln aus Leder, und auf dem Rükken stand, daß wir gewonnen hatten, auf einem Emblem in der Form eines Footballs –, und viele der Negermädchen starrten mich deswegen an. Ich zog die Jacke aus, aber sie starrten trotzdem. Ich hatte damals eine viel eindrucksvollere Figur.

Eins der Mädchen verließ ihre Maschine und schaute den Gang hinauf und hinunter, um zu sehen, ob der Vorarbeiter in der Nähe war, und kam dann zu mir herüber. Sie fragte mich, ob wir an diesem Abend gegen die Oberschule spielten, und dann erzählte sie mir, sie habe einen Bruder, der dort Außenstürmer spiele. Wir unterhielten uns ein bißchen über Football und was so dazugehörte, und ich bemerkte, daß ihr Gesicht so verschwommen aussah, so als sähe ich sie durch einen dicken Nebel. Es war der Baumwollflaum, der aus der Luft rieselte.

Ich machte sie darauf aufmerksam. Sie ließ die Augen rollen und versteckte ihren Mund, um in ihre Faust zu lachen, als ich ihr sagte, daß das so sei, wie wenn ich ihr an einem nebligen Morgen bei der Wildentenjagd ins Gesicht schauen würde; und sie sagte: «Was in aller Welt würdest du allein mit mir auf der Entenjagd anfangen, irgendwo im Gebüsch versteckt?» Ich sagte ihr, sie könnte sich um meine Flinte kümmern, und die Mädchen in der ganzen Spinnerei kicherten in ihre Fäuste. Ich lachte selber ein bißchen, hatte ich doch eine so schlaue Antwort gegeben. Wir redeten und lachten noch immer, als sie mich an beiden Handgelenken packte und sich krampfhaft festklammerte. Auf einmal sah ich ihre Gesichtszüge gestochen scharf. Offensichtlich hatte sie vor irgend etwas schreckliche Angst.

«Bitte», flüsterte sie, «bitte nimm mich, Langer. Aus dieser Spinnerei raus, aus dieser Stadt raus, aus diesem ganzen Leben raus. Nimm mich mit zu deiner Entenjagd, irgendwohin. Irgendwo *anders* hin. Hmm, Langer, hmm?»

Ihr dunkles, hübsches Gesicht glänzte vor mir. Ich stand da mit offenem Mund und suchte nach irgendeiner Antwort. Wir waren vielleicht ein paar Sekunden lang so aneinander gefesselt; dann überwand das Surren in der Spinnerei eine kleine Stockung, und irgend etwas begann sie von mir wegzuziehen. Eine Schnur, die ich nicht sehen konnte, hakte sich an dem geblümten roten Rock fest und zerrte sie von mir weg. Ihre Fingernägel zerkratzten dabei meine Hand, und sobald es keine Verbindung mehr zwischen uns gab, wurde ihr Gesicht wieder verschwommen, wurde hinter dem Nebelschleier aus Baumwolle weich und zerfloß wie schmelzende Schokolade. Sie lachte und wirbelte herum und zeigte mir ein gelbes Bein, als ihr Rock hochgeworfen wurde. Sie blinzelte mir über die Schulter zu, als sie zu ihrer Maschine zurücklief, wo ein Haufen Fasern vom Tisch auf den Boden fiel; sie hob ihn auf und lief leicht wie eine Feder den Gang zwischen den Maschinen hinunter und warf die Fasern in einen Trichter; dann war sie um eine Ecke verschwunden.

All die Spindeln, die sich drehen und herumwirbeln, und die herumtanzenden Weberschiffchen und die Haspeln, die Fäden durch die Luft zerren, getünchte Wände und stahlgraue Maschinen und Mädchen in geblümten Röcken, die hin und her rennen, und alles umstrickt von einem Netz fließender weißer Linien, die die Fabrik zusammenhalten – mir blieb das alles im Gedächtnis, und immer mal wieder werde ich durch irgend etwas auf der Station daran erinnert.

Jawohl. Soviel weiß ich bestimmt. Die Station ist eine Fabrik für die Genossenschaft. Es ist dazu da, die Fehler auszubügeln, die in den Wohnbezirken und in den Schulen und in den Kirchen gemacht werden, dazu ist das Hospital da. Wenn ein fertiges Produkt wieder hinausgeht, zurück in die Gesellschaft, ganz repariert und so gut wie neu, *besser* als neu gelegentlich, dann erfüllt das das Herz der Großen Schwester mit Freude; etwas, das ganz verdreht hereinkam, ist jetzt ein gut funktionierendes, angepaßtes Element, eine Ehre für die ganze Truppe, und wunderbar anzuschauen. Seht doch, wie er mit angeschweißtem Lächeln dahingleitet, wie er in eine nette kleine Wohngegend hineinpaßt, wo sie gerade dabei sind, entlang der Straße Gräben auszuheben, damit sie die Rohre für das städtische Wasser legen können. Er ist glücklich darüber. Er ist endlich der Umwelt angepaßt ...

«Nein so was, nicht zu fassen, wie sich Maxwell Taber verändert hat, seit er aus der Klinik zurück ist; ein bißchen schwarz und blau um die Augen, ein bißchen Gewicht hat er auch verloren, doch wissen Sie, was er jetzt ist? Er ist ein *neuer Mensch*. Da sieht man's wieder, die moderne amerikanische Wissenschaft ...»

Und jeden Abend dringt Licht aus seinem Fenster im Kellergeschoß bis lange nach Mitternacht, denn die Elemente mit Verzögerungsreaktion, die ihm die Techniker installiert haben, verleihen seinen Fingern äußerste Gewandtheit, während er sich über die mit Drogen betäubten Gestalten seiner Frau, seiner zwei kleinen Mädchen, vier und sechs Jahre alt, des Nachbars, mit dem er montags kegeln geht, beugt; er paßt sie an, so wie er angepaßt worden ist. Dies ist die Art und Weise, wie sie es ausbreiten.

Wenn dann schließlich seine Zeit abgelaufen ist, nach einer vorher eingestellten Anzahl von Jahren, hat er sich die Wertschätzung der Stadt erworben, und die Zeitung bringt sein Bild, wie er im vergangenen Jahr am Tag der Friedhofsreinigung den Pfadfindern hilft, und seine Frau bekommt einen Brief vom Rektor der Oberschule, denn Maxwell Wilson Taber war ein großes Vorbild für die Jugend unserer feinen Gemeinde.

Sogar die Einbalsamierer, normalerweise zwei knausrige Geizhälse, sind überwältigt. «So ist's. Schau ihn an: der alte Max Taber, der war in Ordnung. Was meinst du, nehmen wir doch das teure Dreißiger, ohne Aufschlag für seine Frau. Nein, bei Gott, das sind wir ihm schuldig.»

Eine erfolgreiche Entlassung wie die ist ein Produkt, das das Herz der Großen Schwester mit Freude erfüllt; es legt für ihren Berufsstand und ganz allgemein für die Industrie ein gutes Zeugnis ab. Eine Entlassung macht alle glücklich.

Doch eine Neuaufnahme ist etwas anderes. Selbst die Neuaufnahme mit dem besten Benehmen braucht ein gewisses Maß an Behandlung, bevor er sich in die Routine fügen kann, und außerdem kann man ja nie sicher sein, daß der Neue nicht dieser *gewisse* eine ist, der frei genug ist, die Dinge auf der ganzen Linie durcheinanderzubringen, eine riesige Schweinerei anzurichten, eine Bedrohung für das reibungslose Funktionieren der Anstalt. Und, wie gesagt, die Große Schwester wird furchtbar wütend, wenn irgend etwas ihre Anstalt davon abhält, reibungslos zu funktionieren.

Noch vor Mittag sind sie wieder an der Nebelmaschine, aber sie haben sie nicht ganz aufgedreht; der Nebel ist nicht so dicht, daß ich nicht sehen könnte, wenn ich mich richtig anstrenge. Eines schönen Tages werd ich einfach aufhören, mich anzustrengen, ich werd mich ganz gehen lassen und mich völlig im Nebel verlieren, so wie einige der anderen Chronischen, doch zunächst einmal macht mich dieser neue Mann neugierig – ich möchte sehen, wie er sich bei der bevorstehenden Gemeinschaftssitzung verhält.

Zehn Minuten vor eins löst sich der Nebel ganz auf, und die schwarzen Jungen weisen die Akuten an, für die Sitzung Platz zu schaffen. Alle Tische werden aus dem Tagesraum getragen, über den Flur hinüber in den Wannenraum. Der reinste Tanzboden ist das ja, sagt McMurphy.

Die Große Schwester verfolgt das alles durch ihr Fenster. Seit drei Stunden hat sie sich nicht von dieser einen Stelle hinter ihrem Fenster gerührt, nicht mal zum Mittagessen. Alle Tische werden aus dem Tagesraum befördert, und um ein Uhr kommt der Arzt aus seinem Büro am Ende des Flurs, nickt im Vorbeigehen einmal kurz der Schwester hinter ihrem Fenster zu und setzt sich in seinen Stuhl, gleich links neben der Tür. Nach ihm setzen sich auch die Patienten; dann trudeln die kleinen Schwestern und die Assistenzärzte ein. Nachdem alle sitzen, steht die Große Schwester hinter ihrem Fenster auf und geht nach hinten, hinter der Schwesternstation, zu jener Schalttafel aus Stahl, mit allen möglichen Skalen und Knöpfen, und stellt dort eine Art automatische Steuerung ein, damit alles glatt läuft, solange sie weg ist, und kommt dann in den Tagesraum, unter dem Arm das Tagebuch und einen Korb voll Notizen. Obwohl sie schon einen halben Tag hier ist, ist ihre Uniform immer noch so steif, daß sie sich nirgends richtig biegt; es gibt an den Faltstellen immer ein krachendes Geräusch, wie wenn man ein gefrorenes Leintuch faltet.

Sie setzt sich gleich rechts neben die Tür.

Sobald sie Platz genommen hat, steht der alte Pete Bancini schwankend auf und fängt an, mit dem Kopf zu wackeln und schwer zu schnaufen. «Ich bin müde. Huch. Mein Gott. Ach, ich bin *schrecklich* müde ...» So wie er das immer macht, wenn ein neuer Mann auf der Station ist, der ihm zuhören könnte.

Die Große Schwester schaut nicht zu Pete hinüber. Sie blättert durch die Papiere in ihrem Korb. «Einer soll sich neben Mr. Bancini setzen», sagt sie. «Beruhigen Sie ihn, damit wir mit der Sitzung anfangen können.»

Billy Bibbit geht hin. Pete hat sein Gesicht McMurphy zugedreht und rollt den Kopf hin und her, wie ein Warnsignal an einem Bahnübergang. Er hat dreißig Jahre lang bei der Eisenbahn gearbeitet; jetzt ist er völlig abgeschafft, aber das Gedächtnis funktioniert noch.

«Ich bin mü-hü-de», sagt er und wackelt McMurphy zuliebe mit dem Kopf.

«Immer mit der Ruhe, Pete», sagt Billy und legt seine sommersprossige Hand auf Petes Knie.

«Schrecklich müde ...»

«Ich weiß, Pete», tätschelt das knochige Knie, und Pete bringt sein Gesicht zurück, er weiß, heute wird niemand seinen Klagen zuhören.

Die Schwester nimmt ihre Armbanduhr ab und schaut auf die Wanduhr und zieht ihre Uhr auf und legt sie mit dem Zifferblatt nach vorne in ihren Korb. Sie nimmt eine Mappe aus dem Korb.

«So. Können wir dann mit der Sitzung anfangen?»

Sie schaut sich um, ob sie sonst noch jemand unterbrechen will, und lächelt unbeirrt, während sich der Kopf in dem Kragen dreht. Von den Kameraden erwidert keiner ihren Blick; sie machen sich alle an ihren Fingernägeln zu schaffen. Außer McMurphy. Er hat sich einen Lehnstuhl in der Ecke ausgesucht und sitzt darin, wie wenn er ihn auf Lebenszeit gepachtet hätte, und folgt jeder ihrer Bewegungen ganz genau. Er hat immer noch seine Mütze auf, fest über seinen roten Haarschopf gezogen, so als fahre er Motorradrennen. Er halbiert das Kartenspiel in seinem Schoß durch einhändiges Abheben und klappt es dann mit einem lauten Geräusch wieder zusammen, das durch die Stille noch lauter wirkt. Der herumschweifende Blick der Schwester bleibt eine Sekunde an ihm hängen. Sie hat ihn den ganzen Vormittag beim Pokern beobachtet, und obwohl sie keinen Geldaustausch gesehen hat, hat sie den Verdacht, daß er kaum der Typ ist, der sich mit den Stationsvorschriften abfinden wird, die nur das Spielen um Streichhölzer zulassen. Das Blatt in seiner Hand klappt wieder auseinander, dann wieder zu und verschwindet irgendwo in einer dieser riesigen Hände.

Die Schwester schaut wieder auf die Uhr und zieht ein Blatt Papier aus der Mappe, die sie in der Hand hat, wirft einen Blick darauf und steckt es wieder in die Mappe. Sie legt die Mappe zurück und nimmt das Tagebuch in die Hand. Ellis hustet an seinem Platz drüben an der Wand; sie wartet, bis er aufhört.

«So. Am Ende der Freitagssitzung ... haben wir Mr. Hardings Problem besprochen ... die Sache mit seiner jungen Frau. Er hatte erzählt, daß seine Frau mit einem sehr üppigen Busen gesegnet ist und daß ihn das beunruhige, weil sie damit die Blicke der Männer auf der Straße auf sich ziehe.» Sie fängt an, das Tagebuch an verschiedenen Stellen aufzuschlagen; kleine Papierfetzen ragen über das Buch hinaus, um die Seiten zu markieren. «Nach den Aufzeichnungen, die verschiedene Patienten hier im Tagebuch gemacht haben, haben sie gehört, wie Mr. Harding sagte, daß sie ‹den Scheißkerls verdammt guten Anlaß zum Starren gibt›. Er hat auch gesagt, daß er *ihr* vielleicht Anlaß gebe, weiter sexuelle Betätigung zu suchen. Einige haben gehört, wie er sagte: ‹Meine liebe, süße, aber ungebildete Frau glaubt, jedes Wort oder jede Geste, die nicht nach Bauarbeiterschwielen und Brutalität schmeckt, sei ein Wort oder eine Geste eines zarten Schwächlings.›»

Sie liest noch eine Zeitlang schweigend in dem Buch, dann macht sie es zu.

«Er hat außerdem erzählt, der stattliche Busen seiner Frau gebe ihm zeitweise ein Gefühl der Minderwertigkeit. Nun denn. Möchte irgend jemand diese Sache aufgreifen?»

Harding macht die Augen zu, und keiner sagt ein Wort. McMurphy schaut die anderen an und wartet, ob irgendeiner der Schwester antwortet, dann hält er die Hand hoch und schnalzt mit den Fingern, wie ein kleiner Junge in der Schule; die Schwester nickt ihm zu.

«Mr. – eh – McMurry?»

«Was aufgreifen?»

«Was? Aufgreifen –»

«Sie haben gefragt, wenn ich mich nicht irre, ‹Möchte irgend jemand diese Sache aufgreifen –›»

«Das Thema aufgreifen, Mr. McMurry, das Thema von Mr. Hardings Problem mit seiner Frau.»

«Ach so. Ich dachte, ihre – etwas anderes aufgreifen.»

«Wie kommen Sie nur –»

Doch sie bricht ab. Da hatte sie doch tatsächlich für einen Moment beinahe die Fassung verloren. Einige der Akuten grinsen verstohlen, und McMurphy streckt sich mächtig, gähnt und blinzelt Harding zu. Dann legt die Schwester, wieder so ruhig wie eh und je, das Tagebuch in den Korb zurück und holt eine andere Mappe heraus, schlägt sie auf und fängt an zu lesen.

«McMurry, Randle Patrick. Eingewiesen vom Staat, vorher in der Besserungsanstalt in Pendleton. Zur Diagnose und eventuellen Behandlung. Fünfunddreißig Jahre alt. Nie verheiratet gewesen. Kriegsverdienstkreuz in Korea, weil er einen Ausbruch aus einem kommunistischen Gefangenenlager anführte. Später Entlassung wegen Wehrunwürdigkeit, aufgrund von Insubordination. Danach eine Serie von Schlägereien auf der Straße und in Kneipen, eine Anzahl von Verhaftungen wegen Volltrunkenheit, vorsätzlicher Körperverletzung, Ruhestörung, *mehrmals* wegen Glücksspiel, und eine Verhaftung – wegen Notzucht.»

«Notzucht?» Der Doktor wird plötzlich lebhaft.

«An einer Minderjährigen, einem Mädchen von –»

«Haalt, halt. Sie konnten es mir gar nicht anhängen», sagt McMurphy zum Doktor. «Das Mädchen hat die Aussage verweigert.»

«Fünfzehnjährig, noch ein Kind.»

«Sagte aber, sie sei *sieb*zehn, Doktor, und sie hatte *absolut* nichts dagegen.»

«Ein Gerichtsarzt untersuchte das Kind und stellte Eindringen fest, *wiederholtes* Eindringen, in den Akten steht –»

«So wenig dagegen, daß ich mir nicht mehr anders zu helfen wußte, als mir die Hosen zuzunähen.»

«Das Kind weigerte sich, auszusagen, trotz des ärztlichen Befundes. Einschüchterung scheint im Spiel gewesen zu sein. Der Angeklagte verließ die Stadt gleich nach dem Prozeß.»

«Huh, Mann, ich *mußte* gehen. Doktor, glauben Sie mir –» er beugt sich vor, mit einem Ellbogen auf dem Knie, senkt die Stimme für den Doktor auf der anderen Seite des Raumes – «bevor sie das gesetzliche Alter von sechzehn Jahren erreicht hätte, hätte mich das kleine Luder total fertig gemacht. Das ging so weit, daß sie mir das Bein stellte und mich am Boden festnagelte.»

Die Schwester schließt die Mappe und gibt sie über den Türeingang hinüber dem Arzt. «Unsere Neuaufnahme, Doktor Spivey», gerade so, als habe sie einen Mann in das gelbe Papier gefaltet und könne ihn zur Inspektion weiterreichen. «Ich wollte Sie eigentlich später im Laufe des Tages über seine Vorgeschichte unterrichten, doch da er offensichtlich großen Wert darauf legt, sich in der Gemeinschaftssitzung Geltung zu verschaffen, erledigen wir ihn am besten jetzt gleich.»

Der Doktor angelt seine Brille aus der Brusttasche, indem er an der Schnur zieht, und rückt sie sich auf der Nase zurecht. Sie sitzt rechts etwas tiefer als links, doch er neigt den Kopf nach links und bringt sie dadurch in die Waagerechte. Er lächelt ein wenig, während er durch die Mappe blättert, wie wir anderen hat auch er seine Freude an der unverschämten Direktheit des neuen Mannes, aber, genau wie wir anderen hütet er sich davor, einfach laut hinauszulachen. Der Doktor schließt die Mappe wieder, als er sie durchgeblättert hat, und steckt die Brille wieder in die Brusttasche. Er schaut zu McMurphy hinüber, der auf der anderen Seite des Tagesraumes immer noch vornübergebeugt dasitzt und ihn im Visier behält.

«Sie waren – wie es scheint – noch nie in psychiatrischer Behandlung, Mr. McMurry?»

«Mc*Murphy*, Doktor.»

«Wie? Ich dachte – die Schwester sagte doch –»

Er macht die Mappe wieder auf, angelt die Brille heraus, schaut sich noch einmal die Akte an, macht sie wieder zu und steckt die Brille in die Brusttasche zurück. «Ja. McMurphy. Stimmt. Entschuldigen Sie bitte.»

«Geht in Ordnung, Doktor. Es war die Dame hier, die damit angefangen hat, die den Fehler gemacht hat. Ich kenn verschiedene

Leute, die dazu neigen. Ich hatte einen Onkel, der hieß Hallahan, und er ging eine Zeitlang mit einer Frau, die so tat, als könne sie nie seinen Namen richtig behalten, und ihn immer Halbermann nannte, um ihn auf die Palme zu bringen. Das ging einige Monate so, bis er ihr den Mund stopfte, aber gründlich.»

«Ach ja? Wie hat er ihr denn den Mund gestopft?» fragt der Doktor.

McMurphy grinst und fährt sich mit dem Daumen über die Nase. «Oha, das wird nicht verraten. Ich behalt Onkel Hallahans Methode ganz für mich, verstehen Sie, falls ich sie mal brauche.»

Dabei schaut er der Schwester direkt ins Gesicht. Sie lächelt unbewegt zurück, und er blickt zum Arzt hinüber.

«Sie hatten da doch irgendeine Frage wegen meiner Vergangenheit, Doktor?»

«Ja. Es hätte mich interessiert, ob Sie schon mal in psychiatrischer Behandlung waren. Sind Sie schon mal genau untersucht worden, oder waren Sie vielleicht schon mal in einer anderen Anstalt?»

«Na ja, wenn man die Zeit im Kittchen rechnet, ich war schon im Landesgefängnis und im Kreisgefängnis –»

«Ich meinte Anstalten für *Geisteskranke.*»

«Ach so. Nein, in dem Fall nicht. Dies ist mein erster Abstecher. Ich bin aber bestimmt verrückt, Doktor. Das schwör ich Ihnen. Hier – warten Sie, ich zeig's Ihnen. Ich glaube, der andere Doktor im Straflager ...»

Er steht auf, läßt das Kartenspiel in einer Tasche in seiner Jacke verschwinden und geht quer durch den Raum, um sich über die Schulter des Arztes zu beugen und durch die Mappe auf seinem Schoß zu blättern. «Er schrieb da, glaub ich, was, hier weiter hinten ...»

«So? Das hab ich übersehen. Moment mal.» Der Doktor fischt wieder seine Brille heraus und setzt sie auf und schaut auf die Stelle, die ihm McMurphy zeigt.

«Hier, Doktor. Die Schwester hat diese Stelle ausgelassen, als sie meine Akte *zusammenfaßte*. Da, wo es heißt: ‹Mr. McMurphy hat *wiederholt* –› ich will bloß sicher gehen, daß ich richtig verstanden werde – ‹*wiederholt* leidenschaftliche Gefühlsausbrüche gezeigt, die die Diagnose nahelegen, daß es sich bei ihm um einen Psychopathen handelt.› Er sagte mir, ‹Psychopath› heißt, daß ich zuviel streite und vö-, ich bitte um Entschuldigung, meine Damen, will sagen, daß ich in meinen sexuellen Beziehungen, wie er sich ausdrückte, zu hitzig bin. Doktor, ist das sehr schlimm?»

Bei dieser Frage steht auf seinem breiten und groben Gesicht die Angst und Sorge eines kleinen Jungen, so daß der Doktor den Kopf zur Seite drehen muß, um unbemerkt in seinen Kragen kichern zu können, und dabei fällt ihm die Brille von der Nase und genau in die Brusttasche. Die Akuten lächeln alle auch, und sogar ein paar von den Chronischen.

«Daß ich so hitzig bin, meine ich, Doktor, haben Sie damit vielleicht auch schon Schwierigkeiten gehabt?»

Der Doktor wischt sich die Augen. «Nein. Mr. McMurphy, ich gebe zu, die Sorgen habe ich noch nicht gehabt. Ich finde es jedoch interessant, daß der Arzt im Straflager diese Bemerkung hier hinzufügte: ‹Die Möglichkeit ist nicht auszuschließen, daß dieser Mann die Psychose vortäuscht, um der Schwerarbeit im Straflager zu entgehen.›» Er schaut zu McMurphy hoch. «Wie steht es denn damit, Mr. McMurphy?»

«Doktor –» er richtet sich in seiner ganzen Größe auf, runzelt die Stirn und streckt beide Arme weit von sich, offen und ehrlich für die ganze weite Welt – «sehe ich vielleicht aus wie ein geistig gesunder Mann?»

Es kostet den Doktor so viel Kraft, nicht wieder zu kichern, daß er keine Antwort geben kann. McMurphy macht eine Kehrtwendung und stellt der Großen Schwester die gleiche Frage: «Sehe ich wirklich so aus?» Anstatt ihm zu antworten, steht sie auf und nimmt dem Doktor den braunen Umschlag ab und legt ihn in den Korb zurück, unter ihre Uhr. Dann setzt sie sich wieder.

«Vielleicht, Doktor, sollten Sie Mr. McMurry mit dem Protokoll dieser Gemeinschaftssitzungen vertraut machen.»

«Schwester», sagt McMurphy, «habe ich Ihnen von meinem Onkel Hallahan erzählt und der Frau, die dauernd seinen Namen verschandelte?»

Sie schaut ihn lange an, ohne ihr Lächeln aufzusetzen. Sie hat die Fähigkeit, ihr Lächeln in genau den Ausdruck umzuwandeln, mit dem sie jemanden beeindrucken will, doch ihr Blick ändert sich dadurch nicht, es ist nur ein berechnender, mechanischer Ausdruck, der ihrem Zweck dient. Schließlich sagt sie: «Entschuldigen Sie. Mack-Murph-y.» Sie wendet sich wieder dem Doktor zu. «Also, Doktor, würden Sie jetzt erklären ...»

Der Doktor faltet die Hände und lehnt sich zurück. «Ja. Ich glaube, es ist am besten, wenn ich die ganze *Theorie* unserer Therapeutischen Gemeinschaft erkläre, wenn wir schon dabei sind. Obwohl ich das gewöhnlich erst später mache. Ja. Eine gute Idee, Miss Ratched, eine feine Idee.»

«Sicherlich, die Theorie auch, Doktor, doch worum es mir ging, das war die Regel, daß die Patienten während der Sitzung auf ihren Sitzen zu bleiben haben.»

«Ja. Natürlich. Danach erkläre ich dann die Theorie. Mr. McMurphy, es ist eine der wichtigsten Regeln, daß die Patienten während der Sitzung auf ihren Sitzen zu bleiben haben. Sie verstehen, nur so können wir die Ordnung aufrechterhalten.»

«Aber sicher, Doktor. Ich bin nur aufgestanden, um Ihnen das Ding in meinen Papieren zu zeigen.»

Er geht zu seinem Stuhl hinüber, streckt sich noch einmal mächtig und gähnt, setzt sich wieder hin und rutscht eine Weile hin und her, wie ein Hund, der es sich bequem macht. Sobald er es sich gemütlich gemacht hat, schaut er wartend zum Doktor hinüber.

«Was die *Theorie* angeht ...» Der Doktor holt genüßlich Atem.

«Sch-sch-scheiß auf das Weib», sagt Ruckly. McMurphy hält sich den Handrücken vor den Mund und flüstert mit kratzender Stimme zu Ruckly über die ganze Station weg: «Was für'n Weib denn?», und Martinis Kopf fährt hoch, die Augen weit aufgerissen. «Jaah», sagt er, «was für'n Weib denn? Ach so. Die? Jaah, ich seh sie. *Jaah.*»

«Ich würde viel darum geben, wenn ich die Augen von dem Mann hätte», sagt McMurphy von Martini, und dann sagt er für den Rest der Sitzung überhaupt nichts mehr. Sitzt nur da und beobachtet und sieht alles, was vor sich geht, und hört alles, was gesagt wird. Der Doktor spricht über seine Theorie, bis die Große Schwester schließlich beschließt, daß er genug Zeit verbraucht hat, und ihm sagt, er solle jetzt still sein, damit sie endlich zu Harding kämen, und das ist dann das Thema bis zum Schluß der Sitzung.

McMurphy rutscht ein paarmal während der Sitzung auf seinem Stuhl nach vorne, so als habe er vielleicht etwas zu sagen, doch er überlegt es sich wieder anders und lehnt sich zurück. Die Verwirrung spiegelt sich immer deutlicher in seinem Gesicht. Irgendwas stimmt hier doch nicht, stellt er fest. Aber er kann nicht genau sagen, was es ist. Wie kommt es zum Beispiel, daß nie einer lacht? Er hatte bestimmt geglaubt, es würde ein Gelächter geben, als er Ruckly fragte, «Was für 'n Weib denn?», aber keine Spur davon. Die Luft wird von den Wänden zusammengepreßt, zu dicht zum Lachen. Da stimmt doch was nicht, wenn die Männer sich nicht mal gehenlassen und befreiend lachen, wenn sie alle vor dieser mehlgesichtigen alten Schachtel kuschen, die dauernd lächelt, mit ihren allzu roten Lippen und ihren allzu üppigen Titten. Und er nimmt sich vor, erst mal eine Weile abzuwarten und herauszufinden, was in seiner neuen Umgebung überhaupt vor sich geht, bevor er seinen nächsten Zug macht.

Ich hab die Theorie von der Therapeutischen Gemeinschaft schon so oft gehört, daß ich sie vorwärts und rückwärts aufsagen kann – daß einer zuerst in einer Gruppe zurechtkommen muß, bevor er seinen Platz in einer normalen Gesellschaft einnehmen kann; daß ihm die Gruppe dadurch helfen kann, daß sie ihm zeigt, wo er von der Norm abweicht; daß es der Gesellschaft zusteht, zu entscheiden, wer geistig gesund ist und wer nicht, daß man sich diesen Maßstäben gewachsen zeigen muß. All das Zeug. Jedesmal, wenn wir einen neuen Patienten auf die Station bekommen, stürzt sich der Doktor Hals über Kopf in seine Theorie; es ist so ziemlich die einzige Gelegenheit, bei der er die Sache in die Hand nimmt und die Sitzung leitet. Er spricht davon, daß das Ziel der Therapeutischen Gemeinschaft eine demokratische Station sei, ganz nach den Vorstellungen und Beschlüssen der Patienten geführt, mit dem Ziel, vollwertige Bürger nach Draußen auf die Straße zu entlassen. Jede kleine Beschwerde, jeder Kummer, jeder Wunsch nach Änderung, sagt er, sollte vor der Gruppe zur Sprache gebracht und diskutiert werden, man sollte nichts in sich hineinschlucken. Auch solltest du dich in deiner Umwelt so wohl fühlen, daß du Gefühlsprobleme jederzeit vor Patienten und Stab ungezwungen diskutieren kannst. Redet, sagt er, diskutiert, beichtet. Und wenn ihr einen Freund während eurer alltäglichen Unterhaltungen etwas sagen hört, dann schreibt es in das Tagebuch, daß es der Stab auch erfährt. Das hat nichts mit «Verpfeifen» zu tun, wie sie im Film sagen würden, vielmehr helft ihr damit eurem Kameraden. Bringt diese alten Sünden an die Öffentlichkeit, wo sie vor vielen Zeugen abgewaschen werden können. Und beteiligt euch an der Gruppendiskussion. Helft euch selbst und euren Freunden, die Geheimnisse des Unterbewußtseins auszugraben. Unter Freunden sollte es keine Geheimnisse geben.

Unsere Absicht, so hört er gewöhnlich auf, ist es, dies hier zu einem möglichst getreuen Abbild eurer demokratischen freien Umwelt von Draußen zu machen – eine kleine Welt Drinnen, einen maßstabgetreuen Prototyp der Welt Draußen, in der ihr eines Tages wieder euren Platz einnehmen werdet.

Es kann sein, daß er noch mehr sagen will, doch an diesem Punkt entzieht ihm die Große Schwester gewöhnlich das Wort, und in der kurzen Pause steht der alte Pete auf und wackelt mit seinem abgenutzten Kupferkessel von einem Kopf und erzählt allen, wie müde er ist, und die Schwester sagt, jemand soll hingehen und ihn auch zum Schweigen bringen, damit die Sitzung weitergehen kann, und Pete wird meistens zum Schweigen gebracht, und die Sitzung geht weiter.

Einmal, an das eine Mal erinnere ich mich jedenfalls, vor vier oder fünf Jahren, lief es anders. Der Doktor hatte seinen Sermon beendet, und die Schwester hatte gleich angefangen, «So. Wer macht den Anfang? Raus mit den alten Geheimnissen.» Und sie hatte all die Akuten in Hypnose versetzt, indem sie nach dieser Frage zwanzig Minuten lang stillschweigend dasaß, so ruhig wie ein elektrischer Wecker, der jeden Moment losgehen kann, und darauf wartete, daß irgendeiner anfing, von sich zu erzählen. Ihre Augen gingen von einem zum andern, so gleichmäßig wie der Peilstrahl eines Leuchtturms. Zwanzig lange Minuten war der Tagesraum in diese Stille geklemmt, und alle Patienten saßen wie betäubt auf ihren Stühlen. Als zwanzig Minuten vorbei waren, schaute sie auf die Uhr und sagte: «Soll das heißen, daß kein einziger unter euch ist, der einmal eine Tat begangen hat, die er noch nie zugegeben hat?» Sie griff in den Korb, um das Tagebuch herauszuholen. «Müssen wir alte Geschichten ausgraben?»

Das löste etwas aus, irgendeine akustische Vorrichtung in den Wänden, die so eingestellt war, daß sie losging, sobald diese Worte aus ihrem Mund kamen. Die Akuten wurden starr. Ihre Münder öffneten sich gleichzeitig, wie auf Kommando. Sie richtete ihre Augen auf den ersten Mann an der Wand.

Sein Mund bewegte sich. «Ich hab die Kasse in einer Tankstelle ausgeraubt.»

Sie ging zum nächsten Mann.

«Ich hab versucht, mit meiner kleinen Schwester ins Bett zu gehen.»

Ihre Augen klickten zum nächsten Mann; jeder zuckte wie die Zielscheibe in einer Schießbude.

«Ich wollte – einmal – zu meinem Bruder ins Bett steigen.»

«Ich hab meine Katze getötet, als ich sechs war. Oh Gott, verzeih mir, ich hab sie zu Tod gesteinigt und gesagt, mein Nachbar sei es gewesen.»

«Ich hab eben gelogen; ich hab's nicht nur versucht, ich bin tatsächlich mit meiner Schwester ins Bett gegangen!»

«Ich auch! Ich auch!»

«Und ich erst! Und *ich* erst!»

Es war besser, als sie es sich hätte träumen lassen. Sie schrien alle durcheinander, wollten sich übertrumpfen, es wurde immer wilder, ließ sich nicht mehr aufhalten, sie sagten Dinge, nach denen sie sich nie wieder in die Augen sehen konnten. Und die Schwester nickte zu jedem Geständnis und sagte ja, ja, ja.

Dann war der alte Pete auf den Beinen. «Ich bin *müde*!» war alles, was er schrie, mit einem starken, zornigen, kupfernen Ton in der Stimme, den noch nie jemand gehört hatte.

Alle waren still. Irgendwie schämten sie sich. Es war, als habe er plötzlich etwas Echtes und Wahres und Wichtiges gesagt, das sie mit all ihrem kindlichen Geschrei beschämte. Die Große Schwester war außer sich. Sie fuhr herum und starrte ihn an, das Lächeln tröpfelte ihr über das Kinn hinunter; es war alles so gut gelaufen.

«Kümmere sich jemand um den armen Mr. Bancini», sagte sie.

Zwei oder drei standen auf. Sie versuchten ihn zu beruhigen, klopften ihm auf die Schulter. Doch Pete ließ sich nicht mundtot machen. «Müde! Müde!» machte er immer weiter.

Schließlich beauftragte die Schwester einen der schwarzen Jungen, ihn mit Gewalt aus dem Tagesraum zu schaffen. Sie vergaß, daß die schwarzen Jungen über Leute wie Pete keinerlei Gewalt haben.

Pete ist schon sein ganzes Leben ein Chronischer. Auch wenn er erst in die Klinik kam, als er schon über fünfzig war, ist er doch schon immer ein Chronischer gewesen. Sein Kopf hat zwei große

Dellen, auf jeder Seite eine, wo der Arzt, der seiner Mutter bei der Geburt half, ihm beim Versuch, ihn herauszuziehen, den Schädel zusammenpreßte. Pete hatte zuerst hinausgespäht und all die Maschinerie gesehen, die im Entbindungsraum auf ihn wartete, und irgendwie erkannt, in was er da hineingeboren wurde, und deshalb hatte er sich dann da drin an allem festgehalten, was er auch nur zu fassen bekam, um zu verhindern, daß er geboren wurde. Der Arzt griff hinein und erwischte ihn mit einer stumpfen Eiszange am Kopf und zerrte ihn heraus und glaubte, alles sei in Ordnung. Doch Petes Kopf war noch zu neu und so weich wie Knetmasse, und als er hart wurde, blieben ihm die zwei Dellen von der Eiszange. Und seither muß er seine ganze Kraft und Konzentration und Willensstärke zusammennehmen, um Dinge zu tun, die ein sechsjähriges Kind spielend erledigen würde.

Doch einen Vorteil hatte er damit – da er so einfältig war, blieb er von den Klauen der Genossenschaft verschont. Sie konnten ihn nicht nach ihren Vorstellungen formen. Sie überließen ihm einen einfachen Job bei der Eisenbahn, wo er nichts anderes zu tun hatte, als in einem kleinen Bretterhäuschen zu sitzen, an einer Weiche in einer gottverlassenen Gegend, und vor den vorbeifahrenden Zügen eine rote Laterne zu schwenken, wenn die Weiche in die eine Richtung zeigte, und eine grüne, wenn sie in eine andere Richtung zeigte, und eine gelbe, wenn irgendwo weiter vorne ein Zug auf der Strecke war. Und das schaffte er, mit Schneid und Überzeugung, die ihm niemand nehmen konnte, ganz allein da draußen an seiner Weiche. Und sie installierten ihm nie ein Kontrollgerät.

Deshalb also hatte der schwarze Junge keine Gewalt über ihn. Doch der schwarze Junge dachte im ersten Moment so wenig daran wie die Schwester, als sie Pete aus dem Tagesraum geschafft haben wollte. Der schwarze Junge ging direkt auf ihn zu und zerrte Petes Arm in Richtung Tür, so wie du einen Ackergaul am Zügel ziehst, wenn du den Pflug wenden willst.

«Komm schon, Pete. Wir gehn jetzt zum Schlafsaal. Hier störst du nur.»

Pete befreite seinen Arm. «Ich bin *müde*», warnte er.

«Auf geht's, Alter, mach keinen Ärger. Komm mit ins Bett und sei ein braver Junge.»

«Müde ...»

«Ich hab gesagt, du gehst in den Schlafsaal, Alter!»

Der schwarze Junge zerrte wieder an dem Arm, und Pete hörte auf, mit dem Kopf zu wackeln. Er stand jetzt aufrecht und fest auf den Beinen, und seine Augen waren plötzlich wach. Gewöhnlich sind Petes Augen halb geschlossen und ganz trübe, als sei Milch drin, doch diesmal wurden sie ganz klar, wie blaues Neon. Und die Hand am Ende des Armes, den der schwarze Junge hielt, begann anzuschwellen. Der Stab und die meisten der anderen Patienten redeten miteinander und achteten gar nicht auf den alten Kerl und sein altes Lied von der Müdigkeit, sie nahmen an, er würde sich wie sonst beruhigen lassen, und dann würde die Sitzung weitergehen. Sie sahen nicht, wie diese Hand am Ende des Armes immer größer wurde, während er fortwährend die Faust ballte und sie wieder aufmachte. Ich war der einzige, der es sah. Ich sah, wie sie anschwoll, sich zusammenballte, wie sie vor meinen Augen verschmolz, glatt wurde – hart wurde. Eine große rostige Eisenkugel am Ende einer Kette. Ich starrte darauf und wartete, während der schwarze Junge noch einmal Petes Arm in Richtung Schlafsaal zerrte.

«Auf, Alter, ich sage, du –»

Er sah die Hand. Er versuchte, aus ihrer Reichweite zu gelangen, während er sagte: «Du bist ein braver Junge, Pete», doch er kam eine Idee zu spät. Pete holte vom Knie herauf Schwung mit der großen Eisenkugel. Der schwarze Junge knallte voll gegen die Wand, blieb hängen und rutschte dann auf den Boden, als sei die Wand dort mit Schmierseife bestrichen. Ich hörte, wie in der Wand drin Röhren platzten und wie es überall Kurzschlüsse gab, und der Verputz splitterte in dem Umriß ab, in dem er die Wand getroffen hatte.

Die zwei anderen – der kleinste und der andere große – standen da und staunten. Die Schwester schnalzte mit den Fingern, und sie setzten sich in Bewegung. Sie reagierten unverzüglich, glitten über den Boden. Der Kleine neben dem anderen, wie ein Spiegelbild im Verkleinerungsspiegel. Sie hatten Pete fast erreicht, als ihnen plötzlich einfiel, was eigentlich auch der andere Junge hätte wissen müssen, daß nämlich Pete kein Kontrollgerät installiert hatte, wie wir anderen, daß er nicht einfach gehorchen würde, nur weil sie ihm eine Anordnung gaben oder an seinem Arm zerrten.

Dieser Gedanke kam beiden im gleichen Augenblick, und sie erstarrten, der Große und sein kleines Abbild, in genau der gleichen

Stellung, den linken Fuß nach vorne, die rechte Hand ausgestreckt, auf halbem Weg zwischen Pete und der Großen Schwester. Mit dieser schwingenden Eisenkugel vor sich und der schneeweißen Wut hinter sich bebten und rauchten sie, und ich hörte das Getriebe knirschen. Ich sah, wie sie ganz durcheinander waren und zuckten, so wie Maschinen, denen man bei angezogener Bremse Vollgas gibt.

Pete stand da, mitten im Kreis, und schwenkte die Kugel neben sich vor und zurück, von ihrem Gewicht vornübergebeugt. Alle schauten ihm jetzt zu. Er schaute von dem großen schwarzen Jungen zu dem kleinen, und als er sah, daß sie nicht näher kamen, wandte er sich den Patienten zu.

«Sehr ihr – alles Humbug», sagte er ihnen, «es ist alles Humbug.»

Die Große Schwester war von ihrem Stuhl gerutscht und versuchte zu ihrem Weidenkorb zu kommen, der an der Tür lehnte. «Ja, ja, Mr. Bancini», säuselte sie, «wenn Sie jetzt schön ruhig bleiben –»

«Das ist alles nichts als Humbug.» Seine Stimme verlor ihre kupferne Kraft und wurde angespannt und drängend, als habe er nicht mehr viel Zeit, um das zu sagen, was er sagen mußte. «Versteht doch, ich kann nichts dafür, ich kann nichts – versteht ihr denn nicht. Ich wurde tot geboren. Ihr nicht. Ihr wurdet nicht tot geboren. Aaaach, es war schwer ...»

Er begann zu heulen. Er brachte die Worte nicht mehr richtig heraus; er machte den Mund auf und zu, um zu reden, aber er konnte die Worte nicht mehr in Sätze fassen. Er schüttelte den Kopf, um wieder klar zu werden, und blinzelte den Akuten zu:

«Aaaach, ich ... kann ... euch sagen ... ich kann euch sagen.»

Er begann in sich zusammenzusinken, und seine Eisenkugel schrumpfte und wurde wieder eine Hand. Er streckte sie den Patienten hin, als habe er ihnen etwas anzubieten.

«Ich kann nichts dafür. Ich kam als Fehlgeburt auf die Welt. Ich bin von den vielen Beleidigungen gestorben. Ich bin tot geboren. Ich kann nichts dafür. Ich bin müde. Die Anstrengungen haben mich erledigt. Ihr habt Möglichkeiten. Ich bin nach den vielen Beleidigungen tot geboren. Ihr habt's leicht. Ich bin tot geboren, das Leben war hart. Ich bin müde. Ich bin fertig vom vielen Reden und Stehen. Seit fünfundfünfzig *Jahren* bin ich tot.»

Die Große Schwester erwischte ihn mit einer Bewegung durch den ganzen Raum, geradewegs durch seine grüne Hose. Sie sprang gleich wieder zurück, ohne die Spritze herauszuziehen, und sie steckte in der Hose wie ein Schwanz aus Glas und Stahl, und der alte Pete sank immer mehr in sich zusammen, nicht wegen der Spritze, sondern von der Anstrengung; die letzten paar Minuten hatten ihn endgültig und total erschöpft, so gründlich wie noch nie – man brauchte ihn nur anzusehen und wußte, daß er erledigt war.

Daher war die Spritze eigentlich überflüssig; sein Kopf hatte bereits wieder angefangen, hin und her zu wackeln, und seine Augen waren wieder trübe. Als die Schwester vorsichtig auf ihn zuging, um die Spritze herauszuziehen, war er so weit vornübergebeugt, daß er direkt auf dem Boden weinte, ohne sich das Gesicht naß zu machen, seine Tränen bedeckten eine große Fläche, da er den Kopf hin und her bewegte, und die Tränen tropften und tropften und formten auf dem Boden des Tagesraumes ein regelmäßiges Muster, so als wolle er sie säen. «Aaaach», sagte er. Er zuckte nicht mal, als sie die Spritze herauszog.

Eine Minute lang vielleicht war er zum Leben erwacht, um zu versuchen, uns etwas zu erzählen, etwas, das keiner von uns hören wollte oder zu verstehen versuchte, und die Anstrengung hatte ihn völlig ausgepumpt. Diese Spritze in die Hüfte hätte sie genausogut einem toten Mann geben können – kein Herz würde sie weiterpumpen, keine Ader sie zu seinem Kopf hoch befördern, kein Gehirn, das mit dem Gift hätte abgetötet werden können. Sie hätte genausogut einen ausgetrockneten alten Kadaver damit spritzen können.

«Ich bin ... müde ...»

«So. Ich glaube, wenn ihr zwei Burschen jetzt *tapfer* genug seid, dann wird Mr. Bancini ins Bett gehen, wie ein braver Junge.»

«... schreck-lich müde.»

«Und Pfleger Williams kommt zu sich, Doktor Spivey. Kümmern Sie sich um ihn, ja? Hier. Seine Uhr ist kaputt, und er hat sich am Arm geschnitten.»

Pete hat nie wieder so etwas versucht, und er wird es auch nie wieder versuchen. Wenn er jetzt während einer Sitzung unruhig wird und sie ihn zu beruhigen versuchen, läßt er sich immer beruhigen. Er steht immer noch von Zeit zu Zeit auf und wackelt mit dem Kopf und sagt uns, wie müde er ist, aber es ist keine Klage oder Entschuldigung oder Warnung mehr – das liegt hinter ihm. Es ist wie eine alte Uhr, die nicht mehr die Zeit anzeigt, aber auch nicht aufhört zu laufen, die Zeiger sind verbogen, und auf dem Zifferblatt stehen keine Zahlen mehr, und das Läutwerk ist verrostet und verstummt; eine alte, wertlose Uhr, die immer weiter tickt und Kukkuck ruft, obwohl das überhaupt keinen Wert mehr hat.

Die Gruppe zerpflückt immer noch den armen Harding, als es auf zwei Uhr zugeht.

Um zwei Uhr beginnt der Doktor unruhig auf seinem Stuhl herumzurutschen. Er fühlt sich auf den Sitzungen nicht wohl, wenn er nicht gerade über seine Theorie redet; er würde die Zeit lieber in seinem Büro zubringen und Kurven zeichnen. Er rutscht hin und her und räuspert sich schließlich, und die Schwester schaut auf die Uhr und sagt uns, wir sollen die Tische wieder aus dem Wannenraum holen, und wir werden morgen um eins die Diskussion fortsetzen. Die Akuten erwachen schlagartig aus ihrer Hypnose und schauen einen Augenblick in Hardings Richtung. Ihre Gesichter werden ganz heiß, denn sie schämen sich, so als sei ihnen eben erst bewußt geworden, daß man sie wieder mal reingelegt hat. Einige von ihnen gehn zum Wannenraum hinüber, um die Tische zu holen, andere schlendern zum Zeitschriftenregal und zeigen sich sehr an den alten Ausgaben von *McCall's* interessiert, doch im Grunde wollen sie alle nur Harding aus dem Weg gehen. Man hat sie wieder mal dazu überlistet, einen ihrer Freunde ins Kreuzverhör zu nehmen, als sei er ein Verbre her und sie alle Staatsanwalt, Richter und Geschworene. Fünfundvierzig Minuten lang haben sie auf dem Mann herumgehackt, Fragen auf ihn abgefeuert, man könnte fast meinen, es machte ihnen Spaß: Was ist denn *seiner* Meinung nach mit ihm los, daß er seine kleine Frau nicht befriedigen kann; warum *besteht* er darauf, daß sie nie etwas mit einem anderen Mann zu tun gehabt hat; wie kann er erwarten, gesund zu werden, wenn er keine *ehrlichen* Antworten gibt? – Fragen und Anspielungen, über die sie sich jetzt schämen, und sie gehen ihm aus dem Weg, um sich nicht noch unbehaglicher zu fühlen.

McMurphys Augen folgen all dem genau. Er rührt sich nicht von seinem Stuhl. Er sieht wieder verwirrt aus. Er bleibt eine Zeitlang auf seinem Stuhl sitzen, beobachtet die Akuten, kratzt sich mit den Spielkarten über die roten Stoppeln an seinem Kinn und steht dann schließlich von seinem Lehnstuhl auf, gähnt und streckt sich und kratzt sich mit der Ecke einer Karte am Bauchnabel, steckt die Karten in die Tasche und geht zu Harding hinüber, der allein auf seinem Stuhl sitzt, vom Schweiß festgeklebt.

McMurphy schaut einen Augenblick auf Harding hinunter, dann legt er seine große Hand auf die Lehne eines der Holzstühle in der Nähe, dreht ihn um, so daß die Lehne vorne ist, Harding am nächsten, und setzt sich rücklings drauf, so wie er sich auf ein winziges Pferd setzen würde. Harding hat überhaupt nichts bemerkt. McMurphy klopft seine Taschen ab, bis er seine Zigaretten findet, und holt eine heraus und zündet sie an; dann hält er sie weit von sich, schaut mißbilligend auf die Spitze, befeuchtet Daumen und einen Finger und drückt die brennende Spitze nach seinen Vorstellungen zurecht.

Die beiden scheinen voneinander keine Notiz zu nehmen. Ich kann nicht mal sagen, ob Harding McMurphy überhaupt gesehen hat. Harding hat seine dünnen Schultern fast ganz nach vorne geklappt, wie grüne Flügel, und sitzt kerzengerade auf der Kante des Stuhls, die Hände zwischen seinen Knien eingefangen. Er starrt geradeaus, summt vor sich hin und versucht gleichgültig auszusehen – doch er mahlt mit den Kiefern, es sieht aus wie das Grinsen eines Totenschädels, überhaupt nicht gleichgültig.

McMurphy steckt sich die Zigarette wieder zwischen die Zähne und faltet seine Hände über der Lehne des Holzstuhls und legt das Kinn drauf, und dabei kneift er wegen des Rauchs ein Auge zu. Mit dem anderen Auge schaut er eine Weile Harding an, und dann fängt er an zu reden, wobei die Zigarette zwischen seinen Lippen auf und ab wippt.

«Sag mal, Kumpel, geht's bei diesen komischen Sitzungen immer so zu?»

«Immer so zu?» Harding hört auf zu summen. Er mahlt auch nicht mehr mit den Kiefern, aber er schaut immer noch geradeaus, an McMurphys Schulter vorbei.

«Ist das der normale *Ab*-lauf, immer wenn sie diesen Zirkus mit der Gruppent'rapie aufführen? Ein Haufen Hühner bei einer Pick-Party?»

Harding fährt ruckartig herum, und seine Augen finden McMurphy, und es sieht so aus, als habe er jetzt erst entdeckt, daß jemand vor ihm sitzt. In seinem Gesicht bildet sich eine Falte, als er jetzt wieder zu kauen anfängt, man könnte meinen, er grinst. Er zieht die Schultern nach hinten und setzt sich auf dem Stuhl zurück und versucht entspannt auszusehen.

«Eine ‹Pick-Party›? Ich fürchte, Ihre wunderliche ländliche Ausdrucksweise ist nichts für mich, mein Freund. Ich habe nicht die leiseste Ahnung, wovon Sie reden.»

«Na, dann will ich es erklären.» McMurphy spricht jetzt lauter; obwohl er die anderen Akuten, die hinter ihm stehen und zuhören, nicht anschaut, sind sie es, die er anspricht. «Die Hühnerschar entdeckt einen Tropfen Blut an einem Huhn, und alle gehn drauf los und fangen an zu *picken*, bis sie das Huhn völlig zerrissen haben, Blut und Knochen und Federn. Doch meistens werden in dem Gewühl ein paar andere erwischt, und bei ihnen fließt jetzt das Blut, dann kommen die dran. Und ein paar andere zeigen Blutflecken und werden zu Tode gepickt, und so geht es immer weiter. Mann, eine Pick-Party kann in ein paar Stunden mit dem ganzen Hühnerhaus aufräumen, ich hab's erlebt, Kumpel. Ein ganz fürchterlicher Anblick. Man kann es nur verhindern – bei Hühnern –, wenn man ihnen Scheuklappen hinmacht. Dann können sie nichts sehn.»

Harding schlingt seine langen Finger um ein Knie und zieht das Knie zu sich her, dabei lehnt er sich im Stuhl zurück. «Eine Pick-Party. Gewiß ein angenehmer Vergleich, mein Freund.»

«Und genau daran hat mich diese Sitzung erinnert, die ich gerade mitgemacht habe, Kumpel, falls dich die dreckige Wahrheit interessiert. Ich mußte an einen Haufen dreckiger Hühner denken.»

«Dann bin ich also das Huhn mit dem Tropfen Blut, lieber Freund?»

«Allerdings, Kumpel.»

Sie grinsen sich immer noch an, aber ihre Stimmen sind jetzt so leise und angespannt, daß ich meinen Besen ganz in ihre Nähe schieben muß, um sie hören zu können. Die anderen Akuten kommen auch näher.

«Und soll ich dir noch was sagen, Kumpel? Soll ich dir sagen, wer mit dem Picken anfängt?»

Harding wartet darauf, daß er weiterredet.

«Niemand anders als die alte Schwester, jawohl.»

Ein ängstliches Winseln begleitet das Stillschweigen. Ich höre, wie die Maschinerie in den Wänden reagiert und in Schwung kommt. Harding hat alle Mühe, seine Hände still zu halten, doch er versucht, immer noch ruhig zu bleiben.

«So, so», sagt er, «so einfach ist das also, so blödsinnig einfach. Sie sind seit sechs Stunden auf der Station und haben bereits das ganze Lebenswerk von Freud, Jung und Maxwell Jones vereinfacht und es in einem Vergleich zusammengefaßt: es ist eine Pick-Party.»

«Ich spreche nicht von Fred Jung und Maxwell Jones, Kumpel, ich spreche bloß von dieser doofen Versammlung und davon, was diese Schwester und diese anderen Scheißkerle mit dir gemacht haben. Einmalig war das.»

«Mit mir *gemacht* haben?»

«Allerdings, *gemacht*. Und gründlich haben sie es gemacht. Von hinten und vorne und oben und unten. Was hast du bloß angestellt, daß du in dem Laden hier so 'n Haufen Feinde hast, Kumpel, der ganze Haufen hier scheint ja was gegen dich zu haben.»

«Aber nein, das ist ja unglaublich. Sie mißachten völlig, Sie übersehen und mißachten völlig die Tatsache, daß das, was die Kameraden heute gemacht haben, nur zu meinem Nutzen geschah? Daß jede Frage oder Diskussion, von Miss Ratched oder dem Rest des Stabes aufgetischt, einzig und allein therapeutischen Zwecken dient? Sie haben offensichtlich kein Wort von Doktor Spiveys Theorie von der Therapeutischen Gemeinschaft gehört, oder aber es fehlt Ihnen die Bildung, sie zu begreifen. Sie enttäuschen mich, mein Freund, oh, Sie enttäuschen mich sehr. Nach unserer Auseinandersetzung von heute morgen hatte ich geglaubt, Sie seien wesentlich intelligenter – ein analphabetischer Tölpel vielleicht, sicher aber ein hinterwäldlerischer Aufschneider mit dem Einfühlungsvermögen einer Gans, wenn auch im Grunde genommen nicht unintelligent. Doch, obwohl ich sonst eine gute Beobachtungsgabe und einen scharfen Blick mein eigen nenne, Fehler lassen sich nie ganz vermeiden.»

«Du kannst mich mal, Kumpel.»

«Ach ja; ich vergaß hinzuzufügen, daß mir Ihre primitive Brutalität heute morgen auch aufgefallen ist. Ein Psychopath mit deutlich erkennbaren sadistischen Neigungen, wahrscheinlich von einer blinden Selbstgefälligkeit ausgelöst. Ja. Sie sehen, all diese natürlichen Begabungen qualifizieren Sie zweifellos als kompetenten Therapeuten und lassen Sie durchaus befähigt erscheinen, die Art und

Weise zu kritisieren, mit der Miss Ratched die Sitzung leitet, ungeachtet der Tatsache, daß sie eine hochgeachtete psychiatrische Schwester ist, mit zwanzig Jahren Erfahrung auf diesem Gebiet. Aber ja, mein Freund, mit Ihrer Begabung könnten Sie Wunder des Unterbewußtseins herbeiführen, den Schmerz des Es lindern und das verletzte Superego heilen. Sie könnten wahrscheinlich die ganze Station heilen, Vegetierer und alle, garantiert in sechs Monaten, meine Damen und Herren, oder Sie erhalten Ihr Geld zurück.»

Anstatt mit Gegenargumenten zu kommen, schaut McMurphy nur immer Harding an und fragt ihn schließlich mit ruhiger Stimme: «Und du glaubst wirklich, daß dieser Krampf in der Sitzung irgendwie heilsam sein kann, auch nur den geringsten Wert hat?»

«Warum würden wir sonst mitmachen, mein Freund? Der Stab wünscht sich unsere Heilung ebensosehr wie wir selbst. Sie sind keine Ungeheuer. Miss Ratched ist vielleicht eine strenge Dame in mittleren Jahren, aber sie ist nicht irgendein riesiges Ungeheuer aus der Geflügelwelt, die das sadistische Gelüste hat, uns die Augen auszupicken. Das trauen Sie ihr doch nicht zu, oder?»

«Nein, Kumpel, das nicht. Die *Augen* pickt sie dir nicht aus. Das ist es nicht, worauf sie herumpickt.»

Harding krümmt sich, und ich sehe, daß seine Hände anfangen, zwischen seinen Knien hervorzukriechen, wie weiße Spinnen zwischen zwei moosbewachsenen Ästen, und die Äste hoch, bis sie sich am Baumstamm treffen.

«Die Augen nicht?» sagt er. «Aber nein, dann sagen Sie mir doch einmal, wonach pickt eigentlich Miss Ratched, mein Freund?»

McMurphy grinste. «Na so was, *weißt* du das denn nicht, Kumpel?»

«Nein, natürlich weiß ich das nicht! Ich meine, wenn sie darauf besteh-»

«Sie geht dir an die Eier, Kumpel, an die verflixten *Eier*.»

Die Spinnen treffen sich am Baumstamm, dort, wo die Äste zusammenwachsen, und lassen sich dort nieder, immer noch zuckend. Harding versucht zu grinsen, doch Gesicht und Lippen sind so weiß, daß das Grinsen sich nicht durchsetzen kann. Er starrt McMurphy an. McMurphy nimmt die Zigarette aus dem Mund und wiederholt seine Worte noch einmal.

«Direkt an die Eier. Nein, diese Schwester ist keine Riesenhenne,

Kumpel, sie ist ein Sackabschneider. Ich hab sie zu Tausenden erlebt, alte und junge, Männer und Frauen. Im ganzen Land hab ich sie gesehn und in den Häusern – Leute, die dich schwach machen wollen, damit du ins Glied zurücktrittst, ihren Regeln folgst, so lebst, wie sie es dir vorschreiben. Und die beste Methode, dich unterzukriegen, ist es, dich schwach zu machen, dich dort zu treffen, wo es dir am meisten weh tut. Hat dich schon mal einer bei einer Schlägerei in den Sack getreten, Kumpel? Das bringt einen todsicher zur Strecke, was? Was Schlimmeres gibt's nicht. Es wird dir schlecht dabei, du hast überhaupt keine Kraft mehr. Wenn du es mit einem Kerl zu tun hast, der gewinnen will, indem er dich schwächt, anstatt sich selbst stärker zu machen, dann mußt du auf sein Knie aufpassen, er will dir an die Weichteile. Und das ist es genau, was dieser alte Aasgeier vorhat, sie will dir an die Weichteile.»

Hardings Gesicht ist immer noch ohne Farbe, aber er hat seine Hände wieder unter Kontrolle; sie bewegen sich vor ihm locker in der Luft herum, versuchen beiseite zu schieben, was McMurphy gesagt hat:

«Unsere liebe Miss Ratched? Unser süßer, lächelnder, sanfter, barmherziger Engel, Mutter Ratched, ein Sackabschneider? Ach lieber Freund, das ist äußerst unwahrscheinlich.»

«Kumpel, verschon mich mit dem Krampf, von wegen sanfte kleine Mutter. Sie ist vielleicht eine Mutter, aber sie ist so groß wie eine verdammte Scheune, und stahlhart dazu. Sie hat mich mit ihrem Getue als nette kleine alte Mutter vielleicht drei Minuten zum Narren gehalten, als ich heute morgen kam, aber nicht länger. Ich glaube auch nicht, daß sie einen von euch sechs Monate oder ein Jahr ernsthaft zum Narren gehalten hat. Huuu*huiii*, ich hab im Lauf der Zeit so manchen Drachen gesehen, aber die hier stellt alles in den Schatten.»

«Ein Drache? Aber eben noch war sie ein Sackabschneider, dann ein Aasgeier – oder war es eine Henne? Ihre Metaphern geraten durcheinander, mein Freund.»

«Das geht mich einen Dreck an; sie ist ein Drache und ein Aasgeier und ein Sackabschneider, und tu bloß nicht so, du weißt schon, wovon ich rede.»

Hardings Gesicht und Hände bewegen sich jetzt schneller als je zuvor, er gestikuliert, grinst, schneidet Grimassen, verzieht das Gesicht, wie im Zeitraffer-Film. Je mehr er versucht aufzuhören, desto schneller geht alles. Wenn er Hände und Gesicht tun läßt, was sie wollen, und nicht versucht sie aufzuhalten, dann fließen und bewegen sie sich, daß es eine Freude ist, ihm zuzuschauen, wenn er sich aber Sorgen darüber macht und sie zurückzuhalten versucht, wird er zur wilden, zuckenden Puppe, die einen nervösen Tanz aufführt. Alles bewegt sich immer schneller, und seine Stimme wird auch beschleunigt, um mithalten zu können.

«Jetzt hören Sie mal zu, mein Freund Mr. McMurphy, mein psychopathischer Gespiele, unsere Miss Ratched ist ein wahrhaftig barmherziger Engel, und das weiß hier auch *jeder*. Sie ist so selbstlos wie der Wind, ohne Dank zu erwarten, müht sie sich um das Heil aller, Tag um Tag, fünf lange Tage in der Woche. Dazu gehört ein Herz, mein Freund, ein Herz. Ja, aus bestimmten Quellen weiß ich sogar – es steht mir nicht zu, meine Quellen preiszugeben, aber ich darf sagen, daß Martini mit denselben Leuten einen erheblichen Teil seiner Zeit in Verbindung steht –, daß sie noch *zusätzlich* der Menschheit dient, indem sie an ihren freien Wochenenden allenthalben in der Stadt großzügig und freiwillig ihre Dienste anbietet. Dann organisiert sie reichhaltige wohltätige Stiftungen – Konserven, Käse als Bindemittel, Seife – und präsentiert es irgendeinem armen jungen Ehepaar, das finanziell in Schwierigkeiten ist.» Seine Hände fuchteln in der Luft herum, formen das Bild, das er beschreibt. «Ah, schauen Sie: Da ist sie, unsere Schwester. Ihr sanftes Klopfen an der Tür. Der mit Bändern geschmückte Korb. Das junge Paar überwältigt vor Freude, sprachlos. Der Mann mit offenem Mund, die Frau in Tränen. Sie würdigt ihre Wohnstatt. Sie verspricht, ihnen Geld zu schicken, für – Putzmittel, jawohl. Sie stellt den Korb mitten auf den Boden. Und als sich unser Engel verabschiedet – mit Kußhänden und einem ätherischen Lächeln –, ist sie so *berauscht* von der süßen Milch menschlicher Wohltätigkeit, die ihre Tat in ihrem großen Busen erzeugt hat, daß sie ganz außer sich ist vor Großmut. *Au-ßer sich*, verstehen Sie? An der Tür bleibt sie stehen und zieht die scheue junge Braut zu sich her und gibt ihr zwanzig Dollar aus ihrer eigenen Tasche: ‹Hier, Sie armes, unglückliches, unterernährtes Kind, hier, kaufen Sie sich ein *ordentliches* Kleid. Es ist mir *klar*, daß Ihr Mann das Geld dazu nicht aufbringt, doch hier, nehmen Sie das.› Und das Paar ist auf ewig ihr und ihrer Mildtätigkeit zu Dank verpflichtet.»

Er hat immer schneller und schneller geredet, die Muskeln in seinem Nacken sind angespannt. Als er aufhört zu reden, ist es auf der Station vollkommen still. Ich kann nichts hören, außer einem schwachen rhythmischen Geräusch, wie wenn etwas aufgespult wird, wahrscheinlich ein Tonbandgerät irgendwo, das all dies hier aufnimmt.

Harding schaut sich um, sieht, daß alle ihn beobachten, und versucht aus Leibeskräften zu lachen. Ein Ton kommt aus seinem Mund, wie ein Nagel, der mit einer Brechstange aus einer grünen Fichtenbohle gewuchtet wird; iii-iii-iii. Er kann nicht aufhören. Er ringt die Hände wie eine Fliege und drückt sie sich gegen die Augen, um dieses fürchterlich quietschende Geräusch auszuschließen. Er kann es aber nicht abwürgen. Es wird höher und höher, bis er schließlich die Luft einzieht und sein Gesicht in die wartenden Hände fallen läßt.

«Ach diese Hexe, Hexe, Hexe», flüstert er durch die Zähne.

McMurphy zündet eine Zigarette an und gibt sie ihm; Harding nimmt sie wortlos an. McMurphy beobachtet immer noch Hardings Gesicht direkt vor ihm, voll Staunen und Verwunderung, als sei es das erste menschliche Gesicht, das ihm je vor die Augen gekommen ist. Er schaut genau hin, während Hardings krampfartige Zuckungen nachlassen und das Gesicht sich aus den Händen befreit.

«Sie haben recht», sagt Harding, «auf der ganzen Linie.» Er schaut zu den anderen Patienten auf, die ihn beobachten. «Keiner hat je gewagt, öffentlich darüber zu sprechen, doch es gibt nicht einen Mann unter uns, der nicht ebenso denken würde, der Ihre Gefühle über sie und den ganzen Laden hier nicht teilen würde – nur daß er diese Gefühle irgendwo tief drin in seiner verängstigten kleinen Seele verbirgt.»

McMurphy runzelt die Stirn und fragt: «Und was ist mit diesem kleinen Furz von einem Doktor? Er ist vielleicht ein bißchen langsam im Kopf, aber doch nicht so sehr, daß er nicht sehen würde, wie sie hier die Macht an sich gerissen hat und was sie da anstellt.»

Harding nimmt einen kräftigen Zug an seiner Zigarette und läßt den Rauch mit seiner Antwort ausströmen. «Doktor Spivey ... geht es genauso wie uns allen hier, McMurphy, er kennt seine Grenzen ganz genau. Er ist ein ängstlicher, verzweifelter, untauglicher kleiner Hase, völlig unfähig, ohne unsere Miss Ratched diese Station zu leiten, und das weiß er auch. Und, was noch schlimmer ist, sie *weiß*, daß er es weiß, und sie nützt jede Gelegenheit, die sich ihr bietet, ihn daran zu erinnern. Immer wenn sie herausfindet, daß er in der Buchführung oder, sagen wir mal, beim Aufzeichnen der Kurven einen kleinen Fehler gemacht hat, da können Sie sich vorstellen, wie sie ihn am Kragen packt und ihn mit der Nase darauf stößt.»

«So ist es», sagt Cheswick und stellt sich an McMurphys Seite, «sie stößt uns mit der Nase auf unsere Fehler.»

«Wieso wirft er sie nicht raus?»

«In dieser Klinik», sagt Harding, «hat der Doktor nicht die Befugnis, zu heuern und feuern. Diese Befugnis liegt beim Inspektor, und der Inspektor ist eine Frau, eine liebe alte Freundin von Miss Ratched; sie arbeiteten als Armeehelferinnen in den dreißiger Jahren zusammen. Wir sind hier die Opfer einer Matriarchie, mein Freund, und der Doktor ist dagegen genauso hilflos wie wir. Er weiß, daß Ratched nichts weiter zu tun braucht, als den Hörer von dem Telefon abzunehmen, das nie weit von ihrem Ellbogen weg ist, und den Inspektor anzurufen und zu erwähnen, nun, sagen wir, der Doktor scheine eine recht *große* Menge Demerol anzufordern –»

«Moment mal, Harding, ich kenn mich nicht aus in eurem Kauderwelsch.»

«Demerol, mein Freund, ist ein synthetisches Opiat, das doppelt so schnell zur Süchtigkeit führt wie Heroin. Ganz alltäglich, daß ein Doktor danach süchtig ist.»

«Der kleine Furz. Ist er rauschgiftsüchtig?»

«Ich habe nicht die geringste Ahnung.»

«Wie kommt sie dann dazu, ihm vorzuwerfen –»

«Aber mein Freund, Sie hören nicht zu. Sie wirft es ihm *nicht* vor. Sie braucht nur Andeutungen zu machen, von irgend etwas, verstehen Sie denn nicht? Haben Sie denn heute nichts bemerkt? Sie steht an der Tür der Schwesternstation und ruft einen Mann zu sich her und fragt ihn wegen eines Kleenex aus, das unter seinem Bett gefunden wurde. Sonst nichts, sie stellt nur Fragen. Und er hat dann das Gefühl zu lügen, gleich was er ihr antwortet. Wenn er sagt, er habe seinen Füllfederhalter damit gereinigt, sagt sie: ‹So, so, einen Füllfederhalter›, oder wenn er sagt, er habe einen Katarrh in der Nase, sagt sie: ‹So, so, einen Katarrh›, und sie nickt mit ihrer gepflegten, kleinen grauen Frisur und lächelt ihr gepflegtes kleines Lächeln und dreht sich um und geht in die Schwesternstation zurück, und er steht da und wundert sich, wozu er nun tatsächlich das Kleenex benützt hat.»

Er fängt wieder an zu zittern, und seine Schultern kommen sich wieder näher und schließen sich um ihn.

«Nein. Sie hat es nicht nötig, Vorwürfe zu machen. Sie hat eine geniale Art, Andeutungen zu machen. Haben Sie nur einmal gehört, während unserer Diskussion heute, haben Sie auch nur *einmal* gehört, daß sie mir einen Vorwurf machte? Und doch kommt es mir so vor, als sei ich einer Vielzahl von Dingen beschuldigt worden, Eifersucht und Paranoia, nicht Manns genug zu sein, meine Frau zufriedenzustellen, mit Männern aus meinem Bekanntenkreis Beziehungen zu haben, meine Zigarette affektiert zu halten, ja ich wurde sogar beschuldigt – so kommt es mir jedenfalls vor –, nichts zwischen den Beinen zu haben als ein Büschel Haare – und *weiches, blondes Daunenhaar* noch dazu! Sackabschneider? Ha, Sie *unterschätzen* sie!»

Harding ist auf einmal still und beugt sich vornüber, um mit beiden Händen McMurphys Hand zu ergreifen. Sein Gesicht ist seltsam schräggestellt, kantig, mit purpurroten und grauen Kerben, eine zerbrochene Weinflasche.

«Diese Welt … gehört den Starken, mein Freund! Das Ritual unserer Existenz gründet sich darauf, daß die Starken stärker werden, indem sie die Schwachen verschlingen. Wir müssen dieser Tatsache ins Auge sehen. Es ist auch nur recht und billig, daß es so ist. Wir müssen lernen, das als Naturgesetz dieser Welt zu akzeptieren. Die Hasen akzeptieren ihre Rolle im Ritual und anerkennen den Wolf als den Stärkeren. Zur Abwehr wird der Hase schlau und ängstlich und ausweichend, und er gräbt Löcher und versteckt sich, wenn der Wolf in der Nähe ist. Und er überlebt, er macht weiter. Er weiß, wo er hingehört. Nie und nimmer wird er den Wolf zum Duell fordern. Denn: wäre das klug? Nun?»

Er läßt McMurphys Hand los und lehnt sich zurück und schlägt die Beine übereinander und nimmt wieder einen kräftigen Zug an seiner Zigarette. Er nimmt die Zigarette aus der schmalen Ritze seines Lächelns, und das Lachen setzt wieder ein – iii-iii-iii, wie ein Nagel, der aus einer Bohle gewuchtet wird.

«Mr. McMurphy, mein Freund, ich bin kein Feigling, ich bin ein Hase. Der Doktor ist ein Hase. Cheswick dort ist ein Hase. Billy Bibbit ist ein Hase. Wir alle hier drin sind Hasen, nach Alter und Grad unterschieden, und hoppeln durch unsere Walt-Disney-Welt. Verstehen Sie mich aber nicht falsch, wir sind nicht hier drin, *weil* wir Hasen sind – wir wären Hasen, gleich wo wir uns aufhielten –, wir sind alle hier drin, weil wir uns nicht an unser Hasen-Dasein *anpassen* können. Wir *brauchen* so einen guten starken Wolf wie die Schwester, damit wir lernen, wo wir hingehören.»

«Mann, du schwätzt daher wie ein Idiot. Soll das heißen, daß du untätig zusehen willst, wie dir ein blauhaariges Weib einredet, du seist ein Hase?»

«Nicht einreden, nein. Ich wurde als Hase geboren. Schauen Sie mich doch an. Ich brauche die Schwester lediglich, um in meiner Rolle *glücklich* sein zu können.»

«Du bist kein verdammter Hase!»

«Sehen Sie meine Ohren? die schnuppernde Nase? das niedliche kleine Schwänzchen?»

«Du redest daher wie ein Verrück –»

«Wie ein Verrückter? Wie scharfsinnig.»

«Verdammt, Harding, so hab ich das nicht gemeint. Du bist nicht verrückt, nicht auf diese Art. Ich meine – zum Kuckuck, ich war direkt überrascht, wie normal ihr Typen alle seid. Soweit ich das beurteilen kann, seid ihr auch nicht verrückter als das durchschnittliche Arschloch auf der Straße –» «Ah ja, das Arschloch auf der Straße.»

«Aber nicht, verstehst du, nicht verrückt, wie sie im Film immer Verrückte darstellen. Ihr seid nur verklemmt und – irgendwie –»

«Irgendwie hasenähnlich, meinen Sie das?»

«Hasen, *Scheiße*! Überhaupt nicht wie Hasen, Herrgott noch mal.»

«Mr. Bibbit, hoppeln Sie doch mal ein bißchen für Mr. McMurphy hier. Mr. Cheswick, zeigen Sie ihm doch einmal, was für ein schönes Fell Sie haben.»

Billy Bibbit und Cheswick verwandeln sich in bucklige weiße Hasen, direkt vor meinen Augen, doch sie schämen sich, etwas von dem zu tun, was sie Harding angewiesen hat.

«Ah, sie sind schüchtern, McMurphy. Ist das nicht süß? Oder vielleicht ist es den Kameraden peinlich, daß sie ihrem Freund nicht beigestanden haben. Vielleicht fühlen sie sich schuldig, weil sie sich wieder einmal von ihr hereinlegen ließen, das Verhör für sie zu führen. Kopf hoch, Freunde, ihr habt keinen Grund, euch zu schämen. Alles ist so, wie es sein sollte. Es ist nicht Sache eines Hasen, einem Kollegen beizustehen. Das wäre töricht gewesen. Nein, ihr wart weise, feige, aber weise.»

«Augenblick mal, Harding», sagt Cheswick.

«Nein, nein, Cheswick. Ärgern Sie sich nicht über die Wahrheit.»

«Augenblick mal; es hat Zeiten gegeben, da habe ich genau dasselbe über die alte Dame Ratched gesagt wie jetzt eben McMurphy.»

«Ja, aber Sie haben es sehr ruhig gesagt und später zurückgenommen. Sie sind auch ein Hase, versuchen Sie nicht, der Wahrheit aus dem Weg zu gehen. Deshalb bin ich Ihnen auch wegen der Fragen, die Sie mir heute während der Sitzung gestellt haben, gar nicht böse. Sie haben nur Ihre Rolle gespielt. Hätten Sie heute zur Debatte gestanden, oder Sie, Billy, oder Sie, Fredrickson, hätte ich Sie genauso grausam angegriffen wie Sie heute mich. Wir dürfen uns wegen unseres Verhaltens nicht schämen; wir kleinen Tierchen sollen uns so verhalten.»

McMurphy dreht sich in seinem Stuhl um und schaut langsam durch die Reihe der anderen Akuten. «Da bin ich gar nicht sicher, ob die sich nicht schämen sollten. Ich fand es jedenfalls verdammt gemein, wie sie sich alle auf ihre Seite schlugen und sich gegen dich stellten. Für einen Augenblick hab ich direkt geglaubt, ich sei in einem Sträflingslager der Rotchinesen ...»

«Bei Gott, McMurphy», sagt Cheswick, «jetzt hören Sie mal gut zu.»

McMurphy dreht sich um und horcht, aber Cheswick spricht nicht weiter. Cheswick spricht nie weiter; er ist einer von denen, die viel Wind machen, als wollten sie gleich zum Sturm blasen und alles zertrampeln, doch ein paar Schritte sind alles, und dann gar nichts mehr. McMurphy sieht ihn an, er hat ihn wieder einmal nach einem verwegen klingenden Auftakt als harmlos entlarvt, und er sagt zu ihm: «Ganz verdammt wie ein chinesisches Sträflingslager.»

Harding hebt die Hände und bettelt um Frieden. «O nein, nein, das ist nicht richtig. Sie dürfen uns nicht verurteilen, mein Freund. Nein. Genau betrachtet...»

Ich seh wieder das verschmitzte Fieber in Hardings Augen; ich glaube, er fängt wieder an zu lachen, doch statt dessen nimmt er die Zigarette aus dem Mund und zeigt damit auf McMurphy – in seiner Hand sieht sie aus wie einer seiner dünnen weißen Finger, der an einem Ende raucht.

«... sind auch Sie, Mr. McMurphy, trotz aller Großtuerei eines Cowboys und den Manieren eines Schmierenkomödianten, sind auch Sie unter dem verrohten Äußeren so weich und flaumig wie wir, haben auch Sie eine Hasenseele.»

«Klar, ganz bestimmt. Ich bin ein kleiner Hasenschwanz. Was ist es eigentlich, Harding, das aus mir einen Hasen macht? Meine psychopathischen Neigungen? Oder meine Neigungen zu Schlägereien, oder zum Vögeln? Muß wohl das Vögeln sein, oder? All das Rums-Bums-vielen-Dank-schöne-Frau. Klar, das Rums-Bums, das macht mich wahrscheinlich zum Hasen –»

«Warten Sie; ich fürchte, Sie haben da etwas gesagt, das nähere Untersuchung verdient. Hasen sind doch für diese gewisse Gewohnheit bekannt, nicht wahr? Berüchtigt sogar wegen ihres Rums-Bums. Ja. Ähem. Auf jeden Fall, was Sie da gesagt haben, zeigt ganz deutlich, daß Sie ein gesunder, gut funktionierender, fähiger Hase sind, wohingegen die meisten von uns hier drin nicht mal die sexuellen Fähigkeiten haben, uns als gute Hasen zu bewähren. Versager sind wir – kraftlose, verkümmerte, schwache kleine Wesen in einer schwachen kleinen Rasse. Hasen, *sans* Rums-Bums; eine armselige Vorstellung.»

«Augenblick mal; dauernd verdreht ihr, was ich sage –»

«Nein. Sie hatten ganz recht. Sie werden sich erinnern, daß Sie es waren, der uns auf die Stelle aufmerksam gemacht hat, auf die die Schwester sich beim Picken konzentriert? Das war richtig. Es gibt nicht einen Mann hier, der nicht fürchtet, sein Rums-Bums zu verlieren oder es schon verloren hat. Wir komischen kleinen Wesen können uns nicht mal in der Hasenwelt zur Männlichkeit rechnen, dermaßen schwach und unfähig sind wir. Hii. Wir sind – die *Hasen*, so könnte man sagen, der Hasenwelt!»

Er beugt sich wieder nach vorne, und dieses verkrampfte, quietschende Lachen, auf das ich nur gewartet hatte, kommt wieder aus seinem Mund, und seine Hände flattern in der Luft herum, sein Gesicht zuckt.

«Harding! Halt das verdammte Maul!»

Es ist wie eine Ohrfeige. Harding wird zum Schweigen gebracht, mit einem Schlag wird er still, sein Mund hängt immer noch offen, in einem verzerrten Grinsen, und seine Hände schweben in einer Wolke aus blauem Zigarettenrauch. Er erstarrt für einen Augenblick; dann werden seine Augen zu kleinen verschmitzten Löchern, und er läßt sie zu McMurphy hinüberwandern und spricht so leise, daß ich meinen Besen bis ganz an seinen Stuhl heranschieben muß, um hören zu können, was er sagt.

«Freundchen ... *Sie* ... könnten der Wolf sein.»

«Herrgott noch mal, ich bin kein Wolf, und du bist kein Hase. Huhuh, so was hab ich noch nie –»

Laut zischend atmet McMurphy aus und wendet sich von Harding ab, dem Rest der herumstehenden Akuten zu. «He da; ihr alle. Was zum Teufel ist bloß mit euch los? So verrückt seid ihr doch gar nicht, daß ihr glaubt, ihr seid irgend so ein Tier.»

«Nein», sagt Cheswick und stellt sich neben McMurphy. «Nein, bei Gott, ich nicht. Ich bin doch nicht irgendein Hase.»

«Das lob ich mir, Cheswick. Und ihr anderen, hört auch endlich auf damit. Schaut euch doch mal an, ihr macht so lange fort, bis ihr vor lauter Angst vor einer fünfzigjährigen Frau davonlauft. Was kann sie euch denn überhaupt tun?»

«Richtig, was denn?» sagt Cheswick und schaut die anderen zornig an.

«Sie kann euch nicht verprügeln lassen. Sie kann euch nicht mit heißen Eisen brennen. Sie kann euch nicht auf die Folterbank spannen. Heutzutage hat man Gesetze gegen so was; das ist nicht mehr das Mittelalter. Es gibt nichts in der Welt, was sie euch –»

«Sie haben doch gese-se-sehen, was sie uns t-t-tun kann! In der S-s-sitzung heute.» Ich sehe, daß sich Billy Bibbit wieder von einem Hasen zurückverwandelt hat. Er beugt sich zu McMurphy vor, will weiterreden, der Speichel läuft ihm aus dem Mund, und sein Gesicht ist rot. Dann wendet er sich ab und geht davon. «Ach was, es hat k-k-keinen Wert. Ich sollte mich einfach u-u-umbringen.»

McMurphy ruft ihm nach. «Heute? Was ich in der Sitzung gesehen habe? Scheibenhonig, ich hab nur gesehen, daß sie ein paar Fragen gestellt hat, und ganz harmlose, leichte Fragen dazu. Fragen sind nicht Knochenbrecher, sie sind weder Steine noch Stecken.»

Billy dreht sich um. «Aber wi-wi-wie sie sie gestellt hat –»

«Du brauchst doch nicht zu antworten, oder?»

«Wenn du ni-ni-nicht antwortest, lächelt sie bloß und sch-sch-schreibt was in ihr kleines Buch, und dann – und dann – ach *Scheiße*!»

Scanlon tritt neben Billy. «Wenn du auf ihre Fragen keine Antwort gibst, Mack, dann gibst du doch alles zu, weil du still bist. Auf diese Weise kriegen dich die Scheißkerle in der Regierung. Dagegen kommst du nicht an. Das einzige, was du tun kannst, ist, den ganzen Laden in die verdammte Luft zu jagen.»

«Na ja, wenn sie dir eine dieser Fragen stellt, warum sagst du ihr dann nicht, sie soll sich zum Teufel scheren?»

«Richtig», sagt Cheswick und fuchtelt mit der Faust. «Sag ihr, sie soll sich zum Teufel scheren.»

«Und dann, Mack? Dann kommt nämlich gleich die nächste Frage: ‹Warum regen Sie sich denn gerade über *diese* Frage so auf, Patient McMurphy?›»

«Dann sagst du ihr eben noch mal, sie soll sich zum Teufel scheren. Sag allen, sie sollen sich zum Teufel scheren. Bis jetzt haben sie dir noch nichts getan.»

Die Akuten drängen sich enger um ihn. Diesmal antwortet Fredrickson. «Okay, wenn du ihr das sagst, wirst du als Potentieller Angreifer geführt und kommst nach oben in die Geschlossene Abteilung. Mir ist es passiert. Dreimal. Die armen Irren da droben dürfen nicht mal zum Samstagnachmittagsfilm raus. Die haben nicht mal einen Fernseher.»

«Und, mein Freund, wenn sie fortgesetzt solche feindseligen Neigungen an den Tag legen, etwa, indem Sie diverse Leute zum Teufel wünschen, dann kommen Sie auf die Liste der Schockschuppen-Kandidaten, oder noch größere Dinge warten auf Sie, eine Operation, ein –»

«Verdammt noch mal, Harding, ich hab dir doch gesagt, ich kann mit eurem Kauderwelsch nichts anfangen.»

«Schockschuppen, Mr. McMurphy, ist unser Jargon-Ausdruck für die EST-Maschine, die Elektroschock-Therapie. Eine Vorrichtung, von der man sagen kann, daß sie die Arbeit der Schlaftablette, des elektrischen Stuhls *und* der Folterbank übernimmt. Eine raffinierte Prozedur, einfach, schnell, fast schmerzlos, weil alles so schnell geht, aber keiner will sie je ein zweites Mal über sich ergehen lassen. Einmal ist mehr als genug.»

«Was tut einem denn das Ding?»

«Man wird auf einen Tisch geschnallt, der wie zum Hohn die Form eines Kreuzes hat, mit einem Kranz elektrischer Funken an Stelle der Dornenkrone. Man wird an beiden Seiten des Kopfes mit Drähten berührt. Zap! Ein Stromstoß durchs Gehirn, der keine fünf Pfennig kostet, ist Therapie und Bestrafung zugleich für Ihre feindselige Scher-dich-zum-Teufel-Einstellung, und als ob das noch nicht genug sei, wird man zwischen sechs Stunden und drei Tagen von den andern isoliert, das kommt jeweils auf den Einzelfall an. Selbst wenn man das Bewußtsein wiedererlangt, ist man noch tagelang in einem Zustand völliger Verwirrung. Man kann nicht mehr in Zusammenhängen denken. Man kann sich an nichts erinnern. Wenn man diese Behandlung oft genug bekommt, wird man etwa so wie Mr. Ellis, den Sie dort drüben an der Wand sehen. Mit 35 ein sabbernder Idiot, der sich dauernd die Hosen vollmacht. Oder man wird ein gehirnloser Organismus, der ißt und ausscheidet und ‹scheiß auf das Weib› ruft, wie Ruckly. Oder schauen Sie sich den Besenhäuptling an, der da neben Ihnen steht und sein Wahrzeichen umklammert hält.»

Harding zeigt mit seiner Zigarette auf mich; zu spät, mich zurückzuziehen. Ich tu so, als habe ich nichts bemerkt. Ich schiebe eifrig meinen Besen durch die Gegend.

«Ich habe gehört, der Häuptling habe vor Jahren über zweihundert Schockbehandlungen bekommen, als sie noch ganz groß in Mode waren. Stellen Sie sich doch mal vor, welche Wirkung das auf einen Verstand haben muß, der ohnehin schon angegriffen ist. Schauen Sie ihn an: eine Riesenputzfrau. Das ist er, der Aussterbende Amerikaner, eine zwei Meter große Kehrmaschine, die vor ihrem eigenen Schatten Angst hat. Das, mein Freund, ist es, was uns droht.»

McMurphy sieht mich eine Weile an, dann wendet er sich wieder

Harding zu. «Mann Gottes, jetzt sag mir bloß, warum laßt ihr euch das gefallen? Wozu dann überhaupt dieser Mist von einer demokratischen Station, von der mir der Doktor vorgefaselt hat? Warum stimmt ihr nicht ab?»

Harding lächelt ihn an und zieht wieder langsam an seiner Zigarette. «Worüber denn abstimmen, mein Freund? Darüber, daß die Schwester in der Gemeinschaftssitzung keine Fragen mehr stellen soll? Darüber, daß sie uns nicht mehr auf eine bestimmte Art *ansehen* soll? Sagen Sie mir doch, Mr. McMurphy, worüber sollen wir abstimmen?»

«Herrgott, das ist doch gleich. Stimmt über irgend etwas ab. Versteht ihr denn nicht, daß ihr irgend etwas tun müßt, um zu zeigen, daß ihr noch Mumm habt? Versteht ihr denn nicht, daß ihr sie nicht einfach alles tun lassen dürft? Schau euch bloß mal einer an: ihr erzählt mir, der Häuptling habe vor seinem eigenen Schatten Angst, dabei hab ich noch nie in meinem Leben einen Haufen Leute gesehen, die so eingeschüchtert waren wie ihr.»

«Außer mir!» sagt Cheswick.

«Außer vielleicht dir, Kumpel, doch die andern haben sogar Angst davor, sich mal gehenzulassen und zu *lachen*. Wißt ihr, das war das erste, was mir an diesem Laden aufgefallen ist, daß hier niemand lacht. Seit ich durch diese Tür gekommen bin, hab ich kein richtiges Lachen mehr gehört, habt ihr das gewußt? Mann, wenn du nicht mehr lachen kannst, kannst du auch nicht mehr sicher auftreten. Wenn sich ein Mann so lange von einer Frau herumkommandieren läßt, bis er nicht mehr lachen kann, dann verliert er die beste Waffe, die er auf seiner Seite haben kann. Dann geht's auch nicht mehr lange, bis er glaubt, sie sei zäher als er und –»

«Aha, ich glaube, mein Freund begreift die Lage so allmählich, Mit-Hasen. Sagen Sie, Mr. McMurphy, wie bringt man denn einer Frau bei, wer der Herr im Haus ist, ich meine jetzt mal, außer sie auszulachen? Wie zeigt man ihr, wer die Hosen anhat? Ein Mann wie Sie müßte uns das doch sagen können. Man verprügelt sie doch nicht, oder? Nein, denn dann holt sie die Polizei. Man verliert nicht die Beherrschung und schreit sie an; dann gewinnt sie beim Versuch, ihren zornigen großen Jungen zu besänftigen: ‹Iss mein tleiner Mann böse, hmmmmm?› Haben Sie mal versucht, streng und zornig zu bleiben, wenn Sie so getröstet wurden? Sie sehen also, mein

Freund, es ist schon so ähnlich, wie Sie gesagt haben: als Mann hat man nur *eine* wahrhaft wirksame Waffe gegen den Moloch moderner Matriarchie, doch es ist bestimmt nicht die Fähigkeit zu lachen. Eine Waffe, und mit jedem neuen Jahr entdecken immer mehr Leute in dieser hip, von der Motivforschung durchleuchteten Gesellschaft, wie sich diese Waffe entschärfen läßt und wie sich die bezwingen lassen, die bis dato die Bezwinger waren –»

«Himmel, Harding, bist du aber in Fahrt», sagt McMurphy.

«– und glauben Sie tatsächlich, mit all Ihren freudig begrüßten psychopathischen Kräften, Sie könnten Ihre Waffe wirkungsvoll gegen unseren Champion einsetzen? Glauben Sie tatsächlich, Sie könnten sie gegen Miss Ratched einsetzen, McMurphy, auch nur einmal?»

Und er deutet mit einer seiner Hände zum Glaskasten. Alle drehen ihre Köpfe in die Richtung. Sie ist da drin und schaut durch ihr Fenster, irgendwo hat sie ein Tonbandgerät versteckt und zeichnet das alles auf – macht sich bereits Gedanken, wie sie es im Arbeitsplan unterbringen kann.

Die Schwester sieht, daß alle in ihre Richtung blicken, und sie nickt, und alle wenden sich wieder ab. McMurphy nimmt seine Mütze ab und fährt sich mit den Händen durch das rote Haar. Alle schauen jetzt ihn an; sie warten darauf, daß er eine Antwort gibt, und er weiß das. Er spürt, daß er irgendwie in die Falle gegangen ist. Er setzt die Mütze wieder auf und reibt sich die Narbe an der Nase, dort, wo er genäht worden ist.

«Na ja, wenn du fragst, ob ich glaube, der alte Aasgeier könne mich in Hitze bringen, nein, das glaube ich nicht ...»

«So hausbacken ist sie gar nicht, McMurphy. Ihr Gesicht ist recht hübsch und gut erhalten. Und trotz all ihrer Versuche, sie in dieser sexlosen Uniform zu verbergen, lassen sich doch Ansätze ganz außergewöhnlicher Brüste erkennen. Sie muß einmal eine recht attraktive junge Frau gewesen sein. Und trotzdem, wenn es auch eine rein rhetorische Frage ist, würde sie Sie in Hitze bringen, wenn sie nicht alt wäre, wenn sie jung wäre und die Schönheit Helenas hätte?»

«Ich kenn keine Helena, aber ich versteh schon, worauf du hinauswillst. Und bei Gott, du hast recht. Selbst wenn sie die Schönheit Marilyn Monroes hätte, könnte mich dieser alte Eisberg nicht erregen.»

«Da haben Sie's. Sie gewinnt.»

Das ist alles. Harding lehnt sich zurück, und alle sind gespannt, was McMurphy daraufhin sagen wird. McMurphy erkennt, daß er mit dem Rücken zur Wand steht. Er schaut einen Augenblick lang die Gesichter an, dann zuckt er mit den Achseln und steht auf.

«Und wenn schon, was soll's, es juckt mich doch nicht.»

«Das stimmt, Sie juckt das nicht.»

«Und verdammt noch mal, mir liegt nichts dran, mich von dieser Furie von einer Schwester mit 3000 Volt verfolgen zu lassen. Schließlich will ich hier nichts anderes als ein bißchen was erleben.»

«Klar. Sie haben völlig recht.»

Harding hat gewonnen, aber niemand sieht besonders glücklich aus. McMurphy hängt sich die Daumen in die Hosentasche und versucht zu lachen.

«Mann, ich hab's noch nie erlebt, daß einer auch nur einen Zwanziger dafür bietet, wenn du mit einer Sackabschneiderin anbändelst.»

Sie grinsen alle mit ihm über diese Bemerkung, aber sie sind nicht glücklich. Ich bin froh, daß McMurphy nun doch gewieft sein wird und sich nicht in Dinge verwickeln läßt, denen er nicht gewachsen wäre, aber ich weiß, wie den Kameraden zumute ist; ich bin selber nicht glücklich. McMurphy zündet sich wieder eine Zigarette an. Noch keiner ist weggegangen. Sie stehen alle noch da, grinsend und verlegen. McMurphy reibt sich wieder die Nase und wendet sich von der Reihe der Gesichter ab, die rings um ihn in der Luft schweben, er schaut zur Schwester hinüber und zieht die Lippen zwischen die Zähne.

«Hast du nicht gesagt ... sie schickt einen nicht in diese andere Abteilung hinauf, solange man sich nicht fuchtig machen läßt? Solange sie dich nicht verrückt macht, so daß du ihr Flüche an den Kopf wirfst oder Scheiben einschlägst oder etwas Derartiges tust?»

«Solange man nichts Derartiges tut.»

«Bist du da ganz sicher? So ganz allmählich kommt mir nämlich eine Idee, wie ich euch Käuzen hier drin einen guten Batzen Geld abnehmen kann. Ich will mir aber nicht die Suppe versalzen lassen. Es war schon verflucht schwer, aus diesem Loch rauszukommen; das hätt mir grade noch gefehlt, daß ich aus dem Regen in die Traufe komme.»

«Absolut sicher. Sie ist machtlos, solange sich einer die Geschlossene Abteilung oder EST nicht gründlich verdient hat. Wenn einer zäh genug ist, sich von ihr nicht aus der Ruhe bringen zu lassen, kann sie ihm überhaupt nichts tun.»

«Wenn ich mich also zusammenreiße und nicht über sie fluche –»

«Oder über einen der Pfleger.»

«– oder über einen der Pfleger fluche oder diesen Laden hier zur Kleinholz mache, kann sie mir nichts tun?»

«Das sind die Regeln, an die wir uns halten. Selbstverständlich gewinnt sie immer, mein Freund, immer. Sie selbst ist unverwundbar, und da die Zeit für sie arbeitet, dringt sie mit der Zeit zu jedem durch. Deshalb hält man sie auch in der Klinik für die beste Schwester und gibt ihr so viel Autorität; sie versteht es meisterhaft, die zitternde Libido bloßzulegen –»

«Verschon mich mit eurem Kauderwelsch. Ich will nur wissen, ob ich auch nichts dabei riskiere, wenn ich ihr Spielchen mitspiele und sie dabei schlage? Wenn ich ihr gegenüber ganz friedlich und sanft bin, ganz gleich was für Andeutungen ich dabei mache, bekommt sie dann keinen Wutanfall und schickt mich auf den elektrischen Stuhl?»

«Sie sind sicher, solange Sie sich in der Gewalt haben. Solange Sie nicht die Beherrschung verlieren und ihr einen guten Grund geben, für Sie die Isolation der Geschlossenen Abteilung zu beantragen oder die therapeutische Unterstützung des Elektroschocks, solange sind Sie sicher. Doch das setzt in allererster Linie voraus, daß man sich in der Gewalt hat. Und Sie? Mit Ihren roten Haaren und der schwarzen Vergangenheit? Warum wollen Sie sich etwas vormachen?»

«Okay. Hört zu.» McMurphy reibt sich die Hände. «Hier ist mein Plan. Ihr Käuze scheint zu glauben, euer Champion sei unbesiegbar, stimmt's? Ganz die – wie hast du sie genannt? – richtig, ganz die unverwundbare Frau. Nun würde ich ganz gerne wissen, wie viele von euch sich ihrer Sache tod*sicher* sind, so sicher, daß sie ein bißchen Geld auf sie setzen?»

«Todsicher ...?»

«Genau das: wer von euch Klugscheißern hält meine fünf Dollar, die ich verliere, wenn ich dieses Weib nicht innerhalb einer Woche fertigmache, ohne daß sie mich fertigmachen kann? Eine Woche, und wenn ich sie dann nicht so weit hatte, daß sie nicht mehr weiß, wie sie heißt, dann habt ihr die Wette gewonnen.»

«Er geht eine *Wette* ein.» Cheswick hüpft von einem Bein aufs andere und reibt sich die Hände wie McMurphy.

«Und ob, verdammt noch mal.»

Harding und einige andere sagen, sie kapieren's nicht.

«Ist doch ganz einfach. Ich verschenk nichts und leg auch niemanden herein. Ich bin ein Spieler. Und ich gewinne gern. Und ich glaube, ich kann diese Wette gewinnen, okay? In Pendleton fand ich zum Schluß nicht mal mehr Partner zum Pfennigfuchsen, weil ich dauernd gewann. Schließlich war das einer der Hauptgründe, weshalb ich mich hierher versetzen ließ, ich brauchte einfach neue Opfer. Ich will euch mal was verraten: ich hab über diesen Laden ein paar Dinge in Erfahrung gebracht, bevor ich herkam. Fast die Hälfte von euch hier drin bezieht Abfindung, drei, vierhundert im Monat, und ihr könnt absolut gar nichts damit anfangen, das Zeug verstaubt nur. Ich hab mir gedacht, das nütz ich aus, vielleicht kann ich damit euer und mein Leben etwas reicher machen. Ich bin ganz ehrlich mit euch. Ich bin ein Spieler, und ich hab nicht die Angewohnheit, zu verlieren. Und ich hab noch nie eine Frau gesehen, die mehr von einem Mann an sich hatte als ich, ganz gleich, ob ich nun scharf auf sie war oder nicht. Kann sein, daß die Zeit für sie arbeitet, aber meine Glückssträhne hält auch schon ganz schön lange an.»

Er nimmt die Mütze ab, wirbelt sie um einen Finger und fängt sie mit der anderen Hand hinter seinem Rücken, richtig geschickt macht er das.

«Und noch was: ich bin hier, weil ich das so geplant habe, ganz einfach, weil es hier wesentlich gemütlicher ist als in einem Arbeitslager. Soweit ich das beurteilen kann, bin ich kein Spinner, oder hab jedenfalls nie etwas davon gewußt, falls ich einer bin. Eure Schwester weiß das nicht; sie rechnet nicht mit jemandem, der einen so blitzschnellen Verstand hat wie ich. Dadurch habe ich Vorteile, die mir gefallen. Ich wiederhole also mein Angebot: ich bezahle jedem, der mitmachen will, fünf Dollar, wenn es mir innerhalb einer Woche nicht gelingt, dieser Schwester ein Feuerchen unter den Hintern zu machen.»

«Ich bin immer noch nicht sicher, daß ich –»

«Wie ich sagte. Ich will ihr einheizen, Feuer unter den Schwanz machen. Sie fuchtig machen. Sie so lange ärgern, bis sie aus diesen sauberen kleinen Nähten platzt und zeigt, nur ein einziges Mal, daß sie gar nicht so unschlagbar ist, wie ihr glaubt. Eine Woche. Und ich laß euch entscheiden, ob ich gewinne oder nicht.»

Harding holt einen Bleistift heraus und schreibt etwas auf den Pinokelblock.

«Hier. Ein Pfandrecht über zehn Dollar von dem Geld, das drüben in der Kasse Staub sammelt. Es wäre mir doppelt soviel wert, mein Freund, sollte dieses unwahrscheinliche Wunder tatsächlich geschehen.»

McMurhpy schaut auf das Stück Papier und faltet es zusammen. «Und was ist es euch anderen Käuzen wert?» Andere Akute stellen sich jetzt in die Schlange und schreiben nacheinander etwas auf den Block. Er nimmt die Zettel und stapelt sie in seiner Handfläche, wo er sie mit einem großen steifen Daumen festhält. Ich sehe, wie sich die Zettel in seiner Hand anhäufen. Er schaut sie sich an.

«Traut ihr mir zu, daß ich die Wetten halte, Kumpels?»

«Ich glaube, das können wir unbesorgt tun», sagt Harding. «Sie gehen vorläufig nirgendwohin.»

Im alten Bau fuhr einmal genau um Mitternacht an Weihnachten mit einem Knall die Tür auf, und herein kam ein fetter Mann mit Bart, seine Augen sind ganz rot von der Kälte, und seine Nase hat die Farbe einer Kirsche. Die schwarzen Jungen drängen ihn mit ihren Taschenlampen in eine Ecke. Ich sehe, daß er sich in dem Lametta verfangen hat, das der P. R.-Mann überall verstreut hat, und er stolpert in der Dunkelheit darin herum. Er beschirmt seine roten Augen gegen die Taschenlampen und lutscht an seinem Schnurrbart.

«Ho ho ho», sagt er. «Ich würde gern länger bleiben, aber ich muß weiter. Großes Programm, verstehen Sie. Ho ho. Muß weiter …»

Die schwarzen Jungen kreisen ihn ein mit ihren Taschenlampen. Sie haben ihn sechs Jahre hier behalten, bevor sie ihn entließen, glatt rasiert und dürr wie eine Bohnenstange.

Die Große Schwester kann die Wanduhr in jeder gewünschten Geschwindigkeit einstellen; sie braucht nur an einem dieser Knöpfe in der Stahltür zu drehen; wenn ihr alles zu langsam geht, stellt sie die Geschwindigkeit höher, und die Zeiger rasen um das Zifferblatt herum wie die Speichen in einem Rad. Das Licht, das auf die Landschaft vor den Fenstern fällt, ändert sich ganz schnell, um Morgen, Mittag und Nacht anzuzeigen – in rasendem Rhythmus wechseln Tageslicht und Nacht, und alle werden wie verrückt angetrieben, mit dieser falschen Zeit Schritt zu halten; es ist eine fürchterliche Hetze, Rasieren, Frühstück, Sitzungen, Mittagessen, Arzneiholen, zehn Minuten Nachtruhe, so daß du kaum die Augen zubekommst, bevor dich das Licht im Schlafsaal wieder rauswirft, Aufstehen, und die Hetze geht von neuem los, wie ein Dackel rennst du so den ganzen Tag herum, machst das ganze Tagesprogramm vielleicht zwanzigmal in der Stunde durch, bis die Große Schwester sieht, daß die meisten dem Zusammenbruch nahe sind, und sie dreht den Hebel langsam zurück, drosselt das Tempo des Uhrzeigers ein wenig, grad so wie ein kleines Kind, das mit einem Filmprojektor gespielt hat und es allmählich satt ist, den Film in zehnfacher Geschwindigkeit ablaufen zu lassen, weil es das alberne Umherhetzen und die piepsenden Insektenstimmen langweilen, und das deshalb wieder auf normal schaltet.

Es gibt Tage, an denen sie das Tempo besonders gern verschärft, etwa wenn du Besuch hast oder wenn der Verband der Ehemaligen Frontkämpfer aus Portland ein Unterhaltungsprogramm bietet – Gelegenheiten, bei denen die Zeit ohnehin zu schnell vergeht und du sie am liebsten anhalten möchtest. Dann kommt sie und beschleunigt alles.

Doch meistens ist es genau das Gegenteil, sie kommt mit der langsamen Tour. Sie dreht jenen Knopf bis zum Nullpunkt und bringt die Sonne zum Stillstand, so daß sie wochenlang keinen Millimeter weiterwandert, so daß kein Blättchen auf den Bäumen und kein Grashalm auf der Wiese schimmert. Die Uhrzeiger stehen auf zwei Minuten bis drei, und sie ist imstande, sie so stehenzulassen, bis wir Rost ansetzen. Du sitzt wie festgewachsen, und du kannst dich nicht rühren, du kannst nicht aufstehen und dich bewegen, um dich von der Anstrengung des Sitzens zu erholen, du kannst nicht schlucken, und du kannst nicht atmen. Nur deine Augen kannst du bewegen, doch es gibt nichts zu sehen als die versteinerten Akuten auf der anderen Seite des Raumes, deren Spiel nicht weiterläuft, weil keiner glaubt, daß er an der Reihe ist. Der alte Chronische neben mir ist seit sechs Tagen tot und verfault auf seinem Stuhl. Und statt Nebel läßt sie manchmal ein farbloses chemisches Gas durch die Belüftungsrohre strömen, und die ganze Station erstarrt, wenn das Gas zu Kunststoff wird.

Weiß der Himmel, wie lang wir so dahängen.

Dann, ganz allmählich, dreht sie den Knopf um ein Grad weiter, und das ist noch schlimmer. Es fällt mir immer noch leichter, tot dazuhängen, als mit anzusehen, wie auf der anderen Seite des Raumes Scanlons Hand langsam wie Sirup drei Tage dazu braucht, eine Karte auf den Tisch zu legen. Meine Lungen saugen die dicke Kunststoff-Luft, so als komme sie durch ein nur stecknadelgroßes Loch. Ich versuche zur Latrine zu gehen, aber es ist, als sei ich unter einer Tonne Sand begraben, ich ziehe meine Blase zusammen, bis ich grüne Sterne vor den Augen sehe.

Ich strenge jeden Muskel und jeden Knochen an, um von dem Stuhl loszukommen und zur Latrine zu gehen, ich versuche mit aller Kraft aufzustehen, bis meine Arme und Beine heftig zittern und mir die Zähne weh tun. Ich zerre und zerre und komme bestenfalls vielleicht einen Zentimeter von dem Lederpolster weg. Also laß ich mich zurückfallen und gebe auf und laß die Pisse laufen; sofort wird ein heißer Salzdraht an meinem linken Bein in Betrieb gesetzt, der erniedrigende Signale, Sirenen, Scheinwerfer auslöst, alle springen auf und schreien und rennen herum, und die großen schwarzen Jungen stoßen die Menge links und rechts zur Seite, während sie beide direkt auf mich zustürzen und ihre schrecklichen Schrubber aus nassen Kupferdrähten schwingen, die blitzen und krachen, sobald sie mit dem Wasser kurzgeschlossen werden.

Diese Zeitkontrolle bleibt uns eigentlich nur erspart, wenn wir eingenebelt sind. Dann bedeutet die Zeit überhaupt nichts. Sie geht im Nebel unter wie alles andere. (Heute haben sie uns den ganzen Tag nicht richtig eingenebelt, jedenfalls nicht, seit McMurphy gekommen ist. Ich wette, der würde schreien wie ein Stier.)

Wenn sich sonst nichts abspielt, hast du gewöhnlich mit dem Nebel oder der Zeitkontrolle zu tun, doch heute ist etwas passiert: sie haben uns den ganzen Tag nicht damit belästigt, seit dem Rasieren nicht. Heute nachmittag ist alles in Ordnung. Als die Spätschicht übernimmt, zeigt die Uhr halb fünf, ganz nach Plan. Die Große Schwester entläßt die schwarzen Jungen und sieht sich ein letztes Mal in der Station um. Sie zieht eine lange silberne Haarnadel aus dem stahlblauen Haarknoten an ihrem Hinterkopf, nimmt ihre weiße Haube ab und legt sie vorsichtig in eine Pappschachtel (sie hat Mottenkugeln in der Schachtel) und steckt die Haarnadel wieder in ihr Haar.

Ich sehe, wie sie hinter dem Glas allen einen guten Abend wünscht. Sie gibt der kleinen Nachtschwester mit dem Muttermal einen Zettel; dann wandert ihre Hand zu der Schalttafel an der Stahltür und schaltet den Lautsprecher im Tagesraum ein: «Guten Abend, Jungs. Seid anständig.» Und stellt die Musik lauter als je zuvor. Sie fährt mit der Innenseite ihres Handgelenks über ihr Fenster; ihr angeekelter Gesichtsausdruck bedeutet dem fetten schwarzen Jungen, der eben seinen Dienst angetreten hat, daß es hier was zu putzen gibt, und er wischt mit einem Papierhandtuch über die Scheibe, bevor sie auch nur die Stationstür hinter sich geschlossen hat.

Die Maschinerie in den Wänden pfeift, seufzt und schaltet in einen langsameren Gang.

Bevor die Nacht kommt, essen wir und duschen uns und setzen uns wieder in den Tagesraum. Der alte Blastic, der älteste Vegetarier, hält sich den Magen und stöhnt. George (die schwarzen Jungen nennen ihn Schrubbschrubb) wäscht sich die Hände im Trinkbrunnen. Die Akuten sitzen herum und spielen Karten und bemühen sich, ein ordentliches Bild auf unseren Fernseher zu bekommen, indem sie den Apparat überall hintragen, soweit das Kabel reicht, um einen guten Funkstrahl zu erwischen.

Die Lautsprecher in der Decke machen immer noch Musik. Die Musik aus dem Lautsprecher ist nicht vom Radio übernommen, deshalb gibt es keine Störgeräusche von der Maschinerie. Die Musik kommt von einem langen Tonband aus der Schwesternstation, ein Band, das wir alle so gut auswendig kennen, daß es keiner von uns mit Bewußtsein hört, höchstens neue Leute wie McMurphy. Er hat sich noch nicht daran gewöhnt. Sie spielen Siebzehnundvier um Zigaretten, und er hält die Bank. Der Lautsprecher ist direkt über dem Kartentisch. Er hat sich die Mütze so weit ins Gesicht geschoben, daß er den Kopf zurücklegen und die Augen zusammenkneifen muß, um unter dem Mützenrand seine Karten sehen zu können. Er hat eine Zigarette zwischen den Zähnen und redet durch sie, wie ein Großvieh-Versteigerer, den ich einmal bei einer Rindvieh-Versteigerung in The Dalles gesehen habe.

«… hol-la, hol-la, auf geht's, auf geht's», sagt er, hoch, schnell. «Na, was ist, ihr Anfänger, eine Karte dazu, hat die arme Seele Ruh. Noch eine dazu, sagst du? Ei, ei, ei, mit einem König auf dem Tisch will der Junge noch eine dazu. Aber bitte, der Herr. Hiiier kommt sie, was hab ich gesagt, eine Dame, das ist zuviel, das bringt dich zu hoch, über Stock und über Stein, Junge laß das Spielen sein. Na, und wie steht's mit uns, Scanlon, und *wenn bloß irgend so 'n Idiot in diesem Schwestern-Gewächshaus die beschissene Musik leiser stellen würde!* Huuuii! Läuft denn das Ding Tag und Nacht, Harding? So einen Saukrach hab ich in meinem ganzen Leben noch nicht gehört.»

Harding schaut ihn verständnislos an. «Ich versteh nicht recht; von welchem Geräusch sprechen Sie denn, Mr. McMurphy?»

«Dieses verdammte *Radio*! Mann. Das läuft jetzt ununterbrochen, seit ich heute morgen gekommen bin. Und kommt mir jetzt bloß nicht mit irgendwelchen Geschichten, daß ihr nichts hören könnt.»

Harding spitzt die Ohren in Richtung Decke. «Ach ja, die sogenannte Musik. Doch, wenn wir uns konzentrieren, können wir sie vielleicht schon hören, aber schließlich kann man auch seinen eigenen Herzschlag hören, wenn man sich gut genug darauf konzentriert.» Er grinst McMurphy an. «Sie müssen wissen, es ist eine Bandaufnahme, die da droben abläuft, mein Freund. Wir hören selten Radio. Die Nachrichten aus aller Welt könnten die therapeutische Wirkung verfehlen. Und wir haben alle diese Aufnahme so oft gehört, daß sie jetzt einfach an uns runterläuft, so wie jemand, der in der Nähe eines Wasserfalls wohnt, das Geräusch bald nicht mehr hört. Glauben Sie, Sie würden das Wasser sehr lange rauschen hören, wenn Sie in der Nähe des Wasserfalls wohnten?»

(Ich höre immer noch das Geräusch der Wasserfälle auf dem Columbia, werde immer – immer – den Schrei Charley Bärenbauchs hören, als er einen großen Chinook-Lachs aufspießte, ich höre das Schnalzen der Fische im Wasser, das Lachen nackter Kinder am Ufer, die Frauen bei den Booten … aus einer weit zurückliegenden Zeit.)

«Lassen sie's die ganze Zeit laufen, wie einen Wasserfall?» sagt McMurphy.

«Außer wenn wir schlafen», sagt Cheswick, «aber sonst die ganze Zeit, und das ist nicht gelogen.»

«Der Teufel hat's gesehen. Ich werd dem Nigger da drüben sagen, er soll's abstellen, oder ich versetz ihm einen Arschtritt, der sich gewaschen hat!»

Er will aufstehen, doch Harding berührt ihn am Arm. «Freund, es sind genau solche Aussprüche, die einen zum Angreifer stempeln. Wollen Sie so schnell Ihre Wette verlieren?»

McMurphy sieht ihn an. «So ist das also, wie? Man bleibt dauernd unter Druck? Immer schön den Daumen drauf?»

«Allerdings, so ist es.»

Er sinkt langsam auf seinen Stuhl zurück und sagt: «Bo-hock-mihist.»

Harding blickt auf die anderen Akuten, die um den Kartentisch sitzen. «Meine Herren, mir scheint, unser rothaariger Herausforderer verrät bereits jetzt einen höchst unheroischen Verfall seiner von einem Fernsehcowboy geliehenen Gelassenheit.»

Er schaut über den Tisch weg McMurphy an und lächelt. McMurphy nickt ihm zu, legt augenzwinkernd den Kopf zurück und leckt sich den großen Daumen. «Hört euch bloß den alten Professor Harding an, der klopft ja mächtig Sprüche. Darf sich ein paarmal am Pott beteiligen und kriegt gleich Oberwasser. Ei ei ei; da sitzt er mit einer Zwei auf der Hand, und ich setz eine Packung Marlboro darauf, daß er aussteigt... Hoppla, er hält mit, na schön, Professor, ich hab aber 'ne Drei, jetzt will er noch eine Karte, zieht wieder eine Zwei, willst wohl die große Fünf, Professor? Bist du scharf auf das Double, oder gehst du lieber auf Nummer Sicher? Ich setz noch eine Packung darauf, daß du aussteigst. Ei ei ei, der Professor hält immer noch mit, das geht in die Hosen, ist das nicht ein Jammer, eine Dame, und der Professor fällt durch's Examen ...»

Die nächste Nummer kommt aus dem Lautsprecher, laut und schrill, mit viel Akkordeon. McMurphy wirft einen Blick zum Lautsprecher, und seine Sprüche werden lauter und lauter, um sich durchzusetzen.

«... hol-la, hol-la, okay, der *nächste*, Himmel Arsch, eine Karte dazu, hat die arme Seele Ruh ... immer ran an den Speck ...!»

Und so weiter bis zum Löschen der Lichter um halb zehn.

Ich hätte McMurphy die ganze Nacht am Kartentisch beobachten können, wie er die Karten austeilte, redete, die anderen aufs Glatteis führte und sie genau zu dem Punkt brachte, wo sie ans Aufhören dachten, wie er sich dann ein, zwei Runden zurückhielt, um ihnen wieder Selbstvertrauen zu geben, und sie dann wieder zum Narren hielt. Einmal machte er eine Zigarettenpause, lehnte sich zurück und balancierte den Stuhl auf den zwei hinteren Beinen, die Hände hatte er hinter dem Kopf verschränkt, und sagte zu den anderen: «Das Geheimnis eines erstklassigen Schwindlers ist es, genau zu wissen, was das Opfer *will* und wie man es anstellen kann, daß er glaubt, er bekomme es. Ich hab das gelernt, als ich einmal einen Sommer lang auf einem Jahrmarkt am Glücksrad arbeitete. Du tatest den Gernegroß mit den Augen ab, wenn er auf dich zukommt, und du sagst dir: ‹Aha, da ist so ein Vogel, der sich gern wichtig vorkommt.› Immer wenn er dann aufmuckt, er werde betrogen, mußt du deshalb ganz fürchterlich zittern vor Angst und ihm sagen: ‹Bitte, mein Herr. Machen Sie keinen Ärger. Die nächste Runde auf Kosten des Hauses, mein Herr.› Auf die Weise bekommen beide, was sie wollen.»

Er schaukelt nach vorne, und die vorderen Beine seines Stuhls krachen auf den Boden. Er nimmt das Kartenspiel in die Hand, fährt lässig mit dem Daumen drüber, klopft mit der schmalen Seite auf die Tischplatte, leckt sich Daumen und Zeigefinger.

«Und was ihr Anfänger braucht, so wie ich die Lage hier überblikke, ist ein großer fetter Pott zum Anreiz. Hier sind zehn Packungen fürs nächste Spiel. Hol-la, ran an den Speck, wer wagt, gewinnt ...»

Und wirft den Kopf zurück und lacht laut hinaus, weil es die Kameraden kaum erwarten können, ihren Einsatz auf den Tisch zu legen.

Dieses Lachen schwirrte den ganzen Abend durch den Tagesraum, und während er die Karten austeilte, machte er ununterbrochen Witze und redete und versuchte, seine Mitspieler zum Lachen zu bringen. Doch sie hatten alle Angst davor, sich gehenzulassen; zu lange war es her. Er gab seinen Versuch auf und konzentrierte sich aufs Kartenspielen. Sie gewannen ein, zwei Mal gegen die von ihm gehaltene Bank, doch er kaufte oder eroberte seinen Einsatz immer wieder zurück, und links und rechts von ihm stapelten sich die Zigaretten in immer größeren Pyramiden.

Dann, kurz vor halb zehn, fing er an, sie gewinnen zu lassen, läßt sie so schnell alles zurückgewinnen, daß sie sich kaum mehr erinnern, überhaupt einmal verloren zu haben. Er verspielt die letzten paar Zigaretten und legt die Karten auf den Tisch und lehnt sich mit einem Seufzer zurück und schiebt sich die Mütze aus dem Gesicht, und das Spiel ist aus.

«Na ja, man muß auch verlieren können, sag ich immer.» Betrübt schüttelt er den Kopf. «Ich weiß gar nicht – ich war eigentlich immer einer der Gerissensten beim Siebzehnundvier, aber ich hab das Gefühl, ihr Käuze hier seid einfach zu *gut* für meine Verhältnisse. Es ist irgendwie unheimlich, wie es bei euch läuft, ich weiß nicht recht, ob ich es riskieren kann, gegen solche Profis morgen um echtes Geld zu spielen.»

Er macht sich nicht mal selbst vor, sie könnten darauf hereinfallen. Er ließ sie gewinnen, und jeder einzelne von uns, der zugeschaut hat, weiß das. Auch die Spieler. Doch während sie nun ihre Zigaretten aufstapeln – Zigaretten, die sie eigentlich gar nicht gewonnen, sondern lediglich zurückgewonnen haben, weil sie am Anfang sowieso ihnen gehört haben – ist kein einziger unter ihnen, der nicht verstohlen grinst, grad so als sei er der gerissenste Spieler auf dem ganzen Mississippi.

Der fette schwarze Junge und ein schwarzer Junge namens Geever scheuchen uns aus dem Tagesraum und beginnen, die Lichter zu löschen, mit einem kleinen Schlüssel an einer Kette, und während es auf der Station immer dunkler wird, werden die Augen der kleinen Schwester mit dem Muttermal hinter dem Glas immer größer und heller. Sie steht jetzt an der Tür des Glaskastens und gibt den Männern, die in einer Schlange an ihr vorbeidrängen, ihre Tabletten für die Nacht, und sie hat große Schwierigkeiten, sich zu erinnern, wer heute nacht mit was vergiftet wird. Sie achtet nicht mal darauf, wohin sie das Wasser gießt. Was ihre Aufmerksamkeit so in Anspruch nimmt, ist dieser große rothaarige Mann mit der schrecklichen Mütze und der fürchterlich aussehenden Narbe, der jetzt auf sie zukommt. Sie beobachtet, wie McMurphy vom Kartentisch im dunklen Tagesraum weggeht, wie seine schwielige Hand an dem roten Haarbüschel zupft, das vorne am Hals aus seinem Sträflingshemd schaut, und aus der Art, wie sie zurückweicht, als er zur Tür des Glaskastens kommt, schließe ich, daß sie wahrscheinlich seinetwegen von der Großen Schwester im voraus gewarnt worden ist. («Ach, noch was, bevor ich alles für heute nacht in Ihre Hände lege, Miss Pilbow; dieser neue Mann, der dort drüben sitzt, der mit dem auffallenden roten Backenbart und den Schnitten im Gesicht – ich habe allen Grund zur Annahme, daß es sich um einen Wüstling handelt.»)

McMurphy sieht, daß sie ihn so verängstigt und mit aufgerissenen Augen anstarrt, und deshalb steckt er seinen Kopf durch die offene Tür und betrachtet sie mit einem breiten freundlichen Grinsen, um sich mit ihr bekannt zu machen. Das verwirrt sie so, daß sie sich den Wasserkrug auf den Fuß fallen läßt. Sie stößt einen Schrei aus und hüpft auf einem Bein, und in der Aufregung springt die Pille, die sie mir eben hatte geben wollen, aus dem kleinen Becher und genau in den Ausschnitt ihrer Uniform, dort, wo sich ihr Muttermal wie ein Rotwein-Bächlein in einem Gebirgstal verliert.

«Lassen Sie mich helfen, gnädiges Fräulein.»

Und dieselbe Hand kommt durch die Tür, die Farbe von rohem Fleisch, übersät von Narben und Tätowierungen.

«Zurück! Ich habe zwei Pfleger bei mir auf Station!»

Ihre Augen suchen nach den schwarzen Jungen, doch die sind damit beschäftigt, Chronische ins Bett zu binden, viel zu weit weg, als daß sie schnell zu Hilfe eilen könnten. McMurphy grinst und dreht seine Hand herum, damit sie sehen kann, daß er kein Messer hat. Doch sie sieht nur das Licht, das von der glatten, polierten, schwieligen Handfläche reflektiert wird.

«Aber Miss, ich will doch nur –»

«Zurück! Patienten dürfen nicht in die – zurück, ich bin *katholisch*!» und zerrt schnell an der Goldkette um ihren Hals, so daß ein Kreuz aus ihrem Busen fliegt und die verlorengegangene Pille wie eine Schleuder in die Luft katapultiert! McMurphys Hand fährt direkt vor ihrem Gesicht blitzschnell durch die Luft. Sie kreischt und stopft sich das Kreuz in den Mund und drückt die Augen zu, als erwarte sie einen Fausthieb, so bleibt sie stehen, kreideweiß bis auf diesen Fleck, der jetzt noch dunkler wird, so als ziehe er das Blut aus dem ganzen Körper zusammen. Als sie schließlich die Augen wieder aufmacht, sieht sie diese schwielige Hand direkt vor sich, und in ihr liegt meine kleine rote Kapsel.

«– wollte doch nur Ihren Wasserkrug aufheben, der Ihnen runtergefallen ist.» Er streckt ihr den mit der anderen Hand hin.

Mit einem lauten Zischen atmet sie aus. Sie nimmt ihm den Krug ab. «Danke. Gute Nacht, gute Nacht», und macht dem nächsten Mann die Tür vor der Nase zu, Pillen gibt's heute keine mehr.

Im Schlafsaal wirft McMurphy die Pille auf mein Bett. «Willst du deine Sauerkirsche, Häuptling?»

Ich schüttle den Kopf, und er schnipst die Pille von der Bettdecke, als sei es ein Ungeziefer, das ihn stört. Sie kullert über den Boden wie eine davonkrabbelnde Grille. Er macht sich fürs Bett bereit und zieht sich aus. Seine Unterhosen unter der Arbeitshose sind aus rabenschwarzem Satin, und darauf sind große weiße Walfische mit roten Augen. Er grinst, als er sieht, daß ich seine Unterhosen betrachte. «Von einer Studentin an der Universität von Oregon, Häuptling, einer Literaturstudentin.» Er läßt mit dem Daumen das Gummiband schnappen. «Sie hat sie mir gegeben, weil ich ein Symbol sei.»

Seine Arme und sein Nacken und sein Gesicht sind von der Sonne verbrannt und mit krausen orangefarbenen Haaren dicht überzogen. Auf beiden großen Schultern hat er eine Tätowierung; auf der einen Seite steht «Die Ledernacken», und darunter ist ein Teufel mit einem roten Auge und roten Hörnern und einem M-1-Gewehr, auf der anderen Seite hat er eine Pokerhand, über den ganzen Muskel ausgebreitet – Asse und Achter. Er legt sein Kleiderbündel auf den Nachttisch neben meinem Bett und bearbeitet sein Kopfkissen. Man hat ihm das Bett direkt neben meinem zugewiesen.

Er steigt hinein und sagt mir, ich solle mich lieber auch schnell hinlegen, da komme nämlich schon einer von diesen schwarzen Jungen, um uns das Licht auszumachen. Ich drehe mich um, und der schwarze Junge namens Geever kommt, und ich schleudere meine Schuhe weg und lege mich ins Bett, gerade als er auf mich zukommt, um das Leintuch über mir festzubinden. Sobald er damit fertig ist, schaut er sich ein letztes Mal um, kichert und schaltet das Licht im Schlafsaal aus.

Bis auf den weißen Staub des Lichtes von der Schwesternstation auf dem Flur ist der Schlafsaal dunkel. Ich kann eben noch McMurphy neben mir erkennen, der tief und gleichmäßig atmet, so daß sich die Decken über ihm heben und senken. Sein Atem kommt immer langsamer, bis ich annehme, er schlafe schon eine ganze Weile. Dann höre ich ein leises, kehliges Geräusch aus seinem Bett, wie das leise Wiehern eines Pferdes. Er ist noch wach und lacht wegen irgend etwas vor sich hin.

Er hört auf zu lachen und flüstert: «Mann, hast du aber einen Satz gemacht, als ich dir sagte, dieser Nigger komme gleich, Häuptling. Und dabei hat doch irgendeiner behauptet, du seist taub.»

Zum erstenmal in langer, langer Zeit liege ich im Bett, ohne vorher diese kleine rote Kapsel genommen zu haben (wenn ich mich verstecke, um sie nicht nehmen zu müssen, schickt mir die Nachtschwester mit dem Muttermal den schwarzen Jungen namens Geever auf den Hals, damit er mich mit der Taschenlampe gefangen hält, bis sie die Spritze geladen hat), deshalb tue ich so, als schlafe ich, als der schwarze Junge mit seiner Lampe vorbeikommt.

Wenn du eine dieser roten Pillen nimmst, schläfst du nicht einfach ein, vielmehr wirst du vom Schlaf völlig gelähmt, und du kannst die ganze Nacht nicht aufwachen, egal was um dich herum vorgeht. Deshalb gibt mir der Stab die Pillen; im alten Bau wachte ich oft nachts auf und erwischte sie dabei, wie sie an den Patienten, die um mich herum schliefen, alle möglichen fürchterlichen Verbrechen begingen.

Ich liege ganz still da und atme, so langsam geht es, und warte ab, ob sich irgend etwas abspielen wird. Mein Gott, ist das dunkel, und ich höre sie draußen in ihren Gummischuhen umherschleichen; zweimal spähen sie in den Schlafsaal und halten jedem einzelnen die Taschenlampe ins Gesicht. Ich halte die Augen geschlossen und bleibe wach. Ich höre ein Geheul von der Geschlossenen oben, luh luh *luh* – da haben sie wieder einem der Burschen Drahtleitungen installiert, um die verschlüsselten Signale abhören zu können.

«Für mich ein Bier, es wird wieder eine lange Nacht», flüstert einer der schwarzen Jungen dem andern zu. Gummischuhe quietschen auf ihrem Weg zur Schwesternstation, wo der Kühlschrank steht. «Möchten Sie auch ein Bier, süßes Ding mit dem Muttermal? Für die lange Nacht?»

Der Bursche droben ist jetzt still. Das leise Surren der Apparate in der Wand wird immer ruhiger, bis auch das schwache Summen aufhört. In der ganzen Klinik ist kein Geräusch zu hören – bis auf ein schwaches, gedämpftes Rumpeln irgendwo tief drin im Bauch des Gebäudes, ein Geräusch, das ich noch nie bemerkt habe – so ähnlich wie das Geräusch, das man hört, wenn man spät nachts auf dem Damm eines großen Kraftwerkes steht. Leise, schonungslose, brutale Kraft.

Der fette schwarze Junge steht da draußen im Flur, wo ich ihn sehen kann, schaut in alle Richtungen und kichert. Er geht auf die Tür des Schlafsaals zu, langsam, und wischt sich die feuchten, grauen Handflächen in den Achselhöhlen ab. Das Licht aus der Schwesternstation wirft seinen Schatten an die Wand im Schlafsaal, so groß wie ein Elefant, doch dann immer kleiner, als er zur Tür kommt und hereinschaut. Er kichert wieder und schließt den Sicherungskasten neben der Tür auf und greift hinein: «So ist's recht, Babies, schlaft recht fest.»

Dreht an einem Knopf, und während er unter der Tür stehenbleibt, fängt der ganze Boden an sich zu senken, der ganze Schlafsaal fährt nach unten wie die Hebebühne in einem Getreidesilo!

Nichts bewegt sich außer unserem Boden, und wir entfernen uns mit einer Höllengeschwindigkeit von den Wänden und Türen und Fenstern der Station – Betten, Bettgestelle und alles. Die Maschinerie – wahrscheinlich eine Vorrichtung mit Zahnrädern und Gleitschienen in jeder Ecke des Schachtes – ist so gut geschmiert, daß alles lautlos bleibt wie der Tod. Das einzige Geräusch, das ich hören kann, ist das Atmen der Kameraden, und das Dröhnen unter uns wird immer lauter, je weiter wir hinunterfahren. Das Licht aus der Schlafsaaltür fünfhundert Meter über uns ist nur noch ein kleiner Fleck, der die glatten Wände des Schachts mit einem kaum wahrnehmbaren Staub überzieht. Es wird dunkler und dunkler, bis ein weit entfernter Schrei an den Wänden des Schachts widerhallt – «Zurücktreten!» –, und das Licht geht ganz aus. Unser Fußboden trifft auf irgendeinen festen Untergrund tief drin in der Erde und kommt mit einem feinen Quietschen zum Stehen. Es ist kohlrabenschwarz, und ich spüre, wie das Leintuch, das um mich gewickelt ist, mir die Luft abschneidet. Gerade als ich das Leintuch losgebunden habe, fängt der Boden mit einem kleinen Ruck an vorwärts zu gleiten. Irgendwelche Laufrollen darunter, die ich nicht hören kann. Ich hör nicht mal mehr die Kameraden atmen, und ich verstehe plötzlich, warum: das Dröhnen ist allmählich so laut geworden, daß ich überhaupt nichts anderes mehr hören kann. Wir müssen jetzt mitten drin sein. Ich zerre wieder an dem verdammten Tuch, mit dem sie mich festgebunden haben, und habe es fast losgebunden, als eine ganze Wand nach oben gleitet und einen riesigen Raum freilegt, in dem sich endlose Reihen von Maschinen weiter erstrekken, als das Auge reicht, in dem es von schwitzenden Männern ohne Hemden wimmelt, die auf Stegen hin und her rennen, mit Gesichtern, die im Feuerschein von hundert Hochöfen ausdruckslos und verschwommen aussehen.

Es – alles, was ich sehe – sieht so aus, wie es sich angehört hat, wie das Innere eines gewaltigen Staudammes. Riesige Messingrohre verlieren sich nach oben in die Dunkelheit. Leitungen führen zu unsichtbaren Transformatoren. Schmierfett und glühende Asche kommen überallhin, färben Kupplungen und Motore und Dynamos rot und kohlschwarz.

Die Arbeiter bewegen sich alle im gleichen geschmeidigen Sprinttempo, einer mühelosen, flüssigen Gangart. Nichts wird überhastet. Manchmal bleibt einer einen Augenblick stehen, dreht an einem Rad, drückt auf einen Knopf, wirft einen Hebel herum, und eine Seite seines Gesichtes leuchtet weiß auf wie ein Blitz, vom Funken des kurzschließenden Schalters, dann läuft er weiter, Stahltreppen hinauf und über einen Steg aus Wellblech – sie gehen so elegant und nahe aneinander vorbei, daß ich die nassen Seiten klatschen hören kann, es ist wie das Klatschen eines Lachsschwanzes im Wasser – und er hält wieder, läßt einen anderen Schalter aufblitzen und läuft weiter. Sie huschen in alle Richtungen und oft aus dem Blickfeld, diese aufblitzenden traumhaften Puppengesichter dieser Arbeiter.

Die Augen eines Arbeiters schnappen zu, während er in voller Geschwindigkeit dahinläuft, und er stürzt zu Boden; zwei seiner Kumpels, die gerade daherkommen, packen ihn und schieben ihn im Vorbeigehen in einen Ofen. Im Ofen gibt es einen mächtigen

Feuerball, und ich höre das Platzen von Millionen Röhren, wie wenn man durch ein Feld voll Samenkapseln geht. Dieses Geräusch vermischt sich mit dem Surren und Rattern der anderen Maschinen.

Das alles hat seinen Rhythmus, wie ein donnernder Pulsschlag.

Der Boden des Schlafsaals gleitet aus dem Schacht heraus und in den Maschinenraum. Ich sehe sofort, was direkt über uns schwebt – eines dieser Gerüste, wie man sie in Schlachthäusern findet, Kranrollen, die auf Schienen laufen, mit deren Hilfe sich die Kadaver aus dem Kühlraum zum Metzger bringen lassen, ohne daß man sie tragen muß. Zwei Männer in Hosen und weißen Hemden, mit hochgestülpten Ärmeln und schmalen schwarzen Krawatten stehen auf dem Steg über unseren Betten und gestikulieren mit den Händen, während sie miteinander reden, und die Zigaretten in den langen Spitzen zeichnen Linien aus rotem Licht. Sie unterhalten sich, aber wegen dem gleichmäßigen Dröhnen ringsum kann man sie nicht verstehen. Einer der Männer schnalzt mit dem Finger, und der nächste Arbeiter macht eine scharfe Kehrtwendung und sprintet an seine Seite. Der Mann zeigt mit seiner Zigarettenspitze auf eines der Betten hinunter, und der Arbeiter trabt zu der Stahltreppe und kommt zu unserer Ebene heruntergelaufen, wo er zwischen drei riesigen Transformatoren, so groß wie Kartoffelkeller, verschwindet.

Als der Arbeiter wieder auftaucht, zieht er einen Haken hinter sich her, der auf einer der Schienen an der Decke mitläuft, und bewegt sich mit riesigen Schritten voran. Er geht an meinem Bett vorbei, und durch eine plötzlich auflodernde Flamme in einem der Öfen in der Nähe wird sein Gesicht in dem Moment hell erleuchtet, ein attraktives, brutales Gesicht, wie eine wächserne Maske, ein Gesicht, dem es an nichts fehlt. Ich hab Millionen solcher Gesichter gesehen.

Er geht an das ihm gezeigte Bett und packt den alten Vegetierer Blastic mit einer Hand an der Ferse und hebt ihn hoch, als wiege der alte Blastic nicht mehr als ein paar Pfund; mit der anderen Hand stößt der Arbeiter den Haken durch die Sehne hinten an der Ferse, und der alte Knabe hängt da, mit dem Kopf nach unten, sein verschimmeltes Gesicht ist aufgebläht vor Angst, in stummer Furcht verdreht er die Augen. Er fuchtelt mit beiden Armen und dem einen freien Bein, bis ihm die Jacke seines Schlafanzugs über den Kopf fällt. Der Arbeiter packt die Jacke und rafft und bindet sie zusammen wie einen Rupfensack, dann zieht er den Laufwagen an der Decke mit dem daranhängenden Gewicht klappernd zu dem Steg zurück und schaut zu den zwei Männern hinauf, die in ihren weißen Hemden dort oben stehen. Einer der Männer holt aus einem Halfter an seinem Gürtel ein Skalpell. An das Skalpell ist eine Kette geschmiedet. Der Mann läßt sie zu dem Arbeiter hinunter und schlingt das andere Ende der Kette um das Geländer, damit der Arbeiter nicht mit einer Waffe durchbrennen kann.

Der Arbeiter nimmt das Skalpell und schlitzt mit einem sauberen Schnitt dem alten Blastic die Vorderseite auf, und der alte Mann hört auf zu strampeln. Ich rechne damit, daß es mir jeden Moment schlecht wird, doch weder Blut noch Innereien spritzen heraus, wie ich das erwartet hätte – nur ein Regen von Rost und Asche, und hin und wieder ein Stück Draht oder Glas. Der Arbeiter steht bis zu den Knien in dem Zeug, das wie Schlacken aussieht.

Irgendwo reißt ein Ofen den Schlund auf und schluckt jemanden.

Ich überlege mir, ob ich nicht aufspringen und herumlaufen soll, um McMurphy und Harding und möglichst viele von den anderen Kameraden zu wecken, doch das wäre sinnlos. Wenn ich einen wachrütteln würde, würde er sagen, Was soll denn das, du Idiot, was zum Teufel hast du bloß? Und dann würde er wahrscheinlich den Arbeitern helfen, mich selber an einen dieser Haken zu hängen, und sagen: Jetzt bin ich aber gespannt, wie ein *Indianer* im Innern aussieht.

Ich höre den hohen, kalten, pfeifenden nassen Wind der Nebelmaschine, ich sehe die ersten Nebelfetzen unter McMurphys Bett hervorkriechen. Ich hoffe, er ist so gescheit, sich im Nebel zu verstecken.

Ich höre albernes Geplapper, das mir irgendwie bekannt vorkommt, und ich drehe mich, so gut es geht, um in die andere Richtung hinuntersehen zu können. Es ist der glatzköpfige P. R.-Mann mit dem aufgedunsenen Gesicht, über das sich die Patienten immer streiten, warum es wohl so aufgedunsen ist. «Ich sage *ja*», sagt vielleicht einer. «Ich für meine Person, ich sage nein; hast du vielleicht jemals von einem Kerl gehört, der tatsächlich eins trug?» – «Na ja, aber bist du jemals einem wie *dem* begegnet?» Der erste Patient zuckt mit den Schultern und nickt. «Interessanter Gesichtspunkt.»

Jetzt ist er ausgezogen, bis auf ein langes Unterhemd, auf dessen

Vorder- und Rückseite verschnörkelte rote Monogramme aufgenäht sind. Und ich sehe ein für allemal (das Unterhemd ist ihm etwas den Rücken hochgerutscht, als er vorbeikommt, so daß ich einen Blick drauf werfen kann), daß er *tatsächlich* eins trägt, und es ist so fest zusammengeschnürt, daß es jeden Augenblick platzen kann.

Und von den Korsettstangen baumeln ein halbes Dutzend ausgetrocknete Objekte, an den Haaren festgebunden wie Skalps.

Er hat eine kleine Flasche dabei, aus der er gelegentlich einen Schluck nimmt, damit seine Kehle zum Reden geöffnet bleibt, und ein mit Kampfer getränktes Tüchlein, das er immer wieder vor die Nase hält, um den Gestank aushalten zu können. Ein Schwarm Lehrerinnen und Studentinnen und so was Ähnliches läuft hinter ihm her. Sie tragen blaue Schürzen und haben sich Locken in die Haare gedreht. Sie hören seinen Erläuterungen zu dem Rundgang zu.

Etwas Lustiges fällt ihm ein, und er muß seinen Vortrag lange genug unterbrechen, um einen Schluck aus der Flasche nehmen und ein Kichern unterdrücken zu können. Während der Unterbrechung schaut eine seiner Schülerinnen an die Decke und entdeckt den seiner Gedärme beraubten Chronischen, der an einer Ferse baumelt. Sie japst nach Luft und macht einen Satz zurück. Der P. R.-Mann dreht sich um und erblickt den Leichnam und stürzt sich darauf zu und packt ihn an einer der leblosen Hände und wirbelt ihn herum. Die Studentin macht einen kleinen Schritt nach vorne, riskiert einen vorsichtigen Blick, das Gesicht in einer Trance. «*Sehen* Sie? *Sehen* Sie?» Er quietscht und rollt die Augen und verschüttet den Inhalt seiner Flasche, so sehr schüttelt ihn das Lachen. Er lacht so lange, daß ich nur darauf warte, daß er explodiert.

Nachdem er sein Lachen schließlich ertränkt hat, geht er die Reihe der Maschinen entlang und setzt seinen Vortrag fort. Plötzlich bleibt er stehen und schlägt sich mit der flachen Hand vor die Stirn – «Was hab ich doch bloß für ein Spatzenhirn!» – und läuft zu dem hängenden Chronischen zurück, um sich eine weitere Trophäe abzureißen und an das Korsett zu hängen.

Rechts und links geschehen Dinge, die genauso schlimm sind – irre, entsetzliche Dinge, zu grotesk und ausgefallen, als daß man darüber jammern könnte, und viel zu wahr, als daß man darüber lachen könnte – doch der Nebel wird langsam so dicht, daß ich nicht mehr hinsehen muß. Und jemand zerrt an meinem Arm. Ich weiß schon, was passieren wird: irgend jemand wird mich dem Nebel entreißen, wir werden wieder auf der Station sein, und es gibt keinerlei Spur von dem, was sich in der Nacht zugetragen hat, und sollte ich töricht genug sein, den anderen davon zu erzählen, sagen sie bloß, du Idiot, du hast nur einen bösen Alptraum gehabt, solche verrückten Dinge wie ein großer Maschinenraum tief im Innern eines Staudamms, wo Menschen von roboterartigen Arbeitern aufgeschnitten werden, die gibt es gar nicht.

Wenn es sie aber nicht gibt, wie kann sie dann ein Mann überhaupt sehen?

Es ist Mr. Turkle, der mich am Arm aus dem Nebel zieht, mich schüttelt und angrinst. Er sagt: «Sie haben einen bösen Traum, Mista Bromden.» Er ist der Pfleger, der die lange einsame Schicht von 11 bis 7 arbeitet, ein alter Neger mit einem breiten, schläfrigen Grinsen über einem langen wackligen Hals. Er riecht, als ob er ein bißchen getrunken hätte. «Jetzt können Sie wieder einschlafen, Mista Bromden.»

Manchmal bindet er nachts das Leintuch los, wenn es so fest um mich gebunden ist, daß ich darunter hin und her rutsche. Er würde es nicht tun, wenn er annehmen müßte, die Tagesschicht wüßte, daß er dahintersteckt, denn dann würden sie ihn wahrscheinlich feuern, doch er sagt sich, die Tagesschicht wird glauben, ich hätte mich selber losgebunden. Ich glaube, er tut es wirklich, um mir einen Gefallen zu tun, zu helfen – aber erst, wenn er sicher sein kann, daß ihm dabei nichts passiert.

Diesmal bindet er das Leintuch nicht los, sondern geht von mir weg, um zwei Pflegern, die ich noch nie gesehen habe, und einem jungen Arzt dabei zu helfen, den alten Blastic auf eine Tragbahre zu legen und ihn hinauszutragen, zugedeckt mit einem Tuch – und dabei gehen sie sorgfältiger mit ihm um, als irgend jemand je in seinem ganzen Leben mit ihm umgegangen ist.

Am nächsten Morgen ist McMurphy schon vor mir auf den Beinen, das erste Mal, daß jemand vor mir auf ist, seit Onkel Jules, der Mauerläufer, hier war. Jules war ein schlauer alter weißhaariger

Neger mit der Theorie, die Welt werde nachts von den schwarzen Jungen auf die Seite gekippt; er schlich sich immer frühmorgens raus, um sie beim Kippen zu erwischen. Wie Jules stehe auch ich früh auf, um zu sehen, was für Maschinerie sie in die Station schmuggeln oder im Rasierraum installieren, und gewöhnlich bin ich fünfzehn Minuten mit den schwarzen Jungen allein auf dem Flur, bevor der nächste Patient aufsteht. Doch an diesem Morgen höre ich McMurphy draußen in der Latrine, als ich aus dem Bett steige. Ich höre ihn singen! Er singt, daß man glauben könnte, er kenne überhaupt keine Sorgen. Seine Stimme klingt klar und stark, wie sie da so gegen Beton und Stahl geklatscht wird.

«‹Dein Pferd ist ja hungrig, sagt sie zu mir.›» Es macht ihm Spaß, wie seine Stimme in der Latrine widerhallt. «‹Dann gib ihm sein Heu und setz dich zu mir.›» Er holt tief Atem und wechselt in eine höhere Tonart, singt immer höher und lauter, bis die ganzen Apparaturen in den Wänden durcheinandergerüttelt werden. «‹Mein Pferd ist nicht hungrig, es will nicht dein Heu-eu-euuuh.›» Er bleibt auf dem Ton und spielt damit und klettert dann mit dem Rest der Strophe von seinem hohen Ton herunter. «‹Drum ade nun, mein Schätzchen, und bleib mir schön treu.›» Er singt! Alle sind wie vom Donner gerührt. Seit Jahren haben sie so was nicht mehr gehört, nicht auf dieser Station. Die meisten der Akuten im Schlafsaal haben sich hochgerappelt, sie haben den Kopf auf den Ellbogen gestützt, blinzeln und spitzen die Ohren. Wieso haben ihn die schwarzen Jungen da draußen noch nicht zum Schweigen gebracht? Das hat es ja noch nie gegeben, daß einer so viel Krach machen durfte, oder? Wieso erlauben sie diesem neuen Mann so viel? Er ist doch genauso aus Haut und Knochen wie wir anderen, er wird doch eines Tages auch schwach und zittrig werden und sterben. Er muß sich doch an die gleichen Regeln halten, muß genauso essen, gegen die gleichen Schwierigkeiten kämpfen; damit ist er doch genauso der Genossenschaft ausgeliefert wie alle andern, oder vielleicht nicht?

Doch der neue Mann *ist* anders, und die Akuten begreifen das jetzt, er ist anders als alle, die in den letzten Jahren auf die Station gekommen sind, anders als alle, die sie je draußen gekannt haben. Schon möglich, daß er auch der Genossenschaft ausgeliefert ist, aber sie haben ihn nicht erwischt. «‹Mein Wagen ist geladen›», singt er, «‹hab die Peitsche in der Hand ...›»

Wie hat er es bloß angestellt, ihnen zu entkommen? Vielleicht hat es die Genossenschaft bei ihm versäumt, wie beim alten Pete, die Kontrollgeräte rechtzeitig zu installieren. Vielleicht ist er schon so wild aufgewachsen, war dauernd unterwegs, schon als Kind nie länger in einer Stadt als ein paar Monate, so daß ihn nie eine Schule richtig in den Griff bekam, und dann als Taglöhner bei den Holzfällern, als Glücksspieler auf Volksfesten, so war er dauernd auf Wanderschaft, viel zu schnell, als daß ihm die Genossenschaft hätte etwas installieren können. Das muß es sein, er hat der Genossenschaft nie eine Chance gelassen, gerade so, wie er gestern vormittag den schwarzen Jungen keine Chance mit dem Thermometer ließ, denn eine bewegliche Zielscheibe ist kaum zu treffen.

Keine Frau, die einen neuen Linoleum-Belag will. Keine Verwandten, die ihm mit wäßrigen alten Augen nachstellen. Keiner, um den er sich zu kümmern hätte, und weil er so ungebunden ist, kann er auch ein erstklassiger Schwindler sein. Und vielleicht rennen die schwarzen Jungen deswegen nicht zur Latrine, um ihm das Singen auszutreiben, weil sie *wissen*, daß sie keine Kontrolle über ihn haben und weil sie sich an die Sache mit dem alten Pete erinnern und daran, was ein Mann, der keine Kontrollgeräte eingebaut hat, tun kann. Und sie sehen, daß McMurphy viel stärker ist als der alte Pete; sollte es darauf ankommen, ihn zu überwältigen, dann müssen sie mindestens zu dritt sein, und die Große Schwester muß im Hinterhalt mit einer Spritze lauern. Die Akuten nicken sich zu; sie haben begriffen, daß das die Gründe sind, warum die schwarzen Jungen ihn nicht am Singen hindern, während sie jeden anderen von uns daran hindern würden.

Ich trete eben vom Schlafsaal auf den Flur, als McMurphy aus der Latrine kommt. Er hat seine Mütze auf und hat im übrigen nur ein Handtuch um die Hüften gewickelt, das er mit einer Hand festhält. In der anderen hat er eine Zahnbürste. Er steht im Flur und schaut in beide Richtungen und stellt sich immer wieder auf die Zehenspitzen, um sich möglichst wenig den kalten Fliesen auszusetzen. Dann entdeckt er einen schwarzen Jungen, den kleinsten, geht auf ihn zu und gibt ihm einen Klaps auf die Schulter, als seien sie schon ihr ganzes Leben lang gute Freunde.

«Heh, Kumpel, wo find ich denn hier 'n bißchen Zahnpasta, damit ich meine Kauwerkzeuge putzen kann?»

Der schwarze Junge fährt herum, und sein Zwergenkopf landet Zentimeter von McMurphys Hand entfernt. Er runzelt die Stirn und schaut sich schnell um, wo die anderen beiden schwarzen Jungen sind, nur für den Fall, und sagt McMurphy, der Schrank wird nicht vor sechs Uhr fünfundvierzig aufgeschlossen.

«Es ist eine unserer Vorschriften hier», sagt er.

«Tatäschlich? Ich meine, dort wird also die Zahnpasta aufbewahrt? In dem Schrank?»

«Ganz richtig, sie wird in den Schrank eingeschlossen.»

Der schwarze Junge will mit dem Polieren der Fußleisten weitermachen, doch diese Hand hängt immer noch über seiner Schulter, wie eine große, rote Klammer.

«So, so, in den Schrank eingeschlossen. Ei ei ei, was glaubst du wohl, warum sie die Zahnpasta nachts einschließen? Ich meine, sie ist doch wohl nicht gefährlich, oder? Man könnte doch keinen damit vergiften, oder? Oder könnte man einem mit der Tube den Kopf einschlagen? Welchen Grund könnten sie denn haben, was meinst du, daß sie etwas so Harmloses wie eine kleine Tube Zahnpasta hinter Schloß und Riegel verwahren?»

«Es ist Vorschrift auf dieser Station, Mr. McMurphy, das ist der Grund.» Und als er sieht, daß dieser Grund auf McMurphy nicht den gewünschten Eindruck macht, sieht er die Hand auf seiner Schulter mißbilligend an und fügt hinzu: «Wie stellen Sie sich denn das vor, wenn sich nun jeder die Zähne putzen würde, wann immer es ihm gerade paßt?»

McMurphy gibt die Schulter frei, zupft an dem Büschel roter Wolle an seinem Hals und denkt darüber nach. «Ach ja, ich versteh schon, was du sagen willst: die Vorschrift ist für die, die sich nicht nach jeder Mahlzeit die Zähne putzen können.»

«Herrgott, ja, verstehn Sie das nicht?»

«Doch, jetzt kapier ich das. Du meinst, jeder würde sich die Zähne putzen, wann er gerade Lust hat.»

«Richtig, deshalb haben wir –»

«Großer Gott, stell dir das mal vor! Da würden sich manche um sechs Uhr dreißig oder sechs Uhr zwanzig die Zähne putzen – wer weiß, womöglich sogar um sechs. Klar, das kann ich gut verstehn.»

Er zwinkert mir mit den Augen zu, an dem schwarzen Jungen vorbei.

«Ich muß jetzt endlich diese Fußleiste polieren, McMurphy.»

«Oh. Ich wollte dich nicht von der Arbeit abhalten.» Er macht einen Schritt zurück, als der schwarze Junge sich bückt und wieder an die Arbeit geht. Dann geht er wieder hin und beugt sich vor, um in den Eimer sehen zu können, der neben dem schwarzen Jungen steht. «Ja, sieh mal an, was haben wir denn hier?»

Der schwarze Junge dreht sich um. «Sieh was an?»

«Hier. Schau mal in diesen alten Eimer, Sam. Was ist denn das für ein Zeug in diesem alten Eimer?»

«Das ist ... Seifenpulver.»

«Na ja, gewöhnlich nehme ich Zahnpasta, aber –» McMurphy steckt seine Zahnbürste in das Seifenpulver und stochert darin herum und zieht sie wieder heraus und klopft sie am Rand des Eimers ab – «aber das hier geht genausogut. Ich bedanke mich. Wegen dieser Stations-Vorschriften sprechen wir uns noch.»

Und er geht zur Latrine zurück, wo sein Singen jetzt durch die Kolbenbewegung der Zahnbürste ziemlich beeinträchtigt wird.

Der schwarze Junge steht da und schaut ihm nach, und der Putzlappen hängt leblos in seiner grauen Hand. Nach einem Augenblick kneift er die Augen zusammen und dreht sich um und sieht, daß ich alles mit angesehen habe, und er kommt herüber und zerrt mich an der Kordel meines Schlafanzugs den Flur entlang und schubst mich an einer Stelle auf den Boden, die ich erst gestern gefegt habe.

«Da! Verdammter Idiot, genau da! Da sollst du arbeiten, anstatt in der Gegend herumzuglotzen wie so ein nichtsnutziger Ochs! Da! Da!»

Und ich beuge mich vor und fange an zu fegen und drehe ihm den Rücken zu, damit er nicht sieht, wie ich grinse. Es tut gut, zu sehen, wie McMurphy den schwarzen Jungen auf die Palme bringt wie so leicht kein zweiter. Papa konnte das auch – breitbeinig, mit dämlichem Gesicht stand er da und schaute in die Luft, als damals zum erstenmal die Leute von der Regierung kamen und wegen dem Vertrag verhandeln wollten. «Kanadische Wildgänse da droben», sagt Papa und blinzelt nach oben. Die Leute von der Regierung schauen, rascheln mit Papieren. «Was sagen –? Im Juli? Da gibt's keine – ähem – Gänse, zu der Jahreszeit. Ähem, keine Gänse.»

Sie hatten geredet wie Touristen aus dem Osten, die glauben, sie müßten mit Indianern so reden, damit die sie verstehen. Papa schien gar nicht zu bemerken, wie sie redeten. Er schaute einfach immer zum Himmel. «Gänse da droben, weißer Mann. Das weißt du. Gänse dieses Jahr. Und letztes Jahr. Und das Jahr davor und das Jahr davor.»

Die Männer schauten sich an und räusperten sich. «Ja. Vielleicht haben Sie recht, Häuptling Bromden. Jetzt aber Gänse vergessen. Auf Vertrag achten. Was wir anzubieten haben, viel Vorteil für Indianer – kann Leben von Rothäuten ändern.»

Papa sagte: «... und das Jahr davor und das Jahr davor und das Jahr davor ...»

Bis die Leute von der Regierung merkten, daß sie auf den Arm genommen wurden, hielten sich die Männer vom Ältestenrat, die auf der Veranda vor unserer Hütte saßen und dauernd die Pfeifen in die Taschen ihrer schwarz und rot karierten Wollhemden steckten und sie dann gleich wieder herausnahmen und sich und Papa angrinsten – sie hielten sich also längst den Bauch vor Lachen. Onkel R & J Wolf wälzte sich auf dem Boden und prustete und sagte: «Das weißt du, weißer Mann.»

Papa machte sie so richtig fuchtig; sie machten kehrt, ohne ein weiteres Wort zu sagen, und marschierten mit roten Köpfen zur Landstraße zurück, während wir hinter ihnen her lachten. Ich vergesse manchmal, wie gut es tun kann, einmal richtig zu lachen.

Der Schlüssel der Großen Schwester dreht sich im Schloß, und der schwarze Junge steht bei ihr, sobald sie in der Tür steht, und tritt von einem Fuß auf den anderen, wie ein kleines Kind, das pissen muß. Ich stehe nahe genug bei ihnen, daß ich hören kann, wie der Name McMurphys ein paar Mal erwähnt wird, daher weiß ich, daß er ihr davon erzählt, wie McMurphy sich die Zähne putzte, und dabei vergißt er ganz, ihr von dem alten Vegetierer zu erzählen, der während der Nacht gestorben ist. Er fuchtelt mit den Armen und will ihr erzählen, was dieser verrückte Rotschopf schon wieder angestellt hat, so früh am Morgen – wie er die Ordnung stört, gegen die Vorschriften verstößt, kann sie denn nichts dagegen *tun*?

Sie starrt den schwarzen Jungen böse an, bis er aufhört, vor ihr herumzuzappeln, dann schaut sie den Flur entlang, zur Latrinentür, hinter der man McMurphy lauter als je zuvor singen hört.

«‹Deine Mutter mag mich nicht, sie sagt, ich hätt kein Geld, meine Tochter kriegst du nicht, ’s gibt reichre auf der Welt.›»

Im ersten Moment ist sie ganz verwirrt; wie wir hat auch sie so lange niemand mehr singen hören, daß sie nicht gleich begreift, was da los ist.

«‹Heute reich und morgen arm, so ist das Leben schön, und wer das nicht begreifen kann, der soll zum Teufel gehn.›»

Sie horcht noch einen Augenblick länger, um ganz sicherzugehen, daß sie sich nicht getäuscht hat; dann fängt sie an sich aufzublähen. Ihre Nasenlöcher weiten sich, und mit jedem Atemzug wird sie größer, so groß und furchterregend, wie ich sie seit der Sache mit Taber nicht mehr gesehen habe. Sie betätigt die Scharniere in den Ellbogen und Fingern. Ich höre ein feines Quietschen. Sie setzt sich in Bewegung, und ich drücke mich ganz dicht an die Wand, und als sie vorbeistampft, ist sie bereits so groß wie ein Lastwagen, und sie schleppt den Weidenkorb in einer Auspuffahne hinter sich her, es sieht aus wie ein Sattelschlepper. Sie hat die Lippen leicht geöffnet, und sie schiebt ein Lächeln vor sich her wie einen Kühlergrill. Ich kann das heiße Öl und den Zündfunken riechen, als sie vorbeigeht, und mit jedem Schritt wächst sie um eine Größe, sie schnauft und schnaubt und walzt alles nieder, was ihr im Weg steht! Ich habe Angst, wenn ich daran denke, was sie tun wird.

Und dann, während sie so groß und bösartig wie noch nie dahinstürmt, tritt McMurphy aus der Latrine direkt vor sie hin, und mit einer Hand hält er immer noch dieses Handtuch um seine Hüften fest – sie bleibt schlagartig stehen, wie angewachsen! Sie schrumpft zusammen, bis ihr Kopf etwa auf einer Höhe mit seinem Handtuch ist, und er grinst auf sie hinunter. Ihr eigenes Grinsen stirbt ab, verkriecht sich in ihren Mundwinkeln.

«Guten Morgen, Miss Ratched! Was gibt’s Neues in der Welt draußen?»

«Sie können hier nicht so herumlaufen – in einem *Handtuch*!»

«Tatsächlich?» Er blickt zu dem Teil des Handtuchs hinunter, das sich direkt vor ihren Augen befindet, es ist naß und liegt ganz eng an. «Handtücher sind auch gegen die Stationsvorschriften? Na ja, da kann ich wohl nichts anderes tun, als –»

«*Stop!* Wie können Sie’s wagen! Auf der Stelle gehen Sie in den Schlafsaal zurück, und ziehen Sie sich Ihre Kleider an!»

Sie klingt wie eine Lehrerin, die einen Schüler tadelt, und so läßt McMurphy den Kopf hängen wie ein Schüler und sagt mit einer Stimme, die so klingt, als sei er den Tränen nahe: «Das kann ich nicht, Miss. Ich fürchte, ein Dieb hat heute nacht meine Kleider geklaut, während ich geschlafen hab. Ich schlafe unheimlich gut auf euren Matratzen hier.»

«Ge-geklaut ...?»

«Stibitzt. Organisiert. Gemopst. Gestohlen», sagt er glücklich. «Mann, sie haben mir die Klamotten geklaut.» Seine eigenen Worte machen ihm so viel Spaß, daß er barfuß einen kleinen Tanz vor ihr aufführt.

«Jemand hat Ihre Kleider gestohlen?»

«Es sieht ganz so aus.»

«Aber – Sträflingskleidung? Warum?»

Er hört auf herumzuhopsen und läßt wieder den Kopf hängen. «Ich weiß nur, daß sie noch da waren, als ich ins Bett ging, und verschwunden, als ich aufstand. Spurlos verschwunden. Na ja, ich *weiß*, es waren nur Sträflingskleider, grob und verschossen und ungeschlacht, Miss, das weiß ich – und Sträflingskleider sind vielleicht nichts Besonderes für einen, der andere hat, aber für einen nackten Mann –»

«Diese Kleider», sagt sie, und ein Licht geht ihr auf, «*sollten* ja abgeholt werden. Man hat Ihnen heute morgen eine grüne Patientenuniform gegeben.»

Er schüttelt den Kopf und seufzt, schaut aber immer noch nicht hoch. «Nein. Nein, ich fürchte, da irren Sie sich. Da war überhaupt nichts heute morgen, nur die Mütze, die ich aufhabe, und –»

«Williams», ruft sie den schwarzen Jungen, der immer noch an der Stationstür steht, um notfalls abhauen zu können. «Williams, würden Sie einen Augenblick herkommen?»

Er kriecht auf sie zu wie ein Hund, der eine Tracht Prügel erwartet.

«Williams, warum hat dieser Patient keine Uniform bekommen?»

Der schwarze Junge ist erleichtert. Er richtet sich auf und grinst und zeigt mit dieser grauen Hand auf einen der Großen am anderen Ende des Ganges. «Mista Washington da drüben ist heut morgen für die Wäsche zuständig. Nicht ich, nein.»

«Mr. *Washington*!» Sie erwischt ihn, als er gerade den Mop über den Eimer hält, in dieser Haltung erstarrt er. «Würden Sie einen Augenblick herkommen?»

Der Mop gleitet geräuschlos in den Eimer, und langsam und sorgfältig lehnt er den Stiel an die Wand. Er dreht sich um und schaut zu McMurphy und zum kleinsten schwarzen Jungen und zur Schwester herunter. Dann blickt er nach rechts und nach links, in der Hoffnung, sie habe einen anderen angeschrien.

«Kommen Sie sofort hierher!»

Er steckt die Hände in die Taschen und schlurft den Gang herunter. Er geht nie sehr schnell, und ich sehe, daß sie ihn vielleicht mit einem ihrer Blicke erstarren lassen und erledigen wird, wenn er sich nicht ein bißchen beeilt; der ganze Haß und die ganze Frustration, die sie an McMurphy auslassen wollte, ergießt sich jetzt den Gang hinauf auf den schwarzen Jungen, und er spürt, daß ihm dieser kalte Schneesturm entgegenweht und ihm das Gehen schwerer macht als je zuvor. Er muß sich mit aller Macht dagegenstemmen und sich die Arme an den Körper pressen. Eis bildet sich in seinen Haaren und Augenbrauen. Er beugt sich noch weiter vor, doch seine Schritte werden langsamer; er wird es nie schaffen.

Dann fängt McMurphy an «Sweet Georgia Brown» zu pfeifen, und die Schwester wendet den Blick gerade noch rechtzeitig von dem schwarzen Jungen ab. Sie ist jetzt noch wütender und frustrierter als vorher, wütender, als ich sie je erlebt habe. Das Puppenlächeln ist von ihren Lippen verschwunden, sie sind angespannt und dünn wie ein glühendheißer Draht. Wenn einige der Patienten jetzt hier draußen wären und sie sehen könnten, könnte McMurphy gleich seine gewonnene Wette kassieren.

Endlich ist der schwarze Junge bei ihr, zwei Stunden hat er zu der kurzen Strecke gebraucht. Sie holt tief Atem. «Washington, warum hat dieser Mann heute morgen seine grüne Uniform nicht bekommen? Ist Ihnen denn nicht aufgefallen, daß er nichts anhatte, nur dieses Handtuch?»

«Und meine Mütze», flüstert McMurphy und klopft mit dem Finger an den Mützenrand.

«Mr. Washington?»

Der große schwarze Junge schaut zu dem kleinen hinüber, der ihn in diese Lage gebracht hat, und der kleine schwarze Junge fängt wieder an zu zappeln. Der große Junge schaut ihn lange mit diesen Augen an, die wie die Röhren eines Radios aussehen, *ihn* wird er sich später vorknöpfen; dann richtet er seine Augen auf McMurphy, von Kopf bis Fuß schaut er sich ihn gründlich an, die kräftigen schweren Schultern, das schiefe Grinsen, die Narbe auf der Nase, die Hand, die das Handtuch festhält, und dann schaut er die Schwester an.

«Ich glaube –» fängt er an.

«Sie *glauben*! Sie sollen ein bißchen mehr tun als *glauben*! Sie werden ihm auf der Stelle eine Uniform besorgen, Mr. Washington, oder ich versetze Sie zwei Wochen lang in die Geriatrie! Jawohl. Sie sollen einen Monat lang Bettschüsseln leeren und die alten Leute baden, dann würde Ihnen vielleicht wieder einfallen, wie wenig Sie als Pfleger auf dieser Station eigentlich zu tun haben. Wäre das eine der anderen Stationen, wer, glauben Sie denn, würde den ganzen Tag die Fußböden schrubben? Mr. Bromden hier? Nein, Sie wissen schon, wer. Wir befreien euch Pfleger von den meisten eurer hausmeisterlichen Pflichten, damit ihr den Patienten mehr Zeit widmen könnt. Und dazu gehört es auch, darauf zu achten, daß sie nicht halbnackt herumlaufen. Was glauben Sie, wäre geschehen, wenn eine der jungen Schwestern etwas früher gekommen wäre und gesehen hätte, wie einer der Patienten ohne Uniform über den Gang geht? Was glauben Sie!»

Der große schwarze Junge weiß nicht so recht, was, doch er kapiert, worauf sie hinauswill, und er geht gemächlich zum Wäscheraum, um McMurphy eine grüne Uniform zu holen – wahrscheinlich zehn Größen zu klein –, und kommt genauso gemächlich wieder zurück und hält sie ihm hin, und dabei ist sein Gesicht so voller Haß, wie ich das noch nie gesehen habe. Auf McMurphys Gesicht steht nur Ratlosigkeit, so als wisse er nicht, wie er dem schwarzen Jungen die Uniform abnehmen soll, da er in der einen Hand die Zahnbürste hält und mit der anderen das Handtuch zusammenhält. Schließlich zwinkert er der Schwester zu und wickelt mit einem Achselzucken das Handtuch auf und hängt es ihr über die Schulter, als sei sie ein hölzernes Handtuchgestell.

Ich sehe, daß er die ganze Zeit seine Unterhose unter dem Handtuch anhatte.

Ich glaube, es wäre ihr tatsächlich lieber gewesen, er wäre unter dem Handtuch splitternackt gewesen, als diese Unterhose zu tragen. Sprachlos vor Wut starrt sie auf diese großen weißen Walfische, die auf der Unterhose herumtanzen. Das ist mehr, als sie ertragen kann. Eine volle Minute vergeht, ehe sie sich genügend zusammenreißen kann, um sich dem kleinsten schwarzen Jungen zuzuwenden; ihre Stimme zittert unkontrolliert, so wütend ist sie.

«Williams ... ich glaube ... Sie hatten die Aufgabe, die Fenster der Schwesternstation noch vor meiner Ankunft heute morgen zu putzen.» Er trippelt davon wie ein schwarz und weiß gestreifter Käfer. «Und Sie, Washington – und Sie ...» Washington schlürft fast im Trab zu seinem Eimer zurück. Sie schaut sich nochmals um, um vielleicht noch jemand zu finden, den sie anfahren könnte. Sie entdeckt mich, doch inzwischen sind einige der anderen Patienten aus dem Schlafsaal gekommen und wundern sich über den kleinen Auflauf auf dem Flur. Sie schließt die Augen und konzentriert sich. So kann sie nicht ihr Gesicht sehen lassen, ganz weiß und wutverzerrt. Sie nimmt ihre ganze Willenskraft zusammen. Ganz langsam beruhigen sich die Lippen wieder unter der kleinen weißen Nase, schließen sich, so als sei der glühende Draht so heiß geworden, daß er schmolz, sie flimmern einen Augenblick, dann rasten sie ein, das geschmolzene Metall setzt sich, wird kalt und seltsam stumpf. Die Lippen öffnen sich, und die Zunge erscheint, ein Stück Schlacke. Die Augen gehen wieder auf, und sie sehen genauso dumpf und kalt und leblos aus wie die Lippen, doch sie fällt in ihre Guten-Morgen-Routine, als sei sie die gleiche wie immer, sie glaubt wohl, die Patienten seien zu verschlafen, etwas zu bemerken.

«Guten Morgen, Mr. Sefelt, was machen Ihre Zähne? Guten Morgen, Mr. Fredrickson, haben Sie und Mr. Sefelt gut geschlafen? Ihre Betten stehen direkt nebeneinander, nicht wahr? Es wurde mir übrigens hinterbracht, daß Sie beide wegen Ihrer Arznei eine Übereinkunft getroffen haben – stimmt es, daß Sie Bruce Ihre Arznei überlassen, Mr. Sefelt? Wir werden uns später darüber unterhalten. Guten Morgen, Billy; ich habe heute morgen auf dem Weg hierher Ihre Mutter getroffen, sie hat mich gebeten, Ihnen auszurichten, daß sie immer an Sie denke und sich darauf verlasse, daß Sie sie nicht enttäuschen. Guten Morgen, Mr. Harding – na, so was, Sie haben ja ganz rote und wunde Fingerspitzen. Haben Sie wieder an Ihren Fingernägeln gekaut?»

Bevor sie ihr antworten können, wenn es überhaupt etwas zu antworten gäbe, wendet sie sich McMurphy zu, der immer noch in den Unterhosen dasteht. Harding sieht die Unterhosen und pfeift anerkennend.

«Und Sie, Mr. McMurphy», sagt sie, lächelnd, süß wie Zucker, «wenn Sie dann damit fertig sind, Ihre Muskeln zur Schau zu stellen und Ihre geschmacklose Unterhose, dann würde ich vorschlagen, daß Sie in den Schlafsaal zurückgehen und Ihre Uniform anziehen.»

Er legt den Zeigefinger an die Mütze, um sich von ihr und den Patienten zu verabschieden, die seine Walfisch-Unterhosen anglotzen und sich darüber lustig machen, und geht, ohne ein weiteres Wort zu verlieren, in den Schlafsaal. Sie dreht sich um und geht in die andere Richtung, wobei ihr rotes, schales Lächeln vor ihr hergeht; bevor sie noch die Tür zu ihrer Glasstation geschlossen hat, dringt wieder sein Singen durch die Tür des Schlafsaals auf den Flur.

«‹Sie nahm mich in ihr Häuschen mit, und wa-ha-har so nett zu mir› –» ich höre den Knall, als er sich auf den nackten Bauch klatscht – «‹sagt zu ihrer Mama da-da-dann, der Luftikus gefällt mir sehr.›»

Sobald der Schlafsaal leer ist, fege ich aus, und als ich gerade den Staub unter seinem Bett hervorkehre, steigt mir ein Geruch in die Nase, den ich, seit ich in der Klinik bin, noch nie gerochen habe, in diesem großen Schlafsaal voller Betten, in dem vierzig erwachsene Männer schlafen und den schon immer tausend andere Gerüche stickig machen – Desinfektionsmittel, Zinksalbe und Fußpuder, Gerüche von Pisse und saurem Altmännermist, von Pablum und Augenwasser, von muffigen Unterhosen und Socken, die auch muffig sind, wenn sie frisch von der Wäscherei zurückkommen, der strenge Geruch der gestärkten Bettwäsche, der scharfe Geruch aus all den Mündern am Morgen, der Bananengeruch von Maschinenöl und manchmal der Geruch von versengten Haaren – doch diesen Geruch gab's überhaupt noch nie, bis er kam, diesen männlichen Geruch von Staub und Erde der weiten Felder, von Schweiß und Arbeit.

Das ganze Frühstück hindurch redet und lacht McMurphy wie eine aufgezogene Spieluhr. Nach dem Vorfall von heute morgen glaubt er, die Große Schwester sei ein kleiner Fisch für ihn. Er weiß nicht, daß er sie kalt erwischt hat und sie in Zukunft höchstens noch schwerer zu erschüttern sein wird.

Er spielt den Clown und bemüht sich, einige der Kameraden zum Lachen zu bringen. Es stört ihn, daß sie bestenfalls schwach grinsen und gelegentlich mal etwas kichern. Er stachelt Billy Bibbit an, der am Tisch ihm gegenüber sitzt, flüstert ihm verstohlen zu: «He, Billy-Boy, weißt du noch, damals in Seattle, als wir die zwei Amseln aufgabelten? So hat mich nur selten eine im Bett verwöhnt.»

Billys Gesicht fährt von seinem Teller hoch. Er macht den Mund auf, kann aber nichts sagen. McMurphy wendet sich Harding zu.

«Wir haben die nur so aus einer Laune heraus aufgelesen, und es hätte bestimmt nicht geklappt, wenn sie nicht vorher schon von Billy Bibbit gehört hätten. Billy-‹Prügel›-Bibbit wurde er in jenen Tagen genannt. Diese Mädchen waren grad dabei, uns sitzenzulassen, als ihn die eine anschaute und sagte: ‹Sind Sie *der* berühmte Billy-Prügel-Bibbit? Mit den sagenhaften fünfunddreißig Zentimetern?› Und Billy zog das Genick ein und wurde rot – so wie jetzt gerade –, und der Rest war leichtes Spiel. Und ich erinnere mich auch noch, später, als wir sie im Hotel hatten, hörte ich von Billys Bett drüben diese Frauenstimme, ‹Mister Bibbit, Sie enttäuschen mich; ich hab gehört, Sie hätten fünf – fünf – du meine *Güte*!›»

Und brüllt vor Lachen und klopft sich auf die Schenkel und macht obszöne Gesten mit seinem Daumen, so daß Billy rot wird und grinst, bis er fast einer Ohnmacht nahe ist.

McMurphy sagt, daß so ein paar süße Amseln eigentlich das einzige sei, was in dieser Klinik fehlt. Das Bett, das sie einem hier geben, das beste, in dem er je geschlafen hat, und dann der Tisch, so reich gedeckt. Er kann nicht verstehen, warum es alle so mißmutig macht, hier eingeschlossen zu sein.

«Wenn ich mir vorstelle», sagt er und hält sein Glas gegens Licht, «daß das mein erstes Glas Orangensaft seit sechs Monaten ist. Huuii, ist der gut. Was meint ihr, was hab ich in dem Arbeitslager zum Frühstück bekommen? Was haben die uns auf den Tisch gestellt? Ich kann euch zwar beschreiben, wie es *ausgesehen* hat, doch wie das Zeug geheißen hat, kann ich euch beim besten Willen nicht sagen; morgens, mittags und abends war es schwarz verbrannt und hatte Kartoffeln drin, hat ausgesehen wie zähflüssiger Teer. Eins steht fest: Orangensaft war es nicht. Schaut euch das doch an: Speck, Toastbrot, Butter, Eier – beim Kaffee fragt mich die Kleine in der Küche, mit Milch oder schwarz, vielen Dank – und ein großes! mächtiges! kaltes Glas Orangensaft. Mann, nicht mal für einen Haufen *Geld* würd ich von hier fort!»

Er holt sich von allem eine zweite Portion und verabredet sich mit dem Mädchen, das in der Küche den Kaffee ausschenkt, für die Zeit nach seiner Entlassung und macht dem schwarzen Koch ein Kompliment für die besten Spiegeleier, von beiden Seiten angebraten, die er je gegessen hat. Es gibt Bananen für die Cornflakes, und er nimmt sich eine Handvoll, sagt dem schwarzen Jungen, er habe für ihn auch eine mitgehen lassen, weil er so verhungert aussehe, und der schwarze Junge schaut den Gang hinunter, dorthin, wo die Schwester in ihrem Glaskasten sitzt, und sagt, es sei verboten, daß das Personal mit den Patienten ißt.

«Gegen die Stationsvorschriften?»

«Genau.»

«Pech gehabt –» und schält direkt vor dem schwarzen Jungen drei Bananen und ißt eine nach der anderen, sagt dem Jungen, wenn ich dir mal eine aus dem Speisesaal schmuggeln soll, brauchst du's nur zu sagen.

Als McMurphy seine letzte Banane gegessen hat, gibt er sich einen Klaps auf den Bauch und steht auf und geht zur Tür, und der große schwarze Junge blockiert den Ausgang und erklärt ihm die Vorschrift, daß die Patienten im Speisesaal sitzen bleiben, daß sie um halb acht alle gemeinsam gehen. McMurphy starrt ihn an, als habe er nicht richtig gehört, dann dreht er sich um und blickt Harding an. Harding nickt mit dem Kopf, und daraufhin zuckt McMurphy die Schultern und geht zu seinem Stuhl zurück. «Ich will auf keinen Fall gegen die gottverdammten Vorschriften verstoßen.»

Auf der Uhr an der Stirnseite des Speisesaals ist es Viertel acht, sie lügt uns vor, wir seien erst fünfzehn Minuten hier, obwohl ich genau weiß, daß wir schon mindestens eine Stunde dasitzen. Alle sind mit Essen fertig und haben sich zurückgelehnt und warten darauf, daß sich der Minutenzeiger auf halb acht zu bewegt. Die schwarzen Jungen tragen die beschmutzten Tabletts der Vegetierer fort und schieben die zwei alten Männer in ihren Rollstühlen hinaus, um sie mit dem Schlauch abzuspritzen. Vielleicht die Hälfte der Kameraden im Speisesaal läßt den Kopf vornüber auf die Arme sinken, sie wollen ein kleines Nickerchen machen, bevor die schwarzen Jungen zurückkommen. Sonst gibt's nichts zu tun, ohne Karten und Zeitschriften und Puzzle-Spiele. Man kann entweder schlafen oder auf die Uhr starren.

Doch McMurphy kann nicht so lange stillhalten; er muß irgendwas anstellen. Nachdem er vielleicht zwei Minuten lang mit seinem Löffel Speisereste auf seinem Teller herumgeschoben hat, hat er offensichtlich eine Idee, wie sich etwas Leben in die Bude bringen läßt. Er hängt sich die Daumen in die Hosentaschen und lehnt sich zurück und schielt mit einem Auge zu der Uhr hinauf. Dann reibt er sich an der Nase.

«Irgendwie – irgendwie erinnert mich die alte Uhr da droben an die *Zielscheiben* auf dem Schießstand im Fort Riley. Dort hab ich meine erste Auszeichnung bekommen, den Orden für Scharfschützen. Adlerauge Murphy. Wer setzt einen kleinen Dollar drauf, daß ich dieses Klümpchen Butter hier nicht genau in die Mitte des Zifferblattes da droben setze oder doch auf jeden Fall irgendwohin aufs Zifferblatt?»

Drei Mann halten seine Wette, und er schiebt das Stückchen Butter auf sein Messer und läßt es dann von der Klinge schnellen. Es klebt gute fünfzehn Zentimeter oder so links neben der Uhr, und alle ziehn ihn deswegen auf, bis er seine Wette ausbezahlt. Sie machen immer noch Witze über ihn, gehört das Adlerauge vielleicht einem blinden Adler?, als der kleinste schwarze Junge vom Abspritzen der Vegetierer zurückkommt, und jeder schaut auf seinen Teller und ist still. Der schwarze Junge spürt, daß irgend etwas in der Luft liegt, aber er sieht nicht, was es ist. Und wahrscheinlich wäre er nie dahintergekommen, doch der alte Oberst Matterson guckt in der Gegend herum und entdeckt das Stückchen Butter an der Wand; er sieht sich gezwungen, darauf hinzudeuten und eine seiner Lektionen zu geben, mit seiner geduldigen, polternden Stimme erklärt er uns alles, als ob das, was er sagt, einen Sinn ergebe.

«Die Butter ... ist die re-pub-li-ka-ni-sche Partei ...»

Der schwarze Junge blickt auf die Stelle, auf die der Oberst zeigt, und da hängt die Butter, kriecht die Wand herunter wie eine gelbe

Schlange. Er kneift die Augen zusammen, sagt aber kein Wort, macht sich nicht mal die Mühe, uns anzusehen, um herauszufinden, wer sie da hochgeschossen hat.

McMurphy flüstert und stößt die Akuten an, die um ihn herumsitzen, und nach einer Weile nicken sie alle, und er legt drei Dollar auf den Tisch und lehnt sich zurück. Alle setzen sich jetzt so, daß sie sehen können, wie die Butter die Wand herunterkriecht, sie rutscht, bleibt hängen, schießt weiter und läßt eine glänzende Spur hinter sich. Niemand sagt ein Wort. Sie schauen auf die Butter, dann auf die Uhr, dann wieder auf die Butter. Der Zeiger bewegt sich jetzt.

Etwa eine halbe Minute vor halb acht erreicht die Butter den Fußboden, und McMurphy bekommt das Geld, das er schon verloren hatte, wieder zurück.

Der schwarze Junge wacht auf und wendet sich von dem Fettstreifen an der Wand ab und sagt, wir können jetzt gehen, und McMurphy geht aus dem Speisesaal und steckt die zusammengefalteten Scheine in die Tasche. Er legt dem schwarzen Jungen die Arme um die Schulter und schiebt ihn, ja trägt ihn fast, den Gang hinunter zum Tagesraum. «Der Tag ist schon halb vorbei, Sam, alter Kumpel, und ich halt mich grad so über Wasser. Ich werd mich schwer ranhalten müssen, wenn es hier endlich mal Umsätze geben soll. Wenn du jetzt also endlich die Karten rausrückst, die du da in den Schrank eingeschlossen hast, dann kann der Rubel rollen, will doch sehn, ob ich mich nicht gegen den Lautsprecher durchsetzen kann.»

Fast den ganzen Morgen sorgt er dafür, daß es Umsätze gibt, er hat wieder die Bank beim Siebzehnundvier übernommen, sie spielen nicht mehr um Zigaretten, sondern um Schuldscheine. Zwei-, dreimal schiebt er den Kartentisch an einen anderen Platz, weil er nicht direkt unter dem Lautsprecher sitzen will. Man sieht, daß ihm die Musik auf die Nerven geht. Schließlich geht er zur Schwesternstation und klopft an die Glasscheibe, bis die Große Schwester in ihrem Drehstuhl herumwirbelt und die Tür aufmacht, und er fragt sie, wär es nicht möglich, den Höllenlärm eine Weile abzustellen. Sie ist jetzt ganz ruhig, an ihrem Platz hinter der Glasscheibe; sie hat es jetzt nicht mit einem Wilden zu tun, der halbnackt herum-

Für das Kino im Kopf...

läuft und sie aus dem Gleichgewicht bringt. Ihr Lächeln ist unbeweglich und fest. Sie macht die Augen zu und schüttelt den Kopf und sagt McMurphy ganz höflich: «Nein.»

«Läßt sich nicht wenigstens die Lautstärke etwas zurückdrehen? Schließlich braucht doch nicht ganz Oregon zuzuhören, wie Lawrence Welk dreimal in der Stunde, den ganzen lieben Tag lang, *Tea for Two* spielt! Wenn es wenigstens leise genug wäre, daß man sich über den Tisch weg die Geldeinsätze zurufen könnte, vielleicht könnte ich dann eine Runde Poker auf die Beine stellen –»

«Sie wissen doch, Mr. McMurphy, daß es gegen unsere Vorschriften verstößt, auf der Station um Geld zu spielen.»

«Okay, dann eben leise genug für Streichhölzer, für Hosenknöpfe – aber stellen Sie um Himmels willen das verdammte Ding leiser!»

«Mr. McMurphy –» sie wartet, um ihren ruhigen Schulmeisterton wirken zu lassen, bevor sie weiterredet; sie weiß, daß jeder Akute auf der Station zuhört – «wissen Sie, was ich glaube? Ich glaube, daß Sie ein Egoist sind. Ist Ihnen noch nicht aufgefallen, daß Sie auf der Station nicht allein sind? Es gibt alte Männer hier, die das Radio überhaupt nicht hören könnten, wenn es leiser wäre, alte Patienten, die einfach nicht imstande sind, zu lesen oder Puzzle-Spiele zusammenzusetzen – oder Karten zu spielen, um den anderen die Zigaretten wegzunehmen. Alte Männer wie Matterson oder Kittling, für sie ist die Musik aus dem Lautsprecher die einzige Unterhaltung. Und das wollen Sie ihnen auch noch wegnehmen. Wir sind für Vorschläge und Anträge jederzeit aufgeschlossen, doch ich meine, Sie sollten erst mal an die anderen denken, bevor Sie Ihre Anträge stellen.»

Er dreht sich um und sieht zu den Chronischen auf der anderen Seite des Raumes hinüber und erkennt, daß an ihren Worten was dran ist. Er nimmt die Mütze ab und fährt sich mit der Hand durchs Haar und wendet sich schließlich wieder ihr zu. Er weiß so gut wie sie, daß alle Akuten jedes Wort hören können.

«Okay – daran hab ich bisher nicht gedacht.»

«Deshalb wollte ich es Ihnen sagen.»

Er zupft an dem kleinen roten Büschel, das aus dem Kragen seiner Uniform wächst, und sagt dann: «Heh, wie wär denn das, wenn wir mit unserem Kartenspiel anderswo hingingen? In einen anderen Raum? Vielleicht in den Raum, in den ihr während der Sitzung die Tische stellt. Da ist sonst den ganzen Tag überhaupt nichts drin. Sie könnten doch den Raum für die Kartenspieler aufschließen, und die alten Männer könnten hier bei ihrem Radio bleiben – dann wäre allen geholfen.»

Sie lächelt und macht wieder die Augen zu und schüttelt geduldig den Kopf. «Sie können natürlich diesen Vorschlag bei Gelegenheit mit dem Rest des Stabes besprechen, ich fürchte aber, die anderen denken genauso wie ich: Wir haben nicht genügend Aufsichtspersonal für zwei Tagesräume. Uns fehlen die Leute. Und wenn ich Sie bitten dürfte, sich nicht gegen die Scheiben hier zu lehnen; Sie haben ölige Hände und beschmutzen das Fenster. Das macht zusätzliche Arbeit für einige der anderen Männer.»

Er nimmt ruckartig seine Hände weg, und ich sehe, daß er etwas sagen will, dann aber an sich hält, als er einsieht, daß sie ihm keine Möglichkeit gelassen hat, etwas zu sagen, er könnte ihr höchstens Schimpfwörter an den Kopf werfen. Sein Gesicht und sein Nacken sind rot. Er holt tief Luft und nimmt seine ganze Willenskraft zusammen, so wie sie heute morgen, und sagt ihr, es tue ihm furchtbar leid, sie gestört zu haben, und geht an den Kartentisch zurück.

Jeder auf der Station spürt, daß es angefangen hat.

Um elf kommt der Doktor an die Tür des Tagesraums und ruft zu McMurphy herüber, er würde ihm gern in seinem Büro ein paar Fragen stellen. «Ich stelle allen Neuaufnahmen am zweiten Tag ein paar Fragen.»

McMurphy legt die Karten hin und steht auf und geht zum Doktor hinüber. Der Doktor fragt ihn, ob er gut geschlafen hat, doch McMurphy brummt nur etwas vor sich hin.

«Sie sehen heute so gedankenverloren aus, Mr. McMurphy.»

«Je nun, ich bin nun mal eine Denkernatur», sagt McMurphy, und sie gehen zusammen den Flur hinunter. Als sie zurückkommen, nach Tagen, wie es scheint, grinsen und reden und strahlen sie beide über irgendwas. Der Doktor wischt sich Tränen von der Brille und sieht so aus, als habe er tatsächlich gelacht, und McMurphy ist wieder so laut und protzig wie je zuvor. Das ändert sich auch während des ganzen Mittagessens nicht, und um eins ist er als erster in seinem Sessel für die Sitzung, und blaue und kampfeslustige Augen leuchten aus seiner Ecke.

Die Große Schwester kommt in den Tagesraum, mit ihrem Schwarm von Schwesternschülerinnen und einem Korb voll Notizen. Sie nimmt das Tagebuch vom Tisch und beschäftigt sich stirnrunzelnd einen Augenblick damit (niemand ist den ganzen Tag über jeden einzelnen informiert), dann geht sie auf ihren Platz neben der Tür. Sie holt ein paar Mappen aus dem Korb in ihrem Schoß und überfliegt sie, bis sie die über Harding findet.

«Wenn ich mich recht erinnere, haben wir gestern mit Mr. Hardings Problem ganz schöne Fortschritte gemacht –»

«Ähem – bevor wir uns damit befassen», sagt der Doktor, «möchte ich einen Augenblick unterbrechen, wenn Sie gestatten. Es betrifft ein Gespräch, das ich heute vormittag mit Mr. McMurphy in meinem Büro hatte. Wir haben Erinnerungen ausgetauscht, genaugenommen. Uns über alte Zeiten unterhalten. Sie müssen nämlich wissen, daß wir herausgefunden haben, Mr. McMurphy und ich, daß wir etwas gemeinsam haben – wir haben dieselbe Oberschule besucht.»

Die Schwestern schauen sich an und fragen sich, was denn auf einmal über diesen Mann gekommen ist. Die Patienten blicken zu McMurphy in seiner Ecke hinüber, der grinsend dasitzt, und warten darauf, daß der Doktor weitermacht. Er nickt mit dem Kopf.

«Jawohl, dieselbe Oberschule. Und im Lauf unserer Unterhaltung kamen wir zufällig auf die Schulfeste zu sprechen, die wir immer veranstalteten – es war immer eine herrliche, lärmende Angelegenheit. Dekorationen, lange Bahnen aus Kreppapier, Verkaufsstände, Spiele – es war immer einer der Höhepunkte des Schuljahres. Ich war – wie ich McMurphy erzählt habe – Vorstand im Schulfest-Komitee in meinen beiden letzten Jahren auf der Schule – wunderbar sorglose Tage ...»

Es ist ganz still geworden im Tagesraum. Der Doktor hebt den Kopf und sieht sich um, um festzustellen, ob er sich lächerlich macht. Die Große Schwester wirft ihm einen Blick zu, der keine Zweifel aufkommen läßt, doch er hat die Brille nicht auf, und ihr Blick kommt nicht an.

«Jedenfalls – um diesem rührseligen Rückblick ein Ende zu machen – haben McMurphy und ich uns im Laufe unserer Unterhaltung gefragt, wie sich wohl einige der Männer zu einem solchen Volksfest hier auf der Station stellen würden.»

Er setzt die Brille auf und sieht sich wieder um. Niemand führt bei dem Gedanken einen Freudentanz auf. Einige von uns erinnern sich, wie es Taber ergangen ist, als er vor einigen Jahren einmal ein Fest auf die Beine stellen wollte. Während der Doktor wartet, wird das Schweigen immer schwerer; es geht von der Schwester aus und hüllt alle ein, bedroht alle mit der Herausforderung, es zu durchbrechen. Ich weiß, daß McMurphy nichts sagen kann, weil er zusammen mit dem Doktor auf die Idee gekommen ist, und gerade als ich glaube, daß keiner so töricht sein werde, das Schweigen zu durchbrechen, gibt Cheswick, der direkt neben McMurphy sitzt, einen grunzenden Laut von sich und ist auf den Beinen und reibt sich die Seite, bevor er überhaupt weiß, wie ihm geschehen ist.

«Äh – ich persönlich glaube, daß, äh –» er sieht auf McMurphys Faust auf der Stuhllehne hinunter, aus der wie ein Rammbock dieser große steife Daumen herausragt – «also meiner Meinung nach ist ein Volksfest eine sehr gute Idee. Das wäre doch mal eine gute Abwechslung in dieser Eintönigkeit.»

«Ganz richtig, Charley», sagt der Doktor und freut sich über Cheswicks Unterstützung, «und keineswegs ohne therapeutischen Wert.»

«Keineswegs», sagt Cheswick und sieht ein bißchen glücklicher aus. «Nein. Allerhand Therapie in einem Volksfest. Und ob.»

«Das wäre Ka-ka-klasse», sagt Billy Bibbit.

«Klar, Mann», sagt Cheswick. «Das würden wir schon auf die Beine stellen, Doktor Spivey, das schaffen wir spielend. Scanlon kann als menschliche Bombe auftreten, und ich kann in Beschäftigungstherapie ein Hufeisenspiel machen.»

«Ich bin Wahrsager», sagt Martini und fixiert eine Stelle über seinem Kopf.

«Ich verstehe mich recht gut darauf, aus Handflächen pathologische Befunde zu diagnostizieren», sagt Harding.

«Gut, gut», sagt Cheswick und klatscht sich in die Hände. Er hat es noch nie erlebt, daß auch nur einer etwas unterstützt, was er gesagt hat.

«Was mich angeht», sagt McMurphy in seiner bedächtigen Sprechweise, «es wäre mir eine Ehre, das Glücksrad drehen zu dürfen. Ich hab da ein bißchen Erfahrung ...»

«Aber ja, es gibt da zahllose Möglichkeiten», sagt der Doktor und setzt sich aufrecht hin und findet immer mehr Gefallen an der Sache. «Mein Gott, ich hab tausend Ideen ...»

Fünf Minuten läuft sein Mundwerk auf vollen Touren. Man merkt deutlich, daß viele der Ideen solche sind, die er bereits mit McMurphy durchgesprochen hat. Er beschreibt Spiele, Verkaufsstände, spricht von Kartenverkauf, doch dann bricht er so plötzlich ab, als habe ihn der Blick der Schwester genau zwischen den Augen getroffen. Er blinzelt und fragt: «Was halten denn Sie von dem Gedanken, Miss Ratched? Von einem Volksfest? Hier auf der Station?»

«Ich bin auch der Meinung, daß es eine Reihe therapeutischer Möglichkeiten bieten könnte», sagt sie und wartet ab. Sie läßt wieder dieses Schweigen von sich ausgehen. Als sie sicher ist, daß niemand dagegen angehen wird, macht sie weiter. «Ich bin aber auch der Meinung, eine solche Idee sollte zuerst auf einer Sitzung des Stabes diskutiert werden, bevor es zu einer Entscheidung kommen kann. Waren Sie nicht auch dieser Meinung, Doktor?»

«Selbstverständlich. Ich dachte nur, verstehen Sie, ich würde bei einigen der Männer ein wenig vorfühlen. Aber gewiß doch, zuerst eine Sitzung des Stabes. Dann können wir unsere Pläne weiter besprechen.»

Und alle wissen, das ist das Ende des Volksfestes.

Die Große Schwester beginnt die Dinge wieder in die Hand zu nehmen, indem sie die Mappe in ihrer Hand hochhält. «Schön. Wenn es dann sonst nichts Neues mehr zu besprechen gibt – und wenn sich Mr. Cheswick wieder hinsetzt –, dann können wir, glaube ich, jetzt mit der eigentlichen Sitzung anfangen. Wir haben –» sie nimmt ihre Uhr aus dem Korb und schaut darauf – «noch genau achtundvierzig Minuten. Also, wie ich –»

«Heh, einen Moment noch. Mir ist gerade eingefallen, daß es doch noch etwas Neues zu besprechen gibt.» McMurphy hat den Arm hochgehoben und schnalzt mit den Fingern. Sie blickt lange Zeit auf seine Hand, bevor sie überhaupt etwas sagt.

«Ja, Mr. McMurphy?»

«Nicht ich, Doktor Spivey hat was. Doktor, sagen Sie ihnen doch, was Sie vorschlagen, wegen den Schwerhörigen und dem Radio.»

Der Kopf der Schwester zuckt einmal kurz, kaum daß man's sehen kann, doch mein Herz fängt plötzlich an zu dröhnen. Sie legt die Mappe in den Korb zurück und wendet sich dem Doktor zu.

«Ach ja», sagt der Doktor. «Beinah hätt ich's vergessen.» Er lehnt sich zurück und schlägt die Beine übereinander und drückt die Fingerspitzen aufeinander; ich sehe, daß er wegen dem Volksfest immer noch in gehobener Stimmung ist. «Sehen Sie, McMurphy und ich haben uns über das uralte Problem unterhalten, das wir auf dieser Station haben: die gemischte Besatzung, die Jungen und die Alten zusammen. Es ist nicht gerade die ideale Umwelt für unsere Therapeutische Gemeinschaft, doch die in der Verwaltung sagen, daran läßt sich nichts ändern, so überfüllt wie die Geriatrie-Abteilung im Augenblick ist. Ich bin der erste, der zugibt, daß das für alle Beteiligten keineswegs eine angenehme Lage ist. McMurphy und mir ist jedoch in dem Gespräch eine Idee gekommen, die für beide Altersgruppen die Lage verbessern könnte. McMurphy hat erwähnt, er habe festgestellt, daß es einigen der alten Kameraden offenbar Schwierigkeiten mache, das Radio zu hören. Er schlug vor, die Lautstärke aufzudrehen, damit die Chronischen mit schlechten Ohren die Musik auch gut hören können. Ein sehr selbstloser Vorschlag, würde ich sagen.»

McMurphy macht eine bescheidene Handbewegung, und der Doktor nickt ihm zu und macht weiter.

«Ich habe ihm jedoch erzählt, daß mir einige der jüngeren Männer schon öfters klagten, daß das Radio jetzt bereits so laut sei, daß man sich kaum unterhalten oder in Ruhe lesen kann. McMurphy sagte, daran habe er nicht gedacht, erwähnte aber, es sei eigentlich schon schade, daß die, die lesen wollen, sich nicht irgendwohin zurückziehen können, wo es ruhig ist, und das Radio denen überlassen, die zuhören wollen. Ich mußte ihm zustimmen, daß das in der Tat schon schade sei, und wollte die Sache schon fallenlassen, als mir der alte Wannenraum einfiel, wo wir während der Gemeinschaftssitzungen die Tische aufbewahren. Abgesehen davon, benützen wir den Raum gar nicht; seit wir die neuen Drogen haben, besteht kein Bedürfnis mehr für die Wasserbehandlung, für die er ursprünglich vorgesehen war. Was würde die Mannschaft also sagen, wenn wir diesen Raum als eine Art zweiten Tagesraum verwendeten, wir könnten ihn einen *Spiel*raum nennen?»

Die Mannschaft sagt gar nichts. Sie wissen, wer den nächsten Zug zu machen hat. Sie macht Hardings Mappe wieder zu und legt sie in ihren Schoß und faltet die Hände darüber und schaut sich im Raum um, ob es tatsächlich einer wagen sollte, etwas zu sagen. Als es klar ist, daß keiner reden wird, bevor sie nicht etwas gesagt hat, dreht sich ihr Gesicht wieder dem Doktor zu. «Der Plan klingt ganz gut, Doktor Spivey, und es freut mich, daß Mr. McMurphy das Interesse der anderen Patienten im Sinn hat, ich fürchte nur, wir haben nicht das Personal dazu, einen zweiten Tagesraum beaufsichtigen zu können.»

Und ist sich so sicher, daß das das Ende der Diskussion sein wird, daß sie wieder die Mappe aufmachen will. Doch der Doktor hat sich darüber mehr Gedanken gemacht, als sie geglaubt hat.

«Daran hab ich auch gedacht, Miss Ratched. Da es aber hauptsächlich die chronischen Patienten sein werden, die hier im Tagesraum bei dem Lautsprecher bleiben – von denen die meisten an Liegebetten oder Rollstühle gebunden sind –, würden ein Pfleger und eine Schwester leicht genügen, irgendwelche Störungen oder Aufstände, die es hier drin geben könnte, zu beschwichtigen, meinen Sie nicht?»

Sie gibt keine Antwort, und sie hält auch nicht viel von seinen Scherzen über Störungen und Aufstände, doch ihr Gesicht zeigt nichts davon. Sie lächelt immer noch.

«Die anderen zwei Pfleger und Schwestern können also die Männer im Wannenraum beaufsichtigen, vielleicht sogar besser als hier in diesem großen Raum. Was meint ihr, Leute? Ist das eine brauchbare Idee oder nicht? Ich bin selber ganz begeistert davon, ich würde sagen, wir versuchen's mal, wenigstens ein paar Tage zur Probe; wenn es dann nicht klappt, na ja, dann schließen wir eben wieder ab, den Schlüssel haben wir ja, nicht wahr?»

«Richtig!» sagt Cheswick und rammt sich die Faust in die Handfläche. Er steht immer noch, anscheinend hat er Angst davor, McMurphys Daumen wieder zu nahe zu kommen. «Klar, Doktor Spivey, wenn's nicht klappt, schließen wir eben wieder ab, den Schlüssel haben wir ja. Und ob.»

Der Doktor blickt sich um und sieht, daß all die anderen Akuten nicken und lächeln und sehr zufrieden sind mit, wie er glaubt, ihm und seiner Idee, und er wird rot wie Billy Bibbit und muß sich ein-, zweimal die Brille putzen, bevor er weiterreden kann. Es ist eine Freude, mit anzusehen, wie glücklich der kleine Mann ist. Er schaut all die Kameraden an, wie sie nicken, und er nickt auch und sagt: «Schön, schön», und legt die Hände auf die Knie. «Sehr gut. Also.

Wenn das also geklärt ist – ich glaube, ich habe vergessen, worüber wir heute morgen reden wollten.»

Wieder zuckt der Kopf der Schwester kurz, und sie beugt sich über den Korb und holt eine Mappe heraus. Sie sucht in den Papieren herum, und man hat den Eindruck, daß ihre Hände zittern. Sie zieht ein Papier heraus, doch bevor sie anfangen kann zu lesen, ist McMurphy wieder auf den Beinen und hält die Hand hoch und tritt von einem Fuß auf den andern und meldet sich mit einem langgezogenen, nachdenklichen «Ach jaaah», und ihre Finger bewegen sich nicht mehr, der Klang seiner Stimme scheint sie genauso erstarren zu lassen wie ihre Stimme den schwarzen Jungen heute morgen. Als ich sehe, wie sie erstarrt, wird mir wieder ganz schwindlig. Ich beobachte sie ganz genau, während McMurphy redet.

«Ach jaaah, Doktor, ich wollte Sie ja unbedingt noch fragen, was dieser Traum bedeuten kann, den ich neulich hatte. Also es war so: Ich war *ich* in dem Traum, und dann war ich irgendwie *nicht* mehr ich – ich war irgend jemand anders, der so ausgesehen hat wie ich – so – so – so wie mein *Vater*! Bestimmt, der muß es gewesen sein. Es war mein Vater, immer wenn ich mich – ihn – gesehen habe, war da diese Eisenschraube in der Kinnlade, genau wie bei meinem Vater –»

«Ihr Vater hat eine eiserne *Schraube* in der Kinnlade?»

«Na ja, jetzt nicht mehr, aber früher einmal, als ich ein Kind war. Vielleicht zehn Monate lang ging er mit dieser großen Eisenschraube spazieren, hier ging sie *rein* und hier wieder *raus*! Herrgott, er war ein richtiger Frankenstein. Er hatte irgendeine Schlägerei mit einem Flößer im Sägewerk, und dabei hat ihn der mit der Axt im Gesicht getroffen – Heh! Ich muß Ihnen unbedingt erzählen, wie es dazu gekommen ist...»

Ihr Gesicht ist immer noch ruhig, als habe sie sich eine Gipsmaske machen lassen, mit genau dem Gesichtsausdruck, den sie zeigen will. Zuversichtlich, geduldig und gelassen. Kein Zucken mehr, nur dieses furchtbar kalte Gesicht, ein ruhiges Lächeln, aus rotem Kunststoff gepreßt; eine saubere, glatte Stirn, nicht eine einzige Falte, die auf Schwäche oder Sorge hingewiesen hätte; stumpfe, große, aufgemalte grüne Augen, und der aufgemalte Gesichtsausdruck sagt: Ich kann warten, ich verliere vielleicht hin und wieder einen Meter Boden, aber ich kann warten und geduldig, ruhig und zuversichtlich sein, weil ich weiß, daß es für mich kein endgültiges Verlieren gibt.

Einen Augenblick lang glaubte ich, sie besiegt zu sehen. Durchaus möglich, daß ich richtig gesehen habe. Aber mir wird gleich klar, daß das überhaupt keine Rolle spielt. Einer nach dem andern riskieren die Patienten verstohlene Blicke, um zu sehen, wie sie es hinnimmt, daß McMurphy die Sitzung so völlig beherrscht, und sie entdecken genau dasselbe: sie ist zu groß, sich besiegen zu lassen. Sie nimmt die ganze eine Hälfte des Raumes ein, wie eine japanische Statue. Sie läßt sich nicht erschüttern, es gibt kein Mittel gegen sie. Sie hat heute hier eine kleine Schlacht verloren, doch es ist eine unbedeutende Schlacht in einem großen Krieg, in dem sie schon immer gewonnen hat und den sie auch in Zukunft gewinnen wird. Wir dürfen nicht zulassen, daß McMurphy irgendwelche falsche Hoffnungen in uns weckt, die uns zu irgendeiner großen Dummheit verführen könnten. Sie wird auch weiterhin gewinnen, wie die Genossenschaft, weil sie die ganze Macht der Genossenschaft hinter sich hat. Sie verliert nichts bei ihren Niederlagen, gewinnt aber bei unseren. Um sie zu besiegen, genügt es nicht, zwei von drei oder drei von fünf Auseinandersetzungen zu gewinnen, man muß gewinnen, sooft man sie trifft. Sobald du deine Deckung vernachlässigst, sobald du nur *einmal* verloren hast, hat sie für immer gewonnen. Und im Endeffekt müssen wir alle verlieren. Daran kann niemand etwas ändern.

Im Moment hat sie die Nebelmaschine eingeschaltet, und es kommt so schnell auf mich zu, daß ich gar nichts mehr sehen kann, nur ihr Gesicht, dichter und dichter kommt es angerollt, und so wie ich mich noch vor einer Minute glücklich fühlte, als ihr Kopf zuckte, so fühle ich mich jetzt hoffnungslos und tot – hoffnungsloser als je zuvor, weil ich jetzt ganz sicher bin, daß es gegen sie oder ihre Genossenschaft kein Mittel gibt. McMurphy kann sowenig etwas gegen sie ausrichten wie etwa ich. Niemand kann etwas ausrichten. Und je mehr ich darüber nachdenke, daß es kein Mittel gegen sie gibt, desto schneller hüllt mich der Nebel ein.

Und ich bin froh, als er so dicht wird, daß ich mich darin verliere und mich gehenlassen und mich sicher fühlen kann.

Im Tagesraum spielen sie Monopoly. Seit drei Tagen sind sie schon dabei, Häuser und Hotels überall, zwei Tische sind zusammengerückt worden, damit all die Überschreibungen und Stapel an Spielgeld Platz haben. McMurphy hat sie dazu überredet, das Spiel interessanter zu machen: für jeden Spielgeld-Dollar, den die Bank ausgibt, zahlt der Empfänger einen Pfennig; die Monopolyschachtel ist voll mit Kleingeld.

«Du bist dran, Cheswick.»

«Moment, noch nicht würfeln. Wozu muß man eigentlich Hotels kaufen?»

«Du brauchst vier Häuser auf jedem Bauplatz mit der gleichen Farbe, Martini. Auf geht's, machen wir weiter, Herrgott noch mal.»

«Moment mal.»

Auf der einen Seite des Tisches fliegt Geld durch die Luft, rote und grüne und gelbe Scheine fliegen in alle Himmelsrichtungen.

«Kaufst du eigentlich ein Hotel, oder feierst du Silvester, Herrgott noch mal?»

«Weitermachen, verdammt, los, Cheswick.»

«Pasch! Huhuii, Cheswicker, wohin bringt dich das? Doch nicht auf meine Schillerstraße womöglich? Das heißt doch wohl nicht, daß ich von dir, Moment mal, dreihundertfünfzig Dollar kriege?»

«Verkackeiert.»

«Was sind denn die anderen Dinger da? Moment mal. Was sind denn das für Dinger überall?»

«Martini, du siehst jetzt die anderen Dinger seit zwei Tagen. Kein Wunder, ich werd hier verschoben. McMurphy, ich möcht bloß wissen, wie Sie sich konzentrieren können, wenn Martini neben Ihnen dran in einem fort verrückt spielt.»

«Cheswick, kümmere dich mal nicht um Martini. Der schlägt sich sehr wacker. Rück lieber die dreihundertfünfzig raus, Martini wird schon für sich selber sorgen; kriegen wir nicht jedesmal Miete von ihm, wenn eines seiner ‹Dinger› auf unseren Feldern landet?»

«Moment mal. Wieso sind da so viele davon?»

«Laß mal, Mart. Hauptsache, du sagst uns immer, auf welchem Feld sie landen. Du hast immer noch die Würfel, Cheswick. Du hast doch Pasch gewürfelt, also bist du noch mal dran. Jawoll! Huii, eine Sechs.»

«Das bringt mich zum ... Gemeinschaftsfeld: ‹Zahle deine Versicherungssumme → Verkackeiert, doppelt und dreifach verkackeiert!»

«Himmel Arsch, wem gehört denn dieses Hotel hier auf dem Nordbahnhof?»

«Mein Freund, das ist offensichtlich kein Hotel, sondern ein Lagerschuppen.»

«Jetzt halt aber die Luft an –»

McMurphy belegt den halben Tisch, schiebt Karten umher, ordnet sein Geld, stellt Hotels gerade hin. In seiner Mütze steckt ein Hundertdollarschein wie eine Pressekarte; seinen Notgroschen nennt er das.

«Scanlon? Du bist dran, wenn ich mich nicht irre, Kumpel.»

«Die Würfel her. Ich jag das ganze Spiel in die Luft. Na also. Fünf und sechs macht zusammen elf, rück mal meinen Mann elf Felder vor, Martini.»

«Wird gemacht.»

«Nicht den, du irrer Spinner; das ist nicht mein Mann, das ist mein *Haus*.»

«Hat aber die gleiche Farbe.»

«Was soll denn dieses kleine Haus auf dem Elektrizitätswerk?»

«Das ist ein Trafo-Häuschen.»

«Martini, das sind nicht die Würfel, die du da in der Hand hast –»

«Laß ihn doch, das spielt doch keine Rolle.»

«Das sind aber ein paar Häuser!»

«Na und. Jawoll, eine fette Neunzehn für Martini. Nicht übel, Martini, das bringt dich zum – Wo ist denn dein Männchen, Kumpel?»

«Eh? Ah ja, hier ist es.»

«Er hatte es im Mund, McMurphy. Ausgezeichnet. Das kostet Sie zwei Felder über den zweiten und dritten Backenzahn und weitere vier Felder auf dem Brett, das bringt Sie zur – zur Badstraße, Martini. Ihr einziges Grundstück. Ein Glück hat der Mann, was, Freunde? Seit drei Tagen spielt jetzt Martini und landet praktisch jedesmal auf seinem Grundstück.»

«Halt's Maul und würfle, Harding, du bist dran.»

Harding greift mit seinen langen Fingern nach den Würfeln und betastet die glatten Oberflächen, als sei er blind. Seine Finger haben die gleiche Farbe wie die Würfel und sehen aus, als seien sie von seiner anderen Hand geschnitzt worden. Die Würfel klappern in seiner Hand. Sie rollen auf McMurphy zu und bleiben vor ihm liegen.

«Buh. Fünf, sechs, sieben. Pech, Freundchen. Auch das gehört zu meinem mächtigen Grundbesitz. Du schuldest mir – na, zweihundert Dollar müßten etwa hinkommen.»

«Ein Jammer.»

Das Spiel läuft und läuft, die Würfel klappern, und immer wieder wird Spielgeld hin und her geschoben.

Es gibt lange Perioden – drei Tage, Jahre –, in denen man überhaupt nichts sehen kann, wo einen nur der Lautsprecher an der Decke, der im Nebel läutet wie eine Glockenboje, daran erinnert, wo man ist. Wenn ich etwas sehen kann, dann gehen die Kameraden so unbekümmert umher, als gebe es nicht mal die Spur eines Nebels in der Luft. Ich glaube, der Nebel hat irgendeine Wirkung auf ihr Gedächtnis, die er bei mir nicht hat.

Sogar McMurphy scheint nicht zu wissen, daß er eingenebelt wird. Oder er weiß es und läßt einfach niemand merken, daß es ihn stört. Er achtet sorgfältig darauf, daß das Personal nicht merkt, daß ihn auch nur irgend etwas stört. Er weiß, daß es auf der ganzen Welt keine bessere Methode gibt, jemand zu ärgern, der dir das Leben schwermachen will, als so zu tun, als seiest du mit allem ganz und gar zufrieden.

Er bleibt bei seinen feinen Manieren den Schwestern und schwarzen Jungen gegenüber, sie können zu ihm sagen, was sie wollen, sie können mit allen Tricks versuchen, ihn in Wut zu bringen. Ein paarmal regt er sich über irgendeine blöde Vorschrift auf, doch dann zwingt er sich, noch höflicher und manierlicher zu sein als vorher, bis er sieht, wie komisch die ganze Sache ist – die Vorschriften, die mißbilligenden Blicke, mit denen sie um sich werfen, um die Vorschriften durchzusetzen, die Art, wie sie mit einem reden, als sei man ein dreijähriges Baby – und wenn er dann sieht, wie komisch das alles ist, fängt er an zu lachen, und das ärgert sie maßlos. Er glaubt, er sei in Sicherheit, solange er lachen kann, und damit kommt er ziemlich gut zurecht. Nur einmal verliert er die Beherrschung und kann seine Wut nicht verbergen, doch daran sind nicht die schwarzen Jungen oder die Große Schwester schuld, es geht nicht um etwas, was sie getan haben, sondern es geht um die Patienten, um etwas, was sie *nicht* getan haben.

Es passierte bei einer der Gemeinschaftssitzungen. Er regte sich über die Kameraden auf, weil sie zu ängstlich seien – verdammte Hosenscheißer nannte er sie. Am Freitag begannen die Endspiele um die Baseball-Meisterschaft, und er hatte mit ihnen allen Wetten darüber abgeschlossen. Er hatte damit gerechnet, die Spiele im Fernsehen verfolgen zu können, obwohl sie nicht während der vorgeschriebenen Fernsehzeit gesendet werden würden. Ein paar Tage vorher fragt er in der Sitzung, ob sich nicht das Reinemachen auf den Abend verschieben lasse, auf die übliche Fernsehzeit, damit sie am Nachmittag die Spiele im Fernsehen verfolgen könnten. Die Schwester sagt nein, was er nicht anders erwartet hatte. Sie sagt ihm, daß der Stundenplan nach sorgfältigen Erwägungen zusammengestellt worden sei und daß eine solche zeitliche Umstellung alles zunichte machen würde.

Das überrascht ihn nicht, da es von der Schwester kommt. Was ihn jedoch überrascht ist die Reaktion der Akuten, als er sie fragt, was sie von seiner Idee halten. Niemand sagt ein Wort. Sie haben sich alle in kleine Nebelnester zurückgezogen. Ich kann sie kaum sehen.

«Schaut doch mal her», sagt er ihnen, doch sie schauen nicht her. Er wartet darauf, daß einer den Mund aufmacht, auf seine Frage antwortet. Sie alle tun, als haben sie nichts gehört. «Schaut doch mal her, verdammt noch mal», sagt er, als sich keiner rührt, «ich weiß ganz genau, daß mindestens zwölf von euch ganz persönlich am Ausgang dieser Spiele interessiert sind. Liegt euch denn gar nichts dran, die Spiele zu sehen?»

«Ich weiß nicht, Mack», sagt schließlich Scanlon, «ich hab mich so daran gewöhnt, die Sechsuhr-Nachrichten zu sehen. Und wenn eine solche Umstellung tatsächlich den Stundenplan so bös durcheinanderwirft, wie Miss Ratched sagt –»

«Zum Teufel mit dem Stundenplan. Ihr könnt euch doch nächste Woche wieder an den beschissenen Stundenplan halten, wenn die Endspiele vorbei sind. Na, was ist, Kumpels? Stimmen wir doch darüber ab, ob wir nicht die Fernsehzeit vom Abend auf den Nachmittag verlegen sollen. Wer ist dafür?»

«Ich», ruft Cheswick und steht auf.

«Ich meinte, wer dafür ist, soll die Hand heben. Okay, wer ist dafür?»

Cheswicks Hand geht hoch. Einige von den anderen Kameraden sehen sich um, ob es noch mehr solche Narren gibt. McMurphy kann es nicht fassen.

«Na los, macht doch keinen Mist. Ich hab gemeint, ihr könnt über Vorschriften und solche Dinge selber abstimmen. Stimmt das denn nicht, Doktor?»

Der Doktor nickt, ohne aufzuschauen.

«Na also; wie steht's, wer will sich die Spiele ansehen?»

Cheswick hält die Hand noch höher und schaut sich herausfordernd um. Scanlon schüttelt den Kopf und hebt dann die Hand, stützt sich dabei mit dem Ellbogen auf der Armlehne. Und sonst niemand. McMurphy bringt kein Wort raus.

«Dann ist das also geklärt», sagt die Schwester, «vielleicht können wir dann endlich mit der Sitzung weitermachen.»

«Sicher», sagt er und rutscht in seinem Stuhl nach vorne, bis der Schild seiner Mütze beinahe seine Brust berührt. «Sicher, wenn das so ist, dann sollten wir vielleicht mit der Hurensitzung weitermachen.»

«Klar», sagt Cheswick und schaut all die Kameraden böse an und setzt sich wieder, «dann machen wir eben weiter mit der blöden Sitzung.» Er nickt steif und läßt das Kinn auf die Brust sinken und blickt finster drein. Er ist stolz darauf, neben McMurphy zu sitzen, so seinen Mut gezeigt zu haben. Es ist das erste Mal, daß Cheswick mit einer seiner aussichtslosen Sachen nicht allein steht.

Nach der Sitzung spricht McMurphy mit niemand auch nur ein Wort, so wütend und angeekelt ist er. Billy Bibbit ist es, der schließlich zu ihm hingeht.

«Einige von uns sind seit fü-fü-fünf Jahren hier, Randle», sagt Billy. Er hat eine zusammengerollte Zeitschrift in den Händen und verdreht sie immer weiter; auf seinem Handrücken sieht man die von Zigaretten stammenden Verbrennungen. «Und einige von uns werden vi-vi-vielleicht noch mal so la-la-lang hier sein, lang nachdem du fo-fo-fort bist, lang nachdem diese E-e-endspiele vorbei sind. Und ... verstehst du denn nicht ...» Er wirft die Zeitschrift auf den Boden und geht davon. «Ach was, hat doch alles keinen Sinn.»

McMurphy starrt ihm nach, und dieses verwirrte Stirnrunzeln zieht seine gebleichten Augenbrauen wieder zusammen.

Er streitet sich den Rest des Tages mit einigen der anderen Kameraden darüber, warum sie nicht abstimmten, doch sie wollen nicht darüber reden, und da scheint er aufzustecken, erwähnt die ganze Sache nicht mehr, bis zum letzten Tag vor Beginn der Endspiele. «Und jetzt haben wir bereits Donnerstag», sagt er und schüttelt traurig den Kopf.

Er sitzt auf einem der Tische im Wannenraum, die Füße auf einem Stuhl, und versucht, seine Mütze um einen Finger tanzen zu lassen. Andere Akute sitzen trübsinnig in dem Raum und versuchen so zu tun, als sei er gar nicht da. Niemand will mehr um Geld Poker oder Siebzehnundvier mit ihm spielen – nach der Sache mit der Abstimmung nahm er sie aus Wut beim Kartenspielen so sehr aus, daß sie alle gewaltig verschuldet sind und Angst haben, sie könnten noch mehr verlieren – und um Zigaretten können sie auch nicht mehr spielen, weil die Schwester dafür gesorgt hat, daß die Stangen auf dem Schreibtisch in der Schwesternstation aufbewahrt werden, und sie gibt ihnen am Tag nur eine Packung, aus Gesundheitsgründen, wie sie sagt, aber alle wissen, daß sie nur McMurphy daran hindern will, ihnen beim Kartenspiel alles abzunehmen. Ohne Poker und Siebzehnundvier ist es ruhig im Wannenraum, nur die Klänge aus dem Lautsprecher dringen aus dem Tagesraum herüber. Es ist so ruhig, daß man den Kerl in der Geschlossenen Abteilung droben an der Wand hochgehen hört, wobei er gelegentlich einen Laut von sich gibt, lu lu *luuuh*, einen gelangweilten, gleichgültigen Laut, wie ein Baby, das sich in den Schlaf heult.

«Donnerstag», sagt McMurphy wieder.

«Luuuuuh», heult der Kerl droben.

«Das ist Rawler», sagt Scanlon und schaut zur Decke hoch. Er will so tun, als sei McMurphy nicht da. «Rawler der Heuler. War auf dieser Station vor ein paar Jahren. Er war Miss Ratched nicht ruhig genug, weißt du noch, Billy? Lu lu lu, die ganze Zeit, ich hab geglaubt, ich werd verrückt. Da hilft nur eins, bei den Heulern da droben, da sollte einer mal ein paar Handgranaten in den Schlafsaal werfen. Die nützen doch überhaupt keinem was –»

«Und morgen ist Freitag», sagt McMurphy. Er läßt Scanlon nicht das Thema wechseln.

«Richtig», sagt Cheswick und schaut sich böse im Zimmer um, «morgen ist Freitag.»

Harding blättert die Seite in seiner Zeitschrift um. «Und dann ist fast eine Woche vergangen, seit unser Freund McMurphy zu uns gekommen ist, und noch immer ist es ihm nicht gelungen, die Regierung zu stürzen, wollten Sie nicht das damit sagen, Cheswickle? Mein Gott, in was für einen Abgrund der Apathie sind wir doch geraten – ein Jammer, ein beklagenswerter Jammer.»

«Geschwafel», sagt McMurphy. «Was Cheswick sagen will, ist, daß morgen das erste Spiel der Endrunde im Fernsehen kommt, und was werden wir dann tun? Wir werden wieder einmal diesen verdammten Kindergarten aufwischen.»

«Richtig», sagt Cheswick. «Oma Ratcheds therapeutischen Kindergarten.»

Wie ich da an der Wand des Wannenraums lehne, komme ich mir wie ein Spion vor; der Besenstiel in meiner Hand ist aus Metall anstatt aus Holz (Metall leitet besser), und er ist hohl; da drin ist Platz genug für ein Miniatur-Mikrofon. Wenn die Große Schwester das hört, dann hat Cheswick nichts zu lachen. Ich hole einen harten Klumpen Kaugummi aus der Tasche und säubere ihn von etlichen Fusseln und behalte ihn im Mund, bis er weich wird.

«Jetzt will ich noch einmal fragen», sagt McMurphy. «Wie viele von euch komischen Käuzen sind bei einer Abstimmung auf meiner Seite, wenn ich diese Zeitverschiebung noch einmal zur Sprache bringe?»

Etwa die Hälfte der Akuten nicken zustimmend, viel mehr, als tatsächlich abstimmen würden. Er setzt sich die Mütze wieder auf den Kopf und stützt das Kinn mit den Händen.

«Wie gesagt, ich versteh das nicht. Harding, was ist bloß mit *dir* los, um Himmels willen? Hast du Angst, der alte Aasgeier wird dir die Hand abschneiden, wenn du sie hochhältst?»

Harding zieht eine schmale Augenbraue hoch. «Vielleicht, vielleicht hab ich tatsächlich Angst, sie wird sie mir abschneiden, wenn ich sie hochhalte.» «Und du, Billy? Hast du auch davor Angst?»

«Nein. Ich glaube nicht, daß sie i-i-irgendwas tun würde, aber –» er zuckt die Achseln und seufzt und klettert auf den großen Schaltkasten, mit dem der Wasserdruck der Dusche kontrolliert wird, und hockt da oben wie ein Affe – «aber ich glaube nun mal nicht, da-da-

daß eine Abstimmung i-i-irgendwas nützen würde. Jedenfalls nicht auf l-l-lange Sicht. Es hat einfach keinen Sinn, M-Mack.»

«Nichts *nützen*? Huhuii! Euch komischen Käuzen würde allein die körperliche Übung, den Arm zu heben, guttun.»

«Es ist trotzdem ein Risiko, mein Freund. Es steht immer in ihrer Macht, alles noch schwieriger für uns zu machen. Ein Baseballspiel ist dieses Risiko nicht wert», sagt Harding.

«Wer zum Teufel sagt das? Herrgott, seit Jahren schon geht mir keine Endrunde hinaus. Sogar als ich einmal ausgerechnet im September im Kittchen saß, ließen sie es zu, daß wir einen Fernseher aufstellten und die Endrunde anschauten; die hätten eine saubere Meuterei erlebt, wenn sie das nicht erlaubt hätten. Ich seh schon, ich muß wohl die verdammte Tür eintreten und in eine Kneipe in die Stadt, um das Spiel zu sehen, nur ich und mein Kumpel Cheswick.»

«Das nenne ich einen Vorschlag mit Hand und Fuß», sagt Harding und wirft seine Zeitschrift hin. «Warum bringen Sie das nicht morgen in der Gemeinschaftssitzung zur Abstimmung? ‹Miss Ratched, ich möchte über den Vorschlag abstimmen lassen, die ganze Station *en masse* zu Bier und Fernsehen in eine Kneipe zu transportieren.›»

«Den Antrag würde ich unterstützen», sagt Cheswick. «Und ob.»

«Hört bloß mit dem Geschwafel auf», sagt McMurphy. «Ich hab's satt, euch alte Weiber hier anzuschauen; wenn ich und Cheswick hier ausbrechen, bei Gott, ich glaub, ich werd die Tür hinter mir zunageln. Ihr bleibt besser hier; eure Mami wird euch wahrscheinlich nicht über die Straße gehen lassen.»

«Ach so? So ist das?» Fredrickson ist hinter McMurphy aufgetaucht. «Du wirst einfach mit einem deiner Supermannstiefel die Tür *eintreten*? Ist das nicht ein toller Bursche.»

McMurphy sieht Fredrickson kaum an; er hat kapiert, daß Fredrickson gelegentlich den starken Mann spielt, daß aber sein Akt bei der geringsten Drohung zusammenbricht.

«Na, was ist, Supermann», macht Fredrickson weiter, «wirst du die Tür eintreten und uns zeigen, was für ein toller Bursche du bist?»

«Nein, Fred, wohl kaum. Mein Stiefel könnte einen Kratzer abbekommen.»

«Ach, so ist das? Okay, du hast so große Töne gespuckt, nun sag uns doch, wie würdest du denn hier ausbrechen?»

McMurphy sieht sich um. «Na ja, ich könnte mit einem Stuhl den Maschendraht aus einem der Fenster schlagen, wenn ich nur wollte ...»

«So? Du glaubst, das könntest du? Einfach rausschlagen? Okay, das will ich sehen. Auf geht's, Supermann, ich wette zehn Dollar, du schaffst es nicht.»

«Mach dir keine Mühe, Mack», sagt Cheswick. «Fredrickson weiß, du wirst nur den Stuhl kaputtmachen und in der Geschlossenen landen. Am ersten Tag, als wir hier einzogen, haben sie uns vorgeführt, was diese Gitter aushalten. Es ist eine Spezialanfertigung. Ein Techniker packte einen Stuhl, grad so wie der, auf dem du die Füße liegen hast, und schlug damit gegen das Gitter, bis vom Stuhl nur noch Kleinholz übrig war. Und das Gitter war nicht mal verbogen.»

«Na schön», sagt McMurphy und sieht sich wieder um. Ich sehe, daß sein Interesse geweckt ist. Ich hoffe nur, die Große Schwester hört nichts davon; innerhalb einer Stunde hätte sie ihn in der Geschlossenen. «Wir brauchen etwas Schwereres. Wie wär's mit einem Tisch?»

«Nicht besser als der Stuhl. Dasselbe Holz, dasselbe Gewicht.»

«Okay, bei Gott, überlegt doch mal mit, was kann ich durch dieses Gitter werfen, um hier auszubrechen? Und wenn ihr komischen Vögel glaubt, ich tue es nicht, wenn mir danach zumute ist, dann täuscht ihr euch gewaltig. Also gut – etwas Größeres als ein Tisch oder ein Stuhl ... Wenn es dunkel wäre, würde ich den fetten Nigger dagegen werfen; der ist schwer genug.»

«Viel zu weich», sagt Harding. «Das Gitter würde ihn in Würfel schneiden wie einen Kürbis.»

«Oder eines der Betten?»

«Ein Bett ist zu groß, wenn Sie es überhaupt hochheben könnten. Es würde nicht durch das Fenster passen.»

«Und wie ich das hochheben könnte. Ja, zum Teufel, aber da drüben steht was, das Ding, auf dem Billy sitzt. Der große Schaltkasten mit all den Griffen und Hebeln. Der ist hart genug, oder vielleicht nicht? Und er ist bei Gott schwer genug.»

«Sicher», sagt Fredrickson. «Mit dem richtest du genausoviel aus wie mit deinem Fuß an der Stahltür am Eingang.»

«Warum sollte es mit dem Schaltkasten nicht gehen? Er ist doch nicht festgenagelt.»

«Nein, das nicht – wahrscheinlich wird er nur von ein paar Drähten festgehalten –, aber schau ihn doch an, Herrgott noch mal.»

Alle schauen. Der Schaltkasten ist aus Beton und Stahl, halb so groß wie ein Tisch, wiegt wahrscheinlich vierhundert Pfund.

«Okay, ich schau ihn an. Sieht auch nicht größer aus als so mancher Heuballen, den ich auf Lastwagen gewuchtet habe.»

«Ich fürchte, mein Freund, dieser Apparat wiegt eine Kleinigkeit mehr als einer Ihrer Ballen Heu.»

«Glatt eine Vierteltonne mehr, würd ich sagen», sagt Fredrickson.

«Er hat recht, Mack», sagt Cheswick. «Der wär unheimlich schwer.»

«Verdammt, wollt ihr Vögel mir weismachen, daß ich das lächerliche kleine Kistchen nicht mal *hochheben* kann?»

«Mein Freund, ich kann mich nicht erinnern, daß Psychopathen die Fähigkeit haben, Berge zu versetzen, zusätzlich zu ihren anderen bemerkenswerten Vorzügen.»

«Okay, ihr sagt, ich kann das Ding nicht mal vom Boden abheben. Na, *bei* Gott ...»

McMurphy springt vom Tisch herunter und zieht sich die grüne Jacke aus; die Tätowierungen, die teilweise unter seinem Unterhemd zu sehen sind, bewegen sich auf seinen Muskeln an den Oberarmen.

«Wem ist das fünf Dollar wert? Niemand kann mich überzeugen, ich schaffe etwas nicht, eh ich's nicht probiert habe. Fünf Scheinchen ...»

«McMurphy, das ist so albern wie Ihre Wette wegen der Schwester.»

«Wer hat fünf Dollar, die er verlieren will? Auf geht's, mitspielen oder Maul halten ...»

Sofort schreiben die Kameraden alle Schuldscheine; er hat sie so oft beim Pokern und beim Siebzehnundvier geschlagen, daß sie es kaum erwarten können, sich zu rächen, und diesmal können sie ja wohl nicht verlieren. Ich weiß nicht, was er sich dabei denkt; obwohl er kräftig und groß ist, wären drei von seiner Statur nötig, um diesen Schaltkasten zu bewegen, und er weiß das. Er braucht ihn ja nur anzusehen, dann weiß er, daß er ihn nicht von der Stelle schieben kann, vom Anheben ganz zu schweigen. Ein Riese wäre dazu nötig. Doch als die Akuten alle ihre Schuldscheine unterschrieben haben, tritt er vor den Kasten hin und holt Billy Bibbit herunter und spuckt sich in die großen schwieligen Hände und klatscht sie zusammen und läßt seine Schultern kreiseln.

«Okay, zurücktreten. Manchmal, wenn ich mich so richtig anstrenge, brauch ich die ganze Luft in meiner Nähe, und erwachsene Männer fallen in Ohnmacht, weil sie keine Luft kriegen. Zurücktreten. Wahrscheinlich wird gleich der Boden krachen und Stahl durch die Luft fliegen. Bringt die Frauen und Kinder in Sicherheit. Zurücktreten ...»

«Weiß der Kuckuck, vielleicht schafft er's», murmelt Cheswick.

«Sicher, mit dem Mund allein schafft er das», sagt Fredrickson.

«Eher holt er sich einen ordentlichen Bruch», sagt Harding. «Kommen Sie, McMurphy, seien Sie doch kein Narr; der Mann ist noch nicht geboren, der dieses Ding hochheben kann.»

«Zurück, ihr Schwächlinge, ihr verbraucht mir meinen Sauerstoff.»

McMurphy bewegt seine Füße hin und her, um einen guten Stand zu finden, und wischt sich wieder die Hände an den Schenkeln ab, dann beugt er sich vor und packt die beiden Griffe an den Außenseiten des Schaltkastens. Als er sich anspannt, johlen die Kameraden und machen sich über ihn lustig. Er läßt los und richtet sich auf und schiebt wieder seine Füße hin und her. «Steckst du auf?» grinst Fredrickson.

«Das wär nur zur Lockerung. Erst jetzt gilt's –» und packt die Griffe ein zweites Mal.

Und auf einmal lacht ihn keiner mehr aus. Seine Arme schwellen an, und die Adern drücken nach außen an die Oberfläche. Er kneift die Augen zusammen, und die Lippen geben die Zähne frei. Er lehnt den Kopf zurück, und die Sehnen stehen hervor wie aufgerollte Taue, vom pulsierenden Nacken die Arme hinunter bis zu den Händen. Sein ganzer Körper zittert vor Anstrengung, während er versucht, etwas hochzuheben, obwohl er genau weiß, daß er das nicht kann, und alle wissen, daß er es nicht kann.

Doch, für einen kleinen Augenblick hören wir, wie der Beton zu unseren Füßen kracht, und wir glauben geschwind, zum Kuckuck, vielleicht schafft er's.

Dann bricht wie bei einer kleinen Explosion die Luft aus ihm, und er fällt schlaff gegen die Wand. An den Griffen ist Blut, er hat sich die Hände aufgerissen. Einen Augenblick bleibt er keuchend an der Wand liegen, mit geschlossenen Augen. Nichts ist zu hören, außer dem Kratzen seines Atems; niemand sagt ein Wort.

Er macht die Augen auf und schaut uns der Reihe nach an. Einen nach dem andern schaut er die Kameraden an – sogar mich –, dann fischt er all die Schuldscheine aus der Tasche, die er in den letzten Tagen beim Pokern gewonnen hat. Er beugt sich über den Tisch und versucht, sie zu sortieren, doch seine Hände sind zu roten Klauen erstarrt, und er kann die Finger nicht bewegen.

Schließlich wirft er den ganzen Stapel auf den Boden – vielleicht vierzig oder fünfzig Dollar von jedem Mann – und dreht sich um und geht auf die Tür zu. An der Tür bleibt er stehen und schaut auf die herumstehenden Männer.

«Ich hab's wenigstens probiert», sagt er. «Verdammt noch mal, ich hab's probiert, weiß Gott, oder?»

Und geht hinaus und läßt die blutverschmierten Papierfetzen auf dem Boden liegen, soll sie doch sortieren, wer will.

Ein Doktor auf Besuch, mit grauen Spinnweben um seinen gelben Schädel, spricht im Verwaltungszimmer zu den Assistenzärzten.

Ich schiebe meinen Besen an ihm vorbei. «Oh, und was ist denn das hier.» Er gibt mir einen Blick, als sei ich irgendein Ungeziefer. Einer der Assistenzärzte faßt sich an die Ohren, um ihm anzuzeigen, daß ich taub sei, und der Arzt auf Besuch macht weiter.

Ich schiebe meinen Besen direkt vor das riesengroße Bild, das der P. R.-Mann einmal hereinbrachte, als der Nebel so dicht war, daß ich ihn nicht sehen konnte. Das Bild zeigt einen Mann beim Angeln, irgendwo in den Bergen, sieht aus wie die Ochocos bei Paineville – Schnee liegt auf den Gipfeln, die über die Tannen hinausragen, lange weiße Espenstämme liegen an den Ufern des Flusses, in sauren grünen Platten wächst Feldampfer. Der Mann angelt in einem Tümpel hinter einem Felsen. Es ist keine gute Stelle für eine Fliege, ein einzelnes Ei an einem Sechserhaken wäre besser – er sollte die Fliege in den Stromschnellen flußabwärts treiben lassen.

Ein Weg führt durch die Espen, und ich schiebe meinen Besen ein

Stück weit den Weg hinunter und setze mich auf einen Felsen und schaue durch den Rahmen hinaus auf den Doktor, der sich mit den Assistenzärzten unterhält. Ich sehe, wie er einen Finger in die Handfläche bohrt, doch ich kann nicht hören, was er sagt, das Getöse des kalten schäumenden Flusses ist zu laut, der da hinten aus den Felsen bricht. Ich rieche den Schnee im Wind, der von den Berggipfeln herüberweht. Ich sehe die Buckel der Maulwurfhügel unter dem Gras und den Büffelbeersträuchern. Es ist wirklich ein schönes Plätzchen, wo man sich ausruhen und die Beine strecken kann.

Man vergißt – wenn man sich nicht hinsetzt und an früher denkt –, vergißt, wie es noch in der alten Klinik war. Da gab es keine solche schönen Plätzchen an der Wand, in die man hineinklettern konnte. Da gab es keine Fernseher oder Schwimmbecken oder Hähnchen zweimal im Monat. Da gab's nichts als Wände und Stühle und Zwangsjacken, aus denen man erst nach stundenlanger Anstrengung herauskam. Sie haben viel gelernt seither. «'ne Menge hat sich geändert», sagt der P. R.-Mann mit seinem fetten Gesicht. Sie haben erreicht, daß unser Leben angenehm aussieht, mit Farbe und Dekorationen und viel Chrom in den Badezimmern. «Ein Mann, der von einem so schönen Heim weglaufen will», sagt der P. R.-Mann mit seinem fetten Gesicht, «na ja, mit dem stimmt doch etwas nicht.»

Draußen im Verwaltungszimmer drückt der Fachmann auf Besuch die Ellbogen an sich und zittert, während er die Fragen der Assistenzärzte beantwortet. Er ist dünn und hager, und die Kleider flattern ihm um die Knochen. So steht er da, drückt die Ellbogen an sich und zittert. Vielleicht spürt er auch den kalten Wind von den schneebedeckten Gipfeln herüber.

Es wird immer schwieriger, bei Nacht mein Bett zu finden, ich muß auf Händen und Knien herumrutschen und unten die Federn abtasten, bis ich die Kaugummiklumpen finde, die ich da hingeklebt habe. Niemand klagt über all den Nebel. Ich weiß jetzt auch, warum: so schlimm er ist, so kann man sich doch darin verkriechen und sich sicher fühlen. Das ist es, was McMurphy nicht verstehen kann, daß wir uns sicher fühlen wollen. Er versucht immer wieder, uns aus dem Nebel herauszuzerren, an die Öffentlichkeit, wo sie uns leicht erwischen könnten.

Eine Ladung Tiefgekühltes ist unten angekommen – Herzen und Nieren und Hirne und ähnliches. Ich höre, wie es über die Kohlenrutsche hinunter in den Kühlraum rumpelt. Irgendwo im Raum redet einer, den ich nicht sehen kann, von einem Kerl droben in der Geschlossenen, der sich umgebracht hat. Der alte Rawler. Hat sich beide Eier abgeschnitten und ist verblutet, als er auf dem Klo saß, ein halbes Dutzend Leute, die gleichzeitig mit ihm in der Latrine waren, merkten nichts davon, bis er tot umkippte.

Ich kann einfach nicht verstehen, warum die Leute so ungeduldig sind; der Kerl hatte doch nichts anderes zu tun, als zu warten.

Ich weiß, wie sie funktioniert, die Nebelmaschine. Wir hatten einen ganzen Zug, der in Übersee auf den Flugplätzen mit Nebelmaschinen arbeitete. Immer wenn die vom Nachrichtendienst glaubten, wir hätten einen Bombenangriff zu erwarten, oder wenn die Generale irgendein geheimes Manöver durchführen wollten – unsichtbar, so gut versteckt, daß selbst die Spione auf dem Stützpunkt nicht sehen konnten, was vor sich ging –, nebelten sie den Flugplatz ein.

Es ist eine ganz einfache Apparatur: Man hat einen gewöhnlichen Kompressor, der Wasser aus einem Tank saugt und ein Spezialöl aus einem anderen Tank, beides zusammengepreßt und dann aus einem schwarzen Rohr am Ende der Maschine eine weiße Nebelwolke strömen läßt, die einen ganzen Flugplatz in neunzig Sekunden einnebeln kann. Das erste, was ich bei meiner Landung in Europa sah, war der Nebel, den diese Maschinen machen. Ein paar Abfangjäger jagten dicht hinter unserem Transportflugzeug her, und sobald wir auf der Erde waren, startete die Nebel-Mannschaft ihre Maschinen. Wir schauten aus den runden, zerkratzten Fenstern unseres Flugzeugs und beobachteten, wie die Jeeps die Maschinen dicht an das Flugzeug heranschleppten und wie der Nebel aus ihnen strömte und über den Flugplatz rollte und wie nasse Baumwolle an den Fenstern klebte.

Beim Aussteigen mußte man einem kleinen Schiedsrichter-Horn folgen, das der Leutnant ununterbrochen blies, es klang wie das Schreien einer Wildgans. Sobald man durch die Luke geklettert war, konnte man nicht weiter als vielleicht einen Meter in jeder Richtung sehen. Man hatte das Gefühl, ganz allein auf dem Flugplatz zu sein. Man war sicher vor dem Feind, aber man war schrecklich einsam. Nach ein paar Metern erstickten alle Geräusche, lösten sich auf, und vom Rest der Mannschaft konnte man überhaupt nichts hören, nichts, nur das Quietschen des kleinen Horns aus dem weichen, pelzartigen Weiß, so dicht, daß der Körper unterhalb der Gürtellinie in das allgemeine Weiß überging; außer dem braunen Hemd und der Messingkoppel konnte man nichts sehen, nur weiß, als habe man sich von der Hüfte abwärts auch im Nebel aufgelöst. Und dann tauchte vielleicht einer, der genauso verloren umherirrte, plötzlich direkt vor deinen Augen auf, sein Gesicht größer und deutlicher, als du jemals zuvor in deinem Leben das Gesicht eines Menschen gesehen hast. Deine Augen hatten sich so angestrengt, in dem Nebel etwas zu sehen, daß dann, wenn tatsächlich etwas vor dir auftauchte, jede Einzelheit zehnmal schärfer war als sonst, so scharf, daß beide wegschauen mußten. Wenn ein Mann vor dir auftauchte, wolltest du ihm nicht ins Gesicht sehen, und er wollte dir nicht ins Gesicht sehen, weil es weh tut, jemand so deutlich zu sehen, daß man praktisch in sein Inneres blickt, doch man wollte auch nicht wegschauen und ihn ganz aus den Augen verlieren. Man hatte die Wahl: man konnte sich entweder anstrengen und die Dinge ansehen, die aus dem Nebel vor einem auftauchten, wenn es auch weh tat, oder man konnte sich gehenlassen und sich im Nebel verlieren.

Als sie auf der Station zum erstenmal die Nebelmaschine einsetzten, die sie aus Armee-Überschüssen kauften und vor dem Umzug im neuen Bau in einem Luftschacht versteckt hielten, schaute ich alles, was aus dem Nebel auftauchte, so lange und scharf wie möglich an, um es nicht aus den Augen zu verlieren, gerade so wie damals auf den Flugplätzen in Europa. Keiner blies ein Horn, um einem den Weg zu zeigen, es gab kein Seil, an dem man sich festhalten konnte, und so mußte ich alles, was auftauchte, scharf ansehen, um mich nicht ganz im Nebel zu verlieren. Manchmal verlor ich mich trotzdem, geriet zu tief hinein beim Versuch, mich zu verstecken, und immer wenn das geschah, war mir, als komme ich an derselben Stelle wieder raus, an der Metalltür ohne Nummer, mit einer Reihe Nieten, die wie Augen aussehen, so als ziehe mich der Raum hinter der Tür an, wenn ich mich auch noch so sehr bemühe, davon wegzubleiben, ich hatte den Eindruck, daß der Strom, den die Teufel in diesem Raum erzeugen, wie ein Richtstrahl durch den Nebel gesendet wurde und daß ich wie ein Roboter durch diesen Strahl zurückgeholt wurde. Ich konnte tagelang im Nebel umherirren, voller Angst, nie wieder etwas vor die Augen zu bekommen, und dann war da plötzlich diese Tür, die aufging und mir die Matratzen-Polsterung auf der anderen Seite zeigte, die keine Geräusche nach außen dringen läßt, die Männer standen wie Puppen in einer Reihe hintereinander, zwischen glänzenden Kupferdrähten und pulsierenden Lichtröhren, und um sie herum das helle Kratzen der Lichtbogen. Ich stellte mich auf meinen Platz in der Schlange und wartete geduldig darauf, an den Tisch zu kommen. Der Tisch hat die Form eines Kreuzes, die Schatten von tausend ermordeten Männern sind darauf abgedruckt, die Silhouette von Fuß- und Handgelenken unter Lederriemen, von der starken Beanspruchung grün geschwitzt, die Silhouette von Hals und Kopf unter einem Silberband, das über die Stirn läuft. Und ein Techniker an der Schalttafel neben dem Tisch schaut von seinen Meßgeräten auf und auf die Reihe der Männer und zeigt mit einem Gummihandschuh auf mich. «Moment mal, ich *kenne* doch diesen großen Scheißkerl da – es ist besser, du gibst ihm erst einen ordentlichen Schlag ins Genick, oder hol Verstärkung, oder tu sonst was. Der zappelt doch immer so fürchterlich.» Also versuchte ich, nicht zu tief hineinzugeraten, aus Angst, ich könnte mich verlieren und mich vor der Tür zum Schockschuppen wiederfinden. Ich schaute alles, was mir vor die Augen kam, scharf an und klammerte mich daran, so wie einer, der sich im Schneesturm an einem Geländer festklammert. Doch sie machten den Nebel nur noch dichter, und ganz gleich, wie sehr ich mich auch anstrengte, irgendwie fand ich mich zwei-, dreimal im Monat vor jener Tür, die sich öffnete und den ätzenden Geruch von Funken und Ozon freigab. Trotz aller Bemühungen wurde es immer schwieriger, mich nicht zu verlieren.

Dann machte ich eine Entdeckung: Es muß gar nicht sein, daß ich vor jener Tür lande; ich brauche mich nur ruhig zu verhalten und still zu sein, wenn der Nebel über mich kommt. Ich war selber schuld gewesen, daß ich immer an jene Tür kam; ich hatte nämlich Angst bekommen, wenn ich so lange umherirrte, und angefangen zu schreien, da war es für die leicht, mich aufzuspüren. Im Grunde genommen fing ich an zu schreien, weil ich wollte, daß sie mich aufspürten; ich hatte geglaubt, alles sei besser, als auf ewig herumzuirren, sogar der Schockschuppen. Doch heute, ich weiß nicht recht. Umherzuirren ist gar nicht so übel.

Den ganzen Morgen warte ich nun schon darauf, daß sie uns einnebeln. In den letzten paar Tagen haben sie es immer häufiger getan. Ich nehme an, sie tun es wegen McMurphy. Sie haben ihm noch keine Kontrollgeräte installiert, und sie wollen ihn in einem unaufmerksamen Augenblick erwischen. Sie wissen bereits, daß er ihnen Schwierigkeiten machen wird; ein halb dutzendmal hat er nun schon Cheswick und Harding und einige der anderen so weit gebracht, daß es so aussah, als wollten sie sich tatsächlich gegen einen der schwarzen Jungen wehren – doch jedesmal, wenn es so aussah, als würden sie zusammenbrechen, setzte der Nebel ein, so wie er jetzt gerade wieder einsetzt.

Vor ein paar Minuten hörte ich, wie der Kompressor hinter dem Gitter anfing zu pumpen, gerade als die Kameraden sich daranmachten, die Tische aus dem Tagesraum zu schaffen, um ihn für die Therapeutische Sitzung herzurichten, und der Nebel, der über den Boden kriecht, ist schon so dicht, daß ich nasse Hosenbeine habe. Ich putze die Fensterscheiben in der Tür des Glaskastens, und ich höre, wie die Große Schwester mit dem Doktor telefoniert und ihm sagt, die Sitzung kann gleich beginnen und vielleicht könne er sich heute nachmittag eine Stunde freihalten, sie würde gerne eine Sitzung für den Stab ansetzen. «Meiner Ansicht nach», sagt sie, «ist es höchste Zeit, daß wir uns einmal über den Patienten Randle McMurphy unterhalten und darüber, ob er auf diese Station gehört oder nicht.» Sie horcht einen Augenblick und sagt ihm dann: «Ich glaube, es wäre nicht klug, ihn weiterhin so die Patienten aufwiegeln zu lassen, wie er das in den letzten paar Tagen getan hat.»

Deshalb nebelt sie die Station für die Sitzung ein. Das tut sie gewöhnlich nicht. Doch heute hat sie etwas mit McMurphy vor, wahrscheinlich verfrachtet sie ihn in die Geschlossene. Ich lege mein Fensterleder weg und gehe zu meinem Stuhl am Ende der Reihe der Chronischen, ich sehe kaum noch, wie sich die Kameraden auf die Stühle setzen und wie der Doktor hereinkommt und sich die Brille putzt, so als glaube er, es liege an seiner Brille, daß alles verschwommen aussieht, und nicht am Nebel. Der Nebel wird jetzt dichter, als ich es je erlebt habe.

Ich kann sie da draußen hören, wie sie versuchen, mit der Sitzung weiterzumachen, irgendein Blödsinn wegen Billy Bibbits Stottern und wo es herkommt. Die Worte dringen zu mir wie durch Wasser, so dicht ist der Nebel. Er ist tatsächlich wie Wasser, denn ich werde direkt aus meinem Stuhl geschwemmt und weiß eine Zeitlang nicht mehr, was oben und unten ist. Von diesem Herumschwimmen wird mir zunächst ganz schlecht. Ich kann überhaupt nichts sehen. So dicht hab ich's noch nie erlebt, ich bin noch nie so herumgeschwommen.

Die Worte werden schwächer und dann wieder laut, es ist weg und dann wieder da, während ich herumschwimme, aber so laut sie auch werden, manchmal so laut, daß ich weiß, ich bin direkt neben dem, der gerade spricht, sehen kann ich trotzdem nichts.

Ich erkenne Billys Stimme, und er stottert noch mehr als sonst, weil er so nervös ist. «... fl-fl-flog von der Uni, wa-wa-weil ich die Ku-ku-ku-kurse für den Re-re-reserveoffizier nicht mehr mitmachte. Es gi-ging einfach nicht mehr. I-i-immer wenn der Offizier den A-a-a-anwesenheitsappell machte, wenn er ‹Bibbit› rief, ko-konnte ich keine A-antwort geben. Wir sollten sagen hi-hi-hi ...» Er verschluckte sich an dem Wort, als sei es ein Knochen in seinem Hals. Ich höre, wie er schluckt und noch mal anfängt. «Wir sollten sagen, ‹Hier, Sir›, und ich ha-ha-hab's nie ra-ra-ra-rausgebracht.»

Seine Stimme wird schwächer; dann kommt die Stimme der Großen Schwester von links drüben. «Können Sie sich erinnern, Billy, wann Sie zum erstenmal Probleme beim Sprechen hatten? Wann haben Sie zum erstenmal gestottert, wissen Sie das noch?»

Ich weiß nicht sicher, ob er lacht oder was. «Zum erstenm-m-mal gesto-sto-stottert? Zum erstenmal gestottert? Bei meinem allerersten Wort hab ich gesto-stottert: M-m-m-m-mama.»

Dann klingen die Gespräche ganz ab; ich kann mich nicht erinnern, daß das schon einmal passiert ist. Vielleicht hat sich Billy jetzt auch im Nebel versteckt. Vielleicht haben sich alle Kameraden endlich und für immer im Nebel verkrochen.

Ein Stuhl und ich schwimmen aneinander vorbei. Es ist das erste, was mir vor Augen kommt. Er kommt von rechts aus dem Nebel angeschwebt, und ein paar Sekunden lang ist er direkt neben meinem Gesicht, eine Armlänge von mir entfernt. Ich habe mich in letzter Zeit daran gewöhnt, die Dinge in Ruhe zu lassen, wenn sie aus dem Nebel auftauchen, mich ruhig zu verhalten und nicht zu versuchen, mich festzuklammern. Doch diesmal hab ich Angst, so wie früher. Ich versuche mit aller Macht, mich zu dem Stuhl hinüberzuziehen und daran festzuhalten, doch es ist nichts da, gegen das ich mich stemmen kann, und ich kann nur in der Luft herumzappeln und zusehen, wie der Stuhl immer deutlicher zu sehen ist, so scharf wie nie zuvor, ich sehe sogar einen Fingerabdruck, dort, wo ein Arbeiter den Stuhl berührt hat, als der Lack noch nicht trocken war, für einen Augenblick wird er ganz groß und verschwindet dann langsam wieder. Ich hab noch nie erlebt, daß Dinge so herumschwimmen. So dicht war der Nebel noch nie, so dicht, daß ich nicht mal mit den Füßen zum Boden hinunterkommen würde, wenn ich fortgehen wollte. Deshalb hab ich solche Angst; ich hab das Gefühl, diesmal werd ich für immer davonschwimmen.

Ich sehe direkt unter mir einen Chronischen ins Blickfeld schwimmen. Es ist der alte Oberst Matterson, der aus dem runzligen Text seiner langen gelben Hand liest. Ich seh ihn mir genau an, weil ich annehme, ich werd ihn nie wieder sehen. Sein Gesicht ist enorm groß, fast größer, als ich ertragen kann. Jedes Haar und jedes Fältchen an ihm ist groß, so als sehe ich ihn durch eins dieser Mikroskope. Ich sehe ihn so deutlich, ich sehe sein ganzes Leben vor mir. Das Gesicht sind sechzig Jahre Kasernen im Südwesten, durchfurcht von den eisenbeschlagenen Rädern der Munitionswagen, von Tausenden von Füßen auf Zweitagesmärschen bis auf die Knochen abgewetzt.

Er streckt diese lange Hand aus und holt sie wieder zu sich, ganz dicht vor die Augen, und kneift die Augen zusammen, holt seine andere Hand her und unterstreicht die Worte mit einem hölzernen Finger, vom Nikotin gebeizt wie ein Gewehrkolben. Seine Stimme ist tief und langsam und geduldig, und ich sehe die Worte dunkel und schwer über seine spröden Lippen kommen, als er liest.

«Also dann ... Die Flagge ist ... Ah-mer-ika. Amerika ist ... die Pflaume. Der Pfirsich. Die Was-ser-me-loh-ne. Amerika ist ... das Gummibonbon. Der Kür-bis-kern. Amerika ist ... Fern-seh-hen.»

Es stimmt. Es steht alles in dieser gelben Hand. Ich kann es mit ihm zusammen ablesen.

«Also dann ... Das Kreuz ist ... Me-xi-ko.» Er schaut auf, um zu sehen, ob ich auch gut aufpasse, und als er sieht, daß ich ihm zuhöre, lächelt er mir zu und macht weiter. «Mexiko ist ... die Wal-nuß. Die Haselnuß. Die Ei-chel. Mexiko ist ... der Regen-bo-gen. Der Regenbogen ist ... aus Holz. Mexiko ist ... aus Holz.»

Ich sehe, worauf er hinaus will. Die ganzen sechs Jahre, die er hier ist, hat er solche Dinge gesagt, aber ich hab nie auf ihn geachtet, er war für mich immer eine sprechende Statue, ein Ding aus Knochen und Arthritis, und seine komischen Sprüche ergaben überhaupt keinen Sinn. Doch jetzt sehe ich wenigstens, was er sagen will. Ich versuche ihn festzuhalten und ein letztes Mal anzusehen, damit ich mich immer an ihn erinnern kann, und als ich ihn so scharf ansehe, verstehe ich ihn endlich. Er unterbricht sich und schaut wieder zu mir herauf, um sich zu versichern, daß ich noch zuhöre, und ich will ihm zurufen: Ja, ich verstehe: Mexiko ist tatsächlich wie die Walnuß; es ist braun und fest, und man erfaßt es mit den Augen, und es fühlt sich an wie die Walnuß! Was du sagst, ergibt einen Sinn, alter Mann, deinen ganz persönlichen Sinn. Du bist nicht verrückt, so wie die meinen. Ja ... ich verstehe ...

Doch der Nebel schnürt mir die Kehle zu, ich bringe keinen Ton heraus. Und während er davonschwebt, sehe ich, wie er sich wieder über diese Hand beugt.

«Also dann ... Das grüne Schaf ist ... Ka-na-da. Kanada ist ... die Tanne. Das Weizenfeld. Der Ka-len-der ...»

Ich reiße mich zusammen, um ihn davonschwimmen zu sehen. Ich strenge mich so sehr an, daß mir die Augen schmerzen, und ich muß sie zumachen, und als ich sie wieder aufmache, ist der Oberst weg. Ich schwimme wieder ganz allein, gründlicher verloren als je zuvor.

Das ist es also, sage ich mir. Diesmal ist es endgültig.

Da ist der alte Pete, sein Gesicht sieht aus wie ein Suchscheinwerfer. Er ist fünfzig Meter von mir entfernt, links drüben, doch ich kann ihn so deutlich sehen, als gebe es überhaupt keinen Nebel. Oder aber er ist ganz dicht bei mir und unheimlich klein, ich kann es nicht mit Sicherheit sagen. Er erzählt mir einmal, wie müde er sei, doch das genügt schon, und ich sehe sein ganzes Leben bei der Eisenbahn, ich sehe, wie er sich bemüht zu lernen, wie man eine Uhr abliest, wie ihm der Schweiß ausbricht, als er versucht, den richtigen Knopf für das richtige Knopfloch an seiner Eisenbahn-Uniform zu finden, wie er sein Allerletztes hergibt, um in einem Job seinen Mann zu stellen, der anderen so leichtfällt, daß sie sich in einem mit Pappdeckel gepolsterten Sessel zurücklehnen können, um Krimis und unanständige Bücher zu lesen. Nicht daß er jemals geglaubt hätte, er könne mithalten – er wußte von Anfang an, daß er das nicht schaffen würde –, aber er mußte es versuchen, um sie wenigstens nicht aus den Augen zu verlieren. So schaffte er es, vierzig Jahre zu leben, wenn schon nicht mittendrin in der Welt der Menschen, so doch an ihrem Rande.

Ich kann das alles sehen und mir davon weh tun lassen, so wie es mir weh tat, in der Armee, im Krieg Dinge zu sehen. So wie es mir weh tat, zu sehen, was Papa und dem Stamm passierte. Ich hatte geglaubt, ich sei über das Stadium hinaus, wo ich Dinge sehe und mich darüber aufrege. Es hat einfach keinen Sinn. Man kann nichts dagegen tun.

«Ich bin müde», sagt er.

«Ich weiß, du bist müde, Pete, aber ich kann dir auch nicht helfen, wenn ich mich darüber aufrege. Das weißt du doch.»

Pete treibt davon, so wie der alte Oberst.

Da kommt Billy Bibbit, aus der gleichen Richtung, aus der Pete kam. Sie kommen alle vorbei, um mir einen letzten Blick zu gewähren. Ich weiß, Billy kann nicht mehr als einen Meter von mir entfernt sein, aber er ist so winzig, daß es aussieht, als sei er meilenweit entfernt. Sein Gesicht steht vor mir wie das Gesicht eines Bettlers, es braucht so viel mehr, als ihm irgend jemand geben kann. Sein Mund bewegt sich wie der Mund einer kleinen Puppe.

«Sogar als ich ihr einen Ha-ha-heiratsantrag machte, hab ich versagt. Ich sagte: ‹Sch-schätzchen, wirst du mich ha-ha-ha- ...› bis mich das Mädchen a-a-auslachte.»

Die Stimme der Schwester, ich kann nicht sehen, aus welcher Richtung: «Ihre Mutter hat mir von diesem Mädchen erzählt, Billy. Offenbar stand sie ein ganzes Stück unter Ihnen. Woran lag es denn nach Ihrer Meinung, Billy, daß Sie so Angst vor ihr hatten?»

«Ich li-liebte sie.»

Ich kann dir auch nicht helfen, Billy. Das weißt du doch. Keiner von uns kann dir helfen. Du mußt verstehen, daß ein Mann, der einem andern hilft, denen schutzlos ausgeliefert ist. Man *muß* einfach auf der Hut sein, Billy, du solltest das so gut wissen wie jeder andere. Was könnte ich schon tun? Ich kann dein Stottern nicht kurieren. Ich kann die Narben von Rasierklingen sowenig von deinen Handgelenken wischen wie die Verbrennungen von den Zigaretten von deinem Handrücken. Ich kann dir keine neue Mutter geben. Und was die Schwester angeht, die dir so zusetzt, die deine Nase so lang in deiner Schwäche herumreibt, bis das bißchen Würde, das dir noch geblieben ist, auch vollends weg ist und du vor lauter Demütigung zu einem Nichts zusammenschrumpfst, so kann ich dir da auch nicht helfen. In Anzio mußte ich zusehen, wie ein Kumpel von mir nur fünfzig Meter weg an einen Baum gefesselt war und nach Wasser schrie, er hatte Brandblasen im Gesicht von der Sonne. Sie hofften, ich würde hingehen und ihm helfen. Sie hätten mich von dem Bauernhof da drüben mit Gewehrkugeln zerfetzt.

Nimm dein Gesicht fort, Billy.

Einer nach dem andern schwimmt vorbei.

Es ist so, als sei jedes Gesicht ein Schild, wie eins dieser «Ich bin blind»-Schilder, die die Akkordeonspieler in Portland um den Hals hängen haben, nur daß auf diesen Schildern steht «Ich bin müde» oder «Ich habe Angst» oder «Ich sterbe an einer kaputten Leber» oder «Ich werde mit Maschinen fertiggemacht, und alle stoßen mich dauernd herum». Ich kann all die Schilder lesen, wenn die Schrift auch noch so klein ist. Manche Gesichter schauen sich um, sehen die anderen an, sie könnten die Schilder der anderen lesen, doch wozu auch? Die Gesichter wirbeln im Nebel vorbei wie Konfetti.

Ich stecke tiefer drin als je zuvor. So ist das also, wenn man tot ist. Ich nehme an, so ist es, wenn man ein Vegetierer ist; man verliert sich im Nebel. Man bewegt sich nicht. Sie füttern einen, bis der Körper aufhört zu essen, dann verbrennen sie ihn. Das ist gar nicht so schlimm. Es tut nicht weh. Ich spüre eigentlich überhaupt nichts, nur diese Kälte, und ich nehme an, daß das nur vorübergehend ist.

Ich sehe, daß mein Kommandeur Zettel ans Schwarze Brett heftet, die Kleidervorschrift für heute. Ich sehe, wie das US-Innenministerium mit einer Steinzerkleinerungsmaschine unserem kleinen Stamm auf den Pelz rückt.

Ich sehe, wie Papa aus einer Schneise stürzt und dann stehenbleibt, um auf einen großen Rehbock, einen Sechsender, zu zielen, der durch die Zedern davonspringt. Schuß auf Schuß pafft aus seiner Flinte und wirbelt rings um den Rehbock herum den Staub auf. Ich komme hinter Papa aus der Schneise und erlege den Rehbock mit dem zweiten Schuß, eben als er über den Randfelsen klettern will. Ich grinse Papa an.

Ich hab noch nie gesehen, daß ein solcher Schuß bei dir danebengeht, Papa.

Die Augen machen nicht mehr mit, Junge. Kann das Korn nicht mehr stillhalten. Visier an meinem Gewehr hat grad gezittert wie ein Hund, der Pfirsichkerne scheißt.

Ich hab's dir ja gesagt, Papa: der Kaktus-Fusel von Sid macht dich vorzeitig alt.

Wer Sids Kaktus-Fusel trinkt, Junge, der ist bereits vorzeitig alt. Komm, nehmen wir den Bock aus, bevor die Fliegen ihre Eier legen.

Das geschieht nicht mal im Augenblick. Ist das nicht Beweis genug? Gegen so ein Ereignis aus der Vergangenheit kann man überhaupt nichts machen. *He, sieh dir das mal an …*

Ich höre Geflüster, schwarze Jungen.

Sieh mal, der alte Besennarr, ist eingeschlafen.

Ganz richtig, Besenhäuptling, gut so. Schlaf nur, so lang machst du schon keine Dummheiten. Richtig so.

Mir ist nicht mehr kalt. Ich glaub, ich hab's endlich geschafft. Ich bin so tief drin, daß mich die Kälte nicht mehr erreichen kann. Hier kann ich für immer bleiben. Ich hab keine Angst mehr. Sie können mich nicht mehr erwischen. Nur die Worte kommen noch zu mir durch, und die werden jetzt auch schwächer.

Also … da es Billy vorgezogen hat, sich von der Diskussion zurückzuziehen, fragt es sich, ob sonst noch jemand ein Problem hat, das er hier in der Sitzung anschneiden möchte?

Ach ja, Schwester, ich hätte da noch was …

Das ist dieser McMurphy. Er ist weit weg. Er versucht immer noch, die Männer aus dem Nebel zu zerren. Wieso läßt er mich nicht in Ruhe?

«... an die Abstimmung, die wir vor ein, zwei Tagen hatten – wegen der Fernsehzeit? Na ja, heute ist Freitag, und da dacht ich mir, ich erwähne die Sache noch mal, wollt nur sehn, ob nicht vielleicht der eine oder andere inzwischen ein bißchen tapferer geworden ist.»

«Mr. McMurphy, der Zweck dieser Sitzung ist die Therapie, Gruppentherapie, und ich bin mir ganz und gar nicht sicher, ob diese kleinlichen Beschwerden –»

«Sicher, sicher, zum Teufel damit, das haben wir schon mal gehört. Ich und einige andere haben beschlossen –»

«Augenblick mal, Mr. McMurphy, lassen Sie mich den Leuten eine Frage stellen: Hat irgend jemand von Ihnen vielleicht den Eindruck, daß Mr. McMurphy Ihnen seine persönlichen Wünsche zu sehr aufdrängt? Ich habe mir gedacht, es wäre Ihnen vielleicht wohler, wenn wir ihn auf eine andere Station brächten.»

Für eine Minute sagt keiner ein Wort. Dann sagt jemand: «Lassen Sie ihn doch seine Abstimmung machen, okay? Wieso wollen Sie ihn in die Geschlossene verfrachten, nur weil er eine Abstimmung vorschlägt? Was wäre schon dabei, wenn wir die Fernsehzeit abänderten?»

«Aber Mr. Scanlon, wenn ich mich recht erinnere, haben Sie sich drei Tage lang geweigert, etwas zu essen, bis wir Ihnen erlaubten, den Fernseher um sechs anstatt um halb sieben einzuschalten.»

«Man muß sich ja schließlich die Nachrichten ansehen, oder? Mein Gott, jemand hätte Washington bombardieren können, und wir hätten vielleicht eine Woche lang nichts davon erfahren.»

«So? Und was würden Sie sagen, wenn Sie Ihre Nachrichten aufgeben müßten, um einen Haufen Männer Baseball spielen zu sehen?»

«Beides geht wohl nicht, was? Nein, ich schätze, das geht nicht. Ach, zum Kuckuck – sie werden uns diese Woche schon nicht bombardieren.»

«Lassen wir ihm doch seine Abstimmung, Miss Ratched.»

«Na schön. Aber ich würde sagen, dies ist ein eindeutiger Beweis dafür, wie sehr er einige der Patienten aus der Fassung bringt. Wie lautet Ihr Vorschlag, Mr. McMurphy?»

«Ich schlage vor, wir stimmen noch mal darüber ab, ob der Fernseher nicht am Nachmittag eingeschaltet werden soll.»

«Sind Sie sicher, daß Ihnen diese Abstimmung dann genügen wird? Wir haben wichtigere Dinge –»

«Sie wird mir genügen. Ich möchte bloß mal sehen, wer von diesen Vögeln hier ein bißchen Mumm hat und wer nicht.»

«Es sind solche Redensarten, Doktor Spivey, die mir die Frage aufdrängen, ob die Patienten nicht zufriedener wären, wenn Mr. McMurphy umsiedeln würde.»

«Lassen Sie ihn abstimmen, okay?»

«Aber sicher, Mr. Cheswick. Es gilt über einen Antrag abzustimmen. Sind Sie mit Handaufheben zufrieden, Mr. McMurphy, oder bestehen Sie auf geheimer Abstimmung?»

«Ich will die Hände sehen. Ich will auch die Hände sehen, die nicht hoch gehen.»

«Alle, die dafür sind, daß die Fernsehzeit auf den Nachmittag verlegt wird, sollen die Hand heben.»

Die erste Hand, die gehoben wird, soviel sehe ich, ist die McMurphys, wegen des Verbands, dort, wo er sich an dem Schaltkasten geschnitten hat, als er ihn hochzuheben versuchte. Und dann sehe ich sie dort unten am Ende des Abhangs, andere Hände, die aus dem Nebel kommen. Es ist, als ob ... McMurphys große rote Hand in den Nebel taucht und die Männer an den Händen herauszieht, sie kommen aus dem Nebel heraus und blinzeln. Erst einer, dann noch einer, dann der nächste. Die ganze Reihe der Akuten zieht er so aus dem Nebel heraus, bis sie dastehen, alle zwanzig von ihnen, und die Hand nicht nur fürs Fernsehen heben, sondern gegen die Große Schwester, gegen ihre Absicht, McMurphy in die Geschlossene zu schicken, gegen die Art und Weise, wie sie seit Jahren mit ihnen geredet, sie behandelt und unterdrückt hat.

Niemand sagt etwas. Ich spüre, wie verblüfft alle sind, sowohl die Patienten wie auch der Stab. Die Schwester begreift nicht, was passiert ist; gestern, bevor er versuchte, den Kasten hochzuheben, hätten höchstens vier oder fünf für ihn gestimmt. Doch während sie redet, läßt sie es sich nicht anmerken, wie sehr überrascht sie ist.

«Ich zähle nur zwanzig, Mr. McMurphy.»

«Zwanzig? Sicher, na und? Zwanzig Mann sind wir doch hier –» Er bricht ab, als er versteht, was sie damit sagen will. «Himmel Arsch, jetzt halt aber die Luft an –»

«Ich fürchte, der Antrag ist abgelehnt.»

«Augen*blick*, verdammt und zugenäht!»

«Wir haben vierzig Patienten auf der Station, Mr. McMurphy. Vierzig Patienten, und nur zwanzig haben zugestimmt. Sie brauchen aber eine Mehrheit, wenn Sie die Stationsvorschriften ändern wollen. Ich fürchte, damit ist die Abstimmung beendet.»

Die Hände da drunten gehen runter. Die Kameraden wissen, daß sie geschlagen sind. Sie möchten sich wieder im sicheren Nebel verkriechen. McMurphy ist aufgestanden.

«Ja du heiliges Donnerwetter. So also wollen Sie das Ding schaukeln? Sie wollen die Stimmen der alten Vögel da drüben auch dazurechnen?»

«Haben Sie ihm denn nicht den Abstimmungsmodus erklärt, Doktor?»

«Ich fürchte – eine Mehrheit ist tatsächlich notwendig, McMurphy. Sie hat recht. Sie hat recht.»

«Eine Mehrheit, Mr. McMurphy; das steht in den Stations-Satzungen.»

«Und um die verdammten Satzungen zu ändern, braucht man vermutlich auch eine Mehrheit. Sicher. Ich hab ja schon allerhand beschissene Gaunereien erlebt, aber das hier, bei Gott, das ist der absolute Gipfel!»

«Tut mir leid, Mr. McMurphy, aber Sie können's ja in den Vorschriften nachlesen, ich will sie Ihnen gerne –»

«So also läuft euer demokratischer Sauladen – ich scheiß drauf!»

«Sie scheinen erregt, Mr. McMurphy. Scheint er nicht erregt, Doktor? Ich möchte, daß Sie sich das merken.»

«Hör bloß mit dem Gefasel auf. Wer so verschaukelt wird, hat ein Recht drauf, Krach zu machen. Und wir sind gründlich verschaukelt worden!»

«Vielleicht, Doktor, sollten wir in Anbetracht des Zustands dieses Patienten die Sitzung heute frühzeitig beenden –»

«Halt! Moment noch, ich will erst noch mit einigen dieser alten Knaben reden.»

«Die Abstimmung ist abgeschlossen, Mr. McMurphy.»

«Erst red ich mit denen.»

Er kommt quer durch den Tagesraum auf uns zu. Er wird größer und größer, und sein Gesicht ist glühend rot. Er greift in den Nebel und versucht, Ruckly an die Oberfläche zu zerren, weil Ruckly der Jüngste ist.

«Wie steht's denn mit dir, Kumpel? Willst du die Endrunde sehen? Baseball? Baseball-Spiele? Brauchst nur die Hand zu heben –»

«Sch-sch-sch-sch-scheiß auf das Weib.»

«Okay, vergessen wir's. Und du, Partner, wie sieht's bei dir aus? Wie heißt du noch mal – Ellis? Was meinst du, Ellis, möchtest du nicht ein Spiel im Fernsehen anschauen? Komm, heb die Hand ...»

Ellis Hände sind an die Wand genagelt, sie sind für die Abstimmung nicht zu gebrauchen.

«Ich hab gesagt, die Abstimmung ist abgeschlossen, Mr. McMurphy. Sie machen sich nur lächerlich.»

Er achtet nicht auf sie. Er kommt die Reihe der Chronischen herunter. «Los, auf geht's, nur eine Stimme von euch Vögeln, nur eine Hand brauch ich. Zeigt ihr doch, daß ihr das immer noch könnt.»

«Ich bin müde», sagt Pete und wackelt mit dem Kopf.

«Die Nacht ist ... der Pazifische Ozean.» Der Oberst liest aus seiner Hand, hat keine Zeit für die Abstimmung.

«Ein einziger, verdammt noch mal! Diesmal ist sie zu packen, seht ihr das denn nicht? Wir müssen es schaffen – oder wir sind erledigt! Ist denn nicht einer von euch Schwachköpfen hell genug, uns zu helfen? Du, Gabriel? George? Nein? Und du, Häuptling, wie steht's mit dir?»

Er steht über mir im Nebel. Wieso läßt er mich denn nicht in Ruhe?

«Häuptling, du bist unsere letzte Chance.»

Die Große Schwester faltet ihre Papiere zusammen; die anderen Schwestern stehen um sie herum. Schließlich steht sie auf.

«Damit ist die Sitzung beendet», hör ich sie sagen. «Und ich möchte den Stab in etwa einer Stunde unten im Verwaltungszimmer sehen. Wenn also sonst nichts mehr –»

Zu spät, meine Hand läßt sich nicht zurückhalten. McMurphy hat an seinem ersten Tag irgend etwas mit ihr gemacht, hat sie mit seiner eigenen Hand verhext, damit sie meinen Befehlen nicht mehr gehorcht. Es wäre sinnlos, das sieht jeder, von selber würde ich das nie tun. Allein daran, wie mich die Schwester wortlos anstarrt, kann ich sehen, daß es mir dreckig gehen wird, doch ich kann meine Hand nicht mehr zurückhalten. McMurphy hat versteckte Drähte daran angeschlossen, jetzt hebt er sie langsam, nur um mich aus dem Nebel ans Tageslicht zu ziehen, wo ich leichte Beute bin. Er tut es, Drähte ...

Nein. Das stimmt nicht. Ich hab sie selbst gehoben.

McMurphy stößt ein Freudengeheul aus und zerrt mich auf die Beine, klopft mir auf die Schulter.

«Einundzwanzig! Mit dem Häuptling zusammen einundzwanzig! Und, bei Gott, wenn das keine Mehrheit ist, dann freß ich meinen Hut!»

«Yippiie», schreit Cheswick. Die anderen Akuten kommen quer durch den Raum auf mich zu.

«Die Sitzung war bereits geschlossen», sagt sie. Ihr Lächeln ist immer noch da, doch ihr Nacken ist jetzt, während sie aus dem Tagesraum und in die Schwesternstation geht, rot und schwillt immer mehr an, so als explodiere sie jeden Augenblick.

Doch sie explodiert nicht, nicht sofort, erst etwa eine Stunde später. Hinter der Glasscheibe ist ihr Lächeln seltsam verzerrt, wie wir das noch nie an ihr gesehen haben. Sie sitzt nur da. Ich sehe, wie ihre Schultern sich mit dem Ein- und Ausatmen heben und senken.

McMurphy schaut zur Uhr hoch und sagt, es sei Zeit für das Spiel. Er ist drüben beim Trinkbrunnen, mit einigen anderen Akuten, er kniet auf dem Boden und schrubbt die Fußleiste. Ich fege zum zehntenmal heute den Besenschrank aus. Scanlon und Harding schieben den Polierapparat auf dem Gang hin und her, in glänzenden Achtern polieren sie das neue Wachs. McMurphy sagt nochmals, daß es seiner Ansicht nach Zeit sei für das Spiel, und er steht auf, läßt den Scheuerlappen einfach liegen. Sonst hört niemand auf zu arbeiten. McMurphy geht an dem Fenster vorbei, hinter dem sie sitzt und ihn anstarrt, und grinst sie an, so als wisse er, daß er sie jetzt besiegt hat. Als er den Kopf zurücklegt und ihr zuzwinkert, zuckt ihr Kopf wieder so zur Seite.

Alle bleiben bei ihrer Arbeit, doch aus den Augenwinkeln beobachten sie alle, wie er seinen Lehnstuhl vor den Fernseher stellt, den Apparat einschaltet und sich hinsetzt. Ein Bild kommt auf den Schirm gewirbelt, ein Papagei, der auf dem Baseballfeld Rasierklingenlieder singt. McMurphy steht auf und stellt den Ton lauter, damit er die Musik, die aus dem Lautsprecher an der Decke kommt, übertönt, und er holt noch einen Stuhl und setzt sich und legt die

Beine übereinander auf diesen zweiten Stuhl und lehnt sich zurück und zündet sich eine Zigarette an. Er kratzt sich am Bauch und gähnt.

«Huu-huiii! Mann, jetzt fehlt mir nur noch eine Dose Bier und eine heiße Rote.»

Wir können sehen, wie die Schwester im Gesicht rot anläuft und wie ihr Mund sich bewegt, während sie ihn anstarrt. Sie schaut sich einen Augenblick um und sieht, daß alle warten, was sie tun wird – sogar die schwarzen Jungen und die kleinen Schwestern schauen verstohlen zu ihr hinüber, und die Assistenzärzte, die zu der Sitzung eintrudeln, sie schauen auch zu. Ihr Mund klappt zu. Sie schaut zurück zu McMurphy und wartet, bis das Rasierklingenlied zu Ende ist; dann steht sie auf und geht zu der Stahltür, wo die Kontrollschalter sind, und betätigt einen Schalter, und das Fernsehbild wirbelt zurück ins Graue. Auf dem Schirm ist nichts mehr zu sehen, nur ein kleines Auge aus Licht, das direkt auf McMurphy herunterblickt, der immer noch dasitzt.

Dieses Auge stört ihn nicht im geringsten. Ja, er tut sogar so, als habe er gar nicht bemerkt, daß das Bild weg ist; er steckt sich die Zigarette zwischen die Zähne und schiebt sich die Mütze über das rote Haar nach vorne, bis er sich zurücklehnen muß, um unter dem Mützenschild hervorsehen zu können.

Und so sitzt er da, die Hände hinter dem Kopf verschränkt, die Füße auf einem Stuhl, unter dem Mützenrand schaut eine brennende Zigarette hervor – sitzt da und schaut auf den Fernseher.

Die Schwester schaut sich das mit an, solange sie kann; dann kommt sie an die Tür der Schwesternstation und ruft zu ihm herüber, er solle jetzt lieber den Männern bei der Arbeit helfen. Er überhört sie.

«Ich habe Ihnen gesagt, Mr. McMurphy, daß Sie in dieser Zeit zu arbeiten haben.» Ihre Stimme klingt verkrampft und winselnd, wie eine elektrische Säge, die sich durch eine Tanne frißt. «Mr. McMurphy, ich *warne* Sie.»

Alle haben aufgehört, womit sie gerade beschäftigt waren. Sie blickt sich um und macht dann einen Schritt aus der Schwesternstation auf McMurphy zu.

«Sie sind hier eingewiesen worden, das vergessen Sie doch nicht. Sie stehen ... unter meiner Oberaufsicht ... und der des Stabs.» Sie hält eine Faust hoch, all diese orangeroten Fingernägel verbrennen ihr die Handfläche. «Unter der Oberaufsicht und *Kontrolle* –»

Harding stellt den Polierapparat ab und läßt ihn im Flur stehen und stellt einen Stuhl neben McMurphy und setzt sich und zündet sich auch eine Zigarette an.

«Mr. Harding! Gehen Sie sofort an die Ihnen zugewiesene Arbeit zurück!»

Mir kommt der Gedanke, daß ihre Stimme klingt, als sei sie auf einen Nagel gestoßen, und das kommt mir so komisch vor, daß ich beinahe laut hinauslache.

«Mr. Har-*ding*!»

Dann geht Cheswick und holt sich einen Stuhl, und dann geht Billy Bibbit und dann Scanlon und dann Fredrickson und Sefelt, und dann legen wir alle unsere Mops und Besen und Scheuerlappen weg und holen uns alle Stühle.

«Männer – laßt das. Laßt das!»

Und wir sitzen alle in Reihen vor dem abgeschalteten Fernseher, wir schauen auf den grauen Schirm, als könnten wir das Baseball-Spiel deutlich vor uns sehen, und sie tobt und schreit hinter uns.

Wäre da jemand hereingekommen und hätte das gesehen, Männer vor einem abgeschalteten Fernseher, eine fünfzigjährige Frau, die keift und auf ihre Hinterköpfe einschreit, von Disziplin und Ordnung und Gegenmaßnahmen, er hätte denken müssen, er hätte einen Haufen Irre vor sich.

Zweiter Teil

Gerade noch am Rande meines Blickfelds sehe ich dieses weiße Emaille-Gesicht in der Schwesternstation, es schwankt über dem Schreibtisch, verzerrt sich und zerfließt in dem Bemühen, seine alte Form wiederzufinden. Der Rest der Kameraden sieht auch zu, wenn sie das auch zu vertuschen suchen. Sie tun so, als konzentrierten sie sich ganz auf den leeren Fernsehschirm vor uns, doch es ist leicht zu sehen, daß sie alle zu der Großen Schwester hinter ihrer Glasscheibe da drüben schielen, genau wie ich. Zum erstenmal ist sie auf der anderen Seite des Fensters und bekommt einen Geschmack davon, wie es ist, beobachtet zu werden, wenn du dir nichts sehnlicher wünschst, als zwischen deinem Gesicht und all den Augen, denen du dich nicht entziehen kannst, einen grünen Rolladen herunterzulassen.

Die Assistenzärzte, die schwarzen Jungen, all die kleinen Schwestern, sie beobachten sie auch, warten darauf, daß sie den Gang entlang zu der Sitzung geht, die sie selbst einberufen hat, und sie sind gespannt, wie sie sich verhalten wird, jetzt, wo alle wissen, daß auch sie die Beherrschung verlieren kann. Sie weiß, daß sie beobachtet wird, doch sie rührt sich nicht. Nicht mal dann, als sie sich daranmachen, ohne sie langsam zum Verwaltungszimmer hinunterzugehen. Ich stelle fest, daß die ganze Maschinerie in der Wand ruhig ist, so als warte sie darauf, daß die Schwester sich rührt.

Von Nebel ist nirgends mehr eine Spur.

Plötzlich fällt mir ein, daß ich ja das Verwaltungszimmer putzen sollte. Ich putze immer das Verwaltungszimmer, wenn sie solche Sitzungen haben, seit Jahren schon. Doch jetzt ist meine Angst zu groß, ich kann nicht von meinem Stuhl aufstehen. Der Stab hat mich immer das Zimmer putzen lassen, weil sie glaubten, ich könnte nichts hören, doch jetzt haben sie gesehen, daß ich auf McMurphys Drängen die Hand aufhob, wissen sie dann nicht auch, daß ich hören kann? Werden sie sich da nicht ausrechnen, daß ich all die Jahre zugehört, Geheimnisse erfahren habe, die nur für ihre Ohren bestimmt waren? Und was werden sie mit mir in dem Verwaltungszimmer machen, wenn sie das wissen?

Aber sie erwarten mich doch dort. Wenn ich nicht komme, wissen sie mit Sicherheit, daß ich hören kann, sie sind mir weit voraus, mit ihren Überlegungen, verstehen Sie? Er ist heut nicht zum Putzen gekommen, ist das nicht der Beweis? Ganz klar, was zu tun ist...

Jetzt bekomme ich erst das ganze Ausmaß der Gefahren zu spüren, die uns drohen, wenn wir es zulassen, daß uns McMurphy aus dem Nebel zerrt.

Einer der schwarzen Jungen lehnt an der Wand neben der Tür, mit verschränkten Armen, er fährt sich dauernd mit der rosaroten Zungenspitze über die Lippen und behält uns im Auge, wie wir da vor dem Fernseher sitzen. Seine Augen wandern hin und her, wie seine Zunge, und bleiben dann auf mich gerichtet, und ich sehe, wie seine ledernen Augenlider ein Stückchen hochgehen. Er beobachtet mich lange, und ich weiß, daß er sich über mein Benehmen in der Gemeinschaftssitzung Gedanken macht. Dann stößt er sich mit einem Ruck von der Wand ab, um den Kontakt abzubrechen, und geht zum Besenschrank und kommt mit einem Eimer voll Seifenwasser und einem Schwamm zurück, zieht meinen Arm hoch und hängt mir den Eimer drüber, so wie man einen Kessel über das Feuer hängt.

«Auf geht's, Häuptling», sagt er. «An die Arbeit.»

Ich rühre mich nicht. Der Eimer schaukelt an meinem Arm. Ich lasse mir nicht anmerken, daß ich etwas gehört habe. Er will mich in die Falle locken. Er fordert mich wieder auf, aufzustehen, und als ich mich nicht bewege, wirft er einen Blick an die Decke und seufzt, packt mich am Kragen und zerrt ein bißchen, und ich stehe auf. Er stopft mir den Schwamm in die Tasche und deutet auf das Verwaltungszimmer am andern Ende des Gangs, und ich gehe.

Und während ich mit dem Eimer den Gang entlanggehe, rums, kommt die Große Schwester an mir vorbeigefegt, schnell und stark wie eh und je, und geht durch die Tür. Das gibt mir zu denken.

Ich bleibe allein hier draußen auf dem Flur und stelle fest, wie klar es heute ist – nicht die Spur von Nebel. Wo die Schwester eben vorbeiging, ist es etwas kalt, und die weißen Röhren in der Decke verbreiten gefrorenes Licht, wie Stangen aus glühendem Eis, wie mit Eis überzogene Kühlschrank-Spiralen, die so angeschlossen sind, daß sie weiß glühen. Die Stangen gehen bis zur Tür des Verwaltungszimmers, am Ende des Gangs, in der die Schwester eben verschwunden ist. Es ist eine schwere Stahltür, wie die Tür des Schockschuppens im Gebäude Nummer eins, nur daß diese hier mit Zahlen versehen ist und mit einem kleinen gläsernen Guckloch in Augenhöhe, damit der Stab spähen kann, wer anklopft. Beim Näherkommen sehe ich, daß Licht aus diesem Guckloch strömt, grünes Licht, so giftig wie Galle. Die Sitzung beginnt gleich da drin, deswegen kommt dieses grüne Licht durchs Guckloch: wenn die Sitzung erst läuft, kriecht es über alle Wände und Fenster, damit ich es mit meinem Schwamm aufsaugen und in meinen Eimer ausquetschen kann, um mit dem Wasser später die Abflüsse in der Latrine zu säubern.

Das Verwaltungszimmer zu putzen ist schlimm. Die Dinge, die ich bei diesen Sitzungen schon aufzuwischen hatte, würde mir niemand abnehmen. Fürchterliche Dinge, direkt aus Hautporen hergestellte Giftstoffe und Säure in der Luft, die stark genug ist, einen Mann zum Schmelzen zu bringen. Ich hab's selber erlebt.

Ich hab Sitzungen erlebt, bei denen sich die Tischbeine anspannten und krümmten und die Stühle sich zu Knoten verschlangen und die Wände gegeneinander knirschten, bis man den Schweiß aus dem Raum hätte wringen können. Ich hab Sitzungen erlebt, bei denen sie so lange über einen Patienten redeten, bis sich der in Fleisch und Blut verwandelte, direkt vor ihnen nackt auf dem Kaffeetisch, jedem teuflischen Akt ausgeliefert, wenn sie dazu in Stimmung waren; er wurde übel im Schmutz herumgezogen, bevor sie mit ihm fertig waren.

Deswegen haben sie auch mich bei ihren Sitzungen, weil es dabei schreckliche Schmierereien geben kann und jemand hinterher aufputzen muß, und weil das Verwaltungszimmer nur für diese Sitzungen geöffnet wird, brauchen sie einen, von dem sie glauben, daß er nicht weitersagen kann, was dabei geschieht. Und das bin ich. Ich mach das schon so lange, mit Schwamm und Staublappen und Mop, im Verwaltungszimmer und im alten Holzraum im anderen

Bau, daß der Stab schon gar nicht mehr merkt, daß ich anwesend bin. Ich geh meiner Arbeit nach, und sie blicken durch mich durch, als sei ich gar nicht da – das einzige, was sie vermissen würden, wenn ich nicht käme, wäre der Schwamm und der Wassereimer, die da herumschwimmen.

Doch diesmal, als ich an die Tür klopfe und die Große Schwester durch das Guckloch späht, blickt sie mich ganz kalt an, und sie nimmt sich mehr Zeit als gewöhnlich, mir die Tür aufzuschließen. Mir scheint, ihr Gesicht hat die alte Form und Kraft wiedergewonnen. Die anderen löffeln sich alle Zucker in den Kaffee und borgen sich Zigaretten, so wie vor jeder Sitzung, doch es liegt eine gewisse Spannung in der Luft. Zuerst glaube ich, das sei wegen mir. Dann bemerke ich, daß die Große Schwester nicht mal Platz genommen hat, sich nicht mal um eine Tasse Kaffee bemüht hat.

Sie läßt mich durch die Tür schlüpfen und erdolcht mich wieder mit beiden Augen, als ich an ihr vorbeigehe, schließt hinter mir wieder ab und dreht sich herum und starrt mich weiter an. Ich weiß, daß sie mißtrauisch ist. Ich dachte, sie sei vielleicht von McMurphys trotziger Haltung zu sehr erschüttert, als daß sie mich überhaupt beachten würde, doch sie sieht gar nicht erregt aus. Sie hat sich schon wieder völlig in der Gewalt und wundert sich jetzt, wie konnte Mr. Bromden denn hören, als ihn dieser Akute McMurphy bei der Abstimmung aufforderte, die Hand zu heben? Sie fragt sich, wie kommt es bloß, daß er seinen Mop hinlegte und sich zu den Akuten vor den Fernseher setzte? Keiner von den anderen Chronischen tat das. Sie fragt sich, ob es nicht an der Zeit ist, sich etwas mehr mit unserem Häuptling Bromden zu befassen.

Ich drehe ihr den Rücken zu und fahre mit meinem Schwamm in die Ecke. Ich halte den Schwamm hoch über meinen Kopf, damit alle sehen können, wie er mit grünem Schleim überzogen ist und wie hart ich arbeite; dann beuge ich mich wieder vor und schrubbe stärker als je zuvor. Aber so sehr ich mich auch in meine Arbeit vertiefe und mich bemühe, so zu tun, als wisse ich nicht, daß sie hinter mir steht, so spüre ich doch, daß sie dort an der Tür steht und sich in meinen Schädel bohrt und daß sie jeden Moment den Durchbruch schaffen kann, und ich bin nahe daran, aufzugeben und hinauszuschreien und ihnen alles zu sagen, wenn sie ihre Augen nicht von mir nimmt.

Dann bemerkt sie, daß sie auch angestarrt wird – von allen anderen im Zimmer. So wie sie sich über mich wundert, wundern sie sich über sie und was sie wohl mit dem Rotschopf da hinten im Tagesraum für Pläne hat. Sie sind gespannt, was sie wohl über ihn sagen wird, und sie interessieren sich überhaupt nicht für irgendeinen blöden Indianer, der dort auf Händen und Knien in der Ecke herumrutscht. Sie erwarten etwas von ihr, deshalb wendet sie ihren Blick von mir ab und holt sich eine Tasse Kaffee und setzt sich und rührt Zucker hinein und achtet sorgfältig darauf, daß der Löffel nicht mit der Tasse in Berührung kommt.

Es ist der Doktor, der den Anfang macht. «Also dann, Leute, können wir anfangen?»

Er lächelt den Assistenzärzten zu, die schlückchenweise ihren Kaffee trinken. Er versucht die Große Schwester nicht anzusehen. Sie sitzt so ruhig da, daß er nervös und zappelig wird. Er holt seine Brille heraus und setzt sie auf, um auf die Uhr zu sehen, und zieht sie dann auf, während er redet.

«Fünfzehn nach. Höchste Zeit, daß wir anfangen. Nun denn. Miss Ratched, wie die meisten von Ihnen wissen, hat diese Zusammenkunft einberufen. Sie hat mich vor der Therapeutischen Gemeinschaftssitzung angerufen und gesagt, ihrer Meinung nach werde McMurphy immer mehr zu einem störenden Element auf der Station. Intuitiv wie immer, meinen Sie nicht, wenn Sie sich vor Augen halten, was sich vor ein paar Augenblicken abspielte?»

Er hört auf, seine Uhr aufzuziehen, weil sie bei nur einer Umdrehung mehr wahrscheinlich platzen würde, und sitzt nur da und lächelt seine Uhr an und trommelt mit rosaroten Fingern auf dem Handrücken und wartet. Gewöhnlich nimmt sie spätestens zu dem Zeitpunkt die Führung der Sitzung in die Hand, doch jetzt sagt sie gar nichts.

«Nach dem, was heute vorgefallen ist», fährt der Doktor fort, «kann niemand mehr sagen, daß wir es da mit einem gewöhnlichen Mann zu tun haben. Nein, ganz bestimmt nicht. Und er *ist* ein störendes Element, das liegt auf der Hand. Daher – ähem –, so meine ich, müssen wir in dieser Besprechung beschließen, wie wir in Zukunft mit ihm zu verfahren haben. Ich glaube, die Schwester hat diese Sitzung einberufen – korrigieren Sie mich, wenn ich das falsch sehe, Miss Ratched –, um sich mit dieser Lage auseinanderzusetzen und die Meinungen des Stabes über die beste Behandlung McMurphys zu koordinieren.»

Er sieht sie fragend an, aber sie sagt immer noch nichts. Sie hat den Kopf zurückgelegt und schaut an die Decke, sucht höchstwahrscheinlich nach Schmutz, und es sieht so aus, als habe sie kein Wort von dem gehört, was er sagte.

Der Doktor wendet sich an die Reihe der Assistenzärzte auf der gegenüberliegenden Seite; alle haben auf die gleiche Weise die Beine übereinandergeschlagen und halten die Kaffeetasse auf demselben Knie. «Ich bin mir bewußt», sagt der Doktor, «daß Sie noch nicht genügend Zeit zu einer genauen Diagnose des Patienten hatten, Sie hatten jedoch die Gelegenheit, ihn in Aktion zu sehen. Was halten *Sie* davon?»

Die Frage läßt ihre Köpfe auffahren. Raffiniert hat er ihnen den Ball zugespielt. Alle schauen von ihm auf die Große Schwester. Irgendwie hat sie innerhalb weniger Minuten all ihre alte Macht zurückgewonnen. Sie brauchte nur dazusitzen und schweigend die Decke anzulächeln, um die Zügel wieder in die Hand zu nehmen und jedem ins Bewußtsein zu rufen, daß sie hier drin der Faktor ist, mit dem sich jeder auseinanderzusetzen hat. Wenn diese Jungen nur einen kleinen Fehler machen, müssen sie damit rechnen, ihre Ausbildung in der Trinkerheilanstalt in Portland droben zu beenden. Jetzt rutschen sie genauso unruhig hin und her wie der Doktor.

«Er ist zweifellos ein störendes Element.» Der erste Junge geht kein Risiko ein.

Alle schlürfen ihren Kaffee und denken darüber nach. Dann sagt der nächste: «Und er könnte zu einer echten Gefahr werden.»

«Das stimmt, das stimmt», sagt der Doktor.

Der Junge meint, er habe vielleicht den richtigen Schlüssel gefunden, und macht weiter. «Zu einer echten Gefahr, in der Tat», sagt er und rutscht auf seinem Stuhl nach vorne. «Wir dürfen nicht vergessen, daß dieser Mann nur zu dem einen Zweck Gewalttätigkeiten beging, um das Sträflingslager mit dieser Klinik zu vertauschen, in der es sich verhältnismäßig angenehm leben läßt.»

«*Vorausberechnete* Gewalttätigkeiten», sagt der erste Junge.

Und der dritte Junge murmelt: «Gerade die Art dieses Planes könnte natürlich darauf hinweisen, daß er einfach ein raffinierter Schwindler ist und keineswegs geisteskrank.»

Er wirft ihr einen kurzen Blick zu, um zu sehen, wie das bei ihr ankommt, und muß feststellen, daß sie sich noch immer nicht gerührt hat, keinerlei Reaktion zeigt. Doch der Rest des Stabes sitzt da und starrt ihn an, als habe er etwas furchtbar Vulgäres gesagt. Er merkt, daß er viel zu weit gegangen ist, und versucht, es zum Witz abzuwerten, indem er kichert und hinzufügt: «Sie kennen doch den Spruch, ‹Wer nicht im Gleichschritt marschiert, hört eine andere Trommel› –» doch es kommt zu spät. Der erste Assistenzarzt wendet sich gegen ihn, nachdem er seine Tasse abgestellt und eine faustgroße Pfeife aus der Tasche geholt hat.

«Um ehrlich zu sein, Alvin», sagt er zu dem dritten Jungen, «du enttäuschst mich. Man braucht nicht mal seine Vergangenheit zu kennen, sein Benehmen auf der Station allein zeigt schon, wie absurd deine Idee ist. Dieser Mann ist nicht nur sehr sehr krank, ich glaube sogar ganz sicher, daß er ein Potentieller Angreifer ist. Ich nehme an, das war auch Miss Ratcheds Verdacht, als sie diese Sitzung einberief. Erkennst du in ihm nicht den Archetypus des Psychopathen? Ein klarerer Fall ist mir noch nie zu Ohren gekommen. Dieser Mann ist ein Napoleon, ein Dschingis-Khan, Attila der Hunnenkönig.»

Ein anderer mischt sich ein. Er erinnert sich, daß die Schwester die Geschlossene erwähnt hat. «Robert hat recht, Alvin. Hast du nicht gesehen, wie sich der Mann heute da draußen aufführte? Als eine seiner Intrigen vereitelt wurde, sprang er von seinem Stuhl auf, drauf und dran, gewalttätig zu werden. Sagen Sie, Doktor, was steht denn in seiner Akte über Gewalttätigkeit?»

«Wir haben eine ausgeprägte Geringschätzung für Disziplin und Autorität», sagt der Doktor.

«Sehr richtig. Seine Vergangenheit zeigt, Alvin, daß er Autoritätspersonen immer wieder seine Feindseligkeiten spüren ließ – in der Schule, beim Militär, im *Gefängnis*! Und ich meine, sein Verhalten nach dem Wirrwarr der Abstimmung heute ist ein Hinweis, wie wir ihn deutlicher nicht haben könnten, darauf, was uns in der Zukunft erwartet.» Er unterbricht sich und schaut finster in den Pfeifenkopf, steckt sich die Pfeife wieder in den Mund und zündet ein Streichholz an und saugt mit einem lauten, schmatzenden Geräusch die Flamme in den Pfeifenkopf. Als er damit fertig ist, wirft er durch die gelbe Rauchwolke einen kurzen Blick auf die Große Schwester; er hält wohl ihr Schweigen für Zustimmung, denn er fährt fort, mit größerer Begeisterung und seiner Sache noch sicherer als vorher.

«Überleg doch mal, Alvin», sagt er, mit einer Stimme wie Baumwollflaum, wegen dem Rauch, «überleg doch mal, was uns passieren kann, stell dir vor, was einem von uns zustoßen wird, wenn er allein mit Mr. McMurphy bei der Individual-Therapie ist. Stell dir vor, du näherst dich einem besonders schmerzhaften Durchbruch, und er beschließt auf einmal, er hat genug von deinem – wie würde er sich ausdrücken? –, deinem ‹verdammt naseweisen Professoren-Getue›! Du sagst ihm, er müsse seine feindseligen Regungen unterdrücken, und er sagt ‹Steig mir aufs Dach›, und du sagst ihm, er solle sich beruhigen, mit gebieterischer Stimme, versteht sich, und hier kommt er, seine ganzen rothaarigen, psychopathischen, irischen zwei Zentner, geradewegs über den Tisch stürzt er sich auf dich. Bist du – ist überhaupt einer von uns – in der Lage, mit Mr. McMurphy fertig zu werden, wenn der Augenblick gekommen ist?»

Er steckt sich die Pfeife, mindestens eine Nummer zehn, wieder in den Mundwinkel, stützt sich mit den Händen auf seine Knie und wartet. Alle denken an McMurphys dicke rote Arme und narbige Hände und an seinen Hals, der wie ein rostiger Keil in seinem Unterhemd steckt. Der Assistenzarzt mit dem Namen Alvin ist bei dem Gedanken bleich geworden, so, als habe der gelbe Qualm, den ihm sein Kumpel um die Ohren bläst, sein Gesicht verfärbt.

«Sie glauben also, es wäre klug», fragt der Doktor, «ihn in die Geschlossene hinauf zu verfrachten?»

«Ich glaube, das wäre allermindestens sicher», antwortet der Typ mit der Pfeife und macht die Augen zu.

«Ich fürchte, ich muß meinen Vorschlag zurückziehen und Robert recht geben», sagt Alvin zu den anderen, «wenn auch nur, um mich selbst zu beschützen.»

Alle lachen. Sie sind jetzt nicht mehr so angespannt, in der Gewißheit, den Plan gefunden zu haben, den sie sich wünscht. Sie trinken darauf alle einen Schluck Kaffee, mit Ausnahme des Typs mit der Pfeife, und der hat ein großes Getue, weil das Ding die ganze Zeit ausgeht, er verbraucht einen Haufen Streichhölzer und saugt und pafft und schmatzt mit den Lippen. Endlich glüht es wieder zu seiner Zufriedenheit, und er sagt recht stolz: «So ist es, Geschlossene Abteilung für Kupferdach McMurphy, so leid es mir tut. Wißt ihr, was ich glaube, nachdem ich ihn die letzten paar Tage beobachtet habe?»

«Schizophrene Reaktion?» fragt Alvin.

Pfeife schüttelt den Kopf.

«Latent homosexuell mit Reaktionsbildung?» sagt der dritte.

Pfeife schüttelt wieder den Kopf und macht die Augen zu. «Nein», sagt er und blickt sich lächelnd in der Runde um, *«negativer Ödipus.»*

Alle gratulieren ihm.

«Jawohl, ich glaube, vieles weist darauf hin», sagt er. «Doch gleich, wie die endgültige Diagnose ausfällt, eins dürfen wir nie vergessen: Wir haben es hier nicht mit einem gewöhnlichen Mann zu tun.»

«Sie – liegen ganz, ganz falsch, Mr. Gideon.»

Es ist die Große Schwester.

Alle Köpfe fahren herum – meiner auch, doch ich kann die Bewegung gerade noch abfangen und so tun, als mache ich mir an einem Fleck zu schaffen, den ich eben über meinem Kopf an der Wand entdeckte. Sie sind alle völlig aus der Fassung geraten, soviel steht fest. Sie hatten geglaubt, sie hätten genau das vorgeschlagen, was sie sich wünschte, was sie selbst in der Sitzung vorschlagen wollte. Das hatte ich auch geglaubt. Ich hab's erlebt, daß sie Leute in die Geschlossene schickte, die nur halb so groß waren wie McMurphy, nur weil sie glaubte, sie könnten vielleicht jemand anspucken; und jetzt hat sie den reinsten Bullen von einem Mann gegen sich, der ihr und allen anderen auf der Station den Kampf angesagt hat, der nach ihren eigenen Worten keinen Tag länger auf der Station bleiben würde, und jetzt sagt sie nein.

«Nein. Ich bin nicht Ihrer Meinung. Ganz und gar nicht.» Sie schenkt allen ringsum ein Lächeln. «Ich bin nicht der Meinung, daß er in die Geschlossene gehört, womit wir lediglich unser Problem einer anderen Station überlassen würden, und ich bin nicht der Meinung, daß er in irgendeiner Weise ein ungewöhnliches Wesen ist – so eine Art Super-Psychopath.»

Sie wartet, aber niemand widerspricht ihr. Zum erstenmal trinkt sie ein Schlückchen von ihrem Kaffee; als sie die Tasse von ihrem Mund absetzt, klebt diese orangerote Farbe dran. Ich starre auf den Rand der Kaffeetasse, ohne es zu wollen; ihr Lippenstift kann einfach nicht diese Farbe haben. Die Farbe an ihrer Kaffeetasse muß von der Hitze herrühren, die Berührung mit ihren Lippen brachte sie zum Glühen.

«Ich will zugeben, daß ich, als ich das störende Element in Mr. McMurphy erkannte, zunächst den Gedanken hatte, er müsse unbedingt hinauf in die Geschlossene. Doch jetzt glaube ich, daß es zu spät dafür ist. Würde der Schaden, den er unserer Station zugefügt hat, dadurch wiedergutgemacht, daß wir ihn entfernten? Ich glaube nicht, nachdem was heute nachmittag vorgefallen ist. Ich glaube, wenn wir ihn jetzt in die Geschlossene schickten, dann wäre das genau das, was die Patienten erwarten. Er wäre ein Märtyrer für sie. Sie hätten nie mehr die Gelegenheit zu sehen, daß dieser Mann kein – wie Sie sich ausdrückten, Mr. Gideon – außergewöhnliches Wesen ist.»

Sie trinkt noch einen Schluck und stellt die Tasse auf den Tisch; es klingt wie der Hammer eines Versammlungsleiters; alle drei Assistenzärzte sitzen bolzgerade.

«Nein. Er ist nicht außergewöhnlich. Er ist nur ein Mann, und sonst gar nichts, und damit ist er denselben Ängsten, derselben Feigheit und Ängstlichkeit unterworfen wie jeder andere Mann. Noch ein paar Tage, und ich hab den ganz starken Verdacht, er wird den Beweis dafür liefern, uns sowohl als auch den anderen Patienten. Wenn wir ihn auf der Station behalten, dann bin ich sicher, daß seine Frechheit nachlassen wird, seine selbstgestrickte Rebellion wird sich in nichts auflösen, und –» sie lächelt, sie weiß etwas, was sonst niemand weiß – «unser rothaariger Held wird sich selbst zu etwas reduzieren, das die Patienten alle erkennen und wofür sie keine Achtung haben werden: zu einem Aufschneider und Prahlhans von der Sorte, die auf eine Seifenkiste steigen und um Anhang werben, so wie wir das bei Cheswick erlebt haben, die dann aber in dem Augenblick rückwärts wieder absteigen, wo ihnen persönlich eine echte Gefahr droht.»

«Der Patient McMurphy –» der Junge mit der Pfeife hat das Gefühl, er sollte seinen Standpunkt wenigstens ein bißchen verteidigen und versuchen, das Gesicht zu wahren – «macht auf mich nicht den Eindruck eines Feiglings.»

Ich rechne damit, daß sie wütend wird, sie wird es aber nicht. Sie gibt ihm nur einen Blick, der sagen soll, ‹Warten wir's ab›, und sagt:

«Ich habe nicht behauptet, er sei ein ausgesprochener Feigling, Mr. Gideon; o nein. Er ist einfach zu sehr verknallt in jemand. Als Psychopath ist er zu sehr in einen gewissen Mr. Randle Patrick McMurphy verknallt, als daß er ihn einer unnötigen Gefahr aussetzen würde.» Sie schenkt dem Jungen ein Lächeln, das bestimmt endgültig seine Pfeife ausgehen läßt. «Wenn wir nur eine kleine Weile warten, dann wird unser Held – wie sagt doch ihr Akademiker? – Leine ziehen? Ja?»

«Das kann aber Wochen dauern –» fängt der Junge an.

«Wir haben doch Zeit», sagt sie. Sie steht auf und ist sehr mit sich zufrieden, zum erstenmal wieder seit einer Woche, seit McMurphy kam und anfing, ihr Kummer zu bereiten. «Wir haben Zeit, Wochen, Monate oder auch Jahre, wenn's sein muß. Vergessen Sie nicht, daß Mr. McMurphy eingewiesen wurde. Es steht ganz bei uns zu entscheiden, wie lange er in dieser Klinik zu bleiben hat. Schön, wenn es dann nichts anderes mehr ...»

Daß sich die Große Schwester in dieser Sitzung so zuversichtlich gab, beunruhigte mich eine Zeitlang, doch McMurphy machte das überhaupt nichts aus. Das ganze Wochenende und die ganze nächste Woche setzte er ihr und ihren schwarzen Jungen so hart zu wie eh und je, und die Patienten hatten ihre Freude daran. Er hatte seine Wette gewonnen; er hatte die Schwester fuchtig gemacht, so wie er das versprochen hatte, und dafür hatte er kassiert, doch das hielt ihn nicht davon ab, genauso weiterzumachen, auf dem Flur herumzugrölen, die schwarzen Jungen auszulachen, den gesamten Stab zu frustrieren, ja er ging sogar so weit, einmal die Große Schwester im Gang zu stellen und sie zu bitten, falls es ihr nichts ausmache, ihm Auskunft zu geben, wie groß nun eigentlich, in Zentimetern gemessen, diese großen Dinger, ihre Brüste, seien, die sie mit aller Macht, doch ohne Erfolg, zu verstecken versuche. Sie ging glatt an ihm vorüber, ignorierte ihn genauso, wie sie die Tatsache zu ignorieren versuchte, daß die Natur sie mit diesen übergroßen Merkmalen der Weiblichkeit ausgezeichnet hatte, als stehe sie weit über ihm und über Sex und über allem anderen, das schwach und dem Fleisch unterworfen ist. Als sie die Arbeitseinteilung ans Schwarze Brett geschlagen hatte und er las, daß sie ihm Latrinendienst gegeben hatte, ging er zu ihrem Büro und klopfte an ihre Scheibe und dankte ihr persönlich für diese Ehre und sagte ihr, er werde beim Ausputzen jedes einzelnen Urinbeckens an sie denken. Sie sagte ihm, das sei nicht nötig; er solle nur seine Arbeit tun, das reicht, danke schön.

Er tat nie mehr, als mit einer Bürste ein-, zweimal durch das Bekken zu fahren, und dabei sang er irgendein Lied, so laut er konnte, im Takt mit dem Hin und Her der Bürste; dann warf er eine Portion Clorox hinein, und schon war er fertig. «Sauber genug», sagte er zu dem schwarzen Jungen, der ihn zur Rede stellte, weil er seine Arbeit so schnell hinter sich brachte, «vielleicht nicht sauber genug für *manche* Leute, ich jedenfalls hab vor, in sie zu pissen, und nicht, sie als Eßtisch zu benützen.» Und als die Große Schwester den verzweifelten Bitten des schwarzen Jungen nachgab und hereinkam, um persönlich McMurphys Arbeit zu überprüfen, brachte sie einen kleinen Taschenspiegel mit und hielt ihn unter den Rand der Urinbecken. Kopfschüttelnd ging sie von Becken zu Becken und sagte jedesmal: «Das ist ja ein Skandal … es ist ein Skandal …» McMurphy ging augenzwinkernd neben ihr her und sagte daraufhin: «Nein; das ist ein Pißbecken … ein *Piß*becken.»

Doch sie verlor nicht wieder die Beherrschung, nichts in ihrem Verhalten wies darauf hin, daß es noch einmal passieren könnte. Sie machte ihm Vorhaltungen wegen der Toiletten, übte auf ihn denselben schrecklichen, langsamen, geduldigen Druck aus wie auf alle anderen, während er vor ihr stand, wie ein kleiner Junge, dem auf die Finger geklopft wird, mit hängendem Kopf, eine Stiefelspitze über der anderen, und sagte: «Ich streng mich an, ich tu mein Bestes, Schwester, aber ich fürchte, ich werde nie zum Vorarbeiter der Latrinenreiniger aufsteigen.»

Einmal schrieb er etwas auf einen Fetzen Papier, seltsame Schriftzeichen, wie aus einer exotischen Sprache, und klebte es mit einem Stück Kaugummi unter den Rand eines Urinbeckens; als sie kam und ihren Spiegel unter den Rand hielt, konnte sie es im Spiegel lesen, und sie stieß einen kleinen Schrei aus und ließ den Spiegel in die Toilette fallen. Sie verlor aber nicht die Beherrschung. Dieses Puppenlächeln und dieses Puppengesicht waren in Selbstvertrauen geschmiedet. Sie wandte sich von dem Becken ab und warf ihm einen Blick zu, der Farbe abblättern lassen würde, und sagte ihm, seine Arbeit sei es, die Latrine *sauberer* zu machen, nicht schmutziger.

Eigentlich wurde auf der Station nicht viel saubergemacht. Sobald am Nachmittag die Zeit kam, die im Stundenplan für die häuslichen Arbeiten vorgesehen war, kamen im Fernsehen die Baseballspiele, und jeder holte sich einen Stuhl und setzte sich vor den Fernseher und blieb bis zum Abendessen sitzen. Es spielte keine Rolle, daß in der Schwesternstation der Strom abgeschaltet wurde und wir nur den leeren grauen Schirm vor uns hatten. McMurphy unterhielt uns stundenlang, er saß da und redete und erzählte uns alle möglichen Geschichten, wie er zum Beispiel einmal als Langholzfahrer in einem Monat tausend Dollar verdiente und sie dann in einem Zweikampf im Axtschleudern bis auf den letzten Pfennig an einen Kanadier verlor oder wie er und ein Kumpel auf einem Rodeo in Albany einen Kerl überredeten, einen Buckelochsen zu reiten, und zwar mit verbundenen Augen: «Nicht dem Bullen, dem Reiter waren die Augen verbunden.» Sie hatten dem Kerl eingeredet, mit verbundenen Augen werde ihm nicht so leicht schwindlig, wenn der Bulle anfange, im Kreis herumzuwirbeln, und dann, als sie ihm ein Halstuch um die Augen gebunden hatten und er nichts mehr sehen konnte, setzten sie ihn rücklings auf den Bullen. McMurphy erzählte die Geschichte ein paarmal, und jedesmal, wenn er daran zurückdachte, schlug er sich mit seiner Mütze auf die Schenkel und lachte. «Mit verbundenen Augen und rücklings ... Und leck mich am Arsch, er schaffte die Mindestzeit und bekam den Preis. Und ich war zweiter; wär er abgeworfen worden, wär ich erster geworden und hätt ganz schön kassiert. Wenn ich wieder mal so 'n Ding drehe, dann verbind ich dem verdammten Bullen die Augen, das schwör ich.»

Klopft sich auf die Schenkel und wirft den Kopf zurück und lacht und lacht und rammt seinem Nachbarn den Daumen in die Rippen, um den auch zum Lachen zu bringen.

Es gab Zeiten in dieser Woche, wenn ich dieses herzhafte Lachen hörte, wenn ich zusah, wie er sich am Bauch kratzte und sich streckte und gähnte und seinem Nebenmann zublinzelte, dem er gerade einen Witz erzählte, wenn ich sah, daß bei ihm alles so natürlich und selbstverständlich war wie das Atmen, dann hörte ich auf, mir über die Große Schwester und die Genossenschaft in ihrem Rücken Gedanken zu machen. Ich sagte mir dann, er ist stark genug, so wie er ist, daß er nie klein beigeben wird, wie sie sich das erhofft. Ich sagte mir, vielleicht ist er tatsächlich etwas Außergewöhnliches. Er ist, was er ist, das ist alles. Vielleicht macht ihn das stark genug, einfach zu sein, was er ist. Die Genossenschaft ist in all den Jahren nicht an ihn herangekommen; wie kann sich da die Schwester einbilden, sie würde es in ein paar Wochen schaffen? Er wird es nie zulassen, daß sie ihn ändern und zurechtbiegen.

Und später, als ich mich vor den schwarzen Jungen in der Latrine versteckte, schaute ich mich im Spiegel an und wunderte mich, wie kann ein Mensch nur so etwas Gewaltiges schaffen, zu sein, was er ist. Da war mein Gesicht im Spiegel, dunkel und hart, mit großen hervorstehenden Backenknochen, als sei das Gesicht darunter mit einem Beil behauen worden, die Augen ganz schwarz und hart, richtig boshaft sehen sie aus, genau wie Papas Augen oder die Augen all dieser zähen, boshaft aussehenden Indianer, die man im Fernsehen sieht, und ich dachte, das bin nicht ich, das ist nicht mein Gesicht. Das war nicht mal ich, als ich noch versuchte, dieses Gesicht zu sein. Nicht mal damals war das wirklich ich; ich war nur so, wie ich aussah, wie mich die Leute haben wollten. Es sieht nicht so aus, als sei ich jemals ich gewesen. Wie kann McMurphy sein, was er ist?

Ich sah ihn jetzt anders als am Tag seiner Ankunft. Ich sah jetzt mehr an ihm als nur die großen Hände und den roten Backenbart und das gebrochene Nasenbein in seinem grinsenden Gesicht. Ich sah, wie er Dinge tat, die nicht zu seinem Gesicht oder seinen Händen paßten, wenn er etwa im OT ein Bild malte, mit richtigen Farben auf ein leeres Blatt Papier, nirgendwo Linien oder Zahlen, die ihm sagen, wo er zu malen hat, oder wenn er in schöner schwungvoller Handschrift Briefe schrieb. Wie konnte ein Mann, der so aussah wie er, Bilder malen oder Leuten Briefe schreiben oder sich aufregen und Sorgen machen, wie ich das einmal sah, als ein Brief zurückkam? Solche Dinge würde man von Billy Bibbit oder Harding erwarten. Harding hatte Hände, die so aussahen, als sollten sie Bilder malen, wenn sie es auch nie taten; Harding versteckte seine Hände und zwang sie dazu, Bretter für Hundehütten auszusägen. McMurphy war da anders. Er hatte sich von seinem Aussehen nicht diktieren lassen, was für ein Leben er zu führen hatte, sowenig wie er sich von der Genossenschaft so zurechthobeln ließ, wie sie sich das wünschten.

Ich sah jetzt viele Dinge anders. Ich vermutete, daß die Nebelmaschine in den Wänden kaputtgegangen war, weil sie sie für die Sitzung am Freitag überfordert hatten, und deshalb konnten sie jetzt keinen Nebel und keine Gase verbreiten, um zu verschleiern, wie die Dinge im Augenblick aussahen. Zum erstenmal seit Jahren sah ich die Leute ohne den schwarzen Rand, den sie sonst immer hatten, und in einer Nacht konnte ich sogar aus dem Fenster schauen.

Wie ich schon erklärte, gaben sie mir abends, bevor sie mich ins Bett jagten, meistens diese Pille, die mich für die ganze Nacht betäubte. Oder wenn irgendwie die Dosierung nicht stimmte und ich wachte auf, dann waren meine Augen mit einer Kruste überzogen, und der Schlafsaal war voller Rauch, die Leitungen in den Wänden waren bis zum äußersten geladen, sie krümmten sich und sprühten Tod und Haß in die Luft – einfach mehr, als ich ertragen konnte, und deshalb zog ich in solchen Fällen das Kissen über den Kopf und versuchte, wieder einzuschlafen. Immer wenn ich mal einen Blick riskierte, roch es draußen nach verbrannten Haaren, und ich hörte ein Geräusch, das mich an ein Stück Fleisch in einer heißen Bratpfanne erinnerte.

Doch in dieser einen Nacht, ein paar Tage nach der großen Sitzung, wachte ich auf, und der Schlafsaal war sauber und still. Abgesehen von den ruhigen Atemzügen der Männer und dem Geraschel des losen Zeugs unter den brüchigen Rippen der zwei alten Vegetierer war es totenstill. Ein Fenster war offen, und die Luft im Schlafsaal war sauber und hatte ein Aroma, das mir irgendwie in den Kopf stieg, mich betrunken machte und das Verlangen in mir weckte, aus dem Bett zu steigen und etwas zu tun.

Ich schlüpfte zwischen meinen Decken hervor und ging barfuß über die kalten Fliesen zwischen den Betten. Ich spürte die Fliesen unter meinen Füßen, und ich fragte mich, wie oft, wie viele tausend Male ich den Mop über diese Fliesen geschoben hatte, ohne sie jemals zu spüren. Diese Arbeit mit dem Mop kam mir jetzt vor wie ein Traum, ich konnte einfach nicht recht glauben, daß sich diese ganzen Jahre tatsächlich so abgespielt hatten. Nur das kalte Linoleum unter meinen Füßen war in dem Augenblick wirklich, existierte tatsächlich.

Ich ging zwischen den Kameraden durch, die in langen weißen Reihen wie Schneeverwehungen aufgehäuft waren, vorsichtig, um nirgends anzustoßen, bis ich an die Wand mit den Fenstern kam. Ich ging die Fenster entlang, bis ich zu einem kam, dessen Sonnenblende in der Brise leise flatterte, und ich drückte meine Stirn an das Drahtgitter. Der Draht war kalt und scharfkantig, und ich rollte mein Gesicht darauf hin und her, von einem Ohr zum andern, um ihn auf meinen Wangen zu spüren, und ich konnte die Brise riechen. Es wird Herbst, dachte ich, ich kann das Silofutter riechen, diesen sauren Sirupgeruch, der die Luft in Schwingungen versetzt wie eine Glocke – ich rieche, daß jemand Eichenlaub verbrannt hat und es über Nacht schwelen läßt, weil es noch zu grün war.

Es wird Herbst, mußte ich dauernd denken, es wird Herbst; als sei das die eigenartigste Sache, die je passiert ist. Herbst. Hier draußen war es vor einer Weile Frühling, dann war es Sommer, und jetzt ist es Herbst – was für eine merkwürdige Vorstellung.

Es fiel mir ein, daß ich immer noch die Augen zu hatte. Ich hatte sie zugemacht, als ich mein Gesicht gegen das Gitter drückte, als habe ich Angst, hinauszusehen. Jetzt mußte ich sie aufmachen. Ich blickte zum Fenster hinaus und sah zum erstenmal, daß die Klinik auf dem Land lag. Der Mond stand tief am Himmel, über dem Weideland. Sein Gesicht war vernarbt und aufgekratzt, wo er sich eben von den Knorren der Zwergeichen und Erdbeerbäume am Horizont losgerissen hatte. Die Sterne in der Nähe des Mondes waren bleich; sie wurden heller und mutiger, je weiter sie sich aus dem Lichtkreis entfernten, den der riesige Mond beherrschte. Das erinnerte mich daran, daß ich genau dasselbe schon einmal bemerkt hatte, als ich mit Papa und den Onkels auf Jagd war und ich in Decken eingewickelt lag, die Großmama gewoben hatte, ich lag ein Stück weit entfernt von der Stelle, wo die Männer schweigend um das Feuer saßen und einen Literkrug Kaktusschnaps kreisen ließen. Ich beobachtete, wie dieser große Oregon-Präriemond all die Sterne in seiner Nähe ausstach. Ich blieb wach, um zu sehen, ob der Mond jemals blasser oder die Sterne heller werden würden, bis der Tau anfing auf mein Gesicht zu fallen und ich mir eine Decke über den Kopf ziehen mußte.

Unten vor meinem Fenster bewegte sich etwas – es warf einen langen Spinnenschatten über das Gras, als es aus meinem Blickfeld rannte und sich hinter einer Hecke versteckte. Als es wieder dorthin zurückrannte, wo ich es besser sehen konnte, erkannte ich, daß es ein Hund war, ein junger dürrer Köter, von zu Hause ausgerissen, um herauszufinden, was sich eigentlich bei Nacht abspielte. Er schnüffelte an den Löchern, die sich Eichhörnchen gegraben hatten, nicht um sie zu jagen, sondern einfach aus Neugier, was die so spät nachts wohl anstellten. Er steckte die ganze Schnauze in einen Bau, das Hinterteil in der Luft, mit wedelndem Schwanz, und dann rannte er weiter zum nächsten Loch. Der Mond glitzerte rings um ihn auf dem nassen Gras, und er hinterließ Spuren wie dunkle Farbspritzer auf dem blau schimmernden Rasen. Während er von einem besonders interessanten Bau zum nächsten galoppierte, wurde er von allem um ihn herum so überwältigt – der Mond da droben, die Nacht, die Brise voll so wilder Gerüche, daß ein junger Hund davon betrunken wird –, daß er sich auf den Rücken legen und im Gras wälzen mußte. Er zuckte und warf sich herum wie ein Fisch, den Rücken gekrümmt und den Bauch nach oben, und als er wieder auf die Beine kam und sich schüttelte, verbreitete er einen Sprühregen um sich im Mondschein, wie lauter silberne Schuppen.

Er schnüffelte noch einmal kurz an allen Löchern, um sich all die Gerüche gut einzuprägen, und erstarrte dann plötzlich, eine Pfote in der Luft, den Kopf zur Seite gelegt, so horchte er. Ich horchte auch, konnte aber außer dem Flattern der Blende am Fenster nichts hören. Ich horchte lange. Dann hörte ich in weiter Entfernung ein hohes, lachendes Geschnatter, schwach zuerst, dann immer näher kommend; Kanadagänse auf dem Flug nach Süden, ins Winterquartier. Ich erinnerte mich an all die Gelegenheiten, wo ich sie jagte, auf dem Bauch durchs Gebüsch kroch, an all die Versuche, eine Kanadagans zu erlegen, und daran, daß es mir nie gelungen war.

Ich versuchte in die gleiche Richtung zu blicken wie der Hund, um den Flug vielleicht zu sehen, doch es war zu dunkel. Das Schnattern kam immer näher, bis ich das Gefühl hatte, jetzt fliegen sie genau durch den Schlafsaal, direkt über meinen Kopf weg. Dann flogen sie vor dem Mond vorbei – ein schwarzes, sich schlängelndes Halsband, durch die Leitgans zu einem V auseinandergezogen. Einen Moment lang war die Leitgans genau im Mittelpunkt dieses Kreises, größer als die andern, ein schwarzes Kreuz, das sich öffnet und schließt, dann zog er sein V weiter über den Himmel und aus meinem Blickfeld.

Ich hörte ihnen zu, wie sie immer leiser wurden, bis ich nichts mehr hören konnte, nur noch meine Erinnerung an das Geräusch. Der Hund konnte sie lange nach mir immer noch hören. Er stand immer noch da mit seiner Pfote in der Luft; er hatte sich nicht gerührt und nicht gebellt, als sie über uns wegflogen. Als er sie auch nicht mehr hören konnte, trottete er davon, in die Richtung, in der sie verschwunden waren, auf die Landstraße zu, er trottete gleichmäßig und feierlich, so als habe er eine Verabredung. Ich hielt den Atem an und konnte jeden Klaps seiner Pfoten auf dem Gras hören, als er davontrottete. Dann hörte ich ein Auto, das aus einer Kurve heraus beschleunigte. Die Scheinwerfer tauchten über der Kuppe auf und beleuchteten die Landstraße. Ich sah, daß sich der Hund und das Auto auf die gleiche Stelle auf der Straße zu bewegten.

Der Hund war fast an der niederen Barriere, die das Grundstück einzäunte, als ich spürte, daß jemand von hinten auf mich zukam. Zwei Leute. Ich drehte mich um, aber ich wußte, es waren der schwarze Junge namens Geever und die Schwester mit dem Muttermal und dem Kruzifix. Ich hörte, wie die Furcht in meinem Kopf zu sausen anfing. Der schwarze Junge nahm mich am Arm und drehte mich um. «Ich hab ihn», sagt er.

«Es ist kühl am Fenster hier, Mr. Bromden», sagt die Schwester zu mir. «Meinen Sie nicht, es ist besser, wir legen uns jetzt wieder in unser schönes warmes Bett?»

«Der hört nichts», sagt der schwarze Junge zu ihr. «Ich mach das schon. Er bindet immer sein Leintuch los und wandert durch die Gegend.»

Und ich bewege mich, und sie macht einen Schritt zurück und sagt: «Ach ja, machen Sie's bitte»; sie fummelt an der Kette herum, die sie um den Hals hängen hat. Zu Hause schließt sie sich im Badezimmer ein, wo sie niemand sehen kann, zieht sich ganz aus und reibt sich das Kruzifix über das ganze Muttermal, das in einer dünnen Linie vom Mundwinkel über die Schultern und Brüste läuft. Sie reibt und reibt und spricht ein Gegrüßt-seist-Du-Maria nach dem anderen, doch der Fleck bleibt. Sie blickt in den Spiegel und sieht, daß er dunkler ist, als je zuvor. Schließlich nimmt sie eine Stahlbürste, mit der man gewöhnlich die Farbe von einem Schiffsrumpf abkratzt, und schrubbt sich den Fleck einfach ab, zieht ein Nachthemd über die rohe, blutende Haut und schlüpft unter die Bettdecke.

Doch sie hat zu viel von dem Zeug in sich. Während sie schläft, steigt es ihr in den Hals und in den Mund, rinnt wie purpurroter Speichel aus dem Mundwinkel und über ihren Hals, über ihren Leib. Am nächsten Morgen sieht sie, daß das Mal wieder da ist, und irgendwie glaubt sie, daß es eigentlich nicht aus ihrem Innern kommt – wie könnte es auch? So ein gutes katholisches Mädchen wie sie! –, und sie glaubt, es kommt davon, daß sie abends auf einer Station arbeitet, auf der lauter solche Männer leben wie ich. Nur wir sind daran schuld, und sie wird sich an uns rächen, koste es, was es wolle. Ich wollte, McMurphy würde aufwachen und mir helfen.

«Binden Sie ihn im Bett fest, Mr. Geever, und ich bereite inzwischen eine Spritze vor.»

In den Gemeinschaftssitzungen wurden Beschwerden vorgetragen, die schon so lange vergessen waren, daß der eigentliche Anstoß dazu inzwischen bereits behoben war. Jetzt, da McMurphy da war, um ihnen den Rücken zu stärken, meckerten die Kameraden über alles, was je auf der Station vorgekommen war, das ihnen nicht gefallen hatte.

«Wieso müssen eigentlich die Schlafsäle am Wochenende geschlossen bleiben?» fragte zum Beispiel Cheswick oder einer der anderen. «Darf man sich nicht mal am Wochenende selber die Zeit einteilen?»

«Richtig, Miss Ratched», sagte McMurphy. «Wieso eigentlich?»

«Wenn die Schlafsäle offenblieben, das hat die Vergangenheit gezeigt, dann würdet ihr nach dem Frühstück alle wieder ins Bett gehen.»

«Ist das eine Todsünde? Schließlich schlafen sich *normale* Menschen am Wochenende aus.»

«Ihr Männer seid in dieser Klinik», sagte sie, als wiederhole sie sich zum hundertstenmal, «weil ihr nachweislich nicht in der Lage seid, euch an die Gesellschaft anzupassen. Der Doktor ist mit mir einer Meinung, daß jede Minute, die in Gesellschaft anderer zugebracht wird, mit gewissen Ausnahmen, therapeutisch ist, während jede Minute, die der Patient allein ist und mit Grübeleien verbringt, seine Isolierung nur noch vergrößert.»

«Ist das der Grund, weshalb mindestens acht Männer zusammenkommen müssen, bevor sie die Station verlassen und zum OT oder PT oder zu einem der Ts gebracht werden können?»

«Ganz richtig.»

«Wollen Sie damit sagen, daß das Bedürfnis, einmal allein zu sein, krankhaft ist?»

«Das hab ich nicht gesagt –»

«Heißt das, daß ich, wenn ich zur Latrine gehe, um meine Notdurft zu verrichten, mindestens sieben Kumpels mitnehmen sollte, die dafür sorgen, daß ich auf dem Klo nicht zu grübeln anfange?»

Bevor sie darauf antworten konnte, sprang Cheswick auf und schrie sie an: «Richtig, wollten Sie das damit sagen?», und die anderen Akuten in der Gemeinschaftssitzung sagten dann auch: «Ganz richtig, wollten Sie das damit sagen?»

Dann wartete sie, bis sie alle ihren Mund hielten und Ruhe eingekehrt war, und sagte: «Wenn Sie sich dann wieder beruhigt haben und sich benehmen wie eine Gruppe Erwachsener bei einer Diskussion anstatt wie Kinder auf einem Spielplatz, dann wollen wir mal den Doktor fragen, ob er es für vorteilhaft hält, in diesem Stadium eine Änderung der Stationsvorschriften in Erwägung zu ziehen. Doktor?»

Alle wußten, wie die Antwort des Doktors aussehen würde, und bevor er auch nur den Mund aufmachen konnte, kam Cheswick bereits mit der nächsten Beschwerde. «Und wie steht es denn mit unseren Zigaretten, Miss Ratched?»

«Richtig, wie steht es damit?» murrten die Akuten.

McMurphy wandte sich dem Doktor zu und richtete diesmal die Frage direkt an *ihn*, bevor die Schwester dazu kam, zu antworten. «Richtig, Doktor, wie steht es denn mit unseren Zigaretten? Woher hat sie das Recht, die Zigaretten – *unsere* Zigaretten – auf ihrem Schreibtisch da drin aufzuhäufen, als gehörten sie ihr, und uns nur gelegentlich eine Packung rauszugeben, wenn sie gerade Lust dazu hat. Ich halte nichts davon, mir eine Stange Zigaretten zu kaufen und mir dann von jemand sagen zu lassen, wann ich sie rauchen kann.»

Der Doktor legte den Kopf zur Seite, damit er die Schwester durch seine Brille sehen konnte. Er wußte nichts davon, daß sie die extra Zigaretten an sich nahm, um das Glücksspiel einzudämmen. «Was ist denn das für eine Geschichte mit den Zigaretten, Miss Ratched? Ich glaube, davon ist mir nichts –»

«Ich bin der Meinung, Doktor, es geht entschieden zu weit, wenn ein Mann drei und vier und manchmal sogar fünf Packungen Zigaretten am Tag raucht. Genau das scheint aber in der letzten Woche geschehen zu sein – nach Mr. McMurphys Ankunft –, und deshalb hielt ich es für besser, die Stangen, die die Männer in der Kantine kaufen, zu übernehmen und jedem nur eine Packung pro Tag zu überlassen.»

McMurphy beugte sich vor und raunte Cheswick laut zu: «Paß mal auf, gleich macht sie uns Vorschriften, wann wir auf den Lokus können; nicht nur mußt du sieben Kumpels mit dir in die Latrine nehmen, du darfst auch nur zweimal am Tag gehen, und nur mit ihrer ausdrücklichen Erlaubnis.»

Und lehnte sich in seinem Stuhl zurück und lachte so ausgiebig, daß fast eine Minute lang keiner ein Wort sagen konnte.

McMurphy hatte einen Riesenspaß an all dem Drunter-und-Drüber, das er verursachte, und ich glaube, er war auch ziemlich überrascht, daß der Stab nicht mehr Druck auf ihn ausübte, und er war vor allem überrascht, daß die Große Schwester nichts mehr zu ihm zu sagen hatte. «Ich hab geglaubt, der alte Aasgeier sei wesentlich zäher», sagte er nach einer Sitzung zu Harding. «Vielleicht war nur dieser eine ordentliche Denkzettel nötig, sie in den Senkel zu stellen. Nur stört es mich –» er runzelte die Stirn – «daß sie so tut, als halte sie immer noch ein paar Asse in ihrem weißen Ärmel.»

Er hatte weiterhin seinen Spaß daran, bis etwa Mittwoch der folgenden Woche. Da erfuhr er, warum die Große Schwester so sicher war, alle Trümpfe in der Hand zu halten. Mittwochs werden immer alle, sofern sie nicht schon angefault sind, zum Schwimmbecken verfrachtet, ob wir nun wollen oder nicht. Als es noch Nebel auf der Station gab, versteckte ich mich immer darin, um nicht gehen zu müssen. Das Schwimmbecken hat mir schon immer Angst eingejagt; ich hatte immer Angst, ich könnte zu tief, bis über meinen Kopf, hineingeraten und ertrinken, vom Abfluß geschluckt werden, direkt ins Meer hinaus. Als Kind am Columbia-Fluß war ich immer richtig tapfer am Wasser; ich ging mit all den anderen Männern auf dem schmalen Steg am Wasserfall vorbei, ich krabbelte herum, während rings um mich grünes und weißes Wasser dröhnte und Regenbogen bildete, dabei hatte ich nicht mal Nägel an meinen Schuhen wie die Männer. Doch als ich sah, daß mein Papa anfing, sich zu ängstigen, bekam ich es auch mit der Angst zu tun, mit der Zeit fürchtete ich mich schon vor seichten Weihern.

Wir kamen aus der Umkleidekabine, und im Schwimmbecken zappelte und spritzte es, es war voll nackter Männer. Das Gebrüll und Geschrei prallte von der hohen Decke ab, so wie es das in Hallenbädern immer tut. Die schwarzen Jungen trieben uns hinein. Das Wasser war angenehm warm, aber ich wollte mich nicht vom Rand weg entfernen (die schwarzen Jungen gehen mit langen Bambusstäben am Becken entlang und stoßen dich zurück, wenn du versuchst, dich am Rand festzuhalten), und deshalb blieb ich in McMurphys Nähe, weil ich wußte, daß sie ihn nicht ins tiefe Wasser treiben würden, wenn er nicht dahin wollte.

Er unterhielt sich mit dem Bademeister, und ich stand ein, zwei Meter von ihm weg. McMurphy mußte ein Loch erwischt haben, denn er mußte Wasser treten, während ich direkt daneben auf dem Grund stand. Der Bademeister stand am Beckenrand; er hatte eine Trillerpfeife und trug ein Sporthemd, auf dem die Nummer seiner Station stand. Er und McMurphy redeten über den Unterschied zwischen Klinik und Gefängnis, und McMurphy sagte, die Klinik sei viel besser. Der Bademeister war da nicht so sicher. Ich hörte, wie er zu McMurphy sagte, eine Einweisung sei jedenfalls nicht dasselbe wie eine Verurteilung. «Wenn du verurteilt wirst, kommst du ins Gefängnis, und du *weißt*, wann du wieder freigelassen wirst», sagte er.

McMurphy hörte auf, herumzuspritzen, wie er das bis jetzt getan hatte. Er schwamm langsam zum Beckenrand und blieb dort stehen und blickte zum Bademeister hinauf. «Und bei einer Einweisung?» fragte er nach einer Pause.

Der Bademeister zuckte seine muskelbepackten Schultern und zerrte an der Pfeife, die er um den Hals hängen hatte. Er war ein alter Football-Profi mit von Schuhnägeln verursachten Narben auf der Stirn, und es kam immer wieder mal vor, wenn er nicht auf seiner Station war, daß irgendwo hinter seinen Augen ein Signal ausgelöst wurde, dann spuckten seine Lippen Zahlen aus, und er ließ sich auf alle viere fallen und ging in Angriffsstellung und stürzte sich auf eine vorbeigehende Schwester und rammte ihr eine Schulter in die Nieren, gerade rechtzeitig, so daß sich hinter ihm eine Lücke für den anstürmenden Halfback öffnete. Deshalb war er auch droben in der Geschlossenen; wenn er nicht gerade Bademeister spielte, konnte jederzeit so etwas passieren.

Er zuckte nochmals mit den Schultern, in Antwort auf McMurphys Frage, schaute sich dann um, ob die schwarzen Jungen vielleicht in der Nähe waren, und kniete sich am Beckenrand hin. Er hielt McMurphy seinen Arm hin.

«Siehst du den Gips an meinem Arm?»

McMurphy schaute auf den großen Arm. «Du hast keinen Gips an deinem Arm, Kumpel.»

Der Bademeister grinste nur. «Den Gips hab ich bekommen, weil ich mir im letzten Spiel gegen die Browns aus Cleveland einen komplizierten Armbruch eingehandelt habe. Ich kann erst wieder mit dem Training beginnen, wenn die Bruchstelle zusammengewachsen ist und der Gips abgenommen wird. Die Schwester auf meiner Station hat mir gesagt, sie heilt meinen Arm heimlich. Wie findest du das, Mann, sie sagt, wenn ich mit diesem Arm vorsichtig bin, ihn nicht übermäßig belaste, dann nimmt sie mir den Gips ab und ich kann zu meinem Verein zurück.»

Er legte seine Knöchel auf die nassen Fliesen, ging in die Dreipunkt-Angriffsstellung, um zu prüfen, was sein Arm schon wieder aushielt. McMurphy schaute ihm einen Augenblick zu und fragte dann, wie lange er schon darauf warte, daß sie ihm sagen, sein Arm sei geheilt und er könne entlassen werden. Der Bademeister stand langsam auf und rieb sich den Arm. Er spielte den Beleidigten, weil McMurphy ihm diese Frage gestellt hatte, so als glaube er, man werfe ihm vor, er sei weich und wehleidig. «Ich wurde eingewiesen», sagte er. «Ich wäre hier schon längst raus, wenn es auf mich ankäme. Ich könnte vielleicht nicht gleich in der ersten Mannschaft spielen, mit diesem miesen Arm, aber ich könnte doch Handtücher zusammenlegen, oder? Ich könnte *alles mögliche* tun. Diese Schwester auf meiner Station, sie sagt dem Doktor dauernd, ich sei noch nicht soweit. Nicht mal, um mich um die Handtücher in den Kabinen zu kümmern, ich sei noch nicht soweit.»

Er drehte sich um und ging zu seinem Bademeistersitz hinüber, kletterte die Leiter hinauf, wie ein betrunkener Gorilla, und linste zu uns herunter, mit weit vorgeschobenem Unterkiefer. «Sie schnappten mich wegen Trunkenheit und Ruhestörung, und ich bin jetzt seit acht Jahren und acht Monaten hier», sagte er.

McMurphy stieß sich vom Beckenrand ab und trat Wasser und dachte darüber nach: er war auf sechs Monate ins Sträflingslager gekommen, zwei hatte er hinter sich, vier blieben ihm noch – und mehr als vier weitere Monate wollte er nicht hinter Schloß und Riegel verbringen, egal wo. Er war jetzt seit fast einem Monat in dieser Klapsmühle, und wenn es auch viel besser war als das Arbeitslager, er brauchte ja nur an die guten Betten und den Orangensaft zum Frühstück zu denken, so war es doch nicht so gut, daß er hier ein paar Jahre zubringen wollte.

Er schwamm zu den Stufen am niederen Ende des Beckens hinüber und blieb dort bis zum Ende der Schwimmstunde sitzen, zupfte an dem roten Büschel an seinem Hals und blickte finster vor sich hin. Als ich ihn so sitzen und die Stirn runzeln sah, mußte ich daran denken, was die Große Schwester in der Sitzung gesagt hatte, und ich bekam es mit der Angst zu tun.

Als sie uns mit der Trillerpfeife aufforderten, das Schwimmbekken zu verlassen, und wir alle zu den Umkleidekabinen drängten, stießen wir auf jene andere Station, die nach uns ihre Schwimmstunde hatte, und im Fußbecken bei der Dusche, unter der man durch mußte, war dieser Junge von der anderen Station. Er hatte einen großen schwammähnlichen rosaroten Kopf und geschwollene Hüften und Beine – so wie wenn einer einen mit Wasser gefüllten Luftballon nimmt und in der Mitte zusammendrückt – und er lag auf seiner Seite im Fußbecken und machte Geräusche wie ein schläfriger Seehund. Cheswick und Harding halfen ihm auf die Beine, und er legte sich gleich wieder ins Fußbecken. Sein Kopf hüpfte in dem Desinfektionsmittel herum. McMurphy sah zu, wie sie ihn wieder auf die Beine stellten.

«Was zum Teufel fehlt denn dem?» fragte er.

«Er hat einen Wasserkopf», sagte Harding zu ihm; «eine Art Lymphdrüsenerkrankung, glaube ich. Der Kopf füllt sich mit Flüssigkeit. Helfen Sie uns mal, dann richten wir ihn wieder auf.»

Sie ließen den Jungen los, und er legte sich gleich wieder in das

Fußbecken; sein Gesichtsausdruck war geduldig und hilflos und hartnäckig; Luftblasen sprudelten aus seinem Gesicht in dem milchig aussehenden Wasser. Harding bat McMurphy noch mal um eine helfende Hand, und er und Cheswick beugten sich wieder zu dem Jungen hinunter. McMurphy schob sie zur Seite und stieg über den Jungen, um an die Dusche zu kommen.

«Laßt ihn liegen», sagte er, als er unter der Dusche stand. «Vielleicht mag er kein tiefes Wasser.»

Ich sah es kommen. Am nächsten Tag überraschte er alle auf der Station, indem er früh aufstand und die Latrine schrubbte, bis alles glänzte, und sich dann über den Fußboden im Flur hermachte, als ihn die schwarzen Jungen dazu einteilten. Er überraschte alle, außer der Großen Schwester; sie tat so, als sei das nicht überraschend.

Und an diesem Nachmittag in der Sitzung, als Cheswick sagte, alle hätten sich entschieden, wegen der Sache mit den Zigaretten müsse endlich etwas geschehen, «Ich bin kein kleines Kind, das sich Zigaretten wegnehmen läßt wie Süßigkeiten, es muß endlich was geschehen, hab ich recht, Mack?», und auf McMurphys Unterstützung wartete, erntete er nichts als Stillschweigen.

Er blickte zu McMurphys Ecke hinüber. Alle blickten hinüber. McMurphy saß da, in die Karten vertieft, die er immer wieder in seinen Händen verschwinden ließ. Er schaute nicht mal auf. Es war furchtbar still; man hörte nur immer wieder das Zusammenklappen der fettigen Spielkarten und Cheswicks schweres Atmen.

«Ich will, daß etwas *geschieht*!» schrie Cheswick wieder. «Ich bin kein kleines Kind!» Er stampfte mit dem Fuß und warf Blicke um sich, als habe er sich verirrt und könne jeden Augenblick zu heulen anfangen. Seine Hände waren zu Fäusten geballt, und er drückte sie gegen seinen rundlichen Brustkasten. Seine Fäuste sahen auf dem grünen Hintergrund wie kleine rosarote Bälle aus, und er hatte sie so fest zusammengeballt, daß er zitterte.

Er hatte noch nie kräftig ausgesehen; er war klein und zu fett und hatte eine kahle Stelle am Hinterkopf, die wie ein rosaroter Dollar aussah, doch wie er so ganz allein mitten im Tagesraum stand, sah er winzig aus. Er schaute McMurphy an, doch sein Blick wurde nicht erwidert, und er wandte sich an all die anderen Akuten um Unterstützung. Einer nach dem andern schaute weg und weigerte sich, ihm den Rücken zu stärken, und jedesmal verdoppelte sich die Panik in seinem Gesicht. Schließlich blieb sein Blick an der Großen Schwester hängen. Wieder stampfte er mit dem Fuß auf.

«Ich will, daß etwas *geschieht*! Verstanden? Ich will, daß *etwas* geschieht! Irgendwas! Irgendwas! Irgend –»

Die zwei großen schwarzen Jungen packten seine Arme von hinten, und der kleinste schlang einen Riemen um ihn. Er sank zusammen, grad als hätten sie ihm die Luft rausgelassen, und die zwei großen schleppten ihn hinauf zur Geschlossenen; man konnte hören, wie sein schlaffer Körper gegen die Treppen schlug, als sie ihn nach oben brachten. Als sie zurückkamen und sich wieder setzten, wandte sich die Große Schwester der Reihe der Akuten auf der anderen Seite des Raumes zu und blickte sie an. Seit Cheswicks Abgang war kein Wort gefallen.

«Möchte irgend jemand die Diskussion um die Zuteilung der Zigaretten fortsetzen?» sagte sie.

Als ich die ausradierte Reihe der Gesichter entlangblickte, die mir gegenüber an der Wand hingen, fielen meine Augen schließlich auf McMurphy, der in seinem Sessel in der Ecke saß und sich darauf konzentrierte, das einhändige Abheben zu verbessern ... und die weißen Röhren in der Decke fingen wieder an, ihr tiefgefrorenes Licht auszuströmen ... ich spüre, der Strahl geht direkt durch mich bis in den Magen.

Seit sich McMurphy nicht mehr für uns einsetzt, reden einige der Akuten darüber und sagen, er überliste die Große Schwester nach wie vor, sie behaupten, er habe erfahren, daß sie ihn in die Geschlossene stecken wollte, und deshalb habe er beschlossen, eine Zeitlang leisezutreten, ihr keinen Anlaß dazu zu geben. Andere meinen, er wolle sie nur in Sicherheit wiegen, um sie dann um so besser aufs neue überraschen zu können, er werde noch frecher und aufsässiger sein als vorher. Man sieht sie in Gruppen diskutieren, sich den Kopf zerbrechen.

Doch ich, ich *weiß* warum. Ich hab gehört, wie er mit dem Bademeister redete. Er wird endlich gewieft, das ist alles. So wie Papa, als er schließlich kapierte, daß er die Gruppe aus der Stadt nicht besiegen konnte, die wollten, daß die Regierung den Staudamm baute, weil er Geld und Arbeit bringen und das Dorf verschwinden lassen würde: Soll doch dieser Haufen Fischindianer seinen Gestank und seine zweihunderttausend Dollar, die die Regierung zahlt, nehmen und damit hingehen, wo der Pfeffer wächst! Papa war so schlau und unterschrieb die Papiere; es hätte niemand geholfen, sich dagegen zu wehren. Die Regierung hätte es so oder so bekommen, früher oder später. So wurde der Stamm wenigstens gut bezahlt. Es war das einzig Richtige. McMurphy tat auch das einzig Richtige. Mir war das klar. Er gab nach, weil das das einzig Schlaue war, und nicht aus einem der Gründe, die die Akuten erfanden. Er sagte das nicht, doch ich wußte es, und ich sagte mir, es war das einzig Richtige. Ich sagte mir immer und immer wieder: Es ist sicher. Wie wenn man sich versteckt. Es ist das einzig Richtige, niemand kann das bestreiten. Ich weiß, was er tut.

Eines Morgens wissen es dann die Akuten alle auch, sie erfahren den wirklichen Grund für seine Zurückhaltung, und sie müssen einsehen, daß die von ihnen erfundenen Gründe nichts anderes waren als Lügen, mit denen sie sich etwas vorgemacht hatten. Er sagt zu keinem Menschen ein Wort über sein Gespräch mit dem Bademeister, doch sie wissen Bescheid. Ich nehme an, die Schwester hat es im Laufe der Nacht über all die kleinen Kabel gesendet, die im Boden des Schlafsaals verlegt sind, denn alle wissen gleichzeitig Bescheid. Ich sehe es an der Art und Weise, wie sie McMurphy an jenem Morgen anschauen, als er in den Tagesraum kommt. Ihren Blicken ist nicht zu entnehmen, daß sie ihm böse sind, oder auch nur enttäuscht über ihn, denn sie wissen so gut wie ich, daß die Schwester nur dann seine Entlassung veranlassen wird, wenn er sich so benimmt, wie sie das will, und doch liegt in ihren Blicken das Bedauern, daß die Umstände nicht anders sein können.

Selbst Cheswick verstand das und machte McMurphy keinerlei Vorwurf, daß er es in der Sache mit den Zigaretten nicht zum Knall kommen ließ. Am selben Tag, als die Schwester die Nachricht zu allen Betten funkte, kam er von der Geschlossenen zurück, und er erzählte McMurphy von sich aus, daß er gut verstehen könne, wie er sich verhalte, und daß das zweifellos das schlaueste sei, so wie die Dinge lagen, und wenn er gewußt hätte, daß Mack eingewiesen worden ist, hätte er ihn neulich bestimmt nicht so in Verlegenheit gebracht. Er sagte das alles zu McMurphy, während wir wieder zum Schwimmbecken gebracht wurden. Sobald wir jedoch dort waren, sagte er, er wollte trotzdem, sie könnten *irgendwas* dagegen tun, und sprang ins Wasser. Und blieb irgendwie mit den Fingern in dem Gitter stecken, das den Abfluß am Grund des Beckens abdeckt, und weder der große Bademeister noch McMurphy, noch die zwei schwarzen Jungen konnten ihn befreien, und als sie dann einen Schraubenzieher holten und das Gitter abschraubten und Cheswick heraufbrachten – seine rosigen und blauen Finger umklammerten immer noch das Gitter – war er ertrunken.

Wir sind gerade zum Essenfassen angetreten, als ich in der Schlange vor mir ein Tablett durch die Luft wirbeln sehe, eine grüne Plastikwolke, aus der es Milch, Erbsen und Gemüsesuppe regnet. Sefelt tanzt zappelnd aus der Schlange, auf einem Bein, die Arme in die Luft gestreckt, und fällt in einem steifen Bogen nach hinten, und das Weiße in seinen Augen fliegt an mir vorbei, das Oberste zuunterst. Sein Kopf kracht mit einem Knall auf die Fliesen, wie Steine unter Wasser, und er formt einen Bogen, wie eine krampfhaft zuckende Brücke. Fredrickson und Scanlon springen hinzu, um zu helfen, doch der große schwarze Junge schiebt sie beiseite und holt einen flachen Knüppel aus seiner Gesäßtasche, der mit einem Band umwickelt und einer braunen Farbe überzogen ist. Er zwängt Sefelts Kiefer auseinander und schiebt ihm den Knüppel zwischen die Zähne, und ich höre, wie Sefelt zubeißt und der Knüppel splittert. Ich schmecke die Späne im Mund. Sefelts Zuckungen werden langsamer und stärker, die Strampelbewegungen werden so stark, daß sie ihn zu einer Brücke hochdrücken, ihn dann wieder fallen lassen – ihn hochdrücken und fallen lassen, immer langsamer, bis die Große Schwester kommt und über ihm steht, und er wird schlaff und zerschmilzt in einer grauen Pfütze über den ganzen Boden.

Sie faltet die Hände vor dem Bauch, sie könnte eine Kerze halten, und schaut hinunter auf das, was von ihm noch übrig ist und aus Hosenbeinen und Jackenärmeln rinnt. «Mr. Sefelt?» sagt sie zu dem schwarzen Jungen.

«Ja, stimmt.» Der schwarze Junge zerrt an seinem Knüppel, will ihn zurückhaben. «Mista *Seh*-fel'.»

«Und Mr. Sefelt hat uns versichert, er brauche *keine Arznei mehr.*» Sie nickt und macht einen Schritt zurück, damit die Pfütze nicht über ihre weißen Schuhe fließt. Sie hebt den Kopf und blickt sich im Kreis der Akuten um, die herangekommen sind, um zuzusehen. Sie nickt noch mal und wiederholt: «... er brauche *keine Arznei mehr.*» Ihr Gesicht lächelt, mitleidig, geduldig, angeekelt, alles gleichzeitig – ein einstudierter Gesichtsausdruck.

McMurphy hat so was noch nie gesehen. «Was fehlt denn dem?» fragt er.

Sie behält die Pfütze im Auge, schaut McMurphy nicht an. «Mr. Sefelt ist Epileptiker, Mr. McMurphy. Das bedeutet, er kann jederzeit solche Anfälle bekommen, wenn er den ärztlichen Rat nicht befolgt. Das weiß er ganz genau. Wir haben ihm prophezeit, das würde passieren, wenn er seine Arznei nicht nehme. Doch er bestand darauf, sich wie ein Kind zu verhalten.»

Fredrickson tritt aus dem Kreis, und seine Augenbrauen sträuben sich. Er ist ein sehniger, blutloser Bursche mit blonden Haaren und starken blonden Augenbrauen und einem langen Kiefer, und gelegentlich spielt er den starken Mann, so wie Cheswick das immer tat – dann brüllt und tobt er und beschimpft eine der Schwestern, sagt, er werde aus diesem Sauladen *abhauen*! Sie lassen ihn immer schreien und die Fäuste schütteln, bis er sich wieder beruhigt, dann fragen sie ihn, sind Sie jetzt endlich *fertig*, Mr. Fredrickson, dann können wir darangehen, Ihre Entlassungspapiere auszustellen – dann schließen sie in der Schwesternstation Wetten darüber ab, wie lange er diesmal brauchen wird, bis er mit schuldbewußtem Blick an das Fenster klopft und um Verzeihung bittet, und könne man diese hitzköpfigen Dinge, die er da gerade sagte, nicht einfach vergessen, die Formulare einen Tag oder so in der Schublade lassen, okay?

Er geht auf die Schwester zu und fuchtelt mit der Faust herum. «So macht man das also? So geht das, was? Ihr macht den alten Sef fertig, so als tue er das nur, um euch zu trotzen?»

Sie legt eine tröstende Hand auf seinen Arm, und seine Faust öffnet sich.

«Ist schon gut, Bruce. Ihrem Freund ist nichts passiert. Er hat offensichtlich sein Dilantin nicht geschluckt. Ich weiß einfach nicht, was er damit anfängt.»

Sie weiß es so gut wie wir alle. Sefelt behält die Kapseln im Mund und gibt sie später an Fredrickson weiter. Sefelt nimmt sie nicht gerne ein, weil sie, wie er es nennt, «katastrophale Nebenwirkungen» haben, und Fredrickson schluckt gern die doppelte Menge, weil er schreckliche Angst vor einem Anfall hat. Die Schwester weiß das, man hört es ihrer Stimme an, doch wie sie so dasteht, so mitleidig und gütig, da könnte man meinen, sie habe nicht die geringste Ahnung, was zwischen Fredrickson und Sefelt vorgeht.

«Sicher», sagt Fredrickson, doch irgendwie ist seinem Angriff die Spitze genommen. «Sicher, aber Sie brauchen doch nicht so zu tun, als sei das alles, worauf es ankommt, das Zeug zu schlucken oder nicht zu schlucken. Sie wissen doch, daß sich Sefelt wegen seinem Aussehen Sorgen macht und daß Frauen glauben könnten, er sei häßlich, und all das, und Sie wissen, daß er glaubt, Dilantin –»

«Ich weiß», sagt sie und berührt wieder seinen Arm. «Er macht auch das Medikament dafür verantwortlich, daß ihm die Haare ausfallen. Armer alter Mr. Sefelt.»

«So alt ist er gar nicht!»

«Ich weiß, Bruce. Warum regen Sie sich denn so auf? Ich habe nie verstanden, was zwischen Ihnen und Ihrem Freund vorgeht, das Sie immer gleich so *empfindlich* reagieren läßt!»

«Ach was, zum Kuckuck!» sagt er und stopft sich die Fäuste in die Taschen.

Die Schwester beugt sich vor und säubert ein Plätzchen auf dem Boden, auf das sie ihr Knie legen kann, und fängt an, Sefelt durchzukneten und ihm wieder eine gewisse Form zu geben. Sie sagt dem schwarzen Jungen, er solle bei dem armen alten Mann bleiben und sie werde ein Gurney-Bett herunterschicken; bringen Sie ihn dann in den Schlafsaal, und lassen Sie ihn für den Rest des Tages schlafen. Sie steht wieder auf und klopft Fredrickson beschwichtigend auf den Arm, und er murrt: «Sicher, aber Sie wissen ja, ich muß auch Dilantin nehmen. Deshalb weiß ich auch, was Sef durchzumachen hat. Ich will nur sagen, deshalb – ach zum Kuckuck –»

«Ich verstehe gut, Bruce, was Sie *beide* durchmachen müssen, aber meinen Sie nicht auch, alles ist besser als *das*?»

Fredrickson schaut in die Richtung, in die sie deutet. Sefelt sieht wieder halbwegs normal aus, schwillt an und ab mit mächtig nassen, rasselnden Atemzügen. Seitlich an seinem Kopf, wo er auf den Boden aufschlug, wächst eine Beule, und der Knüppel des schwarzen Jungen, den er immer noch im Mund hat, ist mit rotem Schaum bedeckt, und seine Augen rollen wieder in das Weiße zurück. Seine Hände an den Enden der ausgestreckten Arme sind festgenagelt, mit den Handflächen nach oben, und die Finger krallen sich zusammen und strecken sich wieder, auf die gleiche Weise, wie ich das bei Männern im Schockschuppen gesehen habe, die auf den kreuzförmigen Tisch geschnallt waren, und wegen der elektrischen Spannung kamen Rauchkringel aus den Handflächen. Sefelt und Fredrickson waren noch nie im Schockschuppen. Sie wurden so konstruiert, daß sie ihre eigene Spannung erzeugen und im Rückenmark speichern, von der Stahltür in der Schwesternstation kann sie dann mit Fernlenkung eingeschaltet werden, wenn sie sich danebenbenehmen – sie kommen vielleicht gerade zum besten Teil eines unanständigen Witzes und erstarren urplötzlich, weil sie der Strahl genau im Kreuz getroffen hat. Es erspart die Mühe, sie erst in diesen Raum zu schaffen.

Die Schwester zerrt Fredrickson ein bißchen am Arm, als sei er eingeschlafen, und wiederholt: «Selbst wenn das Medikament gewisse Nebenwirkungen hat, meinen Sie nicht, daß es immer noch besser ist, als *das*?»

Während er auf den Boden schaut, zieht Fredrickson die blonden Augenbrauen hoch, als sehe er zum erstenmal, wie *er* mindestens einmal im Monat aussieht. Die Schwester lächelt und tätschelt ihm den Arm und geht auf die Tür zu, starrt die Akuten vorwurfsvoll an, schämt euch, so etwas schaut man sich doch nicht an; als sie weg ist, schüttelt sich Fredrickson und versucht zu lächeln.

«Ich möchte bloß wissen, wieso mich das alte Mädchen so in Rage brachte – schließlich hat sie mir doch nichts getan, das mir ein Recht gegeben hätte, sie so anzufahren, oder?»

Es ist eigentlich keine Frage, auf die er eine Antwort erwartet; vielmehr merkt er, daß er den genauen Anlaß nicht finden kann. Er schüttelt sich wieder und zieht sich langsam von der Gruppe zurück. McMurphy kommt auf ihn zu und fragt ihn ganz leise, was ist das eigentlich für ein Zeug, das sie zu schlucken haben?

«Dilantin, McMurphy, ein krampflösendes Mittel, wenn du's unbedingt wissen mußt.»

«Wirkt es denn nicht, oder was ist damit?»

«Doch, doch, ich glaub schon, daß es wirkt – wenn man es schluckt.»

«Wieso dann der ganze Zirkus, ob man es nun schlucken soll oder nicht?»

«Na schön, wenn du's unbedingt wissen mußt! Ich will dir zeigen, was passiert, wenn du das Zeug schluckst. Hier.» Fredrickson nimmt die Unterlippe zwischen Daumen und Zeigefinger und zieht sie nach unten und präsentiert sein Zahnfleisch, roh und rosa und blutlos um seine langen glänzenden Zähne.

«Das Zahnfleisch», sagt er und hält die Lippe fest. «Dilantin läßt dein Zahnfleisch verfaulen. Und wenn du einen Anfall hast, knirschst du mit den Zähnen. Und du –»

Sie hören ein Geräusch auf dem Boden. Sie blicken auf den stöhnenden und keuchenden Sefelt, gerade als der schwarze Junge zusammen mit dem Knüppel zwei Zähne herauszieht.

Scanlon nimmt sein Tablett und dreht dem Haufen den Rücken zu und sagt: «Ein Drecksleben. Beschissen, wenn du's tust, und beschissen, wenn du's nicht tust. Die sitzen in einer verdammten Zwickmühle, würd ich sagen.»

McMurphy sagt: «Ja, ja, ich seh schon», während er in Sefelts geplagtes Gesicht schaut. Sein Gesicht nimmt langsam denselben verstörten, verwirrten, bedrückten Ausdruck an wie das Gesicht am Boden.

Was immer es auch war, das ihren ganzen Mechanismus so durcheinanderbrachte, jetzt sind sie mit der Reparatur fast fertig. Der saubere, berechnete, bogenförmige Rhythmus kommt wieder: halb sieben aus dem Bett, sieben in den Speisesaal, acht Puzzle-Spiele für die Chronischen und Spielkarten für die Akuten ... In der Schwesternstation sehe ich die weißen Hände der Großen Schwester über der Schalttafel schweben.

Manchmal werde ich den Akuten zugerechnet, und manchmal nicht. Einmal schicken sie mich mit ihnen hinüber in die Bibliothek, und ich gehe in den Teil, wo sie die technischen Bücher haben, ich stehe da und schau mir die Titel der Bücher über Elektronik an,

Bücher, an die ich mich erinnere, von meinem Jahr auf dem College; ich erinnere mich auch, daß die Bücher innen voll sind mit schematischen Zeichnungen, Gleichungen und Theorien – harte, bestimmte, sichere Dinge.

Ich möchte mir eines der Bücher ansehen, aber ich habe Angst. Ich habe überhaupt Angst, irgend etwas zu tun. Ich habe das Gefühl, in der staubigen gelben Luft der Bibliothek herumzuschweben, halb am Boden, halb an der Decke. Die Bücherregale schwanken über mir, wie verrückt, in einer Zickzackbewegung, in immer neuen Winkeln zueinander. Ein Regal hängt ein bißchen nach links, das andere nach rechts. Manche lehnen sich über mich, und ich begreife nicht, warum die Bücher nicht herausfallen. So geht es immer höher hinauf, weiter, als ich sehen kann, die wackligen Regale sind mit Leisten und Latten zusammengenagelt, werden von Stangen gestützt, lehnen sich gegen Leitern, rings um mich. Würde ich nur ein Buch herausziehen, könnte es weiß Gott ein fürchterliches Unglück geben.

Ich höre jemand hereinkommen, es ist einer der schwarzen Jungen von unserer Station, und er hat Hardings Frau bei sich. Sie unterhalten sich und grinsen sich an, als sie in die Bibliothek kommen.

«Schauen Sie mal, Dale», ruft der schwarze Junge zu Harding herüber, der ein Buch liest, «schauen Sie doch, wer Sie besuchen will. Ich hab ihr gesagt, 's ist keine Besuchszeit, aber sie war nett zu mir, da hab ich sie halt gleich mitgebracht.» Er läßt sie vor Harding stehen und geht davon, sagt geheimnisvoll: «Also, nicht vergessen, okay?»

Sie wirft dem schwarzen Jungen eine Kußhand zu und wendet sich dann an Harding, wobei sie ihre Hüfte nach vorne wirft. «Tag Dale.»

«Schätzchen», sagt er, doch er rührt sich nicht, geht nicht die paar Schritte auf sie zu. Er blickt sich um und sieht, daß ihn alle beobachten.

Sie ist so groß wie er. Sie trägt Schuhe mit hohen Absätzen und eine schwarze Handtasche, nicht am Griff, sondern sie hält sie wie ein Buch. Ihre Fingernägel sind so rot wie Bluttropfen auf der glänzenden schwarzen Kunstledertasche.

«Heh, Mack», ruft Harding McMurphy zu, der auf der gegenüberliegenden Seite des Raumes ein Buch mit Comic strips anschaut. «Wenn Sie Ihre literarischen Ambitionen einen Augenblick bremsen können, stelle ich Sie meinem Gegenstück, meiner Nemesis vor; ich würde einen abgedroschenen Ausdruck benützen und ‹bessere Hälfte› sagen, doch damit würde ich im Prinzip eine gleichwertige Aufteilung andeuten, meinen Sie nicht?»

Er versucht zu lachen, und seine zwei feinen Elfenbeinfinger fischen in seiner Brusttasche nach Zigaretten, fummeln herum, bis sie die letzte finden, die noch in der Packung ist. Die Zigarette zittert, als er sie zwischen die Lippen steckt. Er und seine Frau haben sich noch nicht aufeinander zu bewegt.

McMurphy erhebt sich schwerfällig von seinem Stuhl und zieht die Mütze vom Kopf, während er herüberkommt. Hardings Frau sieht ihn an und lächelt und zieht dabei eine ihrer Augenbrauen hoch. «'n Tag, Mrs. Harding», sagt McMurphy.

Sie lächelt ihn noch offener an als vorher und sagt: «Mrs. Harding kann ich nicht ausstehen, Mack, nennen Sie mich doch Vera?»

Sie setzen sich alle drei auf die Couch, auf der Harding vorher allein gesessen hatte, und er erzählt seiner Frau von McMurphy und wie McMurphy die Große Schwester auf die Palme brachte, und sie lächelt und sagt, das überrasche sie nicht im geringsten. Während Harding die Geschichte erzählt, steigert er sich so hinein, daß er seine Hände vergißt, und sie weben die Luft vor ihm in ein Bild, das man deutlich sehen kann, sie tanzen die Geschichte zu der Melodie seiner Stimme, wie zwei schöne Ballettänzerinnen ganz in Weiß. Seine Hände können alles sein. Doch sobald er mit der Geschichte fertig ist, sieht er, daß McMurphy und seine Frau seine Hände beobachten, und er fängt sie zwischen seinen Knien ein. Er lacht darüber, und seine Frau sagt zu ihm: «Dale, wann wirst du endlich lernen zu lachen, anstatt wie eine Maus zu piepsen?»

Genau das hat McMurphy an seinem ersten Tag über Hardings Lachen gesagt, aber das war irgendwie anders; als McMurphy das sagte, beruhigte sich Harding, doch als es von ihr kommt, wird er nur noch nervöser.

Sie bittet um eine Zigarette, und Harding fischt wieder mit seinen Fingern in der Tasche, und sie ist leer. «Man hat sie uns rationiert», sagt er und krümmt seine hageren Schultern nach vorne, so als wolle er versuchen, die halbgerauchte Zigarette in seiner Hand zu verstecken, «eine Packung pro Tag. Das läßt einem offensichtlich keinen Spielraum, den Kavalier zu spielen, Vera, mein Liebstes.»

«Ach, Dale, du hast nie genug, nicht wahr?»

In seinen Augen ist wieder diese schlaue, fiebrige Unberechenbarkeit, als er sie ansieht und lächelt. «Reden wir in Symbolen, oder sind wir noch konkret bei den eben erwähnten Zigaretten? Spielt keine Rolle; du kennst die Antwort zu deiner Frage, gleich wie du sie auch gemeint hast.»

«Ich hab überhaupt nichts gemeint, nie nicht, nur das, was ich gesagt habe, Dale –»

«Nie nicht ist falsch, Süßes; damit gebrauchst du nämlich eine doppelte Negation. McMurphy, Vera macht Ihrem Analphabetentum direkt Konkurrenz. Sieh mal, Schätzchen, du verstehst doch, daß ‹nie› und ‹nicht› dasselbe –»

«Na und! Genug davon! Ich hab beides gemeint. Ich hab's so gemeint, wie du's auslegen willst. Ich wollte sagen, du hast von nichts genug, nie nicht, *Punkt*!»

«Nie nicht ist falsch, mein gescheites kleines Mädchen.»

Sie wirft Harding einen bösen Blick zu und wendet sich dann an McMurphy, der neben ihr sitzt. «Und Sie, Mack, wie steht's mit Ihnen? Werden Sie mit einem so einfachen Problem fertig, einem Mädchen eine Zigarette anzubieten?»

Er hat seine Packung bereits im Schoß liegen. Er schaut darauf hinunter, so als wäre es ihm lieber, sie läge nicht da, und sagt dann: «Sicher, ich hab immer Zigaretten. Wissen Sie, ich bin ein Schnorrer. Ich staube ab, wo es nur geht, deshalb hab ich länger an einer Packung als Harding hier. Er raucht nur seine eigenen. Kein Wunder, daß sie ihm eher ausgehen als –»

«Sie brauchen für meine Unzulänglichkeiten nicht geradezustehen, mein Freund. Es paßt weder zu Ihrem Charakter, noch macht es meinen vollkommener.»

«Das stimmt allerdings», sagt das Mädchen. «Sie müssen nichts weiter tun als meine Zigarette anzünden.»

Und sie beugt sich so weit zu seinem Streichholz vor, daß ich ihr über den ganzen Raum weg in die Bluse sehen kann.

Sie spricht davon, daß sie die Nase voll hat von Hardings Freunden, die immer noch ins Haus kommen und nach ihm fragen. «Sie kennen doch den Typ, nicht wahr, Mack?» sagt sie. «Die versnobten Bübchen mit den perfekt gekämmten hübschen langen Haaren und den niedlichen biegsamen Handgelenken und den schnippischen Handbewegungen.» Harding fragt sie, ob sie nur seinetwegen ins Haus kommen, und sie sagt, daß Männer, die ihretwegen kommen, mehr schlenkern als nur ihre dämlichen Handgelenke.

Plötzlich steht sie auf und sagt, es sei Zeit für sie zu gehen. Sie gibt McMurphy die Hand und sagt ihm, sie hoffe, ihn bald einmal wieder zu sehen, und sie geht aus der Bibliothek. McMurphy bringt kein Wort raus. Das Geklapper ihrer hohen Absätze läßt noch einmal alle aufblicken, und sie schauen ihr nach, wie sie den Gang hinuntergeht, bis sie aus ihrem Blickfeld verschwunden ist.

«Was meinen Sie?» sagt Harding.

McMurphy blinzelt. «Sie hat 'n paar mächtige Dinger unter der Bluse», ist alles, was ihm im Augenblick einfällt. «Da kommt die gute Ratched kaum mit.»

«Ich rede nicht von solchen äußerlichen Dingen, mein Freund, ich meinte, was sagen Sie zu –»

«Ich scheiß drauf, Harding!» schreit McMurphy auf einmal. «Ich weiß nicht, was ich meinen soll! Was willst du denn eigentlich noch von mir? Soll ich vielleicht den Eheberater spielen? Ich weiß nur eins: schon von Natur aus ist keiner besonders groß, und doch hab ich den Eindruck, daß ihr in eurem ganzen Leben nichts Gescheiteres zu tun wißt, als euch gegenseitig herunterzuputzen. Ich weiß schon, was du von mir hören möchtest; daß du mir leid tust und daß sie ein bösartiges Weibsstück ist. Ich muß schon sagen, du hast sie auch nicht gerade wie eine Prinzessin behandelt. Mann, leck mich doch mit deinem ‹Was meinen Sie?›. Ich hab selber genug Sorgen, ohne mir über die deinen auch noch den Kopf zu zerbrechen. Hör also auf damit!» Er schaut die anderen Patienten in der Bibliothek wütend an. «Ihr alle, hört auf damit! Laßt mich endlich in Ruhe, verdammt noch mal!»

Und setzt sich die Mütze über den Kopf und geht zurück zu seinen Comic strips auf der anderen Seite des Raumes. Alle Akuten sehen sich mit offenen Mündern an, wieso schreit er *sie* denn an? Niemand hat ihn belästigt. Niemand hat ihn um etwas gebeten, seit sie begriffen haben, daß er sich um gutes Benehmen bemüht, damit seine Einweisung nicht verlängert wird. Jetzt sind sie überrascht, daß er Harding so angeschnauzt hat, und können nicht verstehen, warum er sich das Buch so dicht vors Gesicht hält – entweder, damit die andern ihn nicht ansehen können oder damit er die andern nicht ansehen muß.

Beim Abendessen am gleichen Tag entschuldigt er sich bei Harding und sagt, er wisse einfach nicht, was ihm in der Bibliothek so auf die Nerven gegangen sei. Harding sagt, vielleicht sei es seine Frau gewesen; sie geht Leuten oft auf die Nerven. McMurphy starrt in seinen Kaffee und sagt: «Ich weiß nicht recht, Mann. Ich hab sie heute doch zum erstenmal gesehen. Sie kann es also nicht sein, verdammt noch mal, die mir schon eine ganze elende Woche lang diese bösen Träume eingibt.»

«Aha, Mister McMurphy», ruft Harding und versucht, den kleinen Assistenzarzt nachzumachen, der zu den Sitzungen kommt, «Sie müssen uns unbedingt von Ihren Träumen erzählen. Halt, warten Sie, bis ich Bleistift und Papier zur Hand habe.» Harding will ihn zum Lachen bringen, um ihm die Entschuldigung leichter zu machen. Er nimmt eine Serviette und einen Löffel und tut so, als sei er bereit, sich Notizen zu machen. «Also dann. Ganz genau, was war es nun, was Sie in diesen – ah – Träumen gesehen haben?»

McMurphy verzieht nicht mal das Gesicht. «Ich weiß nicht, Mann. Nichts als Gesichter waren's wohl – nur Gesichter.»

Am nächsten Vormittag steht Martini hinter dem Schaltkasten im Wannenraum und tut so, als sei er Pilot eines Düsenjägers. Das Pokerspiel wird unterbrochen, und alle grinsen über seine Vorstellung.

«IiiiiiaaaWUUuumerrr. Hier ist die Bodenstation, hier ist die Bodenstation: unbekanntes Objekt aufgetaucht, vier-null-sechzehnhundert – vermuten feindliches Geschoß. Sofort angreifen! Iiiaaa-wwUUUmmmmm.»

Dreht an einem Knopf, schiebt einen Hebel nach vorn und legt sich mit dem Flugzeug in die Kurve. Er dreht an der Seite des Kastens, bis die Nadel auf «GANZ AUF» steht, doch aus den Röhren ringsum an den Fliesenwänden direkt vor ihm kommt kein Wasser. Sie machen keine Wasserbehandlung mehr, das Wasser ist längst abgestellt. Nagelneue Chrom-Apparaturen und ein Schaltkasten, nie benützt. Abgesehen vom Chrom sehen Dusche und Schaltkasten hier genauso aus wie die Geräte zur Wasserbehandlung vor fünfzehn Jahren im alten Bau: Röhren, die jeden Teil deines Körpers aus jedem Winkel erreichen, ein Techniker mit einer Gummischürze steht auf der anderen Seite des Raumes und bedient die Knöpfe am Schaltkasten, er bestimmt, welche Röhren wohin spritzen, wie stark, wie heiß – zuerst sprüht es weich und sanft, dann sticht es dich so scharf wie eine Nadel –, und du hängst zwischen all den Röhren in Riemen aus Segeltuch, eingeweicht und schlaff und runzlig, während der Techniker Spaß an seinem Spielzeug findet.

«IiiaauuUUUuummm ... Hier ist die Bodenstation, hier ist die Bodenstation: Geschoß in Sicht; wir haben es im Visier ...»

Martini beugt sich weit vor und zielt über den Schaltkasten weg durch den Ring, den die Röhren bilden. Er drückt ein Auge zu und späht mit dem anderen durch den Ring.

«Fertigmachen! Feu-eerrr ... fre –»

Seine Hände fahren mit einem Ruck vom Schaltkasten zurück, und er steht kerzengerade da, mit fliegenden Haaren und hervorstehenden Augen, und starrt so irr und voller Angst auf die Duschkabine, daß all die Kartenspieler auf ihren Stühlen herumfahren, um zu sehen, was los ist – doch sie sehen gar nichts dadrin, außer den Schnallen an den steifen neuen Segeltuchriemen zwischen den Röhren.

Martini dreht sich um und sieht direkt McMurphy an. Sonst niemand. «Hast du sie nicht gesehen? Wie?»

«Wen gesehen, Mart? Ich habe überhaupt nichts gesehen.»

«In all den Riemen? Hast du sie nicht gesehen?»

McMurphy dreht sich um und sieht die Riemen scharf an. «Tut mir leid, da war nichts.»

«Moment. Es ist wichtig für sie, daß du sie siehst.»

«Verdammt, Martini, ich hab dir gesagt, ich hab sie nicht gesehen! Verstanden? Nicht die Bohne hab ich gesehn!»

«Ach so», sagt Martini. Er nickt mit dem Kopf und wendet sich von der Duschkabine ab. «Na ja, ich hab sie auch nicht gesehen. Hab nur Spaß gemacht.»

McMurphy hebt ab und mischt, daß es nur so schwirrt. «Jedenfalls – für solche Späße hab ich nichts übrig, Mart.» Er halbiert das Häufchen Karten wieder, um sie zu mischen, und die Karten spritzen in alle Richtungen auseinander, als sei das ganze Spiel zwischen seinen zwei zitternden Händen explodiert.

Ich erinnere mich, es war wieder an einem Freitag, drei Wochen nach der Abstimmung wegen dem Fernsehen, und alle, die gehen konnten, wurden zum Gebäude Nummer eins dirigiert, wo wir auf TB geröntgt werden, wie sie sagen, doch ich weiß, daß sie überprüfen, ob bei jedem die Maschinerie noch richtig funktioniert.

Wir sitzen in einer langen Reihe auf Bänken in einem Flur, der zu einer Tür mit der Aufschrift «Röntgenraum» führt. Daneben ist eine andere Tür mit der Aufschrift EENT, wo sie im Winter unseren Hals untersuchen. Uns gegenüber ist eine weitere Bank, und sie führt zu dieser Metalltür. Mit der Reihe von Nieten. Und keinerlei Aufschrift. Zwei Kameraden dösen auf der Bank, zwischen zwei schwarzen Jungen, während ein anderes Opfer gerade drinnen behandelt wird, und ich kann ihn schreien hören. Die Tür geht nach innen auf, mit einem dumpfen Geräusch, und ich kann die flimmernden Röhren in dem Raum sehen. Das Opfer wird herausgerollt, immer noch rauchend, und ich kralle mich an der Bank fest, auf der ich sitze, um nicht durch diese Tür gesogen zu werden. Ein schwarzer Junge und ein weißer ziehen einen der beiden Kameraden auf der Bank hoch, und er ist so voller Drogen, daß er schwankt und torkelt. Sie geben einem gewöhnlich rote Kapseln vor dem Schock. Sie schieben ihn durch die Tür, und die Techniker greifen ihm von beiden Seiten unter den Arm. Einen Moment lang sehe ich, daß der Kamerad merkt, wo sie ihn hinbringen, und er stemmt sich mit beiden Fersen gegen den Betonboden, will sich nicht zu dem Tisch hinzerren lassen – dann geht die Tür auf, fampf, das Metall trifft auf die Matratze, und ich kann ihn nicht mehr sehen.

«Mensch, was stellen sie denn da drin an?» fragt McMurphy Harding.

«Da drin? Ach ja, stimmt, nicht wahr? Sie hatten noch nicht das Vergnügen. Ein Jammer. Ein Erlebnis, das jedem Menschen einmal zu gönnen ist.» Harding verschränkt die Finger hinter dem Kopf und lehnt sich zurück und blickt auf die Tür. «Das ist der Schockschuppen, von dem ich Ihnen vor einiger Zeit erzählt habe, mein Freund, die EST, Elektroschock-Therapie. Die glücklichen Seelen da drin bekommen eine freie Reise zum Mond. Das heißt, genau betrachtet ist die Reise nicht ganz frei. Man bezahlt mit Gehirnzellen anstatt mit Geld, und jeder Mensch hat Milliarden Gehirnzellen zur Verfügung. Ein paar weniger merkst du gar nicht.»

Er blickt stirnrunzelnd auf den einen Mann, der noch auf der Bank übriggeblieben ist. «Keine große Kundschaft heute, wie mir scheint, nicht zu vergleichen mit dem Andrang noch im vergangenen Jahr. Je nun, *c'est la vie*, Modeerscheinungen kommen und gehen. Und ich fürchte, wir sind Zeugen des Niedergangs der EST. Unsere geschätzte Oberschwester ist eine der wenigen, die das Herz haben, sich für eine grandiose alte Faulknersche Tradition bei der Behandlung derer, die das Klassenziel der geistig Gesunden nicht erreicht haben, einzusetzen: Gehirnverbrennung.»

Die Tür geht auf. Ein Gurney-Bett kommt herausgeschwirrt, ohne daß es jemand schiebt, fegt auf zwei Rädern um die Ecke und verschwindet rauchend am Ende des Ganges. McMurphy sieht zu, wie sie den letzten Mann hereinholen und die Tür schließen.

«Die tun also nichts anderes –» er horcht einen Augenblick – «als einen hereinzuholen und ihm *Elektrizität* durch den Schädel zu jagen?»

«Das ist es, kurz und bündig ausgedrückt.»

«Aber *wozu*, zum Teufel?»

«Aber ich bitte Sie, zum Wohle des Patienten natürlich. Alles, was hier geschieht, ist zum Wohle des Patienten. Sie bekommen vielleicht manchmal den Eindruck, wenn Sie nur auf unserer Station leben, daß die Klinik ein weitläufiger, gut funktionierender Mechanismus ist, der reibungslos laufen würde, wenn ihm die Patienten nicht zugemutet würden, doch das stimmt nicht. EST wird nicht immer als Strafmaßnahme verwendet, wie das unsere Schwester macht, und auch nicht aus reinem Sadismus des Personals. Eine ganze Reihe angeblich Unheilbarer fand durch Schock wieder Anschluß, genauso, wie anderen mit Lobotomie und Leukotomie geholfen wurde. Schockbehandlung hat gewisse Vorteile; sie ist billig, schnell, absolut schmerzlos. Sie löst lediglich einen Anfall aus.»

«Was für ein Leben», stöhnt Sefelt. «Den einen geben sie Pillen, um einen Anfall zu verhindern, den andern Schocks, um einen auszulösen.»

Harding beugt sich vor, um es McMurphy zu erklären. «So sind sie überhaupt erst drauf gekommen: Zwei Psychiater besuchten ein Schlachthaus, weiß Gott aus welch perversem Grund, und sahen zu, wie Rinder geschlachtet wurden, mit einem Schlag zwischen die Augen mit einem Vorschlaghammer. Sie beobachteten, daß nicht alle

Tiere getötet wurden, daß manche in einem Zustand auf den Boden fielen, der sie sehr stark an epileptische Krämpfe erinnerte. ‹Aha›, sagt der erste Doktor. ‹Das ist es genau, was wir für unsere Patienten brauchen – der Anfall auf Bestellung!› Sein Kollege stimmte ihm zu, versteht sich. Es war bekannt, daß Leute nach einem epileptischen Anfall dazu neigten, eine Zeitlang ruhiger und friedlicher zu sein, und daß gewalttätige Fälle, die völlig den Anschluß verloren hatten, sich nach einem Anfall vernünftig unterhalten konnten. Niemand wußte, warum; sie wissen es heute noch nicht. Aber es war offensichtlich, daß es von großem Vorteil sein konnte, wenn es gelang, bei Nicht-Epileptikern Anfälle auszulösen. Und hier stand ein Mann vor ihnen, der von Zeit zu Zeit mit bemerkenswertem Aplomb einen Anfall herbeiführte.»

Scanlon sagt, seines Wissens habe der Mann einen Hammer und nicht eine Bombe benützt, doch Harding sagt, das habe er ganz und gar überhört, und er fährt mit seiner Erklärung fort.

«Der Schlächter *hat* einen Hammer benützt. Und das war genau der Punkt, an dem der Kollege gewisse Bedenken hatte. Schließlich sei ein Mensch keine Kuh. Wer weiß, der Hammer könnte einem ausrutschen und einem das Nasenbein brechen? Oder gar die Zähne einschlagen? Wo wären sie dann, wo doch Zahnärzte so teuer sind? Wenn sie Leute auf den Kopf schlagen würden, brauchten sie etwas Sicheres und Genaueres als einen Hammer; schließlich entschieden sie sich für Elektrizität.»

«Mein Gott, dachten sie nicht an den Schaden, den sie zufügen könnten? Hat die Öffentlichkeit nicht Krach geschlagen?»

«Ich glaube, Sie haben die falsche Vorstellung von der Öffentlichkeit, lieber Freund; wenn in diesem Land etwas nicht mehr richtig funktioniert, dann ist die schnellste Art, den Schaden zu beheben, immer die beste.»

McMurphy schüttelt den Kopf. «Huu-huiii! Elektrizität durch den Kopf. Mann, das ist, wie wenn sie einen wegen Mord auf den elektrischen Stuhl setzen.»

«Die Gründe für diese beiden Handlungen haben viel mehr miteinander zu tun, als Sie vielleicht denken; in beiden Fällen geht es um Heilung.»

«Und du sagst, es tut nicht weh?»

«Dafür garantiere ich persönlich. Völlig schmerzlos. Ein Funke, und Sie sind sofort bewußtlos. Kein Gas, keine Spritze, kein Vorschlaghammer. Völlig schmerzlos. Die Sache ist nur die, daß es niemand ein zweites Mal will. Man ... ändert sich. Man vergißt manches. Es ist so, als –» er preßt die Hände gegen die Schläfen und macht die Augen zu – «es ist so, als setze der Stromstoß einen wilden Kreisel von Bildern, Gefühlen, Erinnerungen in Gang. Diese Kreisel, Sie haben sie doch schon auf dem Jahrmarkt gesehen; der Ausrufer sammelt die Einsätze ein und drückt auf den Knopf. Tschäng! Wie ein Wirbelwind mit Licht und Ton und Zahlen, und vielleicht gewinnt deine Nummer, und vielleicht verliert sie, und du mußt noch mal spielen. Gib dem Mann dein Geld für die nächste Runde, Sohn, gib ihm das Geld.»

«Reg dich doch nicht so auf, Harding.»

Die Tür geht auf, und das Gurney-Bett kommt wieder heraus, der Kamerad ist mit einem Tuch zugedeckt, und die Techniker machen eine Kaffeepause. McMurphy fährt sich mit der Hand durch die Haare. «Ich blick da irgendwie nicht ganz durch.»

«Wovon reden Sie? Diese Schockbehandlung?»

«Jaah. Nein, nicht nur das. Alles ...» Er beschreibt mit seiner Hand einen Kreis. «Alles, was hier vor sich geht.»

Hardings Hand berührt McMurphys Knie. «Lassen Sie sich deswegen keine grauen Haare wachsen, mein Freund. Aller Wahrscheinlichkeit brauchen Sie sich wegen EST keine Sorge zu machen. Es ist fast ganz aus der Mode gekommen und wird nur noch in extremen Fällen eingesetzt, wo nichts anderes mehr zu helfen scheint, wie etwa eine Lobotomie.»

«Lobotomie, ist das nicht die Sache, wo sie einem das halbe Hirn wegschneiden?»

«Ganz richtig. Sie sind allmählich recht gut bewandert in unserem Kauderwelsch. Jawohl, wo sie einem das halbe Hirn wegschneiden. Stirnlappen-Kastration. Wenn sie das Messer nicht unter der Gürtellinie ansetzen kann, dann macht sie es eben über den Augen.»

«Du meinst Ratched.»

«Die meine ich in der Tat.»

«Ich hab geglaubt, die Schwester hat in solchen Dingen nichts zu sagen.»

«Und ob sie was zu sagen hat.»

McMurphy ist offensichtlich froh, von Schock und Lobotomie wegzukommen und wieder über die Große Schwester reden zu können. Er fragt Harding, was seiner Meinung nach bei ihr nicht in Ordnung sei. Harding und Scanlon und einige der anderen haben alle möglichen Theorien. Sie unterhalten sich eine Weile darüber, ob sie die Wurzel allen Übels hier ist oder nicht, und Harding sagt, sie sei jedenfalls die Wurzel des meisten Übels. Fast alle stimmen ihm zu, doch McMurphy ist nicht mehr so sicher. Er sagt, das habe er am Anfang auch geglaubt, doch jetzt habe er Zweifel. Er sagt, er glaube nicht, daß es viel nützen würde, sie aus dem Weg zu schaffen; er sagt, es gebe etwas Größeres, das für die ganze Schweinerei hier verantwortlich sei, und er versucht dann, zu erklären, was es genau ist. Schließlich gibt er auf, weil er es nicht recht erklären kann.

McMurphy weiß es zwar nicht, doch er ist dabei, etwas zu verstehen, was mir schon vor langer Zeit klargeworden ist, daß nämlich nicht die Große Schwester allein die entscheidende Macht ist, sondern die ganze Genossenschaft steckt dahinter, die über das ganze Land verbreitete Genossenschaft, und die Schwester ist nur eine ihrer hohen Beamten.

Die anderen stimmen McMurphy nicht zu. Sie sagen, sie *wissen*, wo der Hase im Pfeffer liegt, und streiten sich dann darüber. Sie streiten sich, bis McMurphy einschreitet.

«Ja, zum Teufel, was soll denn das, hör euch bloß mal einer an», sagt McMurphy. «Was anderes kennt ihr nicht, nur dauernd meckern, meckern, meckern. Über die Schwester oder den Stab oder die Klinik. Scanlon will den ganzen Laden in die Luft jagen. Sefelt schiebt alles auf die Drogen. Fredrickson schiebt es auf familiäre Schwierigkeiten. Mann, jeder kommt mit einer anderen Ausrede.»

Er sagt, die Große Schwester sei nur eine verbitterte, kaltherzige alte Frau, und ihre Bemühungen, ihn dazu zu bringen, sich mit ihr anzulegen, seien nichts als ein Haufen Bockmist – damit sei niemand geholfen, vor allem ihm selber nicht. Wenn sie sie los wären, wären sie damit noch lange nicht die viel tiefer liegenden Anlässe für alle ihre ewigen Meckereien los.

«Nein?» sagt Harding. «Nun, da Sie auf einmal das Problem der geistigen Gesellschaft so klar durchschauen, sagen Sie uns doch: wo liegt denn die Schwierigkeit? Was sind denn die viel tiefer liegenden Anlässe, wie Sie sich so klug ausdrücken?»

«Ich sag doch, ich weiß es nicht. Ich hab noch nie richtig durchgeblickt.» Er sitzt einen Augenblick still und hört auf das Summen aus dem Röntgenraum; dann sagt er: «Wenn es aber nur das wäre, was ihr sagt, sagen wir mal: diese alte Schwester und ihre Sexprobleme, dann wäre ja euch allen auf einen Schlag geholfen, wenn sie einer mal kräftig aufs Kreuz legte und sie von ihren Problemen kurierte, stimmt's?»

Scanlon klatscht sich in die Hände. «Bei Gott! Das wäre es! Du bist ernannt, Mack, du hast das Zeug dazu, sie zu bändigen.»

«Ich doch nicht. Nie und nimmer. Ich bin nicht euer Mann.»

«Wieso nicht? Ich hab gemeint, du seist der große Supermann mit all dem Rums-Bums.»

«Scanlon, Kumpel, ich hab die Absicht, dem alten Aasgeier so weit wie möglich vom Leib zu bleiben.»

«Das hab ich inzwischen gemerkt», sagt Harding lächelnd. «Was ist denn zwischen Ihnen vorgefallen? Sie hatten sie doch vorübergehend mit dem Rücken zur Wand; und dann ließen Sie sie plötzlich wieder frei. Mitgefühl für unseren Engel der Barmherzigkeit?»

«Nein; ich hab 'n paar Dinge herausbekommen, deshalb. Hab mich an verschiedenen Stellen umgehört. Ich weiß jetzt, warum ihr Burschen ihr alle in den Arsch kriecht, warum ihr dauernd vor ihr Verbeugungen und Kratzfüße macht und es zulaßt, daß sie auf euch herumtrampelt. Ich bin endlich drauf gekommen, wozu ihr mich ausnützen wollt.»

«So? Ach, wie interessant.»

«Verdammt interessant sogar. Es ist sehr interessant für mich, daß ihr gemein genug wart, mir nie zu sagen, wie riskant es für mich ist, ihr so auf den Pelz zu rücken. Daß ich sie nicht leiden kann, heißt noch lange nicht, ich will sie so lange ärgern, bis sie beschließt, mich ein weiteres Jahr oder so hierzubehalten. Manchmal muß man eben seinen Stolz hinunterschlucken und die alte Nummer eins im Auge behalten.»

«Was meint ihr wohl, Freunde, ob an dem Gerücht vielleicht doch was dran ist, daß McMurphy nur deshalb die Vorschriften befolgt, um eine frühzeitige Entlassung nicht zu gefährden?»

«Du weißt genau, wovon ich rede, Harding. Warum hast du mir nicht gesagt, daß sie meine Einweisung so lange verlängern kann, bis es ihr gerade in den Sinn kommt, mich zu entlassen?»

«Ach je, ich hatte *vergessen*, daß Sie eingewiesen worden sind.» Hardings Gesicht, das zu einem Grinsen verzogen ist, bekommt in der Mitte eine steile Falte. «Ja. Sie werden langsam schlau. Genau wie wir anderen.»

«Und ob ich schlau werde, da kannst du Gift drauf nehmen, verdammt noch mal. Warum soll ausgerechnet ich bei diesen Sitzungen den Kopf hinhalten, bei diesen belanglosen Streitereien, ist doch mir gleich, ob die Tür zum Schlafsaal geschlossen ist oder ob die Zigaretten in der Schwesternstation liegen. Am Anfang hab ich nicht gleich kapiert, wieso ihr zu mir gekommen seid, als sei ich so was wie ein Retter. Dann hab ich aber zufällig herausbekommen, daß es eigentlich die Schwestern sind, die entscheiden können, wer entlassen wird und wer nicht. Und da hab ich verdammt schnell geschaltet. Ich hab mir gesagt, ‹Die scheinheiligen Hunde haben mich reingelegt, sie haben es erreicht, daß ich für sie den Kopf hinhalte. Wenn das nicht der Gipfel ist, die haben R. P. McMurphy reingelegt.›» Er legt den Kopf zurück und grinst die ganze Reihe von uns auf der Bank an. «Na ja, nichts für ungut, Kumpels, ihr versteht schon, aber diese Töne könnt ihr euch sparen. Ich will genauso schnell hier raus wie ihr alle. Wenn ich mich mit dem alten Aasgeier anlege, steht bei mir genausoviel auf dem Spiel wie bei euch.»

Er grinst und zwinkert mit den Augen und rammt Harding den Daumen in die Rippen, als sei die ganze Sache für ihn erledigt, als sei er keinem deswegen böse, doch da sagt Harding noch was.

«Nein. Für Sie steht mehr auf dem Spiel als für mich, mein Freund.»

Harding grinst wieder und schaut ihn mit diesem unberechenbaren Blick von der Seite an, wie eine nervöse Stute, und zieht dabei das Genick ein. Alle rücken einen Platz auf. Martini kommt aus dem Röntgenraum, knöpft sich das Hemd zu und brummt: «Ich hätt's nicht geglaubt, wenn ich's nicht mit eigenen Augen gesehen hätte», und Billy Bibbit geht an die schwarze Scheibe, um Martinis Platz einzunehmen.

«Für Sie steht mehr auf dem Spiel als für mich», sagt Harding wieder. «Ich bin freiwillig hier. Ich bin keine Einweisung.»

McMurphy sagt kein Wort. Er hat wieder diesen verwirrten Gesichtsausdruck, irgend etwas stimmt nicht, und er weiß nicht genau, was. Er sitzt nur da und sieht Harding an, und Hardings zurückweichendes Lächeln wird schwächer, und er fängt an herumzuzappeln, weil ihn McMurphy so komisch anstarrt. Er schluckt und sagt: «Tatsächlich sind nur wenige Männer auf der Station eingewiesen worden. Nur Scanlon und – nun ja, ich nehme an, einige der Chronischen. Und Sie. Nicht viele Einweisungen, in der ganzen Klinik nicht. Nein, überhaupt nicht viele.»

Dann bricht er ab, seine Stimme zerrinnt unter McMurphys Augen. Nach einem Augenblick des Stillschweigens sagt McMurphy leise: «Hältst du mich zum Narren?» Harding schüttelt den Kopf. Die Angst steht ihm im Gesicht. McMurphy steht im Flur auf und sagt: «Haltet ihr Burschen mich zum *Narren*!»

Keiner macht den Mund auf. McMurphy geht vor der Bank auf und ab und fährt sich dauernd mit der Hand durch das dichte Haar. Er geht die Reihe entlang, bis ganz nach hinten, und dann wieder ganz nach vorne, zum Röntgenapparat. Der zischt und spuckt nach ihm.

«Du, Billy – du *mußt* doch eingewiesen sein, Herr Gott noch mal!»

Billy steht mit dem Rücken zu uns, das Kinn oben auf der schwarzen Scheibe, er steht auf Zehenspitzen. Nein, sagt er in die Maschine.

«Dann frag ich mich aber, *wieso*? *Wieso*? Du bist doch noch ein junger Kerl! Du müßtest doch draußen sein, mit einem Kabrio durch die Gegend fahren und den Mädchen nachstellen. All das hier –» er macht wieder eine ausladende Handbewegung – «warum machst du das mit?»

Billy gibt keine Antwort, und McMurphy wendet sich von ihm ab und dreht sich ein paar der anderen zu.

«Sagt mir, wieso. Ihr meckert, ihr beklagt euch *wochen*lang über diesen ganzen Laden hier, über die Schwester und alles, was sie tut, und dabei seid ihr nicht mal eingewiesen. Bei einigen dieser alten Kameraden auf der Station kann ich es ja noch verstehen. Die sind *übergeschnappt*. Aber ihr, ihr seid zwar nicht genau wie der Durchschnittsbürger draußen, aber ihr seid doch nicht *übergeschnappt*.»

Sie streiten sich nicht mit ihm. Er wendet sich jetzt Sefelt zu.

«Sefelt, wie steht's mit dir? Dir fehlt überhaupt nichts, du hast nur diese Anfälle. Zum Kuckuck, ich hatte einen Onkel, der hatte Anfälle, die waren zweimal so schlimm wie deine, und dabei sah er den Leibhaftigen in Person, aber er ließ sich deswegen doch nicht in die Klapsmühle stecken. Du könntest gut draußen leben, wenn du nur den Mut hättest –»

«Sicher!» Es ist Billy, der sich umgedreht hat und dem die Tränen im Gesicht kochen. «Sicher!» schreit er wieder. «Wenn wir den Mu-mu-mut hätten! Ich könnte heute r-r-raus, wenn ich den Mut hätte. Meine M-m-mutter ist eine gute Freundin von M-miss Ratched, und ich könnte heute noch ein AMA unterschrieben bekommen, wenn ich den Mut hätte!»

Er greift wütend nach seinem Hemd auf der Bank und will es anziehen, doch er zittert viel zu sehr. Schließlich schleudert er es weg und dreht sich wieder McMurphy zu.

«Glaubst du, ich wi-wi-wi-*will* drinbleiben? Glaubst du, ich möchte kein Ka-kabrio und ein Mä-mä-mädchen? Aber haben dich die L-l-leute vielleicht mal a-a-ausgelacht? Nein, du bist ja so g-groß und so *stark*! Nun, ich bin nicht groß und stark. Harding auch nicht. Fredrickson auch nicht. Se-sefelt auch nicht. Ach – ach, du – du re-re-redest daher, als blieben wir hier drin, weil es uns da gefällt! Ach – es ist doch s-s-sinnlos ...»

Er heult und stottert zu sehr, daß er noch was sagen könnte, er wischt sich mit dem Handrücken über die Augen, damit er etwas sehen kann. Dabei reißt er eine verkrustete Wunde an der Hand auf, und je mehr er heult, desto mehr Blut schmiert er sich über das Gesicht und in die Augen. Dann fängt er an, wie blind davonzurennen, fliegt von einer Wand im Flur zur anderen, sein Gesicht ganz von Blut verschmiert, ein schwarzer Junge direkt auf seinen Fersen.

McMurphy wendet sich den anderen Kameraden zu und macht den Mund auf, um noch etwas zu fragen, und macht ihn dann wieder zu, als er bemerkt, wie sie ihn ansehen. Er steht eine Weile da, und die Reihe der Augen starrt ihn an, wie die Nieten an der Tür, dann sagt er «Ach, zum Kuckuck», irgendwie ziemlich kraftlos, und er setzt sich die Mütze wieder auf und zieht sie tief in die Stirn und geht wieder auf seinen Platz zu der Bank. Die zwei Techniker kommen von der Kaffeepause zurück und gehen wieder in diesen Raum gegenüber; als die Tür aufgeht, riecht man die Säure in der Luft, so wie wenn sie eine Batterie neu aufladen. McMurphy sitzt da und blickt auf diese Tür.

«Irgendwie blick ich da nicht durch ...»

Als wir durch die Anlagen zur Station zurückgingen, bummelte McMurphy am Ende der Gruppe, die Hände tief in den Taschen der grünen Uniform und die Mütze tief im Gesicht, und kaute in Gedanken versunken an einer kalten Zigarette. Alle verhielten sich ziemlich ruhig. Sie hatten Billy wieder beruhigt, und er ging an der Spitze der Gruppe, mit dem schwarzen Jungen auf der einen Seite und dem weißen Jungen vom Schockschuppen auf der anderen.

Ich ließ mich zurückfallen, bis ich neben McMurphy ging, und ich wollte ihm sagen, er solle sich doch deswegen nicht quälen, man könne doch nichts dagegen machen, denn ich konnte sehen, daß er sich irgendeinen Gedanken hin und her überlegte, so wie ein Hund vor einem Loch sitzt und überlegt, weil er nicht weiß, was da drin ist, und eine Stimme sagt zu ihm, das Loch sollte dich nicht interessieren, es ist zu groß und zu schwarz, und überhaupt riecht es ganz deutlich nach Bären oder etwas ähnlich Schlimmem. Und einc andere Stimme ist zu hören, wie ein durchdringendes Flüstern von ganz tief drin, keine kluge Stimme, gar nicht gewieft, sie sagt: Pack ihn, kleiner Hund, pack ihn!

Ich wollte ihm sagen, er solle sich doch deswegen nicht quälen, und ich war drauf und dran, den Mund aufzumachen, als er den Kopf hob und die Mütze zurückschob und nach vorne lief, dorthin, wo der kleinste schwarze Junge war, ihm auf die Schulter klopfte und ihn fragte: «Sam, was sagst du, gehn wir doch geschwind hier in die Kantine, ich muß mir ein, zwei Stangen Zigaretten kaufen.»

Ich mußte mich beeilen, um ihn einzuholen, und daraufhin brachte mein Herz einen hohen aufgeregten Ton in meinem Kopf zum Schwingen. Selbst noch in der Kantine hörte ich diesen Ton, den mein Herz in meinem Kopf ausgelöst hatte, obwohl mein Herz wieder im normalen Tempo schlug. Der Ton erinnerte mich daran, wie ich immer Freitag abends im kalten Herbst an einem Footballplatz stand und es kaum erwarten konnte, daß der Ball gekickt wurde und das Spiel losging. Der Ton wurde immer stärker, bis ich glaubte, ich könnte keinen Augenblick länger stillhalten, dann kam der Anstoß, und der Ton war weg, und das Spiel lief. Genau diesen Freitagabend-Ton hörte ich jetzt auch, und ich spürte dieselbe ungestüme, zapplige Ungeduld. Und ich sah genauso gestochen scharf wie vor einem Footballspiel und wie in jener Nacht vor einiger Zeit, als ich aus dem Fenster des Schlafsaals blickte: alles war scharf und klar und deutlich; ich hatte bereits vergessen, daß die Dinge so sein können. Reihen von Zahnpasta und Schnürsenkel, Sonnenbrillen und Kugelschreiber, auf denen die Garantie gedruckt war, daß sie ein ganzes Leben lang unter Wasser auf Butter schreiben können, und über allem wachte eine Armee von großäugigen Teddybären, die auf einem Regal hoch oben über dem Ladentisch saßen und nach Ladendieben Ausschau hielten.

McMurphy kam polternd neben mir an den Ladentisch, hängte sich die Daumen in die Hosentaschen und sagte der Verkäuferin, er wolle ein paar Stangen Marlboros. «Sagen wir, drei Stangen», sagte er und grinste sie an. «Ich will nämlich in nächster Zeit einen gehörigen Dampf machen.»

Der Ton in meinem Kopf ließ erst bei der Sitzung an diesem Nachmittag nach. Ich hatte halb zugehört, wie sie Sefelt bearbeiteten, ihn dazu bringen wollten, daß er seine Probleme einsah, um sich anpassen zu können («Das Dilantin ist schuld!» schreit er schließlich. «Aber, aber, Mr. Sefelt, wenn Sie wollen, daß man Ihnen hilft, müssen Sie ehrlich sein», sagt sie. «Es muß aber das Dilantin sein; oder ist es vielleicht nicht daran schuld, daß mein Zahnfleisch weich wird?» Sie lächelt. «Jim, Sie sind fünfundvierzig Jahre alt ...»), als ich zufällig einen Blick auf McMurphy in seiner Ecke warf. Er hatte keine Spielkarten in der Hand und blätterte nicht in einer Zeitschrift, wie er das in allen Sitzungen in den letzten zwei Wochen getan hatte. Und er saß nicht in gebeugter Haltung da. Er saß ganz aufrecht auf seinem Stuhl, mit einem unternehmungslustigen, verwegenen Gesichtsausdruck, während er seine Augen zwischen Sefelt und der Großen Schwester hin und her wandern ließ. Als ich ihn beobachtete, wurde der Ton in meinem Kopf immer höher. Seine Augen waren blaue Streifen unter diesen weißen Augenbrauen, und sie schossen hin und her, so wie beim Pokern, wenn er den andern auf die Finger schaut. Ich war sicher, daß er demnächst etwas Verrücktes tun würde, für das sie ihn mit Sicherheit in die Geschlossene stecken würden. Ich hatte denselben Gesichtsausdruck schon bei anderen Kameraden gesehen, kurz bevor sie über einen schwarzen Jungen herfielen. Ich klammerte mich mit aller Macht an die Armlehne meines Stuhls und wartete, ich hatte große Angst, es könnte geschehen, und – das wurde mir auf einmal klar – hatte ein klein wenig Angst, es könnte nicht geschehen.

Er blieb ruhig und beschränkte sich aufs Beobachten, bis sie mit Sefelt fertig waren; dann machte er eine kleine Drohung in seinem Sessel und beobachtete, wie Fredrickson, der es ihnen irgendwie heimzahlen wollte, daß sie seinen Freund so gequält hatten, ein paar laute Minuten lang darüber meckerte, daß die Zigaretten in der Schwesternstation aufbewahrt wurden. Fredricksons Redeschwall versickerte, und er wurde rot und entschuldigte sich wie immer und setzte sich wieder. McMurphy hatte immer noch nichts unternommen. Ich lockerte meinen festen Griff um die Armlehne, glaubte, ich hätte mich vielleicht geirrt.

Die Sitzung würde nur noch ein paar Minuten dauern. Die Große Schwester faltete ihre Papiere zusammen und legte sie in den Korb und nahm den Korb von ihrem Schoß und stellte ihn auf den Boden, dann schaute sie sich im Kreis um und blieb eine Sekunde bei McMurphy, so als wolle sie sehen, ob er wach war und zuhörte. Sie faltete die Hände in ihrem Schoß und blickte auf ihre Finger hinunter, holte tief Atem und schüttelte den Kopf.

«Jungs, was ich jetzt gleich sagen werde, habe ich mir gründlich überlegt. Ich habe es mit dem Doktor und dem Rest des Stabes durchgesprochen, und, sosehr wir das bedauern, wir sind alle derselben Meinung – daß es nämlich irgendeine angemessene Bestrafung geben muß für die unerhörte Mißachtung der häuslichen Pflichten vor drei Wochen.» Sie hob die Hand und schaute sich um. «Wir haben so lange nichts unternommen, weil wir hofften, daß Sie sich für Ihr rebellisches Verhalten von sich aus entschuldigen würden. Aber nicht einer von Ihnen hat auch nur die Spur von Reue an den Tag gelegt.»

Ihre Hand ging wieder hoch, um jeden möglichen Einwand zu ersticken – die Bewegung einer Tarockkartenleserin in einem Glaskasten.

«Verstehen Sie mich bitte richtig: Wenn wir Ihnen gewisse Vorschriften und Beschränkungen auferlegen, dann geschieht das nicht, ohne daß wir uns vorher sorgfältig von deren therapeutischem Wert überzeugen. Sehr viele von Ihnen sind hier, weil sie sich den Vorschriften der Gesellschaft in der Welt draußen nicht anpassen konnten, weil Sie nicht bereit waren, sich ihnen zu stellen, weil Sie versuchten, sie zu umgehen und zu vermeiden. Zu irgendeinem Zeitpunkt – vielleicht in Ihrer Kindheit – hat man es wahrscheinlich zugelassen, daß Sie die Regeln der Gesellschaft verspotteten. Wenn Sie gegen eine Vorschrift verstießen, dann wußten Sie das. Sie wollten, daß man sich mit Ihnen befaßte, Sie *brauchten* das, doch die Bestrafung kam nicht. Diese törichte Nachsicht Ihrer Eltern könnte der Keim für ihre gegenwärtige Krankheit gewesen sein. Ich erzähle Ihnen das in der Hoffnung, daß Sie verstehen, daß es *ausschließlich zu Ihrem Wohle* geschieht, wenn wir hier für Zucht und Ordnung eintreten.»

Sie blickte sich wieder in der Runde um. Ihr Gesicht sah so aus, als sei sie bekümmert über die Aufgabe, die ihr bevorstand. Es war still, bis auf dieses hohe, rasende, fieberhafte Klingeln in meinem Kopf.

«Es ist schwierig, in dieser Umgebung Disziplin durchzusetzen. Sicher sehen Sie das auch. Was können wir Ihnen schon antun? Wir können Sie nicht einsperren. Wir können Ihnen nicht Brot und Wasser vorsetzen. Sie sehen doch, daß der Stab mit einem Problem zu kämpfen hat; was *können* wir denn tun?»

Ruckly hatte einen Vorschlag, was sie tun könnten, doch sie schenkte ihm keine Beachtung. Ihr Gesicht änderte sich mit einem tickenden Geräusch, bis ihre Gesichtszüge einen neuen Ausdruck geformt hatten. Schließlich beantwortete sie ihre eigene Frage.

«Wir müssen Ihnen eine Vergünstigung wegnehmen. Und nach sorgfältiger Untersuchung der Umstände dieser Meuterei sind wir zu dem Schluß gekommen, daß eine gewisse Gerechtigkeit darin liegen würde, Ihnen die Vergünstigung des Wannenraumes wegzunehmen, den Sie während des Tages für Ihre Kartenspiele benutzt haben. Halten Sie das für unfair?»

Ihr Kopf rührte sich nicht. Sie blickte nicht auf. Doch einer nach dem andern schauten alle auf ihn in seiner Ecke. Selbst die alten Chronischen, die sich wunderten, daß alle auf einmal in dieselbe Richtung schauten, streckten die knochigen Hälse wie Vögel und drehten sich nach McMurphy um – alle Blicke ruhten auf ihm, mit nackter, ängstlicher Hoffnung.

Dieser schrille Ton in meinem Kopf klang wie die Reifen eines Autos bei hoher Geschwindigkeit.

Er saß bolzgerade in seinem Sessel, ein großer roter Finger kratzte lässig an der Narbe, die die genähte Wunde auf der Nase zurückgelassen hatte. Er grinste in alle die Gesichter, die ihn anschauten, und faßte sich an die Mütze und schob sie höflich ein Stückchen hoch, dann schaute er wieder auf die Schwester.

«Wenn es also zu dieser Regelung keine Wortmeldung gibt, dann ist die Stunde jetzt fast um ...»

Sie brach wieder ab und warf nochmals einen Blick auf ihn. Er zuckte mit den Schultern und schlug sich mit einem Seufzer beide Hände auf die Knie und stemmte sich von dem Sessel hoch. Er streckte sich und gähnte und kratzte sich wieder an der Nase und ging dann langsam durch den Tagesraum auf die Schwesternstation zu, vor der sie saß, und zog sich beim Gehen mit den Daumen die Hose hoch. Ich sah, daß es zu spät war, ihn von der Dummheit abzuhalten, die er gleich begehen würde, und ich beobachtete ihn einfach, so wie all die andern. Seine Schritte waren lang, zu lang, und er hatte die Daumen wieder in die Hosentaschen gehängt. Die Eisen auf den Absätzen seiner Stiefel schlugen Funken auf den Fliesen. Er war wieder der Holzfäller, der großtuerische Glücksspieler, der große, rotköpfige, streitsüchtige Ire, der Cowboy vom Fernseher, der zum Pistolenduell die Straße hinuntergeht.

Die Augen der Großen Schwester traten weiß hervor, als er näher kam. Sie hatte nicht damit gerechnet, daß er irgend etwas tun würde. Dies sollte ihr endgültiger Sieg über ihn sein, sollte ein für allemal ihre Vorherrschaft durchsetzen. Doch hier kommt er, und er ist so groß wie ein Haus!

Sie fing an, den Mund auf- und zuzumachen und sich nach ihren schwarzen Jungen umzusehen, in großer Angst, doch er blieb stehen, bevor er noch bei ihr war. Er blieb vor ihrem Fenster stehen, und er sagte in seinem langsamsten, tiefsten Tonfall, er könne eigentlich eine seiner Zigaretten brauchen, die er heute morgen gekauft habe, und dann stieß er seine Hand durch die Fensterscheibe.

Das Glas splitterte in alle Richtungen, wie Wasserspritzer, und die Schwester preßte sich die Hände auf die Ohren. Er holte sich eine der Zigarettenstangen mit seinem Namen drauf und nahm eine Pakkung heraus, legte die Stange zurück und wendete sich der Großen Schwester zu, die wie eine Kreidestatue dasaß, und wischte ihr ganz liebevoll die Glassplitter von der Haube und den Schultern.

«Tut mir das aber *leid*, Schwester», sagte er. «Mein Gott, wirklich. Die Scheibe war so blank geputzt, da hab ich sie doch to-*tal* übersehen.»

Es dauerte nur ein paar Sekunden. Er drehte sich um und ließ sie sitzen, mit zuckendem, sich verfärbendem Gesicht, und ging quer durch den Tagesraum zu seinem Sessel zurück und zündete sich eine Zigarette an.

Das Klingeln in meinem Kopf hatte aufgehört.

Dritter Teil

Nach diesem Vorfall war McMurphy lange Zeit obenauf. Die Schwester hielt sich zurück und wartete auf den Zeitpunkt, wo eine neue Idee ihr die Zügel wieder in die Hand geben würde. Sie wußte, sie hatte eine wichtige Runde verloren, und sie war dabei, noch eine zu verlieren, doch sie hatte keine Eile. Jedenfalls war sie weit davon entfernt, seine Entlassung zu empfehlen, der Kampf würde so lange weitergehen, wie sie das wünschte, bis er einen Fehler machte, oder bis er klein beigab, oder bis sie eine neue Taktik entwickelt hatte, die sie in aller Augen wieder in den Sattel heben würde.

Es ereignete sich allerhand, bevor sie diese neue Taktik entwickelt hatte. Nachdem für McMurphy diese Periode, die man als vorübergehenden Ruhestand bezeichnen könnte, vorbei war und nachdem er mit dem Einschlagen ihres ganz persönlichen Fensters ankündigte, daß er den Kampf wiederaufgenommen hatte, sorgte er dafür, daß es auf der Station wieder interessant wurde. Er nahm an jeder Sitzung, jeder Diskussion teil – mit allen Mitteln, mit seiner schleppenden Redeweise, seinem Augenzwinkern, seinen Witzen versuchte er irgendeinen Akuten zu einem dünnen Lachen zu verführen, der vielleicht seit seinem zwölften Lebensjahr Angst davor hatte, auch nur zu grinsen. Er brachte genügend Männer für eine Basketballmannschaft zusammen, und irgendwie rang er dem Doktor die Erlaubnis ab, einen Ball von der Turnhalle mit auf die Station nehmen zu dürfen, damit sich die Mannschaft an den Umgang mit dem Ball gewöhnen konnte. Die Schwester war dagegen, sie sagte, demnächst würden sie wohl auf der Station Fußball spielen und auf den Gängen Polopartien austragen, doch dieses eine Mal blieb der Doktor hart und sagte, lassen Sie sie doch machen. «Eine Anzahl der Spieler, Miss Ratched, zeigen deutliche Fortschritte, seit die Basketballmannschaft aufgestellt worden ist; ich glaube, der therapeutische Wert ist bereits bewiesen.»

Sie blickte ihn eine Weile verwundert an. Er fing also auch an, ihr die Stirn zu bieten. Sie merkte sich seinen Tonfall für später, wenn sie wieder am Drücker sein würde, und nickte bloß und setzte sich in ihre Schwesternstation, um an ihren Knöpfen und Meßgeräten herumzufummeln. Die Hausmeister hatten ein Stück Pappkarton in den Fensterrahmen über ihrem Schreibtisch gesteckt, bis sie eine Glasscheibe in der richtigen Größe auftreiben konnten, und jetzt saß sie jeden Tag dahinter, als existiere es überhaupt nicht, als könne sie immer noch direkt in den Tagesraum blicken. Hinter dem Pappkarton war sie wie ein zur Wand gedrehtes Bild.

Sie wartete ab und sagte nichts, während McMurphy weiterhin in seinen Unterhosen mit den weißen Walfischen vormittags durch die Gänge rannte, oder in den Schlafsälen beim Pfennigfuchsen saß, oder den Gang auf und ab lief und auf einer vernickelten Schiedsrichterpfeife trillerte und den Akuten die Technik des Blitzangriffs beibrachte, vom Stationseingang bis zur Tür der Isolierstation am anderen Ende, wobei das Aufspringen des Balles an Kanonenschüsse erinnerte und McMurphy wie ein Feldwebel brüllte: «Schneller, ihr lahmen Omas, *schneller*!»

Wenn sie miteinander redeten, so geschah das immer in äußerst höflicher Form, ob sie ihm nicht ihren Füllfederhalter borgen könne, damit er einen Antrag auf Ausgang Ohne Begleitung ausfüllen könne, füllte ihn dann vor ihren Augen auf ihrem Schreibtisch aus und gab ihr den ausgefüllten Antrag mit ihrem Füllfederhalter zusammen zurück, mit einem wohlerzogenen «Danke schön», und sie warf einen Blick darauf und sagte ebenso höflich, sie werde «die Sache mit dem Stab besprechen –» was vielleicht drei Minuten dauerte – und sie kam zurück, um ihm zu sagen, es tue ihr ja so leid, aber im Moment sei ein Ausgang therapeutisch nicht zu verantworten. Dann dankte er ihr noch mal und marschierte aus der Schwesternstation und trillerte so laut auf seiner Trillerpfeife, daß kilometerweit im Umkreis die Fensterscheiben gefährdet waren, und brüllte: «Auf geht's, ihr Lahmärsche, her mit dem Ball, der Schweiß muß fließen!»

Einen Monat war er jetzt auf der Station, lange genug, um am Schwarzen Brett im Flur zu beantragen, in der Gemeinschaftssitzung möge man über einen Ausgang Mit Begleitung diskutieren. Er ging mit ihrem Füllfederhalter ans Schwarze Brett und schrieb unter BEGLEITPERSON: «Candy Starr, eine Puppe, die ich von Portland her kenne.» – und machte die Feder kaputt, als er den Punkt dahinter setzte. Der Antrag auf Ausgang wurde ein paar Tage später in der Gemeinschaftssitzung zur Sprache gebracht, zufällig am gleichen Tag, an dem Arbeiter über dem Schreibtisch der Großen Schwester eine neue Glasscheibe einsetzten, und als sein Antrag abgelehnt wurde, mit der Begründung, diese Miss Starr scheine kaum die geeignete Person, einen Patienten beim Ausgang zu begleiten, sagte er mit einem Achselzucken, man muß auch mal verlieren können, und ging nach vorne zur Schwesternstation, an das Fenster, aus dessen unterer Ecke noch nicht mal der Aufkleber der Glasfirma entfernt worden war, und rammte seine Faust mitten durch – und während Blut von seinen Fingern lief, erklärte er der Schwester, er habe geglaubt, der Pappkarton sei herausgenommen und der Rahmen offengelassen worden. «Wann haben die bloß die verdammte Scheibe reingemogelt? Mann, das ist ja direkt *gefährlich*!»

Die Schwester kümmerte sich in der Station um seine Hand, während Scanlon und Harding den Pappkarton aus dem Mülleimer fischten und wieder in den Rahmen klebten, und dabei benützten sie Heftpflaster von derselben Rolle, mit der die Schwester McMurphys Handgelenk und Finger umwickelte. McMurphy saß auf einem Hocker und schnitt fürchterliche Grimassen, während seine Schnittwunden versorgt wurden, und zwinkerte über den Kopf der Schwester weg Scanlon und Harding zu. Ihr Gesicht blieb so ruhig und ausdruckslos wie Emaille, doch der Druck zeigte sich auf andere Weise. Die Art und Weise, wie sie das Heftpflaster so fest zurrte, wie sie nur konnte, bewies, daß ihre Geduld nicht mehr so unerschütterlich war wie früher.

Wir durften in die Turnhalle, um zuzusehen, wie unsere Mannschaft – Harding, Billy Bibbit, Scanlon, Fredrickson, Martini und McMurphy, wenn immer seine Hand lange genug zu bluten aufhörte, daß er spielen konnte – gegen eine Mannschaft der Pfleger spielte. Unsere zwei großen schwarzen Jungen spielten für die Pfleger. Sie waren die besten Spieler auf dem Platz; in ihren roten Hosen liefen sie vor und zurück wie zwei Schatten und erzielten mit mechanischer Präzision Korb auf Korb. Unsere Mannschaft war zu klein und zu langsam, und Martini warf den Ball immer dorthin, wo niemand außer ihm einen Mitspieler sehen konnte, und die Pfleger schlugen uns um zwanzig Punkte. Doch etwas geschah, was den meisten von uns das Gefühl gab, trotzdem irgendwie gewonnen zu haben: bei einer Balgerei um den Ball bekam unser großer schwarzer Junge namens Washington irgendeinen Ellbogen ins Gesicht, und seine Mannschaft mußte ihn zurückhalten, damit er nicht auf McMurphy losging, der auf dem Ball saß – ohne sich auch nur im geringsten um den tobenden schwarzen Jungen zu kümmern, dem das Blut aus der Nase und über die Brust lief, wie wenn einer Farbe an die Wandtafel spritzt, und der die anderen, die ihn festhielten, anbrüllte: «Der tut das absichtlich! Der Scheißkerl tut's *absichtlich*!»

McMurphy schrieb neue Botschaften für die Schwester, die sie fand, wenn sie mit dem Spiegel in die Latrine kam. Er schrieb lange ausgefallene Geschichten über sich selbst in das Tagebuch und zeichnete sie mit Anon. Manchmal blieb er bis acht Uhr im Bett liegen. Sie machte ihm Vorwürfe, ohne jegliche Erregung, wie es schien, und er stand nur da und hörte sie an, bis sie fertig war, und dann machte er die ganze Wirkung zunichte, indem er sie etwa fragte, ob sie nun eigentlich ein B- oder ein C-Körbchen trage, er komme da nicht ganz klar, oder vielleicht gar kein Körbchen?

Die anderen Akuten fingen an ihm nachzueifern. Harding begann mit all den Schwesternschülerinnen zu flirten, und Billy Bibbit hörte ganz damit auf, seine «Beobachtungen», wie er sie immer genannt hatte, ins Tagebuch zu schreiben, und als das Fenster vor ihrem Schreibtisch zum zweitenmal repariert wurde, mit einem großen weißen X darauf, damit McMurphy auch bestimmt nicht mehr mit der Ausrede kommen würde, er habe es übersehen, warf es Scanlon beiläufig mit dem Basketball ein, bevor auch nur das große X trokken war. Der Ball bekam ein Loch, und Martini hob ihn vom Boden auf wie einen toten Vogel und brachte ihn zu der Schwester, die in ihrem Glaskasten saß und auf die über ihren ganzen Schreibtisch verbreiteten Glassplitter starrte, und er fragte sie, könnte sie ihn nicht wieder richten, mit einem Heftpflaster oder so? Ihn wieder gesund machen? Wortlos riß sie ihn ihm aus der Hand und stopfte ihn in den Papierkorb.

Da also nun die Basketballsaison offensichtlich vorbei war, entschied sich McMurphy fürs Angeln. Er stellte einen neuen Antrag auf Ausgang, nachdem er dem Doktor erzählt hatte, er habe einige Freunde an der Siuslaw-Mündung bei Florence, die gerne acht oder neun Patienten zum Fischen auf hoher See mitnehmen würden, wenn der Stab damit einverstanden sei, und er schrieb auf die Antragsliste im Gang, diesmal werde er von «zwei süßen alten Tanten aus einem kleinen Nest vor Oregon City» begleitet. In der Sitzung wurde sein Antrag für das nächste Wochenende genehmigt. Nachdem die Schwester die Genehmigung des Antrags offiziell in ihre Anwesenheitsliste eingetragen hatte, griff sie in den Weidenkorb, der neben ihren Füßen stand, und zog einen Zeitungsartikel heraus, den sie an diesem Morgen aus der Zeitung geschnitten hatte, und las laut vor, die Fischerei vor der Küste Oregons habe zwar ein Spitzenjahr, doch der Lachs sei dieses Jahr ziemlich spät dran, und die See sei im Augenblick aufgewühlt und gefährlich. Und sie schlage vor, die Männer sollten sich diesen Ausflug gut überlegen.

«Gute Idee», sagte McMurphy. Er machte die Augen zu und zog genießerisch die Luft durch die Zähne. «Ach ja! Der Salzgeruch der stampfenden See, das Klatschen der Wellen gegen den Bug – den Elementen trotzen, wo Männer noch Männer und Schiffe Schiffe sind. Miss Ratched, Sie haben mich vollends überzeugt. Heute abend noch werd ich anrufen und das Boot mieten. Soll ich Sie noch auf die Liste setzen?»

Anstatt ihm zu antworten, ging sie zum Schwarzen Brett und befestigte ihren Zeitungsausschnitt.

Am nächsten Tag begann er die Männer in die Liste einzutragen, die gehen wollten und zehn Dollar als Beitrag zur Bootsmiete bezahlen konnten, und die Schwester brachte immer mehr Zeitungsausschnitte, die von Schiffsuntergängen und plötzlichen Sturmböen an der Küste berichteten. McMurphy machte sich über sie und ihre Zeitungsausschnitte lustig, er sagte, seine beiden Tanten hätten fast ihr ganzes Leben damit zugebracht, mit diesem oder jenem Matrosen in diesem oder jenem Hafen auf den Wellen zu schaukeln, sie garantierten beide, die Ausfahrt sei absolut sicher und gefahrlos, es gebe nicht den geringsten Anlaß zur Sorge. Doch die Schwester kannte ihre Patienten. Die Zeitungsberichte machten ihnen mehr Angst, als McMurphy glauben wollte. Er hatte geglaubt, sie würden Schlange stehen, um in die Liste aufgenommen zu werden, doch er mußte seine ganze Redekunst aufwenden, um seine Leute zusammenzubekommen. Am Tag vor dem Ausflug fehlten ihm immer noch ein paar, um für das Boot bezahlen zu können.

Ich hatte kein Geld, doch immer wieder überkam mich der Wunsch, mich in die Liste einzutragen. Und je mehr er davon redete, sie würden Chinook-Lachs fangen, desto stärker wurde mein Wunsch mitzukommen. Ich wußte, es war ein törichter Wunsch; wenn ich mich eintrug, dann war das genauso, wie wenn ich öffentlich verkündete, ich sei nicht taub. Wenn ich das ganze Gerede über Boote und Fischfang gehört hatte, dann bewies ihnen das doch, daß ich auch all die vertraulichen Gespräche gehört hatte, die in den letzten zehn Jahren um mich herum geführt worden waren. Und wenn die Große Schwester herausfand, daß ich all die Intrigen, den ganzen Verrat, über die sie nur gesprochen hatte, weil sie glaubte, ich könne nichts hören, doch mitbekommen hatte, dann würde sie mich mit einer elektrischen Säge verfolgen und mich so zurichten, daß sie *sicher* sein konnte, in Zukunft einen Taubstummen vor sich zu haben. So stark auch mein Wunsch war mitzugehen, so mußte ich doch ein wenig lächeln, wenn ich daran dachte: ich mußte weiterhin so tun, als sei ich taub, wenn ich überhaupt etwas hören wollte.

In der Nacht vor der Fischfang-Expedition lag ich im Bett und dachte darüber nach, über meine Rolle als Taubstummer, über all die Jahre, in denen ich mir nicht anmerken ließ, daß ich hören konnte, was gesprochen wurde, und ich machte mir Gedanken, ob ich jemals wieder eine andere Rolle würde spielen können. Aber an eins erinnerte ich mich ganz deutlich: ich hatte nicht von allein damit angefangen, taub zu spielen; es waren die anderen Leute, die damit anfingen, so zu tun, als sei ich zu dumm, etwas zu hören oder zu sehen oder überhaupt etwas zu sagen.

Und zwar war das nicht erst, nachdem ich in die Klinik gekommen war; schon lange vorher taten Leute so, als könne ich nichts hören oder reden. In der Armee waren es die mit mehreren Streifen, die sich mir gegenüber so verhielten. Die glaubten, wenn einer so aussah wie ich, dann müsse man sich einfach so verhalten. Ich erinnere mich sogar, daß schon in der Volksschule die Leute sagten, sie glaubten nicht, daß ich zuhöre und daß sie dann deshalb auch nicht mehr zuhörten, wenn ich etwas sagte. Als ich da so im Bett lag, versuchte ich mich daran zu erinnern, wann ich es zum erstenmal feststellte. Ich glaube, es war damals, als wir noch in dem Dorf am Columbia-Strom lebten. Es war im Sommer …

… und ich bin vielleicht zehn Jahre alt und bin gerade dabei, vor der Hütte Salz auf den Lachs zu streuen, damit er auf dem Gerüst hinter dem Haus aufgehängt werden kann, als ich sehe, wie ein Auto von der Landstraße abbiegt und über die Furchen durch das Gras hoppelt und eine rote Staubwolke hinter sich herschleppt, so groß wie ein ganzer Güterzug.

Ich beobachte, wie das Auto den Berg raufkommt und ein Stück von unserem Grundstück weg anhält, und der Staub kommt näher, kracht von hinten auf das Auto und stäubt in alle Richtungen und legt sich schließlich auf das Gras und das Seifenkraut ringsumher, so daß die Stauden aussehen wie Bruchstücke aus roten rauchenden Ruinen. Das Auto bleibt stehen, während sich der Staub legt, und glitzert in der Sonne. Ich weiß, daß es keine Touristen mit Kameras sein können, weil die nie so nahe ans Dorf heranfahren. Wenn sie Fisch kaufen wollen, kaufen sie ihn vorne an der Landstraße; sie kommen nicht ins Dorf, weil sie wahrscheinlich meinen, wir skalpieren immer noch Menschen und verbrennen sie am Marterpfahl. Sie wissen nicht, daß einige unserer Leute Rechtsanwälte in Portland sind, würden es mir wahrscheinlich auch nicht glauben, wenn ich es ihnen sagte. Einer meiner Onkel wurde sogar ein richtiger Rechtsanwalt, und Papa sagt, er hat es nur getan, um zu beweisen, daß er dazu fähig ist, wenn es für ihn auch nichts Schöneres gäbe, als im Herbst Lachs aufzuspießen. Papa sagt, wenn du nicht aufpaßt, dann bedrängen dich die Leute, sie zwingen dich, das zu tun, was du ihrer Meinung nach tun sollst, oder sie sorgen dafür, daß du so stur wie ein Maulesel genau das Gegenteil tust, nur aus Trotz.

Die Türen an dem Auto gehen alle auf einmal auf, und drei Leute steigen aus, zwei vorne und einer hinten. Sie kommen den Hügel zu unserem Dorf heraufgeklettert, und ich sehe, die ersten beiden sind Männer in blauen Anzügen, und der hintere, der hinten aus dem Auto gestiegen ist, das ist eine alte weißhaarige Frau, und sie hat etwas so Schweres und Steifes an, es muß eine eiserne Rüstung sein. Sie paffen und keuchen, als sie aus dem Gestrüpp und auf unseren kahlen Hof kommen.

Der erste Mann bleibt stehen und betrachtet sich das Dorf. Er ist klein und rund und hat einen weißen Schlapphut auf dem Kopf. Er schüttelt den Kopf beim Anblick der klapprigen Trockengerüste für die Fische und der gebrauchten Autos, der Hühnerställe und Motorräder und Hunde.

«Habt ihr in eurem ganzen Leben schon mal so was gesehn? Ehrlich? Mein ganzes Leben noch nicht, ich schwör's.»

Er nimmt diesen Hut vom Kopf und betupft seinen roten Gummiball von einem Kopf mit einem Taschentuch, ganz sorgfältig, als habe er Angst, er könnte eins von beiden zerdrücken – das Handtuch oder die Platte von feuchtem, strähnigem Haar.

«Könnt ihr euch vorstellen, daß Leute freiwillig so leben? Sagen Sie mal, John, können Sie sich das vorstellen?» Er redet laut, weil er das Brausen des Wasserfalls nicht gewöhnt ist.

John steht neben ihm, er drückt sich den dichten grauen Schnurrbart fest unter die Nase, weil er sonst den Lachs riecht, an dem ich gerade arbeite. Der Schweiß steht ihm im Genick und auf den Backen, und er hat den ganzen Rücken seines blauen Anzugs durchgeschwitzt. Er macht sich Notizen in ein Buch, und er dreht sich dauernd im Kreis herum und sieht unsere Hütte an, unseren kleinen Garten, Mamas rote und grüne und gelbe Samstagabendkleider, die auf einem Strick im Hinterhof zum Trocknen hängen – er dreht sich weiter, bis er wieder auf mich zurückkommt, und er sieht mich an, als sehe er mich eben zum erstenmal, und dabei bin ich keine zwei Meter von ihm weg. Er beugt sich zu mir vor und blickt mich mit zusammengekniffenen Augen an und drückt sich wieder den Schnurrbart unter die Nase, als sei ich es, der stinkt, und nicht der Fisch.

«Wo glaubt ihr, daß seine Eltern sind?» fragt John. «Im Haus? Oder draußen am Wasserfall? Wenn wir schon mal hier draußen sind, ist es am gescheitesten, wir reden gleich mal mit dem Mann.»

«Mich kriegt jedenfalls keiner in dieses Loch rein», sagt der fette Kerl.

«Dieses Loch», sagt John durch seinen Schnurrbart, «ist das Haus des Häuptlings, Brickenridge, des Mannes, mit dem wir hier zu verhandeln haben, der tapfere Anführer dieser Leute.»

«Verhandeln? Ich nicht, nicht meine Arbeit. Ich werde dafür bezahlt, daß ich schätze, nicht, daß ich mich anbiedere.»

Das bringt John zum Lachen.

«Ja. Das stimmt. Aber jemand sollte sie von den Plänen der Regierung unterrichten.»

«Wenn sie noch nichts davon wissen, werden sie bald genug davon erfahren.»

«Es wäre ganz einfach, hineinzugehen und mit ihm zu reden.»

«Da drin in der verwahrlosten Hütte? Ich wette, da wimmelt's nur so von Schwarzen Witwen. Es heißt doch, in den Lehmhütten kampieren ganze Völker in den Wänden, zwischen den Rasenstükken. Und *heiß*, du großer Gott, glauben Sie mir. Ich wette, das ist der reinste Backofen, da drin. Schauen Sie sich doch den kleinen Hiawatha hier an, den haben sie zu lange dringelassen. Haha. Bißchen verbrannt, was.»

Er lacht und betupft seinen Kopf, und als ihn die Frau anblickt, hört er auf zu lachen. Er räuspert sich und spuckt in den Staub und geht dann hinüber und setzt sich auf die Schaukel, die Papa für mich in dem Wacholderbaum gebaut hat, sitzt da und schaukelt ein bißchen und fächelt sich mit seinem Schlapphut.

Was er gesagt hat, macht mich immer wütender, je mehr ich daran denke. Er und John reden weiter über unser Haus und unser Dorf und unser Grundstück und was sie wert sind, und ich hab langsam das Gefühl, sie unterhalten sich über diese Dinge in meiner Gegenwart, weil sie nicht wissen, daß ich Englisch verstehe. Wahrscheinlich kommen sie von irgendwoher im Osten, wo die Leute überhaupt nichts von den Indianern wissen, nur was sie im Kino sehen. Ich denke, wie die sich schämen werden, wenn sie merken, daß ich weiß, wovon sie geredet haben.

Ich laß sie noch ein bißchen über die Hitze und das Haus weitermachen; dann steh ich auf und sage dem fetten Mann in meinem besten Schulbuch-Englisch, daß es in unserem Lehmhaus wahrscheinlich kühler ist als in allen Häusern in der Stadt, *viel* kühler! «Ich weiß nämlich zufällig, daß es kühler ist als diese Schule, in die ich gehe, und auch kühler als dieses Kino in The Dalles, wenn auch außen mit Buchstaben, die wie Eiszapfen aussehen, dransteht, es sei ‹kühl drinnen›!»

Und ich will gerade weitermachen und ihnen sagen, wenn sie ins Haus hereinkommen, dann hol ich Papa vom Gerüst am Wasserfall, als ich sehe, daß sie gar nicht so aussehen, als ob sie ein Wort gehört hätten von dem, was ich gesagt habe. Sie blicken mich nicht mal an.

Der fette Mann schwingt auf der Schaukel hin und her und schaut über die Lava-Kuppe hinunter zu den Männern, die auf ihren Plätzen auf dem Gerüst am Wasserfall stehen, nur karierte Hemden im Sprühregen aus dieser Entfernung. Immer wieder sieht man, wie einer den Arm nach vorne stößt und einen Schritt nach vorne macht wie ein Schwertkämpfer und wie er dann seinen viereinhalb Meter langen gegabelten Speer nach oben hält, so daß einer auf dem Gerüst über ihm den zuckenden Lachs abnehmen kann. Der fette Kerl beobachtet die Männer auf ihren Plätzen in dem fünfzehn Meter hohen Schleier aus Wasser und zwinkert mit den Augen und grunzt jedesmal, wenn einer von ihnen auf einen Lachs losstürzt.

Die beiden anderen, John und die Frau, stehen bloß da. Keiner von den dreien läßt irgendwie erkennen, daß er auch nur ein Wort von dem gehört hat, was ich gesagt habe; ja sie schauen alle von mir weg, so als wäre es ihnen lieber, wenn ich gar nicht existierte.

Und alles bleibt stehen und hängt eine ganze Weile so da.

Ich hab das komische Gefühl, daß die Sonne jetzt noch heller als vorher auf die drei scheint. Alles andere sieht so aus wie immer – die geschäftigen Hühner im Gras auf den Dächern der Lehmhütten, die Heuschrecken, die von Grasbüschel zu Grasbüschel hüpfen, die Fliegen, die von den kleinen Kindern mit langen Stecken zwischen den Fischgerüsten zu schwarzen Wolken aufgescheucht werden, so wie an jedem Sommertag. Nur die Sonne, die auf die drei Fremden scheint, ist ganz plötzlich viel heller als sonst, und ich sehe die ... *Nähte*, dort, wo sie zusammengenäht sind. Und ich kann fast die ganze Maschinerie in ihrem Innern sehen, wie sie meine Worte aufnimmt und versucht, sie hier und dort unterzubringen, an der einen oder anderen Stelle, und als sie sehen, daß die Worte an keinen vorherbestimmten Platz passen, spuckt die Maschinerie meine Worte wieder aus, so als seien sie überhaupt nicht ausgesprochen worden.

Währenddessen machen die drei keinen Muckser. Sogar die Schaukel steht still, beim Schwingen von der Sonne festgenagelt, und der fette Mann darauf versteinert, wie eine Gummipuppe. Dann wacht Papas Perlhuhn in den Zweigen des Wacholderbaums auf und sieht, daß wir Fremde im Hof haben, und bellt sie an wie ein Hund, und der Bann ist gebrochen.

Der fette Mann brüllt und springt von der Schaukel hoch und macht sich ängstlich durch den Staub davon, dabei hält er den Hut so vor die Sonne, daß er sehen kann, was es eigentlich ist, das da droben im Wacholderbaum einen solchen Krach macht. Als er sieht, daß es nichts weiter ist als ein gesprenkeltes Huhn, spuckt er auf den Boden und setzt den Hut wieder auf.

«Was mich angeht, so bin ich der Meinung», sagt er, «daß das, was wir für diese ... Metropole anbieten, gleich wieviel es ist, mehr als genug sein wird.»

«Schon möglich. Ich meine trotzdem, wir sollten uns um ein Gespräch mit dem Häuptling bemühen –»

Die alte Frau unterbricht ihn mit einem energischen Schritt nach vorne. «Nein.» Es ist das erste Mal, daß sie den Mund aufmacht. «Nein», sagt sie noch einmal, in einer Art, die mich an die Große Schwester erinnert. Sie zieht die Augenbrauen hoch und überfliegt alles nochmals mit einem Blick. Ihre Augen sind plötzlich da, wie die Zahlen an einer Registrierkasse. Sie betrachtet Mamas Kleider, die so säuberlich auf der Leine hängen, und sie nickt mit dem Kopf.

«Nein. Wir reden heute nicht mit dem Häuptling. Noch nicht. Ich glaube ... dieses eine Mal muß ich Brickenridge zustimmen. Aus einem anderen Grund allerdings. Sie erinnern sich an unsere Unterlagen, in denen steht, daß die Frau nicht Indianerin ist, sondern Weiße? Sie ist eine Weiße. Eine Frau aus der Stadt. Sie heißt Bromden. Er hat ihren Namen angenommen, nicht sie den seinen. O ja, ich glaube, wir gehen jetzt, zurück in die Stadt, und wir werden natürlich die Sache mit den Plänen der Regierung unter den Leuten in der Stadt verbreiten, damit sie verstehen, was für Vorteile es bringt, einen Staudamm und einen See zu haben anstatt eine Handvoll Hütten neben einem Wasserfall, und *dann* machen wir ein schriftliches Angebot – und schicken es per Post an die Frau, aus Versehen, verstehen Sie? Ich hab das Gefühl, unsere Aufgabe wird dann viel leichter sein.»

Sie blickt in die Ferne, hinunter zu den Männern auf dem uralten, wackligen, zickzackförmigen Gerüst, das dort seit Hunderten von Jahren wächst und über die Felsen des Wasserfalls wuchert.

«Denn wenn wir jetzt den Mann aufsuchen und ihm überraschend ein Angebot machen, dann stoßen wir möglicherweise auf eine ganz verstockte Navaho-Sturheit und Liebe zu – wir müssen es wohl so nennen – Heim und Herd.»

Ich will ihnen sagen, daß er kein Navaho-Indianer ist, doch was nützt es, wenn sie mir doch nicht zuhören? Denen ist es gleich, zu welchem Stamm er gehört.

Die Frau lächelt und nickt den beiden Männern zu, ein Lächeln und ein Kopfnicken für jeden von ihnen, und ihre Augen machen den beiden Beine, und sie geht steif zu dem Auto zurück und redet dabei mit leichter, junger Stimme.

«Wie hat doch mein Soziologie-Professor immer betont: ‹In jeder Situation gibt es in der Regel eine Person, deren Macht man auf keinen Fall unterschätzen darf.›»

Und sie steigen wieder in ihr Auto und fahren weg, während ich noch immer dastehe und mich frage, ob sie mich in dieser ganzen Zeit überhaupt auch nur *gesehen* haben.

Ich war ziemlich erstaunt, daß ich mich daran erinnern konnte. Es war zum erstenmal seit, wie mir schien, Jahrhunderten, daß ich mich an Einzelheiten aus meiner Kindheit erinnerte. Es faszinierte mich, zu wissen, daß ich dazu immer noch fähig war. Ich lag wach im Bett und erinnerte mich an andere Vorfälle, und als ich schon halb am Träumen war, hörte ich ein Geräusch unter meinem Bett, als spiele eine Maus mit einer Walnuß. Ich beugte mich über den Bettrand und sah den Glanz von Metall, das Klumpen von Kaugummi, die ich in- und auswendig kannte, abbiß. Der schwarze Junge namens Geever hatte entdeckt, wo ich meinen Kaugummi versteckt hielt; mit einer langen, schlanken Schere, die sich öffnete wie ein Rachen, schnitt er die Stücke ab und sammelte sie in einen Sack.

Ich fuhr zurück unter die Decken, bevor er mich beim Zuschauen erwischte. Das Herz klopfte mir bis zum Hals, aus Angst, er könnte mich gesehen haben. Ich wollte ihm sagen, er solle verschwinden, solle sich um seine eigenen Angelegenheiten kümmern und meinen Kaugummi in Ruhe lassen, aber ich konnte nicht mal verraten, daß ich etwas gehört hatte. Ich lag still, um zu sehen, ob er mich erwischt hatte, wie ich mich vorgebeugt und ihn unter dem Bett entdeckt hatte, doch er ließ sich überhaupt nichts anmerken – ich hörte nur das ssst-ssst seiner Schere und die Stücke, wie sie in den Sack fielen, es erinnerte mich an das Geräusch, das die Hagelkörner immer auf der Dachpappe auf unserem Dach machten. Er schnalzte mit der Zunge und kicherte vor sich hin.

«Am-ammm. Gott im Himmel. Hii. Wie oft der Heini wohl das Zeug gekaut hat? Hart wie Stein.»

McMurphy hörte, wie der schwarze Junge vor sich hin murmelte und wachte auf und rollte sich zur Seite und stützte sich auf einen Ellbogen, um zu sehen, was der da trieb, zu dieser Tageszeit auf den Knien unter meinem Bett. Er schaute dem schwarzen Jungen einen Augenblick zu und rieb sich die Augen, um sicherzugehen, daß er nicht träumte, so wie sich kleine Kinder die Augen reiben; dann setzte er sich im Bett auf.

«Mich soll doch gleich der Schlag treffen, wenn sich der nicht nachts um halb zwölf hier rumtreibt; geistert der doch im Dunkeln mit einer Schere und einem Sack unter den Betten rum.» Der schwarze Junge fuhr hoch und leuchtete mit der Taschenlampe McMurphy direkt ins Gesicht. «Jetzt sag mir bloß, Sam: was zum Teufel sammelst du da, ganz heimlich bei Nacht?»

«Schlafen Sie weiter, McMurphy. Das geht niemand was an.»

McMurphy verzog die Lippen zu einem langsamen Grinsen, hielt aber den Blick auf die Taschenlampe gerichtet. Der schwarze Junge wurde langsam unruhig, nachdem er seine Lampe eine halbe Minute auf McMurphy gerichtet hatte, auf diese glänzende, frisch verheilte Narbe und diese Zähne und diesen tätowierten Panther auf seiner Schulter, und er nahm seine Lampe weg. Er machte sich wieder an seine Arbeit, grunzte und keuchte, als koste es ihn eine gewaltige Anstrengung, den vertrockneten Kaugummi abzureißen.

«Gehört zu den Pflichten eines Nachtpflegers», erklärte er unter seinem Grunzen und versuchte, freundlich zu klingen, «um die Betten herum muß es sauber sein.»

«Mitten in der Nacht mußt du dich darum kümmern?»

«McMurphy, wir haben uns nach einem Anschlag zu richten, da steht unter Arbeitsbeschreibung, Reinlichkeit ist eine Sache von *vierundzwanzig Stunden am Tag*!»

«Du hättest deine vierundzwanzig Stunden vor unserer Bettzeit ableisten können, meinst du nicht, anstatt da draußen zu sitzen und bis halb elf in den Fernseher zu glotzen. Weiß eigentlich die gute alte Ratched, daß ihr Burschen den größten Teil eurer Schicht mit Fernsehen verbringt? Was würde sie wohl tun, was meinst du, wenn sie davon erfahren würde?»

Der schwarze Junge stand auf und setzte sich auf den Rand meines Bettes. Er klopfte sich mit der Taschenlampe gegen die Zähne und grinste und kicherte. Das Licht ließ sein Gesicht aufleuchten, wie eine Kerze in einem Kürbis.

«Ich will Ihnen die Sache mit dem Kaugummi erzählen», sagte er und beugte sich ganz dicht zu McMurphy vor, wie ein alter Kumpel. «Sehn Sie, seit Jahren schon frag ich mich, wo Häuptling Bromden seinen Kaugummi her hat – wo er doch nie Geld für die Kantine hat und ihm auch nie einer einen Kaugummi zusteckt, soviel ich weiß, und die Frau vom Roten Kreuz fragt er auch nie – deshalb hab ich ihn *beobachtet*, ich hab *gewartet*. Und jetzt schauen Sie mal her.» Er ging wieder auf die Knie und hielt den Zipfel meiner Bettdecke hoch und leuchtete mit seiner Taschenlampe unter mein Bettgestell. «Was meinen Sie nun? Ich wette, der hat den Kaugummi hier unten zum Teil schon *tausend*mal gekaut!»

McMurphy amüsierte sich. Er fing bei dem Anblick an zu kichern. Der schwarze Junge hielt den Sack von sich und schüttelte ihn, und sie lachten darüber. Der schwarze Junge wünschte McMurphy eine gute Nacht und rollte den Sack zusammen, als sei sein Mittagessen drin, und ging hinaus damit, um ihn bis später irgendwo zu verstecken.

«Häuptling?» flüsterte McMurphy. «Ich möchte dich etwas fragen.» Und er fing an ein kleines Lied zu singen, ein Hillbilly-Lied, das vor langer Zeit einmal sehr populär war: «‹Oh, bleibt der Spearmint süß und saftig, unterm Bettgestell bei Nacht?›»

Zuerst wurde ich richtig wütend. Ich dachte, er mache sich über mich lustig, so wie das andere immer gemacht hatten.

«‹Wenn du'n morgens in den Mund steckst›», sang er flüsternd, «‹ist er dann hart, so daß es kracht?›»

Doch je mehr ich darüber nachdachte, desto komischer kam es mir vor. Ich wollte es zurückhalten, doch ich spürte, ich mußte gleich lachen – nicht über sein Liedchen, sondern über mich selbst.

«‹Gibt mir niemand eine Antwort, ich hab lange nachgedacht; bleibt der Spearmint süß und saftig, unterm Bettgestell bei Naaacht?›»

Er hielt die letzte Note ziemlich lang und ließ sie um mich herumtanzen wie eine Feder. Ich konnte gar nicht anders, ich mußte kichern, und da bekam ich Angst, wenn ich erst richtig zu lachen anfinge, könnte ich nicht mehr aufhören. Doch in dem Augenblick sprang McMurphy aus dem Bett und tastete in seinem Nachtkästchen herum, und ich war still. Ich biß die Zähne zusammen und fragte mich, was nun. Seit so langer Zeit hatte niemand mehr von mir gehört als vielleicht ein Grunzen oder Bellen. Ich hörte, wie er die Tür seines Nachtkästchens zumachte, und es klang wie die Tür eines Dampfkessels. Ich hörte, wie er sagte «Hier», und irgendwas fiel auf mein Bett. Etwas Kleines. Vielleicht so groß wie eine Eidechse oder Schlange ...

«Ich kann dir im Moment leider nur mit Juicy Fruit aushelfen, Häuptling. Ich hab die Packung Scanlon beim Pfennigfuchsen abgenommen.» Und er stieg wieder ins Bett.

Und bevor mir klar wurde, was ich tat, sagte ich danke schön.

Er sagte zunächst gar nichts. Er war wieder auf den Ellbogen gestützt und beobachtete mich, so wie er den schwarzen Jungen beobachtet hatte, und wartete darauf, daß ich noch etwas sagte. Ich hob die Packung Kaugummi von der Bettdecke auf und hielt sie in der Hand und sagte ihm danke schön.

Es klang nicht besonders, weil mein Hals verrostet und meine Zunge rissig war. Er sagte, ich sei wohl aus der Übung, und dann lachte er darüber. Ich versuchte mit ihm zu lachen, doch es war eher ein Kreischen, wie eine junge Henne, die zu krähen versucht. Es klang eher nach Heulen als nach Lachen.

Er sagte, ich solle mir Zeit lassen, er habe Zeit bis halb sieben in der Früh, mir zuzuhören, wenn ich ein bißchen üben wolle. Er sagte, wenn ein Mann so lange still gewesen sei wie ich, dann habe er wahrscheinlich eine ganze Menge zu erzählen, und er legte sich auf sein Kissen zurück und wartete. Ich überlegte einen Moment, was ich zu ihm sagen sollte, doch das einzige, was mir einfiel, war etwas, was ein Mann nicht zu einem anderen Mann sagen kann, weil es sich in Worten nicht richtig sagen läßt, es würde falsch klingen. Als er sah, daß ich nichts sagen konnte, verschränkte er die Hände hinter dem Kopf und fing selber an zu reden.

«Ach ja, Häuptling, jetzt muß ich doch grad an meine Zeit drunten im Willamette-Tal denken – ich hab damals vor Eugene draußen Bohnen gepflückt, es gehörte verdammt viel Glück dazu, die Stelle überhaupt zu bekommen. Es war Anfang der dreißiger Jahre, da hatten es junge Burschen schwer, Arbeit zu bekommen. Ich bekam den Job, weil ich dem Boss beweisen konnte, daß ich so schnell und sauber schaffte wie die Erwachsenen. Na jedenfalls, ich war der einzige Junge auf den Feldern. Sonst überall nur Erwachsene. Und als ich ein paarmal versuchte, mich mit ihnen zu unterhalten, merkte ich, daß sie mir nicht zuhören wollten – was will denn überhaupt diese kleine rothaarige Vogelscheuche. Also war ich still. Daß die mir nicht zuhören wollten, hat mich so geärgert, daß ich die ganzen vier Wochen, die ich auf dem Feld war, kein Wort mehr sagte, sie arbeiteten links und rechts von mir, und ich hörte, wie sie über diesen Onkel und jenen Vetter herzogen. Oder wenn einer nicht zur Arbeit kam, tratschten sie über den. Vier Wochen lang tat ich keinen Piepser. Bis sie bei Gott glaubten, ich *könne* gar nicht reden, diese verknöcherten Scheißkerle. Ich wartete bloß auf den richtigen Augenblick. Dann, am letzten Tag, legte ich los und sagte ihnen, was für ein jämmerlicher Haufen sie waren. Ich erzählte jedem einzelnen, wie ihn sein Kumpan durch den Dreck zog, wenn er mal nicht da war. Huhuii, haben die vielleicht auf einmal zugehört! Schließlich fingen sie Streit miteinander an und fielen dermaßen übereinander her, daß ich meine Prämie – einen Viertelpfennig pro Pfund, weil ich keinen einzigen Tag versäumt hatte – verlor; ich hatte nämlich einen ziemlich schlechten Ruf in der Stadt, und der Bohnenboss behauptete, die ganze Schlägerei sei wahrscheinlich meine Schuld, obwohl er es nicht beweisen konnte. Doch dem warf ich auch Flüche an den Kopf. Daß ich an dem Tag das Maul nicht halten konnte, kostete mich wahrscheinlich zwanzig Dollar oder so. Und das war es mir ewig wert.»

Er kicherte eine Weile vor sich hin, als er daran zurückdachte, dann bewegte er den Kopf auf dem Kissen und schaute mich an.

«Was mich interessieren würde, Häuptling, wartest du auch nur auf den richtigen Augenblick, an dem du ihnen alles heimzahlen wirst?»

«Nein», sagte ich ihm. «Das kann ich nicht.»

«Du kannst ihnen nicht den Kopf waschen? Es ist leichter, als du glaubst.»

«Sie sind ... viel größer, stärker als ich», murmelte ich.

«Was? Ich hab nicht recht verstanden, Häuptling.»

Ich schluckte ein paarmal, um ein bißchen Spucke in den Hals zu bekommen. «Sie sind größer und stärker als ich. Bei Ihnen ist das kein Problem.»

«Ich? Soll das 'n Witz sein? Herrgott, schau dich doch an: du bist einen Kopf größer als jeder andere auf der Station. Es gibt nicht einen Menschen hier, den du nicht restlos auseinandernehmen könntest, und wie!»

«Nein. Ich bin viel zu klein. Ich war einmal groß, bin's aber nicht mehr. Sie sind zweimal so groß wie ich.»

«Manometer, du bist tatsächlich verrückt, was? Das erste, was ich sah, als ich hierherkam, das warst du auf dem Stuhl, so groß wie ein verdammter Berg! Glaub mir, ich hab in ganz Klamath und Texas und Oklahoma und rings um Gallup gelebt, und ich schwöre, du bist der größte Indianer, den ich je gesehen habe.»

«Ich komm aus dem Columbia-Becken», sagte ich, und er wartete darauf, daß ich weitermachte. «Mein Papa war ein echter Häuptling, und sein Name war Tee Ah Millatoona. Das heißt Die-Größte-Tanne-Auf-Dem-Berg, und wir haben nicht auf einem Berg gelebt. Er war unheimlich groß, als ich noch ein Kind war. Meine Mutter wurde zweimal so groß wie er.»

«Muß ja die reinste Elchkuh gewesen sein, deine alte Dame. Wie groß war sie?»

«Oh – groß, groß.»

«Ich meine in Meter und Zentimeter?»

«Meter und Zentimeter? Auf dem Jahrmarkt hat sie mal einer genau angeschaut, er hat gesagt, ein Meter fünfundsiebzig und hundertzwanzig Pfund, aber das war, weil er sie nur *gesehen* hat. Sie wurde immer größer.»

«Tatsächlich? Wieviel größer?»

«Größer als Papa und ich zusammen.»

«Fängt einfach an einem schönen Tag an zu wachsen, was? Man lernt nie aus: ich hab noch nie von einer Indianerin gehört, die so was tut.»

«Sie war keine Indianerin. Sie war eine Frau aus der Stadt, aus The Dalles.»

«Und wie hieß sie doch gleich? Bromden? Ah ja, verstehe, warte mal.» Er denkt eine Weile nach und sagt dann: «Und wenn eine Frau aus der Stadt einen Indianer heiratet, dann ist das einer, der unter ihr steht, oder nicht? Aber ja, ich glaube, ich kapiere das jetzt.»

«Nein. Es war nicht nur sie, die ihn kleiner machte. Alle machten an ihm rum, weil er so groß war und weil er nie nachgab und nur das tat, was ihm Spaß machte. Alle machten an ihm rum, grad so, wie sie an Ihnen rummachen.»

«Wen meinst du mit ‹sie›, Häuptling?» fragte er mit leiser Stimme, plötzlich ganz ernst.

«Die Genossenschaft. Sie haben jahrelang an ihm rumgemacht. Er war groß genug, sich eine Zeitlang zu wehren. Sie wollten, daß wir in Häusern wohnten, die unter Aufsicht standen. Sie wollten uns den Wasserfall wegnehmen. Sogar innerhalb des Stamms gab es Leute der Genossenschaft, und sie machten an ihm rum. In der Stadt verprügelten sie ihn in den dunklen Gassen, und einmal haben sie ihm die Haare abgeschnitten. Ach, die Genossenschaft ist stark – stark. Er wehrte sich lange, bis ihn meine Mutter so klein machte, daß er nicht mehr dagegen kämpfen konnte, da steckte er auf.»

Daraufhin sagte McMurphy lange Zeit gar nichts. Dann stützte er sich auf den Ellbogen und blickte mich wieder an und fragte, warum sie ihn in der Stadt verprügelten, und ich sagte ihm, daß sie ihm zeigen wollten, was mit ihm passieren würde, nur noch schlimmer, wenn er die Papiere nicht unterschrieb, die alles der Regierung geben würden.

«Was wollte denn die Regierung von ihm haben?»

«Alles. Den Stamm, das Dorf, den Wasserfall ...»

«Jetzt kann ich mich erinnern; du redest von dem Wasserfall, an dem die Indianer früher immer Lachs aufspießten, vor langer Zeit. Ah ja. Wenn ich mich recht erinnere, bekam der Stamm einen Haufen Geld dafür.»

«Das haben sie zu ihm immer gesagt. Er sagte, Wie kann man die Art, wie ein Mann lebt, mit Geld bezahlen? Er sagte, Wie kann man einen Mann für das, was er ist, mit Geld bezahlen? Sie verstanden ihn nicht. Nicht mal der Stamm. Sie standen vor unserer Haustür mit den Schecks in den Händen, und sie wollten von ihm wissen, was sie jetzt tun sollten. Sie fragten ihn, ob er das Geld nicht für sie investieren könne oder ihnen sagen könne, wohin sie gehen sollten, oder ob er nicht eine Farm kaufen könne. Doch er war viel zu klein geworden. Und zu betrunken war er auch. Die Genossenschaft hatte ihn am Boden. Sie werden mit jedem fertig. Sie werden auch mit Ihnen fertig. Die können nicht zulassen, daß einer, der so groß ist wie Papa, frei herumläuft, ohne zu ihnen zu gehören. Das verstehen Sie doch?»

«Jaah, ich glaub schon.»

«Deshalb hätten Sie die Scheibe nicht einschlagen sollen. Jetzt wissen die, daß Sie groß sind. Jetzt müssen sie Sie zähmen.»

«So wie man ein wildes Pferd zähmt, was?»

«Nein. Nein, hören Sie. Die zähmen einen nicht so; sie bearbeiten einen so, daß man sich nicht wehren kann! Sie bauen was ein! Sie *installieren* was. Sobald sie merken, daß du groß wirst, fangen sie an und machen an dir rum und installieren ihre stinkige Maschinerie, solange du noch klein bist, und sie machen immer weiter weiter weiter, bis du *erledigt* bist!»

«Nicht so laut, Kumpel; pssst.»

«Und wenn du dich *wehrst*, sperren sie dich ein und machen dich fertig –»

«Mensch, halt an dich, Häuptling. Beruhige dich doch erst mal. Sie haben dich gehört.»

Er legte sich zurück und war ganz still. Mein Bett war heiß, stellte ich fest. Ich konnte die Gummisohlen quietschen hören, als der schwarze Junge hereinkam, um mit seiner Taschenlampe nachzusehen, was das für ein Lärm war. Wir blieben ganz ruhig liegen, bis er wieder hinausging.

«Am Schluß hat er nur noch getrunken», flüsterte ich. Irgendwie konnte ich nicht aufhören zu reden, erst mußte ich ihm alles erzählen. «Er saß nur noch unter den Zedern, blind von all dem Schnaps, und ich sehe, daß er nicht mehr das Zeug aus der Flasche saugt, wenn er sie im Mund hat, sondern die Flasche saugt aus ihm, bis er immer weiter schrumpft und so runzlig und gelb wird, daß ihn nicht mal mehr die Hunde kennen, und wir mußten ihn unter den Zedern auf den alten Lieferwagen laden und zum Sterben in dieses Haus in Portland bringen. Ich behaupte nicht, daß sie einen töten. Sie haben ihn nicht getötet. Sie haben was anderes mit ihm gemacht.»

Ich hatte furchtbar Schlaf. Ich wollte nicht mehr reden. Ich versuchte mich zu erinnern, was ich gesagt hatte, und ich hatte das Gefühl, es war nicht das, was ich eigentlich hatte sagen wollen.

«Ich hab verrücktes Zeug geschwätzt, was?»

«Jaah, Häuptling, das hast du –» er drehte sich auf die andere Seite – «du hast verrücktes Zeug geschwätzt.»

«Es war nicht das, was ich eigentlich sagen wollte. Ich kann es überhaupt nicht sagen. Es ergibt einfach keinen Sinn.»

«Das hab ich nicht gesagt, Häuptling, ich hab nur gesagt, du hättest verrücktes Zeug geschwätzt.»

Danach sagte er so lange nichts mehr, daß ich glaubte, er sei eingeschlafen. Ich wünschte, ich hätte ihm gute Nacht gesagt. Ich blickte zu ihm hinüber, und er war von mir abgewandt. Sein Arm war nicht unter der Bettdecke, und ich konnte gerade noch die Tätowierungen erkennen, die Asse und Achter. Ein großer Arm, dachte ich, so groß, wie meine Arme waren, als ich noch Football spielte. Ich wollte den Arm ausstrecken und die Stelle berühren, wo er tätowiert war, um zu sehen, ob er noch am Leben war. Er liegt furchtbar still da, sagte ich mir, ich sollte ihn berühren und sehen, ob er noch am Leben ist ...

Das ist gelogen. Ich weiß, daß er am Leben ist. Das ist nicht der Grund, weshalb ich ihn berühren will.

Ich will ihn berühren, weil er ein Mann ist.

Das ist auch gelogen. Es sind auch noch andere Männer da. Da könnte ich ja die berühren.

Ich will ihn berühren, weil ich einer von diesen warmen Brüdern bin!

Aber das ist auch gelogen. Damit würde ich nur mit einer Angst eine andere verbergen. Wenn ich einer von diesen warmen Brüdern wäre, würde ich andere Dinge mit ihm tun wollen. Ich will ihn einfach berühren, weil er ist, wer er ist.

Doch als ich gerade meinen Arm ausstrecken will, um ihn zu berühren, sagt er: «Sag mal, Häuptling», und drehte sich im Bett herum, unter all den Decken, und blickte mich an, «sag mal, Häuptling, du könntest doch morgen mit uns zum Fischen gehen.»

Ich gab keine Antwort.

«Na los, was meinst du? Ich rechne damit, daß da schwer was los sein wird. Du weißt doch, die zwei Tanten, die uns hier abholen sollen? Ha, das sind keine Tanten, Mann, nein; die zwei Bienen sind schwerbeschäftigte Go-Go-Mädchen und Animierdamen, die ich von Portland her kenne. Was sagst du jetzt?»

Schließlich sagte ich ihm, ich sei einer der Bedürftigen.

«Du bist *was*?»

«Ich bin pleite.»

«Ach so», sagte er. «Jaah, daran hab ich nicht gedacht.»

Er war wieder eine Zeitlang still und rieb sich mit dem Finger die

Narbe an der Nase. Der Finger stockte. Er stützte sich auf den Ellbogen und blickte mich an.

«Häuptling», sagte er langsam und musterte mich dabei, «als du noch deine ganze Größe hattest, als du zwei Meter groß warst oder noch darüber, und vielleicht an die zweihundertfünfzig Pfund hattest – warst du da stark genug, um etwas sagen wir mal von der Größe dieses Schaltkastens im Wannenraum hochzuheben?»

Ich stellte mir den Schaltkasten vor. Wahrscheinlich war er auch nicht viel schwerer als die Ölfässer, die ich bei der Armee zu schleppen hatte. Ich sagte ihm, damals hätte ich es wahrscheinlich geschafft.

«Wenn du wieder so groß würdest, könntest du ihn dann hochheben?»

Ich sagte ihm, ich glaube schon.

«Was du glaubst, ist uninteressant; ich will wissen, kannst du versprechen, das Ding hochzuheben, wenn ich dich wieder so groß mache, wie du früher warst? Wenn du mir das versprichst, kriegst du nicht nur meinen speziellen Bodybuilding-Kurs umsonst, sondern auch noch eine Zehndollarseefahrt, kostenlos!» Er fuhr sich mit der Zunge über die Lippen und legte sich zurück. «Und hohe Gewinne für mich, bei *den* Chancen.»

Er lag da und kicherte stillvergnügt vor sich hin. Als ich ihn fragte, wie er mich wieder groß machen wolle, legte er einen Finger auf die Lippen.

«Mann, ein solches Geheimnis können wir doch nicht rauslassen. Ich hab nicht gesagt, ich würde dir sagen, *wie,* oder? Menschenskind, einen Mann auf seine volle Größe aufzublasen ist ein Geheimnis, das man nicht jedem verraten kann, viel zu gefährlich, der Feind könnte es in die Finger bekommen. Die meiste Zeit wirst du selbst gar nicht merken, daß du wächst. Ich gebe dir aber mein großes Ehrenwort, wenn du dich an mein Trainingsprogramm hältst, wird folgendes geschehen.»

Er schwang die Beine aus dem Bett und setzte sich auf den Bettrand, mit den Händen auf den Knien. Das schwache Licht aus der Schwesternstation, das ihm über die Schulter schien, ließ seine Zähne aufleuchten, und ich sah, wie er mich mit einem Auge anfunkelte. Die ausgelassene Stimme des öffentlichen Versteigerers wirbelte leise durch den Schlafsaal.

«Und da ist er. Es ist der Große Häuptling Bromden, jetzt ist er in den Boulevard eingebogen – Männer, Frauen und Kinder lehnen sich weit zurück und blicken zu ihm hinauf: ‹Mann, Mann, Mann, was ist denn das für ein Riese hier, der drei Meter lange Schritte macht und sich ducken muß, um nicht an den Telefonleitungen hängenzubleiben?› Er kommt durch die Stadt gestampft, legt nur bei Jungfrauen kurze Pausen ein, ihr anderen Täubchen braucht euch gar nicht erst in die Schlange zu stellen, es sei denn, ihr habt Titten wie Melonen, gute starke weiße Beine, lang genug, um sie um seinen mächtigen Rücken schlingen zu können, und eine hübsche kleine Muschel, so warm und saftig und süß wie Butter und Honig ...»

In der Dunkelheit spann er seine Geschichte immer weiter, wie das sein würde, wenn alle Männer Angst vor mir hätten und alle schönen jungen Mädchen sich um mich reißen würden. Dann sagte er, er gehe jetzt sofort hinaus und schreibe meinen Namen in die Liste der Hochseefischer. Er stand auf, nahm das Handtuch von seinem Nachttisch und wickelte es sich um die Hüften und setzte die Mütze auf und stand über meinem Bett.

«Menschenskind, ich kann dir sagen, die Frauen werden dich anfallen und dich zu Boden reißen.»

Und ganz plötzlich schoß seine Hand nach vorne, und mit einem einzigen Schwung hatte er mein Leintuch losgebunden und die Dekken zurückgeworfen, und ich lag nackt vor ihm.

«Sieh mal an, Häuptling. Ha. Was hab ich gesagt? Schon bist du einen halben Fuß gewachsen.»

Lachend ging er durch die Lücke zwischen den Betten, hinaus auf den Gang.

Zwei Huren kommen von Portland herunter und gehen mit uns zum Fischen aufs Meer hinaus! Da war es schwer, im Bett zu bleiben, bis um halb sieben die Lichter im Schlafsaal angingen.

Ich war der erste auf den Beinen und aus dem Schlafsaal, um mir die Liste am Schwarzen Brett neben der Schwesternstation anzusehen, um zu überprüfen, ob mein Name tatsächlich drauf stand. TEILNEHMER AN DER FISCHFANGEXPEDITION stand in großen Druckbuchstaben oben drüber, und McMurphy hatte als erster unterschrieben, und Billy Bibbit war Nummer eins gleich nach McMurphy. Nummer drei war Harding, und Nummer vier war Fredrickson, und so weiter bis Nummer zehn, hinter der noch kein Name stand. Mein Name stand drauf, der letzte auf der Liste, neben der Nummer neun. Ich würde tatsächlich die Klinik verlassen und mit zwei Huren auf einem Fischerboot hinausfahren; ich mußte es mir immer wieder vorsagen, um überhaupt daran glauben zu können.

Die drei schwarzen Jungen schoben sich vor mich und lasen die Liste mit grauen Fingern, fanden meinen Namen drauf und drehten sich um und grinsten mich an.

«Wer hat 'n wohl Häuptling Bromden für diese Dummheit eingetragen? Indianer können doch nicht schreiben.»

«Glaubst du vielleicht, Indianer könnten lesen?»

Die Stärke war so früh am Tag noch frisch und steif, so daß die Arme in ihren Uniformen raschelten, wenn sie sich bewegten, wie Papierflügel. Ich stellte mich taub, als sie mich auslachten, so als habe ich von nichts eine Ahnung, doch als sie mir einen Besen in die Hand drücken wollten, damit ich den Flur für sie fegen konnte, drehte ich mich um und ging in den Schlafsaal zurück und sagte mir, Schert euch doch zum Teufel. Ein Mann, der mit zwei Huren von Portland zum Fischen geht, braucht sich so was nicht mehr gefallen zu lassen.

Es machte mir ein bißchen Angst, sie einfach so stehenzulassen, denn ich habe mich noch nie den Anordnungen der schwarzen Jungen widersetzt. Ich blickte mich um und sah, daß sie mir mit dem Besen hinterherliefen. Wahrscheinlich wären sie mir bis in den Schlafsaal nachgegangen und hätten mich erwischt, wenn nicht McMurphy gewesen wäre; er machte da drin einen solchen Spektakel, lief brüllend zwischen den Betten auf und ab und schlug mit einem Handtuch nach den Kameraden, die sich für den Ausflug heute morgen eingetragen hatten, daß die schwarzen Jungen es lieber nicht riskierten, dort einzudringen, nur um jemand dazu zu überreden, ein Stückchen Flur zu fegen.

McMurphy hatte seine Motorradmütze ganz nach vorne über seine roten Haare gezogen, um möglichst wie ein Schiffskapitän auszusehen, und die Tätowierungen, die unter den Ärmeln seines Unterhemdes hervorschauten, stammten aus Singapur. Er torkelte umher, als sei er an Bord eines Schiffes, und er pfiff durch die Finger, daß es klang wie eine Bootsmannspfeife.

«Alle Mann an Deck, auf geht's, Matrosen, alle Mann an Deck, oder ich laß euch alle kielholen, daß euch Hören und Sehen vergeht!»

Er schlug mit den Knöcheln auf das Nachttischchen neben Hardings Bett. «Sechs Glasen, ausgeschlafen. Setzt die Segel. Alle Mann an Deck, los, ran an den Speck.»

Er sah mich in der Tür stehen und kam auf mich zugerannt und bearbeitete meinen Rücken wie eine Trommel.

«Schaut euch den Großen Häuptling an, und nehmt euch ein Beispiel an einem guten Matrosen und Fischer: schon vor Tagesanbruch ist er auf den Beinen und gräbt nach roten Würmern, um nachher einen ordentlichen Köder zu haben. Nehmt euch ein Beispiel an ihm, ihr armseligen Landratten. Alle Mann an Deck. Es ist soweit! Raus aus den Federn, wir stechen in See!»

Die Akuten brummten und meckerten über ihn und sein Handtuch, und die Chronischen wachten auf und schauten sich um, und ihre Gesichter waren blau und blutlos, weil man ihnen die Leintücher zu stramm um die Brust gebunden hatte, sie schauten sich um, bis sie mich gefunden hatten, und all die schwachen und verwässerten alten Augen schauten mich an, aus nachdenklichen, neugierigen Gesichtern. Sie lagen da und beobachteten mich, wie ich mich für die Reise warm anzog, und ich fühlte mich unbehaglich und ein wenig schuldig. Sie spürten, daß ich als einziger Chronischer die Fahrt mitmachen würde. Sie beobachteten mich – alte Burschen, seit Jahren in Rollstühle geschweißt, mit Kathetern, die ihre Beine hinunterwuchsen wie Kletterpflanzen und sie für den Rest ihres Lebens an dieser einen Stelle festhielten, sie beobachteten mich und wußten instinktiv, daß ich mitging. Und sie konnten immer noch ein bißchen neidisch sein, daß sie es nicht waren. Sie wußten Bescheid, weil so viel von dem Mann in ihnen ausgelöscht worden war, daß die alten tierischen Instinkte die Oberhand gewonnen hatten (alte Chronische wachen manchmal nachts plötzlich auf, bevor noch irgend jemand weiß, daß einer der Kameraden im Schlafsaal gestorben ist, und werfen den Kopf zurück und fangen an zu jaulen), und sie konnten neidisch sein, weil von dem Mann in ihnen noch genug übrig war, daß sie sich erinnern konnten.

McMurphy ging hinaus, um sich die Liste anzusehen, und kam zurück und versuchte, noch einen weiteren Akuten zum Mitkommen zu überreden, er ging durch den Schlafsaal und trat mit dem Fuß gegen die Betten, in denen immer noch Männer lagen, mit den Decken ganz über den Kopf gezogen, und erzählte ihnen, was für eine tolle Sache es sei, da draußen zu sein und dem Sturm zu trotzen, wenn mächtige Wellen auf das Schiff einstürmen, was für ein Leben und eine Kiste voll Rum, verdammt noch mal. «Los doch, ihr Schlappschwänze, es wird sich doch noch ein Seemann finden, dann ist die Mannschaft komplett, nur noch ein gottverdammter Freiwilliger ...»

Doch er konnte keinen mehr überreden. Die Große Schwester hatte den anderen zu sehr Angst gemacht mit ihren Geschichten, daß es auf See in letzter Zeit so stürmisch sei und daß viele Boote untergegangen seien, und es sah gar nicht so aus, als ob wir den einen fehlenden Mann noch bekommen würden, bis etwa eine halbe Stunde später George Sorensen zu McMurphy kam, als wir gerade vor dem Speisesaal in der Schlange standen und darauf warteten, daß sie die Tür fürs Frühstück aufschlossen.

Der große, zahnlose, knorrige alte Schwede, den die schwarzen Jungen Schrubbschrubb-George nennen, wegen seinem Hygiene-Tick, schlürfte den Gang entlang und lehnte sich dabei weit zurück, so daß seine Füße ein ganzes Stück vor seinem Kopf waren (er beugt sich so weit zurück, damit sein Gesicht von dem Mann, mit dem er gerade redet, möglichst weit entfernt ist), blieb vor McMurphy stehen und murmelte irgendwas in seine Hand. George war sehr schüchtern. Man konnte seine Augen nicht sehen, weil sie so tief drin unter seiner Stirn lagen, und er bedeckte fast den ganzen Rest des Gesichts mit seiner gewölbten Hand. Sein Kopf schwankte wie ein Krähennest ganz oben auf seinem mastähnlichen Rückgrat. Er murmelte so lange in seine Hand, bis McMurphy schließlich nach ihm griff und die Hand wegzog, damit die Worte herauskonnten.

«Also, George, was wolltest du sagen?»

«Rote Würmer», sagte er. «Ich glaub nicht, daß die euch was nützen – jedenfalls nicht beim Chinook.»

«Tatsächlich?» sagte McMurphy. «Rote Würmer? Du hast ja vielleicht recht, George, aber wie kommst du denn auf rote Würmer?»

«Ich hab da vorher gehört, wie Sie sagten, Mr. Bromden grabe nach roten Würmern für Köder.»

«Stimmt, Chef, ich kann mich erinnern.»

«Ja, und da wollte ich sagen, mit den Würmern werdet ihr kein Glück haben. Sicher, das ist der beste Monat für den Chinookfang, klar. Hering braucht ihr. Klar. Angelt euch erst ein paar Heringe und nehmt die als Köder, dann wird es klappen.»

Seine Stimme ging an jedem Satzende nach oben, wie bei einer Frage. Sein großes Kinn, das er an diesem Morgen schon so geschrubbt hatte, daß keine Haut mehr dran war, nickte McMurphy ein-, zweimal zu, drehte ihn um und führte ihn den Gang hinunter, ans Ende der Schlange. McMurphy rief ihn zurück.

«Bleib doch mal da, George; ich glaube, du verstehst was vom Fischen.»

George drehte sich um und schlürfte wieder auf McMurphy zu, und dabei lehnte er sich so weit zurück, daß es aussah, als steuerten seine Füße ihren eigenen Kurs.

«Klar versteh ich was davon. Fünfundzwanzig Jahre hab ich auf dem Chinook-Kutter gearbeitet, die ganze Küste entlang von der Halbmond-Bucht bis zum Pugetsund. Fünfundzwanzig Jahre hab ich gefischt – bevor ich so schmutzig wurde.» Er streckte uns die Hände hin, um uns den Schmutz zu zeigen. Alle, die in der Nähe standen, beugten sich vor und sahen auf seine Hände. Ich sah keinen Schmutz, aber ich sah tiefe Narben in den weißen Handflächen, wo sich draußen auf hoher See tausend Meilen Angelschnur hineingegraben hatten. Er hielt sie uns einen Augenblick hin und ballte sie dann zu Fäusten und zog sie zurück und versteckte sie unter seiner Schlafanzugjacke, so als könnten wir sie mit unseren Blicken schmutzig machen, und stand da und grinste McMurphy an, mit einem Zahnfleisch, das an gepökeltes Schweinefleisch erinnerte.

«Ich hatte einen guten Fischkutter, nur zwölf Meter, doch er ging dreieinhalb Meter tief und war massiv Teak und massiv Eiche.» Er wiegte sich vor und zurück, daß man Zweifel bekam, ob der Boden eben war. «Jawohl, ein guter Fischkutter, bei Gott!»

Er wollte weggehen, doch McMurphy hielt ihn wieder zurück.

«Menschenskind, George, wieso hast du nicht gesagt, daß du ein Fischer bist? Ich hab für diese Ausfahrt Reklame gemacht, als sei ich der Alte Mann vom Meer, doch nur unter uns gesagt, und dieser

Wand hier, ich war mein ganzes Leben nur auf einem einzigen Schiff, dem Schlachtschiff *Missouri*, und das einzige, was ich von Fischen weiß, ist, daß ich sie lieber esse als putze.»

«Das Putzen ist *leicht*, wenn man weiß wie.»

«Bei Gott, du bist unser Kapitän, George; wir werden deine Besatzung sein.»

George wippte zurück und schüttelte den Kopf. «Die Boote sind heute viel zu schmutzig, alles ist fürchterlich schmutzig.»

«Ach was, zum Teufel. Wir haben unser Boot extra von Bug bis Heck sterilisieren lassen, sieht aus wie geleckt. Du brauchst dich sowieso nicht schmutzig zu machen, George, du wirst doch der Kapitän sein. Du brauchst nicht mal 'nen Köder an die Angel zu hängen; du sollst Kapitän sein und uns dummen Landratten Befehle geben – was meinst du denn dazu?»

Ich sah, daß die Versuchung für George groß war, weil er unter dem Schlafanzug so die Hände rang, er sagte aber immer noch, er könnte nicht riskieren, sich schmutzig zu machen. McMurphy gab sein Bestes und versuchte, ihn zu überreden, doch George schüttelte immer noch den Kopf, als sich der Schlüssel der Großen Schwester im Türschloß des Speisesaals drehte und sie mit ihrem Weidenkorb voll Überraschungen durch die Tür gerauscht kam und mit einem automatischen Lächeln-und-Guten-Morgen für jeden Mann an uns vorbeiging. McMurphy bemerkte, wie George sich von ihr weg zurücklehnte und sie finster ansah. Als sie fort war, neigte McMurphy den Kopf zur Seite und schaute George mit einem Auge an.

«George, was die Schwester da gesagt hat, von wegen stürmischer See und so, daß das alles schrecklich gefährlich sei – wie steht's denn damit?»

«Das Meer kann schon sehr übel sein, sicher, mächtig stürmisch.»

McMurphy sah, wie die Schwester in ihrer Station verschwand, und blickte dann wieder auf George. George rieb sich die Hände in seinem Schlafanzug, stärker als je zuvor, und schaute in die schweigenden Gesichter ringsumher.

«Herrgott!» sagte er plötzlich. «Glaubt ihr, ich lasse mir von der wegen dem Meer Angst machen? Glaubt ihr das wirklich?»

«Na ja, eigentlich nicht, George. Ich meine bloß, wenn du nicht mitkommst und der Sturm macht uns tatsächlich Schwierigkeiten, dann wird uns höchstwahrscheinlich alle das Meer schlucken, bis auf den letzten Mann, weißt du das? Ich hab dir ja gesagt, ich habe keine Ahnung von Booten, und ich will dir noch was sagen: ich hab doch dem Doktor gesagt, die zwei Frauen, die uns hier abholen, seien meine zwei Tanten, Witwen von Fischern? Der einzige Hafen, den die je anlaufen, ist ein Hotel in Portland. Die sind bei einem Unglück so hilflos wie ich. Wir *brauchen* dich, George.» Er nahm einen Zug an seiner Zigarette und fragte: «Übrigens, hast du zehn Dollar?»

George schüttelte den Kopf.

«Nein, hab's auch kaum erwartet. Na ja, was soll's, ich hab schon vor Tagen die Hoffnung aufgegeben, etwas dabei zu verdienen. Hier.» Er holte einen Bleistift aus der Tasche seiner grünen Jacke, wischte ihn sorgfältig an seinem Hemd ab und hielt ihn George hin. «Du machst für uns den Kapitän und kommst für fünf Dollar mit.»

George schaute uns wieder der Reihe nach an und furchte seine große Stirn, während er die Lage überdachte. Schließlich entblößte ein Lächeln sein verfärbtes Zahnfleisch, und er griff nach dem Bleistift. «Bei Gott!» sagte er und ging mit dem Bleistift hinaus, um als letzter seinen Namen auf die Liste zu setzen. Als McMurphy nach dem Frühstück über den Gang ging, blieb er vor dem Schwarzen Brett stehen und schrieb in großen Druckbuchstaben K-A-P hinter Georges Namen.

Die Huren hatten Verspätung. Schon begannen alle zu glauben, sie kämen überhaupt nicht, als McMurphy am Fenster einen Schrei ausstieß, und wir liefen alle hin, um hinauszusehen. Er sagte, das seien sie, doch wir sahen nur ein Auto, wo wir doch mit zwei gerechnet hatten, und nur eine Frau. McMurphy rief ihr durch das Gitter zu, als sie das Auto auf dem Parkplatz abgestellt hatte, und sie kam geradewegs über den Rasen auf unsere Station zu.

Sie war jünger und hübscher, als wir alle erwartet hatten. Alle hatten erfahren, daß die Mädchen Huren waren und keine Tanten, und waren deshalb auf allerlei gefaßt. Einige der frommen Kameraden waren nicht gerade glücklich darüber. Doch als sie sie jetzt sahen, wie sie leichtfüßig über den Rasen kam und mit den grünen Augen zur Station heraufschaute, wie ihr Haar, das am Hinterkopf zu einem langen Zopf geflochten war, mit jedem Schritt auf und ab wippte, wie Kupferfedern in der Sonne, da dachten wir alle nur noch daran, daß sie ein Mädchen war, etwas Weibliches, das nicht von Kopf bis Fuß weiß eingekleidet war, als sei sie mit Reif überzogen, und es spielte überhaupt keine Rolle mehr, wie sie ihr Geld verdiente.

Sie lief direkt bis an das vergitterte Fenster, hinter dem McMurphy stand, und umklammerte das Gitter mit ihren Fingern und zog sich ganz dicht heran. Sie keuchte noch vom Laufen, und bei jedem Atemzug sah es so aus, als werde das Gitter eingedrückt. Sie weinte ein bißchen.

«McMurphy, ach du verdammter McMurphy ...»

«Hör auf damit. Wo ist Sandra?»

«Bei ihr ist was dazwischengekommen, Mann, sie kann nicht kommen. Aber du, verdammt, ist bei dir alles in Ordnung?»

«Was dazwischengekommen!»

«Um ehrlich zu sein –» das Mädchen putzte sich die Nase und kicherte – «die gute Sandy hat *geheiratet*. Erinnerst du dich an Artie Gilfillian aus Beaverton? Der zu Parties immer irgendeinen Knüller mitbrachte, eine Schildkrötenschlange oder eine weiße Maus oder sonst 'ne Überraschung in der Tasche? Ein irrer Spinner –»

«Ach du lieber Gott!» stöhnte McMurphy. «Wie soll ich denn zehn Mann in einem lausigen Ford unterbringen, Candy, mein Herzchen? Wie haben sich denn Sandra und ihre Schildkrötenschlange aus Beaverton *das* vorgestellt?»

Das Mädchen dachte noch über eine Antwort nach, als der Lautsprecher in der Decke klickte und die Stimme der Großen Schwester McMurphy sagte, wenn er sich mit seiner Freundin unterhalten wolle, sei es besser, wenn sie sich am Haupteingang ordnungsgemäß in die Besucherliste eintrage, anstatt den ganzen Klinikbetrieb zu stören. Das Mädchen ging von dem Gitterfenster weg und lief zum Haupteingang, und McMurphy trat vom Fenster zurück und ließ sich in einen Stuhl in der Ecke fallen, mit hängendem Kopf. «Scheibenhonig», sagte er.

Der kleinste schwarze Junge machte dem Mädchen die Stationstür auf und vergaß, hinter ihr abzuschließen (dafür haben sie ihm bestimmt später den Kopf gewaschen), und das Mädchen kam den Gang entlanggehüpft, an der Schwesternstation vorbei, wo all die Schwestern mit einem vereinigten eisigen Blick versuchten, ihr Hüpfen einzufrieren, und in den Tagesraum, ein paar Schritte nur vor dem Doktor. Er ging mit einigen Papieren in die Schwesternstation, warf einen Blick auf sie, dann wieder auf die Papiere, und wieder auf sie, und fummelte mit beiden Händen nach seiner Brille.

Sie blieb stehen, als sie mitten im Tagesraum stand und sah, daß sie von vierzig glotzenden Männern in grüner Uniform umringt war, und es war so ruhig, daß man die Magen knurren und bei den Chronischen reihenweise die Katheter platzen hören konnte.

Sie mußte einen Augenblick stehenbleiben, während sie sich nach McMurphy umblickte, und so hatten alle Zeit, sie gründlich zu mustern. An der Decke über ihrem Kopf entwickelte sich blauer Rauch; ich glaube, in der ganzen Station brannten die Sicherungen für die Maschinerie durch, so groß war die Anstrengung, sich an ihr plötzliches Hereinplatzen anzupassen – die Apparate tasteten sie wahrscheinlich elektronisch ab und mußten erkennen, daß sie nicht dazu konstruiert waren, so etwas auf der Station zu verarbeiten, und da brannten sie einfach durch, wie selbstmörderische Maschinen.

Sie hatte ein weißes T-Shirt an, wie das von McMurphy, nur viel kleiner, weiße Tennisschuhe und Bluejeans, die über den Knien abgeschnitten waren, damit das Blut in ihre Beine fließen konnte, und wenn man überlegte, was es da alles zu bedecken gab, schien der Stoff bei weitem nicht auszureichen. Sicher wurde sie schon mit viel weniger von viel mehr Männern gesehen, doch die Umstände machten sie so unsicher, daß sie zu zappeln anfing wie ein Schulmädchen auf der Bühne. Niemand sagte ein Wort, alle starrten sie bloß an. Martini flüsterte, man könne die Jahreszahlen auf den Münzen in ihren Hosentaschen lesen, so eng seien die Hosen, doch er war näher dran und hatte bessere Augen als alle anderen.

Billy Bibbit war der erste, der einen lauten Kommentar von sich gab, es war kein Wort, sondern ein tiefes, fast schmerzhaftes Pfeifen, das ihr Aussehen besser beschrieb, als das irgendeiner von uns anderen hätte tun können. Sie lachte und dankte ihm vielmals, und er wurde so rot, daß sie mit ihm rot wurde und nochmals lachte. Das brachte die Dinge in Bewegung. Alle Akuten kamen durch den Tagesraum auf sie zu und wollten gleichzeitig mit ihr reden. Der Doktor zerrte an Hardings Jacke und fragte, wer ist denn *das*. McMurphy stand von seinem Stuhl auf und drängte sich durch die Menge zu ihr, und als sie ihn sah, warf sie ihm die Arme um den Hals und sagte «Du verdammter McMurphy», und dann wurde sie verlegen und wurde wieder rot. Wenn sie so rot wurde, sah sie nicht älter aus als sechzehn oder siebzehn, das kann ich beschwören.

McMurphy machte sie mit den Männern bekannt, und sie schüttelte jedem die Hand. Als sie zu Billy kam, dankte sie ihm nochmals für sein Pfeifen. Die Große Schwester schlüpfte aus ihrer Station, lächelnd, und fragte McMurphy, wie er alle zehn Mann in einem Auto unterbringen wolle, und er fragte, ob er nicht vielleicht vom Stab ein Auto borgen und selber chauffieren könnte, und die Schwester zitierte eine Vorschrift, die das nicht zuließ, so wie wir das alle von ihr erwartet hatten. Sie sagte, wenn wir nicht einen zweiten Fahrer hätten, der schriftlich die Verantwortung übernimmt, müßte die Hälfte der Mannschaft hierbleiben. McMurphy sagte ihr, der Ausfall koste ihn fünfzig verdammte Dollar, er müsse den Kameraden ihr Geld zurückgeben, die nicht mitkämen.

«Dann wäre es wohl das beste», sagte die Schwester, «den ganzen Ausflug abzusagen – und *allen* das Geld zurückzugeben.»

«Ich hab das Boot bereits gemietet; der Mann hat jetzt schon siebzig Dollar von mir in der Tasche!»

«Siebzig Dollar? So? Ich dachte, Sie hätten den Patienten erzählt, Sie brauchten hundert Dollar von ihnen und zehn Dollar aus Ihrer eigenen Tasche, um die Fahrt zu finanzieren, Mr. McMurphy.»

«Die Autos brauchen ja auch Benzin für die Hin- und Rückfahrt.»

«Das würde aber kaum dreißig Dollar ausmachen, oder?»

Sie lächelte ihn so nett an und wartete. Er warf die Hände in die Luft und blickte an die Decke.

«Huii, Mann, Sie lassen aber auch keine Gelegenheit aus, was, Miss Staatsanwalt? Sicher; den Rest hätte ich behalten. Ich glaube, den Kameraden hier hätte das nichts ausgemacht. Ich dachte mir, ich verdien ein bißchen was dabei, für die ganze Arbeit, die ich damit hatte –»

«Aber Ihr Plan ist ins Wasser gefallen», sagte sie. Sie lächelte ihn immer noch an, so voller Mitgefühl. «Ihre kleinen finanziellen Spekulationen können ja nicht *alle* zum Erfolg führen, Randle, und wenn ich es mir recht überlege, dann haben Sie eigentlich oft genug den Sieg davongetragen.» Sie dachte einen Augenblick darüber nach, und ich wußte, davon würden wir später noch mehr hören.

«Jawohl. Jeder Akute auf der Station hat Ihnen zu irgendeinem Zeitpunkt für eins Ihrer ‹Geschäfte› einen Schuldschein ausgestellt, meinen Sie nicht, daß Sie diese eine kleine Niederlage hinnehmen können?»

Dann brach sie ab. Sie sah, daß McMurphy ihr nicht mehr zuhörte. Er beobachtete den Doktor. Und der Doktor starrte auf das T-Shirt des blonden Mädchens, als ob sonst überhaupt nichts mehr existierte. McMurphy lächelte jetzt über das ganze Gesicht, als er die Verzückung des Doktors sah, und er schob sich die Mütze ins Genick und stellte sich neben den Doktor und erschreckte ihn etwas, als er ihm eine Hand auf die Schulter legte.

«Bei Gott, Doktor Spivey, haben Sie schon mal einen Chinook an der Angel gehabt? Gehört zu den wildesten Erlebnissen auf den sieben Meeren. He, Candy, mein Mäuschen, erzähl doch mal dem Doktor vom Fischen auf hoher See und allem, was dazugehört ...»

Zusammen brauchten McMurphy und das Mädchen keine zwei Minuten, bevor der kleine Doktor sein Büro zuschloß und wieder zurückkam und Papiere in eine Aktentasche stopfte.

«Eine Menge von dem Papierkram kann ich auf dem Boot erledigen», erklärte er der Schwester und ging so schnell an ihr vorbei, daß sie nicht dazu kam, ihm zu antworten, und der Rest der Mannschaft folgte ihm, nicht so schnell, und grinste sie an, während sie in der Tür der Schwesternstation stand.

Die Akuten, die nicht mitgingen, drängten sich an der Tür des Tagesraums und sagten uns, wir sollten die Fische nur geputzt zurückbringen, und Ellis zog seine Hände von den Nägeln in der Wand zurück und drückte Billy Bibbit die Hand und riet ihm, ein Menschenfischer zu sein.

Und Billy, der sah, daß ihm die Messingnieten auf den Bluejeans dieser Frau zuzwinkerten, als sie aus dem Tagesraum ging, sagte Ellis, zum Teufel, spiel doch selber den Menschenfischer. Er kam zu uns an die Tür, und der kleinste schwarze Junge ließ uns hinaus und schloß die Tür hinter uns ab, und wir waren draußen, Draußen.

Die Sonne zwängte die Wolken auseinander und tauchte die Backsteinfront der Klinik in ein rosiges Licht. Eine leichte Brise bemühte sich, die wenigen Blätter, die noch übrig waren, von den Eichen zu schütteln und sie säuberlich vor dem Sturmzaun aufzuhäufen. Manchmal setzten sich kleine braune Vögel auf den Zaun;

wenn ein Windstoß Blätter gegen den Zaun blies, flogen die Vögel mit dem Wind davon. Es sah zuerst so aus, als ob die Blätter gegen den Zaun stießen und zu Vögeln wurden und davonflogen.

Es war ein feiner, von Holzrauch angefüllter Herbsttag, mit dem Lärm von Fußball spielenden Kindern und dem Knattern von kleinen Flugzeugen in der Luft, und jedermann hätte glücklich sein sollen, daß er überhaupt hier draußen sein konnte. Doch wir standen stumm und mit den Händen in den Taschen auf einem Haufen, während der Doktor fortging, um sein Auto zu holen. Ein stummer Haufen, der die Leute aus der Stadt beobachtete, die auf dem Weg zur Arbeit langsam vorbeifuhren und all die Irren in ihren grünen Uniformen anglotzten. McMurphy sah, wie wenig wir uns wohl fühlten, und wollte uns in Stimmung bringen, indem er Witze machte und das Mädchen auf den Arm nahm, doch das machte irgendwie alles noch schlimmer. Alle dachten daran, wie einfach es wäre, auf die Station zurückzukehren und zu sagen, die Schwester habe doch recht gehabt; bei einem solchen Wind sei die See einfach zu gefährlich.

Der Doktor kam, und wir stiegen ein und fuhren los, ich und George und Harding und Billy Bibbit bei McMurphy und dem Mädchen, Candy, im Auto; und Fredrickson und Sefelt und Scanlon und Martini und Tadem und Gregory im Auto des Doktors hinter uns. Alle waren unheimlich still. Wir bogen in eine Tankstelle, knapp zwei Kilometer von der Klinik weg; der Doktor uns nach. Er stieg zuerst aus, und der Tankwart kam mit wiegenden Schritten heraus, er grinste und wischte die Hände an einem Lappen ab. Dann hörte er auf zu grinsen und ging am Doktor vorbei, um zu sehen, was eigentlich *in* den Autos war. Er machte einen Schritt zurück und wischte immer noch seine Hände an dem öligen Lappen ab und runzelte die Stirn. Der Doktor packte den Mann nervös am Ärmel und holte einen Zehndollarschein heraus und drückte ihn dem Mann in die Hände, so wie man eine Tomatenpflanze in den Boden drückt.

«Ähem, beide Tanks vollmachen, mit Normal bitte», sagte der Doktor. Er schien sich außerhalb der Klinik genauso unbehaglich zu fühlen wie wir anderen. «Ähem, ist was?»

«Diese Uniformen», sagte der Tankwart, «die sind doch von der Klinik da droben, stimmt's?» Er blickte sich um, um zu sehen, ob vielleicht ein Schraubenschlüssel in Reichweite lag. Schließlich stellte er sich neben einen Stapel leerer Colaflaschen. «Ihr Burschen seid von dieser *Anstalt.*»

Der Doktor fummelte nach seiner Brille und warf auch einen Blick auf uns, als sehe er die Uniformen zum erstenmal. «Ja. Vielmehr nein. Wir, sie *sind* von der Anstalt, aber es ist ein Arbeitstrupp, keine Insassen, natürlich nicht. Ein Arbeitstrupp.»

Der Mann schaute den Doktor mit zusammengekniffenen Augen an und ging hinüber und flüsterte mit seinem Partner, der hinten zwischen den Maschinen stand. Sie unterhielten sich eine Weile, und der zweite Mann rief nach vorne und fragte den Doktor, wer wir seien, und der Doktor wiederholte, wir seien ein Arbeitstrupp, und die beiden lachten. An der Art, wie sie lachten, merkte ich, daß sie beschlossen hatten, uns das Benzin zu verkaufen – wahrscheinlich würde es schwach und schmutzig und verwässert sein und den doppelten Preis kosten –, aber ich fühlte mich deswegen auch nicht wohler. Ich sah, daß alle ziemlich bedrückt waren. Die Lüge des Doktors machte alles noch viel schlimmer – nicht wegen der Lüge selber, sondern wegen der Wahrheit.

Der zweite Mann ging grinsend auf den Doktor zu. «Suuh-per wollte der Herr? Aber selbstverständlich, der Herr. Und sollen wir nicht auch die Ölfilter und Scheibenwischer nachsehen?» Er war größer als sein Freund. Er beugte sich zum Doktor vor, als habe er ihm ein Geheimnis mitzuteilen. «Hätten Sie das gewußt: achtundachtzig Prozent der Autos auf der Straße, das wurde bewiesen, brauchen neue Ölfilter und Scheibenwischer?»

Sein Grinsen war mit einer Kohleschicht überzogen, weil er in all den Jahren die Zündkerzen mit den Zähnen herausgeschraubt hatte. Er blieb so über den Doktor gebeugt stehen und grinste zu ihm hinunter, so daß der immer zappliger wurde, und wartete darauf, daß der Doktor klein beigab. «Ach ja, und wie wäre es mit Sonnenbrillen für den Arbeitstrupp? Wir haben erstklassige Polaroids hier.» Der Doktor wußte, daß es keinen Ausweg mehr gab. Doch gerade als er den Mund aufmachte, nachgeben und zu allem ja sagen wollte, gab es ein surrendes Geräusch, und das Verdeck unseres Autos wurde zurückgeschlagen. McMurphy schlug sich mit dem Akkordeon-Verdeck herum und verfluchte es, er wollte es schneller zurückschieben, als die Maschinerie das zuließ. Alle konnten sehen, wie wütend er war, denn er schlug um sich und stemmte sich gegen das langsam hochgehende Verdeck. Nachdem er es endlich mit Flüchen und Fäusten geschafft hatte, kletterte er direkt über das Mädchen weg und über die Seite des Autos und ging zum Doktor und dem Tankwart hinüber und stellte sich zwischen sie und blickte mit einem Auge in diesen schwarzen Mund.

«Okay, Hank, wir nehmen Normal, genau wie der Doktor verlangt hat. Zwei Tanks voll. Und das ist alles. Zum Teufel mit dem andern Dreck. Und außerdem bekommen wir zehn Prozent Rabatt, unsere verdammte Exkursion ist nämlich Teil eines Regierungsprogramms.»

Der andere rührte sich nicht. «Tatsächlich? Aber der Professor hier hat doch eben gesagt, ihr seid keine Patienten?»

«Mann, Hank, das war doch nur so, aus Vorsicht, damit ihr Burschen keine Angst bekommt. Der Doktor würde nicht bei allen Patienten so lügen, doch wir sind keine gewöhnliche Irre. Jeder einzelne von uns kommt direkt aus der Station für schwachsinnige Verbrecher, und wir sind unterwegs nach San Quentin, wo sie bessere Möglichkeiten haben, mit uns fertig zu werden. Siehst du den sommersprossigen Jungen da? Er sieht zwar aus wie ein Titelbild der *Saturday Evening Post*, in Wirklichkeit ist er aber ein verrückter Messerwerfer, der drei Männer umgebracht hat. Seinen Nebenmann nennen sie den Oberspinner, unberechenbar wie ein Wildschwein. Siehst du den großen Kerl dort? Er ist Indianer, und er hat sechs weiße Männer mit einer Spitzhacke erschlagen, weil sie ihn beim Handeln mit Bisam-Fellen übers Ohr hauen wollten. Steh mal auf, Häuptling, damit sie dich in deiner ganzen Größe sehen können.»

Harding stieß mir seinen Daumen in den Hintern, und ich stand auf. Der Mann hielt sich eine Hand über die Augen und blickte zu mir herauf und sagte kein Wort.

«Ich gebe zu, es ist eine üble Truppe», sagte McMurphy, «aber es ist eine geplante, autorisierte, legale von der Regierung unterstützte Fahrt, und uns steht der vom Gesetz vorgesehene Rabatt zu, genauso, als wären wir vom FBI.»

Der Mann sah wieder McMurphy an, und McMurphy hängte seine Daumen in die Hosentaschen und legte den Kopf zurück und schaute an der Narbe auf seiner Nase vorbei zu ihm auf. Der Mann drehte sich um, um zu sehen, ob sein Kumpel noch neben dem Stapel leerer Colaflaschen stand, und grinste dann auf McMurphy herunter.

«Reichlich unangenehme Kunden, willst du das damit sagen, Rotschopf? So unangenehm, daß es besser wäre, wir nähmen uns zusammen und folgten deinen Anordnungen, willst du das damit sagen? Dann sag mir doch mal, Rotschopf, wieso haben sie denn *dich* da reingesteckt? Hast du versucht, den Präsidenten umzubringen?»

«Das konnten sie mir nie *nachweisen*, Hank. Sie haben mich nur durch Zufall erwischt. Ich habe einen Mann im Ring erschlagen, mußt zu wissen, und dann irgendwie an diesem Spielchen Spaß gefunden.»

«Aha, so ein Killer mit Boxhandschuhen, willst du mir das damit sagen, Rotschopf?»

«Das hab ich doch nicht behauptet, oder? Ich konnte mich nie an diese Polster an den Fäusten gewöhnen. Nein, es war nicht gerade einer dieser Hauptkämpfe fürs Fernsehen aus dem großen *Cow Palace* in San Francisco; ich bin eher ein Hinterhof-Boxer.»

Der Mann hängte seine Daumen in die Hosentaschen, um McMurphy nachzuäffen. «Für mich bist du eher ein Hinterhof-Aufschneider.»

«Ich hab doch nicht behauptet, daß ich nicht auch mit dem Messer umgehen kann, oder? Doch eins wollte ich dir noch zeigen.» Er hielt dem Mann seine Hände vors Gesicht, ganz dicht, und drehte sie langsam um und zeigte ihm Handflächen und Knöchel. «Hast du schon mal erlebt, daß einer, der nichts weiter ist als ein Aufschneider, seine armen Klauen so zugerichtet hat? Na, Hank?»

Er hielt dem Mann seine Hände lange Zeit unter die Nase und wartete ab, ob der noch etwas zu sagen wagte. Der Mann blickte auf die Hände und auf mich und wieder auf die Hände. Als es feststand, daß er nichts sehr Dringendes mehr zu sagen hatte, wandte sich McMurphy von ihm ab und ging zu dem andern Mann hinüber, der immer noch neben den Colaflaschen stand, und riß ihm den Zehndollarschein des Doktors aus der Faust und ging in Richtung des Lebensmittelgeschäfts, direkt neben der Tankstelle.

«Ihr könnt inzwischen ausrechnen, was das Benzin kostet, die Rechnung geht dann an die Klinik», rief er zurück. «Ich will mit dem Bargeld hier ein paar Erfrischungen für die Männer besorgen. Damit fangen wir mehr an als mit Scheibenwischern und achtundachtzig Prozent Ölfiltern.»

Als er zurückkam, waren wir alle aufgekratzt wie Kampfhähne und kommandierten die Männer von der Tankstelle herum, sie sollten die Luft im Reserverad nachsehen und die Scheiben putzen und den Vogeldreck von der Kühlerhaube kratzen, bitte schön, grad als ob der Laden hier uns gehöre. Als der größere von den beiden die Windschutzscheibe nicht so sauber bekam, wie sich Billy das wünschte, rief ihn Billy gleich nochmals zurück.

«Sie haben diese to-to-tote Fliege hier ü-übersehen.»

«Das war keine Fliege», sagte der Mann mürrisch und kratzte mit dem Fingernagel dran herum, «das war ein Vogel.»

Martini rief vom andern Auto herüber, es könnte kein Vogel gewesen sein. «Wenn es ein Vogel gewesen wäre, wären Federn und Knochen da.»

Ein Mann mit einem Fahrrad kam vorbei und fragte, was denn all die grünen Uniformen zu bedeuten hätten; gehörten wir zu irgendeinem Club? Harding gab ihm bereitwillig Auskunft.

«Nein, mein Freund. Wir sind Geisteskranke von der Klinik da droben, Psychokeramiker, die Tonscherben der Menschheit. Soll ich vielleicht einen Rorschach für Sie deuten? Nein? Sie haben's eilig? Ach, jetzt ist er weg. Schade.» Er wandte sich McMurphy zu. «Es ist mir überhaupt noch nie aufgegangen, daß geistige Krankheit die Form von Macht annehmen kann, *Macht*. Man muß sich das mal vorstellen: Je verrückter ein Mann ist, desto mächtiger kann er vielleicht werden. Hitler zum Beispiel. Ungeahnte Perspektiven, nicht wahr? Stoff zum Nachdenken, in der Tat.»

Billy öffnete eine Bierdose für das Mädchen, und sie verwirrte ihn so mit ihrem strahlenden Lächeln und ihrem «Danke schön, Billy», daß er jedem von uns eine Dose öffnete.

Während die beiden Trottel mit den Händen auf dem Rücken wütend auf dem Gehweg hin und her gingen.

Ich saß da und fühlte mich ganz gut und nippte an meinem Bier; ich hörte, wie das Bier ganz hinunterlief – ssst ssst, genauso. Ich hatte vergessen, daß es solch gute Geräusche und solch einen guten Geschmack geben kann, so wie jetzt, als mir das Bier durch den Hals lief. Ich nahm noch einen großen Schluck und begann mich nach anderen Dingen umzusehen, die ich in zwanzig Jahren vergessen hatte.

«Mann!» sagte McMurphy, als er das Mädchen von ihrem Platz hinterm Lenkrad verdrängte und sie fest gegen Billy drückte. «Schaut euch bloß mal an, wie der Große Häuptling dieses Feuerwasser in sich hineingießt!» – und steuerte das Auto mit Vollgas auf die Straße hinaus, und der Doktor hinter uns ließ die Reifen quietschen, um dranzubleiben.

Er hatte uns gezeigt, was sich mit ein bißchen Prahlerei und Mut erreichen ließ, und wir glaubten, er habe uns ein Beispiel gegeben, wie man's machen muß. Die ganze Fahrt bis zur Küste hatten wir unseren Spaß daran, so zu tun, als seien wir tapfer. Wenn wir an einer Verkehrsampel anhalten mußten und die Leute uns und unsere grünen Uniformen anstarrten, machten wir es genau wie er, wir setzten uns aufrecht hin, so daß wir stark und gefährlich aussahen, und grinsten übers Gesicht und starrten so lange zurück, bis ihr Motor abstarb und ihre Fensterscheiben Sonnenstreifen bekamen, und als die Ampel Grün zeigte, blieben sie zurück, ganz erledigt, wenn sie daran dachten, daß sie eben noch einen ganzen Haufen gefährlicher Gorillas neben sich hatten, keinen Meter entfernt, und weit und breit niemand, der ihnen helfen konnte.

Als McMurphy uns zwölf ans Meer brachte.

Ich glaube, McMurphy wußte besser als wir, daß unsere ganze Tapferkeit nur vorgetäuscht war, denn er konnte immer noch keinen von uns so richtig zum Lachen bringen. Er konnte vielleicht nicht verstehen, warum wir noch nicht lachen konnten, doch er wußte, daß man erst dann richtig stark ist, wenn man an allen Dingen etwas Lustiges finden kann. Ja, er strengte sich sogar so sehr an, uns auf das Lustige in allen Dingen hinzuweisen, daß ich mich fragte, ob er vielleicht die andere Seite gar nicht sah, ob er vielleicht gar nicht sah, was es war, das einem das Gelächter tief drin im Magen verdorren ließ. Vielleicht konnten es die Kameraden auch nicht sehen, vielleicht spürten sie nur den Druck der verschiedenen Strahlen und Frequenzen, die aus allen Richtungen kamen, die einen hin und her drückten und verbogen, vielleicht spürten sie die Aktionen der Genossenschaft – doch ich konnte sie *sehen*.

So wie man die Veränderung in einem Menschen erkennt, den

man lange nicht gesehen hat, während man, wenn man ihn jeden Tag sieht, tagaus, tagein, nichts bemerkt, weil die Veränderung ganz allmählich kommt. Die ganze Küste entlang sah ich Zeichen davon, was die Genossenschaft erreicht hatte, seit ich zum letztenmal hier durchgefahren war, solche Dinge wie etwa – ein *Zug*, der in einen Bahnhof einfährt und eine Schnur ausgewachsener Männer in völlig gleichen Anzügen und maschinell hergestellten Hüten ausspuckt, sie ausspuckt wie eine Brut identischer Insekten, halbtote Dinge kommen ft-ft-ft aus dem letzten Wagen, dann ertönt die Pfeife, bewegt sich wieder durch das verdorbene Land, um ein Stückchen weiter die nächste Brut auszuspucken.

Oder Dinge wie fünftausend Häuser, identisch, von einer Maschine ausgestanzt und über die Hügel vor der Stadt aufgereiht, so frisch von der Fabrik, daß sie noch zusammenhängen, wie Würste, ein Schild mit der Aufschrift «NEST-IM-WESTEN EIGENHEIME – KEIN EIGENKAP. ERF. FÜR EHEM. KRIEGSTEILNEHMER», ein Spielplatz am Fuß des Hügels, hinter einem Maschendrahtzaun, und noch ein Schild mit der Aufschrift «SANKT-LUKAS-SCHULE FÜR JUNGEN» – da waren fünftausend Kinder in grünen Kordsamthosen und weißen Hemden unter grünen Pullovern, sie spielten Knall-die-Peitsche auf einem großen Platz mit festgewalztem Kies. Die Schnur hüpfte und krümmte sich und zuckte wie eine Schlange, und mit jedem Knall wurde ein kleines Kind vom Ende der Schnur weggeschleudert, so daß es wie ein Steppenläufer auf den Zaun zu rollte. Bei jedem Knall. Und es war immer das gleiche kleine Kind, immer und immer wieder.

Die ganzen fünftausend Kinder wohnten in diesen fünftausend Häusern, die den Männern gehörten, die aus dem Zug gestiegen waren. Die Häuser sahen sich dermaßen gleich, daß die Kinder, wenn sie nach Hause gingen, immer wieder in die falschen Häuser und falschen Familien gerieten. Niemand merkte das. Sie aßen und gingen ins Bett. Der einzige, den sie erkannten, war der kleine Junge vom Ende der Peitsche. Er war immer so zerkratzt und zerschunden, daß er überall fehl am Platze war, gleich wo er hinging. Er konnte sich auch nicht gehenlassen und lachen. Es ist sehr schwer zu lachen, wenn man den Druck dieser Strahlen spürt, die von jedem neuen Auto ausgehen, das vorbeifährt, oder von jedem neuen Haus, an dem man vorbeigeht.

«Wir können uns sogar eine Lobby in Washington halten», sagte Harding gerade, «eine Organisation. NAAIP. Interessenverbände. Riesige Reklametafeln an den Landstraßen, mit einem lallenden Schizophrenen, der eine Zertrümmerungsmaschine bedient, grelle rote und grüne Schrift: ‹Beschäftigt Schwachsinnige›. Wir haben eine rosige Zukunft, meine Herrn.»

Wir überquerten den Siuslaw auf einer Brücke. Es war gerade genug Feuchtigkeit in der Luft, daß ich meine Zunge in den Wind halten und den Ozean schmecken konnte, bevor wir ihn noch sehen konnten. Jeder wußte, daß wir fast da waren, und bis zum Hafen sagte keiner mehr ein Wort.

Der Kapitän, der uns mit aufs Meer hinausnehmen sollte, hatte einen kahlen grauen metallenen Kopf, der in einem schwarzen Rollkragenpullover steckte, wie der Geschützturm auf einem U-Boot; die kalte Zigarre in seinem Mund kreiste über uns. Er stand neben McMurphy auf dem hölzernen Landungssteg und blickte zur See hinaus, während er redete. Hinter ihm und einige Treppenstufen höher saßen sechs oder acht Männer in Windjacken auf einer Bank vor dem Köder-Laden. Der Kapitän redete laut, halb zu den Faulenzern auf seiner einen Seite, halb zu McMurphy auf seiner anderen Seite, und er feuerte seine Kupferjacken-Stimme irgendwo dazwischen ins Leere.

«Mir ganz egal. Hab's extra in dem Brief geschrieben. Ich brauch eine unterschriebene Erklärung von der zuständigen Behörde, sonst läuft nichts.» Der runde Kopf drehte sich in dem Turm seines Pullovers, und diese Zigarre war drohend auf uns gerichtet. «Verstehn Sie doch. Wenn sie da draußen sind, springen sie womöglich über Bord wie Ratten. Verwandte klagen auf Schmerzensgeld, ziehen mich aus bis aufs Hemd. Das Risiko ist zu groß.»

McMurphy erklärte, daß das andere Mädchen die ganzen Papiere in Portland droben besorgen wollte. Einer von den Männern, die am Köder-Laden lehnten, rief: «Noch 'n Mädchen? Wird denn Blondie hier mit dem Haufen nicht fertig?» McMurphy tat so, als habe er nichts gehört, und stritt sich weiter mit dem Kapitän herum, aber man sah deutlich, wie das Mädchen in Verlegenheit kam. Die Männer da droben schauten sie dauernd genüßlich an und steckten die Köpfe zusammen und flüsterten. Unsere ganze Mannschaft, sogar der Doktor, sah das und begann sich zu schämen, weil keiner etwas dagegen unternahm. Wir waren nicht mehr der kampflustige Haufen von der Tankstelle.

McMurphy hörte auf, sich mit dem Kapitän zu streiten, als er sah, daß er nichts ausrichten konnte, und drehte sich ein paarmal herum und fuhr sich mit den Händen durch die Haare.

«Welches Boot haben wir gemietet?»

«Das da drüben. Die *Lerche*. Und keiner betritt es, eh ich die unterschriebene Erklärung habe. Nicht ein Mann.»

«Ich miete doch kein Boot, damit ich nachher den ganzen Tag dasitzen kann und zuschauen, wie es an der Anlegestelle im Wasser schaukelt», sagte McMurphy. «Haben Sie vielleicht ein Telefon da droben in Ihrem Köder-Laden? Bringen wir doch die Sache endlich in Ordnung.»

Sie stapften die Treppe zu dem Laden hinauf und gingen hinein, und wir blieben allein zurück, dicht beisammenstehend, während uns die Faulenzer da droben beobachteten und ihre Kommentare abgaben und kicherten und sich gegenseitig in die Rippen stießen. Der Wind blies gegen die Boote in ihren Vertäuungen, drückte sie gegen die nassen Autoreifen an der Anlegestelle, so daß sie ein Geräusch machten, als lachten sie uns aus. Das Wasser unter den Brettern kicherte, und das Schild über der Tür des Ladens, «ALLES FÜR DEN ANGLER – KAP. BLOCK, BES.», quietschte und knarrte, weil es der Wind in den rostigen Haken zum Schaukeln brachte. Die Muscheln, die an den Pfählen wucherten, einen Meter über der Wasseroberfläche wegen der Flut, pfiffen und knackten in der Sonne.

Der Wind war kalt und bösartig geworden, und Billy Bibbit zog seine grüne Jacke aus und gab sie dem Mädchen, und sie zog sie an, über ihr dünnes kleines T-Shirt. Einer der Faulenzer rief immer wieder: «He, Blondie, du hast wohl was übrig für diese Trottel?» Die Lippen des Mannes waren nierenfarbig, und unter den Augen war er lila, wo der Wind die Adern an die Oberfläche gedrückt hatte. «He, du da, Blondie», rief er immer wieder mit einer hohen, müden Stimme, «he, du da, Blondie ... he, du da, Blondie ... he, du da, Blondie ...»

Wir drückten uns noch mehr aneinander, gegen den Wind.

«Sag mal, Blondie, wieso haben sie denn dich in die Klapsmühle gesteckt?»

«I wo, Perce, sie ist nicht aus der Klapsmühle, sie ist 'n Teil der Behandlung!»

«Stimmt das, Blondie? Bist du 'n Teil der Behandlung? He, du da, Blondie.»

Sie hob den Kopf und fragte uns mit einem Blick, wo ist denn dieser hartgesottene Haufen, den ich vorher gesehen habe, wieso sagt denn keiner was zu meiner Verteidigung? Keiner antwortete ihrem Blick. Unsere ganze hartgesottene Kraft war eben diese Stufen hinaufgegangen, mit seinem Arm um die Schultern dieses glatzköpfigen Kapitäns.

Sie zog den Kragen der Jacke hoch um ihren Hals und drückte die Ellbogen an sich und schlenderte den Anlegesteg hinunter, so weit von uns weg wie möglich. Keiner ging hinter ihr her. Billy Bibbit zitterte in der Kälte und biß sich auf die Unterlippe. Die Burschen vor dem Köder-Laden flüsterten und brachen wieder in Gelächter aus.

«Frag sie doch, Perce – los, komm.»

«He, Blondie, haben sie eine Erklärung für dich unterschrieben, damit du mit der zuständigen Behörde keine Schwierigkeiten bekommst? Verwandte könnten Schmerzensgeld verlangen, falls einer der Jungen reinfällt und ertrinkt, hab ich gehört. Hast du das auch gut überlegt? Vielleicht solltest du lieber hier bei uns bleiben, Blondie.»

«Klar, Blondie; meine Verwandten würden dich nicht verklagen. Ich versprech's dir. Bleib hier bei uns, Blondie.»

Ich bildete mir ein, meine Füße würden naß, als der Steg aus Scham im Wasser versank. Wir waren untauglich, hier draußen unter Menschen zu sein. Ich wünschte, McMurphy würde wieder herauskommen und diesen Burschen die Leviten lesen und uns dann wieder dorthin zurückbringen, wo wir hingehörten.

Der Mann mit den nierenfarbigen Lippen klappte sein Messer zusammen und stand auf und bürstete sich die Holzschnitzel von der Hose. Er ging auf die Treppe zu. «Nun, wie ist's, Blondie, du wirst dich doch nicht mit diesen Schwachköpfen abgeben.»

Sie drehte sich um und blickte vom Ende des Stegs zu ihm hinüber, dann wieder zurück zu uns, und man sah deutlich, daß sie über seinen Vorschlag nachdachte, doch da ging die Tür des Ladens auf, und McMurphy schob die Burschen zur Seite und kam die Treppe herunter.

«Auf geht's, Mannschaft, alles klar! Die Tanks sind voll, und Köder und Bier sind an Bord.»

Er klopfte Billy auf den Rücken und tanzte eine kleine Hornpipe und begann, die Taue aus ihren Klampen loszumachen.

«Der alte Käpten Block hängt noch am Telefon, doch wir fahren los, sobald er rauskommt. George, wärm den Motor schon auf. Scanlon, du und Harding, macht mal diese Leine hier los. Candy! Was treibst denn du da drunten? Komm, auf geht's, Süße, wir sind unterwegs.»

Wir kletterten in das Boot, froh, endlich von den Burschen wegzukommen, die in einer Reihe vor dem Köder-Laden standen. Billy gab dem Mädchen die Hand und half ihr ins Boot. George fuhrwerkte an den Instrumenten droben auf der Brücke herum und wies McMurphy an, gewisse Knöpfe zu drehen oder zu drücken.

«Ach ja, ein Puker oder Puke-Boot, wie wir sagen», sagte er zu McMurphy, «die sind ganz leicht zu fahren, wie ein Auto.»

Der Doktor zögerte, bevor er ins Boot kletterte, und blickte zum Köder-Laden hinauf, wo die Faulenzer standen und sich auf die Treppe zu bewegten.

«Meinen Sie nicht, Randle, wir sollten warten ... bis der Kapitän –»

McMurphy packte ihn am Kragen und beförderte ihn von dem Steg ins Boot, als sei er ein kleiner Junge. «Sicher, Doktor», sagte er, «warten bis der Kapitän *was*?» Er begann zu lachen, als sei er betrunken, und seine Stimme klang ganz aufgeregt und nervös. «Warten bis der Kapitän herauskommt und uns erzählt, daß die Telefonnummer, die ich ihm gegeben habe, eine Absteige in Portland ist? Aber sicher. Auf geht's, George, verdammt noch mal, bring das Ding endlich in Gang, daß wir hier wegkommen! Sefelt! Mach die Leine los, ein bißchen plötzlich. George, so mach schon, *vorwärts*.»

Der Motor tuckerte und starb, tuckerte wieder, so als müsse er sich erst räuspern, heulte dann plötzlich auf und war voll da.

«Huuhuiii! Und wie der läuft. Schipp Kohlen rein, was das Zeug hält, George, und Matrosen! klar zum Gefecht! Man wird versuchen, uns zu entern!»

Eine weiße Wolke aus Rauch und Wasser zischte hinten aus dem Boot, und die Tür des Köder-Ladens sprang auf, und der Kopf des Kapitäns kam herausgeschossen und die Treppen herunter, so als müsse er nicht nur seinen eigenen Körper mitschleppen, sondern dazu auch die Körper der acht anderen Burschen. Sie kamen den Landesteg entlanggestürmt und kamen zum Stehen, als ihnen der kochende Schaum gegen die Füße klatschte, während George in einem weiten Bogen den Steg hinter sich ließ, und wir hatten das Meer ganz für uns.

Eine plötzliche Wendung des Bootes hatte Candy auf die Knie geworfen, und Billy half ihr auf die Beine und versuchte sich gleichzeitig für sein Verhalten am Landesteg zu entschuldigen. McMurphy kam von der Brücke herunter und fragte, ob die beiden gerne allein wären, um sich über alte Zeiten unterhalten zu können, und Candy sah Billy an, und er konnte nur den Kopf schütteln und stottern. McMurphy sagte, in dem Fall sei es vielleicht besser, wenn er und Candy nach unten gingen, um nach möglichen Lecks zu suchen, wir anderen würden inzwischen schon ohne ihn zurechtkommen. Er stand an der Tür, die nach unten zur Kabine führte, und salutierte und zwinkerte mit den Augen und ernannte George zum Kapitän und Harding zum Ersten Offizier und sagte: «Weitermachen, Matrosen», und verschwand hinter dem Mädchen in der Kabine.

Der Wind legte sich, und die Sonne stieg höher und verchromte die Ostseite der tiefen grünen Wellentäler. George steuerte das Boot geradewegs auf hohe See hinaus, mit Vollgas, und ließ den Hafen und diesen Köder-Laden immer weiter hinter uns. Als wir am äußersten Punkt der Mole und am letzten schwarzen Felsen vorbeifuhren, spürte ich, wie sich eine große Ruhe auf mich legte, eine Ruhe, die immer mehr wuchs, je weiter wir das Festland hinter uns ließen.

Die Kameraden hatten sich ein paar Minuten aufgeregt über unsere Piraterie unterhalten, doch jetzt waren sie still. Die Kabinentür öffnete sich einmal gerade lang genug, damit eine Hand einen Kasten Bier hindurchschieben konnte, und Billy machte mit einem Öffner, den er in der Kiste bei dem Angelgerät gefunden hatte, jedem eine Dose auf und reichte sie herum. Wir tranken unser Bier und schauten zu, wie das Land in unserem Kielwasser versank.

Nach einer Weile oder so verringerte George die Geschwindigkeit auf ein, wie er es nannte, gemächliches Angeltempo, stellte vier Mann mit den vier Angeln ins Heck des Bootes, und wir anderen legten uns aufs Kabinendach in die Sonne, oder vorne in den Bug, und zogen unsere Hemden aus und schauten den Kameraden zu, die sich bemühten, die Angeln einsatzbereit zu machen. Harding sagte, die Spielregel sei so, daß einer so lange die Angel halten dürfe, bis zum erstenmal ein Fisch anbeißt, dann müsse er seinen Platz an einen abtreten, der noch nicht dran war. George stand am Ruderrad, blinzelte durch die salzverkrustete Windschutzscheibe und rief seine Anweisungen nach hinten, wie die Angelschnur über die Rolle zu laufen habe und wie der Hering in den Heringhalter zu binden sei und wie weit weg vom Boot sie fischen sollten und wie tief:

«Am besten nehmt ihr eine Viererrute und hängt den Zwölf-Unzen-Senker dran, an eine Leine mit einem Knoten, der sofort nachgibt – ich zeig euch gleich, wie –, und dann angeln wir uns den *großen* Burschen drunten am Grund, bei Gott!»

Martini lief an den Rand des Bootes und beugte sich hinaus und starrte ins Wasser, in die Richtung, in der seine Angelschnur verschwand. «Oh. Oh, großer Gott», sagte er, doch was immer er sah, war für uns andere zu tief drunten.

Andere Boote mit Sportfischern trieben vor der Küste, doch George machte keinerlei Versuch, sich an sie zu halten; er steuerte an ihnen vorbei, geradewegs auf hohe See hinaus. «Aber sicher», sagte er. «Wir fahren hinaus zu den Schiffen der gewerblichen Fischer, dort sind die *wahren* Fische.»

Die Wellen glitten vorbei, sattes Smaragdgrün auf der einen Seite, Chrom auf der anderen. Das einzige Geräusch war das Tuckern und Summen des Motors, immer abwechselnd, in dem Rhythmus, in dem die Wellen den Auspuff ins Wasser tauchten, und das komische, verzweifelte Schreien der strubbeligen kleinen schwarzen Vögel, die umherschwammen und einander nach dem Weg fragten. Sonst war alles still. Einige der Kameraden schliefen, und die anderen schauten ins Wasser. Wir waren schon fast eine Stunde im Angeltempo gefahren, als die Spitze von Sefelts Angelrute nach unten gebogen und ins Wasser getaucht wurde.

«George, Herrgott, George, hilf uns doch!»

George dachte gar nicht daran, die Angelrute anzufassen; er grinste und sagte Sefelt, er solle die Spulenbremse ein wenig lockern, seine Rute nach oben halten, nach *oben*, und dem Burschen da unten die Hölle heiß machen!

«Und was tu ich, wenn ich plötzlich einen Anfall bekomme?» brüllte Sefelt.

«Ganz einfach, dann hängen wir Sie an den Angelhaken, und Sie spielen Köder», sagte Harding. «Und jetzt machen Sie dem Burschen die Hölle heiß, wie der Kapitän befohlen hat, und denken Sie nicht mehr an einen Anfall.»

Dreißig Meter hinter dem Boot tauchte der Fisch plötzlich in der Sonne auf, in einem Sprühregen von silbernen Schuppen, und Sefelts Augen traten heraus, und er regte sich so auf, als er dem Fisch zuschaute, daß das Ende seiner Angelrute ins Wasser tauchte, und die Schnur schnellte ins Boot wie ein Gummiband.

«Nach *oben*, hab ich gesagt! Du hast ihm die Chance gegeben, in einer geraden Linie zu ziehen, verstehst du? Halt die Spitze immer nach *oben* ... nach *oben*! Da hattest du einen mächtigen Silberlachs, weiß Gott.»

Sefelt war weiß im Gesicht und zitterte, als er schließlich die Angel an Fredrickson weitergab. «Okay – wenn du aber einen Fisch fängst mit einem Haken im Maul, verflixt noch mal, dann ist das mein Fisch!»

Ich war genauso erregt wie die andern. Ich hatte eigentlich nicht angeln wollen, doch nachdem ich sah, welche Kraft ein Lachs am Ende einer Angelschnur entwickelt, kletterte ich vom Kabinendach und zog mein Hemd an und wartete darauf, daß ich an die Reihe kam.

Scanlon organisierte einen Wettbewerb um den größten Fisch und noch einen weiteren um den ersten Fisch überhaupt, jeder der mitmachen wollte, zahlte einen halben Dollar ein, und Scanlon hatte das Geld noch kaum in die Tasche gesteckt, als Billy ein fürchterliches Ding aus dem Wasser zog, das aussah wie eine zehn Pfund schwere Kröte mit Stacheln wie ein Igel.

«Das ist kein Fisch», sagte Scanlon. «Damit kannst du nicht gewinnen.» «Ein Vo-vo-vogel ist es auch nicht.»

«Das da, das ist ein Seehecht», sagte uns George. «Ein recht guter Speisefisch, wenn du erst mal die ganzen Warzen wegschneidest.»

«Siehst du. Es ist doch ein Fisch. G-g-gewonnen.»

Billy gab mir seine Angel und nahm sein Geld und setzte sich dicht an die Kabine, in der McMurphy und das Mädchen waren, und blickte ganz unglücklich auf die Tür. «Ich wü-wü-wü-wünschte, wir hätten für jeden eine A-angel», sagte er und lehnte sich seitlich an die Kabine.

Ich setzte mich und hielt die Angelrute und schaute zu, wie das Kielwasser die Schnur mit sich riß. Ich schnupperte die Luft, und ich spürte die vier Dosen Bier, die ich getrunken hatte und mit denen ich Dutzende von Steuerungsleitungen tief in mir drin kurzgeschlossen hatte: rings um mich her blitzten und glitzerten die Chromseiten der Wellen in der Sonne.

George schrie, Augen geradeaus, hier kommt genau das, was wir gesucht haben. Ich drehte mich um, um nach vorne zu schauen, doch ich sah nichts außer einem großen Stück Treibholz und den schwarzen Seemöwen, die um den Baumstamm herum kreisten und ins Wasser tauchten, wie schwarze Blätter, die in einen Staubsturm geraten sind. George fuhr jetzt schneller, genau auf die Stelle zu, über der die Vögel kreisten, und das Tempo des Bootes zerrte dermaßen an meiner Angelschnur, daß ich überhaupt nicht mehr wußte, woran man nun merkt, ob vielleicht ein Fisch angebissen hat.

«Diese Burschen, diese Kormorane, die sind hinter einem Schwarm Kerzenfische her», erzählte uns George und fuhr weiter direkt darauf zu. «Kleine weiße Fische, so groß wie ein Finger. Man trocknet sie, und sie brennen genau wie eine Kerze. Die anderen Fische sind scharf auf sie, gute Köderfische. Und ihr könnt Gift drauf nehmen, wo immer ein großer Schwarm Kerzenfische ist, da findet man den Silberlachs beim Fressen.»

Er fuhr mitten in die Vögel, knapp an dem schwimmenden Baumstamm vorbei, und plötzlich wurden die glatten Chromhügel um mich her von tauchenden Vögeln und flitzenden Fischchen durchbrochen, und die glänzenden silberblauen Torpedo-Rücken der Lachse mittendrin. Ich sah, wie einer der Rücken seine Richtung änderte und auf einen Punkt dreißig Meter hinter meiner Angelrute zusteuerte, die Stelle, wo mein Hering sein mußte. Ich nahm alle Kraft zusammen, das Herz schlug mir bis zum Hals, und dann spürte ich in beiden Armen einen Ruck, als habe jemand mit einem Baseballschläger auf meine Angelrute geschlagen, und meine Schnur wurde rasend schnell abgespult und brannte unter meinem Daumen, so rot wie Blut. «Die Spulenbremse!» schrie mir George zu, doch was ich von einer Spulenbremse wußte, das paßte in einen Fingerhut, und deshalb drückte ich einfach noch fester zu mit meinem Daumen, bis die Schnur schließlich wieder gelb wurde, immer langsamer lief und dann gar nicht mehr. Ich blickte mich um, und die drei anderen Angeln wurden genauso in der Luft herumgeschleudert wie meine, und die übrigen Kameraden stürzten vom Kabinendach herunter, um die Aufregung aus nächster Nähe mitzuerleben und uns möglichst in die Quere zu kommen.

«Nach *oben*! Nach *oben*! Haltet die Rute nach oben!» schrie George.

«McMurphy! Komm raus und sieh dir das an!»

«Gott segne dich, Fred, du hast meinen verdammten Fisch gefangen!»

«McMurphy, wir brauchen Hilfe!»

Ich hörte McMurphy lachen und sah flüchtig, daß er einfach an der Kabinentür stand, er rührte keinen Finger, und ich war zu sehr damit beschäftigt, meine Schnur mit dem Fisch dran aufzuspulen, als daß ich ihn um Hilfe hätte bitten können. Alle riefen ihm zu, er solle etwas tun, doch er rührte keinen Finger. Selbst der Doktor, der die Grundangel hatte, bat McMurphy um Hilfe. Doch McMurphy lachte bloß. Harding erkannte schließlich, daß McMurphy nichts tun würde, und so nahm er eben selber den Fischhaken und holte mit sauberem, elegantem Schwung meinen Fisch ins Boot, als habe er sein ganzes Leben nichts anderes getan. Der ist so groß wie mein Bein, dachte ich, so groß wie ein Zaunpfahl! Ich dachte, er ist größer als alle Fische, die wir je am Wasserfall gefangen haben. Er springt im ganzen Boot herum, wie ein verrückt gewordener Regenbogen! Er verschmiert alles mit Blut und verstreut Schuppen wie kleine Silbermünzen, und ich habe Angst, er könnte über Bord springen. McMurphy macht keine Anstalten, mir zu helfen. Scanlon packt den Fisch und ringt mit ihm auf dem Boden, damit er nicht über Bord springen kann. Das Mädchen kommt von der Kabine heraufgerannt und schreit, jetzt sei sie dran, verflucht und zugenäht, schnappt meine Angelrute und rammt mir dreimal den Haken in den Leib, während ich versuche, einen Hering für sie zu befestigen.

«Häuptling, Mann, so was Lahmes hab ich mein Lebtag nicht gesehn! Huuh, dein Daumen blutet. Hat dich dieses Monstrum gebissen? Jemand soll dem Häuptling den Daumen verbinden – schnell!»

«Gleich sind wir wieder mittendrin», schreit George, und ich werfe die Schnur über das Heck des Bootes und sehe den glitzernden Hering im dunklen Blaugrau eines angreifenden Lachses verschwinden und die Schnur durchs Wasser zischen. Das Mädchen umschlingt die Rute mit beiden Händen und beißt auf die Zähne. «Nicht mit mir, Freundchen! Nicht mit mir ...!»

Sie steht da und hat sich das dicke Ende der Angelrute zwischen die Beine geklemmt und hält sie mit beiden Armen und unterhalb der Spule fest, und während die Schnur davonschießt, schlägt ihr dauernd die Kurbel gegen die Brust: «Nicht mit mir!» Sie hat immer noch Billys grüne Jacke an, doch sie wurde von der Spule aufgerissen, und jeder an Bord kann sehen, daß das T-Shirt, das sie vorher anhatte, verschwunden ist. Alle glotzen und versuchen dabei, ihre Fische zu bändigen und meinem auszuweichen, der auf dem Boden herumschnalzt, und die Kurbel dieser Spule bewegt ihre Brust so schnell hin und her, daß die Brustwarze nur noch ein verschwommener roter Fleck ist!

Billy springt hinzu, um zu helfen. Ihm fällt nichts Besseres ein, als sie von hinten zu umfassen und ihr zu helfen, die Angelrute noch fester zwischen die Brüste zu klemmen, bis die Spule schließlich einzig und allein durch den Druck ihres Fleisches zum Stillstand kommt. Inzwischen hat sie ihre Muskeln zum Zerreißen angespannt, und ihre Brüste sehen so fest aus, daß ich glaube, sie und Billy könnten Hände und Arme wegnehmen, und sie hätte *trotzdem* die Angel noch fest im Griff.

Dieses Durcheinander auf See erstarrt für einen Augenblick, eine Sekunde – die Männer wimmern und zappeln und fluchen und versuchen ihre Angeln in den Griff zu bekommen und gleichzeitig das Mädchen im Auge zu behalten; der blutige, alles niederwalzende Zweikampf zwischen Scanlon und meinem Fisch; die Angelschnüre in einem wüsten Knäuel und in alle Richtungen davonschießend, die Brille des Doktors in einer Schnur verheddert, drei Meter hinter dem Boot, ein Fisch schnappt nach der glitzernden Linse, und das Mädchen flucht, was das Zeug hält, und sieht jetzt ihre nackten Brüste, eine weiß und die andere schmerzhaft rot – und George läßt sich einen Augenblick ablenken und steuert das Boot in diesen Baumstamm und würgt den Motor ab.

Während McMurphy lacht. Er lehnt sich ganz weit gegen das Kabinendach zurück und verbreitet sein Gelächter über das Wasser – er lacht über das Mädchen, über die Kameraden, über George, über mich und den blutigen Daumen in meinem Mund, über den

Kapitän am Landesteg und den Radfahrer und die Männer von der Tankstelle und die fünftausend Häuser und die Große Schwester und über einfach alles. Weil er weiß, daß man über die Dinge, die einem weh tun, lachen muß, nur um das Gleichgewicht nicht zu verlieren, nur um sich von der Welt nicht vollends ganz verrückt machen zu lassen. Er weiß, daß es auch eine schmerzhafte Seite gibt; er weiß, daß mein Daumen weh tut und seine Freundin eine zerquetschte Brust hat und der Doktor seine Brille verliert, doch er läßt den Schmerz nicht den Humor auslöschen, sowenig, wie er den Humor den Schmerz auslöschen läßt.

Ich sehe, daß sich Harding neben McMurphy fallen läßt und genauso lacht. Und Scanlon am Boden des Bootes. Über sich selbst nicht weniger als über die anderen. Und das Mädchen, die mit tränenden Augen von ihrer weißen Brust auf ihre rote blickt, sie beginnt zu lachen. Und Sefelt und der Doktor, und alle.

Es fing langsam an und pumpte sich voll, ließ die Männer immer größer anschwellen. Ich schaute zu, ein Teil von ihnen, lachte mit ihnen – und doch irgendwie nicht mit ihnen. Ich war nicht mehr im Boot, der Wind hatte mich hochgetragen, und ich ließ mich mit diesen schwarzen Vögeln treiben, hoch über mir, und ich konnte hinunterblicken und mich und die anderen Kameraden sehen, ich sah das Boot, das da mitten unter diesen tauchenden Vögeln auf den Wellen schaukelte, ich sah McMurphy, umgeben von seinen zwölf Leuten, und ich sah, daß sie, wir, ein Gelächter anstimmten, das sich in immer größer werdenden Kreisen über das Wasser ausbreitete, weiter und weiter fort, bis es überall an der Küste gegen die Ufer klatschte, an alle Ufer an allen Küsten, Welle auf Welle auf Welle.

Der Doktor hatte etwas an seiner Grundangel hängen, und alle anderen an Bord außer George hatten einen Fisch gefangen und an Bord gebracht, bevor er es so weit hochgekurbelt hatte, daß wir es überhaupt erst mal sehen konnten – nur eine weißliche Form, die geschwind auftauchte und dann gleich wieder in der Tiefe verschwand, trotz allen Bemühungen des Doktors, das zu verhindern. Sobald er es wieder fast bis an die Oberfläche hochgekurbelt hatte, wobei er mit eigensinnigen kleinen Grunzern an seiner Angel zurrte und spulte und sich von keinem helfen ließ, sah es das Licht und verschwand wieder in der Tiefe.

George gab sich keine Mühe, den Motor wieder anzulassen, sondern kam herunter und zeigte uns, wie man die Fische putzt und sich dabei über die Seite des Bootes lehnt, und wie man die Kiemen herausreißt, damit das Fleisch süß bleibt. McMurphy band an beide Enden einer meterlangen Schnur ein Stück Fisch, warf sie in die Luft und schickte zwei quietschende Vögel damit auf die Reise: «Bis daß der Tod euch scheidet.»

Die ganze hintere Hälfte des Bootes und die meisten Leute darin waren mit Rot und Silber gesprenkelt. Einige von uns zogen das Hemd aus und tauchten es in Wasser und versuchten es sauber zu bekommen. Bis zum Nachmittag vertrieben wir uns so die Zeit, angelten ein bißchen, tranken den zweiten Kasten Bier und fütterten die Vögel, während das Boot faul auf den Wellen schaukelte und sich der Doktor mit seinem Ungeheuer aus der Tiefe abmühte. Ein Wind kam auf und zerbrach die Wellen in grüne und silberne Stükke, wie ein Feld aus Glas und Chrom, und das Boot begann etwas kräftiger zu schaukeln und zu stampfen. George sagte dem Doktor, er müsse seinen Fisch an Bord ziehen oder ihn losschneiden, weil sich allmählich böse Wolken zusammenzogen. Der Doktor gab keine Antwort. Er zerrte nur noch hartnäckiger an seiner Angel, beugte sich nach vorne und spulte die schlaffe Schnur auf und zerrte wieder.

Billy und das Mädchen waren nach vorne in den Bug geklettert und unterhielten sich und schauten ins Wasser. Billy brüllte, er sehe etwas, und wir liefen alle auf die Seite, und eine breite, weiße Form nahm in drei oder fünf Metern Tiefe langsam Gestalt an. Es war eigenartig, zuzusehen, wie es hochkam, erst nur eine leichte Färbung, dann eine weiße Form, wie Nebel unter Wasser, die allmählich feste Umrisse annahm, lebendig wurde …

«Herrgott nein», rief Scanlon, «der Fisch des Doktors!»

Der Doktor war zwar auf der anderen Seite, doch wir konnten sehen, daß seine Schnur unter dem Schiff durch zu dieser Form unter Wasser führte.

«Den kriegen wir nie ins Boot», sagte Sefelt. «Und der Wind wird immer stärker.»

«Es ist eine große Flunder», sagte George. «Die wiegen manchmal zwei-, dreihundert Pfund. Man muß sie mit einer Winde rausziehen.»

«Wir müssen die Schnur abschneiden, Doktor», sagte Sefelt und legte dem Doktor den Arm um die Schultern. Der Doktor sagte kein Wort; er hatte den Anzug zwischen den Schulterblättern völlig durchgeschwitzt, und seine Augen waren ganz rot, weil er so lange ohne Brille hatte auskommen müssen. Er wuchtete immer weiter an seiner Angel, bis der Fisch auf seiner Seite des Bootes auftauchte. Wir beobachteten ihn noch ein paar Minuten knapp unter der Wasseroberfläche, und dann holten wir die Leine und den Fischhaken.

Selbst mit dem Fischhaken drin brauchten wir noch eine ganze Stunde, bis wir den Fisch ins Boot gezogen hatten. Wir mußten ihn an die drei anderen Angeln haken, und McMurphy beugte sich vor und packte ihn mit der Hand an den Kiemen, und mit einem Ruck glitt er schließlich ins Boot, durchsichtig weiß und platt, und plumpste zusammen mit dem Doktor auf den Boden des Bootes.

«Das war allerhand.» Der Doktor keuchte am Boden, er hatte keine Kraft mehr, den riesigen Fisch von sich herunter zu wälzen. «Das war ... wirklich allerhand.»

Das Boot stampfte und krachte auf dem ganzen Rückweg ans Ufer, während McMurphy wilde Geschichten von Schiffbrüchigen und Haifischen erzählte. Die Wellen wurden größer, als wir uns dem Ufer näherten, und von den Wellenkämmen wurden Klümpchen aus weißem Schaum in die Luft gewirbelt und gesellten sich zu den Möwen. Wo die Hafenmole anfing, brachen sich die Wellen höher als unser Boot, und George ließ uns alle Schwimmwesten anziehen. Ich sah, daß alle anderen Sportboote festgemacht hatten.

Es waren drei Schwimmwesten zuwenig an Bord, und es gab ein langes Hin und Her, welche drei von uns so tapfer sein würden, die Hafeneinfahrt ohne Schwimmweste anzugehen. Es waren dann schließlich Billy Bibbit und Harding und George, der sowieso keine anziehen wollte, wegen dem Schmutz dran. Alle waren einigermaßen überrascht, als sich Billy freiwillig meldete, er zog die Schwimmweste sofort wieder aus, als sich herausstellte, daß sie nicht reichen würden, und half dem Mädchen, sie festzuschnallen, doch sie waren sogar noch mehr überrascht, daß McMurphy nicht darauf bestanden hatte, einer der Helden zu sein; während der ganzen Diskussion stand er mit dem Rücken zur Kabine, um beim Stampfen des Bootes nicht den Halt zu verlieren, und beobachtete die Kameraden, ohne ein Wort zu sagen. Er grinste nur und beobachtete.

Wir fuhren durch den Hafeneingang und fielen in eine Wasserschlucht, der Bug des Bootes war nach oben auf den zischenden Kamm der Welle vor uns gerichtet, und das Heck war drunten in der Furche im Schatten der hinter uns lauernden Welle, und alle im hinteren Teil des Bootes hingen an der Reling und schauten von dem Wellenberg, der hinter uns herjagte, auf die gleißenden schwarzen Felsen der Mole, zehn, zwölf Meter links von uns, und von dort auf George am Ruder. Er stand da wie ein Mast. Er drehte den Kopf von vorne nach hinten, gab Vollgas, verlangsamte, gab wieder Vollgas und hielt uns so dauernd mit dem Bug nach oben hinter dem Wellenkamm vor uns. Bevor wir uns der Hafenmole näherten, hatte er uns gesagt, wenn wir über den *vor* uns liegenden Wellenkamm reiten, geraten Schraube und Ruder aus dem Wasser, und wir verlieren jegliche Kontrolle über das Boot, und wenn wir zu langsam fahren und die Welle *hinter* uns holt uns ein, dann brechen zehn Tonnen Wasser über das Heck des Bootes herein. Niemand lachte, niemand machte einen Witz darüber, wie er dauernd seinen Kopf drehte, nach vorne und dann wieder nach hinten, als sitze er auf einem Kugellager.

Innerhalb des Hafens selber beruhigte sich das Wasser wieder zu einer mäßig bewegten Oberfläche, und wir sahen, daß an unserer Anlegestelle beim Köder-Laden der Kapitän mit zwei Polizisten direkt am Wasser auf uns wartete. All die Faulenzer drängten sich hinter ihnen. George fuhr mit Vollgas auf sie zu, immer näher, bis der Kapitän anfing mit den Armen zu fuchteln und zu schreien, und die Polizisten rannten mit den Faulenzern die Treppe hinauf. Im letzten Moment, bevor die Bootsspitze den ganzen Landesteg wegriß, riß George das Ruder herum, warf die Schraube in den Rückwärtsgang und schmiegte das Boot mit einem mächtigen Aufheulen genau an die Gummistreifen entlang des Stegs, so als lege er es sanft zu Bett. Wir waren bereits draußen und machten die Taue fest, als unser Kielwasser angebraust kam. Es schaukelte die Boote in weitem Umkreis und schwappte über den Landesteg und spritzte weißen Schaum auf die Holzstege ringsumher, grad so, als hätten wir die See mit uns hereingebracht.

Der Kapitän und die Polizisten und die Faulenzer kamen wieder die Treppen herunter auf uns zugestürmt. Der Doktor ging gleich zum Angriff über, indem er erst mal den Polizisten erklärte, sie hätten keinerlei Verfügungsgewalt über uns, dies sei nämlich eine ganz legale, von der Regierung unterstützte Exkursion, und wenn wir überhaupt einer Instanz verantwortlich seien, dann sei das die Bundesbehörde. Und überhaupt solle es sich der Kapitän gut überlegen, ob er Ärger machen wolle, wir müßten gegebenenfalls darauf bestehen, eine Untersuchung wegen der Zahl der Schwimmwesten an Bord einzuleiten. Schrieb das Gesetz nicht vor, daß jedem Mann an Bord eine Schwimmweste zur Verfügung zu stehen habe? Als der Kapitän nichts sagte, schrieben sich die Polizisten ein paar Namen auf und gingen weg, murrend und verwirrt, und sobald sie den Landesteg verlassen hatten, fingen McMurphy und der Kapitän an, sich zu streiten und sich anzurempeln. McMurphy war so betrunken, daß er sich immer noch hin und her wiegte, als müsse er das Stampfen des Bootes ausgleichen, und er rutschte zweimal auf den nassen Planken aus und fiel ins Meer, bevor er einen festen Stand fand und den Kapitän an der Seite des kahlen Kopfes richtig traf und damit dem Streit ein Ende machen konnte. Als das erledigt war, war es allen bedeutend wohler, und der Kapitän und McMurphy gingen zusammen in den Köder-Laden, um mehr Bier zu holen, während wir anderen uns darum bemühten, die Fische aus dem Laderaum des Bootes zu schaffen. Die Faulenzer standen auf dem höhergelegenen Steg, schauten uns zu und rauchten ihre Pfeifen, die sie sich selber geschnitzt hatten. Wir warteten darauf, daß sie etwas wegen dem Mädchen sagten, wir hofften sogar darauf, um ehrlich zu sein, doch als einer von ihnen schließlich etwas sagte, hatte es nichts mit dem Mädchen zu tun, sondern mit unserem Fisch, er habe es noch nie erlebt, daß jemand vor der Küste Oregons einen so großen Heilbutt gefangen habe. Die anderen nickten alle, genauso sei es. Sie kamen vorsichtig näher, um ihn besser sehen zu können. Sie fragten George, wo er gelernt habe, so mit einem Boot umzugehen, und wir erfuhren, daß er sich nicht nur mit Fischerbooten auskannte, sondern daß er Kapitän eines Torpedobootes im Pazifik gewesen war und mit dem *Nacy Cross* ausgezeichnet worden war. «Sie hätten in den Staatsdienst gehen sollen», sagte einer der Faulenzer. «Zu schmutzig», sagte George zu ihm.

Sie bekamen zu spüren, was die meisten von uns nur ahnten: daß wir uns geändert hatten; das war nicht mehr dieser Haufen Schwächlinge aus der Klapsmühle, die heute morgen alle Beleidigungen kleinlaut geschluckt hatten. Sie entschuldigten sich zwar nicht gerade bei dem Mädchen wegen der Dinge, die sie heute morgen gesagt hatten, doch als sie sie baten, ihnen die Fische zu zeigen, die sie gefangen hatte, waren sie so höflich wie Musterknaben. Und als McMurphy und der Kapitän aus dem Köder-Laden kamen, tranken wir alle zusammen ein Bier, bevor wir wegfuhren. Es war spät, als wir zur Klinik zurückkamen.

Das Mädchen schlief an Billys Brust, und als sie merkte, daß ihm der Arm eingeschlafen war, weil er ihn trotz der unbequemen Haltung die ganze Wegstrecke nicht gerührt hatte, rieb sie ihn für Billy. Er sagte ihr, wenn er ein Wochenende freimachen könne, würde er sie um eine Verabredung bitten, und sie sagte, sie könne ihn in zwei Wochen besuchen kommen, er brauche ihr nur die Zeit zu nennen, und anstatt zu antworten, schaute Billy McMurphy an. McMurphy legte ihnen beiden seine Arme um die Schultern und sagte: «Sagen wir pünktlich um zwei.»

«Samstag nachmittag?» fragte sie.

Er zwinkerte Billy zu und hielt den Kopf des Mädchens fester in der Armbeuge. «Nein. Zwei Uhr Samstag nacht. Schleich dich heran und klopfe an das gleiche Fenster wie heut morgen. Ich werde den Nachtpfleger dazu überreden, daß er dich reinläßt.»

Sie kicherte und nickte. «Du verdammter McMurphy», sagte sie.

Einige der Akuten auf der Station waren noch auf, sie drückten sich in der Latrine herum, um zu sehen, ob wir ertrunken waren oder nicht. Sie sahen zu, wie wir den Gang hereinmarschierten, blutbefleckt, von der Sonne verbrannt, nach Bier und Fisch stinkend, und den Lachs hereinschleppten, wie Helden nach einer Eroberung. Der Doktor lud sie ein, herauszukommen und den Heilbutt im Kofferraum seines Wagens zu begutachten, und wir machten alle kehrt und gingen wieder hinaus, bis auf McMurphy. Er sagte, er sei ziemlich erledigt, Zeit für ihn, sich aufs Ohr zu legen. Als er fort war, fragte einer der Akuten, der die Fahrt nicht mitgemacht hatte, wieso McMurphy denn so mitgenommen und abgekämpft aussehe, während wir anderen doch so rotbackig und aufgekratzt seien. Harding meinte, es sei nichts weiter als der Verlust seiner früheren Bräune.

«Ihr werdet euch erinnern, daß McMurphy voller Energie hierherkam, direkt von dem harten Leben dauernd unter freiem Himmel im Sträflingslager, mit gerötetem Gesicht und in der Blüte körperlicher Gesundheit. Wir erlebten einfach das Verblassen seiner großartigen psychopathischen Sonnenbräune. Das ist alles. Der heutige Tag war sehr anstrengend für ihn – im Zwielicht der Bootskabine, übrigens –, während wir draußen den Elementen trotzten und uns in großen Zügen Vitamin D einverleibten. Natürlich hat ihn das bis zu einem gewissen Grad mitgenommen, diese Anstrengungen in der Kabine, aber überlegt euch doch mal, Freunde. Was mich angeht, so wäre ich, glaube ich, auch mit etwas weniger Vitamin D und etwas mehr von seiner Art der Anstrengung ausgekommen. Besonders unter der Aufsicht der kleinen Candy. Hab ich recht?»

Ich sagte zwar nichts, aber ich bezweifelte, daß er recht hatte. Ich hatte schon vorher bemerkt, daß McMurphy erschöpft war, auf der Rückfahrt, nachdem er darauf bestanden hatte, an dem Haus vorbeizufahren, in dem er einmal gelebt hatte. Wir hatten uns gerade das letzte Bier geteilt und die leere Dose an einer Verkehrsampel aus dem Fenster geworfen und lehnten uns jetzt zurück, um dieses Gefühl auszukosten, wenn man in einer Art angenehmen Schläfrigkeit schwimmt, die einen überkommt, wenn man einen Tag lang intensiv eine Sache betrieben hat, die einem Spaß macht – halb von der Sonne und halb vom Bier betrunken und nur deswegen noch wach, weil wir dieses angenehme Gefühl so lange wie möglich auskosten wollten. Ich machte die vage Feststellung, daß das Leben um mich her auch seine guten Seiten haben konnte. McMurphy war mein Lehrer. Ich konnte mich nicht erinnern, mich seit meiner Kindheit jemals so wohl gefühlt zu haben, als alles gut war und das Land mir immer noch Kinderlieder vorsang.

Wir fuhren diesmal weiter landeinwärts und nicht an der Küste entlang, um durch diesen Ort zu kommen, in dem McMurphy länger gelebt hatte als irgendwo sonst. Wir fuhren den Cascade-Hügel hinunter, ich glaubte, wir hätten uns verirrt ... bis wir an einen Ort kamen, der vielleicht zweimal so groß war wie das Grundstück, das zur Klinik gehörte. Ein sandiger Wind hatte die Sonne ausgeblasen, als wir anhielten. Er parkte im tiefen Schilfgras neben der Straße und deutete auf die gegenüberliegende Straßenseite.

«Da. Das ist es. Sieht aus, als werde es vom Unkraut zusammengehalten – die ärmliche Wohnstatt meiner vergeudeten Jugend.»

Entlang der dunklen Sechsuhr-Straße sah ich Bäume ohne Laub, sie trafen den Gehweg wie Blitze aus Holz, spalteten den Beton in ihren runden Käfigen aus Maschendraht. Zaunlatten aus Eisen bewachten einen mit Gestrüpp und Unkraut überwucherten Hof, und dahinter stand ein großes Holzhaus mit einer Veranda, mit einer altersschwachen Schulter stemmte es sich gegen den Wind, um nicht die Straße hinuntergeblasen zu werden, wie eine leere Pappschachtel. Der Wind brachte ein paar Regentropfen mit sich, und ich sah, das Haus hatte die Augen zugemacht, und an der Tür rasselten Schlösser an einer Kette.

Und auf der Veranda hing so ein Ding, das die Japse aus Glas herstellen und an Schnüren aufhängen – läutet und bimmelt beim kleinsten Luftzug –, und nur noch vier Stückchen Glas waren übrig. Diese vier schwangen und wurden herumgepeitscht, und kleine Stückchen bröckelten ab und fielen auf den Holzboden der Veranda.

McMurphy legte wieder einen Gang ein.

«Einmal war ich hier – seit dem Jahr, das ist ja auch schon eine halbe Ewigkeit her, als wir aus dem Scheiß-Korea heimkamen. Machte einen Besuch. Mein alter Herr und meine alte Dame lebten noch. Es war ein gutes Zuhause.»

Er ließ die Kupplung raus und fuhr los, hielt aber gleich wieder an.

«Mein Gott», sagte er, «seht mal da drüben, seht ihr das Kleid?» Er zeigte nach hinten. «An dem Ast dort, in dem Baum? Ein Lumpen, gelb und schwarz?» Ich konnte etwas erkennen, das wie eine Fahne aussah, die über einem Schuppen hoch oben in dem Baum flatterte.

«Das erste Mädchen, das mich je aufs Kreuz legte, hat eben dieses Kleid angehabt. Ich war etwa zehn, und sie wahrscheinlich noch jünger, und miteinander zu schlafen schien damals eine so gewaltige Sache, daß ich sie fragte, ob sie nicht auch meinte, *fühlte,* wir sollten das irgendwie *bekanntgeben?* Vielleicht zu unseren Eltern sagen, ‹Mutter, Judy und ich, wir haben uns heute verlobt.› Und mir war es damit ganz ernst, so blöd war ich damals; ich dachte, wenn du es erst mal getan hast, Mann, dann bist du regelrecht *verheiratet*, sofort, auf der Stelle, ob es dir nun paßt oder nicht, Gesetz ist Gesetz. Doch diese kleine Hure – bestenfalls acht oder neun – hob ihr Kleid vom Boden auf und sagte, es gehöre jetzt mir, sagte: ‹Du kannst es irgendwo aufhängen, ich geh in den Unterhosen nach Hause, auf die Weise geb ich's bekannt – sie werden's bestimmt kapieren.› Herrgott, mit neun Jahren», sagte er, streckte die Hand aus und kniff Candy in die Nase, «und wußte besser Bescheid als so manche, die's hauptberuflich treibt.»

Sie biß ihn in die Hand und lachte, und er prüfte sorgfältig den Abdruck ihrer Zähne.

«Nachdem sie also in ihren Hosen heimgegangen war, wartete ich, bis es dunkel wurde, damit ich das verdammte Kleid in die Dunkelheit hinauswerfen konnte – doch, spürt ihr diesen Wind? Der erfaßte das Kleid wie einen Drachen und wirbelte es ums Haus herum und aus meinem Blickfeld, und am nächsten Morgen, bei Gott, hing es da droben an diesem Baum, wo die ganze Stadt, so schien es mir jedenfalls damals, vorbeikommen und es sehen würde.»

Er lutschte so jammervoll an seiner Hand, daß Candy lachte und einen Kuß drauf drückte.

«Da flatterte nun mein Banner im Wind, und seit jenem Tag bemühe ich mich, meinem Namen Ehre zu machen – meinem Namen als hingebungsvoller Liebhaber –, und dies ist die reine Wahrheit, bei Gott: dieses neunjährige Kind aus meiner Jugend ist an allem schuld.»

Das Haus trieb langsam an uns vorbei. Er gähnte und zwinkerte. «Brachte mir die Liebe bei, Gott segne ihre süßen Schenkelchen.»

Dann – während er redete – beleuchteten vorbeifahrende Rücklichter McMurphys Gesicht, und die Windschutzscheibe spiegelte einen Ausdruck, den er sich nur deswegen erlaubte, weil er glaubte, es sei zu dunkel im Auto, als daß ihn einer sehen könne, furchtbar müde und angestrengt und *gehetzt*, als bleibe ihm nicht genügend Zeit, das zu tun, was er tun mußte ...

Während seine entspannte, gutmütige Stimme sein Leben schilderte und uns zur Nachahmung reizte, eine ausgelassene Vergangenheit voller Jugendsüße und Saufkumpane und liebender Frauen und Schlägereien in Kneipen und nichtiger Ehrenhändel – ein Leben, in das wir uns alle hineinträumen sollten.

Vierter Teil

Ihr nächstes Manöver hatte die Große Schwester am Tag nach unserer Ausfahrt eingefädelt. Der Gedanke war ihr gekommen, als sie am Tag vorher mit McMurphy darüber geredet hatte, wieviel Geld er an dieser Exkursion und an ähnlichen Unternehmungen verdiene. Sie hatte sich die ganze Nacht mit diesem Gedanken befaßt, ihn diesmal auf alle Schwächen hin überprüft, bis sie absolut sicher war, daß nichts schiefgehen konnte, und den ganzen nächsten Tag ließ sie Anspielungen fallen, um ein Gerücht in die Welt zu setzen und es ordentlich gedeihen zu lassen, bevor sie dann offiziell dazu Stellung nehmen würde.

Sie wußte, daß ein Mensch, so wie er nun mal ist, früher oder später von dem ein wenig abrückt, der ein bißchen mehr als andere Leute herzugeben scheint, vom Weihnachtsmann etwa, und vom Missionar und von einem, der sehr viel für wohltätige Zwecke spendiert, und sich fragt: Was springt wohl für den dabei raus? So verziehen die Leute etwa grinsend den Mund, wenn der junge Rechtsanwalt den Kindern in seiner Distrikt-Schule einen Sack Nüsse bringt – kurz vor den Wahlen zum Landesparlament, das schlaue Bürschchen –, und sagen zueinander: Der kennt auch alle Tricks.

Sie wußte, es würde nicht lange dauern, bevor sich die Kameraden fragen würden, he, das stimmt eigentlich, wieso verwendet McMurphy so viel Zeit und Energie darauf, Fischfang-Expeditionen an die Küste zu organisieren, Bingo-Abende zu arrangieren und Basketball-Teams zu trainieren. Wieso ist er ständig unter Volldampf, wo doch alle anderen auf der Station sich schon immer damit begnügt haben, Pinokel zu spielen und die Zeitschriften des letzten Jahres zu lesen? Wie kommt es bloß, daß dieser eine Bursche, dieser irische Rowdy aus einem Arbeitslager, in das sie ihn wegen

Glücksspiel und Körperverletzung gesteckt hatten, daß dieser Bursche sich ein Taschentuch um den Kopf bindet, wie ein Teenager girrt und zwei volle Stunden lang sämtliche Akuten auf der Station unterhält, indem er ein Mädchen spielt und Billy Bibbit Tanzunterricht gibt? Oder wie kommt dieser alte Schwindler – ein alter Profi, ein Jahrmarktsartist, ein gewiefter Glücksspieler – dazu, zu riskieren, daß sie ihn doppelt so lange im Irrenhaus behalten, indem er sich nämlich die Frau, die über Entlassungen zu entscheiden hat, immer mehr zum Feind macht?

Daß diese Fragen auftauchten, erreichte die Schwester dadurch, daß sie eine Aufstellung der finanziellen Verhältnisse der Patienten während der letzten paar Monate ans Schwarze Brett hängte. Sie mußte stundenlang daran gearbeitet haben. Die Aufstellung zeigte einen ständig zurückgehenden Kontostand bei allen Akuten, bis auf einen. Sein Konto war vom ersten Tag an angewachsen.

Die Akuten zogen McMurphy damit auf, daß es ja wohl so aussehe, als ob er sie alle hereinlege, und er stritt das nie ab. Nicht im geringsten. Ja, er gab sogar damit an, wenn er noch ein Jahr oder so in dieser Klinik bleibe, sei er bei seiner Entlassung finanziell unabhängig und könne sich für den Rest seines Lebens nach Florida zurückziehen. Sie lachten alle darüber, solange er dabei war, doch wenn er gerade weg war, im ET, OT oder PT, oder wenn er sich gerade in der Schwesternstation eine Strafpredigt anhörte und ihrem starren Plastiklächeln sein breites, aufsässiges Grinsen entgegenhielt, lachten sie nicht mehr darüber.

Sie begannen sich gegenseitig zu fragen, warum er wohl in letzter Zeit so geschäftig war, sich so für die Patienten einsetzte, daß er zum Beispiel durchsetzte, daß die Vorschrift geändert wurde, nach der die Patienten immer in therapeutischen Gruppen zu acht Mann sein mußten, wenn sie irgendwohin gehen wollten («Billy hier hat wieder davon geredet, sich den Puls aufzuschneiden», sagte er bei einer Sitzung, als es um die Achtergruppen-Vorschrift ging. «Sind sieben Mann unter euch, die mitmachen wollen, damit es therapeutisch wird?»), oder daß er den Doktor, der seit der Bootsfahrt den Patienten viel näher stand, dazu überredete, *Playboy* und *Nugget* und *Man* zu bestellen und all die alten *McCall's* rauszuwerfen, die der aufgeblasene P. R.-Mann immer von zu Hause mitbrachte und haufenweise auf der Station hinterließ, nachdem er alle Artikel, die uns seiner Ansicht nach besonders interessieren würden, mit grüner Tinte umrahmt hatte. McMurphy hatte sogar an irgend jemand in Washington eine Beschwerde gerichtet, es sei Zeit, die Sache mit den Lobotomien und Elektroschocks zu untersuchen, die in staatlichen Kliniken immer noch angewendet wurden. Ich möchte bloß *wissen*, fragten sich allmählich die Kameraden, was springt wohl für den guten Mack dabei raus?

Nachdem der Gedanke sich etwa eine Woche lang auf der Station ausgebreitet hatte, wollte die Schwester auf der Gemeinschaftssitzung nachstoßen; als sie es zum erstenmal versuchte, war McMurphy bei der Sitzung anwesend, und er hatte ihr eine Niederlage beigebracht, bevor sie auch nur richtig in Fahrt gekommen war (sie fing damit an, daß sie der Gruppe erzählte, sie sei schockiert und entsetzt über den erschütternden Zustand, in dem sich die Station allmählich befinde: Schauen Sie sich nur mal um, um Himmels willen; richtige Pornographie, aus diesen schmutzigen Büchern ausgeschnitten und an die Wand geheftet, sie werde übrigens dafür sorgen, daß die Hauptverwaltung untersuche, wie all der *Schmutz* in die Klinik gekommen sei. Sie lehnte sich auf ihrem Stuhl zurück und schickte sich an, weiterzumachen und zu erklären, wer dafür verantwortlich sei und weshalb, sie saß auf den paar Sekunden Stille, die ihrer Drohung folgte, als sitze sie auf einem Thron, da brach McMurphy den Bann mit gewaltigem Gelächter und dem Vorschlag, sie solle die Hauptverwaltung daran erinnern, ihre Taschenspiegel nicht zu vergessen, wenn sie zur Untersuchung herüberkämen) – deshalb machte sie ihren nächsten Vorstoß erst, als sie ganz sicher war, daß er nicht bei der Sitzung sein würde.

Er hatte ein Ferngespräch aus Portland und war mit einem der schwarzen Jungen drunten im Telefonraum, wo er darauf wartete, daß er zurückgerufen wurde. Als es auf ein Uhr zuging und wir die Tische aus dem Tagesraum trugen, fragte der kleinste schwarze Junge, ob er hinuntergehen solle, um McMurphy und Washington für die Sitzung zu holen, doch sie sagte, nein, es geht auch so, lassen Sie ihn nur drunten – und überhaupt, einigen der Männer hier ist es vielleicht ganz recht, einmal unseren Mr. Randle Patrick McMurphy ohne seine dominierende Anwesenheit diskutieren zu können.

Sie begannen die Sitzung damit, daß sie lustige Geschichten über ihn und die Dinge, die er anstellte, erzählten und eine Weile davon sprachen, was für ein toller Bursche er sei, und sie blieb ganz ruhig und wartete, bis sie sich das vom Leibe geredet hatten. Was ist nun mit McMurphy? Warum ist er denn so aktiv? Warum stellte er all diese Dinge an? Einige der Kameraden fragten sich, ob seine Geschichte, er habe im Sträflingslager nur deshalb Streit gesucht, um hierher versetzt zu werden, nicht vielleicht eine seiner Schwindeleien sei und ob er nicht vielleicht verrückter war, als die Leute glaubten. Die Große Schwester lächelte darüber und hob ihre Hand.

«So verrückt wie ein Fuchs», sagte sie. «Ich glaube, das ist es, was Sie über Mr. McMurphy sagen wollen.»

«Wie m-m-meinen Sie das?» fragte Billy. McMurphy war sein spezieller Freund und Held, und es wollte ihm nicht recht gefallen, wie sie an dieses Kompliment Dinge knüpfte, ohne sie offen auszusprechen. «Wie m-m-meinen Sie das, ‹wie ein Fuchs›?»

«Eine ganz einfache Beobachtung, Billy», antwortete die Schwester liebenswürdig. «Mal sehen, ob einige der anderen Männer Ihnen sagen können, was das bedeutet. Vielleicht Sie, Mr. Scanlon?»

«Sie meint damit, Billy, daß Mack alle Tricks kennt.»

«Das hat doch niemand a-a-*abgestritten*!» Billy schlug mit der Faust auf die Armlehne, um das letzte Wort besser rauszubringen. «Miss Ratched hat aber u-unterstellt –»

«Nein, Billy, ich hab gar nichts unterstellt. Ich habe lediglich festgestellt, daß Mr. McMurphy nie ohne Grund ein Risiko eingehen würde. Da stimmen Sie mir doch zu, nicht wahr? Würden Sie mir da nicht alle zustimmen?»

Keiner sagte ein Wort.

«Und trotzdem», fuhr sie fort, «scheint er Dinge zu tun, ohne dabei im geringsten an sich selber zu denken, als sei er ein Märtyrer oder ein Heiliger. Möchte irgend jemand hier behaupten, daß Mr. McMurphy ein Heiliger ist?»

Sie wußte, daß sie sich die Zeit nehmen konnte, sich lächelnd in der Runde umzusehen und auf eine Antwort zu warten.

«Nein, weder ein Heiliger *noch* ein Märtyrer. Hier. Sollen wir mal die Menschenliebe dieses Mannes an einigen Beispielen untersuchen?» Sie nahm ein gelbes Blatt Papier aus ihrem Korb. «Sehen Sie sich einige dieser *Geschenke* an, wie sich sein Fan-Club vielleicht ausdrücken würde. Zuerst war da das Geschenk des Wannenraums. War das tatsächlich ein Geschenk von ihm? Hat er auch nur irgend etwas dadurch verloren, daß er ein Spielkasino daraus machte? Im Gegenteil, was glauben Sie, wieviel hat er wohl in dieser kurzen Zeit als Croupier in seinem kleinen Monte Carlo hier auf der Station verdient? Wieviel haben Sie verloren, Bruce? Mr. Sefelt? Mr. Scanlon? Ich glaube, Sie alle haben eine gewisse Vorstellung davon, wie hoch Ihre persönlichen Verluste waren, kennen Sie aber auch die Summe seiner gesamten Gewinne, nach seinen Einzahlungen bei der Kasse zu schließen? Nahezu dreihundert Dollar.»

Scanlon pfiff leise durch die Zähne, doch sonst sagte keiner etwas.

«Ich habe verschiedene andere Wetten, die er abschloß, hier auf meiner Liste, falls Sie sich dafür interessieren, einschließlich eines vorsätzlichen Versuches, das Personal aus der Fassung zu bringen. Und all diese Glücksspiele waren, sind, hundertprozentig gegen die Stationsvorschriften, und jeder einzelne von Ihnen, der sich darauf einließ, wußte das.»

Sie blickte nochmals auf das Stück Papier und legte es dann in den Korb zurück.

«Und diese Bootsfahrt von neulich? Was, glauben Sie, war Mr. McMurphys Profit aus dieser Unternehmung? So wie ich die Sache sehe, wurde ihm vom Doktor ein Auto gestellt, ja der Doktor bezahlte sogar fürs Benzin, und wie ich gehört habe, noch für etliche andere Dreingaben – ohne daß es McMurphy einen roten Heller kostete. Wahrhaftig, wie ein schlauer Fuchs, meinen Sie nicht auch?»

Sie hob die Hand, um Billy nicht zu Wort kommen zu lassen.

«Bitte, Billy, verstehen Sie mich richtig: ich kritisiere ja nicht diese Art der Betätigung an sich; ich dachte nur, es wäre besser, wenn wir uns im Hinblick auf die Motive dieses Mannes keinen Illusionen hingäben. Doch, wie dem auch sei, es ist vielleicht nicht ganz fair, solche Anklagen zu erheben, ohne daß der Mann, von dem wir reden, anwesend ist. Wenden wir uns also wieder dem Problem zu, das wir gestern diskutierten – was war es doch gleich?» Sie fingerte in ihrem Korb herum. «Was war es denn, können Sie sich erinnern, Doktor Spivey?»

Der Kopf des Doktors fuhr hoch. «Nein ... warten Sie mal ... ich glaube ...»

Sie zog ein Blatt Papier aus einer Mappe. «Hier haben wir's, Mr.

Scanlon; seine Einstellung zu Sprengstoffen. Schön. Dann wollen wir uns jetzt damit befassen und ein anderes Mal zu Mr. McMurphy zurückkehren, wenn er auch dabeisein kann. Ich meine jedoch, es wäre gut, wenn Sie sich über das, was heute hier gesagt worden ist, einmal Gedanken machen würden. Dann also zu Ihnen, Mr. Scanlon …»

Später an dem Tag standen acht oder zehn von uns an der Tür zur Kantine und warteten darauf, daß sich der schwarze Junge genug Pomade zusammengeklaut hatte, und einige der Kameraden kamen wieder darauf zu sprechen. Sie sagten, sie stimmten dem nicht zu, was die Große Schwester gesagt hatte, aber, zum Kukkuck, das alte Mädchen hatte teilweise gar nicht so unrecht. Andererseits, verdammt noch mal, Mack ist trotzdem ein guter Kerl … ehrlich.

Harding war es, der schließlich ganz offen damit herausrückte.

«Meine Freunde, eure Proteste sind zu laut, um aufrichtig zu sein. Tief drin in euren geizigen kleinen Herzen glaubt ihr, daß unsere Miss Engel der Barmherzigkeit Ratched völlig recht hat, mit allem, was sie heute über McMurphy gesagt hat. Ihr wißt, daß sie recht hatte, und ich weiß es ebenso. Wozu das bestreiten? Seien wir doch ehrlich und geben diesem Mann, was ihm gebührt, anstatt insgeheim seine kapitalistische Begabung zu kritisieren. Was ist schon dabei, wenn er sich einen kleinen Profit verschafft? Es war noch jedesmal den letzten Pfennig wert, wenn er uns gerupft hat, oder vielleicht nicht? Er ist ein gerissener Bursche, der sich keine Gelegenheit entgehen läßt, sich etwas Kleingeld zu verdienen. Er versteckt doch seine Motive nie, oder? Warum sollten wir es dann tun? Er hat eine gesunde, ehrliche Einstellung zu seinen Tricks, und ich bin hundertprozentig für ihn, genauso wie ich für das liebe alte kapitalistische System der freien Marktwirtschaft bin, Kameraden, für ihn und seinen direkt unverschämten Dickschädel und die amerikanische Flagge, Gott segne sie, und das Lincoln Memorial und alles, was dazugehört. Vergeßt nicht die Maine, P. T. Barnum und den Vierten Juli. Ich fühle mich *gezwungen*, die Ehre meines Freundes zu verteidigen, eines guten alten rot-weiß-blauen hundertprozentigen amerikanischen Schwindlers. Guter Kerl, Pfeifendeckel, McMurphy würden die *Tränen* kommen aus Verlegenheit, wenn er wüßte, was für lautere Motive manche Leute hinter seiner

Emsigkeit vermuten. Er würde das als direkte Beleidigung seines Gewerbes empfinden.»

Er fingerte in seiner Tasche nach Zigaretten; als er nichts fand, borgte er eine von Fredrickson, zündete sie mit einem bühnenreifen Schwung seines Streichholzes an und machte weiter.

«Ich gebe zu, am Anfang verwirrte mich sein Verhalten. Dieses Scheiben-Einschlagen – mein Gott, ich dachte mir, hier ist ein Mann, der tatsächlich in der Klinik bleiben will, der zu seinen Freunden hält und all so'n Quatsch, bis ich merkte, daß er es tat, weil er eine gute Sache nicht aufgeben wollte. Er holt für sich alles raus, was er kann, solange er hier drin ist. Laßt euch durch sein hinterwäldlerisches Gebaren nicht täuschen; er ist ein ganz geriebener Gauner und ein kühler Rechner. Achtet mal darauf; was immer er gemacht hat, es geschah aus gutem Grund.»

Billy war nicht so leicht zu überzeugen. «Sicher. Und wieso hat er versucht, mir das T-tanzen beizubringen?» Er ließ die Arme hängen und ballte die Fäuste; ich sah, daß die Zigarettenverbrennungen auf seinen Handrücken so gut wie verheilt waren und Tätowierungen Platz gemacht hatten, die er sich mit einem angefeuchteten Tintenstift aufgemalt hatte. «Wie steht's denn damit, Harding? Wie will er denn Ge-ge-geld verdienen, wenn er mir T-t-tanzunterricht gibt?»

«Nicht aufregen, William», sagte Harding. «Aber auch nicht ungeduldig werden. Warten wir doch in aller Ruhe ab – bis sich herausstellt, was er damit im Sinn hatte.»

Es sah so aus, als seien Billy und ich die zwei einzigen, die noch an McMurphy glaubten. Und noch am selben Abend sprang Billy ab und sah die Dinge so wie Harding, als McMurphy wieder mal vom Telefonieren zurückkam und Billy mitteilte, die Verabredung mit Candy sei jetzt perfekt, und dann hinzufügte, wobei er ihm eine Adresse aufschrieb, es sei wahrscheinlich keine schlechte Idee, ihr ein paar *Kohlen* für die Reise zu schicken.

«Kohlen? G-geld? Wie-vi-viel?» Er blickte zu Harding hinüber, der ihn angrinste.

«Na ja, du weißt schon, Mann, vielleicht zehn für sie und zehn –»

«Zwanzig Dollar! Die Fahrt im Bus hierher ko-ko-kostet doch nicht soviel.»

McMurphy blickte unter dem Rand seiner Mütze hervor und verzog das Gesicht zu einem langsamen Grinsen, dann rieb er sich mit der Hand über den Hals und präsentierte eine staubige Zunge. «Junge, Junge, bei mir trocknet alles aus. Bis am Samstag wird das von selber nicht besser. Du hast doch bestimmt nichts dagegen, daß sie mir ein Schlückchen mitbringt, was, Billy Boy?»

Und schaute Billy so unschuldig an, daß Billy lachen mußte und den Kopf schüttelte, nein, und in die Ecke hinüberging, um mit dem Mann, den er wahrscheinlich für einen Zuhälter hielt, aufgeregt die Pläne für den nächsten Samstag durchzusprechen.

Ich hatte immer noch meine eigene Vorstellung – daß McMurphy ein Riese war, der aus dem Himmel zu uns gekommen war, um uns vor der Genossenschaft zu retten, die das ganze Land mit einem Netz von Kupferdrähten und Detektoren überzog, daß er zu groß war, um sich mit Kleinigkeiten wie Geld herumzuschlagen – aber selbst ich hatte mir die Gedanken der anderen schon halbwegs zu eigen gemacht. Das kam so: Er hatte uns vor einer der Gemeinschaftssitzungen geholfen, die Tische in den Wannenraum zu tragen, und sah mich neben dem Schaltkasten stehen.

«Bei Gott, Häuptling», sagte er, «ich glaube, du bist seit der Bootsfahrt tatsächlich schon ein paar Handbreit gewachsen. Und da, allmächtiger Gott, schau mal einer deine Füße an; so groß wie ein Güterwagen!»

Ich blickte hinunter und sah, daß mein Fuß größer war als je zuvor, so als habe McMurphys Bemerkung ihn geschwind doppelt so groß gemacht.

«Und dieser *Arm!* Der Arm eines indianischen Exfootballers, bei Gott. Weißt du was? Ich glaube, es ist Zeit, daß du den Kasten hier mal ein bißchen anhebst, nur so, damit wir sehen, wie stark du jetzt schon bist.»

Ich schüttelte den Kopf und sagte, nein, doch er sagte, wir hätten ein Geschäft abgeschlossen und ich sei verpflichtet, es zu versuchen, damit er sehen könne, ob sein Wachstumssystem funktioniert. Ich sah keinen Ausweg, und deshalb ging ich an den Schaltkasten, nur um ihm zu zeigen, daß ich ihn nicht hochheben konnte.

«Na also, Häuptling. Jetzt brauchst du dich nur noch aufzurichten. Die Beine unter den Hintern, so ... gut, gut. Und jetzt ganz langsam ... brauchst dich nur noch aufzurichten. Huuiii! Und jetzt setz ihn langsam wieder ab.»

Ich glaubte, er sei arg enttäuscht, doch als ich einen Schritt zurückmachte, grinste er übers ganze Gesicht und zeigte auf die Stelle, wo der Kasten ein ganzes Stück aus der Verankerung gerissen war. «Stell ihn lieber wieder so hin wie vorher, Kumpel, daß keiner was merkt. Wir dürfen noch nichts davon merken lassen.»

Dann, nach der Sitzung, strich er um die Pinokelspieler herum und brachte das Gespräch allmählich auf Muskelkraft und Schneid und auf den Schaltkasten im Wannenraum. Ich dachte, er werde ihnen erzählen, wie er mir zu meiner alten Größe verholfen hatte; das hätte bewiesen, daß er nicht bei allem ans Geld dachte.

Doch er erwähnte nicht mal meinen Namen. Er redete, bis ihn Harding fragte, ob er noch einmal versuchen wolle, ihn hochzuheben, und er sagte, nein, doch daß er nicht stark genug sei, heiße noch lange nicht, daß es nicht zu schaffen wäre. Scanlon sagte, mit einem Kran ginge es vielleicht, doch kein *Mensch* sei stark genug, das Ding allein hochzuheben, und McMurphy nickte und sagte, kann sein, kann sein, aber man muß vorsichtig sein mit solchen Behauptungen.

Ich beobachtete, wie er sie köderte, bis sie ihm direkt auf den Kopf zu sagten, *Nein*, bei Gott, es gibt auf der ganzen Welt keinen Menschen, der das Ding hochheben könnte – und ihm schließlich selber die Wette vorschlugen. Ich sah, wie er anscheinend nur mit Widerwillen die Wette akzeptierte. Er lockte sie zu immer größeren Vorgaben, bis jeder einzelne von ihnen fünf zu eins gegen ihn wettete, bei einer todsicheren Sache für ihn, und einige von ihnen setzten bis zu zwanzig Dollar dagegen. Und er sagte kein Wort, daß er bereits gesehen hatte, wie ich den Kasten hochhob.

Die ganze Nacht hoffte ich, er würde es nicht so weit kommen lassen. Und während der Sitzung am nächsten Tag, als die Schwester sagte, alle Teilnehmer an der Bootsfahrt müßten sich einer gesonderten Dusche unterziehen, um eventuell eingeschlepptem Ungeziefer den Garaus zu machen, hoffte ich, sie werde die Sache irgendwie abwenden, uns vielleicht sofort in den Duschraum schicken, oder was weiß ich – alles wäre mir lieber gewesen, als diesen Kasten hochheben zu müssen.

Doch als die Sitzung vorbei war, dirigierte er mich und die anderen Kameraden in den Wannenraum, noch bevor ihn die schwarzen Jungen zuschließen konnten, und ich mußte den Schaltkasten an den Griffen packen und hochheben. Ich wollte es nicht tun, doch ich hatte keine Wahl. Ich hatte das Gefühl, daß ich ihm geholfen hatte, die anderen um ihr Geld zu betrügen. Sie gaben ihm alle anstandslos das Geld, doch ich wußte, wie ihnen tief drinnen zumute war, als sei ihnen der Boden unter den Füßen weggezogen worden. Sobald ich den Schaltkasten wieder an seinen Platz gestellt hatte, rannte ich aus dem Wannenraum, ohne McMurphy auch nur anzusehen, und ging in die Latrine. Ich wollte allein sein. Ich schaute mich im Spiegel an. Er hatte das getan, was er versprochen hatte; meine Arme waren wieder kräftig, so kräftig wie damals auf der Oberschule, damals im Dorf, und meine Brust und meine Schultern waren breit und fest. Ich stand da und betrachtete mich, als er hereinkam. Er streckte mir einen Fünfdollarschein hin.

«Hier Häuptling, Geld für Kaugummi.»

Ich schüttelte den Kopf, ging auf die Tür zu. Er packte mich am Arm.

«Häuptling, ich wollte dir doch nur ein Zeichen meiner Anerkennung anbieten. Wenn du meinst, daß dir ein größerer Teil zusteht –»

«Nein! Behalt dein Geld, ich will nichts davon.»

Er machte einen Schritt zurück und hängte die Daumen in die Hosentaschen und legte den Kopf zurück. Er musterte mich eine Weile.

«Okay», sagte er. «Was ist also los? Wieso zeigen mir alle hier plötzlich die kalte Schulter?»

Ich gab keine Antwort.

«Hab ich mein Versprechen nicht gehalten? Hab ich dich nicht wieder zu einem richtigen Mann gemacht? Was habt ihr plötzlich alle gegen mich? Ihr Vögel tut so, als habe ich mein Vaterland verraten.»

«Du bist dauernd ... am *Gewinnen*!»

«Gewinnen! Du verdammter Hornochse, was wirfst du mir da vor? Ich tu nichts weiter, als mein Versprechen zu halten. Was ist denn daran so –»

«Wir haben gemeint, es geht nicht ums *Gewinnen ...*»

Ich spürte, wie mein Kinn zuckte, so wie immer, wenn ich zu weinen anfange, doch ich weinte nicht. Ich stand einfach vor ihm, und mein Kinn zuckte. Er machte den Mund auf, um etwas zu sagen, blieb aber still. Er nahm die Daumen aus den Hosentaschen und hielt sich die Hand vors Gesicht und packte seine Nasenwurzel zwischen Daumen und Zeigefinger, so wie man das bei Leuten sehen kann, die ein zu kleines Brillengestell haben, und er machte die Augen zu.

«Gewinne, du meine Güte», sagte er mit geschlossenen Augen. «Huh, Mann, gewinnen.»

Deshalb glaube ich, daß ich an dem, was an diesem Nachmittag im Duschraum passierte, mehr schuld hatte als irgend jemand sonst. Und um den Schaden irgendwie wiedergutzumachen, mußte ich das tun, was ich tat, ohne daran zu denken, ob es gewieft war oder sicher oder was sie mit mir machen würden – und wenigstens dieses eine Mal dachte ich an nichts anderes als an das, was zu tun war, und ich tat es.

Gleich nachdem wir aus der Latrine kamen, tauchten die schwarzen Jungen auf und holten die Truppe für die Spezialdusche zusammen. Der kleinste schwarze Junge, der mit einer schwarzen, krummen Hand so kalt wie eine Brechstange an der Fußleiste herumfummelte und die Kameraden, die da gerade an der Wand lehnten, wegriß, sagte, die Große Schwester nenne diese Dusche eine *vorbeugende* Reinigung. In Anbetracht der Begleitung auf unserer Fahrt müßten wir gesäubert werden, bevor wir irgend etwas in der Klinik verbreiten konnten.

Wir stellten uns nebeneinander nackt vor die Fliesen, und dann kam ein schwarzer Junge mit einer schwarzen Plastiktube in der Hand und spritzte eine stinkende Salbe heraus, so dick und klebrig wie Eiweiß. Erst in die Haare, und dann umdrehen und sich nach vorne beugen und die Hinterbacken spreizen!

Die Kameraden beschwerten sich und machten ihre Witze darüber, sie versuchten, sich gegenseitig nicht anzusehen und auch nicht die vorbeischwebenden Schiefermasken, die hinter ihren Tuben von einem zum andern gingen, wie Alptraumgesichter im Negativ, und weiche, zerquetschte Gewehrläufe wie aus einem Alptraum auf uns richteten. Sie machten sich über die schwarzen Jungen lustig, mit Sprüchen wie: «He, Washington, wie kommt ihr während der *anderen* sechzehn Stunden zu eurem Vergnügen?» – «He, Williams, können Sie mir sagen, was ich zum Frühstück hatte?»

Alle lachten. Die schwarzen Jungen bissen auf die Zähne und gaben keine Antwort; so was hatte es früher nicht gegeben, als dieser verdammte Rotschopf noch nicht da war.

Als Fredrickson die Hinterbacken spreizte, gab es ein solches Geräusch, daß ich dachte, der kleinste schwarze Junge würde davon glatt umgeworfen.

«Horcht!» sagte Harding und legte die Hand wie einen Trichter ans Ohr. «Die liebliche Stimme eines Engels.»

Alle brüllten, lachten und machten Witze, bis der schwarze Junge weiterging und vor dem nächsten Mann stehenblieb, da war es plötzlich absolut still im Raum. Der nächste Mann war George. Und in dieser einen Sekunde, als das Lachen und die Witze und die Beschwerden aufgehört hatten, als sich Fredrickson, der neben George stand, aufrichtete und umdrehte und ein großer schwarzer Junge drauf und dran war, George zu bitten, sich vornüber zu beugen, damit er ihm einen Spritzer der stinkenden Salbe verabreichen könne – in dieser einen Sekunde hatten wir alle eine ziemlich genaue Vorstellung von dem, was geschehen würde und warum es geschehen mußte und warum wir uns alle in McMurphy getäuscht hatten.

George benützte nie eine Seife beim Duschen. Er lehnte es sogar ab, sich von jemand ein Handtuch geben zu lassen, um sich abtrocknen zu können. Die schwarzen Jungen der Abendschicht, die die regelmäßigen Duschen am Dienstag- und Donnerstagabend beaufsichtigten, hatten gelernt, daß es einfacher war, ihm seinen Willen zu lassen, und sie zwangen ihn nicht zu Seife und Handtuch. Das ging schon sehr lange so, und alle die schwarzen Jungen wußten es. Doch nun wußte jeder – selbst George, der sich zurücklehnte, den Kopf schüttelte, sich mit großen Eichenlaub-Händen bedeckte –, daß dieser schwarze Junge, mit gebrochener Nase und verbitterter Seele und zwei Kumpels, die erwartungsvoll dastanden, um zu sehen, was er wohl tun würde, daß also dieser schwarze Junge sich die Gelegenheit nicht entgehen lassen konnte.

«Sooo, runter mit dem Kopf, George ...»

Die Kameraden suchten mit ihren Blicken bereits McMurphy, der ein paar Männer weiter in der Reihe stand.

«Ehhh, auf geht's, George ...»

Martini und Sefelt standen unter der Dusche und rührten sich nicht. Der Abfluß zu ihren Füßen würgte dauernd an kurzen kleinen Schlückchen Luft und Seifenwasser. George blickte einen Augenblick auf den Abfluß, als ob dieser mit ihm spreche. Er sah dem Gurgeln und Würgen zu. Dann blickte er wieder auf die Tube in der schwarzen Hand vor ihm, und aus dem kleinen Loch oben in der Tube lief langsam der Schleim, über die Knöchel aus rohem Eisen. Der schwarze Junge kam mit der Tube ein paar Zentimeter näher, und George beugte sich noch weiter zurück, schüttelte den Kopf.

«Nein – nichts von dem Zeug.»

«Es muß aber sein, Schrubbschrubb», sagte der schwarze Junge, und es klang fast so, als tue es ihm leid. «Es *muß* nun mal sein. Sonst krabbelt hier bald überall das *Ungeziefer* rum, und das geht doch nicht, oder? Womöglich steckt bei Ihnen das Ungeziefer zentimetertief unter der Haut!»

«Nein», sagte George.

«Ehhh, George, Sie haben ja keine Ahnung. Diese Tierchen, die sind ganz, ganz klein – so wie 'n Stecknadelkopf. Sie packen einen an den kurzen Haaren und krallen sich fest, und dann bohren sie sich tief hinein, George.»

«Kein Ungeziefer!» sagte George.

«Ehhh, glauben Sie mir, George: ich hab Fälle erlebt, wo dieses Ungeziefer tatsächlich –»

«Okay, Washington», sagte McMurphy.

Die Narbe an der Stelle, wo der schwarze Junge das Nasenbein gebrochen hatte, war ein Knäuel aus Neon. Der schwarze Junge wußte, wer ihn angesprochen hatte, doch er drehte sich nicht um. Nur an der Art und Weise, wie er zu reden aufhörte und mit einem langen grauen Finger die Narbe aus jenem Basketballspiel bestastete, erkannten wir, daß er es überhaupt gehört hatte. Er rieb sich einen Augenblick über die Nase, dann stieß er die Hand nach vorn, direkt vor Georges Gesicht, und machte eine krabbelnde Bewegung mit den Fingern. «Eine *Krabbe*, George, sehn Sie? Sehn Sie das? Sie wissen doch, wie eine *Krabbe* aussieht, nicht wahr? Und auf diesem Fischerboot hat es bestimmt Krabben gegeben. Wir können es doch nicht zulassen, daß Sie von Krabben angebohrt werden, was, George?»

«Keine *Krabben*!» schrie George. «Nein!» Er stand kerzengerade da, und er hatte die Stirn so weit hochgezogen, daß wir seine Augen sehen konnten. Der schwarze Junge wich ein wenig zurück. Die beiden anderen lachten ihn aus. «Ist was, Washington, mein Guter?» fragte der große. «Warum geht es denn nicht weiter, mein Guter?»

Er trat ganz dicht vor George. «Ein letztes Mal, George, beugen Sie sich vor! Entweder sie folgen – oder ich muß *Hand* anlegen!» Er hielt sie ihm wieder vors Gesicht; sie war so groß und schwarz wie ein Sumpfloch. «Ich werd Sie überall mit dieser schwarzen! dreckigen! stinkenden! Hand anfassen!»

«Nicht mit der Hand!» sagte George und schwang eine Faust über seinem Kopf, so als werde er im nächsten Augenblick diesen Schiefer-Schädel zerschmettern, daß Zahnräder und Muttern und Schrauben durch die Luft spritzten. Doch der schwarze Junge rammte ihm einfach die Tube in den Bauchnabel und quetschte sie aus, und George krümmte sich und holte tief Luft. Der schwarze Junge spritzte ihm eine Ladung in die weißen krausen Haare und rieb es dann hinein und verschmierte ihm den ganzen Kopf mit der Schwärze seiner Hand. George schlang sich beide Arme um den Bauch und schrie.

«Nein! Nein!»

«Und jetzt umdrehen, George –»

«Ich hab gesagt, es reicht, Kumpel.» Diesmal veranlaßte irgend etwas in dieser Stimme den schwarzen Jungen, sich umzudrehen und in die Richtung zu sehen, aus der sie kam. Ich sah, daß der schwarze Junge lächelte und McMurphy in seiner Nacktheit musterte – keine Mütze oder Stiefel oder Taschen, in die er seine Daumen hätte hängen können. Der schwarze Junge schaute ihn von Kopf bis Fuß an und grinste.

«McMurphy», sagte er und schüttelte den Kopf. «Ich hatte schon langsam geglaubt, es würde nie dazu kommen.»

«Du gottverdammter Nigger», sagte McMurphy, und es klang eher müde als wütend. Der schwarze Junge sagte nichts. McMurphy wurde lauter: «So ein gottverdammter Arschficker von einem Nigger!»

Der schwarze Junge schüttelte den Kopf und kicherte zu seinen zwei Kumpels hinüber. «Mann, was hat Mr. McMurphy wohl vor, daß er solche Ausdrücke benützt? Will er mich vielleicht dazu bringen, Streit mit ihm anzufangen? Hi hi hi. Weiß er denn nicht, daß wir gelernt haben, uns solch böse Beleidigungen von diesen Verrückten gefallen zu lassen?»

«Schwanzlutscher! Washington, du bist nichts als ein –»

Washington hatte ihm den Rücken gekehrt und sich wieder George zugewandt. George war immer noch zusammengekrümmt und schnaufte heftig wegen der Ladung Salbe auf seinem Bauch. Der schwarze Junge packte ihn am Arm und drehte ihn mit dem Gesicht zur Wand.

«Sooo, George, und jetzt zeig mal den Hintern her.»

«*Neiiin*!»

«Washington», sagte McMurphy. Er holte tief Luft und ging die paar Schritte zu dem schwarzen Jungen und schubste ihn von George weg. «Washington, also gut, also gut ...»

Alle konnten die hilflose, in die Enge getriebene Verzweiflung in McMurphys Stimme hören.

«McMurphy, Sie zwingen mich dazu, mich zu beschützen. Zwingt er mich nicht dazu, Leute?» Die anderen beiden nickten. Er legte sorgfältig die Tube auf die Bank neben George und kam wieder hoch und schwang die Faust, alles mit derselben Bewegung, und traf den überraschten McMurphy mit voller Wucht am Kiefer. McMurphy fiel fast um.

Er taumelte rückwärts in die nackte Reihe der Männer, und die Kameraden fingen ihn auf und schubsten ihn zurück auf das lächelnde Schiefergesicht zu. Er steckte noch einen Hieb ein, am Hals, bevor er sich an den Gedanken gewöhnte, daß es tatsächlich so weit gekommen war, daß es losgegangen war und daß er nichts anderes mehr tun konnte, als sich soweit wie möglich zu verkaufen. Er fing den nächsten Schwinger, der wie eine schwarze Schlange auf ihn zukam, ab und umklammerte das Handgelenk, während er den Kopf schüttelte, um klarzuwerden.

In dieser Haltung blieben sie einen Augenblick schwankend stehen, keuchend, wie der Abfluß. Dann schob McMurphy den schwarzen Jungen von sich und ging in eine kauernde Stellung, er rollte die breiten Schultern nach vorne, um sein Kinn zu beschützen, die Fäuste links und rechts von seinem Kopf, und ging im Kreis um seinen Gegner herum.

Und diese ordentliche, stille Reihe nackter Männer verwandelte sich in einen schreienden Kreis, Glieder und Körper in einen Ring aus Fleisch verflochten. Die schwarzen Arme schnellten heraus, zielten auf den gesenkten roten Kopf und den Stiernacken, schlugen Blut aus der Stirn und aus den Wangen. Der schwarze Junge tänzelte zurück. Er war größer, seine Arme waren länger als die dicken, roten von McMurphy, seine Schläge kamen schneller und genauer, und so konnte er die Schultern und den Kopf bearbeiten, ohne dicht herangehen zu müssen. McMurphy ging unbeirrt nach vorne – mit schwerfälligen, plattfüßigen Schritten, mit gesenktem Kopf schaute er aus zusammengekniffenen Augen zwischen den beiden tätowierten Fäusten hervor – bis er den schwarzen Jungen gegen den Ring der nackten Männer gedrängt hatte und seine Faust genau in die Mitte der weißen, gestärkten Brust rammen konnte. Das Schiefergesicht bekam einen rosaroten Sprung, und eine Zunge, die aussah wie Erdbeereis, fuhr über die Lippen. Er wich McMurphys Panzerangriff aus und brachte ein paar weitere Schläge an, bevor ihn die Faust nochmals voll traf. Diesmal platzte der Mund weiter auf, ein abscheulicher Farbfleck.

McMurphy hatte rote Stellen am Kopf und an den Schultern, doch er schien nichts zu spüren. Er ging immer wieder nach vorne und steckte zehn Schläge ein, für jeden, den er selbst anbrachte. So ging das weiter, hin und her im Duschraum, bis der schwarze Junge anfing zu keuchen und zu taumeln und sich hauptsächlich darauf konzentrierte, den Keulenschlägen dieser roten Arme auszuweichen. Die Kameraden schrien McMurphy zu, er solle ihn fertigmachen. McMurphy ließ sich Zeit.

Der schwarze Junge wurde von einem Schlag gegen die Schulter herumgewirbelt und warf schnell einen Blick zu den zwei anderen hinüber, die dastanden und zuschauten. «Williams ... Warren ... verdammt noch mal!» Der andere große bahnte sich einen Weg durch die Menge und umklammerte von hinten McMurphys Arme. McMurphy schüttelte ihn ab, so wie ein Bulle einen Affen abschütteln würde, doch er war gleich wieder dran.

Da packte ich ihn und warf ihn in die Dusche. Er war voller Röhren; er wog höchstens zehn oder fünfzehn Pfund.

Der kleinste schwarze Junge drehte den Kopf von einer Seite zur andern, drehte sich um und rannte zur Tür. Während ich ihm nachschaute, kam der andere aus der Dusche und nahm mich in einen Ringergriff – er schob von hinten seine Arme unter den meinen durch und verschloß seine Hände in meinem Genick –, und ich mußte rückwärts in die Dusche laufen und ihn gegen die Fliesen drücken, und während ich da im Wasser lag und zusehen wollte, wie McMurphy Washington noch mehr Rippen einschlug, fing der hinter mir mit seinem Ringergriff, an, mich in den Hals zu beißen, und ich mußte den Druck lockern. Danach lag er still da, und die Stärke lief von seiner Uniform in den gurgelnden Abfluß.

Und als schließlich der kleinste schwarze Junge zurückkam, mit Riemen und Manschetten und Decken und vier weiteren Pflegern aus der Geschlossenen, waren alle dabei, sich anzuziehen und mir und McMurphy die Hand zu schütteln und zu sagen, die haben's verdient, und was für eine tolle Schlägerei das doch war, und was für ein gewaltiger Sieg für uns. Sie sagten all diese Dinge, um uns aufzumuntern, keine dummen Gedanken aufkommen zu lassen, Mann, was für eine Schlägerei, was für ein Sieg – während die Große Schwester den Pflegern von der Geschlossenen half, diese weichen Ledermanschetten so einzustellen, daß sie um unsere Arme paßten.

Droben in der Geschlossenen herrschte ununterbrochen ein nervöses Geklirre wie aus einem Maschinenraum, verursacht von einem Gefangenentrupp, der Nummernschilder für Autos ausstanzte. Und die Zeit wird am Di-*dack*, Di-*dack* eines Pingpongtisches gemessen. Männer gehen ihre Privatstrecken ab, bis zu einer Wand, dort beschreibt ihre Schulter eine Schwenkbewegung, sie drehen um und gehen auf eine andere Wand zu, schwenken ihre Schulter und drehen wieder und gehen zurück mit schnellen, kurzen Schritten, und dabei hinterlassen sie kreuz und quer verlaufende Furchen im Fliesenboden, und sie haben den durstigen Gesichtsausdruck der Eingesperrten. In der Luft hängt ein angesengter Geruch von Männern, die in tollwütiger Angst die Gewalt über sich verloren haben, und in den Ecken und unterm Pingpongtisch hocken Dinge, die mit den Zähnen knirschen, die Ärzte und Schwestern sehen sie nicht, und die Pfleger können sie mit den Desinfektionsmitteln nicht töten. Als die Stationstür aufging, roch ich diesen angesengten Geruch und hörte das Knirschen der Zähne.

Ein großer, knochiger alter Kerl, der von einem zwischen seinen Schulterblättern festgeschraubten Draht baumelte, kam mir und McMurphy an der Tür entgegen, als uns die Pfleger hereinbrachten. Er musterte uns mit gelben, schuppigen Augen und schüttelte den Kopf. «Ich wasche meine Hände in Unschuld», sagte er zu einem der farbigen Pfleger, und der Draht zog ihn mit sich fort, den Gang hinunter.

Wir folgten ihm in den Tagesraum, und McMurphy blieb an der Tür stehen und spreizte die Beine und legte den Kopf zurück, um erst mal einen Überblick zu gewinnen; er versuchte, die Daumen in die Hosentaschen zu hängen, doch die Manschetten waren zu eng. «Das ist ein Anblick», sagte er aus einem Mundwinkel. Ich nickte mit dem Kopf. Für mich war es nichts Neues.

Ein paar der Burschen, die immer auf- und abgingen, blieben stehen, um uns anzusehen, und der alte knochige Bursche kam wieder vorbei und wusch seine Hände in Unschuld. Niemand schenkte uns zunächst Beachtung. Die Pfleger gingen in Richtung Schwesternstation davon und ließen uns in der Tür zum Tagesraum stehen. McMurphys Auge war angeschwollen, so daß er dauernd blinzelte, und ich sah, daß ihm die Lippen weh taten, wenn er grinste. Er hob die Hände in ihren Manschetten und betrachtete das laute Hin und Her und holte tief Luft.

«Mein Name ist McMurphy, Kollegen», sagte er in der schleppenden Stimme eines Cowboy-Darstellers, «und ich hätte gern gewußt, welcher Nichtskönner die Pokerrunden in diesem Lokal hier organisiert.»

Die Pingpong-Uhr kam mit einem raschen Ticken auf dem Boden zum Stillstand.

«Mit dem Kartenmischen beim Siebzehnundvier läuft's zwar im Moment nicht so gut, mit diesen Fesseln, aber bei einem scharfen Poker macht mir so leicht keiner was vor.»

Er gähnte, zog eine Schulter hoch, beugte sich vor und räusperte sich und spuckte etwas in einen Papierkorb, der anderthalb Meter weit weg stand; es knallte mit einem *ting* gegen das Blech, und er richtete sich wieder auf, grinste und fuhr sich mit der Zunge in eine blutige Zahnlücke.

«Hatte eine Auseinandersetzung drunten. Ich und der Häuptling hier, wir haben uns mit zwei Schmiermaxen angelegt.»

Das Klappern und Klirren der Stanzen hatte inzwischen aufgehört, und alle schauten auf uns beide in der Tür. McMurphy zog die Augen auf sich wie ein Ausrufer auf dem Jahrmarkt. Neben ihm fühlte ich mich gezwungen, mich auch ansehen zu lassen, und da mich alle ansahen, hatte ich das Gefühl, ich müsse mich so aufrecht und groß wie möglich hinstellen. Dabei tat mir der Rücken weh, dort, wo ich mit dem schwarzen Jungen zusammen in die Dusche gefallen war, doch ich ließ mir nichts anmerken. Ein Zuschauer mit struppigen schwarzen Haaren auf dem Kopf kam näher und hielt mir die Hand hin, so als rechnete er damit, daß ich ihm etwas habe. Ich versuchte ihn zu ignorieren, doch er stellte sich dauernd vor mich hin, gleich in welche Richtung ich mich auch drehte, wie ein kleines Kind, und streckte mir seine offene, leere Hand hin.

McMurphy erzählte eine Zeitlang von der Schlägerei, und mein Rücken schmerzte immer mehr; ich hatte so lange auf meinem Stuhl in der Ecke gehockt, daß es mir schwerfiel, längere Zeit aufrecht zu stehen. Ich war froh, als eine kleine Japsen-Schwester kam und uns in die Schwesternstation mitnahm, wo ich mich setzen und ausruhen konnte.

Sie fragte, ob wir uns so weit beruhigt hätten, daß sie die Manschetten abnehmen könne, und McMurphy nickte. Er saß zusammengesunken da, mit hängendem Kopf, die Ellbogen zwischen den Knien, und sah völlig erschöpft aus – der Gedanke war mir gar nicht gekommen, daß es ihm genauso schwerfallen könnte, aufrecht zu stehen, wie mir.

Die Schwester – so groß wie das dünnere Ende von Nichts, und das noch fein zugespitzt, wie sich McMurphy später ausdrückte – nahm die Manschetten ab und gab McMurphy eine Zigarette und mir ein Stück Kaugummi. Sie sagte, sie erinnere sich, daß ich gern Kaugummi kaue. Ich konnte mich überhaupt nicht an sie erinnern. McMurphy rauchte, während sie ihre kleine Hand, voll mit rosigen Kerzen von einer Geburtstagstorte, in eine Dose mit Salbe tunkte und damit über seine Wunden fuhr, und jedesmal, wenn er zusammenzuckte, zuckte sie auch zusammen und sagte ihm, es tue ihr leid. Sie nahm eine seiner Hände in ihre eigenen und drehte sie um und schmierte Salbe auf seine Knöchel. «Wer war es?» fragte sie, als sie sich seine Knöchel betrachtete. «War es Washington oder Warren?»

McMurphy schaute zu ihr auf. «Washington», sagte er und grinste. «Der Häuptling hier hat Warren versorgt.»

Sie ließ seine Hand los und wandte sich mir zu. Ich sah die kleinen Vogelknochen in ihrem Gesicht. «Sind Sie irgendwo verletzt?» Ich schüttelte den Kopf.

«Und Warren und Williams?»

McMurphy sagte ihr, sie würden wahrscheinlich einiges an Gips mit sich herumtragen, wenn sie ihr das nächste Mal begegneten. Sie nickte und blickte auf ihre Füße. «Es ist nicht alles so wie auf Ihrer Station», sagte sie. «Manches schon, aber nicht alles. Militärschwestern, die glauben, sie seien hier in einem Lazarett. Die sind selber nicht ganz gesund. Manchmal hab ich das Gefühl, alle ledigen Schwestern sollten mit fünfunddreißig gefeuert werden.»

«Zum mindesten alle ledigen *Militär*schwestern», fügte McMurphy hinzu. Er fragte, wie lange wir damit rechnen konnten, ihre Gastfreundschaft zu genießen.

«Ich fürchte, nicht sehr lange.»

«Sie *fürchten*, nicht sehr lange?» fragte sie McMurphy.

«Ja. Manchmal würde ich Leute ganz gerne hierbehalten, anstatt sie zurückzuschicken, doch sie hat das höhere Dienstalter. Nein, wahrscheinlich wird es für Sie nicht sehr lange so bleiben – ich meine – so wie jetzt.»

Die Betten in der Geschlossenen sind alle falsch eingestellt, zu straff oder zu locker. Es wurden uns Betten zugewiesen, die direkt nebeneinander lagen. Sie banden kein Leintuch um mich, ließen aber in der Nähe des Bettes ein schwaches Licht an. Mitten in der Nacht fing einer an zu schreien: «Ich dreh mich auf einmal, Indianer! Schau mich! Schau mich!» Ich machte die Augen auf und sah eine Reihe langer gelber Zähne direkt vor meinem Gesicht aufleuchten. Es war der Bursche, der so hungrig aussah. «Ich *dreh* mich auf einmal! Bitte schau mich!»

Die Pfleger packten ihn von hinten, zu zweit, schleppten ihn lachend und schreiend aus dem Schlafsaal; «Ich dreh mich auf einmal, Indianer!» – und dann dieses *Gelächter*. Er sagte es immer wieder und lachte danach, bis er am Ende des Gangs verschwand, und es wurde wieder ruhig im Schlafsaal, und ich hörte diesen anderen Burschen sagen: «Nun ja … ich wasche meine Hände in Unschuld.»

«Für einen Augenblick hattest du da einen Freund, Häuptling», flüsterte McMurphy und drehte sich um und schlief wieder ein. Ich konnte den Rest der Nacht nicht mehr richtig schlafen, ich sah immer wieder diese gelben Zähne und das hungrige Gesicht dieses Burschen vor mir, und er bat mich dauernd, «Schau mich! Schau mich!», und dann bat er mich nur noch, als ich schließlich doch einschlief. Dieses Gesicht, nichts als ein gelbes, hungriges Elend, tauchte in der Dunkelheit vor mir auf, fragend, bettelnd. Ich fragte mich, wie McMurphy schlafen konnte, von hundert solcher Gesichter bedrängt, oder zweihundert, oder tausend.

Sie haben einen Wecker in der Geschlossenen, mit dem sie die Patienten aufwecken. Sie drehen nicht einfach das Licht an, wie drunten. Dieser Wecker klingt wie ein riesiger Bleistiftspitzer, der irgendwas Fürchterliches zermahlt. McMurphy und ich setzten uns bolzgerade auf, als wir das Geräusch hörten, und wollten uns eben wieder hinlegen, als ein Lautsprecher uns beide aufforderte, zur Schwesternstation zu kommen. Ich stieg aus dem Bett, und mein Rücken war über Nacht so steif geworden, daß ich mich kaum mehr bücken konnte; an der Art, wie McMurphy umherstelzte, sah ich, daß er genauso steif war wie ich.

«Was steht denn jetzt auf dem Programm für uns, Häuptling?» fragte er. «Der spanische Bock? Die Folterbank? Ich hoffe, es wird nicht allzu anstrengend, Mann, ich fühle mich nämlich jetzt schon wie gerädert!»

Ich sagte ihm, es sei nicht anstrengend, gab ihm aber keine weiteren Einzelheiten, weil ich selbst nicht sicher war, bis ich zur Schwesternstation kam und die Schwester, eine andere, sagte: «Mr. McMurphy und Mr. Bromden?» und jedem von uns einen Pappbecher gab.

Ich blickte in meinen, und da liegen drei von diesen roten Kapseln.

Dieses *zing* surrt in meinem Kopf, ich kann's nicht abstellen.

«Moment mal», sagt McMurphy, «das sind doch diese K. o.-Pillen, richtig?»

Die Schwester nickt und verdreht den Kopf, um zu sehen, ob jemand hinter ihr steht; da stehen zwei Burschen mit Eiszangen, vornübergebeugt, die Ellbogen eingehakt.

McMurphy gibt den Becher zurück und sagt: «O nein, nicht für mich, Gnädigste, auf die Augenbinde verzichte ich. Eine Zigarette würde ich dagegen nicht ablehnen.»

Ich gebe meinen Becher auch zurück, und sie sagt, sie müsse telefonieren, und sie macht uns die Glastür vor der Nase zu, und sie hängt am Telefon, bevor wir auch nur ein weiteres Wort rausbringen.

«Es tut mir leid, wenn ich dich da in was reingeritten habe,

Häuptling», sagt McMurphy, und ich kann ihn wegen dem lauten Pfeifen der Telefonleitungen in den Wänden kaum hören. Ich spüre, wie sich die Gedanken in meinem Kopf voller Angst überstürzen.

Wir sitzen im Tagesraum, die Gesichter um uns herum in einem Kreis, als die Große Schwester persönlich durch die Tür kommt, und links und rechts von ihr, einen Schritt zurück, die zwei großen schwarzen Jungen. Ich versuche, mich in meinem Stuhl zu verkriechen, weg von ihr, aber es ist zu spät. Zu viele Leute sehen mich an; klebrige Augen halten mich an meinem Platz fest.

«Guten Morgen», sagt sie, sie hat jetzt ihr altes Lächeln wieder gefunden. McMurphy sagt guten Morgen, und ich bleibe still, obwohl sie auch zu mir guten Morgen sagt, laut und deutlich. Ich beobachte die schwarzen Jungen; einer hat Heftpflaster auf der Nase und den Arm in der Schlinge, eine graue Hand tröpfelt aus dem Tuch, wie eine ertrunkene Spinne, und der andere bewegt sich, als habe er eine Art Gipsverband um die Rippen. Beide grinsen ein wenig. Wahrscheinlich hätten sie mit ihren Verletzungen zu Hause bleiben können, doch das wollten sie um nichts in der Welt versäumen. Ich grinse zurück, nur um es ihnen zu zeigen.

Die Große Schwester redet mit McMurphy, leise und geduldig, über sein verantwortungsloses, kindliches Benehmen, so ein Wutanfall paßt höchstens zu einem kleinen Kind – schämen Sie sich denn nicht? Er sagt, wohl kaum, und machen Sie endlich weiter.

Sie erzählt ihm davon, wie sie, die Patienten drunten auf unserer Station, bei einer eigens einberufenen Gemeinschaftssitzung gestern nachmittag dem Stab zustimmten, daß in seinem Fall ein bißchen Schocktherapie nützlich sein könne – falls er seine Fehler nicht einsehe. Er brauche nichts weiter zu tun, als zuzugeben, daß er Fehler gemacht habe, irgendwie anzuzeigen, zu *demonstrieren*, daß er eine vernünftige Einstellung zu seiner Umwelt habe, dann würde man von einer Behandlung diesmal noch absehen.

Der Kreis der Gesichter sieht zu und wartet. Die Schwester sagt, es hänge ganz von ihm ab.

«Tatsächlich?» sagt er. «Haben Sie es auf Papier, damit ich unterschreiben kann?»

«Nun ja, das nicht, doch wenn Sie das für not –»

«Und dann schreiben Sie doch gleich noch ein paar andere Dinge drauf, wenn Sie schon dabei sind, damit wir die auch aus der Welt schaffen – Dinge wie, sagen wir mal, daß ich Teil einer Verschwörung bin, die die Regierung stürzen will, oder daß ich der Meinung bin, auf Ihrer Station läßt es sich am angenehmsten leben zwischen New York und Hawaii, bei Gott – Sie wissen schon, Blödsinn dieser Art.»

«Ich glaube nicht, daß das –»

«*Dann*, wenn ich unterschrieben habe, bringen Sie mir eine Wolldecke und eine Packung Rotkreuz-Zigaretten. Huuiii, die Kommies in China hätten noch einiges von Ihnen lernen können, Gütigste.»

«Randle, wir versuchen doch nur, Ihnen zu helfen.»

Doch er ist bereits auf den Beinen, kratzt sich am Bauch und geht an ihr und den zurückweichenden schwarzen Jungen vorbei, auf die Kartentische zu.

«O-kay, auf geht's, Kameraden, wo ist der Pokertisch ...?»

Die Schwester starrt einen Augenblick hinter ihm her, dann geht sie in die Schwesternstation, um das Telefon zu benützen.

Zwei farbige Pfleger und ein weißer Pfleger mit lockigen blonden Haaren gehen mit uns zum Hauptgebäude. McMurphy unterhält sich unterwegs mit dem weißen Pfleger, als sei er nicht im geringsten beunruhigt.

Der Reif liegt dick auf dem Gras, und die zwei farbigen Pfleger, die vorausgehen, stoßen den Atem aus wie Lokomotiven. Die Sonne zwängt die Wolken auseinander und scheint auf den Reif, bis die Funken auf dem Boden stieben. Spatzen, die sich gegen die Kälte aufplustern, kratzen zwischen den Funken nach Samen. Wir kürzen ab und gehen quer über das knisternde Gras, an den Löchern der Eichhörnchen vorbei, wo ich damals den Hund sah. Kalte Funken. Reif bis tief in die Erdlöcher hinein, tiefer, als man sehen kann.

Ich spüre diesen Reif in meinem Bauch.

Wir kommen an diese Tür, und dahinter ist ein Geräusch wie von aufgescheuchten Bienen. Vor uns schwanken zwei Männer unter der Wirkung der roten Kapseln, einer heult wie ein Baby und sagt: «Es ist mein Kreuz, ich danke dir, Herr, es ist alles, was ich habe, ich danke dir, o Herr ...»

Der andere, der vor uns wartet, sagt: «Mumm-Ball, Mumm-Ball.» Es ist der Bademeister vom Schwimmbecken. Und er heult auch ein bißchen.

Ich will nicht heulen oder brüllen. Nicht während McMurphy bei mir ist.

Der Techniker sagt uns, wir sollen die Schuhe ausziehen, und McMurphy fragt ihn, ob man uns auch die Hosen aufschlitzt und die Köpfe glattrasiert. Der Techniker sagt, leider nicht.

Die Metalltür starrt uns an mit ihren Nietenaugen.

Die Tür geht auf und schluckt den ersten Mann. Der Bademeister rührt sich nicht von der Stelle. Ein Strahl wie Neonrauch kommt aus dem schwarzen Schaltkasten in dem Raum und frißt sich an seiner Stirn fest, dort, wo er diese Narben von den Stollenschuhen hat, und zerrt ihn hinein, wie einen Hund an einer Leine. Der Strahl wirbelt ihn dreimal herum, bevor die Tür zugeht, und sein Gesicht ist ein Brei aus Angst. «Nummer *eins*», ächzt er. «Nummer *zwei!* Nummer *drei!*»

Ich höre, wie sie da drin seine Stirn hochdrücken, wie einen Schachtdeckel, und dann das Knirschen und Fauchen blockierender Zahnräder.

Rauch bläst die Tür auf, und ein Gurney-Bett kommt raus, mit dem ersten Mann drauf, und seine Augen sehen mich suchend an. Dieses Gesicht. Das Gurney-Bett geht wieder hinein und holt den Bademeister. Ich höre die Anfeuerungsrufe aus der Menge, sie buchstabieren seinen Namen.

Der Techniker sagt: «Die nächste Gruppe.»

Der Boden ist kalt und mit Reif überzogen, er knistert. An der Decke wimmert das Licht, die Röhre ist lang und weiß und eisig. Kann die Graphit-Salbe riechen, Geruch wie in einer Autowerkstatt. Kann Säure der Angst riechen. Es gibt ein Fenster, hoch droben, klein, und draußen kann ich die aufgeplusterten Spatzen sehen, auf einem Draht aufgereiht, wie braune Perlen. Die Köpfe in den Federn, wegen der Kälte. Irgendwas bläst mir der Wind über die hohlen Knochen, höher und höher, Luftangriff! Luftangriff!

«Schrei doch nicht so, Häuptling ...» Luftangriff!

«Nimm's nicht so schwer. Ich geh als erster. Mein Schädel ist zu dick, als daß die mir was tun könnten. Und wenn sie mir nichts tun können, können sie dir auch nichts tun.»

Steigt auf den Tisch, ohne Hilfe, und breitet die Arme aus, in der Form des Schattens. Ein Schalter läßt die Schnallen um seine Handgelenke und Fußknöchel zuschnappen, die ihn an den Schatten fesseln. Eine Hand nimmt ihm die Armbanduhr ab, hat er von Scanlon gewonnen, läßt sie neben den Schaltkasten fallen, sie springt auf,

Wellen und Zahnräder und die lange, tröpfelnde Feder springen heraus, gegen die Seite des Schaltkastens, und kleben sofort fest.

Man sieht ihm überhaupt keine Angst an. Er grinst mich dauernd an.

Sie schmieren ihm die Graphit-Salbe an die Schläfen.

«Was ist das?» sagt er. «Ein Leiter», sagt der Techniker. «Und er salbte mein Haupt mit einem Leiter. Krieg ich eine Dornenkrone?»

Sie schmieren weiter. Er singt ihnen was vor, bringt ihre Hände zum Zittern.

«O Tannenbaum, o Tannenbaum ...»

Legen ihm diese Dinger an wie Kopfhörer, Krone aus Silberdornen über dem Graphit an seinen Schläfen. Sie versuchen ihn am Singen zu hindern, geben ihm ein Stück Schlauch zum Draufbeißen.

«Hie grün hind deine Hätter.»

Sie drehen an verschiedenen Knöpfen, und die Maschine zittert, zwei Roboter-Arme greifen nach Lötkolben und rücken ihm auf den Leib. Er zwinkert mir zu und sagt etwas zu mir, geknebelt, erzählt mir was, sagt mir was um diesen Gummischlauch herum, während die Eisen ganz dicht an dem Silber an seinen Schläfen sind – ein Lichtbogen springt über, macht ihn steif, drückt ihn vom Tisch hoch wie eine Brücke, bis nur noch seine Handgelenke und Fersen anliegen, und aus dem krummen schwarzen Gummischlauch kommt ein Geräusch, *huuiii!*, und er ist völlig von einem Reif aus Funken bedeckt.

Und vor dem Fenster fallen die Spatzen rauchend von dem Draht.

Sie schieben ihn auf einem Gurney-Bett hinaus, immer noch zukkend, das Gesicht weiß, mit Reif überzogen. Korrosion. Sammlersäure. Der Techniker wendet sich mir zu.

Paß auf den andern Hirsch auf. Ich kenne ihn. Halt ihn fest!

Es ist keine Willenssache mehr.

Halt ihn fest! Verdammt. Diese Burschen kommen mir nicht mehr ohne Seconal rein.

Die Klammern beißen mich in die Handgelenke und Fußknöchel. Die Graphit-Salbe ist mit eisernen Feilspänen gemischt, kratzt an den Schläfen.

Er hat was gesagt, als er mir zuzwinkerte. Hat mir was erzählt.

Ein Mann beugt sich über mich, nähert sich mit zwei Eisen dem Ring um meinen Kopf.

Die Maschine rückt mir auf den Leib.

LUFTANGRIFF.

Im Sprung getroffen, läuft bereits den Abhang hinunter. Kann nicht zurück, kann nicht vorwärts, blick auf den Gewehrlauf und du bist tot tot tot.

Wir erheben uns aus dem Schilfgras neben dem Bahndamm. Ich lege mein Ohr auf die Schiene und verbrenne mir die Wange.

«Weit und breit nichts», sag ich, «*hundert* Kilometer ...»

«Blödsinn», sagt Papa.

«Haben wir nicht immer bei der Büffeljagd ein Messer in den Boden gesteckt und den Griff zwischen die Zähne genommen und so die Herde gehört, wenn sie noch meilenweit weg war?»

«Blödsinn», sagt er wieder, hat aber seinen Spaß daran. Ein Stück weit weg auf der anderen Seite des Bahndamms steht eine Reihe Getreide-Garben vom letzten Winter. Mäuse unter dem Zeug, sagt der Hund.

«Gehn wir die Bahnlinie rauf oder runter, Junge?»

«Wir überqueren sie, sagt der alte Hund.»

«Seine Nase taugt nichts mehr.»

«Für uns genügt's. Dort drüben sind Vögel, sagt der alte Hund.»

«Lieber den Bahndamm entlang, sagt dein alter Herr.»

«Am besten gleich in die Getreide-Garben da drüben, sagt mir der Hund.»

Hinüber – und plötzlich springen Leute überall auf dem Bahndamm herum und ballern wie verrückt nach den Fasanen. Sieht so aus, als sei unser Hund zu weit vorausgelaufen, hat alle Vögel aus dem Getreide und auf den Bahndamm gejagt.

Der Hund hat drei Mäuse erwischt.

... Mann, MANN, MANN ... kräftig und groß, ein Augenzwinkern wie die Sterne.

Schon wieder Ameisen, Herrgott, und diesmal haben sie mich wirklich erwischt, die stachelfüßigen Miststücke. Weißt du noch, damals, als wir die Ameisen fanden, die wie Gewürzgurken schmeckten? Hihi. Du hast gesagt, es seien keine Gewürzgurken, und ich sagte, doch, und deine Mama machte mich gewaltig zur Schnecke, als sie davon hörte: Weist ein Kind an, *Ungeziefer* zu essen!

Ach was. Ein richtiger Indianerjunge muß lernen zu überleben, muß alles essen können, das ihn nicht zuerst ißt.

Wir sind keine Indianer. Wir sind zivilisiert, versuch nicht, das zu vergessen.

Du hast mir gesagt, Papa, bin ich tot, hängt mich in das Abendrot.

Mamas Name war Bromden. Ist immer noch Bromden. Papa sagte, er sei mit nur einem Namen geboren, unverhofft, so wie ein Kalb in ein aufgespanntes Tuch fällt, wenn sich die Kuh weigert, sich hinzulegen. Tee Ah Millatoona, Die-Größte-Tanne-Auf-Dem-Berg, und ich bin bei Gott der größte Indianer im Staat Oregon, und wahrscheinlich Kalifornien und Idaho dazu. Einfach so hineingeboren.

Du bist bei Gott der größte Narr, wenn du glaubst, eine gute christliche Frau nimmt einen solchen Namen an wie Tee Ah Millatoona. Du bist in einen Namen hineingeboren, okay. Ich bin auch in einen Namen hineingeboren. Bromden. Mary Louise Bromden.

Und wenn wir in die Stadt ziehen, sagt Papa, kriegen wir mit dem Namen viel leichter eine Karte der Sozialversicherung.

Der Kerl ist mit einem Niethammer hinter einem her, erwischt ihn auch, wenn er so weitermacht. Ich seh wieder diese Blitze aufleuchten, grelle Farben.

Ting. Tingel, tingel, Zitter-Zeh, sie ist 'ne gute Fischersfrau, fängt die Hühner fett und drall, sperrt sie in den Hühnerstall … Schlange Zange, sieben, acht Gänse fliegen durch die Nacht … einer Ost, einer West, einer flog über das Kuckucksnest … R-A-U-S, das heißt raus … Gans saust runter, rupft *dich* raus.

Meine alte Oma hat das immer vor sich hin gesungen, ein Spiel, das wir stundenlang trieben, während wir bei den Trockengestellen saßen und die Fliegen von den Fischen verscheuchten. Ein Spiel, das Tingel-Tingel-Tangel-Zeh heißt. Dabei zählte sie meine ausgespreizten Finger, für jede Silbe einen.

Tingel, tingel, Tangel-Zeh (sieben Finger), sie ist 'ne gute Fischersfrau, fängt die Hühner (neunzehn Finger, bei jeder Silbe klopft sie mir mit ihrer schwarzen Krabbenhand auf die Finger, und alle meine Fingernägel schauen sie an, wie ein kleines Gesicht, und betteln darum, der «dich» sein zu dürfen, zu dem die Gans herabsaust und den sie rausrupft).

Ich mag das Spiel, und ich mag Oma. Ich mag Frau Tingel-Tangel-Zeh nicht, die die Hühner fängt. Ich mag sie nicht. Dafür mag ich aber den Gänserich, der über das Kuckucksnest fliegt. Ich mag ihn, und ich mag Oma, sie hat Staub in den Runzeln.

Das nächste Mal, als ich sie sah, war sie mausetot, mitten auf dem Gehweg in The Dalles, farbige Hemden stehen um sie herum, ein paar Indianer, ein paar Cowboys, ein paar Getreidefarmer. Sie fahren sie hinunter zum städtischen Friedhof, wälzen ihr roten Lehm in die Augen.

Ich erinnere mich an heiße, stille Nachmittage mit elektrischen Gewittern, als wilde Hasen Diesellastwagen unter die Räder liefen.

Joey Fisch-im-Faß hat seit dem Vertrag zwanzigtausend Dollar und drei Cadillacs. Und er kann sie nicht mal fahren.

Ich sehe einen Würfel.

Ich sehe ihn von innen, ich bin am Boden. Ich bin das Gewicht, das den Würfel beschwert, damit immer die Eins da droben über mir geworfen wird. Sie haben den Würfel beschwert, damit es immer einen Einser-Pasch gibt, und ich bin das Gewicht, sechs Häufchen um mich herum, wie weiße Kissen, das ist die andere Seite des Würfels, die Sechs, die immer unten ist, wenn eine Eins gewürfelt wird. Wie wohl der andere Würfel beschwert ist? Bestimmt so, daß es da auch immer eine Eins wird. Einser-Pasch. Sie spielen mit gefälschten Würfeln gegen ihn, und ich bin das Gewicht.

Paß auf, es wird gewürfelt. Jawohl, meine Dame, der Rauchfang ist leer, und mein Baby braucht ein Paar neue Schuhe. Die Würfel rollen. Puuh! Fehlwurf.

Wasser. Ich liege in einer Pfütze.

Einser-Pasch. Schon wieder haben sie ihn erwischt. Ich sehe die Eins da droben über mir: gegen falsche Würfel in der dunklen Gasse hinter der Futterhandlung in Portland kann er nichts ausrichten.

Die Gasse ist ein Tunnel, es ist kalt, die Sonne steht tief, am späten Nachmittag. Laß mich ... Oma besuchen. Bitte, Mama.

Was hat er gesagt, als er zwinkerte?

Einer Ost, einer West.

Steh mir nicht im Weg.

Verdammt noch mal, Schwester, steh mir nicht im Weg WEG!

Ich bin dran. *Puuh*. Verdammt. Schon wieder der falsche Drall. Einser-Pasch.

Der Schullehrer sagt mir, du bist hell im Kopf, mein Junge, sei was ...

Sei was, Papa? Ein Teppichweber wie Onkel L & S Wolf? Ein Korbflechter? Oder ein betrunkener Indianer mehr.

He da, Tankwart, Sie sind Indianer, nicht wahr?

Mhm, stimmt.

Ich muß schon sagen, Sie sprechen unsre Sprache aber gut.

Mhm.

Nun ja ... für drei Dollar Normal.

Die wären nicht so eingebildet, wenn sie wüßten, was wir laufen haben, der *Mond* und ich. Kein verdammter normaler Indianer ...

Wie hieß es noch mal? Wer nicht im Gleichschritt geht, hört eine andere Trommel.

Wieder Einser-Pasch. Huhu, Mann, diese Würfel sind *kalt*.

Als Oma begraben war, gruben sie Papa und Onkel Lauf-und-Spring Wolf wieder aus. Mama ging nicht mit uns; so was war ihr noch nie vorgekommen. Eine Leiche in den *Baum* zu hängen! Allein bei dem Gedanken wird's einem übel.

Onkel & S Wolf und Papa kamen für zwanzig Tage in die Ausnüchterungszelle im Gefängnis von The Dalles, wegen Störung der Totenruhe, sie spielten dort Rommé.

Aber sie ist unsere gottverdammte Mutter!

Das spielt nicht die geringste Rolle, Jungs. Hättet sie begraben lassen sollen. Möcht bloß wissen, wann ihr blöden Indianer das kapiert. Also dann, wo ist sie jetzt? Es ist besser, ihr sagt es uns.

Du kannst mich mal, Bleichgesicht, sagte Onkel L & S und drehte sich eine Zigarette. Von mir wirst du's nie erfahren.

Hoch hoch hoch in den Bergen, hoch in einem Tannenbett, greift sie in den Wind mit dieser alten Hand und zählt die Wolken mit ihrem alten Liedchen: ... Gänse fliegen durch die Nacht ...

Was hast du zu mir gesagt, bei dem Augenzwinkern?

Musikkapelle spielt. Sieh doch – der *Himmel*, es ist der Vierte Juli.

Die Würfel ruhen.

Sie sind mir wieder mit ihrer Maschine zu nahe gekommen ... ich möchte bloß wissen ...

Was hat er gesagt?

... wissen, wie mich McMurphy wieder groß gemacht hat.

Er hat gesagt, Mumm-Ball.

Sie sind da draußen. Schwarze Jungen in weißen Anzügen, pissen unter der Tür zu mir herein, später kommen sie herein und werfen mir vor, ich hätte alle sechs Kissen naß gemacht, auf denen ich liege! Die Sechs. Ich habe geglaubt, der Raum sei ein Würfel. Die Eins, der Einser-Pasch da droben, der Kreis, das weiße Licht an der Decke ... das hab ich gesehen ... in diesem kleinen quadratischen Raum ... das heißt, es ist dunkel draußen. Wie viele Stunden war ich weg? Es ist ein bißchen neblig, aber ich werde nicht hineinschlüpfen und mich darin verstecken. Nein ... nie wieder ...

Ich stehe, stand langsam auf, mit einem dumpfen Gefühl zwischen den Schultern. Die weißen Kissen auf dem Boden der Isolierstation waren durchnäßt, weil ich auf sie gepißt hatte, während ich weg war. Ich konnte mich noch nicht an alles erinnern, doch ich rieb mir mit den Handballen die Augen und versuchte, einen klaren Kopf zu bekommen. Ich strengte mich an. Ich hatte mich noch nie angestrengt, zurückzukommen.

Ich stolperte zu dem kleinen runden mit feinem Maschendraht vergitterten Fenster in der Tür und klopfte mit den Knöcheln meiner Hand dagegen. Ich sah einen Pfleger mit einem Tablett für mich den Gang entlangkommen und wußte, diesmal hatte ich sie besiegt.

Es hatte Zeiten gegeben, wo ich nach einer Schockbehandlung bis zu zwei Wochen lang halb betäubt herumlief und in dieser nebligen, verwirrten Verschwommenheit lebte, die so ähnlich ist wie die letzten Augenblicke vor dem Einschlafen, diese graue Zone zwischen Hell und Dunkel, oder zwischen Schlaf und Wachsein oder Leben und Sterben, wenn du zwar bereits weißt, daß du nicht mehr bewußtlos bist, aber noch nicht so weit bist, daß du weißt, was für ein Tag gerade ist oder wer du bist oder was es überhaupt für einen Sinn haben soll, zurückzukommen – zwei Wochen lang. Wenn du keinen Grund hast, aufzuwachen, kannst du lange in dieser grauen, verschwommenen Zone herumirren, oder aber, und das hatte ich jetzt herausgefunden, du kannst mit einiger Anstrengung direkt zurückkommen, wenn du unbedingt willst. Diesmal strengte ich mich an und schaffte es in weniger als einem Tag, schneller als je zuvor.

Und als der Nebel um meinen Kopf endlich verschwunden war, kam es mir so vor, als sei ich eben nach einem langen tiefen Untertauchen wieder aufgetaucht, als habe ich nach hundert Jahren unter Wasser endlich die Oberfläche durchstoßen. Es war meine letzte Schockbehandlung überhaupt.

Sie gaben McMurphy drei weitere Behandlungen in dieser Woche. Sobald er aus dem Nebel heraus war und wieder so lebhaft mit den Augen zwinkerte wie vorher, kam Miss Ratched mit dem Doktor, und sie fragten ihn, ob er jetzt soweit sei, sich seinem Problem zu stellen und zur Heilung auf die Station zurückzukommen; und er plusterte sich auf, weil er wußte, daß jedes einzelne dieser Gesichter auf der Geschlossenen sich erwartungsvoll ihm zugewandt hatte, und er sagte zu der Schwester, es tue ihm leid, daß er nur ein Leben habe, das er seinem Vaterland hingeben könne, und sie solle ihn mal an seinem rosigen Arsch lecken, er gebe das gottverdammte Schiff so schnell nicht auf. *Jawohl!*

Und dann stand er auf und verbeugte sich ein paarmal vor diesen Burschen, die ihn angrinsten, während die Schwester den Doktor in die Schwesternstation führte, von wo sie ins Hauptgebäude hinüber telefonierten und die nächste Behandlung genehmigten.

Einmal, als sie sich umdrehte und weggehen wollte, bekam er sie durch die Uniform am Rücken zu fassen, und er kniff sie, daß ihr Gesicht so rot wurde wie seine Haare. Ich glaube, wenn der Doktor nicht dagewesen wäre, der selbst Mühe hatte, ein Grinsen zu unterdrücken, dann hätte sie ihm eine Ohrfeige gegeben.

Ich versuchte, ihn dazu zu überreden, auf ihr Spielchen einzugehen, um sich weitere Behandlungen zu ersparen, doch er lachte nur und sagte mir, Wieso denn, zum Teufel, sie taten doch nichts weiter, als seine Batterie aufzuladen, und das kostenlos. «Wenn ich hier rauskomme, wird die erste Frau, die sich mit dem alten Rotschopf McMurphy, dem Zehntausend-Watt-Psychopathen, einläßt, aufleuchten wie ein Spielautomat, sie wird einen Silberdollar nach dem anderen ausspucken! O nein, die können mir mit ihrem Ladegerät keine Angst machen.»

Er behauptete steif und fest, es tue ihm nicht weh. Er schluckte nicht mal seine Kapseln. Doch jedesmal wenn er von diesem Lautsprecher erfuhr, er solle auf das Frühstück verzichten und sich statt dessen bereithalten, zum Gebäude eins hinüberzugehen, spannten sich die Muskeln an seinem Kiefer, und sein Gesicht verlor jegliche Farbe, sah ganz mager aus, voller Angst. So wie das Gesicht, das ich damals auf der Rückfahrt von der Küste in der Windschutzscheibe gesehen hatte.

Ich verließ die Geschlossene am Ende der Woche und ging auf die Station zurück. Ich wollte viele Dinge zu ihm sagen, bevor ich ging, doch er war eben von einer Behandlung zurückgekommen und saß da und verfolgte mit den Augen den Pingpongball, als sei er mit einem Draht daran festgebunden. Der farbige Pfleger und der blonde gingen mit mir hinunter und ließen mich in die Station und schlossen hinter mir wieder ab. Die Station schien unheimlich ruhig, nach der Geschlossenen. Ich ging zu unserem Tagesraum und blieb aus irgendeinem Grund an der Tür stehen; alle wandten mir ihr Gesicht zu und schauten mich mit einem Ausdruck an wie nie zuvor. Ihre Gesichter leuchteten auf, als würden sie von Scheinwerfern einer Jahrmarktattraktion geblendet. «Hier sehen Sie in voller Größe», verkündete Harding, «den wilden Mann, der den Arm des schwarzen Jungen gebrochen hat! Heja! Schaut ihn euch an!» Ich grinste zurück und bekam einen Eindruck davon, wie McMurphy all diese Monate zumute gewesen sein mußte, während ihm diese Gesichter zuschrien.

Alle Kameraden kamen zu mir her und wollten genau wissen, was geschehen war; wie benahm er sich da droben? Was machte er? Stimmte das Gerücht, das in der Turnhalle umging, daß sie ihm jeden Tag eine EST verpaßten und er es abschüttelte wie Wasser, daß er mit den Technikern Wetten abschloß, wie lange er die Augen aufhalten könne, nachdem ihn die Pole berührten?

Ich erzählte ihnen alles, was ich konnte, und niemand schien sich darüber zu wundern, daß ich plötzlich mit den Leuten redete – daß ein Kerl, der seit eh und je als Taubstummer angesehen wurde, redete, zuhörte, so wie alle andern auch. Ich sagte ihnen, alles, was sie gehört hätten, sei wahr, und ich erfand noch ein paar Geschichten dazu. Sie lachten so sehr über die Dinge, die er zu der Schwester gesagt hatte, daß die beiden Vegetierer unter ihren nassen Tüchern auf der Seite der Chronischen grinsten und das allgemeine Gelächter mit ihrem Grunzen begleiteten, gerade so, als hätten sie es auch kapiert.

Als die Schwester selbst am nächsten Tag das Problem des Patienten McMurphy vor der Gruppe zur Sprache brachte, als sie sagte, aus irgendeinem ungewöhnlichen Grund scheine er auf EST überhaupt nicht anzusprechen, man müsse eventuell zu drastischeren Mitteln greifen, um zu ihm durchzudringen, sagte Harding: «Ja ja, das ist denkbar, Miss Ratched, zweifellos – doch nach allem, was man so hört, über Ihre Auseinandersetzungen mit McMurphy droben, ist es ihm gar nicht schwergefallen, zu Ihnen durchzudringen.»

Sie kam ganz aus dem Gleichgewicht und wurde so rot, weil sie von allen im Raum ausgelacht wurde, daß sie es nie wieder zur Sprache brachte.

Sie sah, daß McMurphy, solange er droben war, wo die Kameraden nicht sehen konnten, welchen Eindruck sie auf ihn machte, zu ungekannter Größe heranwuchs, beinahe schon zur Legende geworden war. Einen unsichtbaren Mann kann man nicht schwach aussehen lassen, entschied sie und faßte den Plan, ihn wieder herunter auf unsere Station zu bringen. Sie rechnete sich aus, dann würden die Kameraden schon von selber sehen, daß er so verletzlich sein konnte wie jeder andere. Er würde seine Heldenrolle nicht mehr weiterspielen können, wenn er den ganzen Tag im Tagesraum herumsitzen würde, noch ganz benommen vom letzten Schock.

Die Kameraden sahen das voraus, und sie wußten, solange er für alle sichtbar auf der Station war, würde sie ihm jedesmal einen neuen Schock geben lassen, sobald er den letzten überwunden hatte. Deshalb unterhielten Harding und Scanlon und Fredrickson und ich uns darüber, wie wir ihn überzeugen könnten, daß es für alle Beteiligten das Beste wäre, wenn er von der Station fliehe. Und als sie ihn an einem Samstag zur Station zurückbrachten – er tänzelte in den Tagesraum wie ein Boxer in den Ring, er schüttelte die Fäuste und verkündete, der Champion ist wieder zurück –, da hatten wir uns einen genauen Plan zurechtgelegt. Wir würden warten, bis es dunkel war, und dann eine Matratze anzünden, und wenn die Feuerwehr käme, könnten wir ihn aus der Tür schlüpfen lassen. Es schien ein so guter Plan, daß wir uns nicht vorstellen konnten, wie er sich weigern könnte.

Doch wir hatten nicht bedacht, daß das der Tag war, an dem er das Mädchen, Candy, für Billy in die Station schmuggeln wollte.

Sie brachten ihn etwa um zehn Uhr morgens auf die Station zurück – «Fühl mich wohl wie der Fisch im Wasser, Kumpels; sie haben die Zündung überholt und die Kerzen entrußt, und meine Zündspule glüht wie beim alten Ford T4. Habt ihr so 'ne Spule schon mal auf der Kirmes ausprobiert? *Bäng!* Ein guter Jux, und sauber dazu.» Er war größer als je zuvor und machte wieder die Station unsicher, warf einen Putzeimer so geschickt um, daß das Wasser in die Schwesternstation lief, warf dem kleinsten schwarzen Jungen ein Stück Butter auf den großen Zeh seiner weißen Wildlederschuhe, ohne daß er es merkte, und kicherte beim Mittagessen dauernd in sich hinein, während es schmolz und eine Farbe annahm, die Harding als «äußerst verdächtiges Gelb» bezeichnete – größer als je zuvor, und immer wenn er dicht an einer Schwesternschülerin vorbeiging, kreischte die und rollte die Augen und trippelte davon und rieb sich die Seite.

Wir erzählten ihm von unserem Plan für seine Flucht, und er sagte uns, das eile nicht, und er erinnerte uns an Billys Verabredung. «Wir können doch Billy Boy nicht enttäuschen, richtig, Kumpels? Wo er doch drauf und dran ist, seine Keuschheit einzubüßen. Das gibt eine hübsche kleine Party heut nacht, wenn wir es schaffen; meine Abschiedsparty, wenn ihr so wollt.»

Die Große Schwester hatte an diesem Wochenende Dienst – sie wollte seine Rückkehr auf keinen Fall versäumen –, und sie beschloß, eine Sitzung anzusetzen, um etwas klarzustellen. Bei der Sitzung versuchte sie noch einmal, ihren Vorschlag anzubringen, man solle drastischere Maßnahmen ergreifen, sie bestand darauf, daß der Doktor ein derartiges Vorgehen ernsthaft in Erwägung zog, «bevor es zu spät ist, dem Patienten zu helfen». Doch McMurphy hörte nicht auf, zu zwinkern und zu gähnen und zu rülpsen, während sie redete, so daß sie schließlich still war, und als er dann allem, was sie gesagt hatte, voll und ganz zustimmte, kugelten sich der Doktor und die Patienten vor Lachen.

«Ach wissen Sie, Doktor, vielleicht hat sie recht; Sie sehen ja selbst, was mir die paar mickrigen Volts genützt haben. Vielleicht sollten wir die Ladung *verdoppeln*, dann könnte ich das achte Programm empfangen, wie Martini; ich bin es so satt, im Bett zu liegen und mir das vierte Programm vorzufaseln, nichts als Nachrichten und Wetter.»

Die Schwester räusperte sich und versuchte, die Sitzung wieder unter ihre Kontrolle zu bekommen. «Ich hatte nicht an zusätzliche Schocks gedacht, Mr. McMurphy –»

«Ja, Schwester?»

«Ich meinte – wir sollten eine Operation in Erwägung ziehen.

Ganz einfach, im Grunde genommen. Und es ist uns in der Vergangenheit immer wieder gelungen, aggressive Neigungen auszuschalten, in gewissen Fällen von Feindseligkeit –»

«Feindseligkeit? Schwester, ich bin so zutraulich wie ein junger Hund. Seit fast zwei Wochen hab ich keinen Pfleger mehr verprügelt. Kein Anlaß, das Messer anzusetzen, oder?»

Sie behielt ihr Lächeln, wollte ihm zeigen, wie mitfühlend sie war. «Randle, es hat nichts mit einem Messer –»

«Und überhaupt», machte er weiter, «es würde nichts nützen, sie abzuschneiden; ich hab noch 'n Paar in meinem Nachttisch.»

«Noch – ein Paar?»

«Eins davon so groß wie ein Baseball, Doktor.»

«Mr. McMurphy!» Ihr Lächeln zerbrach wie Glas, als sie merkte, daß sie auf den Arm genommen wurde.

«Das andere ist aber gerade so groß, daß man es als normal bezeichnen kann.»

So machte er immer weiter, bis es schließlich Zeit war, ins Bett zu gehen. Allmählich herrschte auf der Station eine festliche Jahrmarktsstimmung, während die Männer von der Möglichkeit flüsterten, heute nacht eine Party zu feiern, wenn das Mädchen mit den Drinks kam. Alle die Kameraden versuchten Billys Aufmerksamkeit zu erregen, und wenn er dann herschaute, grinsten sie ihn an und zwinkerten ihm zu. Und als wir uns zum Entgegennehmen der Arznei anstellten, kam McMurphy vorbei und fragte die Kleine Schwester mit dem Kruzifix und dem Muttermal, ob er ein paar Vitaminpillen haben könne. Sie sah überrascht aus und sagte, sie sehe keinen Grund, warum nicht, und gab ihm ein paar Pillen, die so groß waren wie Vogeleier. Er steckte sie in die Tasche.

«Schlucken Sie sie denn nicht?» fragte sie.

«Ich? Gott, nein, ich brauche keine Vitamine. Ich wollte sie nur für Billy Boy hier. Der sieht mir in letzter Zeit so kränklich aus – verbrauchtes Blut wahrscheinlich.»

«Ja aber – warum geben Sie sie dann nicht Billy?»

«Eins nach dem andern, Schätzchen, eins nach dem andern, ich dachte, ich warte bis gegen Mitternacht, da wird er sie am dringendsten brauchen –» und ging zum Schlafsaal, den Arm um Billys rot werdenden Hals gelegt, und zwinkerte Harding zu und stieß mir seinen großen Daumen in die Seite, als er an uns vorbeiging, und die

Schwester stand mit Stielaugen in der Schwesternstation und goß sich Wasser über den Fuß.

Man darf nicht vergessen, daß Billy trotz der Falten im Gesicht und der grauen Strähnen im Haar immer noch aussah wie ein kleiner Junge – ein kleiner Junge mit Henkelohren und Sommersprossen und vorstehenden Zähnen, der barfuß und pfeifend auf einem dieser Kalender eine Rinderherde hütet – und doch war er in Wirklichkeit ganz anders. Es überraschte einen immer wieder, wenn man ihn neben den anderen Männern stehen sah, daß er genauso groß war wie sie und daß er bei genauerem Hinsehen weder Henkelohren noch Sommersprossen, noch vorstehende Zähne hatte und tatsächlich schon über dreißig Jahre alt war.

Nur einmal hörte ich, wie er sein Alter erwähnte, überhörte genau gesagt ein Gespräch, das er unten in der Eingangshalle mit seiner Mutter hatte. Sie saß drunten im Empfang, eine massiv gebaute Dame, deren Haarfarbe sich alle paar Monate änderte, von Blond über Blau zu Schwarz, und dann wieder zurück zu Blond, eine Nachbarin der Großen Schwester, nach allem, was ich gehört hatte, und privat eine innige Freundin von ihr. Jedesmal wenn wir aus irgendeinem Grund das Haus verließen, sah sich Billy verpflichtet, geschwind stehenzubleiben und eine purpurrote Wange über den Schalter zu reichen, damit sie einen Kuß draufdrücken konnte. Das war uns allen genauso peinlich wie Billy, und aus diesem Grund zog ihn nie jemand damit auf, nicht mal McMurphy.

An einem Nachmittag, ich weiß nicht genau, wie lange das schon zurückliegt, waren wir gerade unterwegs zu einem der anderen Gebäude und saßen auf den Kunststoff-Sofas in der Eingangshalle herum oder draußen in der Zwei-Uhr-Sonne, während einer der schwarzen Jungen am Telefon hing und mit einem Buchmacher verhandelte, und Billys Mutter nahm die Gelegenheit wahr, ihren Arbeitsplatz hinter dem Schalter zu verlassen und ihren Jungen an die Hand zu nehmen und sich mit ihm draußen in meiner Nähe ins Gras zu setzen. Sie saß ganz steif da, das Kleid spannte sich über den Hüften, die kurzen runden Beine in Strümpfen, deren Farbe mich an Schinkenwurst erinnerte, und Billy lag neben ihr und legte ihr den Kopf in den Schoß und ließ es zu, daß sie ihn mit dem Flaum eines Löwenzahns am Ohr kitzelte. Billy redete davon, daß er sich eines Tages eine Frau suchen und auf die Uni gehen werde.

«Schatz, du hast noch eine Unmenge Zeit für solche Dinge. Dein ganzes Leben liegt noch vor dir.»

«Mutter, ich bin einunddr-dr-dreißig Jahre alt!»

Sie lachte und spielte mit dem Löwenzahn an seinem Ohr herum. «Aber *Schatz*, sehe ich aus wie die Mutter eines erwachsenen Mannes?»

Sie kräuselte die Nase und öffnete die Lippen, während sie ihn anblickte, und machte mit der Zunge ein Geräusch, wie bei einem feuchten Kuß, und ich mußte zugeben, sie sah ganz und gar nicht aus wie eine Mutter. Ich glaubte selber nicht, daß er einunddreißig Jahre alt sein konnte, bis ich mich einmal nahe genug an ihn heranschlich, um das Geburtsdatum auf seinem Armband lesen zu können.

Um Mitternacht, als Geever und der andere schwarze Junge und die Schwester weggegangen waren und der alte farbige Bursche, Mr. Turkle, seine Schicht antrat, waren McMurphy und Billy schon auf, um ihre Vitamine zu schlucken, nahm ich an. Ich stieg aus dem Bett und zog einen Bademantel an und ging hinaus in den Tagesraum, wo sie sich mit Mr. Turkle unterhielten. Harding und Scanlon und Sefelt und einige der anderen Kameraden kamen auch heraus. McMurphy sagte Mr. Turkle, was zu tun sei, wenn das Mädchen kam, – erinnerte ihn daran, genauer gesagt, denn es sah so aus, als hätten sie alles schon einmal durchgesprochen, vor einigen Wochen. McMurphy sagte, es sei wichtig, das Mädchen durch das Fenster hereinzulassen, anstatt durch den Haupteingang, dort könnte sie zu leicht von der Nachtwache gesehen werden. Und dann müsse die Isolierstation aufgeschlossen werden. Klar, das würde ein feines Nachtquartier für die beiden Liebenden. Erstklassig isoliert. («Ach McM-murphy», probierte Billy immer wieder.) Und die Lichter müßten aus bleiben. Damit die Nachtwache nichts sehen konnte. Und die Schlafsaaltüren müssen zu sein, und weckt mir nicht all die sabbernden Chronischen im ganzen Haus auf. Es muß alles *ruhig* bleiben; wir wollen die beiden doch nicht stören.

«Ach, hör schon auf, M-m-mack», sagte Billy.

Mr. Turkle nickte und wackelte mit dem Kopf, so daß es aussah, als schlafe er gleich ein. Als McMurphy sagte: «Ich glaube, das ist dann so ziemlich alles», sagte Mr. Turkle: «Nein – nicht ganz», und saß grinsend da in seinem weißen Anzug, und sein kahler gelber

Kopf schwebte am Ende seines Halses wie ein Luftballon auf einem Stecken.

«Komm, komm, Turkle. Du wirst es nicht bereuen. Sie bringt bestimmt ein paar Flaschen mit.»

«Das kommt der Sache schon ein bißchen näher», sagte Mr. Turkle. Sein Kopf rollte und wackelte. Er tat so, als könne er kaum die Augen aufhalten. Ich hatte gehört, daß er tagsüber einen anderen Job hatte, auf der Pferderennbahn. McMurphy wandte sich an Billy.

«Turkle verlangt einen höheren Preis, Billy Boy. Was ist dir der Verlust deiner Unschuld wert?»

Bevor Billy zu stottern aufhören und antworten konnte, schüttelte Mr. Turkle den Kopf. «Darum geht's nicht. Geld ist es nicht. Sie bringt aber mehr mit als nur die Flasche, eh, das süße Ding? Ihr Burschen teilt euch doch mehr als nur die Flasche, eh?» Er grinste in die Gesichter ringsum.

Billy platzte beinahe, als er versuchte, etwas herauszustottern, nicht Candy, nicht *sein* Mädchen! McMurphy nahm ihn zur Seite und sagte ihm, er solle sich nur wegen der Keuschheit *seines* Mädchens keine Gedanken machen – Turkle werde wahrscheinlich so betrunken und müde sein, wenn Billy erst fertig sei, daß der alte Nigger nicht mal mehr mit einer Mohrrübe in einen Badezuber treffen würde.

Das Mädchen hatte sich wieder verspätet. Wir saßen im Tagesraum in unseren Bademänteln und hörten zu, wie McMurphy und Mr. Turkle Geschichten aus der Armee erzählten, während sie abwechselnd eine von Mr. Turkles Zigaretten rauchten, sie rauchten ganz anders als sonst, sie ließen den Rauch so lange drin, wenn sie inhaliert hatten, bis ihre Augen hervortraten. Einmal fragte Harding, was für eine Zigarette sie denn da rauchten, die so provozierend rieche, und Mr. Turkle sagte mit einer hohen Stimme, während er die Luft anhielt: «Nur eine gewöhnliche Zigarette. Hihi, jawohl. Möchten Sie 'n Zug?»

Billy wurde immer nervöser, er hatte Angst, das Mädchen könnte nicht kommen, und Angst, das Mädchen könnte tatsächlich kommen. Immer wieder fragte er, warum wir nicht alle endlich ins Bett gingen, anstatt hier draußen in Kälte und Dunkelheit herumzusitzen wie Hunde in der Küche, die auf die Überreste der Mahlzeit warten, und wir grinsten ihn einfach an. Keiner von uns wollte ins Bett gehen; es war überhaupt nicht kalt, und es war angenehm, sich im Zwielicht zu entspannen und den Geschichten McMurphys und Mr. Turkles zuzuhören. Niemand zeigte Müdigkeit oder auch nur Sorge darüber, daß es bereits nach zwei Uhr war und das Mädchen noch immer nicht aufgetaucht war. Turkle meinte, sie sei vielleicht deswegen noch nicht gekommen, weil die Station so dunkel sei, daß sie nicht sehen könne, welches die richtige war, und McMurphy sagte, das sei offensichtlich richtig, und sofort rannten die beiden die Gänge auf und ab und machten jedes erreichbare Licht an, wollten sogar die große Deckenlampe im Schlafsaal anmachen, mit der wir morgens immer geweckt wurden, doch da sagte ihnen Harding, dann würden nur all die anderen Männer herauskommen und mit uns teilen wollen. Sie gaben ihm recht und machten statt dessen alle Lichter im Büro des Doktors an.

Und kaum hatten sie die ganze Station beleuchtet wie am hellen Tag, da hörten wir auch schon ein leises Klopfen am Fenster. McMurphy lief zum Fenster und preßte sein Gesicht dagegen und schirmte seine Augen mit beiden Händen ab. Er drehte sich um und grinste uns an.

«Die Himmel rühmen ihre Schönheit», sagte er. Er packte Billy am Handgelenk und schleppte ihn zum Fenster. «Laß sie rein, Turkle. Laß den schnaubenden Stier ran.»

«Hör zu, McM-m-m-m-murphy.» Billy bockte wie ein störrischer Esel.

«Verschon mich mit deinem mamamamamurphy, Billy Boy. Jetzt gibt es kein Zurück mehr. Du schaffst das schon. Weißt du was: ich wette diese fünf Dollar hier, daß du die Frau glatt in Brand steckst, okay? Mach das Fenster auf, Turkle.»

Draußen in der Dunkelheit standen zwei Mädchen, Candy und die andere, die bei der Bootsfahrt gefehlt hatte. «Heiliger Strohsack», sagte Turkle, als er ihnen durchs Fenster half, «genug für uns alle.»

Wir machten uns alle behilflich: sie mußte sich die engen Röcke bis über die Schenkel hochstreifen, um durchs Fenster steigen zu können. Candy sagte: «Du verdammter McMurphy», und versuchte so ungestüm, ihm die Arme um den Hals zu werfen, daß sie beinahe die Flaschen fallen ließ, die sie in beiden Händen hielt. Sie ging auf ziemlich wackligen Beinen, und die Haare fielen ihr aus der Frisur, die sie oben auf ihrem Kopf aufgebaut hatte. Meiner Ansicht nach sah sie besser aus, wenn sie ihre Haare alle nach hinten gekämmt hatte, so wie damals auf der Bootsfahrt. Sie zeigte mit einer Flasche auf das andere Mädchen, das eben durchs Fenster stieg.

«Sandy ist mitgekommen. Sie hat einfach mir nichts, dir nichts diesen Verrückten aus Beaverton verlassen, den sie geheiratet hatte; ist das nicht irre?»

Das Mädchen kam durch das Fenster und küßte McMurphy und sagte: «Tag, Mack. Tut mir leid, daß ich damals nicht gekommen bin. Doch das ist vorbei. Mit der Zeit gehen einem die dummen Witze auf die Nerven, weiße Mäuse im Kopfkissen, Würmer in der Hautkrem, Frösche im BH.» Sie schüttelte einmal den Kopf und machte eine Handbewegung, so als wolle sie die Erinnerung an ihren tierliebenden Ehemann wegwischen. «Gott-ach-Gott, was für ein Verrückter.»

Sie waren beide in Rock und Pullover und Nylonstrümpfen, ohne Schuhe, und beide hatten rote Backen und kicherten. «Wir mußten dauernd nach dem Weg fragen, in jeder Bar, die an der Strecke lag», erklärte Candy.

Sandy drehte sich langsam im Kreis herum, mit weit aufgerissenen Augen. «Huii, Candy, Mädchen, sag mal, wo sind wir denn *diesmal* gelandet? Ist das alles echt? Sind wir in einer Anstalt? *Mann!*» Sie war größer als Candy und vielleicht fünf Jahre älter, und sie hatte versucht, ihre kastanienbraunen Haare in einen modischen Knoten am Hinterkopf zu bändigen, doch widerborstige Strähnen hingen ihr über die breiten, milchernährten Backenknochen, und sie sah aus wie ein Cowgirl, das gern eine Dame der feinen Gesellschaft wäre. Ihre Schultern und Brüste und Hüften waren zu stark, und ihr Grinsen zu breit und offen, als daß man sie jemals schön hätte nennen können, doch sie war hübsch, und sie war gesund, und sie hatte einen langen Finger im Ring einer Vierliter-Rotweinflasche stecken und schwenkte sie hin und her wie eine Handtasche.

«Wie, Candy, wie, wie, wie passieren uns denn immer solch irre Dinge?» Sie drehte sich noch einmal im Kreis herum und blieb dann stehen, mit gespreizten Beinen, ohne Schuhe, und kicherte.

«Diese Dinge passieren nicht», sagte Harding feierlich zu dem

Mädchen. «Diese Dinge sind Fantasien, die Sie nachts erträumen, während Sie wach daliegen, und die Sie dann Ihrem Psychiater nicht zu erzählen wagen. In Wirklichkeit sind Sie nicht hier. Auch dieser Wein ist nicht echt; nichts hier ist echt. Das ist unser Ausgangspunkt.»

«Tag, Billy», sagte Candy.

«Das ist vielleicht ein Anblick», sagte Turkle.

Candy streckte verlegen eine der Flaschen Billy hin. «Ich hab dir ein Geschenk mitgebracht.»

«Diese Dinge sind Thorne Smithsche Tagträume!» sagte Harding.

«Junge!» sagte das Mädchen, das Sandy hieß. «In was sind wir da bloß hineingeraten?»

«Psst», sagte Scanlon und blickte mißbilligend in die Runde. «Ihr weckt noch diese anderen Scheißkerle auf, wenn ihr so laut redet.»

«Ach schau her, ein Geizkragen», kicherte Sandy und fing wieder an sich im Kreis zu drehen. «Hast du vielleicht Angst, es könnte nicht für alle reichen?»

«Sandy, ich hätte mir ja denken können, daß du mit dem verdammten billigen Portwein daherkommst.»

«Junge!» Sie hörte auf sich zu drehen und blickte zu mir hoch. «Prüf mal den da, Candy. Ein Goliath – fi, fa, fo, fum.»

Mr. Turkle sagte: «Heiliger Strohsack», und machte das Fenstergitter fest, und Sandy sagte wieder: «Junge!» Wir standen alle verlegen auf einem Haufen mitten im Tagesraum, gingen umeinander herum und redeten belangloses Zeug, weil keiner wußte, was als nächstes zu tun war – sie waren noch nie in einer solchen Situation gewesen –, und ich weiß nicht, wann dieses erregte, unsichere Geschwätz und Kichern und Schubsen im Tagesraum aufgehört hätte, wenn nicht plötzlich ein Schlüssel im Schloß der Stationstür am Ende des Ganges zu hören gewesen wäre – alle fuhren zusammen wie Einbrecher, wenn die Alarmanlage ausgelöst wird.

«Ach Gott, ach Gott», sagte Mr. Turkle und klatschte sich mit der Hand auf den kahlen Kopf, «das ist die Nachtwache, mein Job ist im Eimer.»

Wir liefen alle in die Latrine und machten das Licht aus und standen im Dunkeln und hörten einander beim Atmen zu. Wir konnten hören, wie die Nachtwache durch die Station ging und mit einem lauten, etwas ängstlichen Flüstern nach Mr. Turkle rief. Ihre Stimme war leise und beunruhigt und ging am Ende nach oben, als sie rief: «Mr. Tur-kell? Mista Turkell?»

«Wo zum Teufel ist denn der?» flüsterte McMurphy. «Wieso gibt er ihr keine Antwort.»

«Keine Sorge», sagte Scanlon. «Auf dem Lokus schaut sie nicht nach.»

«Wieso antwortet er aber nicht? Vielleicht ist er schon zu high.»

«Mann, was soll denn das heißen. So schnell werd ich nicht high, nicht von einem kleinen, schwachen Joint wie der da.» Es war Mr. Turkles Stimme, irgendwo in der dunklen Latrine bei uns.

«Himmel Herrgott, Turkle, was machst denn du hier?» McMurphy wollte streng sein, mußte aber gleichzeitig ein Lachen unterdrücken. «Geh sofort hinaus und sieh nach, was sie will. Was soll sie denn davon halten, wenn sie dich nicht findet?»

«Unser Ende ist gekommen», sagte Harding und setzte sich. «Allah sei uns gnädig.»

Turkle machte die Tür auf und schlüpfte hinaus und traf sie im Flur. Sie war herübergekommen, um nachzusehen, was all die Lichter zu bedeuten hatten. Wieso hatte er denn jede einzelne Lampe auf der ganzen Station angemacht? Turkle sagte, nicht jede Lampe auf der Station sei an; die Lichter im Schlafsaal seien aus und die in der Latrine auch. Sie sagte, das sei keine Entschuldigung für all die andern Lichter; wieso um alles in der Welt waren all die Lichter an? Turkle hatte darauf keine Antwort, und während der langen Pause hörte ich, wie neben mir in der Dunkelheit die Flasche herumgereicht wurde. Draußen im Gang fragte sie ihn wieder, und Turkle antwortete, nun ja, er habe nur saubergemacht, nur nachgesehen, ob alles in Ordnung sei. Sie wollte wissen, wieso war dann die Latrine, der Raum, für dessen Sauberkeit er zuständig war, der einzige Raum, der dunkel war? Und die Flasche machte wieder die Runde, während wir auf seine Antwort warteten. Sie kam zu mir, und ich nahm einen Schluck. Ich hatte das Gefühl, ich brauchte diesen Schluck. Ich konnte bis hier herein hören, wie Turkle draußen im Gang schluckte, wie er an einer Antwort herumdruckste.

«Er ist benebelt», zischte McMurphy. «Einer muß hinaus und ihm helfen.»

Ich hörte, wie in der Toilette hinter mir die Spülung betätigt wurde, und die Tür ging auf, und das Licht aus dem Gang fiel auf Harding, als er hinausging und sich die Hosen des Schlafanzugs hochzog. Ich hörte, wie die Nachtwache bei seinem Anblick nach Luft schnappte, und er bat sie um Entschuldigung, er habe sie nicht gesehen, da es so dunkel sei.

«Es ist nicht dunkel.»

«In der Latrine, meinte ich. Ich mache immer das Licht aus, um meine Gedärme anzuregen. Diese Spiegel, Sie verstehen schon; wenn das Licht an ist, dann ist mir immer so, als säßen die Spiegel über mich zu Gericht; sie beraten, wie sie mich bestrafen werden, wenn nicht alles richtig herauskommt.»

«Pfleger Turkle sagt aber, er habe da drin saubergemacht ...»

«Und gar nicht schlecht, wenn ich das hinzufügen darf – wenn man in Betracht zieht, daß ihm ja die Dunkelheit gewisse Schwierigkeiten bereitet haben muß. Möchten Sie nachsehen?»

Harding stieß die Tür einen Spalt weit auf, und ein Lichtstrahl fiel über den Fliesenboden der Latrine. Ich sah gerade noch, wie die Nachtwache zurückwich, sie könne von seinem Angebot keinen Gebrauch machen, sie müsse ihre Runde fortsetzen. Ich hörte, wie die Stationstür am Ende des Ganges wieder aufgeschlossen wurde, und sie verließ unsere Station. Harding rief ihr nach, sie solle uns bald mal wieder mit ihrem Besuch beehren, und alle liefen hinaus und schüttelten ihm die Hand und klopften ihm auf den Rücken und sagten, das habe er großartig gemacht.

Wir standen im Gang, und der Wein machte wieder die Runde. Sefelt sagte, eigentlich wäre ihm dieser Wodka lieber, wenn es etwas gäbe, mit dem man ihn mixen könnte. Er fragte Mr. Turkle, ob es auf der Station nichts gäbe, das man dazugeben könnte, und Turkle sagte, höchstens Wasser. Fredrickson fragte, wie wär's mit diesem Hustensaft? «Sie geben mir gelegentlich ein bißchen davon aus dieser Zweiliterflasche im Arzneimittelraum. Schmeckt nicht schlecht. Haben Sie den Schlüssel für den Raum, Turkle?»

Turkle sagte, nachts habe nur die Nachtwache einen Schlüssel zum Arzneimittelraum, doch McMurphy überredete ihn dazu, es uns mit einem Dietrich versuchen zu lassen. Turkle grinste und nickte faul mit dem Kopf. Während er und McMurphy das Schloß zum Arzneimittelraum mit Büroklammern bearbeiteten, liefen die Mädchen und wir andern in der Schwesternstation herum und öffneten die Ordner und lasen unsere Akten.

«Seht euch das mal an», sagte Scanlon und fuchtelte mit einer dieser Mappen herum. «Die haben einfach alles hier, sogar meine Zeugnisse aus der ersten Klasse. Aach, miserable Zeugnisse, einfach miserabel.»

Billy und sein Mädchen blätterten durch seine Mappe. Sie trat einen Schritt zurück und musterte ihn. «All das Zeug, Billy? Phrenisch dies und pathisch das – ach, du siehst gar nicht so aus, als hättest du all das Zeug.»

Das andere Mädchen hatte eine Schublade herausgezogen und konnte gar nicht begreifen, wozu denn die Schwestern wohl all die Heißwasserflaschen brauchten, mindestens tausend Stück, und Harding saß auf dem Schreibtisch der Großen Schwester und schüttelte über alles den Kopf.

McMurphy und Turkle gelang es schließlich, die Tür zum Arzneimittelraum zu öffnen, und sie holten eine Flasche mit einer dicken kirschfarbenen Flüssigkeit aus dem Eisschrank. McMurphy hielt die Flasche ins Licht und las das Etikett vor.

«Künstlicher Geschmack, Farbstoffe, Zitronensäure. Siebzig Prozent inaktive Substanz – das muß Wasser sein – und zwanzig Prozent Alkohol – sehr gut – und zehn Prozent Kodein. Vorsicht! Narkotikum kann süchtig machen.» Er schraubte den Verschluß ab und nahm eine Kostprobe, und dabei machte er die Augen zu. Er fuhr sich ausführlich mit der Zunge über die Zähne und nahm einen zweiten Schluck und las nochmals das Etikett. «Na ja», sagte er und wetzte die Zähne aneinander, als seien sie eben geschliffen worden, «wenn wir das Zeug ein bißchen mit Wodka verdünnen, dann läßt es sich ganz gut trinken, glaub ich. Wie steht's mit Eiswürfeln, Turkle, alter Kumpel?»

Mit dem Schnaps und dem Portwein gemischt schmeckte der Sirup aus den Pappbechern wie ein harmloser Saft für Kinder, hatte aber den scharfen Nachgeschmack, den auch der Wein aus Kaktusfeigen hatte, den wir immer in The Dalles tranken, kalt und angenehm mild im Hals, doch heiß und wild, wenn man ihn erst runtergeschluckt hatte. Wir machten die Lichter im Tagesraum aus und saßen da und tranken. Wir kippten die ersten paar Becher hinunter, als sei es unsere Medizin, ernst und schweigend, und behielten uns gegenseitig im Auge, um zu sehen, ob vielleicht einer davon getötet würde. McMurphy und Turkle rauchten dazwischen immer wieder eine von Turkles Zigaretten und fingen wieder an zu kichern, als sie sich darüber unterhielten, wie es wohl wäre, die kleine Schwester mit dem Muttermal, die um Mitternacht Feierabend hatte, zu vögeln.

«Ich hätte Angst», sagte Turkle, «sie könnte mich mit dem großen Kreuz an ihrer Halskette verprügeln. Da könntest du in eine beschissene Lage kommen, Mann.»

«*Ich* hätte Angst», sagte McMurphy, «sie könnte im entscheidenden Moment mit dem Thermometer nach unten gehen und meine Temperatur nehmen!»

Alle brüllten vor Lachen. Harding unterbrach sein Gelächter lange genug, um auch einen Beitrag zu leisten.

«Oder noch schlimmer», sagte er. «Sie liegt einfach unter dir mit schrecklich konzentriertem Gesichtsausdruck und sagt dir – du lieber Gott, hört euch das an – sagt dir, wie schnell dein *Puls* geht!»

«Nein, aufhören ... O Gott, o Gott ...»

«Oder noch schlimmer, sie liegt nur da und kann deinen Puls und deine Temperatur berechnen, ohne Hilfsmittel.»

«O Gott, o Gott, oh bitte, hört auf damit ...»

Wir lachten und wälzten uns auf Sofas und Stühlen, bis uns die Tränen kamen und wir fast erstickten. Die Mädchen waren so schwach vom Lachen, daß sie zwei-, dreimal versuchen mußten, auf die Beine zu kommen. «Ich muß ... pinkeln gehn», sagte die große und ging schwankend und kichernd auf die Latrine zu und verfehlte die Tür und torkelte in den Schlafsaal, während wir alle einen Finger auf die Lippen legten und uns gegenseitig anhielten, ruhig zu sein, abzuwarten, bis sie einen schrillen Schrei ausstieß und wir den alten Oberst Matterson brüllen hörten, «Das Kissen ist ... ein *Pferd!*» – und er kam direkt hinter ihr in seinem Rollstuhl aus dem Schlafsaal geflitzt.

Sefelt schob den Oberst in den Schlafsaal zurück und zeigte dem Mädchen höchstpersönlich, wo die Latrine war, sagte ihr, sie werde in der Regel nur von Männern benützt, doch er werde hier an der Tür stehenbleiben, solange sie da drin war, und dafür sorgen, daß sie nicht gestört wurde, er werde alle Angreifer abwehren, bei Gott. Sie dankte ihm feierlich und schüttelte ihm die Hand, und sie salutierten voreinander, und während sie da drin war, kam der Oberst wieder in seinem Rollstuhl aus dem Schlafsaal angefahren, und Sefelt hatte alle Hände voll zu tun, ihn von der Latrine fernzuhalten. Als das Mädchen aus der Tür kam, versuchte er mit dem Fuß die Angriffe des Rollstuhls abzuwehren, während wir um den Spektakel herumstanden und den einen oder den anderen der beiden anfeuerten. Das Mädchen half Sefelt dabei, den Oberst wieder ins Bett zu legen, und dann gingen die beiden zusammen den Gang hinunter, im Walzerschritt und zu einer Musik, die niemand hören konnte.

Harding trank und schaute zu und schüttelte den Kopf. «Es passiert nicht tatsächlich. Es ist ein Gemisch aus Kafka und Mark Twain und Martini.»

McMurphy und Turkle machten sich Sorgen, es könnten immer noch zu viele Lichter an sein, und deshalb gingen sie den Gang auf und ab und machten alles aus, was glühte, sogar die kleinen kniehohen Nachtlampen, bis es auf der ganzen Station stockfinster war. Turkle besorgte Taschenlampen, und wir holten die Rollstühle aus dem Lagerraum und fuhren damit den Gang auf und ab und spielten Fangen, wir hatten dabei einen Mordsspaß, bis wir Sefelt in einem seiner Anfälle schreien hörten und zu ihm gingen und ihn zuckend neben diesem großen Mädchen, Sandy, liegen sahen. Sie saß auf dem Boden und strich sich den Rock glatt und blickte auf Sefelt hinunter. «So was hab ich überhaupt noch nicht erlebt», sagte sie, von Ehrfurcht ergriffen.

Fredrickson kniete neben seinem Freund und steckte ihm eine Brieftasche zwischen die Zähne, damit er sich nicht immer auf die Zunge biß, und half ihm dabei, seine Hose zuzuknöpfen. «Geht's jetzt wieder, Seef? Seef?»

Sefelt machte die Augen nicht auf, doch er hob eine schlaffe Hand und nahm die Brieftasche aus dem Mund. Er grinste durch den Schaum um seinen Mund. «Es geht schon wieder», sagte er. «Gib mir die Arznei, dann kann's weitergehen.»

«Willst du bestimmt von der Arznei, Seef?»

«Arznei.»

«Arznei», sagte Fredrickson über die Schulter, immer noch auf den Knien am Boden. «Arznei», wiederholte Harding und torkelte mit seiner Taschenlampe in Richtung Arzneimittelraum. Sandy schaute ihm mit glasigen Augen nach. Sie saß neben Sefelt und strich ihm voller Staunen über den Kopf.

«Vielleicht kannst du mir auch gleich was mitbringen», rief sie halb betrunken hinter Harding her. «Ich hab nie was erlebt, das auch nur annähernd so gut war.»

Am Ende des Ganges hörten wir Glas in Scherben gehen, und Harding kam mit zwei Handvoll Pillen zurück; er ließ sie über Sefelt und die Frau regnen, als werfe er Erdklumpen in ein Grab. Er erhob die Augen zur Decke.

«O gnädiger Herr, nimm diese beiden Sünder in deine Arme auf. Und laß die Tür gleich auf für den Rest von uns, denn du siehst hier das Ende, das absolute, unwiderrufliche, fantastische Ende. Endlich verstehe ich, was hier geschieht. Dies ist unser letzter Tanz. Danach ereilt uns unser Schicksal. Wir müssen die Schraube unseres Mutes bis zum Anschlag drehen und dann unserem drohenden Schicksal ins Gesicht schauen. Wir werden alle beim Morgengrauen erschossen. Hundert Kubikzentimeter pro Kopf. Miss Ratched wird uns an die Wand stellen, wo wir in den fürchterlichen Schlund eines Vorderladers blicken werden, den sie mit Miltowns! Thorazines! Libriums! Stelazines! geladen hat. Und mit einem Streich ihres Schwertes, *bluii*, wird sie uns einschläfern und unserem Dasein ein totales Ende bereiten.»

Er plumpste gegen die Wand und rutschte zu Boden, und die Pillen sprangen ihm aus den Händen und hüpften in alle Richtungen, wie rote und grüne und orangefarbene Insekten. «Amen», sagte er und machte die Augen zu.

Das Mädchen auf dem Boden strich sich den Rock über den langen, schwer arbeitenden Beinen glatt und betrachtete Sefelt, der immer noch grinsend und zuckend unter den Lampen neben ihr lag, und sagte: «Nie in meinem Leben was erlebt, das auch nur *halb* so gut war.»

Hardings Ansprache hatte die Leute zwar nicht gerade nüchtern gemacht, doch brachte sie ihnen irgendwie zum Bewußtsein, wie ernst das war, was wir taten. Die Nacht war schon ziemlich weit fortgeschritten, und wir mußten uns allmählich mit dem Gedanken vertraut machen, daß morgen früh der Stab wiederkommen würde. Billy Bibbit und sein Mädchen bemerkten, es sei schon nach vier

Uhr, und wenn niemand etwas dagegen hätte, würden sie jetzt Mr. Turkle bitten, die Isolierstation aufzuschließen. Unter den Lichtkegeln der Taschenlampen hindurch gingen sie wie durch ein Spalier den Gang hinunter, und wir anderen in den Tagesraum, um zu überlegen, wie wir ein bißchen aufräumen konnten. Turkle war kaum mehr bei Bewußtsein, als er von der Isolierstation zurückkam, und wir mußten ihn im Rollstuhl in den Tagesraum schieben.

Als ich hinter ihnen herging, kam mir die irgendwie überraschende Erkenntnis, daß ich betrunken war, richtig betrunken, mir war ganz warm, und ich grinste und taumelte, ich war zum erstenmal seit meiner Militärzeit wieder richtig betrunken, zusammen mit einem halben Dutzend Kameraden und ein paar Mädchen – und das auf der Station der Großen Schwester! Wir waren betrunken und rannten herum und lachten und hatten Weiber bei uns, mittendrin im stärksten Stützpunkt der Genossenschaft! Ich überdachte nochmals die letzten paar Stunden und das, was wir getan hatten, und ich konnte es kaum glauben. Ich mußte mir immer wieder sagen, daß es *tatsächlich* geschehen war, daß wir selber dafür sorgten, daß es geschah. Wir hatten einfach ein Fenster aufgemacht und es hereingelassen, so wie man frische Luft hereinläßt. Vielleicht war die Genossenschaft doch nicht allmächtig. Was konnte uns davon abhalten, es wieder zu tun, jetzt, da wir wußten, daß es ging? Oder ganz nach Wunsch andere Dinge zu tun? Ich fühlte mich so wohl bei diesen Gedanken, daß ich einen Schrei ausstieß und mich auf McMurphy und das Mädchen Sandy, die vor mir gingen, losstürzte und sie beide in die Luft hob, mit jedem Arm einen, und so mit ihnen die ganze Strecke bis zum Tagesraum lief, während sie jammerten und strampelten wie kleine Kinder. So wohl fühlte ich mich.

Oberst Matterson stand wieder auf, mit glänzenden Augen und voller Weisheiten, und Scanlon rollte ihn ins Bett zurück. Sefelt und Martini und Fredrickson sagten, für sie sei es auch Zeit, sich aufs Ohr zu legen. McMurphy und ich und Harding und das Mädchen und Mr. Turkle blieben noch auf, um den Hustensaft auszutrinken und zu überlegen, wie wir die Station halbwegs in Ordnung bringen konnten. Ich und Harding schienen die einzigen, die sich ernsthaft Gedanken machten; McMurphy und das große Mädchen saßen nur da und nippten an dem Sirup und grinsten sich an und trieben Spiele mit ihren Händen in den Schatten, und Mr. Turkle wurde immer wieder vom Schlaf übermannt. Harding bemühte sich sehr, ihnen den Ernst der Lage klarzumachen.

«Ihr scheint alle nicht zu begreifen, in welch komplizierter Lage wir uns befinden», sagte er.

«Bockmist», sagte McMurphy.

Harding schlug auf den Tisch. «McMurphy, Turkle, euch scheint nicht klar zu sein, was heute hier vorgefallen ist. In einer Anstalt für Geisteskranke. Auf Miss Ratcheds Station! Die Auswirkungen werden fürchterlich sein!»

McMurphy biß das Mädchen ins Ohrläppchen. Turkle nickte und machte ein Auge auf und sagte: «Stimmt. Sie hat Dienst morgen.»

«Ich hab jedoch einen Plan», sagte Harding. Er stand auf. Er sagte, McMurphy sei offensichtlich nicht mehr in der Lage, die Sache selbst in die Hand zu nehmen, dann müsse eben jemand anders handeln. Noch während er redete, fand er langsam das Gleichgewicht und wurde nüchterner. Er sprach mit ernster, drängender Stimme, und seine Hände formten das, was er sagte. Ich war froh, daß er da war und die Sache in die Hand nahm.

Sein Plan war, wir sollten Turkle fesseln, und zwar so, daß es aussah, als habe sich McMurphy von hinten an ihn herangeschlichen, ihn mit, sagen wir mal, einem in Streifen gerissenen Leintuch gefesselt und ihm die Schlüssel abgenommen, und nachdem er die Schlüssel hatte, brach er in den Arzneimittelraum ein, warf die Medikamente durcheinander und wirbelte all die Ordner und Mappen kräftig durcheinander, nur der Schwester zum Trotz – *das* würde sie sofort glauben –, dann schloß er das Fenstergitter auf und ergriff die Flucht.

McMurphy sagte, das klinge wie eine Geschichte aus dem Fernsehen, es sei so lächerlich, daß es gar nicht schiefgehen *könne*, und er gratulierte Harding zu seinem klaren Kopf. Harding sagte, der Plan habe was für sich; auf die Weise bekämen die anderen Kameraden keine Schwierigkeiten mit der Schwester, Turkle würde seine Stelle nicht verlieren, und McMurphy wäre frei. Er sagte, die Mädchen könnten McMurphy nach Kanada oder Tijuana fahren, oder sogar nach Nevada, wenn er das wollte, dort wäre er ganz in Sicherheit; die Polizei bemühe sich nie besonders um Leute, die aus Kliniken fliehen, neunzig Prozent von ihnen kommen nämlich nach ein paar

Tagen wieder zurück, pleite und blau und voll Sehnsucht nach dem kostenlosen Bett und der Verpflegung. Wir unterhielten uns eine Weile darüber und tranken den Rest des Hustensirups. Schließlich hatten wir es totgeredet. Harding setzte sich wieder.

McMurphy nahm seinen Arm von der Schulter des Mädchens und blickte von mir zu Harding, nachdenklich, wieder mit diesem seltsamen, müden Gesichtsausdruck. Er fragte, was war denn mit uns, warum zogen wir uns nicht einfach an und gingen mit ihm?

«Ich bin noch nicht ganz soweit, Mack», sagte Harding zu ihm.

«Wieso glaubst du denn, daß ich es bin?»

Harding schaute ihn eine Zeitlang schweigend an und lächelte, dann sagte er: «Nein, nicht wie Sie meinen. In ein paar Wochen werde ich soweit sein. Aber ich möchte es selber schaffen, ganz allein, ich will durch den Haupteingang hinaus, mit dem ganzen üblichen Papierkram und allen Komplikationen. Ich will, daß zu dem verabredeten Zeitpunkt meine Frau mit dem Auto da ist und mich abholt. Ich will denen zeigen, daß ich *imstande* war, es ganz allein zu schaffen.»

McMurphy nickte. «Und wie steht's mit dir, Häuptling?»

«Ich bin wieder hergestellt, glaub ich. Ich weiß bloß noch nicht, wo ich eigentlich hin will. Außerdem sollte einer noch ein paar Wochen hierbleiben, wenn du erst mal weg bist, um sicherzustellen, daß hier die alten Sitten nicht wieder einreißen.»

«Und Billy und Sefelt und Fredrickson und die anderen?»

«Ich kann nur für mich sprechen», sagte Harding. «Sie haben immer noch ihre Probleme, so wie wir alle. Sie sind immer noch kranke Männer, in vieler Hinsicht. Aber wenigstens sind sie das: sie sind jetzt kranke *Männer*. Keine Hasen mehr, Mack. Vielleicht werden sie eines Tages zu gesunden Männern, wer weiß.»

McMurphy dachte darüber nach und blickte dabei auf seine Handrücken. Dann schaute er wieder zu Harding auf.

«Harding, was ist denn eigentlich? Was geht vor sich?»

«Sie meinen all das hier?»

McMurphy nickte.

Harding schüttelte den Kopf. «Ich glaube nicht, daß ich die Antwort für Sie habe. Sicher, ich könnte mit Freudschen Ursachen und hochtrabenden Worten kommen, und was sich damit sagen ließe, würde auch stimmen. Doch was Sie wollen, sind die Ursachen der

Ursachen, und die kann ich Ihnen nicht geben. Jedenfalls nicht für die anderen. Für mich? Schuld. Scham. Angst. Selbstherabsetzung. Ich entdeckte sehr früh in meinem Leben, daß ich – na ja, sagen wir's vornehm, daß ich anders war. Das ist ein besseres, allgemeineres Wort als das andere. Ich frönte gewissen Praktiken, die unsere Gesellschaft für schändlich hält. Und ich wurde krank. Es waren nicht die Praktiken, glaube ich, es war vielmehr das Gefühl, daß der große, tödliche, ausgestreckte Zeigefinger der Gesellschaft auf mich deutete – und die gewaltige Stimme von Millionen schrie dauernd ‹Schande. Schande. Schande.› So behandelt die Gesellschaft Leute, die anders sind.»

«Ich bin anders», sagte McMurphy. «Warum ist es mir nicht so gegangen? Seit ich mich erinnern kann, haben die Leute wegen der einen oder anderen Sache an mir herumgemacht, aber das ist es nicht, was – aber deswegen wurde ich nicht verrückt.»

«Nein, Sie haben recht. Deswegen wurden Sie nicht verrückt. Ich nannte meine Ursache nicht als die einzige Ursache. Obwohl ich einmal vor einigen Jahren, meinen Rollkragenjahren, dachte, die Ächtung der Gesellschaft sei die einzige Macht, die einen zur Verrücktheit treibe, doch Sie haben mich dazu gebracht, meine Theorie zu überdenken. Es gibt noch etwas, das Leute, starke Leute wie Sie, mein Freund, auf die Straße der Verrückten drängt.»

«So? Nicht, daß ich zugeben würde, daß ich auf dieser Straße bin, doch was ist dieses Etwas?»

«Wir.» Er beschrieb mit seiner Hand einen weichen, weiten Kreis und wiederholte: «Wir.»

McMurphy brummte ein halbherziges «Bockmist», grinste und stand auf und zog das Mädchen hoch. Mit zusammengekniffenen Augen schaute er zu der kaum sichtbaren Uhr hoch. «Fast fünf. Ein Nickerchen würde mir guttun, vor meinem großen Abgang. Die Tagschicht kommt erst in zwei Stunden; lassen wir Billy und Candy noch eine Weile ungestört. So gegen sechs verschwind ich dann. Sandy, Schätzchen, eine Stunde im Schlafsaal macht uns vielleicht wieder nüchtern. Was meinst du? Wir haben morgen eine lange Fahrt vor uns, ob wir nach Kanada, Mexiko oder sonstwohin fahren.»

Turkle und Harding und ich standen auch auf. Wir waren alle recht wacklig auf den Beinen, immer noch ganz schön betrunken, doch eine weiche, traurige Stimmung hatte sich eingeschlichen. Turkle sagte, er werde McMurphy und das Mädchen in einer Stunde aus dem Bett holen.

«Wecken Sie mich auch auf», sagte Harding. «Ich stelle mich dann ans Fenster mit einer silbernen Gewehrkugel in der Hand und frage: ‹Wer war wohl dieser maskierte Reitersmann?›»

«Pfeifendeckel. Ihr zwei Burschen legt euch ins Bett, und ich möchte keinem von euch je wieder über den Weg laufen. Verstanden?»

Harding grinste und nickte, sagte aber nichts. McMurphy streckte ihm die Hand hin, und Harding schüttelte sie. McMurphy lehnte sich zurück, wie ein Cowboy, der aus einer Bar wankt, und zwinkerte mit den Augen.

«Jetzt bist du wieder der Oberspinner, Kumpel, der Große Mack macht dir Platz.»

Er wandte sich mir zu und runzelte die Stirn. «Ich weiß nicht, was du sein kannst, Häuptling. Du mußt dich erst noch ein bißchen in der Welt umsehen. Vielleicht kriegst du eine Stelle als Bösewicht bei den Fernseh-Catchern. Na ja, mach's gut.»

Ich schüttelte ihm die Hand, und wir gingen alle in Richtung Schlafsaal. McMurphy sagte Turkle, er solle einige Leintücher zerreißen und sich überlegen, was seine Lieblingsknoten seien, damit er ihn dann entsprechend fesseln könne. Turkle sagte, das werde er tun. Ich stieg in mein Bett, als es im Schlafsaal schon langsam grau wurde, und ich hörte McMurphy und sein Mädchen in sein Bett steigen. Ich fühlte mich betäubt und warm. Ich hörte, wie Mr. Turkle draußen im Gang die Tür zum Wäscheraum aufschloß und sie dann mit einem lauten, langen, rülpsenden Seufzer wieder hinter sich zumachte. Meine Augen gewöhnten sich an die Dunkelheit, und ich konnte sehen, wie sich McMurphy und das Mädchen aneinanderkuschelten, wie sie es sich an ihren Schultern bequem machten, eher wie zwei müde kleine Kinder als wie ein erwachsener Mann und eine erwachsene Frau, die zusammen im Bett liegen, um sich zu lieben.

Und genauso fanden sie die schwarzen Jungen, als sie um halb sieben kamen und die Lichter im Schlafsaal anmachten.

Ich habe über das, was sich daraufhin ereignete, gründlich nachgedacht und bin schließlich zu dem Ergebnis gekommen, daß es zwangsläufig so kommen mußte und daß es auf die eine oder andere Weise früher oder später ohnehin geschehen wäre, auch wenn Mr. Turkle wie geplant McMurphy und die beiden Mädchen geweckt und ihnen zur Flucht verholfen hätte. Die Große Schwester hätte irgendwie herausgefunden, was sich abgespielt hatte, vielleicht allein schon durch den Ausdruck in Billys Gesicht, und sie hätte genau dasselbe getan, ob nun McMurphy noch unter uns war, oder nicht. Und Billy hätte in jedem Fall das getan, was er tat, und McMurphy hätte davon erfahren und wäre zurückgekommen.

Hätte zurückkommen *müssen*, denn ob er nun irgendwo außerhalb der Klinik herumsaß und in Carson City oder Reno oder sonstwo Poker spielte oder ob er noch hier bei uns war, er hätte es auf keinen Fall zulassen können, daß die Große Schwester den letzten Zug machte, ihre letzte Trumpfkarte ausspielte. Es war, als habe er sich für das ganze Spiel verpflichtet, und er konnte unmöglich seinen Vertrag brechen.

Wir waren kaum aufgestanden und aus dem Schlafsaal gegangen, als sich die Vorfälle der letzten Nacht wie ein Lauffeuer im Flüsterton verbreiteten. «Die hatten *was*?» fragten die, die nicht dabeigewesen waren. «Eine *Hure*? Im Schlafsaal? Ach du großer Gott.» Nicht nur eine Hure, erzählten ihnen die anderen, sondern ein gewaltiges Saufgelage dazu. McMurphy habe geplant, sie rauszuschmuggeln, bevor die Tagschicht kam, sei aber nicht rechtzeitig aufgewacht. «Erzähl uns doch keine Märchen!» Kein Märchen. Jedes Wort so wahr wie die Bibel, ich war dabei.

Die, die die Nacht miterlebt hatten, begannen davon zu erzählen, mit einer Art stillem Stolz und voller Staunen, so wie die Augenzeugen eines großen Hotelbrands oder Dammbruchs erzählen – voller Ernst und Respekt, denn die Anzahl der Opfer ist noch nicht bekannt –, doch je länger sie davon erzählten, desto mehr verlor sich ihr Ernst. Jedesmal wenn die Große Schwester und ihre unermüdlichen schwarzen Jungen etwas Neues fanden, etwa die leere Flasche Hustensaft oder das Arsenal der Rollwagen, die am Ende des Ganges geparkt waren, wie leere Autoscooter auf dem Jahrmarkt, brachte das plötzlich und deutlich einen weiteren Vorfall der letzten Nacht ins Bewußtsein, den die, die dabei waren, noch einmal auskosteten und den anderen erzählten. Alles war von den schwarzen Jungen in den Tagesraum getrieben worden, die Chronischen genauso wie die Akuten, und schwirrte dort aufgeregt durcheinander. Die zwei alten Vegetierer saßen zusammengesunken in ihren Kissen und schnappten mit Augen und Lippen. Alle waren immer noch in Schlafanzug und Hausschuhen, bis auf McMurphy und das Mädchen; sie war angezogen, bis auf die Schuhe und Nylonstrümpfe, die sie jetzt über der Schulter hängen hatte, und er hatte die schwarzen Unterhosen mit den weißen Walfischen an. Sie saßen zusammen auf einem Sofa und hielten sich an der Hand. Das Mädchen war wieder eingenickt, und McMurphy lehnte sich mit einem zufriedenen und schläfrigen Grinsen an sie.

Unsere ernste Besorgnis machte, gegen unseren Willen, einem Gefühl der Freude und der Belustigung Platz. Als die Schwester den Haufen Pillen fand, die Harding auf Sefelt und das Mädchen hatte regnen lassen, schnaubten und prusteten wir und hatten Mühe, nicht laut hinauszulachen. Und als sie schließlich Mr. Turkle im Wäscheraum fanden und ihn blinzelnd und stöhnend herausführten, in hundert Meter zerrissener Leintücher gewickelt wie eine Mumie mit einem Kater, da brüllten wir vor Lachen. Die Große Schwester schluckte unsere Ausgelassenheit ohne auch nur eine Spur ihres aufgeklebten Lächelns; sie würgte einen Lachsturm nach dem andern hinunter, bis es so aussah, als könne sie jeden Augenblick platzen wie eine Blase.

McMurphy hängte ein nacktes Bein über die Lehne des Sofas und zog sich die Mütze tief ins Gesicht, um seine geröteten Augen vor dem Licht zu schützen, und er fuhr sich immer wieder mit einer Zunge über die Lippen, die aussah, als sei sie von diesem Hustensirup poliert worden. Er sah krank aus und entsetzlich müde, und er drückte sich immer wieder die Handballen an die Schläfen und gähnte, doch so übel es ihm auch zu sein schien, er hörte nicht auf zu grinsen, und ein-, zweimal ging er sogar so weit, laut über etwas zu lachen, das die Schwester entdeckt hatte.

Als die Schwester hineinging, um das Hauptgebäude anzurufen und Mr. Turkles Rücktritt zu melden, nützten Turkle und das Mädchen die Gelegenheit, das Fenstergitter wieder aufzuschließen, allen ein Lebewohl zuzuwinken und sich aus dem Staub zu machen, wobei sie auf dem nassen, in der Sonne glitzendern Gras dauernd stolperten und ausrutschten.

«Er hat nicht zugeschlossen», sagte Harding zu McMurphy. «Los! Laufen Sie doch hinterher!»

McMurphy stöhnte und machte ein Auge auf, so blutig wie ein Legei. «Das soll wohl 'n Witz sein? Ich käme nicht mal mit meinem *Kopf* durch das Fenster.»

«Mein Freund, ich glaube, Sie begreifen nicht die ganze Tragweite –»

«Harding, bleib mir bloß mit deinen großen Worten vom Leib; alles, was ich im Moment begreife, ist, daß ich noch halb blau bin. Und daß es mir übel ist. Und wenn man genau hinsieht, bist du auch noch blau. Häuptling, wie sieht's bei dir aus? Bist du noch blau?»

Ich sagte, daß ich noch überhaupt kein Gefühl in der Nase und in den Backen habe, falls das etwas bedeutet.

McMurphy nickte einmal und machte wieder die Augen zu. Er faltete die Hände auf der Brust und rutschte tief in seinen Sessel, das Kinn halb im Kragen verschwunden. Er schmatzte mit den Lippen und lächelte, als mache er ein Schläfchen. «Mann», sagte er, «alles ist noch blau.»

Harding machte sich immer noch Sorgen. Er bestand darauf, daß es für McMurphy das beste sei, sich schnell anzuziehen, während der Engel der Barmherzigkeit da drin war und wieder mit dem Doktor telefonierte, um ihm die ungeheuerlichen Dinge zu melden, die sie entdeckt hatte, doch McMurphy blieb dabei, daß es überhaupt keinen Grund zur Aufregung gebe. Er war doch jetzt nicht schlimmer dran als vorher, oder? «Ich hab ihnen die beste Waffe aus der Hand genommen», sagte er. Harding warf die Hände in die Luft und wandte sich ab und prophezeite den Untergang.

Einer der schwarzen Jungen sah, daß das Gitter aufgeschlossen war und verschloß es wieder und ging in die Schwesternstation und holte das große dünne Buch und kam wieder und ging mit dem Finger durch die Liste und murmelte die Namen vor sich hin, während er mit den Augen den jeweils dazu passenden Mann suchte. Die Liste ist alphabetisch angelegt, aber von rückwärts, um die Leute zu verwirren, und deshalb kam er erst am Schluß zu den Bs. Er blickte sich im Tagesraum um, ohne den Finger von dem letzten Namen auf seiner Liste zu nehmen.

«Bibbit. Wo ist Billy Bibbit?» Seine Augen waren groß. Er glaubte, Billy sei ihm direkt vor der Nase entwischt und sie würden ihn deswegen gewaltig zur Schnecke machen. «Wer von euch hat Billy Bibbit gehen sehen, ihr verdammten Schwachköpfe?»

Plötzlich fiel uns wieder ein, wo Billy tatsächlich war, und die Männer fingen wieder an zu flüstern und zu lachen.

Der schwarze Junge ging in die Station, und wir sahen, daß er es der Schwester sagte. Sie knallte den Hörer auf die Gabel und kam aus der Tür, der schwarze Junge direkt hinter ihr. Eine Locke aus ihrem Haar hatte sich aus der weißen Haube befreit und fiel ihr übers Gesicht, wie feuchte Asche. Sie schwitzte zwischen den Augenbrauen und unter der Nase. Sie verlangte, daß wir ihr sagten, wohin der Ausreißer gegangen sei. Großes Gelächter war die Antwort, und ihre Augen wanderten von einem zum andern.

«Aha. Er ist gar nicht fort, was? Harding, er ist noch hier – auf der Station, nicht wahr? So sagen Sie doch. Sefelt, sagen Sie es mir!»

Bei jedem Wort schnellten ihre Augen vor, fuhren den Männern ins Gesicht wie spitze Nadeln, doch die waren gegen ihr Gift immun. Sie hielten ihrem Blick stand; ihr Grinsen war wie ein Abklatsch des alten zuversichtlichen Lächelns, das sie verloren hatte.

«Washington! Warren! Kommen Sie mit zur Zimmerkontrolle.»

Wir standen auf und folgten den dreien, die das Labor aufschlossen, den Wannenraum, das Büro des Doktors ... Scanlon versteckte sein Grinsen hinter einer knorrigen Hand und flüsterte: «He, da wird der alte Billy aber Augen machen.» Wir nickten alle. «Und nicht nur Billy, wenn ich mir's recht überlege; ihr wißt ja, da ist noch jemand drin.»

Die Schwester kam zu der Tür der Isolierstation am Ende des Ganges. Wir drängten nach und verrenkten uns die Hälse, um über die Große Schwester und die zwei schwarzen Jungen weg sehen zu können, als sie die Tür aufschloß und mit einem Schwung aufriß. Es war dunkel in dem fensterlosen Raum. Man hörte einen kleinen Piepser und Geraschel im Dunkeln, und die Schwester drehte am Lichtschalter, und von der Matratze am Boden blinzelten Billy und das Mädchen ins Licht, wie zwei Eulen aus einem Nest. Die Schwester ignorierte die Lachsalve hinter ihrem Rücken.

«William Bibbit!» Sie gab sich alle Mühe, kalt und streng zu klingen. «William ... Bibbit!»

«Guten Morgen, Miss Ratched», sagte Billy und machte nicht die geringsten Anstalten, aufzustehen und seinen Schlafanzug zuzuknöpfen. Er nahm das Mädchen bei der Hand und grinste. «Das hier ist Candy.»

Die Zunge im knochigen Hals der Schwester gab einen glucksenden Laut von sich. «O Billy Billy Billy – ich schäme mich so für Sie.»

Billy war nicht wach genug, um auf ihre Schamgefühle zu reagieren, und das Mädchen war ganz damit beschäftigt, unter der Matratze nach ihren Strümpfen zu suchen, sie bewegte sich langsam und sah vom Schlafen noch ganz warm aus. Hin und wieder unterbrach sie ihre verträumte Suche und blickte zu der eisigen Figur der Schwester hoch, die mit verschränkten Armen über ihr stand, und nestelte dann an ihrem Pullover herum, um zu sehen, ob er zugeknöpft war, und zerrte wieder an ihrem Strumpf, der zwischen der Matratze und dem Fliesenboden eingeklemmt war. Sie bewegten sich beide wie fette Katzen voll warmer Milch, faul in der Sonne; ich nahm an, sie waren auch noch ziemlich betrunken.

«O Billy», sagte die Schwester, als sei sie so enttäuscht, daß sie gleich weinend zusammenbrechen müsse. «Ein Weib wie die da. Eine billige! heruntergekommene! angemalte! –»

«Kurtisane?» schlug Harding vor. «Isebel?» Die Schwester drehte sich um und versuchte ihn mit ihren Augen festzunageln, doch er machte einfach weiter. «Nicht Isebel? Nein?» Er kratzte sich nachdenklich am Kopf. «Wie wär's mit Salome? Die hat auch einen notorisch schlechten Ruf. Oder vielleicht wäre Ihnen mit ‹Dirne› gedient? Na ja, ich will ja nur behilflich sein.»

Sie fuhr herum und widmete sich wieder Billy. Er konzentrierte sich darauf, auf die Beine zu kommen. Er wälzte sich herum und war auf den Knien, das Hinterteil in der Luft, wie eine Kuh, die sich aufrichtet, dann stützte er sich auf die Hände, stand auf einem Fuß, dann auf dem anderen, und richtete sich vollends auf. Er schien sich über seinen Erfolg zu freuen, so als habe er keine Ahnung, daß wir uns an der Tür drängten und Witze über ihn machten und ihm applaudierten.

Das laute Reden und Lachen ließ die Schwester wieder herumwirbeln. Sie blickte von Billy und dem Mädchen auf den Haufen Männer hinter ihr. Das Gesicht aus Emaille und Kunststoff stürzte zusammen. Sie machte die Augen zu und konzentrierte sich darauf, das Zittern unter Kontrolle zu bringen. Sie wußte, dies war der Augenblick, sie stand mit dem Rücken zur Wand. Als sie die Augen wieder öffnete, waren sie ganz klein und still.

«Was mir am meisten Sorge macht, Billy», sagte sie – ich konnte die Änderung in ihrer Stimme hören – «ist, wie Ihre arme Mutter auf diese Neuigkeit reagieren wird.»

Sie bekam die Reaktion, die sie sich gewünscht hatte. Billy zuckte zusammen und fuhr sich mit der Hand übers Gesicht, als sei Säure darauf gespritzt worden.

«Mrs. Bibbit war immer so stolz auf ihre Besonnenheit. Das weiß ich zufällig. Das hier wird sie furchtbar aufregen. Sie wissen ja, wie sie ist, wenn sie sich aufregen muß, Billy; Sie wissen, wie krank die arme Frau werden kann. Sie ist so sensibel. Besonders, wenn es um ihren einzigen Sohn geht. Sie hat immer so stolz von Ihnen gesprochen. Sie hat immer –»

«Nein! Nein!» Sein Mund bewegte sich krampfhaft. Er schüttelte den Kopf und flehte sie an. «Sie b-b-brauchen doch n-nicht!»

«Billy, Billy, Billy», sagte sie. «Ihre Mutter und ich sind seit langem befreundet.»

«Nein!» schrie er. Seine Stimme zerkratzte die weißen nackten Wände der Isolierstation. Er hob das Kinn, so daß er zu dem Mond der Deckenlampe hinauf schrie. «N-n-*nein*!»

Wir hatten aufgehört zu lachen. Wir sahen zu, wie Billy auf dem Boden zusammenklappte, der Kopf fiel zurück, und die Knie schoben sich nach vorne. Er rieb sich mit der Hand über das grüne Hosenbein, auf und ab. Er schüttelte den Kopf in panischer Angst, wie ein kleines Kind, das Prügel bekommen soll, sobald die Rute vom Baum geschnitten ist. Die Schwester berührte ihn an der Schulter, um ihn zu trösten. Die Berührung erschütterte ihn wie ein Schlag.

«Billy, ich möchte ja nicht, daß sie so etwas von Ihnen glaubt – aber was soll ich denn davon halten?»

«Ni-ni-ni-nicht sagen, Mi-m-m-miss Ratched. Ni-ni-ni–»

«Billy, ich muß es ihr sagen. Es fällt mir schwer, zu glauben, Sie könnten so etwas tun, aber nun mal ehrlich, was soll ich denn davon halten? Ich finde Sie allein, auf einer Matratze, mit einer Frau von dieser Sorte.»

«Nein! Ich wa-wa-war's nicht. Ich ha-habe –» Seine Hand legte sich wieder auf seine Wange und blieb dort hängen. «Sie war's.»

«Billy, dieses Mädchen kann Sie doch nicht gewaltsam hier hereingeschleppt haben.» Sie schüttelte den Kopf. «Verstehen Sie mich richtig, ich würde ja gerne etwas anderes glauben – um Ihrer armen Mutter willen.»

Die Hand riß sich von der Wange los und hinterließ lange rote Kratzer. «Sie w-war's.» Er blickte sich in der Runde um. «Und M-m-mcMurphy! Er war's! Und Harding! Und die-die-die-die andern! Sie h-h-haben mich a-a-a-ausgelacht, mich da-dauernd aufgezogen!»

Sein Gesicht war jetzt ganz auf sie gerichtet. Er schaute nicht links und nicht rechts, nur geradeaus in ihr Gesicht, als sei dort an Stelle der Gesichtszüge eine Lichtspirale, ein hypnotisierender Wirbel von Schneeweiß und Blau und Orange. Er schluckte und wartete darauf, daß sie etwas sagte, doch umsonst; ihre Fähigkeiten, ihre fantastischen mechanischen Kräfte flossen in sie zurück, analysierten die Lage für sie und meldeten ihr, daß sie nichts weiter zu tun habe, als sich ruhig zu verhalten.

«Die haben mich ge-ge-gezwungen! Bitte, M-miss Ratched, die ha-haben mich *ge-ge-ge–!*»

Sie schaltete ihren Leitstrahl ab, und Billys Gesicht fiel nach vorne, schluchzte vor Erleichterung. Sie legte ihm eine Hand auf den Hals und zog seine Wange an ihre gestärkte Brust und strich ihm über die Schulter, während sie langsam, voll Verachtung die Augen über uns wandern ließ.

«Ist schon gut, Billy. Ist ja schon gut. Sie dürfen Ihnen nichts mehr tun. Ist ja schon gut. Ich will es Ihrer Mutter erklären.»

Sie starrte uns ununterbrochen an, während sie redete. Es war eigenartig, diese Stimme zu hören, weich und tröstend und so warm wie ein Kissen, aus einem Gesicht, das so hart war wie Porzellan.

«Schön, Billy. Kommen Sie mit mir. Sie können dort drüben im Büro des Doktors warten. Es ist ganz und gar unnötig, daß Sie hier im Tagesraum sitzen, mit diesen ... Ihren Freunden.»

Sie führte ihn zum Büro, streichelte seinen gesenkten Kopf und sagte dabei: «Armer Junge, armer Junge», während wir uns langsam zurückzogen und uns in den Tagesraum setzten, ohne einander anzusehen oder auch nur ein Wort zu sagen. McMurphy war der letzte, der Platz nahm.

Die Chronischen auf der anderen Seite des Raumes hörten auf

herumzuschwirren und gingen auf ihre Plätze. Ich warf einen verstohlenen Blick auf McMurphy, so unauffällig wie möglich. Er saß in seinem Sessel in der Ecke und ruhte sich einen Augenblick aus, bevor er zur nächsten Runde herauskam – zur nächsten einer langen Serie von Runden. Die Sache, die er bekämpfte, ließ sich nie endgültig besiegen. Man konnte nichts anderes tun als sich immer wieder zum Kampf stellen, bis man nicht mehr aus seiner Ecke kommen konnte, und dann mußte ein anderer den Kampf aufnehmen.

In der Schwesternstation wurde wieder telefoniert, und eine Anzahl Sachverständiger trudelte ein, um sich aus erster Hand von den Beweisen zu überzeugen. Als der Doktor selbst schließlich kam, gaben ihm alle diese Leute einen Blick, als habe er die ganze Sache ausgeheckt, oder zumindest toleriert und gutgeheißen. Er war weiß und zitterte unter ihren Blicken. Man sah deutlich, daß er zum größten Teil von dem, was auf seiner Station vorgefallen war, bereits informiert war, doch die Große Schwester gab ihm noch einmal einen Abriß davon, mit langsamen, lauten Einzelheiten, damit auch wir alles hören konnten. Und zwar auf die gebührende Art und Weise diesmal, ganz ernst, kein Flüstern oder Kichern, solange sie redete. Der Doktor nickte und fummelte an seiner Brille herum, und er zwinkerte heftig mit den Augen, die so naß waren, daß ich glaubte, sie bekomme so manchen Spritzer ab. Zum Schluß erzählte sie ihm von Billy und dem tragischen Erlebnis, das der arme Junge unsertwegen habe durchmachen müssen.

«Ich habe ihn in Ihr Büro gebracht. Er war in einem solchen Zustand, daß ich vorschlagen würde, Sie gehen jetzt sofort zu ihm. Er hat Furchtbares durchgemacht. Ich schaudere bei dem Gedanken an den Schaden, der dem armen Jungen offensichtlich zugefügt worden ist.»

Sie wartete, bis der Doktor auch schauderte.

«Ich glaube, Sie sollten zu ihm gehen und versuchen mit ihm zu sprechen. Er braucht sehr viel Mitgefühl. Er ist in einem bejammernswerten Zustand.»

Der Doktor nickte wieder und ging in Richtung seines Büros davon. Wir blickten hinter ihm her.

«Mack», sagte Scanlon. «Hör zu – du glaubst doch wohl nicht, daß sich auch nur einer von uns durch dieses Theater beeindrukken läßt, oder? Sicher, es ist nicht schön, aber wir wissen, wo die Schuld zu suchen ist – wir geben dir nicht die Schuld.»

«Nein», sagte ich, «keiner von uns gibt dir die Schuld.» Und wünschte mir gleich darauf, sie schnitten mir die Zunge ab, als ich sah, wie er mich anblickte.

Er machte die Augen zu und entspannte sich. Er schien auf etwas zu warten. Harding stand auf und ging zu ihm hinüber und hatte eben den Mund aufgemacht, um etwas zu sagen, als die kreischende Stimme des Doktors vom Ende des Ganges alle Gesichter in Entsetzen und plötzlichem Begreifen erstarren ließ.

«Schwester!» schrie er. «Gott im Himmel, *Schwester*!»

Sie rannte, und die drei schwarzen Jungen rannten, den Gang hinunter, dorthin, wo der Doktor immer weiter schrie. Doch nicht einer der Patienten stand auf. Wir wußten, daß wir jetzt nichts mehr tun konnten, als auf unseren Plätzen zu bleiben und darauf zu warten, daß sie in den Tagesraum kam und uns von der Sache berichtete, von der wir längst wußten, daß sie früher oder später eintreffen würde.

Sie ging direkt auf McMurphy zu.

«Er hat sich den Hals aufgeschnitten», sagte sie. Sie wartete und hoffte, er würde etwas sagen. Er hob nicht mal den Kopf. «Er öffnete den Schreibtisch des Doktors und fand einige Instrumente und schnitt sich den Hals auf. Der arme, beklagenswerte, mißverstandene Junge, er hat sich umgebracht. Dort ist er jetzt, im Stuhl des Doktors, mit aufgeschnittener Kehle.»

Wieder wartete sie. Doch er blickte immer noch nicht auf.

«Zuerst Charles Cheswick, und jetzt William Bibbit! Ich hoffe, Sie sind nun endlich zufrieden. Sie haben mit Menschenleben gespielt – mit Menschenleben gepokert – als hielten Sie sich für einen *Gott*!»

Sie wandte sich ab und ging in die Schwesternstation und machte hinter sich die Tür zu und ließ ein tödliches, kaltes Schrillen in den Lichtröhren über unseren Köpfen zurück.

Mein erster Gedanke war, ihn aufzuhalten, ihn dazu zu überreden, sich mit seinen bisherigen Siegen zufriedenzugeben und ihr die letzte Runde zu überlassen, doch dann löschte ein anderer, größerer Gedanke die ersten Überlegungen völlig aus. Mit kristallklarer Gewißheit wurde mir plötzlich klar, daß weder ich noch einer der anderen von uns zehn oder zwölf ihn aufhalten konnte. Daß Hardings Argumente oder meine starken Arme oder die Lektionen des alten Oberst Matterson oder Scanlons Nörgeln ihn sowenig aufhalten konnte wie wir alle zusammen.

Wir konnten ihn nicht aufhalten, weil wir es waren, die ihn dazu trieben, es war unsere Notlage, die ihn sich langsam aus seinem Sessel erheben ließ, die ihn dazu veranlaßte, sich mit den großen Händen auf die Armlehnen des Ledersessels zu stützen und sich aufzurichten und dazustehen wie einer dieser Robotmenschen im Kino und den Befehlen zu gehorchen, die ihm seine vierzig Meister funkten. Wir waren es, die ihn wochenlang vorangetrieben hatten, die ihn auf den Beinen gehalten hatten, obwohl seine Füße und Beine längst nicht mehr mitmachen wollten, die ihn wochenlang dazu getrieben hatten, mit den Augen zu zwinkern und zu grinsen und zu lachen und seine Komödie weiterzuspielen, obwohl seine Energie längst zwischen den zwei Elektroden ausgetrocknet war.

Wir brachten ihn dazu, aufzustehen und seine schwarzen Unterhosen hochzuziehen wie Reithosen, und mit einem Finger die Mütze ins Genick zu schieben wie einen großen Cowboyhut, mit langsamen, mechanischen Gesten – und als er über den Boden ging, konnte man hören, wie das Eisen in seinen nackten Fersen Funken aus den Fliesen schlug.

Erst ganz zum Schluß – als er die Glastür zertrümmert hatte, als ihr Kopf herumfuhr und das blanke Entsetzen in ihrem Gesicht jeden anderen Gesichtsausdruck in der Zukunft unmöglich machte, als sie schrie, während er sie packte und die ganze Vorderseite ihrer Uniform von oben bis unten aufriß, als sie noch lauter schrie, während die beiden Halbkugeln mit den Brustwarzen sich ausdehnten und immer stärker anschwollen und größer waren, als irgendeiner von uns jemals vermutet hatte, warm und rosarot in dem Licht – erst ganz zum Schluß, als die Ärzte und ihre Helfer begriffen, daß die drei schwarzen Jungen überhaupt nichts tun würden, als dazustehen und zuzuschauen, und daß sie ihn ohne deren Hilfe bändigen mußten, als Ärzte und Wachpersonal und Schwestern diese schweren roten Finger aus dem weißen Fleisch ihres Halses rissen, als seien sie die Knochen in ihrem Hals, als sie ihn schwer keuchend von ihr wegzerrten, erst dann ließ er erkennen, daß er möglicherweise etwas anderes war als ein gesunder, willensstarker, zäher Mann, der eine schwere Pflicht erfüllte, die schließlich einfach getan werden mußte, ob es einem nun paßt oder nicht.

Er stieß einen Schrei aus. Ganz zuletzt, als er rückwärts fiel und wir eine Sekunde sein Gesicht zu sehen bekamen, mit dem Kopf nach unten, bevor er unter einem Haufen weißer Uniformen am Boden verschwand, ließ er diesen Schrei raus:

Wie ein in die Enge getriebenes Tier, voller Angst und Haß und Kapitulation und Trotz; wer schon mal hinter einem Waschbär oder Puma oder Luchs her war, kennt diesen letzten Schrei des Tieres, wenn es in die Enge getrieben und angeschossen worden ist, und der Hund kommt, um es zu holen; wenn das Tier überhaupt nichts mehr kümmert, nur noch sein Sterben.

Ich blieb noch ein paar Wochen da, um zu sehen, wie es weiterging. Alles änderte sich. Sefelt und Fredrickson bestanden auf Entlassung, gegen den Rat der Ärzte, und zwei Tage danach reisten drei weitere Akute ab, sechs weitere ließen sich auf eine andere Station versetzen. Es gab eine gründliche Untersuchung wegen der Party auf der Station und wegen Billys Tod, und dem Doktor wurde mitgeteilt, ein Rücktrittsgesuch von ihm würde jederzeit akzeptiert, und er teilte ihnen mit, sie müßten durch alle Instanzen gehen und ihn ins Gefängnis bringen, wenn sie ihn loshaben wollten.

Die Große Schwester blieb eine Woche lang drüben in der Medizinischen, und so leitete eine Weile die japanische Schwester von der Geschlossenen unsere Station. Das gab den Kameraden die Gelegenheit, eine ganze Reihe der Stationsvorschriften zu ändern. Als die Große Schwester zurückkam, hatte es Harding sogar erreicht, daß der Wannenraum wieder offenblieb, und er saß drin und hielt selbst die Bank beim Siebzehnundvier und versuchte, seiner feinen dünnen Stimme den Klang von McMurphys Stimme zu geben, zu bellen wie ein öffentlicher Versteigerer. Er war gerade beim Kartenmischen, als wir hörten, wie sich ihr Schlüssel im Schloß drehte.

Wir gingen alle aus dem Wannenraum und hinaus in den Flur, ihr entgegen, um nach McMurphy zu fragen. Sie sprang zwei Schritte zurück, als wir auf sie zukamen, und einen Moment sah es so aus, als wolle sie davonlaufen. Ihr Gesicht war auf einer Seite blau geschwollen und ganz verformt, so daß das Auge völlig zugeschwollen war, und sie hatte einen dicken Verband um den Hals. Und eine neue weiße Uniform. Einige der Kameraden grinsten, als sie die Vorderseite der Uniform sahen; obwohl sie kleiner und knapper und noch mehr gestärkt war als ihre alten Uniformen, konnte sie die Tatsache doch nicht mehr verbergen, daß sie eine Frau war.

Lächelnd trat Harding dicht vor sie und fragte, was aus Mack geworden war.

Sie nahm einen kleinen Schreibblock und einen Bleistift aus der Tasche ihrer Uniform und schrieb «Er kommt wieder» darauf und reichte ihn herum. Das Papier zitterte in ihrer Hand. «Sind Sie sicher?» wollte Harding wissen, nachdem er es gelesen hatte. Wir hatten alles mögliche gehört, er habe in der Geschlossenen zwei Pfleger überrumpelt, ihnen die Schlüssel abgenommen und sei geflohen, er sei ins Sträflingslager zurückgeschickt worden – ja wir hatten sogar gehört, die Schwester, die vorläufig den Doktor vertrat, gebe ihm eine Reihe von Spezialbehandlungen.

«Sind Sie auch ganz sicher?» wiederholte Harding.

Die Schwester holte wieder den Schreibblock heraus. Sie war steif in den Gelenken, und ihre Hand, die so weiß war wie noch nie, zuckte über das Papier wie bei der alten Zigeunerin an der Straßenecke, die einem für einen Penny aufschrieb, was die Zukunft bringen würde. «Ja, Mr. Harding», schrieb sie. «Ich würde das nicht sagen, wenn ich nicht sicher wäre. Er kommt wieder.»

Harding las, was sie auf das Papier geschrieben hatte, dann zerriß er es und warf die Fetzen nach ihr. Sie zuckte zusammen und hob die Hand, um die zerschundene Seite ihres Gesichts vor dem Papier zu beschützen. «Wertes Fräulein, ich glaube, Sie haben einen ausgewachsenen Furz im Hirn», sagte Harding zu ihr. Sie starrte ihn an, und für eine Sekunde schwebte ihre Hand über dem Schreibblock, doch dann drehte sie sich um und ging in die Schwesternstation und steckte den Block und den Bleistift wieder in die Tasche ihrer Uniform.

«Hmm», sagte Harding. «Unsere Unterhaltung war etwas einseitig, scheint mir. Allerdings, wenn dir einer vorwirft, du hättest einen Furz im Hirn, ist es nicht einfach, mit Papier und Bleistift zu antworten.»

Sie versuchte, ihre Station wieder auf Vordermann zu bringen, doch das war schwierig, solange McMurphys Gegenwart immer noch den Gang unsicher machte und bei den Sitzungen laut hinauslachte und in der Latrine sang. Sie konnte nicht mehr so souverän wie vorher regieren, jedenfalls nicht mit Bleistift und Papier. Sie verlor ihre Patienten, einen nach dem andern. Nachdem Harding seine Entlassung durchgesetzt und von seiner Frau abgeholt worden war und George sich auf eine andere Station hatte versetzen lassen, waren von der alten Bootsbesatzung nur noch drei von uns übrig, ich und Martini und Scanlon.

Ich war noch nicht bereit zu gehen, denn irgendwie schien sie mir ihrer Sache zu sicher; sie schien noch auf eine letzte Runde zu warten, und ich wollte dabeisein, sollte es tatsächlich soweit kommen. Und eines Morgens, nachdem McMurphy drei Wochen abwesend war, spielte sie ihren letzten Trumpf aus.

Die Stationstür ging auf, und die schwarzen Jungen rollten dieses Gurney-Bett herein, mit einer Tafel unten dran, auf der in dikken schwarzen Buchstaben stand: MCMURPHY, RANDLE P. POSTOPERATIV. Und darunter stand, mit Tinte geschrieben: LOBOTOMIE.

Sie schoben es in den Tagesraum und ließen es an der Wand stehen, direkt neben den Vegetierern. Wir standen am Fußende des Gurney-Bettes und lasen die Tafel und blickten dann auf das andere Ende, auf den Kopf, der in die Kissen gebettet war, ein Büschel rotes Haar über einem Gesicht so weiß wie Milch, bis auf die tiefroten Quetschungen um die Augen.

Nach einer Weile, in der keiner etwas sagte, wandte sich Scanlon ab und spuckte auf den Boden. «Aaach, was will uns denn die alte Hexe jetzt wieder vormachen, Himmel, Arsch und Zwirn. Das ist er doch gar nicht.» «Sieht *ganz anders* aus», sagte Martini.

«Für wie blöd hält die uns eigentlich?»

«Sie haben's aber nicht schlecht gemacht», sagte Martini und stellte sich neben das Kopfende und zeigte auf den Kopf, während er redete. «Hier. Sie haben nicht mal das gebrochene Nasenbein und diese verrückte Narbe vergessen – sogar der Backenbart ist da.»

«Sicher», knurrte Scanlon, «aber trotzdem, verdammt noch mal.»

Ich drückte mich an den anderen Patienten vorbei und stellte mich neben Martini. «Sicher, die können solche Dinge wie Narben oder gebrochene Nasen leicht nachmachen», sagte ich. «Aber den *Gesichts*ausdruck, das geht nicht. Da ist überhaupt nichts in dem

Gesicht. Grad wie eine Schaufensterpuppe, hab ich recht, Scanlon?»

Scanlon spuckte wieder auf den Boden. «Ganz klar, verdammt. Das Ganze ist, na ja, zu *leer*. Das sieht doch jeder.»

«Seht mal», sagte einer der Patienten und zog die Decke zurück, «Tätowierungen.»

«Sicher», sagte ich, «Tätowierungen können sie nachmachen. Aber die Arme, wie steht's denn damit? Die Arme? Das würden sie nie schaffen. Seine Arme waren *stark*!»

Den Rest des Nachmittags spotteten Scanlon und Martini und ich über diesen, wie sich Scanlon ausdrückte, billigen Zirkustrick in dem Gurney-Bett, doch als Stunde um Stunde verging und die Schwellungen um die Augen herum zurückgingen, sah ich, daß immer mehr Kameraden hinüberwanderten, um einen Blick auf die Figur zu werfen. Ich beobachtete sie beim Vorbeigehen, sie taten so, als gingen sie zum Zeitschriftenregal oder zum Trinkbrunnen, doch sie wollten nur nochmals einen verstohlenen Blick auf dieses Gesicht werfen. Ich beobachtete das alles und überlegte mir, was er an meiner Stelle tun würde. Nur eins stand für mich fest: er hätte so was nicht im Tagesraum stehenlassen, mit seinem Namen dran, zwanzig, dreißig Jahre lang, nur damit es die Große Schwester als Beispiel dafür benützen konnte, was einem passieren konnte, wenn man sich gegen das System stellte. Da war ich mir ganz sicher.

In der Nacht wartete ich, bis mir die Geräusche im Schlafsaal sagten, daß alle schliefen, und bis die schwarzen Jungen aufgehört hatten, ihre Runden zu machen. Dann drehte ich den Kopf auf dem Kissen so, daß ich das Bett neben mir sehen konnte. Ich hatte vorher stundenlang dem Atmen zugehört, sie hatten ganz einfach das Gurney-Bett hereingerollt und dann die ganze Tragbahre auf das Bett gelegt; ich hatte zugehört, wie die Lungen stolperten und stehenblieben, dann wieder weitermachten, und hatte beim Zuhören gehofft, sie würden für immer aufhören – doch hingeschaut hatte ich noch nicht.

Im Fenster stand ein kalter Mond und schüttete Licht in den Schlafsaal wie Magermilch. Ich setzte mich im Bett auf, und mein Schatten fiel über diesen Körper, schien ihn zwischen der Hüfte und den Schultern zu halbieren, und nur ein schwarzer Zwischenraum trennte die Hälften. Die Schwellungen um die Augen waren so weit zurückgegangen, daß sie offen waren; sie starrten in das volle Licht des Mondes, offen, nicht träumend, ganz glasig, weil sie schon so lange ohne Zwinkern offen waren, bis sie wie durchgebrannte Sicherungen aussahen. Ich machte eine Bewegung, als ich das Kopfkissen in die Hände nahm, und die Augen konzentrierten sich auf diese Bewegung und folgten mir, als ich aufstand und die paar Schritte zwischen den Betten zurücklegte.

Der große harte Körper hing zäh an seinem Leben. Er wehrte sich lange dagegen, daß ihm dieses Leben weggenommen wurde, strampelte und sträubte sich so sehr, daß ich mich schließlich in meiner ganzen Länge drauflegen mußte, um die zappelnden Beine in die Schere zu nehmen, während ich das Kissen auf das Gesicht drückte. So lag ich auf diesem Körper, tagelang, wie mir schien. Bis das Zappeln aufhörte. Bis es eine Weile ruhig war und einmal zusammenzuckte und dann wieder ruhig war. Dann wälzte ich mich herunter. Ich hob das Kissen hoch, und im Mondschein sah ich, daß sich an dem leeren, ausweglosen Gesichtsausdruck nicht das geringste geändert hatte, auch nicht, als ihm die Luft wegblieb. Ich drückte mit meinen Daumen die Augenlider herunter und hielt sie so, bis sie von selber unten blieben. Dann legte ich mich wieder auf mein Bett.

So lag ich eine Zeitlang und hielt mir die Decken übers Gesicht, und dachte, ich sei ziemlich ruhig, doch Scanlons Zischen von seinem Bett herüber sagte mir, daß ich es nicht war.

«Nimm's nicht so schwer, Häuptling», sagte er. «Nimm's nicht so schwer. Ist schon gut.»

«Halt's Maul», flüsterte ich. «Schlaf weiter.»

Eine Weile war es ruhig; dann hörte ich ihn wieder zischen und fragen: «Ist es vorbei?»

Ich sagte ihm, ja.

«Herrgott», sagte er dann, «sie wird Bescheid wissen. Das ist dir doch klar, oder? Sicher, niemand wird etwas beweisen können – in dem Zustand kann's bei jedem plötzlich aufhören, kommt oft genug vor – doch sie, sie wird Bescheid wissen.»

Ich sagte kein Wort.

«An deiner Stelle, Häuptling, würde ich schleunigst verduften. Und wie. Ich mach dir einen Vorschlag. Du haust ab, und ich sage morgen, ich habe ihn noch herumstolpern gesehen, als du schon fort warst, also kannst du's nicht gewesen sein. Das ist bestimmt am besten so, meinst du nicht?»

«Sicher, sicher, einfach so. Die sind so nett und schließen mir die Tür auf und lassen mich hinaus.»

«Nein. Er hat dir einmal gezeigt, wie. Denk doch zurück. In der allerersten Woche. Weißt du noch?»

Ich gab ihm keine Antwort, und er sagte nichts mehr, und es war wieder still im Schlafsaal. Ich blieb noch ein paar Minuten liegen und stand dann auf und begann mich anzuziehen. Als ich damit fertig war, griff ich in McMurphys Nachttisch und holte seine Mütze heraus und probierte sie an. Sie war zu klein, und plötzlich schämte ich mich, daß ich versucht hatte, sie an mich zu nehmen. Ich ließ sie auf Scanlons Bett fallen, als ich aus dem Schlafsaal ging. Er sagte: «Mach's gut, Kumpel», als ich hinausging.

Der Mond sickerte durch das Gitter vor dem Fenster im Wannenraum und beleuchtete die geduckte, schwere Form des Schaltkastens und funkelte so kalt auf dem Chrom der Hebel und dem Glas der Meßgeräte, daß ich fast das Knacken hören konnte. Ich holte tief Luft und beugte mich vor und packte die Hebel an der Seite. Ich schob meine Beine nach vorne, unter meinen Körper, und spürte das Knischen des Gewichts zu meinen Füßen. Ich wuchtete wieder und hörte, wie die Drähte und Leitungen aus dem Boden gerissen wurden. Ich brachte meine Knie darunter, und es gelang mir, den Kasten mit beiden Armen zu umschlingen. Das Chrom an meinem Hals und an meiner Schläfe war kalt. Ich stellte mich mit dem Rücken zum Fenstergitter, dann wirbelte ich herum, so daß der Schaltkasten mit voller Wucht durch Gitter und Fenster krachte. Das Glas spritzte hinaus in den Mondschein, wie glänzendes kaltes Wasser, das die schlafende Erde tauft. Keuchend stand ich einen Augenblick da und überlegte, ob ich nicht Scanlon und einige der anderen holen sollte, doch dann hörte ich die Schuhe der schwarzen Jungen quietschen, die schnell näher kamen, und ich legte eine Hand auf den Fenstersims und sprang mit einem Satz hinter dem Schaltkasten her, hinaus in den Mondschein.

Ich lief über den Rasen, in der Richtung, in der ich den Hund hatte laufen sehen, zur Landstraße. Ich erinnere mich, daß ich Riesenschritte machte, ich schien immer eine ganze Weile in der Luft zu schweben, bevor ich wieder mit dem Fuß aufsetzte. Ich hatte das

Gefühl zu fliegen. Frei. Niemand machte sich die Mühe, einen Ausreißer zu verfolgen, das wußte ich, und Scanlon wurde mit irgendwelchen Fragen wegen des toten Mannes bestimmt fertig – völlig unnötig, so zu laufen. Doch ich hörte nicht auf. Ich lief etliche Kilometer, bevor ich stehenblieb und dann die Böschung zur Landstraße hinaufging.

Ein Mexikaner nahm mich mit, der mit einem Lastwagen voll Schafe nach Norden fuhr, und ich erzählte ihm eine solch gute Geschichte über mich, ich sei ein indianischer Berufsringer, den die Mafia in eine Klapsmühle habe abschieben wollen, daß er sehr schnell anhielt und mir eine Lederjacke gab, damit ich meine grüne Uniform zudecken konnte, und mir zehn Dollar lieh, damit ich mir etwas zu essen kaufen konnte, auf meinem Weg nach Kanada. Ich sagte ihm, er solle mir seine Adresse aufschreiben, bevor er wieder losfuhr, dann würde ich ihm das Geld schicken, sobald ich aus dem Gröbsten raus sei.

Vielleicht geh ich letzten Endes tatsächlich nach Kanada, doch ich glaube, unterwegs mach ich erst mal am Columbia Station. Ich möchte mich ein bißchen in Portland und Hood River und The Dalles umsehen, vielleicht finde ich einige der Burschen, die ich damals im Dorf gekannt habe, vielleicht haben sich noch nicht alle die Gurgel abgesoffen. Ich möchte sehen, was sie gemacht haben, seit die Regierung versucht hat, ihnen das Recht, Indianer zu sein, abzukaufen. Ich habe gehört, daß einige von unserem Stamm sich darangemacht haben, ihr klappriges Holzgerüst um diesen ganzen Millionen-Dollar-Staudamm herum wieder aufzubauen, um in der Überlaufrinne den Lachs aufzuspießen. Ich würde viel darum geben, wenn ich das sehen könnte. Doch in erster Linie möchte ich einfach die Gegend um die Schlacht herum wieder sehen, damit ich wieder ein klares Bild davon bekomme.

Ich bin lange fort gewesen.

Nachwort zum Film

Wer will Irre auf der Leinwand sehen? Anfang der siebziger Jahre waren sich die großen Studios in dieser Frage so einig wie in den Sechzigern – niemand. Da konnten der Roman ein Bestseller und die Broadway-Aufführung ein Erfolg gewesen sein, in diesen Stoff wollten sie keinen Cent stecken, selbst wenn Kirk Douglas von dem Buch begeistert war. 1963 hatte der Star in Dale Wassermans Bühnenadaption die Hauptrolle gespielt und sich die Rechte an Ken Keseys Roman gesichert. Für eine Verfilmung fand er dennoch keine Geldgeber. Dafür wurde ihm ein Blick in die Zukunft gewährt. Schon Mitte der sechziger Jahre begegnete Kirk Douglas dem künftigen Regisseur des Jahre später von seinem Sohn Michael produzierten Films. Auf einer Promotion-Tour durch die Tschechoslowakei traf er den jungen Filmemacher Miloš Forman, dem Douglas von seinem Projekt erzählte. Weil Forman («Mein Englisch reichte kaum aus, um Straßenschilder zu lesen») den Roman nicht kannte, versprach Douglas, das Buch zu schicken. Die Post aus Hollywood ging beim tschechischen Zoll verloren, und erst 1973 gelangte ein Exemplar an den 1969 in die USA emigrierten Forman. Diesmal waren Michael Douglas und der Musikproduzent Saul Zaentz die Absender.

Als Spezialist für respektlose Komödien, die, meist mit Laiendarstellern realisiert, immer an der Grenze zum guten Geschmack lavierten, hatte sich Forman einen Namen gemacht. In den USA war der Regisseur aber mit zwei Produktionen bisher wenig erfolgreich gewesen. «Taking Off» von 1970 kam zwar bei der Kritik an, floppte jedoch an der Kasse, während Formans gelungene Episode zum Olympia-Film «Visions of Eight» das Desaster eines Projektes nicht aufhalten konnte, an dem außer ihm noch Arthur Penn, John Schlesinger, Claude Lelouch, Kon Ichikawa, Juri Osserow, Mai Zetterling und Michael Pfleghar beteiligt waren. So erreichte der von einem jungen

Abkömmling der Hollywood-Aristokratie gesandte Roman einen ehrgeizigen, momentan aber glücklosen Regisseur. Wollte der eine aus dem Schatten seines übergroßen Vaters treten, mußte der andere beweisen, daß er kommerziell erfolgreiche Filme drehen konnte – in der Konstellation ist die Legendenbildung schon angelegt. Der Ausgang ist bekannt.

Überleben in der Anstalt

Die ablehnende Haltung der Studiobosse gegenüber dem Projekt war Anfang der siebziger Jahre nachvollziehbar. Schwere Krankheiten gab es im Unterhaltungskino bis dahin nur, wenn das «gesunde Leben» zentral war, wenn in Rückblenden das Vorher erzählt werden konnte, oder das Nachher ein Happy-End präsentierte, bei dem kein Auge trockenblieb. Die geschlossene Anstalt als Lebensraum ohne Aussicht auf Gesundung und ein normales Leben, das zudem sogar noch grundsätzlich in Frage gestellt wurde, dafür mochten die etablierten Firmen kein Geld riskieren.

Nichtsdestoweniger konzentriert Forman seine Handlung um die geschlossene Abteilung der psychiatrischen Anstalt. Hier wird McMurphy eingeliefert, ein aufbrausender Mann mit einem langen Strafregister, das von Widerstand gegen die Staatsgewalt bis zur Verführung Minderjähriger reicht. In der Anstalt soll geprüft werden, ob er «normal» ist. McMurphy betrachtet seine Zwangseinweisung als willkommene Unterbrechung seiner Knastzeit. «Aufsässig», «faul» und «redet ungefragt» lauten die Stichworte seiner Haftbeurteilung. Den fünf Prügeleien, in die er im Gefängnis verwickelt war, stellt McMurphy die 40 Kämpfe gegenüber, die Rocky Marciano schlug – «...und der wurde Millionär». Unangepaßt und mit ausgeprägtem Gerechtigkeitssinn, so zeigt Forman diesen Einzelgänger, der schnell zum Anführer der Patientengruppe avanciert. Mit seinem Auftreten werden die Karten neu gemischt, im wörtlichen wie im übertragenen Sinn. In den permanenten Pokerpartien der Therapiegruppe geht es plötzlich um ‹richtige› Einsätze, es geht um Selbstbestimmung und Freiheit. Der Kampf gegen die Autorität der Schwester und ihr Regime wird zum Überlebenskampf. Neben Formans Bemühen um eine möglichst authentische Darstellung des Anstaltsalltags wird die Frage nach der Beziehung von Individuum und Gesellschaft zum zentralen Thema des Films.

Bei Forman hat Authentizität nichts mit Abbildrealismus zu tun. Die geschlossene Station als Handlungsort wirkt abstrakt und konkret zugleich. Weiß in allen Schattierungen dominiert die Szene, vom eierschalenfarbenen Boden über das fleckige Weiß von Wänden, Möbeln, Decken und Patientenkitteln bis zum makellosen Strahlen der Schwesterntracht von Mildred Ratched. Durch die großen Fenster dringt ein kaltes Winterlicht in die Räume, das die Konturen verwischt und eine irreale Traumszenerie entstehen läßt, über die Schwester Ratched mit geradem Kreuz und aufmerksamem Blick wacht. In der alptraumartigen Irrealität dieses Raumes liegt zugleich das reale Moment des «So könnte es sein». Dem abgeschotteten Stationszimmer der Pflegekräfte, der Medikamentenausgabe, dem angeschlagenen Mobiliar und den hochgekachelten Waschräumen sieht man den jahrelangen Stationsalltag an, dem Marmorklotz, der mit seinen Wasserdüsen wie ein Altar mitten im Duschraum steht, nicht. Der Marmorklotz betont die Unmenschlichkeit dieses Systems. Vom hier aus werden Patienten mit scharfem Strahl abgespritzt – was man nie sieht und nur aus dem respektvollen Bogen schließen kann, den die Anstaltsinsassen um den Wasserwerfer schlagen. Der Marmorklotz wird zum Symbol eines Systems, aus dem es kein Entrinnen gibt. «Ich hab's wenigstens versucht», sagt McMurphy, nachdem er damit gescheitert ist, den Klotz hochzustemmen und das System gleichsam aus den Angeln zu heben.

Der Horror des Anstaltssystems erscheint in hellen Farben. Eine stereotyp freundliche Schwester, die Musikberieselung bei der Medikamentenausgabe, die medikamentöse Ruhigstellung der Patienten und die Allgegenwärtigkeit der Aufseher mit ihren Mikrophonansagen – all das summiert sich zu einer «schönen neuen Welt», ohne den Bezug zum realen Ort zu verlieren. Dabei legt Forman wenig Wert auf penible Genauigkeit. So legt die Ausstattung die Handlungszeit auf die frühen siebziger Jahre fest, aber Behandlungsmethoden wie Elektroschocks waren damals schon weitgehend aus dem Repertoire der Psychiatrie verbannt. In den siebziger Jahren seien sie, so Forman in seiner Autobiographie, nur noch in den Anstalten der Sowjetunion üblich gewesen.

Auch die Charaktere in «Einer flog über das Kuckucksnest» sind unterschiedlich in ihrem Abstraktionsgrad. Vom verwirrten Beatnik über einen, der sich nur in greinender Kindersprache verständigen kann, bis zum debilen Grinser und dem Stotterer mit Mutterkomplex reichen die Typen, die auf den ersten Blick ‹echt› wirken, während der seine Situation reflektierende Intellektuelle, der, um seine krankhafte Eifersucht zu kurieren, in der geschlossenen Abteilung lebt, so ‹künstlich› erscheint wie der wild und wirr vor sich hinstarrende Patient, der geradewegs dem Kabinett des Dr. Caligari entwichen scheint. Aber gerade diese Figuren lassen die Patientengruppe ‹echt› wirken, weil Authentizität sich bei Forman eben weniger am Abbild als an der Struktur abzeichnet, der diese Gruppe unterworfen ist.

Dem rauhbeinigen McMurphy steht in der Patientengruppe der gebildete Harding gegenüber, dessen krankhafte Eifersucht nur einmal in einer Gruppentherapie angesprochen wird. Beide werden als ‹Normale› ohne Verhaltensauffälligkeiten vorgestellt und sind Rivalen im Kampf um die Führungsrolle in der Gruppe. McMurphy gewinnt diese Auseinandersetzungen immer wieder, weil er der schillerndere Charakter ist. Wo McMurphy mit lauter Geste Protest artikuliert, formuliert Harding seine Vorbehalte gegen solchen Aktionismus. McMurphys Joker ist der Häuptling. Das Vertrauen, das er bei dem vermeintlich taubstummen Riesen erringt, verschafft ihm letztlich die unangefochtene Führungsposition in der Gruppe. Das Anstaltssystem wird von Schwester Ratched verkörpert. Sie ist schön und kalt. Im Tonfall bleibt sie immer ruhig und in der Sache knallhart. Sie weiß um ihre Macht, und die schöpft sie aus, bis zuletzt.

Die Gruppenkonstellation erinnert an Internatsfilme – der Schlafsaal mit seiner eigenen Hierarchie gegen das Schulsystem und die Lehrerin. Das nimmt dem Sujet seinen Schrecken, weil die geschlossene Abteilung bekannte Verhältnisse spiegelt. Mehr noch: Das Publikum wird in die Gruppe der Patienten hineingezogen, wird Teil des Systems, das Forman jetzt in seiner ganzen Ambivalenz beschreiben kann, benutzt er doch allgemein verständliche Variablen, die den Anstaltsalltag mit dem Erfahrungshintergrund des Publikums verbinden. So gelingt Forman allein über die Zeichnung der Figuren und die Ausstattung die Dechiffrierung der Anstaltssituation als verdichtetem Ausdruck gesellschaftlicher Verhältnisse. Die Irren sind nicht länger irre, irre ist die Situation, der die Menschen ausgesetzt sind.

Verborgene Charaktere

In «Einer flog über das Kuckucksnest» erweist sich Forman als Meister der Besetzung. Neben den damals unbekannten Schauspielern Danny DeVito und Christopher Lloyd, dem zerstreuten Professor des später so erfolgreichen «Zurück in die Zukunft»-Sequels, besetzte er Louise Fletcher als Schwester Ratched. «Sie sah gut aus, war blond, schlank und höflich und hatte ein gewinnendes Lächeln», erinnert sich Forman an die erste Begegnung mit der Schauspielerin, die er in der Rolle der Stationsschwester anfangs für «völlig ungeeignet» hielt. «Echtes Entsetzen», schreibt Forman in seiner Autobiographie, «aber entsteht durch die plötzliche Enthüllung eines verborgenen Charakters, die einen wie ein Schlag trifft, wenn man nicht darauf vorbereitet ist.» Für ihre Darstellung der Schwester Ratched wurde Louise Fletcher später mit einem Oscar ausgezeichnet. Die Hauptrolle sollte jedoch ein Star übernehmen, der als Darsteller, Autor und Regisseur in Roger Cormans trashiger Horror-Factory neben Martin Scorsese und Francis Ford Coppola das Handwerk gelernt hatte. Seit «Easy Rider» gehörte Jack Nicholson zu den großen Namen des jungen Hollywoods. Seine Darstellung des McMurphy verbindet Charme und Wahn, Gerissenheit und Wut mit einer Präsenz, die kaum zu ertragen ist. Seine Schauspielkunst hat hier noch nicht jene Selbstverliebtheit, die Nicholson in späteren Filmen oft anhaftet. Auch er bekam für diese Rolle einen Oscar. Den Häuptling, der in Formans Verfilmung keine Hauptrolle ist, spielt der riesige Will Sampson. Gedreht wurde in der Nervenheilanstalt in Eugene. Zur Einstimmung auf ihre Rollen bekam jeder Schauspieler sein eigenes Bett auf der Station und ein Anstaltsnachthemd, genauso als hätte man sie für einige Zeit eingewiesen. Das Ergebnis ist so überzeugend, daß zwischen Laien, wie dem Anstaltsleiter Dr. Brooks, dem damaligen Leiter von Eugene, und Berufsschauspielern kein Bruch auffällt, der die bedrückende Atmosphäre zunichte gemacht hätte.

Der sarkastische Moralist

Lachen ist bei Forman immer gefährlich. Weil er angeblich die Feuerwehrmänner veralbern würde, verbot die tschechische Zensur 1967 den «Feuerwehrball». In der weitgehend mit Laien realisierten Geschichte eines orgiastischen Festes in der Provinz mit Schönheitswettbewerb und Tombola, deren Gewinne freilich schon vor der Verteilung von den Besuchern geklaut werden, sah die kommunistische Partei eine Verhöhnung der selbstlosen Katastrophenhelfer und verstand das Ganze als Parabel auf den tschechischen Alltag. Das hatte Forman, glaubt man seiner Aussage, in dieser Zuspitzung gar nicht beabsichtigt. Die Genauigkeit in der Charakterisierung der Figuren, die Schärfe, mit der die Konflikte überzeichnet werden, legte aber genau diese Interpretation nahe. Dabei ist der Umstand, daß den abgebildeten Feuerwehrleuten aus dem Ort Vrchlabí der Film gefiel und «Der Feuerwehrball», im ‹Prager Frühling› unter Dubček veröffentlicht, ein großer Erfolg wurde, kein Widerspruch. In Formans Filmen ist das Lachen über andere Menschen immer auch ein Lachen über eigene Fehler. Die ausgemachten Vorurteile und die hemmungslose Schadenfreude, die dem Regisseur schnell vorgeworfen werden, entlarven sich als Ressentiments der Betrachter. Miloš Forman, «ein Inszenierungskünstler von kaum überbietbarer Kälte und Gerissenheit» (Hans C. Blumenberg), ist im Grunde seines Herzens ein Moralist, wenn auch ein sarkastischer.

In «Einer flog über das Kuckucksnest» macht er es seinem Publikum nicht leicht. Die Erzählperspektive drängt den Zuschauer zur Identifikation mit den Stationsangehörigen. Dadurch überträgt sich das Gefühl der Machtlosigkeit, das unvermittelt umschlägt in Wut und Haß auf die Stationsschwester. Die Spannung steigt so, daß McMurphy mit seinem Angriff auf Schwester Ratched ausführt, was im Publikum gedacht wird. Die angestaute Aggression entlädt sich mit McMurphys Sprung an die Kehle der Schwester. Die Erstarrung im Augenblick des Würgens verstärkt die eisige Spannung. Wird McMurphy es schaffen? Das Bild danach zeigt Schwester Ratched mit einer medizinischen Halskrause. Zerknirschung macht sich breit. Die Enttäuschung über den mißlungenen Angriff kippt in die erschreckende Erkenntnis, beinahe zum Mörder geworden zu sein, wenn auch nur im Kino.

Ende ohne Hoffnung

Die Bestrafung kann fürchterlicher nicht ausfallen. McMurphy wird operiert und dämmert teilnahmslos in seinem Stationsbett. Sein Widerstand ist für immer gebrochen, und die Agonie schließt das Publikum ein, dem die Aussicht auf ein Happy-End verstellt ist. Der Schluß ist ein kleines Happy-End, eine Notlösung, die das Aufstehen am Ende des Films erleichtert, mehr nicht. Nachdem der Häuptling McMurphy mit einem Kissen erstickt hat, führt er den Ausbruch durch, den der andere am Anfang geplant hatte. Der Häuptling reißt den Marmorklotz im Waschraum aus seiner Verankerung und wirft mit ihm die vergitterten Fenster ein. Die Flucht in die Nacht nimmt dem Mythos vom einsamen Helden, der dem Horizont entgegenreitet, jede Zuversicht. Ließ der einsame Reiter eine jetzt wieder intakte Gemeinschaft zurück, um sich neuen Aufgaben zu stellen, erscheint der Ausbruch des Häuptlings als Flucht vor einem unmenschlichen System, das sich als stärker erwiesen hat.

Ihre Ablehnung gegenüber dem Projekt einer Filmfassung von «Einer flog über das Kuckucksnest» haben die Studios sicher bereut. Ihr Desinteresse hat Miloš Forman zu einem reichen Mann gemacht – er war am Gewinn beteiligt – und Michael Douglas zu einem eindrucksvollen Produzenten-Debüt verholfen. «Einer flog über das Kuckucksnest» wurde mit insgesamt fünf Oscars ausgezeichnet, ein Erfolg, den der Regisseur Miloš Forman noch einmal übertreffen sollte. Sein 1984 in der Tschechoslowakei gedrehter und wie zuvor von Saul Zaentz mitproduzierter Film «Amadeus» erhielt acht Oscars.

One flew over the cuckoo's nest
(Einer flog über das Kuckucksnest)
USA 1975

Regie	Miloš Forman
Buch	Lawrence Hauben, Bo Goldman nach dem Roman von Ken Kesey
Kamera	Haskell Wexler, Bill Butler, Bill Fraker
Musik	Jack Nitsche
Schnitt	Lynzee Klingman, Sheldon Kahn
Darsteller	Jack Nicholson, Louise Fletcher, Will Sampson und andere

Deutsche Erstaufführung 1976